Daniel Silva

Double Cross – Falsches Spiel

SERIE PIPER

Zu diesem Buch

Operation Mulberry: so lautete das Kodewort für die alliierte Invasion in der Normandie und war das bestgehütete Geheimnis des Zweiten Weltkriegs. Als der englische Geheimdienst meint, alle deutschen Spione enttarnt und umgedreht zu haben, setzt die deutsche Abwehr ihre attraktivste Geheimwaffe ein: Catherine Blake, Top-Agentin, eiskalt und brillant. Mit atemberaubender Präzision geht sie auf die Jagd nach den alliierten Plänen. Auf der Gegenseite wurde, von Churchill persönlich, der Geschichtsprofessor und geniale Analytiker Alfred Vicary eingesetzt – ihr absolut ebenbürtiger Gegenspieler, der in letzter Minute entdeckt, daß es ein zweites deutsches Spionagenetz gibt. Catherine Blake ist in seiner nächsten Nähe... Daniel Silva verdichtet den teuflischen Wettlauf mit der Zeit, als das Schicksal Europas auf des Messers Schneide steht, zu einem rasanten Thriller, mit dem er sich John Le Carré oder Frederick Forsyth ebenbürtig zeigt.

Daniel Silva arbeitete bis 1997 für CNN, wo er große TV-Talk-Shows verantwortete. Heute lebt er als freier Journalist und Schriftsteller zusammen mit seiner Frau, der bekannten NBC-Journalistin Janie Gangel, in Washington/DC. Er veröffentlichte 1998 seinen zweiten Thriller »Der Maler«. »Double Cross« ist inzwischen in siebzehn Ländern erschienen.

Daniel Silva

Double Cross – Falsches Spiel

Roman

Aus dem Amerikanischen von
Reiner Pfleiderer

Piper München Zürich

Von Daniel Silva liegt in der Serie Piper außerdem vor:
Der Maler (3084)

Taschenbuchsonderausgabe
April 2000

Titel der amerikanischen Originalausgabe:
»The Unlikely Spy«, Villard Books, New York 1997

Umschlag: Büro Hamburg
Stefanie Oberbeck, Katrin Hoffmann
Foto Umschlagvorderseite: Tony Vaccaro / Archiv für Kunst und Geschichte, Berlin
Foto Umschlagrückseite: Marian Ettlinger
Satz: Dr. Ulrich Mihr GmbH, Tübingen
Druck und Bindung: Clausen & Bosse, Leck
Printed in Germany ISBN 3-492-23094-6

Meiner Frau Jamie,
deren Liebe, Unterstützung
und unentwegte Ermutigung
das Entstehen dieses Buches
erst ermöglicht haben,
und meinen Kindern
Lily und Nicholas

Vorwort

Im April 1944, sechs Wochen vor der Invasion der Alliierten in Frankreich, schickte der Nazi-Propagandist William Joyce, besser bekannt unter dem Namen Lord Haw-Haw, eine schockierende Botschaft an die Adresse der Briten über Rundfunk.

Laut Joyce wußten die Deutschen, daß die Alliierten in Südengland große Betonkästen bauten. Deutschland wußte auch, daß diese Betonkästen bei der bevorstehenden Invasion über den Ärmelkanal geschleppt und vor der französischen Küste versenkt werden sollten. Joyce erklärte: »Gut, Jungs, wir werden euch dabei helfen. Wenn ihr sie herüberbringt, werden wir sie für euch versenken.«

Im britischen Nachrichtendienst und im Oberkommando der Alliierten schrillten die Alarmglocken. Die Betonkästen, von denen Joyce gesprochen hatte, waren Bausteine einer riesigen künstlichen Hafenanlage, die unter dem Decknamen *Operation Mulberry* vor der Küste der Normandie errichtet werden sollte. Wenn Hitlers Spione entdeckten, worin der letztliche Zweck von *Mulberry* bestand, konnten sie auch das wichtigste Geheimnis des Krieges aufdecken – Ort und Zeitpunkt der alliierten Invasion in Frankreich. Nach mehreren bangen Tagen erwiesen sich diese Befürchtungen als unbegründet. Der US-Geheimdienst hatte eine chiffrierte Nachricht abgefangen, die der japanische Botschafter in Berlin, Generalleutnant Hiroshi Baron Oshima, an seine Vorgesetzten in Tokio geschickt hatte. Oshima wurde von seinen deutschen Verbündeten regelmäßig über die Vorkehrungen gegen die drohende Invasion unterrichtet. Wie nun aus der Nachricht hervorging, glaubte der deutsche Geheimdienst, daß die fraglichen Betonkästen Bauteile eines großen Luftabwehrkomplexes seien, nicht eines künstlichen Hafens.

Aber wie konnte der deutsche Geheimdienst zu einer solchen Fehleinschätzung gelangen? Hatte er sein nachrichtendienstliches Material falsch ausgewertet? Oder war er getäuscht worden?

Dieses Projekt ist so lebenswichtig, daß es als das Rückgrat der gesamten Operation bezeichnet werden könnte.

AKTENNOTIZ DES MARINEMINISTERIUMS

Wenn man bedenkt, daß zu bestimmten Zeiten Tausende von Arbeitern an der Sache mitwirkten, ist es bemerkenswert, daß der Feind keinen blassen Schimmer hatte, was im Gange war.

GUY HARTCUP
MULBERRY-TEAM

Im Krieg ist die Wahrheit so wichtig, daß sie stets von Lügen als Bodyguard begleitet werden muß.

WINSTON CHURCHILL

I

I

Suffolk, England: November 1938

Beatrice Pymm starb, weil sie den letzten Bus nach Ipswich verpaßte.

Zwanzig Minuten vor ihrem Tod stand sie an der Haltestelle und las im matten Licht der einzigen Straßenlaterne im Dorf den Fahrplan. Wenige Monate später würde die Laterne gemäß den Verdunkelungsvorschriften verlöschen. Beatrice Pymm sollte nie davon erfahren.

Jetzt schien die Laterne gerade so hell, daß Beatrice den verblichenen Fahrplan entziffern konnte. Um besser zu sehen, stellte sie sich auf die Zehenspitzen und fuhr mit ihrem farbverschmierten Zeigefinger an den Zahlenreihen entlang. Ihre verstorbene Mutter hatte ihr wegen der Farbe immer heftige Vorhaltungen gemacht. Sie hielt es für unfein, wenn eine Frau ständig schmutzige Hände hatte, und hätte es daher begrüßt, wenn Beatrice sich einem anderen Hobby verschrieben hätte – dem Musizieren etwa oder einer karitativen Tätigkeit, selbst der Schriftstellerei, obwohl sie Schriftsteller nicht sonderlich schätzte.

»Mist«, murmelte Beatrice, den Finger noch immer auf dem Fahrplan. Normalerweise war sie überpünktlich. Finanziell unabhängig, ohne Freunde oder Angehörige, lebte sie nach einem strengen Zeitplan, den sie selbst aufgestellt hatte. Heute war sie von ihm abgewichen. Sie hatte zu lange gemalt und zu spät den Heimweg angetreten.

Sie nahm die Hand vom Fahrplan, faßte sich an die Wange und verzog sorgenvoll das Gesicht. »Das Gesicht deines Vaters«, hatte ihre Mutter stets resigniert gesagt. Breite flache Stirn, große aristokratische Nase, fliehendes Kinn. Und obwohl sie erst dreißig war, durchzogen graue Strähnen ihr Haar.

Was tun? Bis zu ihrem Haus in Ipswich waren es mindestens fünf Meilen, das war zu weit, um zu Fuß zu gehen. Jetzt, am frühen Abend, waren aber auf der Straße bestimmt noch

Autos unterwegs. Vielleicht fand sie jemanden, der sie mitnahm.

Sie stieß einen langen resignierten Seufzer aus. Ihr Atem gefror, schwebte vor ihrem Gesicht, dann trug ihn der Wind, der vom Marschland herüberwehte, davon. Die Wolken rissen auf, und der Mond kam heraus. Beatrice blickte nach oben und sah, daß ihn ein eisiger Hof umgab. Zum ersten Mal wurde ihr kalt. Sie zitterte.

Sie hob ihre Sachen auf – einen Lederrucksack, eine Leinwand und eine Staffelei. Sie hatte den Tag an der Flußmündung des Orwell verbracht, nicht weit von hier, und gemalt. Malen war ihre einzige Leidenschaft und die Landschaft von East Anglia ihr einziges Motiv. Die Folge war eine gewisse Eintönigkeit in ihren Bildern. Ihre Mutter mochte Bilder, auf denen Menschen dargestellt waren, Straßenszenen, überfüllte Cafés. Einmal schlug sie Beatrice sogar vor, für einige Zeit nach Frankreich zu gehen und dort weiterzumalen. Beatrice lehnte ab. Sie liebte das Marschland und die Deiche, die Buchten und die Broads, das Moorland nördlich von Cambridge, die hügeligen Weiden von Suffolk.

Widerwillig machte sie sich auf den Heimweg und schlug trotz ihres schweren Gepäcks ein forsches Tempo an. Sie trug ihre Malerkluft – Hosen, die in Gummistiefeln steckten, ein Männerhemd aus Baumwolle, voller Farbkleckse wie ihre Finger, einen dicken Pullover, in dem sie sich wie ein Teddybär vorkam, und eine Matrosenjacke mit überlangen Ärmeln. Immer weiter ließ sie das spärliche Licht der Laterne hinter sich, bis die Finsternis sie ganz verschluckt hatte. Sie hatte keine Angst, bei Dunkelheit allein über Land zu gehen. Ihre Mutter, in Sorge wegen der langen Ausflüge, die sie ohne Begleitung unternahm, hatte sie unablässig vor der Gefahr einer Vergewaltigung gewarnt. Doch Beatrice hatte dies stets als unwahrscheinlich abgetan.

Sie zitterte vor Kälte. Sie dachte an ihr Haus, ein großes Cottage am Rand von Ipswich, das sie von ihrer Mutter geerbt hatte. Hinter dem Cottage hatte sie sich ein lichtdurchflutetes Atelier gebaut. Dort verbrachte sie die meiste Zeit, und es war nicht ungewöhnlich, daß sie tagelang mit keinem Menschen sprach.

Dies alles und mehr wußte ihr Mörder.

Sie war fünf Minuten gegangen, da hörte sie hinter sich das Brummen eines Autos. Ein Laster oder ein Lieferwagen, dachte sie. Und ein alter dazu, nach dem Rasseln des Motors zu urteilen.

Beatrice sah den Scheinwerferkegel wie Strahlen der aufgehenden Sonne über die Wiesen zu beiden Seiten der Straße streichen. Sie hörte, wie der Motor langsamer drehte und dann im Leerlauf tuckerte. Sie spürte einen Luftzug, als der Wagen an ihr vorüberglitt. Die stinkenden Auspuffgase raubten ihr den Atem.

Dann sah sie, wie der Wagen an den Straßenrand rollte und hielt.

Die Hand, die im hellen Mondlicht zu erkennen war, kam ihr seltsam vor. Sie erschien ein paar Sekunden, nachdem der Lieferwagen gehalten hatte, aus dem Fahrerfenster und winkte sie heran. Ein dicker Lederhandschuh, bemerkte Beatrice. Von der Art, wie sie Arbeiter zum Tragen schwerer Lasten benutzen. Ein Overall. Möglicherweise dunkelblau.

Die Hand winkte noch einmal. Da war es wieder. Irgend etwas an der Art, wie die Hand sich bewegte, stimmte nicht. Beatrice war Künstlerin, und so hatte sie ein feines Gespür für Bewegung und Fluß. Und da war noch etwas anderes. In dem Moment, als die Hand winkte, kam zwischen Ärmelsaum und Handschuh die Haut zum Vorschein. Trotz des fahlen Lichts erkannte Beatrice, daß sie blaß und unbehaart war, und anders als bei allen Arbeitern, die sie jemals gesehen hatte, war das Handgelenk ungewöhnlich schmal.

Noch immer empfand sie keine Besorgnis. Sie ging schneller und erreichte mit wenigen Schritten die Beifahrertür. Sie öffnete die Tür und stemmte ihre Sachen auf den Boden vor dem Sitz. Dann sah sie zum ersten Mal ins Wageninnere und bemerkte, daß der Fahrer verschwunden war.

In den letzten bewußten Sekunden ihres Lebens fragte sich Beatrice Pymm, warum jemand einen Lieferwagen benutzte, um ein Motorrad zu transportieren. Und doch lag eines auf der Ladefläche, flankiert von zwei großen Benzinkanistern.

Noch immer neben dem Wagen stehend, schloß Beatrice die Tür und rief nach dem Fahrer. Sie erhielt keine Antwort.

Sekunden später hörte sie das Knirschen von Lederstiefeln auf dem Schotter.

Dann vernahm sie das Geräusch wieder, diesmal näher.

Sie wandte den Kopf nach links, und nun sah sie den Fahrer dort stehen. Sie schaute ihm ins Gesicht und erblickte nur eine schwarze Wollmaske. Zwei blaßblaue Augen starrten sie kalt aus ihren Höhlen an, und ein feminin aussehendes, leicht geöffnetes Lippenpaar schimmerte hinter dem Schlitz für den Mund.

Beatrice öffnete den Mund, um zu schreien. Sie brachte nur ein kurzes Japsen hervor, bevor ihr der Fahrer eine behandschuhte Hand in den Mund rammte. Zwei Finger schoben sich ihr tief in den Rachen. Der Handschuh schmeckte abscheulich nach Schmutz, Benzin und Motoröl. Beatrice würgte, dann erbrach sie die Reste der Mahlzeit, die sie am Mittag im Freien verzehrt hatte – Brathuhn, Stilton-Käse, Rotwein.

Sie spürte, wie die andere Hand nach ihrer linken Brust tastete. Im ersten Moment dachte sie, daß ihre Mutter mit ihren Warnungen vor einer Vergewaltigung doch recht gehabt hatte. Doch die Hand, die ihre Brust berührte, war nicht die Hand eines Vergewaltigers. Die Hand war geschickt, wie die eines Arztes, und merkwürdig sanft. Die Hand wanderte von der Brust zu den Rippen. Sie drückte fest zu. Beatrice wand sich, schnappte nach Luft und biß kräftig auf die andere Hand. Der Fahrer schien durch den dicken Lederhandschuh nichts zu spüren.

Die Hand erreichte das Ende ihrer Rippen und betastete das weiche Fleisch oben an ihrem Bauch. Sie glitt nicht tiefer. Ein Finger drückte gegen die Stelle und verharrte dort. Beatrice hörte ein scharfes Klicken.

Sie spürte einen kurzen, überwältigenden Schmerz und sah einen grellen weißen Lichtblitz.

Dann wurde es dunkel um sie.

Der Mörder hatte sich lange auf diesen Abend vorbereitet, aber heute war das erste Mal. Der Mörder zog die Hand aus dem Mund des Opfers zurück, drehte sich um und übergab sich. Jetzt war keine Zeit für Gefühle. Der Mörder war Soldat, Major im Geheimdienst, und Beatrice Pymm hätte bald zu seinen Feinden gehört. Ihr Tod war bedauerlich, aber notwendig.

Der Mörder wischte sich das Erbrochene von den Lippen unter der Maske und machte sich an die Arbeit. Er packte den Griff des Stiletts und zog. Die Wunde saugte fest an der Klinge, doch der Mörder zog noch kräftiger, und sie glitt heraus.

Gute, saubere Arbeit, kaum Blut.

Vogel wäre stolz auf mich.

Der Mörder wischte die blutige Klinge ab, schob sie in den Griff zurück und steckte das Stilett in die Tasche des Overalls. Dann faßte er den leblosen Körper unter den Achseln, schleifte ihn zum Heck des Wagens und ließ ihn zu Boden gleiten.

Der Körper zuckte, während der Mörder die Heckklappe des Lieferwagens öffnete.

Der Mörder hatte Mühe, das Opfer in den Wagen zu heben, aber einen Moment später war es vollbracht. Nach einigen vergeblichen Startversuchen sprang der Motor endlich an. Wenig später raste der Lieferwagen durch das Dorf und bog auf die leere Fernstraße ein.

Der Mörder, trotz der Gegenwart seines Opfers gelassen, stimmte ein Lied aus der Kindheit an, um sich die Zeit zu verkürzen. Es war eine lange Fahrt, mindestens vier Stunden. Bei den Vorbereitungen für den heutigen Abend hatte der Mörder die Strecke bereits einmal mit dem Motorrad zurückgelegt, demselben Motorrad, das jetzt neben Beatrice Pymm lag. Mit dem Lieferwagen würde die Fahrt länger dauern. Der Motor war schwach, die Bremsen funktionierten nicht richtig, und die Lenkung zog stark nach rechts.

Der Mörder schwor sich, beim nächsten Mal ein besseres Auto zu stehlen.

Ein Messerstich ins Herz führt im allgemeinen nicht sofort zum Tod. Selbst wenn die Klinge eine Kammer durchdringt, schlägt das Herz gewöhnlich noch einige Zeit weiter, bis das Opfer verblutet.

Während der Lieferwagen die Straße entlang tuckerte, füllte sich Beatrice Pymms Brusthöhle rasch mit Blut. Sie glitt langsam in einen komaähnlichen Zustand. Sie fühlte vage, daß sie im Sterben lag.

Sie erinnerte sich an die Warnungen ihrer Mutter, sich spät am Abend nicht allein draußen aufzuhalten. Sie fühlte, wie das Blut feucht und klebrig aus ihrem Bauch sickerte und ihr Hemd tränkte. Sie fragte sich, ob ihr Gemälde Schaden genommen hatte.

Sie hörte den Gesang. Einen schönen Gesang. Es dauerte eine Weile, bis sie bemerkte, daß der Fahrer nicht englisch sang. Er sang ein deutsches Lied, und die Stimme gehörte einer Frau.

Dann starb Beatrice Pymm.

Zehn Minuten später hielt der Wagen zum ersten Mal am Ufer des Orwell, an derselben Stelle, wo Beatrice Pymm an diesem Tag gemalt hatte. Die Mörderin sprang bei laufendem Motor aus dem Wagen. Sie ging zur Beifahrertür, öffnete sie und nahm die Staffelei, die Leinwand und den Rucksack heraus.

Sie baute die Staffelei dicht neben dem träge dahinfließenden Wasser auf und stellte die Leinwand darauf. Dann öffnete sie den Rucksack, entnahm ihm die Farben und die Palette und legte sie auf den feuchten Boden. Sie warf einen kurzen Blick auf das unfertige Bild. Es gefiel ihr recht gut. Eine Schande, daß sie nicht jemanden hatte umbringen können, der weniger Talent besaß.

Als nächstes zog sie die halbleere Flasche Claret hervor, goß den Rest des Rotweins in den Fluß und warf die Flasche vor der Staffelei auf den Boden. Arme Beatrice. Zuviel Wein, ein unachtsamer Schritt, ein Sturz in das kalte Wasser, eine langsame Reise hinaus aufs offene Meer.

Vermutliche Todesursache: Ertrinken infolge eines Unfalls.

Sechs Stunden später fuhr der Lieferwagen durch das Dorf Whitchurch in der Grafschaft West Midlands und bog auf einen Feldweg ein, der einen kahlen Acker säumte. Das Grab war bereits am Vortag ausgehoben worden. Es war tief genug, um die Leiche zu verbergen, aber nicht so tief, daß sie niemals gefunden werden konnte.

Die Mörderin zerrte Beatrice Pymms Leiche von der Ladefläche und zog ihr die blutigen Kleider aus. Sie faßte die nackte Leiche bei den Füßen und schleifte sie näher ans Grab. Sie ließ sie dort liegen, ging zurück zum Heck des Wagens und entnahm ihm drei Gegenstände – einen Eisenschlegel, einen roten Ziegelstein und einen kleinen Spaten.

Jetzt kam der Teil, vor dem ihr am meisten graute, mehr als vor dem Mord selbst. Sie legte die drei Gegenstände neben die Leiche und faßte sich. Gegen eine neue Welle der Übelkeit ankämpfend, nahm sie den Schlegel in die Hand, holte aus und ließ ihn auf Beatrice Pymms Nase niedersausen.

Hinterher konnte sie das, was von Beatrice Pymms Gesicht noch übrig war, kaum ansehen. Mit dem Schlegel, dann mit dem Ziegelstein hatte sie es zu einem blutigen Brei aus Fleisch, Knochen und Zähnen zermalmt.

Sie hatte die erwünschte Wirkung erzielt – das Gesicht war nicht wiederzuerkennen.

Sie hatte alles getan, was man ihr befohlen hatte. Sie sollte eine andere werden. Zu diesem Zweck war sie viele Monate lang in einem Speziallager ausgebildet worden, weit länger als die anderen Agenten. Mit ihr hatte man Größeres vor. Aus diesem Grund hatte sie Beatrice Pymm umgebracht. Sie sollte ihre Zeit nicht mit Aufgaben verschwenden, die auch weniger begabte Agenten erledigen konnten. Sie sollte keine Truppen zählen, Züge beobachten oder Bombenschäden beurteilen. Das war simpel. Sie wurde für wichtigere und anspruchsvollere Missionen geschont. Sie sollte eine Zeitbombe werden, die auf englischem Boden tickte. Eine Bombe, die darauf wartete, daß sie scharf gemacht wurde. Und die darauf wartete loszugehen.

Sie stemmte einen Stiefel gegen die Rippen der Toten und schob sie an, bis sie ins Grab stürzte. Sie schüttete Erde auf die Leiche. Anschließend raffte sie die blutigen Kleider zusammen und warf sie hinten in den Wagen. Sie nahm eine Handtasche vom Fahrersitz, die einen niederländischen Paß und eine Brieftasche enthielt. In der Brieftasche steckten Ausweise, ein Amsterdamer Führerschein und Familienenfotos mit dicken, lächelnden Holländern.

Alles war von der Abwehr in Berlin gefälscht worden.

Sie warf die Tasche unter die Bäume neben dem Acker, ein paar Meter vom Grab entfernt. Wenn alles nach Plan lief, würde man die stark verweste und verstümmelte Leiche in ein paar Monaten zusammen mit der Tasche finden. Die Polizei müßte annehmen, daß es sich bei der Toten um eine gewisse Christa Kunst handelte, eine niederländische Touristin, die im Oktober 1938 ins Land eingereist war und deren Ferien ein tragisches und gewaltsames Ende gefunden hatten.

Bevor sie ging, warf sie einen letzten Blick auf das Grab. Sie fühlte Mitleid mit Beatrice Pymm. Im Tod war sie ihres Gesichtes und ihres Namens beraubt worden.

Aber da war noch etwas: Auch die Mörderin hatte gerade ihre Identität verloren. Seit sechs Monaten hatte sie in den Niederlanden gelebt, denn Holländisch war eine der Sprachen, die sie beherrschte. Sie hatte sich sorgfältig eine Vergangenheit geschaffen, hatte sich in Amsterdam im Gemeinderat aufstellen lassen und sich sogar einen wunderbaren jungen Liebhaber gestattet, einen neunzehnjährigen Jungen mit einem großen Appetit. Jetzt lag Christa Kunst in einem flachen Grab am Rande eines englischen Ackers.

Morgen früh würde die Mörderin ihre neue Identität annehmen.

Doch heute nacht war sie niemand.

Sie tankte den Lieferwagen auf und fuhr zwanzig Minuten. Das Dorf Alderton war, ebenso wie Beatrice Pymm, sorgfältig ausgesucht worden. Hier würde es nicht sofort bemerkt werden, wenn mitten in der Nacht am Straßenrand ein Lieferwagen ausbrannte.

Sie rollte das Motorrad über ein dickes Brett von der Ladefläche, ein Unterfangen, das selbst einem starken Mann schwergefallen wäre. Sie versuchte noch, die widerspenstige Maschine zu halten, doch einen Meter vor der Straße gab sie auf. Mit einem lauten Krachen stürzte das Motorrad zu Boden – der einzige Fehler, der ihr heute abend unterlaufen war.

Sie richtete das Motorrad wieder auf und schob es bei abgestelltem Motor fünfzig Meter weiter. Dann kehrte sie zum Wagen zurück. Einer der beiden Kanister enthielt noch etwas Benzin. Sie vergoß es im Innern des Wagens, wobei sie das meiste über Beatrice Pymms blutige Kleider kippte.

In dem Moment, als der Lieferwagen explodierte und sich in einen Feuerball verwandelte, hatte sie bereits den Kickstarter des Motorrads getreten. Sie blickte noch ein paar Sekunden in die Flammen, deren orangefarbenes Licht tanzende Schatten auf den Acker und die Baumreihe dahinter warf.

Dann wendete sie das Motorrad nach Süden und fuhr in Richtung London davon.

2

Oyster Bay, New York: August 1939

Dorothy Lauterbach hielt ihr prächtiges Herrenhaus für das schönste an der Nordküste. Die meisten Freunde pflichteten ihr darin bei, denn erstens war Dorothy reicher als sie und zweitens wollten sie auch künftig zu den beiden Gesellschaften eingeladen werden, die sie jeden Sommer gab – eine feuchtfröhliche Party im Juni und ein eher besinnliches Fest Ende August, wenn die Sommersaison einen melancholischen Ausklang nahm.

Der rückwärtige Teil des Hauses ging auf den Sund und einen herrlichen Strand hinaus, dessen weißer Sand mit Lastwagen aus Massachusetts herbeigekarrt worden war. Vom Strand schwang sich ein gut gedüngter Rasen zum Haus herauf, vorbei an prächtigen Gartenanlagen, einem roten Tennissandplatz und einem Swimmingpool, der königsblau schimmerte.

Die Hausangestellten waren früh aufgestanden und hatten die notwendigen Vorbereitungen für einen Tag des wohlverdienten Müßiggangs im Kreise der Familie getroffen, hatten Krockettore gesteckt und ein Badmintonnetz gespannt, die niemals benutzt wurden, und die Schutzplane von dem hölzernen Motorboot gezogen, das niemals in See stach. Einmal hatte sich einer der Angestellten ein Herz gefaßt und Mrs. Lauterbach auf die Unsinnigkeit des täglichen Rituals hingewiesen. Mrs. Lauterbach hatte ihn angefaucht, und seitdem war an dem Brauch nie wieder gerüttelt worden. Das Sportgerät wurde jeden Morgen aufgestellt und stand dann traurig herum wie eine Weihnachtsdekoration im Mai, bis es am Abend wieder feierlich abgebaut und für die Nacht weggeräumt wurde.

Im Erdgeschoß des Hauses befanden sich auf der Seeseite das Sonnenzimmer, das Wohnzimmer, das Speisezimmer und schließlich das Floridazimmer, auch wenn keiner der anderen Lauterbachs begriff, warum Dorothy darauf bestand, es so zu nennen, wo doch die Sonne hier an der Nordküste im Sommer bisweilen ebenso kräftig schien wie in Florida.

Die Lauterbachs hatten das Haus fünfunddreißig Jahre zuvor in der Erwartung gekauft, eine Schar munterer Kinder in die Welt zu setzen. Doch sie bekamen nur zwei Töchter, von denen sich keine sonderlich viel aus der Gesellschaft der anderen machte – die schöne und äußerst beliebte Margaret, die gern in der Schickeria verkehrte, und Jane. Und so wurde das Haus ein friedvoller Ort des warmen Sonnenscheins und der weichen Farben, dessen Ruhe allenfalls durch das Knattern weißer Vorhänge im feuchten Wind und Dorothy Lauterbachs rastlose Bemühungen gestört wurde, in allen Dingen Perfektion zu demonstrieren.

An diesem Morgen, dem Morgen nach der Abschlußparty der Lauterbachs, hingen die Vorhänge schlaff in den offenen Fenstern und warteten auf eine Brise, die nicht kam. Die Sonne brannte, und schimmernder Dunst lag über der Bucht. Es war drückend schwül.

In ihrem Schlafzimmer im ersten Stock streifte sich Margaret Lauterbach-Jordan das Nachthemd über den Kopf, setzte sich vor die Frisierkommode und bürstete eilig ihr Haar. Es war aschblond, von gelblichen Strähnen durchzogen und auf eine etwas altmodische Weise kurz geschnitten. Doch es war praktisch und leicht zu pflegen, und sie mochte die Art, wie es ihr Gesicht umrahmte und die lange, anmutige Linie ihres Nackens betonte.

Sie betrachtete ihren Körper im Spiegel. Sie hatte die letzten hartnäckigen Pfunde verloren, die sie während ihrer ersten Schwangerschaft zugelegt hatte. Die Schwangerschaftsstreifen waren verschwunden, und ihr Bauch war braungebrannt. In diesem Sommer waren zweiteilige Kleider in Mode, welche die Taille freiließen, und es schmeichelte ihr, daß alle an der Nordküste über ihre gute Figur gestaunt hatten. Nur ihre Brüste waren jetzt etwas üppiger, und darüber freute sich Margaret, denn früher hatte sie immer darunter gelitten, daß sie kaum vorhanden waren. Die neuen BHs in diesem Sommer waren kleiner und steifer und hoben die Brüste an. Margaret mochte sie, denn Peter fand, daß sie ihr gut standen.

Sie schlüpfte in eine weiße Baumwollhose, eine ärmellose Bluse, die sie unter dem Busen verknotete, und flache Sandalen. Sie warf einen letzten Blick in den Spiegel. Sie war schön – das wußte sie –, aber nicht so aufreizend schön, daß sich auf den Straßen von Manhattan die Köpfe nach ihr umdrehten. Ihre

Schönheit war zeitlos und dezent, gerade richtig für die Gesellschaftsschicht, in die sie hineingeboren worden war.

Sie dachte: Und jetzt wirst du bald wieder wie eine fette Kuh aussehen!

Sie wandte sich vom Spiegel ab und zog die Vorhänge auf. Auf dem Rasen herrschte ein großes Durcheinander. Gerade wurde das Zelt abgerissen, und die Lieferanten packten Tische und Stühle zusammen. Der Tanzboden wurde abgebaut, und Brett um Brett wurde fortgetragen. Das Gras, gestern noch saftig und grün, war niedergetrampelt. Sie öffnete das Fenster, und der unangenehm süßliche Geruch von verschüttetem Champagner stieg ihr in die Nase. Irgend etwas daran deprimierte sie. *Hitler mag die Eroberung Polens vorbereiten, doch wer am Samstag der alljährlich im August stattfindenden Gala von Bratton und Dorothy Lauterbach beiwohnte, erlebte einen glanzvollen…* Margaret konnte die Artikel in den Gesellschaftsspalten mittlerweile fast selber schreiben.

Sie drehte das Radio auf dem Nachttisch an und stellte WNYC ein. *I'll Never Smile Again* ertönte leise. Peter rührte sich im Schlaf. Im hellen Sonnenlicht hob sich seine porzellanfarbene Haut kaum von den weißen Satinlaken ab. Früher hatte sie gedacht, alle Ingenieure seien Männer mit Bürstenschnitt, dicker dunkler Brille und zahlreichen Stiften in der Brusttasche. Peter war ganz anders. Er hatte markante Wangenknochen, ein scharf geschnittenes Kinn, sanfte grüne Augen und dunkles, fast schwarzes Haar. Wie er jetzt mit entblößtem Oberkörper im Bett lag, kam er Margaret vor wie ein Engel, der auf die Erde herabgefallen war. Er stach von den anderen Männern an der Nordküste ab, von den blonden Jungs, die von Haus aus steinreich waren und sich auf ein bequemes Leben einrichteten. Peter war intelligent, ehrgeizig und tüchtig. Ihm konnte die ganze blasierte Bande gestohlen bleiben, und das gefiel ihr.

Sie blickte zum diesigen Himmel und runzelte die Stirn. Peter verabscheute Augustwetter wie dieses. Er würde den ganzen Tag gereizt und mürrisch sein. Und wahrscheinlich würden sie auf der Fahrt zurück in die Stadt auch noch in ein Gewitter geraten.

Sie dachte: Vielleicht sollte ich mit der Neuigkeit noch warten.

»Steh auf, Peter, sonst bekommen wir Ärger«, sagte Margaret und stupste ihn mit der Zehe.

»Noch fünf Minuten.«

»Wir haben keine fünf Minuten mehr, Darling.«

Peter rührte sich nicht. »Kaffee«, flehte er.

Eines der Mädchen hatte eine Kanne Kaffee vor die Schlafzimmertür gestellt, eine Gepflogenheit, die Dorothy Lauterbach mißbilligte, weil sie fand, daß es oben im Flur dann wie im *Plaza Hotel* aussah. Doch sie tolerierte sie auch, solange sie dazu beitrug, daß die Kinder die einzige Regel am Wochenende einhielten und Punkt neun Uhr unten zum Frühstück erschienen. Margaret goß Peter eine Tasse ein und reichte sie ihm.

Peter Jordan wälzte sich herum und trank einen Schluck. Dann setzte er sich auf und sah Margaret an. »Wie schaffst du es nur, zwei Minuten nach dem Aufstehen so wundervoll auszusehen.«

Margaret war erleichtert. »Du hast ja gute Laune«, sagte sie. »Ich fürchtete schon, du hättest einen Kater und würdest dich den ganzen Tag wie ein Ekel aufführen.«

»Ich *habe* einen Kater. In meinen Kopf spielt Benny Goodman, und meine Zunge fühlt sich an, als könnte sie eine Rasur vertragen. Trotzdem habe ich nicht die Absicht, mich wie ein ...« Er hielt inne. »Wie sagtest du noch?«

»Ekel aufzuführen.« Sie setzte sich auf die Bettkante. »Ich muß dir etwas sagen, und jetzt scheint mir dafür ein geeigneter Zeitpunkt.«

»Hmm, klingt ernst, Margaret.«

»Nun ja, wie man's nimmt.« Sie sah ihn neckisch an, dann setzte sie zum Schein einen ärgerlichen Blick auf. »Jetzt steh aber auf und zieh dich an. Oder kannst du dich nicht anziehen und gleichzeitig zuhören?«

»Ich bin ein hochqualifizierter, hochangesehener Ingenieur.« Unter Stöhnen quälte sich Peter aus dem Bett. »Ich denke, ich schaffe es.«

»Es geht um den Telefonanruf von gestern nachmittag.«

»Über den du nicht reden wolltest?«

»Genau. Er war von Dr. Shipman.«

Peter hielt im Anziehen inne.

»Ich bin wieder schwanger. Wir werden ein zweites Baby bekommen.« Sie blickte vor sich nieder und spielte mit dem Knoten ihrer Bluse. »Ich habe das nicht geplant. Es ist einfach passiert. Mein Körper hat sich endlich von Billys Geburt erholt, und jetzt hat die Natur ihren Lauf genommen.« Sie sah auf.

»Ich habe es schon einige Zeit vermutet, aber ich hatte Angst, es dir zu sagen.«

»Warum um alles in der Welt hattest du Angst, es mir zu sagen?«

Aber Peter kannte die Antwort. Er hatte zu Margaret gesagt, daß er mit weiteren Kindern warten wolle, bis er sich seinen Lebenstraum verwirklicht und eine eigene Firma gegründet habe. Obwohl erst dreiunddreißig, galt er als einer der besten Ingenieure im Land. Nach dem Studium am Rensselaer Polytechnic Institute hatte er bei der Northeast Bridge Company angefangen, dem größten Brückenbauer an der Ostküste. Vier Jahre später wurde er zum Chefingenieur befördert, zum Teilhaber gemacht und erhielt einen Stab von hundert Mitarbeitern. Die amerikanische Gesellschaft für Hoch- und Tiefbau ernannte ihn 1938 zum Ingenieur des Jahres und honorierte damit seine bahnbrechende Arbeit an einer Brücke, die im Bundesstaat New York den Hudson River überspannte. Die Zeitschrift *Scientific American* veröffentlichte einen Artikel über ihn, in dem er als »der vielversprechendste Ingenieur seiner Generation« gefeiert wurde. Aber er wollte mehr – er wollte seine eigene Firma. Bratton Lauterbach hatte versprochen, ihm das Startkapital zur Verfügung zu stellen, wenn die Zeit gekommen war – möglicherweise nächstes Jahr. Doch der drohende Krieg hatte seinen Plänen einen Dämpfer aufgesetzt. Falls die Vereinigten Staaten in den Krieg hineingezogen wurden, würden über Nacht alle Geldquellen für öffentliche Bauprojekte versiegen, und Peters neue Firma würde pleite gehen, bevor sie überhaupt die Chance gehabt hatte, sich zu etablieren.

»Wie lange bist du schon schwanger?« fragte er.

»Beinahe zwei Monate.«

Ein Lächeln legte sich auf Peters Gesicht.

»Dann bist du mir nicht böse?« fragte Margaret.

»Natürlich nicht!«

»Und was ist mit deiner Firma und deinem Wunsch, mit weiteren Kindern noch zu warten?«

Er küßte sie und sagte: »Ist schon gut. Das macht überhaupt nichts.«

»Ehrgeiz ist eine schöne Sache, aber man kann es auch übertreiben. Du solltest öfter mal ausspannen und dich amüsieren, Peter. Man lebt nur einmal.«

Peter stand auf und zog sich vollends an. »Wann willst du es deiner Mutter sagen?«

»Wenn ich es für richtig halte. Du weißt ja, wie sie sich aufgeführt hat, als ich mit Billy schwanger war. Sie hat mich zum Wahnsinn getrieben. Ich habe noch viel Zeit, es ihr zu sagen.«

Peter setzte sich neben sie aufs Bett. »Ich möchte mit dir schlafen, bevor wir frühstücken gehen.«

»Peter, wir haben keine Zeit mehr. Meine Mutter bringt uns um, wenn wir nicht herunterkommen.«

Er küßte ihren Hals. »Was hast du eben gesagt, von wegen, man lebt nur einmal?«

Sie schloß die Augen und legte den Kopf zurück. »Das ist nicht fair. Du drehst mir die Worte im Mund herum.«

»Tu ich nicht. Ich küsse dich.«

»Ja ...«

»Margaret!« Dorothy Lauterbachs Stimme hallte durch das Haus.

»Wir kommen, Mutter.«

»Schön wär's«, murmelte Peter und folgte ihr die Treppe hinunter.

Walker Hardegen kam zum Lunch. Sie saßen am Swimmingpool unter einem Sonnenschirm – Bratton und Dorothy, Margaret und Peter, Jane und Hardegen. Ein feuchter, böiger Wind wehte vom Sund herauf. Hardegen war Bratton Lauterbachs rechte Hand in der Bank. Er war groß, hatte breite Schultern und einen kräftigen Brustkorb, und die meisten Frauen fanden, daß er wie Tyrone Power aussah. Er hatte in Harvard studiert und im Abschlußjahr beim traditionellen Football-Spiel gegen Yale geglänzt. Als Andenken an seine Football-Tage war ihm ein kaputtes Knie geblieben, so daß er leicht hinkte, doch irgendwie machte ihn das nur noch attraktiver. Er sprach mit einem trägen Ostküstenakzent und hatte ein ungezwungenes Lächeln.

Kurz nach seinem Eintritt in die Bank war Hardegen mehrmals mit Margaret ausgegangen. Er hätte die Beziehung gern fortgesetzt, doch sie wollte nicht. Sie machte ohne Aufsehen mit ihm Schluß, traf ihn aber weiter regelmäßig bei Partys und blieb ihm freundschaftlich verbunden. Sechs Monate später lernte sie Peter kennen und verliebte sich in ihn. Hardegen war außer sich. Angetrunken und krank vor Eifersucht drängte er

Margaret eines Abends im *Copacabana* in eine Ecke und flehte sie an, sich wieder mit ihm zu treffen. Sie lehnte ab, da packte er sie grob an der Schulter und schüttelte sie. Durch einen eiskalten Blick gab sie ihm zu verstehen, daß sie seine Karriere ruinieren würde, wenn er sich weiter so kindisch benahm.

Der Vorfall blieb ihr Geheimnis. Nicht einmal Peter wußte davon. Hardegen erklomm die Karriereleiter im Eiltempo und zählte bald zu den tüchtigsten Managern in Brattons Bank. Peter und Margaret beschlossen zu heiraten. Margaret spürte, daß zwischen Hardegen und Peter eine unausgesprochene Spannung herrschte – eine natürliche Rivalität. Beide waren jung und attraktiv, intelligent und erfolgreich. Im Frühsommer hatte sich die Situation noch verschärft, als Peter dahinterkam, daß Hardegen sich dagegen ausgesprochen hatte, ihm Geld für seine Firma zu leihen.

»Normalerweise begeistere ich mich nicht für Wagner, schon gar nicht im gegenwärtigen Klima«, sagte Walker Hardegen und nippte an seinem kühlen Weißwein, während alle anderen über seine Bemerkung kicherten. »Aber Sie müssen sich unbedingt Herbert Janssen in *Tannhäuser* an der Metropolitan ansehen. Einfach grandios.«

»Ich habe nur Gutes darüber gehört«, sagte Dorothy.

Sie plauderte gern über die Oper, das Theater, über neue Bücher und Filme und genoß die Unterhaltung mit Hardegen, der trotz eines immensen Arbeitspensums in der Bank noch die Zeit fand, sich alles Aktuelle anzusehen und zu lesen. Im Gegensatz zu Familienangelegenheiten und Klatsch, den Dorothy mißbilligte, war Kunst ein unverfängliches Thema.

»Wir haben Ethel Merman in dem neuen Musical von Cole Porter gesehen«, sagte Dorothy, während der erste Gang, Shrimps-Salat, serviert wurde. »Der Titel ist mir entfallen.«

»DuBarry was a lady«, warf Hardegen ein. »Mir hat es sehr gefallen.«

Hardegen sprach weiter. Er war gestern nachmittag nach Forest Hills gefahren und hatte Bobby Riggs sein Match gewinnen sehen. Für ihn war Riggs schon jetzt der sichere Sieger bei den diesjährigen US Open. Margaret sah ihre Mutter an, die ihrerseits Hardegen betrachtete. Ihre Mutter bewunderte Hardegen und behandelte ihn praktisch so, als gehöre er zur Familie. Sie hatte kein Hehl daraus gemacht, daß sie Hardegen Peter vorzog. Hardegen kam aus einer wohlhabenden, konservativen Familie in Maine, die zwar nicht so reich war wie die Lauterbachs, aber ähnlich komfortabel lebte. Peter stammte aus einer irischen Familie der unteren Mittelschicht und war auf der West Side in Manhattan aufgewachsen. Er mochte ein brillanter Ingenieur sein, doch er würde nie *einer von uns werden*. Der Streit drohte sich zu einem Zerwürfnis zwischen Margaret und ihrer Mutter auszuwachsen. Er wurde schließlich von Bratton beendet, der keinen Einwand gegen die Wahl seiner Tochter gelten ließ. Hardegen war unter den sechshundert geladenen Gästen, die im Juni 1935 der Märchenhochzeit von Margaret und Peter in der Episkopalkirche St. James beiwohnten. Beim anschließenden Empfang tanzte er mit Margaret und benahm sich tadellos wie ein Gentleman. Ja, er blieb sogar, um das Paar zu verabschieden, als es zu seiner zweimonatigen Hochzeitsreise nach Europa aufbrach. Es war, als habe sich der Vorfall im *Copacabana* nie ereignet.

Die Diener trugen den Hauptgang auf – gedünsteten Lachs –, und das Gespräch kam unweigerlich auf den drohenden Krieg in Europa.

»Besteht denn noch die Chance, Hitler aufzuhalten, oder wird Polen die östlichste Provinz des Dritten Reiches?« fragte Bratton.

Hardegen war nicht nur Jurist, sondern auch ein geschickter Kapitalanleger, und so war er beauftragt, die zahlreichen Beteiligungen der Bank in Deutschland und anderen Risikoländern Europas abzustoßen. Sein Name, seine guten Deutschkenntnisse und seine häufigen Reisen nach Berlin hatten ihm in der Bank bereits den liebevollen Spitznamen »unser Firmennazi« eingebracht. Zudem verfügte er in Washington über zahlreiche exzellente Kontakte und diente der Bank als Informationsbeschaffer.

»Heute morgen habe ich mit einem Freund gesprochen«, sagte Hardegen. »Er arbeitet in Henry Stimsons Stab im Kriegsministerium. Als Roosevelt von seiner Kreuzfahrt auf der *Tuscaloosa* nach Washington zurückkehrte, holte ihn Stimson an der Union Station ab und fuhr mit ihm zum Weißen Haus. Roosevelt fragte ihn nach der Lage in Europa, und Stimson antwortete, daß man sich die Tage bis zum Kriegsausbruch an den zehn Fingern abzählen könne.«

»Roosevelt ist vor einer Woche nach Washington zurückgekehrt«, sagte Margaret.

»Richtig. Du kannst es dir also selber ausrechnen. Im übrigen halte ich Stimsons Einschätzung für etwas optimistisch. Ich glaube, daß es nur noch eine Frage von Stunden ist, bis der Krieg beginnt.«

»Aber was ist mit der Meldung, die ich heute morgen in der *Times* gelesen habe?« fragte Peter. Hitler hatte den Briten am Vorabend eine Botschaft geschickt, und die *Times* mutmaßte, daß sie einer Verhandlungslösung in der Polenkrise den Weg ebnen könnte.

»Ich glaube, er will Zeit gewinnen«, sagte Hardegen. »Die Deutschen haben an der polnischen Grenze rund sechzig Divisionen zusammengezogen, die nur auf den Marschbefehl warten.«

»Worauf wartet Hitler dann noch?«

»Auf einen Vorwand.«

»Die Polen werden ihm bestimmt keinen Vorwand zum Einmarsch liefern.«

»Natürlich nicht. Aber das wird Hitler nicht aufhalten.«

»Was vermuten Sie, Walker?« fragte Bratton.

»Ich vermute, Hitler wird sich etwas einfallen lassen, eine Provokation, die es ihm erlaubt, ohne Kriegserklärung einzumarschieren.«

»Und was ist mit den Briten und den Franzosen?« fragte Peter. »Werden sie ihr Versprechen halten und den Deutschen den Krieg erklären, wenn sie Polen angreifen?«

»Ich glaube schon.«

»Sie haben Hitler im Rheinland ebensowenig gestoppt wie in Österreich oder in der Tschechoslowakei«, sagte Peter.

»Gewiß, aber Polen ist etwas anderes. Großbritannien und Frankreich haben inzwischen begriffen, daß sie gegen Hitler etwas unternehmen müssen.«

»Und was ist mit uns?« fragte Margaret. »Können wir uns heraushalten?«

»Roosevelt beteuert zwar, daß er in der Zuschauerrolle bleiben will«, sagte Bratton. »Aber ich traue ihm nicht. Wenn ganz Europa in den Krieg schlittert, werden wir uns wohl kaum lange heraushalten können.«

»Und wie steht's mit der Bank?« fragte Margaret.

»Wir haben uns aus allen Geschäften in Deutschland zurückgezogen«, antwortete Hardegen. »Und wenn es zum Krieg kommt, ergibt sich eine Fülle anderer Investitionsmöglichkeiten. Vielleicht brauchen wir den Krieg, um das Land endlich aus der Wirtschaftskrise zu führen.«

»Aha, nichts als Profit schlagen aus Tod und Zerstörung«, sagte Jane.

Margaret sah ihre jüngere Schwester stirnrunzelnd an und dachte: Typisch Jane. Sie gefiel sich in der Rolle der Bilderstürmerin – der schwarzseherischen, grüblerischen Intellektuellen, die ihre Klasse und alles, was sie repräsentierte, kritisierte. Gleichzeitig ging sie ständig aus und verpraßte das Geld ihres Vaters, als werde diese Quelle bald versiegen. Obwohl schon dreißig, hatte sie weder ein eigenes Einkommen noch einen aussichtsreichen Heiratskandidaten.

»Oh Jane, hast du wieder Marx gelesen?« fragte Margaret verschmitzt.

»Margaret, bitte«, sagte Dorothy.

»Jane war vor ein paar Jahren in England«, fuhr Margaret fort, als habe sie den Friedensappell ihrer Mutter nicht gehört. »Seit damals ist sie eine waschechte Kommunistin, oder etwa nicht, Jane?«

»Ich habe ein Recht auf eine eigene Meinung, Margaret«, entgegnete Jane ernst. »In diesem Haus gibt nicht Hitler den Ton an.«

»Ich glaube, ich möchte auch Kommunistin werden«, sagte Margaret. »Der Sommer war doch ziemlich langweilig mit all dem Gerede vom Krieg. Ein Übertritt zum Kommunismus wäre vielleicht eine nette Abwechslung. Die Huttons geben in zwei Wochen ein Kostümfest. Wir könnten als Lenin und Stalin gehen. Und nach der Party fahren wir raus nach North Folk und kollektivieren alle Farmen. Das wird lustig.«

Bratton, Peter und Hardegen brachen in Gelächter aus.

»Danke, Margaret!« sagte Dorothy streng. »Für heute hast du uns genug unterhalten.«

Für Dorothys Geschmack hatten sie jetzt lange genug über den Krieg gesprochen. Sie streckte die Hand aus und berührte Hardegen am Arm. »Schade, daß Sie gestern abend nicht zu unserer Party kommen konnten, Walker. Es war sehr amüsant. Ich muß Ihnen unbedingt alles erzählen.«

Das Luxusapartment an der Fifth Avenue mit Blick auf den Central Park war das Hochzeitsgeschenk von Bratton Lauterbach gewesen. Um sieben Uhr an diesem Abend stand Peter Jordan am Fenster. Ein Gewitter war über der Stadt aufgezogen. Blitze zuckten über den tiefgrünen Baumwipfeln des Parks, und der Wind peitschte Regen gegen die Scheiben. Peter war alleine in die Stadt zurückgefahren, denn Dorothy hatte darauf bestanden, daß Margaret sie zu einer Gartenparty bei Edith Blakemore begleitete. Wiggins, der Chauffeur der Lauterbachs, sollte Margaret hinterher in die Stadt zurückbringen. Und wahrscheinlich waren sie jetzt in das Unwetter geraten.

Peter hob den Arm und blickte auf seine Armbanduhr, zum fünften Mal in den letzten Minuten. Um halb acht war er mit dem Vorsitzenden der Kommission für Straßen- und Brückenbau von Pennsylvania zum Dinner im *Stork Club* verabredet. Die Kommission hatte die Pläne und Kostenvoranschläge für eine neue Brücke über den Allegheny River gebilligt, und Peters Chef wollte, daß er das Geschäft heute abend endgültig unter Dach und Fach brachte. Es kam häufig vor, daß er Auftraggeber ausführen mußte. Er war jung und charmant, und seine schöne Frau war die Tochter eines der einflußreichsten Bankiers im Land. Sie waren ein Paar, das Eindruck machte.

Wo zum Teufel bleibt sie nur?

Er rief im Haus an der Oyster Bay an und sprach mit Dorothy.

»Ich weiß nicht, was ich dir sagen soll, Peter. Sie ist rechtzeitig losgefahren. Vielleicht ist Wiggins durch das Wetter aufgehalten worden. Du kennst doch Wiggins – ein paar Regentropfen, und er fährt im Schneckentempo.«

»Ich gebe ihr noch eine Viertelstunde. Dann muß ich aber los.«

Peter wußte, daß Dorothy sich nicht entschuldigen würde, und so legte er auf, bevor ein peinliches Schweigen entstehen konnte. Er mixte sich einen Gin Tonic und trank ihn hastig, während er wartete. Um Viertel nach sieben fuhr er mit dem Aufzug nach unten. Er stand in der Halle, während der Portier in den Regen hinausging und ein Taxi heranwinkte.

»Wenn meine Frau kommt, richten Sie ihr bitte aus, daß sie gleich in den *Stork Club* kommen soll.«

»Ja, Mr. Jordan.«

Das Dinner verlief bestens, obwohl Peter dreimal den Tisch verließ und im Apartment und im Haus an der Oyster Bay anrief. Um halb neun war er nicht mehr verärgert, sondern krank vor Sorge.

Um Viertel vor neun trat Paul Delano, der Oberkellner, an Peters Tisch.

»Da ist ein Anruf für Sie an der Bar, Sir.«

»Danke, Paul.«

Peter entschuldigte sich. An der Bar mußte er die Stimme heben, um das Klingen der Gläser und den Lärm der anderen Gäste zu übertönen.

»Peter? Ich bin's, Jane.«

Peter hörte, daß ihre Stimme zitterte. »Was ist los?«

»Es hat einen Unfall gegeben.«

»Wo bist du?«

»Bei der Bezirkspolizei Nassau.«

»Was ist passiert?«

»Ein Lastwagen fuhr vor ihnen auf der Straße. Wiggins konnte ihn im Regen nicht sehen. Und als er ihn sah, war es zu spät.«

»Mein Gott.«

»Wiggins befindet sich in einem sehr kritischen Zustand. Die Ärzte haben nicht viel Hoffnung.«

»Verdammt noch mal, was ist mit Margaret?«

Die Lauterbachs weinten nie bei Beerdigungen. Diese fand in der Episkopalkirche St. James statt, in ebenjener Kirche, in der Peter und Margaret vier Jahre zuvor getraut worden waren. Präsident Roosevelt schickte ein Beileidstelegramm, in dem er sein Bedauern ausdrückte, daß er selbst nicht zugegen sein könne. Dafür war die New Yorker Gesellschaft ebenso zahlreich vertreten wie die Finanzwelt, obwohl die Börse zu diesem Zeitpunkt in Aufruhr war. Deutschland hatte Polen überfallen, und nun wartete die Welt auf die Antwort.

Beim Gottesdienst stand Billy neben Peter. Er trug kurze Hosen, einen kleinen Blazer und eine Krawatte. Hinterher, als die Familie die Kirche verließ, streckte er die Hand aus und zupfte seine Tante am Saum ihres schwarzen Kleides.

»Wird Mami wieder nach Hause kommen?«

»Nein, Billy. Sie hat uns verlassen.«

Edith Blakemore hörte zufällig die Frage des Jungen und brach in Tränen aus.

»Was für eine sinnlose Tragödie«, schluchzte sie.

Margaret wurde bei strahlendem Sonnenschein im Familiengrab auf Long Island bestattet. Während Reverend Pugh am Grab die letzten Worte sprach, lief ein leises Murmeln durch die Reihen der Trauergäste und verstummte gleich darauf wieder.

Hinterher ging Peter mit seinem besten Freund Shepherd Ramsey zu den Autos. Es war Shepherd gewesen, der Peter mit Margaret bekannt gemacht hatte. Selbst im schwarzen Anzug sah er aus, als sei er gerade vom Deck seiner Segeljacht gestiegen.

»Was haben die Leute denn getuschelt? Das war ziemlich pietätlos.«

»Ein Zuspätkommender hatte im Autoradio eine Meldung gehört«, antwortete Shepherd. »Großbritannien und Frankreich haben Deutschland den Krieg erklärt.«

3

London: Mai 1940

Am dritten Freitag im Mai 1940 verschwand Professor Alfred Vicary ohne Erklärung vom University College in London. Eine Sekretärin namens Miss Lillian Walford war die letzte, die ihn gesehen hatte. Ganz gegen ihre sonstige Diskretion enthüllte sie den anderen Professoren, Vicary habe vor seinem plötzlichen Verschwinden einen Anruf vom Premierminister erhalten, ja, sie habe sogar persönlich mit Mr. Churchill gesprochen.

»Dasselbe ist mit Masterman und Cheney in Oxford passiert«, sagte der Ägyptologe Tom Perrington, als er die Notiz las. »Mysteriöse Anrufe, Männer in dunklen Anzügen. Ich fürchte, unser lieber Freund Alfred ist hinter den Vorhang geschlüpft.« Dann fügte er leise hinzu: »In die geheime Akropolis.«

Perringtons müdes Lächeln konnte seine Enttäuschung nicht verbergen, wie Miss Walford später bemerkte. Zu dumm, daß Großbritannien nicht mit den alten Ägyptern im Krieg lag, vielleicht wäre dann auch Perrington auserwählt worden.

Vicary hatte die letzten Stunden in seinem unordentlichen, vollgestopften Büro damit zugebracht, letzte Hand an einen Artikel für die *Sunday Times* zu legen, in dem er die Ansicht vertrat, daß die gegenwärtige Krise hätte vermieden werden können, wenn Großbritannien und Frankreich im Jahr 1939, als Hitler noch mit Polen beschäftigt war, Deutschland angegriffen hätten. Er wußte, daß er in Anbetracht der augenblicklichen Stimmung im Land dafür herbe Kritik ernten würde.

Es war ein herrlicher Tag im Spätfrühling. Doch der strahlende Sonnenschein täuschte – es war empfindlich kühl. Vicary, ein glänzender Schachspieler, war nicht so leicht zu täuschen. Er stand auf, zog eine Strickjacke an und machte sich wieder an die Arbeit.

Das schöne Wetter gaukelte ein falsches Bild vor. Die britische Nation stand unter Belagerung, war wehrlos, verängstigt und in einem Zustand höchster Verwirrung. Pläne wurden ins Auge gefaßt, die königliche Familie nach Kanada zu evakuieren, und die Regierung forderte die Bürger auf, die Kinder aufs Land zu schicken, wo sie vor den Bombern der deutschen Luftwaffe sicher waren.

Durch geschickte Propaganda hatte die Regierung die Öffentlichkeit vor der Gefahr gewarnt, die durch Spione drohte – durch die sogenannte »fünfte Kolonne«. Und jetzt hatte sie die Folgen zu tragen. Die Polizei wurde mit Berichten über »Fremde«, »verdächtige Zeitgenossen« und »deutsch aussehende Gentlemen« überhäuft. Bürger belauschten Gespräche in Pubs, hörten, was sie hören wollten, und meldeten es dann der Polizei. Sie berichteten über vermeintliche Rauchsignale, Blinkzeichen an der Küste und Spione, die angeblich mit dem Fallschirm vom Himmel geschwebt waren. Das Gerücht ging um, daß sich deutsche Agenten bei der Besetzung der Niederlande als Nonnen verkleidet hätten, und prompt war jede Nonne verdächtig. Die meisten wagten sich nur noch aus dem Schutz ihres Klosters hervor, wenn es unbedingt notwendig war.

Eine Million Briten, die für den Dienst in der Armee zu jung, zu alt oder zu schwächlich waren, traten eilends der Bürgerwehr bei. Da für die Bürgerwehr jedoch keine Gewehre erübrigt werden konnten, bewaffneten sie sich mit dem, was gerade zur Hand war – Schrotflinten, Schwertern, Besenstielen, mittelalterlich anmutenden Keulen, Gurkha-Messern, ja, sogar Golfschlägern. Wer keine geeignete Waffe fand, wurde angewiesen, stets Pfeffer bei sich führen, um ihn im Bedarfsfall marodierenden deutschen Soldaten in die Augen zu schleudern.

Vicary, ein namhafter Historiker, verfolgte die nervösen Kriegsvorkehrungen seiner Landsleute mit einer Mischung aus tiefem Stolz und stiller Niedergeschlagenheit. Das ganze letzte Jahrzehnt hindurch hatte er in Zeitungsartikeln und Vorträgen unermüdlich darauf hingewiesen, daß Hitler für England und die übrige Welt eine ernste Bedrohung darstelle. Doch die Briten, noch erschöpft vom letzten Waffengang mit den Deutschen, hatten von einem neuerlichen Krieg nichts hören wollen. Und jetzt stießen die deutschen Panzer mit einer Leichtigkeit nach Frankreich vor, als handele es sich um einen Wochenendausflug. Nicht mehr lange, und Adolf Hitler herrschte über ein Reich, das sich vom nördlichen Polarkreis bis zum Mittelmeer erstreckte. Und Großbritannien, schlecht gerüstet und mangelhaft vorbereitet, stand allein gegen ihn.

Vicary beendete den Artikel, legte den Stift weg und las den Text noch einmal durch. Draußen tauchte die Sonne in ein Meer von Orange über London. Der Duft der Krokusse und Narzissen, die in den Londoner Parks blühten, wehte zum Fenster herein. Es wurde empfindlich kühl, und wegen des Blütenstaubs würde er wahrscheinlich einen Niesanfall bekommen. Doch die Luft strich wohltuend über sein Gesicht, und sogar der Tee schmeckte besser, also ließ er das Fenster offen.

Der Krieg hatte sein Denken und Handeln verändert. War er früher an seinen Landsleuten fast verzweifelt, so betrachtete er sie nun mit mehr Wohlwollen. Er staunte darüber, daß sie Witze rissen, wenn sie bei Luftangriffen in die schützenden U-Bahn-Schächte strömten, und daß sie in den Pubs sangen, um ihre Angst zu verbergen. Es hatte eine Weile gedauert, bis Vicary erkannte, daß seine Gefühle nichts anderes waren als Patriotismus. Im Zuge seiner lebenslangen Forschungen war er zu dem Schluß gekommen, daß es keine destruktivere Kraft auf der Welt gebe. Nun aber verspürte er selbst patriotische Wallungen in der Brust, und er schämte sich ihrer nicht. Wir sind die Guten, sagte er sich, und die anderen sind die Bösen. Unser Nationalismus ist vertretbar.

Vicary hatte beschlossen, selbst einen Beitrag zu leisten. Er wollte etwas tun und die Vorgänge nicht mehr nur durch das Fenster seiner wohlbehüteten Welt betrachten.

Um sechs Uhr trat, ohne vorher anzuklopfen, Lillian Walford ein. Sie war groß, hatte die Beine einer Kugelstoßerin und trug eine Brille mit runden Gläsern, die ihrem Blick einen noch strengeren Ausdruck verlieh. Mit der unauffälligen Effizienz einer Nachtschwester begann sie, Papiere zusammenzuraffen und Bücher zuzuklappen.

Eigentlich war sie allen Professoren des Colleges zugeteilt. Doch sie glaubte, daß Gott in seiner unendlichen Weisheit jedem Menschen eine arme Seele anvertraue, um die er sich zu kümmern habe. Und wenn es eine arme Seele gab, die des Beistands bedurfte, dann war es Professor Vicary. Seit zehn Jahren kümmerte sie sich mit militärischer Präzision um die kleinen Dinge in Vicarys überschaubarem Leben. Sie sorgte dafür, daß in seinem Haus am Draycott Place in Chelsea stets eine Mahlzeit bereitstand. Sie achtete darauf, daß seine Hemden pünktlich geliefert wurden und die richtige Menge Stärke enthielten – nicht zuviel, damit er sich nicht die zarte Haut am Hals wundscheuerte. Sie beglich seine Rechnungen und hielt ihm regelmäßig eine Standpauke wegen seines nachlässig verwalteten Bankkontos. Immer wieder stellte sie neue Dienstmädchen ein, da seine Anfälle von Übellaunigkeit die alten vertrieben. Trotz ihres engen Arbeitsverhältnisses redeten sie einander nicht mit dem Vornamen an. Sie war Miss Walford, und er war Professor Vicary. Am liebsten nannte sie sich seine »persönliche Assistentin«, und Vicary ließ sie, ganz gegen seine sonstige Art, gewähren.

Miss Walford huschte hinter Vicary vorbei und schloß, ihm einen tadelnden Blick zuwerfend, das Fenster. »Wenn Sie nichts dagegen haben, Professor Vicary, werde ich jetzt nach Hause gehen.«

»Aber natürlich nicht, Miss Walford.«

Er sah zu ihr auf. Er war ein fahriger Gelehrter, kleingewachsen und bis auf ein paar widerspenstige graue Strähnen kahl. Auf seiner Nasenspitze saß, geduldig leidend, eine Lesebrille mit halbmondförmigen Gläsern, über und über mit Fingerabdrükken verschmiert, da er die Angewohnheit hatte, sie ständig auf- und abzusetzen, wenn er nervös war. Er trug eine verschlissene Tweedjacke und eine nicht dazu passende Krawatte voller Teeflecken. Sein Gang wurde an der Universität belächelt, und ohne daß er davon wußte, hatten einige Studenten gelernt, ihn perfekt zu imitieren. Seit einer Verwundung durch einen Granatsplitter im Ersten Weltkrieg hatte er ein steifes Knie und hinkte beim Gehen – wie ein Spielzeugsoldat, der nicht mehr richtig funktioniert, dachte Miss Walford. Gewöhnlich neigte er den Kopf nach vorn, so daß er über die Brille hinwegspähen konnte, und ständig schien er irgendwohin zu eilen, wo er eigentlich gar nicht sein wollte.

»Mr. Ashworth hat vor ein paar Stunden zwei schöne Lammkoteletts in Ihr Haus geliefert«, sagte Miss Walford und runzelte beim Anblick eines unordentlichen Papierstapels die Stirn, als habe sie ein ungebärdiges Kind vor sich. »Er sagt, daß er in nächster Zeit kein Lamm mehr bekommt.«

»Das glaube ich gern«, sagte Vicary. »Im *Connaught* steht schon seit Wochen kein Fleisch mehr auf der Speisekarte.«

»Langsam wird es ein wenig grotesk, finden Sie nicht auch,

Professor Vicary«, sagte Miss Walford. »Heute hat die Regierung angeordnet, daß die Dächer der Londoner Busse grau gestrichen werden sollen wie Schlachtschiffe. Sie glauben, daß sie von der deutschen Luftwaffe dann schwerer bombardiert werden können.«

»Die Deutschen sind skrupellos, aber selbst sie werden nicht ihre Zeit damit vergeuden, Busse zu bombardieren.«

»Außerdem haben sie verboten, auf Brieftauben zu schießen. Würden Sie mir bitte erklären, wie ich eine Brieftaube von einer normalen Taube unterscheiden soll?«

»Ich kann Ihnen nur sagen, wie oft ich versucht habe, eine Taube abzuschießen«, antwortete Vicary.

»Übrigens habe ich mir erlaubt, auch Minzsoße zu bestellen«, sagte Miss Walford. »Ich weiß doch, daß es Ihnen die ganze Woche verderben kann, wenn Sie Ihr Lamm ohne Minzsoße essen müssen.«

»Vielen Dank, Miss Walford.«

»Ihr Verleger hat angerufen und gesagt, daß die Korrekturfahnen Ihres neuen Buches zur Durchsicht für Sie bereitliegen.«

»Und das mit nur vierwöchiger Verspätung. Ein Rekord für Cagley. Erinnern Sie mich daran, daß ich mich nach einem neuen Verleger umsehe, Miss Walford.«

»Ja, Professor Vicary. Dann hat Miss Simpson angerufen und läßt Ihnen ausrichten, daß sie heute abend nicht mit Ihnen essen kann. Ihre Mutter ist krank. Ich soll Ihnen sagen, daß es nichts Ernstes ist.«

»Mist«, murmelte Vicary. Er hatte sich auf den Abend mit Alice Simpson gefreut. Sie war seit sehr langer Zeit die erste Frau, an der er ernsthaft interessiert war.

»Ist das alles?«

»Nein, der Premierminister hat angerufen.«

»Was? Warum um alles in der Welt haben Sie mir nicht Bescheid gesagt?«

»Weil Sie unter keinen Umständen gestört werden wollten. Ich habe das Mr. Churchill mitgeteilt, und er hatte dafür durchaus Verständnis. Er sagt, nichts ärgere ihn mehr, als beim Schreiben gestört zu werden.«

Vicary runzelte die Stirn. »Von heute an haben Sie meine ausdrückliche Erlaubnis, mich zu stören, wenn Mr. Churchill anruft.«

»Ja, Professor Vicary«, antwortete sie, unerschüttert in ihrem Glauben, richtig gehandelt zu haben.

»Was wollte der Premierminister?«

»Er erwartet Sie morgen zum Lunch in Chartwell.«

Je nach Laune schlug Vicary abends einen anderen Heimweg ein. Manchmal stand ihm der Sinn danach, sich durch eine belebte Einkaufsstraße oder die lärmende Menge in Soho zu zwängen. An anderen Abenden mied er die Hauptstraßen und streifte durch die ruhigen Wohnviertel, blieb zuweilen stehen und betrachtete ein prächtig erleuchtetes Haus im georgianischen Stil oder verlangsamte seine Schritte, um der Musik, dem Gelächter und Gläsergeklirr einer fröhlichen Cocktailparty zu lauschen.

Heute ging er bei Anbruch der Dämmerung durch eine ruhige Straße.

Vor dem Krieg hatte er an den meisten Abenden in der Bibliothek gearbeitet und war bis tief in die Nacht wie ein Gespenst zwischen den Regalen umhergehuscht. Manchmal war er sogar eingeschlafen, und so hatte Miss Walford die Nachtwächter angewiesen, ihn zu wecken, wenn sie ihn fanden, ihn in seinen Regenmantel zu stecken und nach Hause zu schicken.

Mit der Verdunkelung hatte sich alles geändert. Abend für Abend versank die Stadt in tiefster Finsternis. Gebürtige Londoner verirrten sich in Straßen, durch die sie seit Jahren gingen. Für den nachtblinden Vicary war eine Orientierung während der Verdunkelung nahezu unmöglich. Er stellte sich vor, daß es vor zweitausend Jahren, als London noch eine Ansammlung von Holzhütten am sumpfigen Ufer der Themse war, ähnlich gewesen sein mußte. Göring hatte das Rad der Zeit zurückgedreht und mit seinen Bombern den Fortschritt der Menschheit gestoppt. Für Vicary hieß das, daß er das College lange vor Einbruch der Dunkelheit verlassen und nach Hause eilen mußte, bevor er in den dunklen Seitenstraßen von Chelsea festsaß. War er glücklich zu Hause angelangt, trank er seine beiden obligatorischen Gläser Burgunder und aß die Koteletts mit Erbsen, die das Hausmädchen für ihn warmgestellt hatte. Er wäre wohl verhungert, wenn sie nicht für ihn gekocht hätte, denn er kämpfte immer noch mit den Tücken der modernen englischen Küche.

Nach dem Abendessen hörte er gewöhnlich Musik oder ein

Hörspiel im Radio, oder er las einen Kriminalroman, eine heimliche Leidenschaft, von der niemand wußte. Er liebte Geheimnisse und Rätsel. Er liebte es, die Fälle selbst zu analysieren und mit seiner eigenen Kombinationsgabe zu lösen, lange bevor der Autor es für ihn tat. Und er liebte die Charakterstudien in den Kriminalromanen – dort entdeckte er Parallelen zu seiner eigenen Arbeit, die ihn immer wieder mit der Frage konfrontierte, warum gute Menschen manchmal niederträchtige Dinge taten.

Vicary schlief in Etappen. Zunächst döste er bei brennender Leselampe in seinem Lieblingssessel ein. Dann wechselte er auf das Sofa. Zuletzt, gewöhnlich in den frühen Morgenstunden, schlurfte er nach oben ins Schlafzimmer. Die Konzentration, die das Auskleiden erforderte, machte ihn manchmal so munter, daß er nicht wieder einschlafen konnte, und so lag er wach, dachte nach und wartete auf das Grauen des Tages und das Kichern der alten Elster, die jeden Morgen draußen im Garten im Vogelbad planschte.

Er zweifelte daran, daß er heute nacht ruhigen Schlaf finden würde – nicht nach Churchills Einladung.

Es war durchaus nicht ungewöhnlich, daß Churchill ihn im Büro anrief, ungewöhnlich war nur der Zeitpunkt. Vicary war seit Herbst 1935 mit ihm befreundet, als er einen Vortrag Churchills in London besucht hatte. Churchill war damals der einzige gewesen, der vor der Bedrohung durch die Machthaber in Nazideutschland warnte. An jenem Abend behauptete er, daß Deutschland sich in fieberhaftem Tempo wiederbewaffne und daß Hitler losschlagen wolle, sobald er dazu in der Lage sei. England müsse sofort aufrüsten, wenn es nicht in sklavische Abhängigkeit von den Nazis geraten wolle. Die Zuhörer dachten, er habe den Verstand verloren, und störten seine Rede gnadenlos durch Zwischenrufe. Churchill brach seine Ausführungen abrupt ab und kehrte gekränkt nach Chartwell zurück.

Vicary stand an jenem Abend im hinteren Teil des Saales und beobachtete das Spektakel. Auch er hatte die Entwicklung in Deutschland seit Hitlers Machtergreifung aufmerksam verfolgt und im Kreis seiner Kollegen am College prophezeit, daß England und Deutschland bald gegeneinander Krieg führen würden, möglicherweise sogar noch vor Ende des Jahrzehnts. Aber niemand wollte auf ihn hören. Viele sahen in Hitler ein willkommenes Gegengewicht zur Sowjetunion und meinten, man müsse ihn unterstützen. Vicary hielt das für baren Unsinn. Zwar teilte er die Ansicht seiner Landsleute, daß Churchill Züge eines Abenteurers habe und etwas zu kriegslustig sei, doch in bezug auf die Nazis hatte Churchill seines Erachtens ins Schwarze getroffen.

Wieder zu Hause, setzte sich Vicary an den Schreibtisch und brachte eine kurze, nur aus einem Satz bestehende Nachricht an Churchill zu Papier: *Ich habe Ihren Vortrag in London besucht und stimme jedem Ihrer Worte zu.* Fünf Tage später erhielt er einen Brief: *Gott sei Dank, ich bin doch nicht allein. Der große Vicary ist auf meiner Seite! Bitte erweisen Sie mir die Ehre, und kommen Sie am Sonntag zum Lunch nach Chartwell.*

Ihre erste Begegnung war ein Erfolg. Vicary wurde sofort in den Kreis jener Wissenschaftler, Journalisten, Beamten und Offiziere aufgenommen, die Churchill in den folgenden Jahren beraten und mit Informationen über Deutschland versorgen sollten. Winston zwang Vicary zum Zuhören, während er über den alten Parkettboden in seiner Bibliothek schritt und seine Theorien über die Absichten Deutschlands darlegte. Manchmal war Vicary anderer Ansicht und nötigte Churchill, seinen Standpunkt näher zu erläutern. Manchmal geriet Churchill in Zorn und weigerte sich, klein beizugeben. Doch Vicary ließ sich nicht unterkriegen. Auf diese Weise hatte sich ihre Freundschaft gefestigt.

Jetzt, als Vicary in der Abenddämmerung nach Hause ging, dachte er über die Einladung nach Chartwell nach. Churchill wollte bestimmt nicht nur ein Schwätzchen unter Freunden halten.

Vicary bog in eine Straße mit schönen Villen ein, die im Dämmerlicht rosa erstrahlten. Er verlangsamte seine Schritte, als habe ihn etwas irritiert. Mit einer Hand umklammerte er die schwere Aktentasche, die andere vergrub er tief in der Manteltasche. Eine schöne Frau, etwa in seinem Alter, trat aus einer Haustür. Ein gutaussehender Mann mit gelangweiltem Gesicht folgte ihr. Trotz der Entfernung – und obwohl er schlecht sah – erkannte er, daß es Helen war. Er würde sie überall erkennen, an ihrer aufrechten Haltung, ihrem langen Hals, ihrem verächtlichen Gang, so als sei sie ständig in Gefahr, in etwas Ekliges zu treten. Vicary sah sie in den Fond eines Wagens steigen, an dessen Steuer ein Chauffeur saß. Im nächsten Moment löste sich das

Auto vom Bordstein und fuhr auf ihn zu. *Dreh dich zur Seite, du verdammter Narr. Sieh sie nicht an!* Doch er brachte es nicht über sich. Als der Wagen an ihm vorbeirollte, wandte er den Kopf und glotzte auf den Rücksitz. Natürlich sah sie ihn, nur für einen Moment, doch der genügte. Verlegen schlug sie die Augen nieder. Durch das hintere Fenster beobachtete Vicary, wie sie sich an ihren Mann wandte und etwas zu ihm sagte. Lachend warf dieser den Kopf zurück.

Du Idiot! Du dämlicher Idiot!

Vicary ging weiter. Er schaute auf und sah den Wagen um die Ecke biegen. Er fragte sich, wohin sie wohl fuhren – zu einer Party, oder vielleicht ins Theater. *Warum kann ich nicht von ihr lassen? Mein Gott, das ist doch jetzt fünfundzwanzig Jahre her.* Und dann dachte er: *Und warum bekomme ich immer noch Herzklopfen, wie damals, bei unserer ersten Begegnung?*

Er ging so schnell wie möglich durch mehrere Straßen, bis er müde wurde und außer Atem geriet. Er dachte an alles, was ihm in den Sinn kam – *nur nicht an sie.* Er gelangte an einen Spielplatz, blieb vor dem schmiedeeisernen Tor stehen und sah durch die Gitterstäbe den Kindern zu. Sie waren dick eingemummt und tapsten umher wie pummelige kleine Pinguine. Jeder deutsche Spion, der hier auf der Lauer lag, hätte erkannt, daß viele Londoner der Empfehlung der Regierung nicht folgten und ihre Kinder bei sich in der Stadt behielten. Vicary, der sich normalerweise nichts aus Kindern machte, stand am Tor, lauschte fasziniert und dachte, daß es nichts Tröstlicheres gab als den Lärm spielender Kinder.

Churchills Wagen erwartete ihn am Bahnhof. Mit offenem Verdeck glitt er durch die grüne Hügellandschaft im Südwesten Englands. Es war kühl und windig, und überall blühte es. Vicary saß auf dem Rücksitz, hielt sich mit einer Hand den Mantel zu und preßte sich mit der anderen den Hut an den Kopf. Der Wind blies in den offenen Wagen wie ein Sturm über den Bug eines Schiffes. Er überlegte, ob er den Chauffeur bitten solle, anzuhalten und das Verdeck zu schließen. Dann kam der unvermeidliche Niesanfall – zuerst in Form vereinzelter Scharfschüsse, die sich jedoch alsbald zu einem wahren Trommelfeuer steigerten. Vicary konnte sich nicht entscheiden, welche Hand er vor den Mund halten sollte. Immer wieder drehte er den Kopf, um so zu niesen, daß der Wind die kleinen Wölkchen aus Feuchtigkeit und Bazillen davontrug.

Der Chauffeur wurde besorgt, als er Vicarys Verrenkungen im Rückspiegel sah. »Soll ich anhalten, Professor Vicary?« fragte er und nahm den Fuß vom Gaspedal.

Der Niesanfall legte sich, und Vicary konnte den Rest der Fahrt genießen. Normalerweise machte er sich nichts aus der Natur. Er war in London geboren und aufgewachsen. Er mochte Menschenmengen, den Lärm und den Verkehr. Auf dem flachen Land verlor er leicht die Orientierung. Auch waren ihm die stillen Nächte zuwider. Sie brachten ihn auf abwegige Gedanken und machten ihn glauben, daß wilde Tiere auf der Suche nach Beute durch die Dunkelheit streiften. Doch jetzt saß er im Fond des Wagens und bewunderte die Schönheit der englischen Landschaft.

Der Wagen bog in die Auffahrt nach Chartwell ein. Vicarys Puls ging schneller, als er aus dem Auto stieg und zum Haus schritt. Die Tür schwang auf, und Inches, Churchills Diener, begrüßte ihn.

»Guten Morgen, Professor Vicary. Der Premierminister erwartet sie bereits voller Ungeduld.«

Vicary reichte ihm Hut und Mantel.

»Ich hoffe, Sie hatten eine angenehme Fahrt«, sagte Inches.

»Wunderbar«, log Vicary höflich.

»Wie üblich ist Mr. Churchill heute morgen etwas im Verzug«, sagte Inches und fügte dann in vertraulichem Ton hinzu: »Er macht einen Zeitplan, der nahezu nicht einzuhalten ist, und dann sind wir den Rest des Tages damit beschäftigt, den Rückstand aufzuholen.«

»Ich verstehe, Inches. Soll ich im Garten warten?«

»Der Premierminister will Sie unbedingt sofort sehen. Er hat mich gebeten, Sie gleich nach Ihrer Ankunft nach oben zu bringen.«

»Nach oben?«

Inches klopfte sanft an die Tür zum Badezimmer und öffnete sie. Churchill lag in der Wanne, in einer Hand eine Zigarre, in bequemer Reichweite der anderen, auf einem kleinen Tisch, das zweite Glas Whisky des Tages.

Inches meldete Vicary und zog sich zurück. Churchill grinste seinen Freund an. »Vicary, mein Bester«, sagte er, tauchte den

Mund ins Wasser und ließ Blasen aufsteigen. »Gut, daß Sie da sind.«

Vicary fand die Hitze im Badezimmer drückend. Zudem hatte er Mühe, beim Anblick des dicken rosigen Mannes, der wie ein Kind in der Wanne planschte, ernst zu bleiben. Er zog seine Tweedjacke aus und setzte sich widerstrebend auf die Toilettenschüssel.

»Ich wollte etwas Vertrauliches mit Ihnen bereden, deshalb habe ich Sie in meine Höhle eingeladen.« Churchill schürzte die Lippen. »Vicary, ich muß Ihnen gleich sagen, daß ich böse mit Ihnen bin.«

Vicary erstarrte.

Churchill öffnete den Mund, um weiterzusprechen, hielt dann aber inne. Sein Gesicht nahm einen verdutzten, bekümmerten Ausdruck an. Vicary stockte der Atem.

»Inches!« bellte Churchill.

Inches schlüpfte herein. »Ja, Mr. Churchill?«

»Inches, ich glaube, die Temperatur des Badewassers ist unter vierzig Grad gefallen. Würden Sie mal auf dem Thermometer nachsehen?«

Inches krempelte den Ärmel auf und fischte das Thermometer aus der Wanne. Er studierte es, wie ein Archäologe einen alten Knochensplitter in Augenschein nimmt. »Sie haben recht, Sir. Die Temperatur ist auf neununddreißig Grad gesunken. Soll ich warmes Wasser einlaufen lassen?«

»Selbstverständlich.«

Inches drehte den Warmwasserhahn auf und ließ ihn einen Moment lang geöffnet. Churchill lächelte, als das Bad wieder die richtige Temperatur erreichte. »Viel besser, Inches.«

Churchill wälzte sich auf die Seite. Wasser schwappte über den Rand der Wanne und spritzte Vicarys Hosenbein naß.

»Was wollten Sie sagen, Herr Premierminister?«

»Ach ja, ich sagte gerade, daß ich böse mit Ihnen bin, Vicary. Sie haben mir nie erzählt, daß Sie in jungen Jahren ein ziemlich guter Schachspieler gewesen sind. Wie ich höre, haben Sie in Cambridge jeden geschlagen.«

»Ich bin untröstlich, Herr Premierminister«, sagte Vicary, nun vollends verwirrt. »Aber bei unseren Unterhaltungen sind wir nie auf das Thema Schach zu sprechen gekommen.«

»Brillant, rücksichtslos, risikofreudig – so haben mir die Leute

Ihr Spiel beschrieben.« Churchill machte eine Pause. »Und im Ersten Weltkrieg waren Sie beim Nachrichtendienst.«

»Ich war bei einer Motorradeinheit«, protestierte Vicary. »Ich war Kradmelder, nicht mehr.«

Churchill wandte den Blick von Vicary ab und starrte an die Decke.

»Im Jahre 1250 vor Christus sprach Gott zu Mose, er solle Spione aussenden, um das Land Kanaan auszukundschaften. Gütigerweise gab der Herr Mose einen Rat, nach welchen Kriterien er seine Spione auswählen solle. Nur die besten und intelligentesten Männer seien für eine solche Aufgabe geeignet, sagte der Herr, und Mose nahm sich seinen Rat zu Herzen.«

»Das ist wahr, Herr Premierminister«, sagte Vicary. »Wahr ist aber auch, daß die Informationen, die die Spione sammelten, schlecht verwertet wurden. Die Folge war, daß die Israeliten weitere vierzig Jahre durch die Wüste wanderten.«

Churchill lächelte. »Ich hätte längst einsehen müssen, daß man niemals mit Ihnen streiten darf, Alfred. Sie haben eine rasche Auffassungsgabe. Das habe ich immer bewundert.«

»Was soll ich tun?«

»Ich will, daß Sie eine Aufgabe beim militärischen Geheimdienst übernehmen.«

»Aber Herr Premierminister, für diese Art von Arbeit bin ich nicht qualifiziert ...«

»Dort weiß keiner, was er tut«, schnitt ihm Churchill das Wort ab. »Am wenigsten die Berufsoffiziere.«

»Aber was wird aus meinen Studenten, meiner Forschungsarbeit?«

»Ihre Studenten werden ohnehin bald eingezogen und werden um ihr Leben kämpfen. Und was Ihre Arbeit angeht, die kann warten.« Churchill machte eine Pause. »Kennen Sie John Masterman und Christopher Cheney aus Oxford?«

»Sie wollen doch nicht etwa behaupten, daß die da hereingezogen wurden?«

»Doch, und glauben Sie nicht, daß Sie an irgendeiner Universität noch einen Mathematiker finden, der etwas taugt. Die haben wir uns alle geschnappt und nach Bletchley Park geschafft.«

»Was um alles in der Welt tun sie dort?«

»Sie versuchen, deutsche Codes zu knacken.«

Vicary tat so, als denke er kurz nach. »Ich denke, ich mache mit.«

»Gut.« Churchill schlug mit der Faust auf den Wannenrand. »Sie werden sich Montag früh bei Brigadegeneral Sir Basil Boothby melden. Er ist der Chef der Abteilung, der Sie zugewiesen werden. Und ein englischer Einfaltspinsel, wie er im Buche steht. War nach mir in Harrow. Er würde mir gern ein Bein stellen, wenn er könnte, aber dazu ist er zu dämlich. Der Mann ist ein hoffnungsloser Stümper.«

»Klingt charmant.«

»Er weiß, daß wir befreundet sind, und deshalb wird er Sie auf dem Kieker haben. Lassen Sie sich bloß nicht von ihm schikanieren. Ist das klar?«

»Ja, Herr Premierminister.«

»Ich brauche in der Abteilung jemanden, dem ich vertrauen kann. Es wird Zeit, daß der militärische Nachrichtendienst eine Intelligenzspritze bekommt. Und Ihnen wird das auch guttun, Alfred. Es wird Zeit, daß Sie Ihrer verstaubten Bibliothek den Rücken kehren und wieder unter Menschen kommen.«

Die unvermittelte Vertraulichkeit Churchills überraschte Vicary. Er dachte daran, wie er am gestrigen Abend auf dem Nachhauseweg in Helens Auto gestarrt hatte.

»Ja, Herr Premierminister, ich glaube, es ist an der Zeit. Nur, was soll ich beim militärischen Nachrichtendienst tun?«

Doch Churchill war bereits im Wasser untergetaucht.

4

Rastenburg, Deutschland: Januar 1944

Admiral Canaris war ein kleiner, nervöser Mann, der leicht lispelte, weißhaarig, mit durchdringenden blauen Augen und einem sarkastischen Humor, den er allerdings nur selten zeigte. Er saß auf dem Rücksitz eines Mercedes, der vom Flugplatz Rastenburg zu Adolf Hitlers geheimem Hauptquartier fuhr, etwa fünfzehn Kilometer entfernt. Canaris mied Uniformen und militärische Abzeichen jeglicher Art und zog deshalb normalerweise einen schlichten dunklen Anzug vor. Da er heute aber mit Adolf Hitler und den ranghöchsten deutschen Offizieren zusammentreffen sollte, trug er widerwillig seine Kriegsmarineuniform unter dem Dienstmantel.

Der alte Fuchs, wie ihn Freunde und Kritiker gleichermaßen nannten, war dank seiner kühlen, unnahbaren Persönlichkeit für die ruchlose Welt der Spionage wie geschaffen. Mehr als jeder Mensch mit Ausnahme seiner Frau Erika und seiner Töchter lagen ihm seine beiden Dackel am Herzen, die jetzt zu seinen Füßen auf dem Boden schliefen. Mußte er aus dienstlichen Gründen auswärts übernachten, so reservierte er ein separates Zimmer mit Doppelbett, damit die Hunde bequem schlafen konnten. Wenn er sie in Berlin zurücklassen mußte, erkundigte er sich ständig bei seinen Mitarbeitern, ob die Tiere gefressen und einen regelmäßigen Stuhlgang hatten. Angehörige der Abwehr, die es wagten, sich abfällig über die Hunde zu äußern, setzten ihre Karriere aufs Spiel, wußten sie nicht zu verhindern, daß ihrem Chef ein Wort von ihrem Verrat zu Ohren kam.

In einer Villa in Aplerbeck bei Dortmund aufgewachsen, gehörte Wilhelm Canaris, der Sohn eines Industriekapitäns, dessen italienische Vorfahren im 16. Jahrhundert nach Deutschland eingewandert waren, jener deutschen Elite an, die Hitler so verachtete. Er sprach die Sprachen der Freunde Deutschlands ebenso wie die seiner Feinde – Italienisch, Spanisch, Englisch, Französisch und Russisch – und veranstaltete im Salon seines

Berliner Hauses regelmäßig Konzerte mit Kammermusik. Im Jahr 1934 befehligte er den Festungsposten Swinemünde an der Ostsee, als ihn Hitler unerwartet zum Chef der Abwehr, des militärischen Nachrichtendienstes, erkor. Hitler befahl seinem neuen Chefspion, einen Geheimdienst nach britischem Vorbild aufzubauen, und am 2. Januar 1935, einen Tag nach seinem achtundvierzigsten Geburtstag, übernahm Canaris offiziell die Leitung der Spionagebehörde.

Die Berufung Canaris' sollte sich als eine der größten Fehlentscheidungen Hitlers entpuppen. Seit seiner Amtsübernahme hatte der Abwehrchef einen prekären Balanceakt vollführt – er hatte den deutschen Generalstab mit den Informationen versorgt, die er benötigte, um einen Großteil Europas zu erobern, und gleichzeitig die Behörde als Instrument benutzt, um Deutschland von Hitler zu befreien. Er war der führende Kopf einer Widerstandsgruppe, der die Gestapo den Namen *Schwarze Kapelle* gegeben hatte. Die kleine, aus Offizieren, Beamten und Zivilisten bestehende Gruppe hatte erfolglos versucht, Hitler zu stürzen und mit den Alliierten einen Frieden auszuhandeln. Canaris hatte aber noch andere verräterische Akte begangen. So hatte er 1939, nachdem er von Hitlers Invasionsplänen in Polen erfahren hatte, die Briten gewarnt und vergeblich gedrängt, etwas zu unternehmen. In derselben Weise war er 1940 aktiv geworden, als Hitler die Absicht bekundete, die Niederlande und Frankreich zu überfallen.

Canaris spähte aus dem Wagenfenster und betrachtete den Görlitzer Wald, der draußen vorüberschwebte. In den Anblick der verschneiten Bäume versunken, dachte er an den jüngsten Anschlag auf Hitler. Ein junger Hauptmann namens Axel von dem Bussche-Streithorst hatte sich dazu entschlossen, Hitler bei einer Besichtigung neuer Winteruniformen für die Wehrmacht zu ermorden. Bussche-Streithorst wollte eine Sprengladung unter dem Mantel verstecken, den er vorführte, und sich zusammen mit Hitler in die Luft sprengen. Doch einen Tag vor dem geplanten Anschlag wurden die Uniformen bei einem Luftangriff der Alliierten vernichtet. Die Präsentation wurde verschoben und fand niemals statt.

Canaris wußte, daß weitere Anschläge folgen würden und daß es noch mehr mutige Deutsche gab, die bereit waren, ihr Leben zu opfern, um Deutschland von Hitler zu erlösen. Aber er wußte auch, daß die Zeit allmählich knapp wurde. Die anglo-amerikanische Invasion in Europa war eine beschlossene Sache, und Roosevelt hatte deutlich gemacht, daß er nur eine bedingungslose Kapitulation akzeptieren würde. Deutschland würde zerstört werden, wie Canaris bereits 1933 befürchtet hatte, als er begriff, welche ehrgeizigen Ziele Hitler verfolgte. Außerdem war er sich darüber im klaren, daß seine Position in der Abwehr mit jedem Tag schwächer wurde. Mehrere Angehörige seines Führungsstabes in der Berliner Abwehr-Zentrale waren von der Gestapo verhaftet und des Hochverrats beschuldigt worden. Seine Gegner intrigierten gegen ihn mit dem Ziel, den Geheimdienst unter ihre Kontrolle zu bringen und ihm die Schlinge um den Hals zu legen. Er wußte, daß seine Tage gezählt waren und daß sein langer, gefährlicher Balanceakt bald ein Ende finden würde.

Der Wagen passierte die zahlreichen Tore und Kontrollposten und bog auf das Gelände der Wolfsschanze ein. Die beiden Dakkel erwachten, winselten nervös und sprangen Canaris auf den Schoß. Die heutige Besprechung sollte in der beklemmenden Atmosphäre des kühlen Kartenraums im unterirdischen Bunker stattfinden. Canaris stieg aus dem Wagen und überquerte mißmutig den Platz. Am Fuß der Treppe stand ein stämmiger SS-Mann und streckte ihm die Hand entgegen, um ihm seine Waffe abzunehmen, sofern er eine bei sich trug. Canaris, der eine Abneigung gegen Schußwaffen hatte und Gewalt verabscheute, schüttelte nur den Kopf und schlüpfte an ihm vorbei.

»Im November habe ich die Weisung Nr. 51 erlassen«, begann Hitler ohne Vorrede und durchmaß, die Hände auf dem Rücken verschränkt, mit energischen Schritten den Raum. Er trug einen taubengrauen Uniformrock, eine schwarze Hose und glänzende kniehohe Schaftstiefel. An seiner linken Brusttasche prangte das Eiserne Kreuz, das er sich als Infanterist eines bayrischen Freiwilligenregiments im Ersten Weltkrieg bei Ypern verdient hatte. »Die Weisung Nr. 51 verleiht meiner Überzeugung Ausdruck, daß die Angelsachsen spätestens im Frühjahr, vielleicht sogar früher, versuchen werden, in Nordwestfrankreich zu landen. In den vergangenen zwei Monaten habe ich keine Veranlassung gesehen, meine Meinung zu ändern.«

Canaris beobachtete vom Konferenztisch aus, wie Hitler durch den Raum stapfte. Seine gebeugte Haltung, hervorgerufen durch eine Wirbelsäulenverkrümmung, war anscheinend schlimmer geworden. Canaris fragte sich, ob er endlich den Druck spürte. Er sollte es. Was hatte Friedrich der Große gesagt? *Wer alles verteidigt, verteidigt nichts.* Hitler hätte den Rat seines Vorbilds beherzigen sollen, denn Deutschland befand sich in derselben Lage wie im Ersten Weltkrieg: Es hatte weit größere Gebiete erobert, als es verteidigen konnte.

Es war Hitlers eigene Schuld – *dieser verdammte Narr!* Canaris blickte auf die Karte. Die deutschen Truppen kämpften im Osten an einer zweitausend Kilometer langen Front. Jede Hoffnung auf einen militärischen Sieg über die Russen war im vorangegangenen Juli zerstoben, als die Rote Armee bei Kursk eine deutsche Offensive zurückschlug und der Wehrmacht schwere Verluste beibrachte. Und nun versuchte das Heer, eine Front zu halten, die von Leningrad bis zum Schwarzen Meer reichte. Am Mittelmeer verteidigte Deutschland dreitausend Kilometer Küste. Und im Westen – *mein Gott!* dachte Canaris – sechstausend Kilometer von den Niederlanden bis zum Südzipfel des Golfs von Biskaya. Hitlers Festung Europa war viel zu groß und hatte überall Schwachpunkte.

Canaris ließ den Blick über die Männer schweifen, die mit ihm am Tisch saßen. Da war zunächst Feldmarschall Gerd von Rundstedt, Oberbefehlshaber West, dann Feldmarschall Erwin Rommel, Generalinspekteur des Atlantikwalls und Kommandeur der Heeresgruppe B in Nordwestfrankreich, und schließlich Heinrich Himmler, Reichsführer SS und Chef der Deutschen Polizei. Ein halbes Dutzend von Himmlers treuesten und skrupellosesten Männern hatte im Zimmer Stellung bezogen und paßte auf, nur für den Fall, daß einer der Spitzenoffiziere des Dritten Reichs versuchen sollte, dem Führer ans Leben zu gehen.

Hitler blieb stehen: »Weisung Nr. 51 bringt auch meine Überzeugung zum Ausdruck, daß wir die Truppenstärke im Westen nicht weiter verringern dürfen, um die gegen die Bolschewisten kämpfende Truppe zu unterstützen. Im Osten können wir, wenn kein anderer Ausweg bleibt, weite Gebiete preisgeben, bevor der Feind deutschen Heimatboden bedroht. Nicht so im Westen. Wenn den Angelsachsen die Landung gelingt, wird das verheerende Folgen haben. Aus diesem Grund wird hier, im Nordwesten Frankreichs, die entscheidende Schlacht dieses Krieges geschlagen.«

Hitler machte eine Pause und ließ seine Worte wirken. »Wir werden uns der Invasion mit aller Macht entgegenstemmen und sie auf dem Wasser zurückschlagen. Wenn das nicht möglich ist und wenn es den Angelsachsen gelingt, vorübergehend einen Brückenkopf zu errichten, müssen wir darauf vorbereitet sein, rasch unsere Truppen zu verlegen, einen massiven Gegenangriff einzuleiten und die Eindringlinge ins Meer zurückzuwerfen.« Hitler verschränkte die Arme. »Aber zu diesem Zwecke müssen wir den Schlachtplan des Feindes kennen. Wir müssen wissen, wann er angreifen will. Und, was noch wichtiger ist, wo. Herr Generalfeldmarschall?«

Feldmarschall Gerd von Rundstedt stand auf und trat, in der rechten Hand den Marschallstab, den er stets bei sich trug, schwerfällig vor die Karte. Rundstedt, als »der letzte deutsche Ritter« bekannt, war von Adolf Hitler häufiger suspendiert und später wieder zurückgerufen worden, als Canaris und selbst sein eigener Stab sich erinnern konnten. Er verabscheute den Fanatismus der Nazis, und er war es auch, der Hitler den verächtlichen Spitznamen »der kleine böhmische Gefreite« gegeben hatte.

Die Belastung der zurückliegenden fünf Kriegsjahre hatte in seinem schmalen Aristokratengesicht Spuren hinterlassen. Canaris wußte, daß Rundstedt mehr Champagner trank, als gut für ihn war, und daß er abends ein beträchtliches Quantum Whisky benötigte, um einzuschlafen. Er stand regelmäßig erst um zehn Uhr auf – eine recht unschickliche Zeit für einen Soldaten –, und der Stab in seinem Hauptquartier in Saint-Germain-en-Laye setzte selten eine Lagebesprechung am Vormittag an.

Trotz seines fortgeschrittenen Alters und seiner nachlassenden Disziplin gehörte Rundstedt nach wie vor zu den fähigsten deutschen Militärs. Er war ein brillanter Taktiker und Stratege, wie er 1939 den Polen und 1940 den Franzosen und Briten bewiesen hatte. Doch Canaris beneidete ihn nicht um seine Lage. Auf dem Papier verfügte Rundstedt im Westen über eine große und schlagkräftige Streitmacht – anderthalb Millionen Mann, darunter 350 000 Elitesoldaten der Waffen-SS, zehn Panzerdivisionen und zwei Fallschirmjägerdivisionen. Wenn diese Truppen zügig an der richtigen Stelle eingesetzt wurden, waren sie durchaus noch in der Lage, den Alliierten eine vernichtende Niederlage beizubringen. Doch wenn der alte deutsche Ritter sich verrechnete – wenn er seine Truppen an falscher Stelle stationierte oder nach Beginn der Invasion taktische Fehler beging –, faßten die Alliierten auf dem Festland Fuß und der Krieg war verloren.

»Nach unserer Ansicht gibt es nur zwei Möglichkeiten – entweder östlich der Seine an der Straße von Dover oder westlich der Seine in der Normandie. Beides hat seine Vor- und Nachteile.«

»Weiter, Herr Generalfeldmarschall.«

Rundstedt fuhr mit lustloser, monotoner Stimme fort. »Calais ist der wichtigste strategische Punkt an der Kanalküste. Wenn es dem Feind gelingt, dort einen Brückenkopf zu errichten, kann er nach Osten vorstoßen und innerhalb weniger Tage das Ruhrgebiet erreichen. Die Amerikaner wollen den Krieg noch vor Weihnachten beendet haben. Wenn ihnen die Landung bei Calais gelingt, könnte ihr Wunsch in Erfüllung gehen.« Von Rundstedt hielt inne und ließ seine Warnung wirken, dann fuhr er fort: »Es gibt noch einen anderen Grund, warum eine Landung bei Calais aus militärischer Sicht sinnvoll ist – dort ist die engste Stelle des Ärmelkanals. Der Feind könnte Menschen und Material viermal schneller nach Calais bringen als in die Normandie oder in die Bretagne. Vergessen wir nicht, daß im Fall der Invasion für den Feind ein Wettlauf mit der Zeit beginnt. Er muß in extrem kurzer Zeit Truppen und Waffen an Land bringen. In der Straße von Dover gibt es drei ausgezeichnete Seehäfen …« Rundstedt tippte mit der Spitze seines Marschallstabes auf jeden einzelnen. »… Boulogne, Calais und Dünkirchen. Meines Erachtens wird der Feind zuallererst versuchen, einen größeren Hafen zu erobern und so schnell wie möglich in Betrieb zu nehmen, denn ohne einen solchen Hafen kann er seine Truppen nicht mit Nachschub versorgen. Und wenn er seine Truppen nicht versorgen kann, ist er verloren.«

»Beeindruckend, Herr Feldmarschall«, sagte Hitler. »Aber was spricht gegen die Normandie?«

»Die Normandie stellt den Feind vor viele Probleme. Der Ärmelkanal ist dort viel breiter. Und an einigen Stellen trennen hohe Klippen die Strände vom Festland. Der nächste Hafen ist Cherbourg, an der Spitze einer stark befestigten Halbinsel. Der Feind könnte unter Umständen Tage brauchen, um Cherbourg zu nehmen, und selbst wenn es ihm gelänge, so weiß er doch, daß wir ihn vor dem Abzug unbrauchbar machen würden. Doch meines Erachtens spricht vor allem die geographische Lage gegen die Normandie. Selbst wenn es dem Feind gelingt, in der Normandie zu landen, so läuft er doch Gefahr, daß er dort festgenagelt und strategisch isoliert wird. Er muß sich quer durch Frankreich kämpfen, bevor er deutschen Boden erreicht.«

»Und Ihre persönliche Meinung, Herr Generalfeldmarschall?« bellte Hitler.

»Die Alliierten könnten zu einer List greifen«, sagte von Rundstedt vorsichtig und fingerte an seinem Stab herum. »Sie könnten beispielsweise einen Ablenkungsangriff starten, eine Möglichkeit, die Sie selbst angesprochen haben, mein Führer. Doch der eigentliche Schlag erfolgt hier.« Er tippte auf die Karte. »Bei Calais.«

»Admiral Canaris?« fragte Hitler. »Liegen Ihnen Erkenntnisse vor, die diese Theorie stützen?«

Canaris, kein Mann für formale Darstellungen an der Karte, blieb sitzen. Er faßte in die linke Brusttasche seiner Jacke, in der ein Päckchen Zigaretten steckte. Die SS-Männer zuckten nervös. Canaris schüttelte den Kopf, zog langsam die Zigaretten hervor und hielt sie ihnen hin. Er zündete sich umständlich eine an und blies den Rauch in Himmlers Richtung, wohl wissend, daß der Reichsführer SS Tabakqualm nicht ausstehen konnte. Himmler starrte ihn durch die wirbelnde blaue Rauchwolke an, doch seine Augen verrieten keine Regung, nur seine Wange zuckte nervös.

Canaris erklärte, daß die Abwehr im Zusammenhang mit den Invasionsvorbereitungen drei Arten von Informationen sammele und auswerte: Luftaufnahmen der feindlichen Truppen in Südengland, Funksprüche des Feindes, die von der deutschen Funkabwehr abgefangen wurden, und Berichte von Agenten, die in Großbritannien operierten.

»Und welche Schlüsse ziehen Sie aus diesen Informationen, Herr Admiral?« fragte Hitler.

»Unsere bisherigen Erkenntnisse scheinen die Einschätzung des Herrn Feldmarschalls zu bestätigen. Danach haben die Alliierten die Absicht, bei Calais anzugreifen. Unsere Agenten melden verstärkte feindliche Aktivitäten im Südosten Englands, in der Straße von Dover. Außerdem haben wir Funksprüche aufgefangen, in denen von einer neuen Armee, der First United States Army Group, kurz FUSAG, die Rede ist. Ferner haben wir die

Aktivitäten der feindlichen Luftwaffe über dem Nordwesten Frankreichs analysiert und festgestellt, daß der Feind im Raum Calais mehr Bombenangriffe und Aufklärungseinsätze fliegt als in der Normandie und in der Bretagne. Und ich habe eine weitere neue Information erhalten. Einer unserer Agenten in England hat eine Quelle im alliierten Oberkommando. Letzte Nacht hat der Agent einen Bericht geschickt. General Eisenhower ist in London eingetroffen. Die Amerikaner und Briten haben die Absicht, seine Anwesenheit vorläufig geheimzuhalten.«

Hitler schien von dem Bericht des Agenten beeindruckt. Canaris dachte: *Wenn er die Wahrheit wüßte.* Die Wahrheit war, daß die Agentennetze der Abwehr jetzt, wenige Monate vor der wichtigsten Schlacht des Krieges, höchstwahrscheinlich zerstört waren. Und daran gab er Hitler die Schuld. Während der Vorbereitungen auf die später abgeblasene Invasion in Großbritannien, *Operation Seelöwe*, hatten Canaris und seine Leute rücksichtslos Spione nach England geschleust. Alle Vorsicht wurde außer acht gelassen, weil man für die geplante Invasion unbedingt Informationen brauchte. Die Agenten wurden hastig rekrutiert, schlecht ausgebildet und noch schlechter ausgerüstet. Canaris hegte den Verdacht, daß die meisten geradewegs dem MI5 in die Arme gelaufen waren und den bereits bestehenden Agentenringen, die in jahrelanger mühevoller Arbeit aufgebaut worden waren, dauerhaften Schaden zugefügt hatten. Canaris konnte das jetzt nicht zugeben, denn damit hätte er sein eigenes Todesurteil unterzeichnet.

Adolf Hitler ging wieder auf und ab. Canaris wußte, daß Hitler die bevorstehende Invasion nicht fürchtete. Im Gegenteil, er begrüßte sie. Zehn Millionen Deutsche standen unter Waffen, und Hitler konnte sich auf eine Rüstungsindustrie stützen, die trotz ständiger Bombenangriffe und trotz des Arbeitskräfte- und Rohstoffmangels weiterhin gewaltige Mengen an Waffen und Versorgungsgütern produzierte. Er vertraute auf seine Fähigkeit, die Invasion zurückzuschlagen und den Alliierten eine verheerende Niederlage beizubringen. Wie Rundstedt glaubte auch er, daß eine Landung an der Straße von Dover aus strategischen Gründen sinnvoll sei, und der dort errichtete Atlantikwall kam seiner Vorstellung einer uneinnehmbaren Festung am nächsten. Tatsächlich hatte Hitler versucht, die Alliierten zu einer Invasion bei Calais zu zwingen, indem er befohlen hatte, die Abschußrampen für seine »V1«- und »V2«-Raketen dort aufzustellen. Allerdings war sich Hitler auch darüber im klaren, daß Briten und Amerikaner im Verlauf des Krieges immer wieder zu einer List gegriffen hatten und dies auch vor einer Invasion in Frankreich wieder tun würden.

»Versetzen wir uns in ihre Lage«, sagte Hitler. »Was würde ich tun, wenn ich von England aus in Frankreich einfallen wollte? Würde ich den naheliegenden Weg wählen? Womit der Feind rechnet? Würde ich mich für einen Frontalangriff gegen den am stärksten befestigten Küstenabschnitt entscheiden? Oder würde ich eine andere Möglichkeit wählen, um den Feind zu überraschen? Würde ich fingierte Funksprüche absetzen und dem Feind durch Spione gefälschte Berichte zukommen lassen? Würde ich irreführende Presseerklärungen herausgeben? Die Antwort auf alle diese Fragen lautet ja. Wir müssen mit einer List der Briten rechnen, ja, sogar mit einem größeren Landungsunternehmen, das lediglich ein Ablenkungsmanöver ist. Sosehr ich mir auch wünsche, daß sie bei Calais landen, so müssen wir doch auch mit einer Invasion in der Normandie oder in der Bretagne rechnen. Daher müssen unsere Panzer in sicherer Entfernung von der Küste bleiben, bis wir Klarheit über die Absichten des Feindes haben. Dann werden wir unsere Panzerkräfte auf den Hauptpunkt des Angriffs konzentrieren und sie ins Meer zurückjagen.«

»Da ist noch etwas anderes, das Ihr Argument stützen könnte«, sagte Feldmarschall Erwin Rommel.

Hitler wirbelte auf dem Absatz herum und sah ihn an.

»Nur zu, Herr Generalfeldmarschall.«

Rommel deutete auf die große Karte, die hinter Hitler an der Wand hing und vom Boden bis zur Decke reichte. »Wenn Sie erlauben, mein Führer.«

»Natürlich.«

Rommel faßte in seine Aktentasche, kramte einen großen Zirkel hervor und ging zur Karte. Im Dezember hatte ihm Hitler das Kommando über die Heeresgruppe B an der Kanalküste übertragen. Die Heeresgruppe B umfaßte unter anderem die in der Normandie stationierte 7. Armee und die zwischen der Seine-Mündung und der Zuidersee liegende 15. Armee. Physisch und psychisch von seinen verheerenden Niederlagen in Nordafrika erholt, hatte sich der berühmte Wüstenfuchs mit unglaublicher Energie in seine neue Aufgabe gestürzt, raste in seinem Mercedes 230 Cabriolet unermüdlich an der Küste entlang, inspizierte die Befestigungsanlagen und verschaffte sich ein Bild vom Zustand der Truppe und ihrer Ausrüstung. Er hatte versprochen, die Küste in einen »Teufelsgarten« zu verwandeln, in einen Gürtel aus Artilleriestellungen, Minenfeldern, Betonbunkern und Stacheldrahtverhauen, den der Feind niemals durchdringen würde. Insgeheim war er jedoch davon überzeugt, daß jeder von Menschen errichtete Wall von Menschen auch überwunden werden konnte.

Vor der Karte stehend, klappte Rommel den Zirkel auseinander. »Das ist die Reichweite der feindlichen Jagdflugzeuge vom Typ Spitfire und Mustang. Und das sind ihre wichtigsten Stützpunkte in Südengland.« Er setzte den einen Schenkel des Zirkels auf jeden Stützpunkt und zeichnete eine Reihe von Bögen auf die Karte. »Wie Sie sehen können, mein Führer, liegen Normandie und Bretagne in Reichweite der Jagdflugzeuge. Deshalb müssen wir beide Regionen als möglichen Schauplatz der Invasion in Betracht ziehen.«

Hitler nickte, beeindruckt von Rommels Demonstration. »Versetzen Sie sich für einen Moment in die Lage des Feindes, Herr Generalfeldmarschall. Wenn Sie von England aus in Frankreich einfallen wollten, wo würden Sie angreifen?«

Rommel tat so, als denke er nach, dann sagte er: »Ich muß zugeben, mein Führer, daß alle Anzeichen auf eine Invasion in der Straße von Dover hindeuten. Aber ich kann mir einfach nicht vorstellen, daß der Feind dort angreift, wo unsere stärksten Kräfte stehen. Außerdem bin ich durch die Erfahrungen in Afrika vorbelastet. Vor der Schlacht bei El-Alamain haben die Briten zu einer List gegriffen, und das werden sie auch vor der Invasion in Frankreich wieder tun.«

»Und was ist mit dem Westwall, Herr Generalfeldmarschall? Wie kommt die Arbeit voran?«

»Wir haben noch viel zu tun«, antwortete Rommel. »Aber wir machen gute Fortschritte.«

»Wird er vor dem Frühling fertig?«

»Ja, aber mit Küstenbefestigungen allein können wir die Alliierten nicht aufhalten. Wir müssen unsere Panzer richtig in Stellung bringen. Und zu diesem Zweck, so fürchte ich, müssen wir genau wissen, wo die Alliierten den Angriff planen. Davon hängt alles ab. Wenn die Alliierten auf dem Festland erst einmal Fuß gefaßt haben, dürfte der Krieg verloren sein.«

»Unsinn«, rief Himmler. »Unter dem Führer steht der Endsieg Deutschlands außer Frage. Die Alliierten werden niemals einen Fuß auf französischen Boden setzen.«

»Nein«, sagte Hitler. »Ich fürchte, Rommel hat recht. Wenn es den Alliierten gelingt, einen Brückenkopf zu errichten, ist der Krieg verloren. Aber wenn wir die Invasion zum Scheitern verurteilen, bevor sie überhaupt begonnen hat...« Hitler legte den Kopf zurück, seine Augen glühten. »Die Vorbereitungen für einen neuerlichen Versuch würden Monate in Anspruch nehmen. Der Feind würde es nie wieder probieren! Roosevelt würde nicht wiedergewählt werden. Vielleicht würde er sogar im Gefängnis enden! Die Moral der Briten wäre über Nacht gebrochen. Churchill, dieser kranke alte Fettwanst, wäre am Ende! Und während die Briten und Amerikaner ihre Wunden lecken, können wir Menschen und Material vom Westen in den Osten verlegen. Dann ist uns Stalin auf Gedeih und Verderb ausgeliefert. Er wird um Frieden winseln. Da bin ich ganz sicher.«

Hitler machte eine Pause.

»Aber wenn der Feind aufgehalten werden soll, müssen wir wissen, wo die Invasion erfolgt«, fuhr er schließlich fort. »Meine Generäle glauben, daß sie bei Calais erfolgt. Ich bin skeptisch.« Er drehte sich auf dem Absatz herum und sah Canaris an. »Admiral, ich möchte, daß Sie die Frage klären.«

»Das dürfte kaum möglich sein«, antwortete Canaris vorsichtig.

»Ist es nicht die Aufgabe der Abwehr, geheime militärische Informationen zu beschaffen?«

»Selbstverständlich, mein Führer.«

»Und Sie haben Spione, die innerhalb Großbritanniens operieren – der Bericht über General Eisenhowers Ankunft ist doch der Beweis dafür.«

»Gewiß, mein Führer.«

»Dann schlage ich vor, daß Sie an die Arbeit gehen. Ich wünsche *Beweise* für die Absichten des Feindes. Ich wünsche, daß Sie das Geheimnis lüften. Und zwar schnell. Seien Sie versichert – Sie haben nicht viel Zeit.«

Hitler erblaßte sichtlich und wirkte mit einem Mal erschöpft.

»Sofern die Herren keine weiteren schlechten Neuigkeiten für mich haben, werde ich jetzt ein paar Stunden schlafen. Es war eine sehr lange Nacht.«

Alle erhoben sich, als Hitler die Treppe hinaufstieg.

5

Nordspanien: August 1936

Es ist eine warme Nacht, und er steht in der offenen Tür und hält eine gekühlte Flasche Weißwein in der Hand. Er gießt sich noch ein Glas ein, ohne sie zu fragen, ob er ihr nachschenken soll. Sie liegt auf dem Bett, raucht und lauscht seiner Stimme. Sie lauscht dem warmen Wind, der durch die Bäume vor der Veranda streicht. Wetterleuchten flimmert lautlos über dem Tal. Seinem Tal, wie er immer sagt. Seinem Tal! Und wenn die Arschlöcher von Regierungstreuen jemals versuchen sollten, es ihm wegzunehmen, wird er ihnen die Eier abschneiden und den Hunden vorwerfen.

»Wer hat dir das Schießen beigebracht?« fragt er. Sie sind am Morgen gemeinsam auf der Jagd gewesen, und sie hat vier Fasane erlegt, er nur einen.

»Mein Vater.«

»Du schießt besser als ich.«

»Das habe ich bemerkt.«

Wieder erleuchtet ein Blitz das Zimmer, und für ein paar Sekunden kann sie Emilio deutlich sehen. Er ist dreißig Jahre älter als sie, doch sie findet ihn schön. Sein Haar ist graublond, und die Sonne hat auf seinem Gesicht die Farbe eingeölten Leders hinterlassen. Seine Nase ist lang und scharf wie die Schneide einer Axt. Sie wollte von seinen Lippen berührt werden, doch beim ersten Mal wollte er sie sehr schnell und grob, und Emilio bekommt immer, was er will, mein Schätzchen.

»Du sprichst sehr gut Englisch«, sagt er ihr, als höre sie das zum ersten Mal. »Deine Aussprache ist perfekt. Ich habe meinen Akzent nie verloren, sosehr ich mich auch darum bemüht habe.«

»Meine Mutter war Engländerin.«

»Wo ist sie jetzt?«

»Sie ist schon lange tot.«

»Spricht du auch so gut Französisch?«

»Ja«, antwortet sie.

»Und Italienisch?«

»Ja, auch Italienisch.«

»Dein Spanisch ist aber nicht so gut.«

»Gut genug«, sagt sie.

Er spielt beim Sprechen mit seinem Schwanz. Er liebt ihn, so wie er sein Geld und sein Land liebt. Er spricht von ihm, als sei er eines seiner besten Pferde. Im Bett ist er wie eine dritte Person.

»Du liegst mit Maria am Fluß, und abends läßt du mich in dein Bett und fickst mit mir«, sagt er.

»So kann man es auch ausdrücken«, antwortet sie. »Willst du, daß ich mit Maria Schluß mache?«

»Du machst sie glücklich«, sagt er, als sei Glück der Grund für alles.

»Und sie macht mich glücklich.«

»Eine Frau wie du ist mir noch nie begegnet.« Er steckt sich eine Zigarette in den Mundwinkel und zündet sie wegen des Windes in der hohlen Hand an. »Du treibst es mit mir und meiner Tochter am selben Tag, ohne mit der Wimper zu zucken.«

»Ich halte nichts von festen Beziehungen.«

Er lacht sein leises, beherrschtes Lachen.

»Köstlich«, sagt er und lacht noch einmal leise. »Du hältst nichts von festen Beziehungen. Das ist fabelhaft. Mir tut nur der arme Teufel leid, der den Fehler macht, sich in dich zu verlieben.«

»Mir auch.«

»Hast du keine Gefühle?«

»Nein, nicht wirklich.«

»Gibt es denn nichts, was du liebst?«

»Ich liebe meinen Vater«, antwortet sie. »Und ich liebe es, mit Maria am Fluß zu liegen.«

Maria ist die einzige Frau, die ihr mit ihrer Schönheit gefährlich werden könnte. Und sie begegnet dieser Gefahr, indem sie Marias Schönheit benutzt. Ihr langes und lockiges braunes Haar. Ihre makellose dunkle Haut. Ihre vollkommenen Brüste, wie reife Birnen in ihrem Mund. Ihre Lippen, die weicher sind als alles, was sie jemals berührt hat. »Komm nach Spanien und verbring mit mir den Sommer auf der Estancia meiner Familie«, sagte Maria an einem regnerischen Nachmittag in Paris, wo sie beide an der Sorbonne studieren. Vater wird zwar enttäuscht sein, sagte sie sich, aber die Vorstellung, den Sommer in Deutschland zu verleben und zuzusehen, wie die verfluchten Nazis durch die Straßen marschierten, vermochte sie nicht zu begeistern. Sie konnte nicht ahnen, daß sie statt dessen in einen Bürgerkrieg geraten würde.

Doch bislang ist Emilios paradiesische Enklave am Fuß der Pyrenäen wie durch ein Wunder vom Krieg verschont geblieben. Sie verbringt hier den schönsten Sommer ihres Lebens. Morgens gehen sie zu dritt auf die Jagd oder führen die Hunde aus, und nachmittags reiten Maria und sie den Fluß hinauf, schwimmen in tiefen kalten Seen und sonnen sich auf warmen Felsen. Maria macht es am liebsten im Freien. Sie mag es, wenn die Sonne auf ihre Brüste scheint und Anna zwischen ihre Schenkel taucht. »Mein Vater begehrt dich auch«, sagte Maria eines Nachmittags, als sie im Schatten eines Eukalyptusbaums lagen. »Du kannst ihn haben. Aber verliebe dich nicht in ihn. Jede verliebt sich in ihn.«

Emilio redet wieder.

»Ich will, daß du dich mit jemandem triffst, wenn du nächsten Monat nach Paris zurückkehrst. Wirst du das für mich tun?«

»Das hängt davon ab.«

»Wovon?«

»Wer es ist.«

»Er wird sich bei dir melden. Er wird großes Interesse an dir haben, wenn ich ihm von dir erzähle.«

»Ich werde nicht mit ihm schlafen.«

»Er wird nicht mit dir schlafen wollen. Er hat Familie wie ich«, fügt er hinzu und lacht wieder sein Lachen.

»Wie heißt er?«

»Namen sind ihm nicht wichtig.«

»Sag mir seinen Namen.«

»Ich weiß nicht genau, welchen Namen er zur Zeit benutzt.«

»Was macht dein Freund?«

»Er ist Informant.«

Er kehrt zum Bett zurück. Ihre Unterhaltung hat ihn erregt. Sein Schwanz ist steif, und er will sie sofort haben. Er drückt ihre Beine auseinander und versucht, in sie einzudringen. Sie nimmt ihn in die Hand und hilft ihm, dann gräbt sie ihm die Fingernägel ins Fleisch.

»Ahhh! Anna, mein Gott! Nicht so fest!«

»Sag mir seinen Namen.«

»Das ist gegen die Regeln – ich darf nicht.«

»Raus mit der Sprache«, sagt sie und drückt noch fester zu.

»Vogel«, murmelt er. »Er heißt Kurt Vogel. Mein Gott.«

Berlin: Januar 1944

In Großbritannien operierten hauptsächlich zwei Typen von deutschen Spionen. Die S-Kette bestand aus Agenten, die vor dem Krieg ins Land eingereist waren und sich unter falschem Namen niedergelassen hatten. Die Agenten der R-Kette waren Bürger aus Drittländern, die regelmäßig legal nach Großbritannien reisten, Informationen sammelten und ihren Führungsoffizieren in Berlin Bericht erstatteten. Daneben existierte noch ein drittes, kleineres und höchst geheimes Spionagenetz, das als V-Kette bezeichnet wurde: Es bestand aus einer Handvoll hervorragend ausgebildeter Agenten, die als sogenannte Schläfer bestens getarnt in der englischen Gesellschaft lebten und manchmal Jahre auf ihren ersten Einsatz warteten. Die V-Kette war nach ihrem Schöpfer und einzigen Führungsoffizier Kurt Vogel benannt.

Vogels bescheidenes Reich bestand aus zwei Räumen im vierten Stock der Berliner Abwehr-Zentrale, die in zwei düsteren Stadthäusern am Tirpitz-Ufer Nr. 74–76 residierte. Die Fenster gingen auf den Tiergarten hinaus, den großen Park im Herzen Berlins. Früher hatte man von hier eine herrliche Aussicht gehabt, doch nach den monatelangen Fliegerangriffen der Alliierten klafften panzergroße Bombenkrater auf den prächtigen Fußwegen, und von den meisten Bäumen waren nur verkohlte Stümpfe geblieben.

Einen Großteil des Platzes in Vogels Büro nahmen eine Reihe verschlossener Stahlschränke und ein schwerer Safe ein. Vogel hegte den Verdacht, daß die Mitarbeiter in der Registratur von der Gestapo bestochen waren, und so lehnte er es ab, dort irgendwelche Akten aufzubewahren. Sein einziger Assistent – ein hochdekorierter Leutnant der Wehrmacht namens Werner Ulbricht, der an der Ostfront zum Krüppel geschossen worden war – arbeitete im Vorzimmer. Er bewahrte zwei Luger-Pistolen in der obersten Schublade seines Schreibtisches auf und hatte von Vogel den Befehl, auf jeden zu schießen, der ohne Erlaubnis eindrang. Der Gedanke, daß er versehentlich Wilhelm Canaris erschießen könnte, verursachte ihm Alpträume.

Offiziell bekleidete Vogel den Rang eines Kapitäns zur See der Kriegsmarine, doch dies war nur eine Formalität, die ihm die nötige Bewegungsfreiheit für seine Operationen verschaffen sollte, und wie sein Mentor Canaris zeigte er sich selten in Uniform. Meist trug er den schwarzen Anzug eines Leichenbestatters, dazu ein weißes Hemd und eine dunkle Krawatte. Er hatte eisengraues Haar, das so aussah, als habe er es selbst geschnitten, und den ernsten Blick eines Kaffeehausrevoluzzers. Seine Stimme klang wie ein rostiges Scharnier, und nach annähernd zehn Jahren vertraulicher Gespräche in Cafés, Hotelzimmern und verwanzten Büros wurde sie selten lauter als Kapellengeflüster. Ulbricht, der auf einem Ohr taub war, hatte stets Mühe, ihn zu verstehen.

Vogels leidenschaftliches Streben nach Anonymität grenzte ans Absurde. Sein Büro enthielt nur einen einzigen persönlichen Gegenstand, eine Fotografie von Gertrude und den Mädchen. Er hatte sie, als die Luftangriffe begannen, zu Gertrudes Mutter nach Bayern geschickt und sah sie nur selten. Immer wenn er das Büro verließ, und sei es nur für ein paar Minuten, nahm er das Foto vom Schreibtisch und schloß es in einer Schublade ein. Selbst sein Ausweis gab keinerlei Auskunft. Er enthielt kein Foto – er hatte sich seit Jahren nicht fotografieren lassen –, und der Name war falsch. Für die wenigen Nächte, in denen er dem Büro entfloh, hatte er sich in der Nähe eine Wohnung gemietet. Sie war bequem zu Fuß zu erreichen, und der Weg führte an den grünen Ufern des Landwehrkanals entlang. Die Vermieterin hielt ihn für einen Hochschulprofessor, der viele Freundinnen hatte.

Selbst innerhalb der Abwehr war wenig über ihn bekannt.

Kurt Vogel war in Düsseldorf geboren. Sein Vater war Schulrektor, und seine Mutter, die eine vielversprechende Karriere als Konzertpianistin aufgegeben hatte, um zu heiraten und eine Familie zu gründen, gab Klavierstunden. Vogel studierte an der Universität Leipzig bei Hermann Heller und Leo Rosenberg, zwei der bedeutendsten Rechtsgelehrten in Deutschland, Zivil- und öffentliches Recht und erwarb den Doktortitel in Jura. Er war ein brillanter Student, der beste seines Jahrgangs, und seine Professoren prophezeiten ihm, daß er eines Tages ans Reichsgericht berufen werde.

Mit Hitler änderte sich alles. Hitler glaubte an die Macht, nicht an den Rechtsstaat. In den ersten Monaten nach seiner Machtergreifung stellte er die deutsche Rechtsordnung auf den Kopf. Der Wille des Führers wurde Gesetz, und jede verrückte

Laune Hitlers wurde sofort in Verordnungen und Erlasse gegossen. Vogel erinnerte sich noch an einige lächerliche Grundsätze, die Hitlers Totengräber des Rechtsstaats geprägt hatten: *Recht ist, was dem Volke nützt! Das Gesetz muß nach dem gesunden Volksempfinden ausgelegt werden!* Die ordentlichen Gerichte standen den Nazis im Wege, also schufen sie ihr eigenes, den Volksgerichtshof. Die finsterste Stunde ihrer Geschichte erlebte die deutsche Justiz nach Vogels Ansicht im Oktober 1933, als zehntausend Juristen auf den Stufen des Reichsgerichts in Leipzig standen, den Arm zum Hitlergruß erhoben, und schworen, »dem Führer bis ans Ende unserer Tage zu folgen«. Vogel war unter ihnen. Am selben Abend kehrte er in die kleine Wohnung zurück, in der er mit Gertrude zusammenlebte, verbrannte seine juristischen Bücher im Ofen und betrank sich sinnlos.

Drei Monate später, im Januar 1934, trat ein kleiner, mürrischer Mann mit zwei Dackeln an ihn heran. Der Mann war Wilhelm Canaris, der neue Chef der Abwehr. Er fragte Vogel, ob er Lust habe, für ihn zu arbeiten. Vogel nahm unter der Bedingung an, daß er nicht der NSDAP beizutreten brauchte, und eine Woche später verschwand er in der Welt des militärischen Geheimdienstes. Offiziell wurde er Canaris' Rechtsberater. Inoffiziell erhielt er den Auftrag, Vorkehrungen für den Krieg mit Großbritannien zu treffen, den Canaris für unausweichlich hielt.

Jetzt, an einem Nachmittag Anfang Januar, saß Vogel an seinem Schreibtisch über einen Bericht gebeugt, die Fingerknöchel gegen die Schläfen gepreßt. Direkt hinter der Wand ratterte der alte Aufzug, Eisregen prasselte gegen die Fensterscheiben, und von draußen drang das Hupkonzert des abendlichen Verkehrs herein. Vogel legte die Hände an die Ohren und drückte, bis er nichts mehr hörte.

Den Bericht hatte ihm Canaris heute gegeben, ein paar Stunden nachdem der alte Fuchs bleich und zitternd aus Rastenburg zurückgekehrt war. Canaris hielt ihn für vielversprechend, und Vogel mußte ihm darin beipflichten. »Hitler will Resultate, Kurt«, hatte Canaris gesagt, der wie ein unnahbarer Universitätsprofessor hinter seinem ramponierten alten Schreibtisch thronte und den Blick über die überquellenden Bücherregale wandern ließ. »Er will Beweise: Calais oder die Normandie. Vielleicht wird es Zeit, daß wir Ihr kleines Agentennest ins Spiel bringen.«

Vogel hatte den Bericht zunächst nur überflogen. Jetzt las er ihn noch einmal gründlicher. Was da stand, war tatsächlich mehr als vielversprechend. Das war die Gelegenheit, auf die er gewartet hatte. Als er fertig war, schaute er auf und murmelte mehrmals Ulbrichts Namen, als spreche er direkt in dessen Ohr. Da er keine Antwort erhielt, stand er schließlich auf und ging ins Vorzimmer. Ulbricht reinigte gerade seine Pistolen.

»Werner, seit fünf Minuten rufe ich nach Ihnen«, sagte Vogel mit kaum vernehmlicher Stimme.

»Bitte um Verzeihung, Herr Kapitän, ich habe Sie nicht gehört.«

»Ich möchte morgen früh als erstes mit Müller sprechen. Machen Sie mir einen Termin.«

»Jawohl.«

»Und, Werner, gehen Sie mal zum Ohrenarzt. Ich habe mir da drinnen die Lunge aus dem Hals geschrien.«

Die Bomber kamen um Mitternacht, als Vogel unruhig auf dem harten Feldbett in seinem Büro schlief. Er schwang seine Füße auf den Boden, stand auf und trat ans Fenster. Über ihm dröhnten die Flugzeuge. Berlin erzitterte, während in Pankow und Weißensee die ersten Brände aufloderten. Vogel fragte sich, wie viele Vergeltungsschläge die Stadt noch verkraften konnte. Weite Teile der Hauptstadt des tausendjährigen Reiches lagen bereits in Trümmern, und viele berühmte Straßenzüge waren nur noch Schluchten aus Häuserruinen. Die Bäume, die der Prachtstraße Unter den Linden ihren Namen gegeben hatten, waren ebenso den Flammen zum Opfer gefallen wie viele der eleganten Geschäfte und Banken, die die breite Allee gesäumt hatten. Die berühmte Turmuhr der Kaiser-Wilhelm-Gedächtniskirche stand seit November, als die Bomber der Alliierten in einer einzigen Nacht vier Quadratkilometer von Berlin in Schutt und Asche gelegt hatten, auf 7.30 Uhr.

Der Bericht ging ihm im Kopf herum, während er den nächtlichen Fliegerangriff beobachtete.

Abwehr/Berlin XFU 0465848261
An: Canaris
Von: Müller
Datum: 2. Nov. 43

Am 21. Oktober sprach Hauptmann Dietrich von der Station Asuncion in Panama-Stadt mit dem amerikanischen Agenten Scorpio. Wie Sie wissen, ist Scorpio einer unserer wichtigsten Agenten in Amerika. Er bekleidet eine hohe Stellung in New Yorker Finanzkreisen und verfügt über gute Kontakte in Washington. Er ist mit vielen hohen Beamten im Kriegs- und im Außenministerium befreundet. Er kennt Roosevelt persönlich. Den ganzen Krieg über lieferte er aktuelle und sehr präzise Informationen. Ich erinnere nur an das Material über die Waffenlieferungen der Amerikaner an Churchill.

Nach Auskunft Scorpios wurde ein bekannter amerikanischer Ingenieur namens Peter Jordan letzten Monat plötzlich von der US-Navy rekrutiert und nach London entsandt, wo er an einem streng geheimen Bauprojekt arbeitet. Jordan hat keinerlei militärische Erfahrung. Scorpio kennt Jordan persönlich und hat mit ihm vor dessen Abreise nach London gesprochen. Scorpio sagt, daß das Projekt zweifelsfrei mit der geplanten Invasion des Feindes in Frankreich im Zusammenhang steht.

Jordan hat sich durch den Bau mehrerer großer Brücken in Amerika einen Namen gemacht. Jordan ist Witwer. Seine Frau, die Tochter des amerikanischen Bankiers Bratton Lauterbach, kam im August 1939 bei einem Autounfall ums Leben. Scorpio glaubt, daß Jordan für Annäherungsversuche einer weiblichen Agentin des entsprechenden Typs sehr empfänglich wäre.

Jordan lebt zur Zeit allein in dem Londoner Stadtteil Kensington. Scorpio hat uns die Adresse des Cottages und die Kombination des Safes im Arbeitszimmer gegeben.

Empfehle, Aktion einzuleiten.

Vogel bemerkte einen Lichtschein unter der Tür und hörte das Kratzen von Ulbrichts Holzbein auf dem Fußboden. Die Bombardements beunruhigten Ulbricht in einer Weise, die er selbst nicht in Worte fassen und die Vogel nicht nachempfinden konnte. Vogel nahm seinen Schlüsselbund aus der Schreibtischschublade und trat an einen der Stahlschränke. Die Akte steckte in einem unbeschrifteten schwarzen Ordner. Er kehrte zum Tisch zurück, goß sich einen großen Cognac ein und öffnete den Deckel. Es war alles da – die Fotos, das Hintergrundmaterial, die Leistungsberichte. Er brauchte sie nicht zu lesen. Er hatte sie selbst geschrieben und, wie die betreffende Person, ein hervorragendes Gedächtnis.

Er blätterte einige Seiten weiter und stieß auf die Notizen, die er sich nach ihrer ersten Begegnung in Paris gemacht hatte. Dahinter war eine Kopie des Telegramms abgeheftet, das ihm ihr Entdecker geschickt hatte – Emilio Romero, ein wohlhabender spanischer Grundbesitzer, ein Faschist und Talentspäher für die Abwehr.

Sie ist genau das, was Sie suchen. Ich würde sie gern für mich behalten, aber da wir Freunde sind, überlasse ich sie Ihnen. Zu einem vernünftigen Preis, versteht sich.

Plötzlich wurde es im Zimmer eisig kalt. Vogel legte sich auf das Feldbett und wickelte sich in eine Decke.

Hitler will Resultate, Kurt. Vielleicht wird es Zeit, daß wir Ihr kleines Agentennest ins Spiel bringen.

Manchmal spielte er mit dem Gedanken, sie in Ruhe zu lassen, bis alles vorüber war, und sie dann irgendwie herauszuholen. Aber natürlich war sie wie geschaffen für diese Mission. Sie war schön und intelligent, sprach perfekt Englisch und kannte die britische Gesellschaft bestens. Er wandte den Kopf und betrachtete das Foto von Gertrude und den Kindern. Wenn er daran dachte, daß er davon geträumt hatte, sie ihretwegen zu verlassen. Was für ein Narr war er doch gewesen. Er knipste das Licht aus. Der Luftangriff war vorüber, und die Symphonie der Sirenen erfüllte die Nacht. Er versuchte zu schlafen, doch er fand keine Ruhe. Sie beschäftigte wieder seine Gedanken.

Armer Vogel – habe ich dir das Herz gebrochen?

Die Blicke seiner Familie auf dem Foto durchbohrten ihn. Es war ekelhaft, daß er Getrude und die Kinder ansah und gleichzeitig an sie dachte. Er stand auf, ging zum Schreibtisch und legte das Foto in die Schublade.

»Um Himmels willen, Kurt«, rief Müller, als Vogel am nächsten Morgen in sein Büro trat. »Von wem lassen Sie sich denn zur Zeit die Haare schneiden, mein Freund! Erlauben Sie, daß ich Ihnen den Namen der Frau gebe, bei der ich sie mir schneiden lasse. Vielleicht kann sie Ihnen helfen.«

Vogel, erschöpft von der Nacht, in der er kaum geschlafen hatte, setzte sich und betrachtete sein Gegenüber. Paul Müller leitete die Spionagenetze der Abwehr in den Vereinigten Staaten und Lateinamerika. Er war klein, rundlich und trug einen tadellosen französischen Anzug. Sein schütteres Haar war ölig und über seinem Engelsgesicht straff nach hinten gekämmt. Die schmalen Lippen waren auffallend rot, wie bei einem Kind, das gerade Kirschen gegessen hat.

»Man stelle sich vor, der große Kurt Vogel hier in meinem Büro«, sagte Müller mit einem süffisanten Lächeln. »Was verschafft mir die Ehre?«

Vogel hatte sich an den Neid der Kollegen gewöhnt. Aufgrund des besonderen Status der V-Kette bekam er mehr Geld und sonstige Mittel als andere Führungsoffiziere. Außerdem durfte er seine Nase in ihre Angelegenheiten stecken, was ihn in der Behörde äußerst unbeliebt machte.

Vogel zog seine Kopie von Müllers Bericht aus der Brusttasche seines Jacketts und wedelte damit. »Erzählen Sie mir von Scorpio«, sagte er.

»So, hat der Alte meine Post also endlich in Umlauf gebracht. Sehen Sie sich das Datum auf dem Wisch an. Er hat ihn vor sechs Wochen von mir erhalten. Und seitdem hat er auf seinem Schreibtisch Staub angesetzt. Diese Information ist Gold wert. Aber sie verschwindet im Fuchsbau und taucht nie wieder auf.« Müller hielt inne, zündete sich eine Zigarette an und blies den Rauch zur Decke. »Wissen Sie, Kurt, manchmal frage ich mich, auf welcher Seite Canaris eigentlich steht.«

Solche Bemerkungen waren in diesen Tagen nicht selten. Seit der Verhaftung mehrerer führender Abwehr-Offiziere unter dem Verdacht des Hochverrats war die Moral am Tirpitz-Ufer auf einen neuen Tiefpunkt gesunken. Vogel spürte, daß der militärische Geheimdienst in ein gefährliches Fahrwasser geriet. Gerüchten zufolge war Canaris bei Hitler in Ungnade gefallen, und Mitarbeiter munkelten sogar, daß Himmler gegen Canaris intrigiere, um ihn aus dem Weg zu räumen und die Abwehr unter die Kontrolle der SS zu bringen.

»Erzählen Sie mir von Scorpio«, wiederholte Vogel.

»Ich lernte ihn beim Abendessen im Haus eines amerikanischen Diplomaten kennen.« Müller warf seinen runden Kopf zurück und starrte an die Decke. »Es war vor dem Krieg, 1937, glaube ich. Ich werde sicherheitshalber in seiner Akte nachsehen. Der Bursche sprach besser Deutsch als ich. Er hielt die

Nazis für Pfundskerle, die Großes für Deutschland vollbringen. Es gab nur eines, was er mehr haßte als die Juden, und das waren die Bolschewisten. Er hielt mir einen regelrechten Vortrag. Ich selbst habe ihn am nächsten Tag angeworben. Das war der leichteste Fang meiner Laufbahn.«

»Sein Werdegang?«

Müller lächelte. »Eliteuniversität, Bankkarriere, gute Kontakte zur Wirtschaft, ist mit halb Washington befreundet. Seine Informationen über die Rüstungsproduktion waren ausgezeichnet.«

Vogel faltete den Bericht zusammen und steckte ihn in die Tasche zurück.

»Wie heißt er?«

»Kommen Sie, Kurt, er ist einer meiner besten Agenten.«

»Ich will seinen Namen.«

»In diesem Haus bleibt nichts geheim, Kurt, das wissen Sie. Wenn ich es Ihnen sage, weiß es bald jeder.«

»In einer Stunde liegt eine Kopie seiner Akte auf meinem Schreibtisch«, sagte Vogel mit seiner kraftlosen Stimme, die kaum mehr als ein Flüstern war. »Außerdem will ich alles, was Sie über den Ingenieur haben.«

»Die Informationen über Jordan können Sie kriegen.«

»Ich will alles, und wenn ich deswegen zu Canaris gehen muß.«

»Um Himmels willen, Kurt, Sie werden doch nicht zu Onkel Willy rennen, oder?«

Vogel stand auf und knöpfte sein Jackett zu. »Ich will seinen Namen, und ich will seine Akte.«

Vogel drehte sich um und verließ das Büro.

»Kurt, kommen Sie zurück«, rief Müller. »Reden wir darüber, wir werden schon eine Lösung finden, Herrgott noch mal.«

»Wenn Sie mit mir reden wollen, ich bin im Büro des Alten«, sagte Vogel, während er auf den engen Flur zusteuerte.

»In Ordnung, Kurt, Sie haben gewonnen.« Müllers teigige Hände wühlten in einem Aktenschrank. »Hier ist die verfluchte Akte, Kurt. Sie brauchen nicht schon wieder zu Onkel Willy zu rennen. Mein Gott, manchmal sind Sie schlimmer als die verfluchten Nazis.«

Vogel brachte den Rest des Morgens mit der Lektüre von Peter Jordans Akte zu. Als er damit fertig war, zog er zwei weitere

Akten aus einem seiner Schränke, kehrte zum Schreibtisch zurück und studierte sie gründlich.

Die erste Akte enthielt Informationen über einen Iren, der kurze Zeit als Spion gearbeitet hatte, dann aber nicht mehr kontaktiert worden war, weil er nur wertloses Material geliefert hatte. Vogel hatte sich sein Dossier beschafft und ihn auf die Agentenliste der V-Kette gesetzt. Wegen der schlechten Beurteilungen, die der Spion in der Vergangenheit bekommen hatte, machte sich Vogel keine Sorgen – er suchte keinen Spion. Der Agent hatte andere Qualitäten, die ihn interessierten. Er betrieb eine kleine Farm an einem entlegenen Küstenstreifen im englischen Norfolk. Als konspiratives Haus war sie ideal – so nahe bei London, daß man mit dem Zug in drei Stunden dort war, und doch so weit entfernt, daß es in der Gegend nicht von MI5-Offizieren wimmelte.

Die zweite Akte enthielt das Dossier eines ehemaligen Fallschirmjägers der Wehrmacht, der wegen einer Kopfverletzung nicht mehr springen durfte. Der Mann verfügte über alle Eigenschaften, die Vogel schätzte – er sprach perfekt Englisch, hatte einen Sinn für Details und einen kühlen Verstand. Werner Ulbricht hatte ihn auf einem Horchposten an der französischen Küste aufgestöbert. Vogel hatte ihn angeworben, auf die Gehaltsliste der V-Kette gesetzt und gewartet, bis er einen geeigneten Auftrag für ihn fand.

Vogel schob die Akten beiseite und brachte zwei Funksprüche zu Papier. Er fügte die zu verwendenden Codes hinzu, die Funkfrequenzen und den Zeitplan, nach dem sie gesendet werden sollten. Dann schaute er auf und rief nach Ulbricht.

»Ja, Herr Kapitän«, sagte Ulbricht, als er mit seinem Holzbein ins Büro hinkte. Vogel musterte ihn einen Augenblick, bevor er zu sprechen begann. Er fragte sich, ob der Mann den Anforderungen der Operation gewachsen war, die er nun ins Rollen bringen würde. Ulbricht war siebenundzwanzig Jahre alt, sah aber aus wie mindestens vierzig. Sein kurzgeschorenes schwarzes Haar war schon grau gesprenkelt. Tiefe Kummerfalten strebten vom Winkel seines unversehrten Auges weg. Das andere Auge hatte er bei einer Explosion verloren, und eine schwarze Klappe bedeckte die leere Höhle. Ein Ritterkreuz baumelte an seinem Hals. Der oberste Knopf seiner Jacke stand offen, weil ihm schon bei der geringsten Bewegung der Schweiß ausbrach. Doch in all der Zeit, in der sie nun schon zusammenarbeiteten, hatte Vogel nie ein Wort der Klage von Ulbricht gehört.

»Ich will, daß Sie heute abend nach Hamburg fahren«, sagte Vogel und überreichte Ulbricht die Abschrift der Funksprüche. »Bleiben Sie bei dem Funker, wenn er sie durchgibt. Achten Sie darauf, daß er keinen Fehler macht. Und prüfen Sie, ob die Bestätigungen der Agenten in Ordnung sind. Lassen Sie es mich wissen, wenn Ihnen etwas Ungewöhnliches auffällt. Verstanden?«

»Jawohl.«

»Ich möchte, daß Sie Horst Neumann ausfindig machen, bevor Sie gehen.«

»Er ist in Berlin, soviel ich weiß.«

»Wo wohnt er?«

»Ich weiß nicht genau«, antwortete Ulbricht. »Aber ich glaube, bei einer Frau.«

»Wie üblich.« Vogel trat ans Fenster und blickte hinaus. »Setzen Sie sich mit den Leuten auf dem Bauernhof in Dahlem in Verbindung. Sagen Sie Ihnen, daß wir heute abend kommen. Ich will, daß Sie morgen zu uns stoßen, wenn Sie aus Hamburg zurück sind. Sagen Sie ihnen, daß wir eine Woche bleiben. Wir haben eine Menge zu besprechen. Und sagen Sie ihnen, daß sie den Sprungturm in die Scheune stellen sollen. Es ist lange her, daß Leutnant Neumann aus einem Flugzeug gesprungen ist. Er braucht etwas Übung.«

»Zu Befehl.«

Ulbricht ging hinaus, und Vogel blieb allein im Büro zurück. Er stand lange am Fenster und ließ sich alles noch einmal durch den Kopf gehen. Das bestgehütete Geheimnis des Krieges, und er hatte die Absicht, es mit Hilfe einer Frau, eines Krüppels, eines ausrangierten Fallschirmjägers und eines britischen Landesverräters zu knacken. *Eine schöne Truppe, die du da zusammen hast, mein Alter.* Wäre es nicht um seinen Hals gegangen, hätte er die ganze Sache vielleicht komisch gefunden. Doch er stand nur reglos da, betrachtete das Schneetreiben über Berlin und sorgte sich um seine Zukunft.

6

London

Der Imperial Security Intelligence Service – besser bekannt unter seiner militärischen Bezeichnung MI5 – war in einem kleinen, beengten Bürohaus in der St. James's Street Nr. 58 untergebracht. Aufgabe des MI5 war die Spionageabwehr, das heißt, er hatte die eigenen geheimen Angelegenheiten zu schützen und, wenn nötig, Spione zu ergreifen. Seit seiner Gründung vierzig Jahre zuvor stand der innere Sicherheitsdienst meist im Schatten des berühmteren Secret Intelligence Service oder MI6, der für die Nachrichtenbeschaffung im Ausland zuständig war. Doch die Rivalität zwischen den beiden Diensten kümmerte Professor Vicary wenig. Er war im Mai 1940 zum MI5 gekommen, und auch an diesem trüben, regnerischen Abend, fünf Tage nach Hitlers Geheimkonferenz in Rastenburg, war er dort anzutreffen.

Die oberste Etage der Zentrale war für die Führungskräfte reserviert: den Generaldirektor, sein Sekretariat, die stellvertretenden Direktoren und die Abteilungsleiter. Das Büro des Brigadegenerals Sir Basil Boothby lag hinter einer imposanten Flügeltür aus Eiche. Über der Tür hingen zwei Lampen – die rote signalisierte, daß der Zutritt augenblicklich aus Sicherheitsgründen verwehrt war, die grüne bedeutete »Betreten auf eigene Gefahr«. Wie immer zögerte Vicary, bevor er auf den Summer drückte.

Vicary hatte gegen neun Uhr gerade seine Akten verschlossen und sein Kabuff aufgeräumt, wie er sein kleines Büro nannte, als er zu Boothby zitiert worden war. Bei Kriegsbeginn hatte sich der MI5 explosionsartig vergrößert, und seitdem herrschte drangvolle Enge. Vicary wurde in einen fensterlosen Raum von der Größe eines Besenschranks verbannt, mit abgetretenem grünem Behördenteppich und einem gedrungenen kleinen Schreibpult. Sein Partner, ein ehemaliger Kriminalbeamter der Londoner Polizei namens Harry Dalton, teilte sich mit anderen rangniederen Männern ein Gemeinschaftsbüro im mittleren Bereich der Etage. Dort herrschte der rüde Umgangston einer Zeitungsredaktion, und Vicary wagte sich nur hinein, wenn es unbedingt sein mußte.

Offiziell bekleidete Vicary den Rang eines Majors im Nachrichtenkorps, doch der Dienstgrad war im Department nahezu ohne Bedeutung. Viele Kollegen sprachen ihn gewohnheitsmäßig mit »Professor« an, und bislang hatte er nur zweimal seine Uniform getragen. Doch er kleidete sich anders als früher. Die Tweedanzüge aus seiner Zeit an der Universität hatte er ausrangiert. Dafür trug er jetzt schicke graue Anzüge, die er sich gekauft hatte, bevor Textilien wie alles andere rationiert wurden. Gelegentlich traf er einen alten Bekannten oder Kollegen vom University College, und trotz der unablässigen Mahnungen der Regierung zur Verschwiegenheit fragten sie ihn jedesmal, was genau er eigentlich mache. Doch er lächelte nur müde, zuckte mit den Schultern und gab ihnen die vorgeschriebene Antwort: Er arbeite in einer langweiligen Abteilung des Kriegsministeriums.

Manchmal war die Arbeit tatsächlich langweilig, doch war dies eher die Ausnahme. Churchill hatte recht gehabt – es war höchste Zeit für ihn gewesen, unter die Lebenden zurückzukehren. Seit seinem Wechsel zum MI5 im Mai 1940 fühlte er sich wie neugeboren. Die Atmosphäre, die jetzt, im Krieg, im Geheimdienst herrschte, belebte ihn – die langen Arbeitszeiten, die Krisensitzungen, ja, selbst der schlechte Tee in der Kantine. Er hatte sogar das Rauchen wieder angefangen, das er in seinem letzten Jahr in Cambridge aufgegeben hatte. Er genoß es, auf der Bühne des wirklichen Lebens zu agieren, und er fragte sich ernsthaft, ob er im Refugium des Universitätslebens jemals wieder zufrieden sein könnte.

Gewiß, die Arbeit war anstrengend und aufreibend, doch er hatte sich nie besser gefühlt. Er konnte länger arbeiten und brauchte weniger Schlaf als früher. Und wenn er zu Bett ging, dann schlief er sofort ein. Wie seine Kollegen verbrachte er die meisten Nächte in der MI5-Zentrale und schlief auf einem kleinen Feldbett, das tagsüber zusammengeklappt neben seinem Schreibtisch stand.

Nur die wenig pflegliche Behandlung seiner Lesebrille hatte Vicarys Wandlung überdauert. Sie war nach wie vor angeschlagen und stets verschmiert und sorgte im Department für Heiterkeit. In sorgenvollen Augenblicken klopfte Vicary immer noch die Taschen nach ihr ab und setzte sie sich zur Beruhigung auf die Nase.

Und das tat er auch jetzt, als über Boothbys Tür plötzlich die grüne Lampe aufleuchtete. Vicary drückte den Summer mit der getragenen Miene eines Mannes, der zum Begräbnis eines Jugendfreundes geht. Ein leises Schnarren, die Tür sprang auf, und Vicary trat ein.

Boothbys Büro war groß und langgestreckt. Es war mit schönen Gemälden, einem Kamin und wertvollen Perserteppichen ausgestattet, und die großen Fenster boten einen herrlichen Ausblick. Sir Basil ließ Vicary die obligatorischen zehn Minuten warten, bevor er den Raum durch eine zweite Tür betrat, die sein Büro mit dem Sekretariat des Generaldirektors verband.

Nach Größe und Statur war Sir Basil Boothby ein typischer Engländer, groß und kantig, und seine Erscheinung ließ noch Anzeichen jener geschmeidigen Behendigkeit erkennen, die ihn an der Universität zur Sportkanone gemacht hatte: Die Art, wie er ein Glas in seiner kräftigen Hand hielt, die breiten Schultern, der muskulöse Hals und die schmalen Hüften, die Hose, Weste und Jackett in perfekter Eleganz betonten. Er war der Typ des kräftigen gutaussehenden Mannes, auf den bestimmte jüngere Frauen flogen. Sein weißgraues Haar und seine Augenbrauen sprossen so üppig, daß ihn Witzbolde im Department die Flaschenbürste aus dem fünften Stock nannten.

Offiziell war über Boothbys Werdegang wenig bekannt – nur daß er sein gesamtes Berufsleben in britischen Geheimdiensten zugebracht hatte. Nach Vicarys Ansicht verrieten Gerüchte und Klatsch mehr über einen Mann als sein Lebenslauf. Innerhalb des Departments stellte man wilde Spekulationen über Boothby an. Diesen Gerüchten zufolge war er im Ersten Weltkrieg der Kopf eines Spionagerings gewesen, dem es gelang, den deutschen Generalstab zu infiltrieren. In Neu-Delhi hatte er angeblich persönlich einen Inder exekutiert, der des Mordes an einem britischen Staatbürger bezichtigt wurde. Und in Irland hatte er, wie es hieß, mit dem Griff seiner Pistole einen Mann erschlagen, der sich weigerte, die Lage eines Waffenverstecks preiszugeben. Er beherrschte mehrere Kampfsportarten und nutzte seine Freizeit, um in Übung zu bleiben. Mit beiden Händen gleich geschickt, konnte er mit jeder Hand schreiben, rauchen, seinen Gin mit Bitterlikör trinken oder seinem Gegenüber das Genick brechen. Er spielte so gut Tennis, daß er das Turnier in Wimbledon hätte gewinnen können. »Trickreich« war das Wort, mit dem sein Spiel am häufigsten beschrieben wurde, da er zuweilen mitten im Ballwechsel die Spielhand wechselte und dadurch seine Gegner verwirrte. Über sein Liebesleben wurde viel geredet und gerätselt – die einen hielten ihn für einen unermüdlichen Schürzenjäger, der jede zweite Sekretärin aus der Registratur aufs Kreuz gelegt habe, die anderen für einen verkappten Homosexuellen.

Für Vicary verkörperte Sir Basil Boothby alle Untugenden des britischen Geheimdienstes zwischen den Weltkriegen – ein Engländer von vornehmer Herkunft, in Eton und Oxford erzogen und fest davon überzeugt, daß er auf die geheime Ausübung von Macht einen ebenso legitimen Anspruch hatte wie auf das Vermögen und das jahrhundertalte Landhaus seiner Familie in Hampshire. Er war stur, faul und konservativ, ein Polizist in maßgefertigten Schuhen und Anzügen aus der Savile Row. Die neuen Mitarbeiter, die bei Ausbruch des Krieges zum MI5 stießen, stellten Boothby intellektuell in den Schatten – Koryphäen von den Universitäten, die besten Juristen von den renommiertesten Londoner Kanzleien. Boothby war in keiner beneidenswerten Lage, denn er mußte Männer führen, die cleverer waren als er, und gleichzeitig versuchen, die Anerkennung für ihre Leistungen einzustecken.

»Tut mir leid, daß Sie warten mußten, Alfred. Eine Besprechung im unterirdischen Bunker mit Churchill, dem Generaldirektor, Menzies und Ismay. Ich fürchte, wir haben ein kleines Problem. Ich trinke Brandy mit Soda. Und was nehmen Sie?«

»Whisky«, antwortete Vicary und betrachtete Boothby. Obwohl Boothby einer der ranghöchsten Offiziere im MI5 war, erwähnte er immer noch mit kindlichem Stolz die Namen der mächtigen Leute, mit denen er regelmäßig verkehrte. Die Männer, die soeben in der unterirdischen Festung des Premierministers getagt hatten, bildeten im Augenblick die Elite des britischen Geheimdienstes: Sir David Petrie, der Generaldirektor des MI5, Sir Stewart Menzies, der Generaldirektor des MI6, und General Sir Hastings Ismay, Churchills persönlicher Stabschef. Boothby drückte auf einen Knopf auf seinem Schreibtisch und bat seine Sekretärin, Vicarys Drink zu bringen. Er trat ans Fenster, zog das Verdunkelungsrollo hoch und sah hinaus.

»Ich hoffe bei Gott, daß sie heute nacht nicht schon wieder kommt, diese verfluchte deutsche Luftwaffe. 1940 war es etwas anderes. Damals war es neu und irgendwie aufregend, mit dem Stahlhelm unterm Arm zum Abendessen zu gehen, in den Luftschutzraum zu rennen oder vom Dach aus die Brände zu beobachten. Aber ich glaube nicht, daß die Menschen in London noch einen Winter durchstehen, wenn die Luftangriffe so weitergehen. Sie sind zu müde. Müde, ausgehungert und schlecht gekleidet, und sie sind die Demütigungen leid, die der Krieg mit sich bringt. Ich weiß nicht, wieviel dieses Land noch aushalten kann.«

Boothbys Sekretärin brachte Vicarys Drink auf einem Silbertablett. Das Glas stand auf einer weißen Papierserviette. Boothby konnte Glasränder auf den Möbeln in seinem Büro nicht ausstehen. Er setzte sich auf einen Stuhl neben Vicary und schlug die Beine übereinander, so daß die Spitze seines blankgeputzten Schuhs wie ein geladener Revolver auf Vicarys Kniescheibe zielte.

»Wir haben eine neue Aufgabe für Sie, Alfred. Und damit Sie ihre ganze Tragweite ermessen können, haben wir beschlossen, den Schleier ein wenig zu lüften und Ihnen etwas mehr zu zeigen, als Sie bislang sehen durften. Verstehen Sie, was ich damit sagen will?«

»Ich glaube schon, Sir Basil.«

»Sie sind Historiker. Was wissen Sie über Sun-Tsu?«

»Das 4. Jahrhundert v. Chr. in China ist nicht unbedingt mein Spezialgebiet, Sir Basil. Aber ich habe ihn gelesen.«

»Wissen Sie, was Sun-Tsu über militärische Täuschung geschrieben hat?«

»Sun-Tsu schreibt, daß die gesamte Kriegführung auf Täuschung beruht. Seine Empfehlung war simpel – greife den Feind dort an, wo er nicht damit rechnet, und tauche dort auf, wo er dich nicht erwartet. Er sagt, daß es eminent wichtig sei, den Feind zu korrumpieren, seine Moral zu untergraben, Zwietracht unter seinen Führern zu säen und ihn zu vernichten, ohne gegen ihn zu kämpfen.«

»Ausgezeichnet, Alfred«, sagte Boothby, sichtlich beeindruckt.

»Bedauerlicherweise werden wir Hitler niemals vernichten können, ohne gegen ihn zu kämpfen. Und um überhaupt die Chance zu bekommen, ihn im Kampf zu besiegen, müssen wir ihn zuerst täuschen. Wir müssen den weisen Rat Sun-Tsus beherzigen. Wir müssen dort auftauchen, wo er uns nicht erwartet.«

Boothby stand auf, ging zu seinem Schreibtisch und kam mit einem Aktenkoffer aus Metall zurück. Er glänzte wie poliertes Silber, und an seinem Griff baumelten Handschellen.

»Ab heute stehen Sie auf der BIGOT-Liste, Alfred«, sagte Boothby und schloß den Koffer auf.

»Wie bitte?«

»BIGOT ist eine besondere Geheimhaltungsstufe, die eigens zur Tarnung der Invasion eingeführt wurde. Der Name geht auf einen Stempel zurück, mit dem Dokumente klassifiziert wurden, die britische Offiziere im Zusammenhang mit der Landung in Nordafrika nach Gibraltar brachten. *To Gib* – nach Gibraltar. Wir haben die Buchstaben einfach umgedreht. Aus *To Gib* wurde BIGOT.«

»Verstehe«, sagte Vicary. Vier Jahre nach seinem Wechsel zum MI5 fand er viele Decknamen und Geheimhaltungsstufen immer noch lächerlich.

»Die BIGOT-Liste umfaßt heute den engen Kreis der Personen, die in das wichtigste Geheimnis von Overlord eingeweiht sind – die Ort und Zeitpunkt der Invasion in Frankreich kennen. Wenn Sie das Geheimnis kennen, sind Sie ein BIGOT. Jedes Dokument, das die Invasion betrifft, erhält den Stempel BIGOT.«

Boothby öffnete den Koffer, faßte hinein und zog einen sandfarbenen Ordner hervor. Er legte ihn vorsichtig auf den Couchtisch. Vicary betrachtete zuerst den Deckel, dann Boothby. Der Ordner trug den BIGOT-Stempel, und daneben prangte das aus Schwert und Schild bestehende Abzeichen des SHAEF, des Oberkommandos der alliierten Expeditionsstreitkräfte. Darunter standen die Worte *Plan Bodyguard,* gefolgt von Boothbys Namen und einer Verteilernummer.

»Sie werden in eine sehr kleine Bruderschaft aufgenommen, die nur aus ein paar hundert Offizieren besteht«, fuhr Boothby fort. »Und nach Ansicht einiger Leute ist das schon zuviel. Ich sollte Ihnen auch noch sagen, daß Ihr persönlicher und beruflicher Werdegang genauestens unter die Lupe genommen wurde.

Man hat jeden Stein umgedreht, wie es so schön heißt. Ich freue mich, Ihnen berichten zu können, daß Sie kein bekanntes Mitglied einer faschistischen oder kommunistischen Organisation sind, daß Sie nicht übermäßig trinken, zumindest nicht in der Öffentlichkeit, daß Sie sich nicht mit losen Mädchen einlassen und daß Sie weder homosexuell noch in irgendeiner anderen Form sexuell abnorm veranlagt sind.«

»Das beruhigt mich.«

»Ich sollte Ihnen ferner sagen, daß man Sie weiteren Sicherheitsüberprüfungen unterzieht und ständig überwacht. Das bleibt keinem von uns erspart. Nicht einmal General Eisenhower.«

»Ich verstehe, Sir Basil.«

»Gut. Zunächst möchte ich Ihnen ein oder zwei Fragen stellen. Ihre Arbeit hatte mit der Invasion zu tun. Durch Ihre Fälle haben sie einen gewissen Einblick in die Vorbereitungen bekommen. Was glauben Sie, wo wir angreifen wollen?«

»Nach dem wenigen, was mir bekannt ist, würde ich sagen, in der Normandie.«

»Und wie beurteilen Sie die Erfolgschancen einer Landung in der Normandie?«

»Landungsunternehmen zählen naturgemäß zu den schwierigsten militärischen Operationen«, sagte Vicary. »Besonders im Ärmelkanal. Julius Cäsar und Wilhelm der Eroberer haben es geschafft. Napoleon und die Spanier sind gescheitert. Hitler hat das Vorhaben 1940 aufgegeben. Ich würde sagen, die Erfolgschancen einer Invasion stehen bestenfalls fünfzig zu fünfzig.«

Boothby schnaubte. »Wenn überhaupt, Alfred, wenn überhaupt.« Er stand auf und begann, im Büro auf und ab zu gehen. »Bis jetzt haben wir drei erfolgreiche Landungsunternehmen durchgeführt – Nordafrika, Sizilien und Salerno. Aber bei keiner dieser Operationen mußten wir an einer befestigten Küste landen.«

Boothby blieb stehen und sah Vicary an. »Sie haben übrigens recht. Wir greifen in der Normandie an. Voraussichtlich im späten Frühjahr. Und wenn unsere Erfolgschancen fünfzig zu fünfzig stehen sollen, müssen Hitler und seine Generäle glauben, daß wir woanders angreifen.« Boothby setzte sich und nahm den Ordner zur Hand. »Deshalb haben wir uns dies hier ausgedacht – den Plan *Bodyguard.* Sie als Historiker dürften an *Bodyguard* besonderen Gefallen finden. Es handelt sich um eine Kriegslist, deren Größenordnung und Kühnheit beispiellos sind.«

Der Deckname sagte Vicary nichts. Boothby fuhr in seiner Belehrung fort.

»*Bodyguard* hieß bisher übrigens *Plan Jael*. Der Plan wurde umbenannt, um eine treffende Bemerkung zu würdigen, die der Premierminister in Teheran gegenüber Stalin machte. Churchill sagte: ›Im Krieg ist die Wahrheit so wichtig, daß sie stets von Lügen als Bodyguard begleitet werden muß.‹ Der Alte versteht sich auf Worte, das muß ich ihm lassen. *Bodyguard* ist selbst keine Operation. Es ist der Deckname für alle strategischen Operationen, deren Zweck darin besteht, Hitler und seine Generäle irrezuführen und über unsere wahren Absichten am Tag X zu täuschen.«

Boothby ergriff den Ordner und blätterte ihn ungestüm durch. »Der wichtigste Teil von *Bodyguard* ist *Operation Fortitude*. Das Ziel von *Fortitude* ist es, dafür zu sorgen, daß die Wehrmacht möglichst spät auf die Invasion reagiert, indem wir sie glauben machen, daß in anderen Regionen im Nordwesten Europas ebenfalls eine Invasion droht, insbesondere in Norwegen und in der Straße von Dover. Das Täuschungsmanöver hinsichtlich Norwegens hat den Decknamen *Fortitude Nord*. Wir wollen Hitler zwingen, siebenundzwanzig Divisionen in Skandinavien zu lassen, indem wir ihn davon überzeugen, daß wir vor oder sogar nach dem Tag X in Norwegen einen Angriff planen. *Fortitude Süd* ist heikler und, wenn ich so sagen darf, gefährlicher.«

Boothby schlug eine Seite um und holte tief Luft.

»Das Ziel von *Fortitude Süd* besteht darin, Hitler, seine Generäle und seine Geheimdienstoffiziere behutsam davon zu überzeugen, daß wir in Frankreich nicht nur eine, sondern zwei Invasionen planen. Laut *Fortitude Süd* ist der erste Angriff nur ein Ablenkungsangriff. Er wird in der Seinebucht in der Normandie erfolgen. Der zweite Angriff, der Hauptstoß, erfolgt drei Tage später in der Straße von Dover bei Calais. Von Calais aus können unsere Invasionsarmeen direkt nach Osten vorrücken und in wenigen Wochen Deutschland erreichen.« Boothby hielt inne, nippte an seinem Brandy mit Soda und ließ seine Worte wirken. »Laut *Fortitude* soll der erste Angriff Rommel und von Rundstedt zwingen, die Elitepanzereinheiten der deutschen 15. Armee in die Normandie zu verlegen, so daß Calais schutzlos ist, wenn die eigentliche Invasion beginnt. Natürlich wollen wir, daß sie das Gegenteil tun. Wir wollen, daß die Panzer der 15. Armee in Calais bleiben und dort auf die eigentliche Invasion warten, während wir in der Normandie landen.«

»Brillant in seiner Einfachheit.«

»Gewiß«, sagte Boothby. »Die Sache hat nur einen entscheidenden Haken. Wir haben nicht genug Leute. Bis zum späten Frühjahr werden nur siebenunddreißig Divisionen in Großbritannien stehen – Amerikaner, Briten und Kanadier –, kaum genug für *einen* Angriff auf Frankreich, geschweige denn für zwei. Wenn *Fortitude* Aussicht auf Erfolg haben soll, müssen wir Hitler und seine Generäle glauben machen, daß wir die notwendigen Divisionen für zwei Invasionen haben.«

»Und wie in Gottes Namen sollen wir das anstellen?«

»Ganz einfach, wir werden eine Armee aus einer Million Mann aufstellen. Allerdings werden wir sie aus dem Hut zaubern müssen, fürchte ich.«

Vicary nippte an seinem Drink und starrte Boothby ungläubig an.

»Das kann nicht Ihr Ernst sein.«

»Doch, Alfred, mein voller Ernst. Wenn die Erfolgschancen der Invasion fünfzig zu fünfzig stehen sollen, müssen wir Hitler, Rommel und von Rundstedt glauben machen, daß wir hinter den Klippen von Dover eine riesige, schlagkräftige Armee zusammenziehen, die darauf wartet, bei Calais den Kanal zu überqueren. Natürlich haben wir diese Armee nicht. Aber wenn wir soweit sind, werden die Deutschen glauben, daß sie es mit einer realen Streitmacht von rund dreißig Divisionen zu tun haben. Wenn sie nicht an die Existenz dieser Armee glauben – wenn wir einen Fehler machen und wenn sie unsere List durchschauen –, ist die Invasion von vornherein zum Scheitern verurteilt.«

»Hat diese Phantomarmee auch einen Namen?« fragte Vicary.

»Ja, die First United States Army Group, kurz FUSAG. Sie hat sogar einen Kommandeur, Patton persönlich. Die Deutschen halten General Patton für unseren fähigsten Kommandeur im Feld, und in ihren Augen wären wir Narren, wenn wir ohne seine maßgebliche Beteiligung eine Invasion durchführen würden. Patton wird über rund eine Million Mann verfügen. Seine Truppe besteht im wesentlichen aus neun Divisionen der 3. US-

Armee und zwei Divisionen der kanadischen 1. Armee. FUSAG hat am Bryanston Square in London sogar ein eigenes Hauptquartier.«

Vicary blinzelte und versuchte, das soeben Gehörte zu verdauen. Eine Armee von einer Million Mann aus dem Nichts... Boothby hatte recht – es war eine Kriegslist unvorstellbaren Ausmaßes. Dagegen war das Trojanische Pferd des Odysseus ein Pennälerstreich.

»Hitler ist kein Narr«, sagte Vicary. »Und seine Generäle auch nicht. Die kennen ihren Clausewitz, und nach Clausewitz ist ein Großteil der Informationen, die man im Krieg erhält, widersprüchlich, ein noch größerer Teil falsch, und der bei weitem größte Teil zweifelhaft. Die Deutschen werden nicht glauben, daß in Kent eine Armee von einer Million Mann steht, nur weil wir das behaupten.«

Boothby grinste, faßte erneut in den Aktenkoffer und zog eine weitere Akte hervor. »Richtig, Alfred. Deshalb haben wir uns das hier ausgedacht – *Operation Quicksilver.* Das Ziel von *Quicksilver* ist, unsere kleine Geisterarmee mit Fleisch und Knochen auszustatten. In den kommenden Wochen, wenn die ersten Phantomeinheiten von FUSAG in Großbritannien eintreffen, werden wir den Äther mit Funksprüchen überschwemmen – einige werden mit Codes verschlüsselt sein, von denen wir wissen, daß die Deutschen sie bereits geknackt haben, andere unverschlüsselt. Alles muß perfekt sein, genau so, als würden wir in Kent tatsächlich eine Million Mann zusammenziehen. Quartiermeister werden den Mangel an Zelten beklagen. Küchenbullen werden sich über fehlende Lebensmittel und fehlendes Besteck beschweren. Funker werden bei Übungen Privatgespräche führen. Bis zum Tag der Invasion werden wir die deutschen Horchposten in Nordfrankreich mit nahezu einer Million Funksprüchen bombardieren. Einige werden den Deutschen zarte Hinweise liefern, kleine Informationen über den Standort der Truppen oder ihre Aufstellung. Natürlich wollen wir, daß die Deutschen diese Hinweise entdecken und kapieren.«

»Eine Million Funksprüche? Wie ist das möglich?«

»Das übernimmt das US-Fernmeldebataillon 3103. Die bringen viele Leute mit – Schauspieler vom Broadway, Rundfunkstars, Imitatoren. Leute, die in einer Minute wie ein Jude aus Brooklyn und in der nächsten wie ein Landarbeiter aus Texas reden können. Man wird die fingierten Funksprüche in einem Studio auf Schallplatte aufnehmen und dann von Lastwagen aus senden, die in Kent übers Land fahren.«

»Unglaublich«, sagte Vicary atemlos.

»Ja, in der Tat. Und das ist nur ein kleiner Teil. *Quicksilver* steht nur für das, was die Deutschen *hören* werden. Aber wir müssen auch berücksichtigen, was sie aus der Luft *sehen* werden. Wir müssen den Eindruck erwecken, daß im Südosten des Landes langsam und systematisch eine riesige Armee zusammengezogen wird. Daß da genug Zelte für eine Million Mann stehen. Eine Armada aus Flugzeugen, Panzern und Landungsfahrzeugen. Wir werden die Straßen verbreitern. Wir werden in Dover sogar ein Treibstofflager bauen.«

»Aber Sir Basil, wir haben doch sicher nicht genug Flugzeuge, Panzer und Fahrzeuge, um sie für ein Täuschungsmanöver zu verschwenden.«

»Natürlich nicht. Wir werden eigens welche bauen, aus Sperrholz und Segeltuch. Am Boden wird man sie sofort als das erkennen, was sie sind – primitive, hastig gezimmerte Attrappen. Aber auf den Fotos, die ein deutsches Aufklärungsflugzeug aufnimmt, werden sie echt aussehen.«

»Woher wollen Sie wissen, daß die Aufklärungsflugzeuge durchkommen?«

Boothby grinste breit, trank sein Glas leer und steckte sich bedächtig eine Zigarette an. »Ganz einfach, Alfred. Wir wissen, daß sie durchkommen, weil wir sie durchkommen lassen. Natürlich nicht alle. Sie würden den Braten riechen, wenn wir das täten. Britische und amerikanische Maschinen werden am Himmel über unserer Phantomarmee ständig Patrouille fliegen. Und sie werden die meisten Eindringlinge verscheuchen. Aber ein paar werden sie durchlassen – allerdings, wie ich hinzufügen muß, nur die, die in sehr großer Höhe fliegen. Wenn alles planmäßig verläuft, werden die Analytiker von der Luftaufklärung Hitler dasselbe berichten wie die Horchposten in Nordfrankreich, daß nämlich an der Straße von Dover eine riesige Armee der Alliierten zusammengezogen wird.«

Vicary schüttelte den Kopf. »Funksprüche, Luftaufnahmen, das sind nur zwei Möglichkeiten der Deutschen, etwas über unsere Pläne herauszubekommen. Die dritte Möglichkeit sind natürlich Spione.«

Aber gab es denn überhaupt noch Spione? Im September 1939, nach Ausbruch des Krieges, hatten der MI5 und Scotland Yard eine großangelegte Aktion durchgeführt. Alle der Spionage Verdächtigen waren damals inhaftiert, umgedreht oder gehängt worden. Im Mai 1940, als Vicary zum MI5 kam, machte der Geheimdienst gerade Jagd auf die neuen Spione, die Canaris nach England geschickt hatte, um für die geplante Invasion Informationen zu sammeln. Diese Spione erlitten dasselbe Schicksal wie die erste Welle.

Der Ausdruck »Spione jagen« beschrieb Vicarys Tätigkeit beim MI5 nur unzureichend. Präzise ausgedrückt, war er ein Double-Cross-Offizier. Seine Aufgabe bestand darin, die Abwehr glauben zu machen, daß ihre Spione immer noch Informationen sammelten und ihren Führungsoffizieren nach Berlin schickten. Es war offenkundig von Vorteil, wenn die Abwehr annahm, daß ihre Agenten noch lebten. Seit Beginn des Krieges war der MI5 in der Lage, die Deutschen zu manipulieren, indem er den Informationsfluß von den britischen Inseln kontrollierte. Außerdem hielt er die Abwehr auf diese Weise davon ab, neue Agenten nach Großbritannien zu schicken, denn nach Meinung ihres Chefs Canaris und seiner Führungsoffiziere waren die meisten ihrer Spione ja noch aktiv.

»Genau, Alfred. Hitlers dritte Informationsquelle sind seine Spione. Canaris' Spione, sollte ich besser sagen. Und wir wissen, wie tüchtig sie sind. Die von uns gesteuerten deutschen Agenten werden maßgeblich zum Erfolg von *Bodyguard* beitragen. Sie werden all das bestätigen, was Hitler aus der Luft sehen und über den Äther hören kann. Einer unserer Doppelagenten, Tate, hat bereits damit angefangen.«

Tate verdankte seinen Decknamen seiner verblüffenden Ähnlichkeit mit dem beliebten Variété-Komiker Harry Tate. Sein richtiger Name war Wulf Schmidt. Er war als Agent der Abwehr in der Nacht des 19. September 1940 über Cambridgeshire aus einer Heinkel 111 mit dem Fallschirm abgesprungen. Vicary war mit dem Fall nicht befaßt, wußte aber das Nötigste. Tate hatte die erste Nacht im Freien verbracht. Am nächsten Morgen vergrub er seinen Fallschirm und sein Funkgerät und marschierte ins nächste Dorf. Zuerst ging er in Wilfried Searles Friseurladen und erstand eine Taschenuhr, da seine Armbanduhr beim Absprung zu Bruch gegangen war. Als nächstes kaufte er bei der Zeitungshändlerin Mrs. Field die *Times,* kühlte sich am Dorfbrunnen den geschwollenen Knöchel und frühstückte in einem kleinen Café. Schließlich, um zehn Uhr, wurde er von Tom Cousins, einem Gefreiten der örtlichen Bürgerwehr, in Gewahrsam genommen. Tags darauf wurde er in eine MI5-Einrichtung in Ham Commons in der Grafschaft Surrey gebracht und verhört. Nach dreizehn Tagen erklärte sich Tate bereit, als Doppelagent zu arbeiten, und seitdem schickte er mit seinem Funkgerät Double-Cross-Berichte nach Hamburg.

»Übrigens, Eisenhower ist in London. Nur wenige Auserwählte auf unserer Seite wissen davon. Canaris weiß es allerdings auch. Und Hitler. Tatsächlich wußten die Deutschen schon davon, bevor Eisenhower eine Nacht in Hayes Lodge verbracht hatte. Sie wußten es, weil Tate es ihnen mitgeteilt hatte. Ein gelungener Coup – eine scheinbar wichtige, im Grunde aber völlig harmlose Information. Jetzt hält die Abwehr Tate für eine bedeutende und glaubwürdige Quelle im SHAEF. Diese Quelle wird von einiger Bedeutung sein, wenn der Tag der Invasion näher rückt. Tate wird ihnen eine wichtige Lüge übermitteln, und mit etwas Glück wird ihm die Abwehr abermals glauben.

In den kommenden Wochen werden Canaris' Spione im Südosten Englands erste Anzeichen für eine massive Konzentration von Menschen und Material bemerken. Sie werden amerikanische und kanadische Soldaten sehen, Lager und Aufstellungsräume. Sie werden in der britischen Öffentlichkeit Horrorgeschichten zu hören bekommen über die Unannehmlichkeiten, die es mit sich bringt, wenn so viele Soldaten auf einem so engen Raum zusammengepfercht werden. Sie werden General Patton sehen, der mit seinen polierten Stiefeln und seinem Revolver mit Elfenbeingriff über die Dörfer in East Anglia fährt. Die tüchtigen Spione werden sogar die Namen einzelner Kommandeure herausbekommen und nach Berlin übermitteln. Ihr eigenes Double-Cross-Netz wird dabei eine wichtige Rolle spielen, Alfred.«

Boothby machte eine Pause, drückte seine Zigarette aus und steckte sich gleich eine neue an.

»Aber Sie schütteln den Kopf, Alfred. Ich schätze, Sie haben die Achillesferse des ganzen Täuschungsmanövers entdeckt.«

Vicarys Lippen kräuselten sich zu einem vorsichtigen Lächeln. Boothby kannte seine Vorliebe für die griechische Geschichte und Mythologie und hatte deshalb vielleicht geahnt, daß Vicary unwillkürlich an den Trojanischen Krieg denken würde, wenn er ihn in die Einzelheiten der *Operation Fortitude* einweihte.

»Vielleicht«, sagte Vicary und deutete auf Boothbys Packung Players. »Ich fürchte, ich habe meine unten liegen lassen.«

»Aber bitte«, sagte Boothby, reichte Vicary das Päckchen und gab ihm mit seinem Feuerzeug Feuer.

»Achilles starb, nachdem ihn ein Pfeil an der einzigen Stelle getroffen hatte, an der er verwundbar war, an der Ferse«, sagte Vicary. »Die Achillesferse von *Fortitude* ist, daß ein einziger echter Bericht eines Informanten, dem Hitler vertraut, die Operation zum Scheitern bringen kann. Das Unternehmen erfordert eine totale Manipulation aller Quellen, über die Hitler und seine Geheimdienstleute verfügen. Jede einzelne muß vergiftet werden, wenn *Fortitude* klappen soll. Hitler muß in ein Lügengewebe eingesponnen werden. Dringt nur ein Körnchen Wahrheit zu ihm, kann der ganze Plan auffliegen.« Vicary, der innehielt, um einen Zug von seiner Players zu nehmen, konnte es sich nicht verkneifen, eine historische Parallele zu ziehen: »Als Achilles ausgeschaltet war, erhielt Odysseus zur Belohnung seine Rüstung. Ich fürchte, in unserem Fall bekommt sie Hitler.«

Boothby nahm sein leeres Glas und drehte es nachdenklich in der hohlen Hand.

»Diese Gefahr birgt jede militärische List, nicht wahr, Alfred? Fast jede List weist auf die Wahrheit hin. General Morgan, der mit der Planung der Invasion betraut ist, hat es auf den Punkt gebracht. Es genügt, sagt er, wenn ein einziger deutscher Agent, der etwas taugt, an der englischen Südküste von Cornwall nach Kent spaziert. Wenn das passiert, können wir die ganze Sache begraben. Und mit ihr jede Hoffnung für Europa. Das ist auch der Grund, warum wir uns den ganzen Abend mit dem Premierminister beraten haben und warum Sie jetzt hier sind, Alfred.«

Boothby stand auf und durchschritt sein Büro.

»Im Moment arbeiten wir noch in der begründeten Gewißheit, daß wir alle Informationsquellen Hitlers vergiftet haben. Und wir arbeiten in der begründeten Gewißheit, daß wir alle Spione Canaris' in Großbritannien zur Strecke gebracht haben und daß alle nur das tun, was wir ihnen sagen. Wäre dem nicht so, würden wir mit *Fortitude* gar nicht erst beginnen. Ich sage »begründete Gewißheit«, weil man sich in diesem Punkt niemals absolut sicher sein kann. Zweihundertsechzig Spione – und alle wurden verhaftet, umgedreht oder gehängt.«

Boothby trat aus dem schwachen Schein der Lampe und zog sich in die Dunkelheit des Raumes zurück.

»Letzte Woche hielt Hitler in Rastenburg eine Besprechung ab. Alle wichtigen Leute waren da – Rommel, von Rundstedt, Canaris und Himmler. Es ging um die Invasion. Besonders um Ort und Zeitpunkt der Invasion. Hitler hat Canaris die Pistole auf die Brust gesetzt – natürlich nur bildlich – und ihm mit ziemlich unangenehmen Konsequenzen gedroht, wenn er die Wahrheit nicht herausfindet. Canaris wiederum hat einen Mann aus seinem Stab mit der Sache betraut, einen gewissen Kurt Vogel. Bislang nahmen wir an, Kurt Vogel sei Canaris' persönlicher Rechtsberater. Wir haben uns offensichtlich geirrt. Ihre Aufgabe ist es nun, dafür zu sorgen, daß Kurt Vogel die Wahrheit nicht erfährt. Ich hatte bisher nicht die Gelegenheit, seine Akte zu lesen. Die Registratur dürfte etwas über ihn haben.«

»Gewiß«, sagte Vicary.

Boothby kehrte in den Schein der Lampe zurück. Er runzelte die Stirn, als habe er aus dem Nebenzimmer etwas Unangenehmes gehört, dann verfiel er in langes, nachdenkliches Schweigen.

»Alfred«, sagte er schließlich, »ich möchte in diesem Fall von Anfang an ganz offen zu Ihnen sein. Der Premierminister will unbedingt, daß Sie den Fall übernehmen, obwohl der Generaldirektor und ich uns vehement dagegen ausgesprochen haben.«

Vicary hielt Boothbys Blick einen Moment lang stand, dann sah er, verlegen über die Bemerkung, weg und ließ den Blick über die Wände schweifen. Über mehrere Dutzend Fotografien, die Sir Basil mit berühmten Leuten zeigten, über die auf Hochglanz polierte Eichentäfelung, über das alte Ruder, das an einer der Wände hing und in dieser offiziellen Umgebung merkwürdig deplaziert wirkte. Vielleicht war es ein Andenken an glücklichere Zeiten. An einen spiegelglatten Fluß bei Sonnenaufgang. An die Regatta Oxford gegen Cambridge. An Eisenbahnfahrten nach Hause an kühlen Herbstnachmittagen.

»Erlauben Sie mir, daß ich diese Bemerkung erläutere, Alfred. Sie haben hervorragende Arbeit geleistet. In der Sache Becker haben Sie erstaunliche Erfolge erzielt. Doch der Generaldirektor und ich vertreten die Ansicht, daß ein höherer Offizier einen solchen Fall übernehmen sollte.«

»Ich verstehe«, sagte Vicary. Ein höherer Offizier, das bedeutete in Boothbys Wortschatz ein Berufsoffizier, keiner von den Neuen, die erst nach Kriegsbeginn dazugestoßen waren und denen Boothby so mißtraute.

»Aber natürlich«, fuhr Boothby fort, »konnten wir den Premierminister nicht davon überzeugen, daß Sie nicht der beste Mann für den Fall sind. Damit ist er Ihrer. Berichten Sie mir regelmäßig über Ihre Fortschritte. Und viel Glück, Alfred. Ich fürchte, Sie werden es brauchen.«

7

London

Im Januar 1944 hatte das Wetter wieder seinen angestammten Platz als Gesprächsthema Nummer eins in der britischen Öffentlichkeit eingenommen. Der Sommer und der Herbst waren ungewöhnlich trocken und warm gewesen, und der Winter war, als er dann schließlich kam, ungewöhnlich kalt. Eisige Nebelschwaden stiegen vom Fluß auf, trieben nach Westminster und Belgravia und hingen wie Pulverdampf über den Ruinen von Battersea und Southwark. Die Erinnerung an die Luftangriffe war fast verblaßt. Die Kinder waren zurückgekehrt, strömten, ihre Mütter im Schlepptau, in die Spielzeugläden und Kaufhäuser und tauschten unerwünschte Weihnachtsgeschenke gegen begehrtere Artikel um. Am Silvesterabend hatte sich eine riesige Menschenmenge auf dem Piccadilly Circus versammelt. Es hätte alles ganz normal gewirkt, wenn die Feier nicht im Schatten der Verdunkelung stattgefunden hätte. Doch jetzt waren die deutschen Bomber nach langer und willkommener Abwesenheit wieder am Himmel über London aufgetaucht.

Gegen acht Uhr an diesem Abend eilte Catherine Blake über die Westminster Bridge. Drüben im East End und im Hafenviertel loderten Brände, Leuchtspurgeschosse und Suchscheinwerfer durchzogen den nächtlichen Himmel. Catherine hörte das dumpfe Bellen der Flakbatterien im Hyde Park und am Themseufer und roch den bitteren Rauch der Feuer. Sie wußte, daß ihr eine lange, arbeitsreiche Nacht bevorstand.

Sie bog gerade in die Lambeth Palace Road ein, als ihr durch den Kopf schoß, daß sie fast starb vor Hunger. Lebensmittel waren knapper denn je. Infolge des trockenen Herbstes und des kalten Winters gab es kaum noch Gemüse. Kartoffeln und Rosenkohl waren seltene Delikatessen. Nur Kohl- und Steckrüben gab es reichlich. Sie dachte: *Wenn ich noch eine Rübe essen muß, erschieße ich mich.* Trotzdem glaubte sie, daß die Zustände in Berlin viel schlimmer waren.

Ein Polizist – ein kleiner, korpulenter Mann, der für die Armee offenbar zu alt war – stand da und beobachtete die Lambeth Palace Road. Er hob die Hand und verlangte, gegen das Heulen der Sirenen anschreiend, ihren Ausweis.

Wie immer schien Catherines Herz einen Schlag auszusetzen.

Sie reichte ihm eine Kennkarte, die sie als Angehörige des Freiwilligendienstes für Frauen auswies. Der Polizist warf einen kurzen Blick darauf und sah ihr dann ins Gesicht. Sie berührte seine Schulter und beugte sich an sein Ohr, so daß er ihren Atem spürte, wenn sie sprach. Mit dieser Methode zähmte sie Männer schon seit Jahren.

»Ich bin freiwillige Krankenschwester im St. Thomas Hospital.«

Der Polizist blickte auf. Catherine sah ihm an, daß er für sie keine Bedrohung mehr darstellte. Er strahlte sie einfältig an, als habe er sich soeben in sie verliebt. Diese Reaktion war Catherine nicht neu. Sie war außergewöhnlich schön und hatte ihr Aussehen zeitlebens als Waffe benutzt.

Der Polizist gab ihr den Ausweis zurück.

»Wie schlimm ist es?« fragte sie.

»Schlimm – geben Sie auf sich acht und lassen Sie den Kopf unten.«

London brauchte weit mehr Krankenwagen, als zur Verfügung standen. Deshalb beschlagnahmten die Behörden jedes geeignete Fahrzeug, das sie kriegen konnten – Lieferwagen, Milchlaster, alles, was vier Räder und einen Motor hatte und genug Platz für einen Verletzten und einen Sanitäter bot. Catherine bemerkte, daß das rote Kreuz auf der Ambulanz, die gerade in die Zufahrt des Krankenhauses einbog, über den verblichenen Schriftzug einer bekannten örtlichen Bäckerei gemalt war.

Sie folgte dem Krankenwagen nun schnellen Schrittes und trat ein. Im Krankenhaus herrschte ein Chaos. Die Notaufnahme war überfüllt mit Verletzten. Sie waren überall – auf dem Boden, in den Korridoren, sogar im Schwesternzimmer. Einige schrien. Andere saßen nur da und stierten vor sich hin, zu benommen, um zu begreifen, was ihnen widerfahren war. Die meisten Patienten hatten bislang weder mit einem Arzt noch mit einer Schwester gesprochen. Und jede Minute wurden neue eingeliefert.

Catherine spürte eine Hand auf ihrer Schulter.

»Wollen Sie Wurzeln schlagen, Miss Blake?«

Catherine fuhr herum und blickte in das strenge Gesicht Alice Stewarts. Vor dem Krieg war Alice eine freundliche, mitunter etwas konfuse Frau gewesen, die es gewohnt war, Grippekranke und samtags abends gelegentlich auch einmal das Opfer einer Messerstecherei zu versorgen. Mit dem Krieg hatte sich das geändert. Jetzt stand sie aufrecht da und erteilte mit klarer Kasernenhofstimme ihre Anweisungen, wobei sie nie ein Wort mehr sagte als nötig. Sie leitete mit sicherer Hand eine der am stärksten beanspruchten Unfallstationen in London. Ein Jahr zuvor war ihr Mann im Alter von siebenundzwanzig Jahren bei einem Bombenangriff ums Leben gekommen. Doch Alice Stewart trauerte nicht – das konnte warten, bis die Deutschen besiegt waren.

»Nie anmerken lassen, was Sie denken, Miss Blake«, sagte Alice Stewart forsch. »Das macht ihnen nur noch mehr angst. Jetzt raus aus dem Mantel und an die Arbeit. Wir haben allein hier mindestens hundertfünfzig Verletzte, und die Leichenschauhäuser füllen sich schnell. Es sollen noch mehr werden.«

»So schlimm war es seit September 1940 nicht mehr.«

»Deshalb brauchen wir Sie. Und jetzt an die Arbeit, junge Frau, und zwar schnell, wenn ich bitten darf.«

Alice Stewart schritt durch die Notaufnahme wie ein Feldherr über das Schlachtfeld. Catherine beobachtete, wie sie eine junge Schwester wegen ihrer nachlässigen Kleidung zur Rede stellte. Alice Stewart bevorzugte niemanden – sie war zu allen Schwestern und Freiwilligen gleich streng. Catherine hängte ihren Mantel auf und trat in den Korridor, in dem sich die Verletzten drängten. Sie begann bei einem kleinen Mädchen, das einen angesengten Teddybären umklammert hielt.

»Wo tut es weh, mein Kleines?«

»Am Arm.«

Catherine krempelte dem Mädchen den Ärmel des Pullovers hoch. Es hatte sich offensichtlich den Arm gebrochen. Das Kind stand unter Schock und spürte keine Schmerzen. Catherine sprach mit ihr und versuchte, sie von der Verletzung abzulenken.

»Wie heißt du, mein Schatz?«

»Ellen.«

»Wo wohnst du?«

»Stepney, aber unser Haus gibt es nicht mehr.« Sie sprach mit ruhiger, unbewegter Stimme.

»Wo sind deine Eltern? Sind sie hier bei dir?«

»Der Feuerwehrmann hat gesagt, daß sie jetzt beim lieben Gott sind.«

Catherine sagte nichts und hielt nur die Hand des Mädchens. »Gleich wird der Doktor kommen und nach dir sehen. Bleib hier sitzen und sieh zu, daß du den Arm nicht bewegst. In Ordnung, Ellen?«

»Ja«, sagte sie. »Du bist sehr schön.«

Catherine lächelte. »Danke. Und weißt du was?«

»Was?«

»Du auch.«

Catherine ging weiter den Korridor hinunter. Ein alter Mann mit einer Quetschung am Kopf sah auf, als sie seine Wunde untersuchte. »Mir geht es gut, junge Frau. Hier sind eine Menge Leute, die es schlimmer erwischt hat. Kümmern Sie sich erst um die.«

Sie strich seinen zerwühlten grauen Haarkranz glatt und tat wie ihr geheißen. Diese Haltung war ihr bei den Engländern immer wieder begegnet. Die Wiederaufnahme der Luftangriffe war ein Wahnsinn. Das hätte sie den Leuten in Berlin gern persönlich gesagt.

Catherine setzte ihre Runde fort, versorgte die Patienten und lauschte bei der Arbeit den Geschichten, die sie erzählten.

»Ich war in der Küche und wollte mir gerade einen Tee eingießen, da kracht es plötzlich. Eine Zehn-Zentner-Bombe. Das Scheißding landet direkt auf der Eingangstreppe. Dann weiß ich nur noch, wie ich auf dem Rücken in den Überresten meines Gartens liege, vor mir der Schutthaufen, der mal mein Haus war. Schöne Scheiße.«

»Was sind das für Ausdrücke, George. Das gehört sich nicht. Außerdem sind kleine Kinder hier.«

»Es hätte schlimmer kommen können, Kumpel. Das Haus bei uns gegenüber hat einen Volltreffer abgekriegt. Eine vierköpfige Familie, anständige Leute, alle ausgelöscht.«

Eine Bombe schlug in der Nähe ein. Das Krankenhaus erzitterte. Eine verletzte Nonne bekreuzigte sich und betete mit den anderen das Vaterunser.

»Mit Beten allein verscheuchen wir die deutsche Luftwaffe heute nacht nicht vom Himmel, Schwester.«

»... Dein Reich komme. Dein Wille geschehe ...«

»Ich habe 1940 bei einem Luftangriff meine Frau verloren. Ich fürchte, heute nacht habe ich meine einzige Tochter verloren.«

»...wie im Himmel, also auch auf Erden...«

»Was für ein Krieg, Schwester, was für ein Scheißkrieg.«

»...wie auch wir vergeben unsern Schuldigern...«

»Weißt du, Mervin, ich habe den Eindruck, Hitler mag uns nicht besonders.«

»Das ist mir auch schon aufgefallen.«

Gelächter erfüllte die Notaufnahme.

Zehn Minuten später befand die Nonne, daß nun genug gebetet war, und das unvermeidliche Trinklied wurde angestimmt.

»...Roll out the barrel...«

Catherine schüttelte den Kopf.

»...We'll have a barrel of fun...«

Doch einen Augenblick später ertappte sie sich dabei, wie sie mitsang.

Es war kurz nach acht am folgenden Morgen, als Catherine in ihre Wohnung zurückkehrte. Die Post war bereits da. Mrs. Hodges, ihre Vermieterin, hatte sie unter der Tür durchgeschoben. Catherine bückte sich, hob sie auf und warf drei Briefe sofort in den Mülleimer in der Küche. Sie brauchte sie nicht zu lesen, denn sie hatte sie selbst geschrieben und bei verschiedenen Postämtern in der Londoner Umgebung aufgegeben. Unter normalen Umständen würde Catherine keine privaten Briefe erhalten, denn sie hatte in Großbritannien weder Freunde noch Verwandte. Doch eine junge, attraktive und gebildete Frau, die niemals Post bekam, hätte sich verdächtig gemacht – und Mrs. Hodges hatte etwas von einer Schnüfflerin –, und so griff Catherine zu dieser List und sorgte dafür, daß regelmäßig Briefe und Karten bei ihr eintrafen.

Sie ging ins Badezimmer und drehte die Hähne über der Wanne auf. Der Druck war schwach, und das Wasser rieselte nur in einem fadendünnen Strahl aus dem Hahn, aber wenigstens war es heute warm. Wegen der geringen Niederschläge im Sommer und Herbst war Wasser knapp, und die Regierung drohte, es ebenfalls zu rationieren. Es würde viele Minuten dauern, bis die Wanne voll war.

Zum Zeitpunkt ihrer Anwerbung war Catherine eigentlich nicht in der Position gewesen, Forderungen zu stellen, aber dennoch hatte sie darauf bestanden, genug Geld zu bekommen, um angenehm leben zu können. Sie war in geräumigen Stadthäusern und auf riesigen Landgütern aufgewachsen – beide Eltern stammten aus der Oberschicht –, und den Krieg in einer schäbigen Pension zu verbringen und sich das Badezimmer mit fremden Leuten zu teilen, kam für sie nicht in Frage. Sie gab sich als Kriegswitwe aus einer gutbetuchten mittelständischen Familie aus, und so entsprach ihre Unterkunft perfekt ihrer Tarnung – eine bescheidene, aber komfortable Zweizimmerwohnung in einem viktorianischen Haus in Earl's Court.

Das Wohnzimmer war gemütlich eingerichtet, wenngleich einem Fremden möglicherweise das völlige Fehlen persönlicher Gegenstände aufgefallen wäre. Keine Fotos und keine Erinnerungsstücke. Im Schlafzimmer stand ein bequemes Doppelbett. Die Küche war mit allen modernen Geräten ausgestattet, und das Badezimmer verfügte über eine große Wanne.

Die Wohnung bot noch weitere Vorzüge, auf die eine normale alleinstehende Engländerin keinen Wert gelegt hätte. Sie befand sich im obersten Stockwerk, wo ihr tragbares AFU-Funkgerät weitgehend störungsfrei Nachrichten aus Hamburg empfangen konnte, und von dem Erkerfenster im Wohnzimmer aus konnte sie die ganze Straße überblicken.

Sie ging in die Küche und setzte Teewasser auf. Die Arbeit im Freiwilligendienst war zeitraubend und anstrengend, aber wichtig für ihre Tarnung. Jeder machte sich im Krieg irgendwie nützlich, und es hätte merkwürdig ausgesehen, wenn eine junge gesunde Frau ohne Familie dies nicht getan hätte. Eine Bewerbung in einer Munitionsfabrik wäre zu riskant gewesen – ihre Tarnung hätte einer genaueren Prüfung möglicherweise nicht standgehalten –, und eine Tätigkeit als Marinehelferin kam von vorn herein nicht in Frage. Der Freiwilligendienst für Frauen war die beste Lösung. Er brauchte immer neue Mitglieder. Catherine hatte sich im September 1940 bei der Organisation gemeldet und noch in derselben Nacht ihren Dienst angetreten. Im St. Thomas versorgte sie Verletzte, und bei Fliegeralarm verteilte sie in den Schutzräumen Bücher und Kekse. Nach außen hin war sie eine vorbildliche junge Engländerin, die ihre Pflicht erfüllte.

Manchmal mußte sie darüber lachen.

Der Wasserkessel pfiff. Sie kehrte in die Küche zurück und brühte Tee auf.

Wie alle Londoner war sie inzwischen wild nach Tee und Zigaretten. Es schien, als ernähre sich das ganze Land von Koffein und Nikotin, und Catherine bildete da keine Ausnahme. Ihre Ration Milchpulver und Zucker hatte sie aufgebraucht, und so trank sie den Tee schwarz. In Momenten wie diesem sehnte sie sich nach dem starken, bitteren Kaffee, den sie von zu Hause kannte, und einem Stück Torte.

Sie trank die Tasse leer und goß sich eine zweite ein. Am liebsten würde sie nach dem Bad ins Bett kriechen und vierundzwanzig Stunden durchschlafen, aber sie hatte noch zu tun und durfte ihrer Müdigkeit nicht nachgeben. Würde sie sich wie eine normale Frau in London bewegen, so wäre sie eine Stunde früher nach Hause gekommen. Sie wäre mit der U-Bahn quer durch die Stadt direkt nach Earl's Court gefahren. Aber sie bewegte sich in London nicht wie eine normale Frau. Sie hatte zunächst einen Zug genommen, dann einen Bus, ein Taxi und wieder einen Bus. Und sie war eine Haltestelle früher ausgestiegen und hatte den letzten halben Kilometer zu Fuß zurückgelegt, um sich zu vergewissern, daß ihr niemand folgte. Als sie endlich zu Hause ankam, war sie vom Regen klatschnaß, aber sie wußte, daß sie nicht beschattet wurde.

So mancher Agent wäre nach sechs Jahren nachlässig geworden. Doch Catherine würde niemals nachlässig werden. Dies war einer der Gründe, warum sie überlebt hatte, während andere verhaftet und gehängt worden waren.

Sie ging ins Badezimmer und zog sich vor dem Spiegel aus. Sie war groß und gut in Form. Vom jahrelangen Reiten und Jagen war sie kräftiger als die meisten Frauen und viele Männer. Ihre Schultern waren breit, ihre Arme glatt und fest wie bei einer Statue. Ihre Brüste waren rund und voll und perfekt geformt, ihr Bauch hart und flach. Wie beinahe jeder war sie schmaler als vor dem Krieg. Sie löste die Spange, mit der sie ihr Haar zu einem züchtigen Knoten aufgesteckt hatte, und es fiel herab bis auf ihre Schultern. Sie hatte eisblaue Augen – blau wie ein preußischer See, hatte ihr Vater immer gesagt –, und hohe, vorstehende Wangenknochen, die eher eine deutsche als eine englische Herkunft vermuten ließen. Ihre Nase war lang und hübsch, ihr Mund groß, mit sinnlichen Lippen.

Alles in allem bist du immer noch eine sehr attraktive Frau, Catherine Blake.

Sie stieg in die Wanne, und mit einem Mal fühlte sie sich sehr einsam. Vogel hatte sie vor der Einsamkeit gewarnt. Daß es aber so schlimm werden könnte, damit hatte sie nicht gerechnet. Manchmal war die Einsamkeit sogar noch schlimmer als die Angst, und dann dachte sie, daß es besser wäre, ganz allein auf einer einsamen Insel oder auf dem Gipfel eines Berges zu leben als unter Menschen, zu denen sie keinen Kontakt haben durfte.

Seit dem Jungen in Holland hatte sie sich keinen Liebhaber mehr gestattet. Sie sehnte sich nach einem Mann, und sie sehnte sich nach Sex, aber sie konnte auch ohne beides leben. Sexuelles Verlangen konnte sie, wie alle ihre Gefühle, an- und ausknipsen wie einen Lichtschalter. Außerdem war es in ihrem Metier schwierig, mit einem Mann zusammenzusein. Männer pflegten den Kopf zu verlieren wegen ihr, und das letzte, was sie jetzt brauchen konnte, war ein liebeskranker Mann, der in ihrer Vergangenheit herumschnüffelte.

Catherine stieg aus der Wanne. Sie kämmte rasch ihr nasses Haar und schlüpfte in ihr Kleid. Dann ging sie in die Küche und öffnete die Tür zur Speisekammer. Die Regalbretter waren leer. Auf dem obersten stand das tragbare Funkgerät. Sie trug es zum Fenster im Wohnzimmer, wo der Empfang am besten war, und schaltete es an.

Das war ein weiterer Grund, warum sie nicht gefaßt worden war – Catherine benutzte ihr Funkgerät nie. Jede Woche zur gleichen Zeit stellte sie es lediglich für zehn Minuten auf Empfang. Wenn Berlin Befehle für sie hatte, dann wurden sie auf diesem Weg übermittelt.

Seit fünf Jahren herrschte Funkstille.

Nur ein einziges Mal war sie mit Berlin in Funkkontakt getreten, in jener Nacht, nachdem sie in Suffolk die Frau umgebracht und ihre neue Identität angenommen hatte. *Beatrice Pymm* ... Sie dachte jetzt an diese Frau, ohne Reue. Catherine war Soldat, und in Kriegszeiten waren Soldaten zum Töten gezwungen. Außerdem hatte sich der Mord nicht vermeiden lassen. Er war unbedingt notwendig gewesen.

Für einen Agenten gab es zwei Möglichkeiten, nach Großbritannien zu kommen – heimlich mit dem Fallschirm oder einem kleinen Boot oder aber legal als Passagier eines Schiffes oder

Flugzeugs. Der Versuch, unbemerkt mit dem Fallschirm oder einem Boot zu landen, war riskant. Der Agent konnte entdeckt werden oder sich bei der Landung verletzen; ein simples Fallschirmspringer-Training hätte Catherines ohnehin schon langwierige Ausbildung um Monate verlängert. Die zweite Methode, die legale Einreise, barg andere Gefahren. Der Agent mußte die Paßkontrolle passieren. Ort und Datum der Einreise wurden registriert. War der Krieg erst einmal ausgebrochen, würde der MI5 diese Unterlagen sicherlich benutzen, um Spione aufzuspüren. Und wenn ein Ausländer ins Land eingereist, aber nicht wieder ausgereist war, konnte der MI5 mit Sicherheit davon ausgehen, daß die Person ein deutscher Spion war. Vogel fand eine Lösung: legal ins Land einreisen, und dann dafür sorgen, daß der Akteneintrag über die Einreise gelöscht wird, indem man die Person auslöscht. Eine einfache Sache – nur benötigte man dazu eine Leiche. Beatrice Pymm wurde im Tod Christa Kunst. Der MI5 hatte Catherine nie entdeckt, weil er nie nach ihr gesucht hatte. Ihre Ein- und ihre Ausreise waren in den Akten belegt. Der MI5 hatte keinen Hinweis darauf, daß sie existierte.

Catherine goß sich eine weitere Tasse Tee ein, setzte den Kopfhörer auf und wartete.

Sie hätte fast ihren Tee verschüttet, als es fünf Minuten später im Funkgerät knackte.

Der Funker, der über die Station in Hamburg Kontakt mit ihr aufnahm, morste eine verschlüsselte Nachricht.

Die deutschen Funker galten als die präzisesten auf der ganzen Welt. Und als die schnellsten. Catherine hatte Mühe mitzukommen. Als der Funker in Hamburg fertig war, bat sie ihn, die Nachricht zu wiederholen.

Er tat es, diesmal langsamer.

Catherine bestätigte den Empfang und verabschiedete sich.

Sie brauchte mehrere Minuten, um ihr Chiffrierbuch zu finden und die Nachricht zu entschlüsseln. Ungläubig starrte sie auf das Blatt, als sie fertig war.

Gehen Sie zu Treff Alpha.

Kurt Vogel wollte endlich, daß sie sich mit einem anderen Agenten traf.

8

Hampton Sands, Norfolk

Regen peitschte durch das Dorf, als Sean Dogherty, etwas angeschlagen von fünf Gläsern Guinness, versuchte, vor dem Hampton Arms auf sein Fahrrad zu steigen. Beim fünften Anlauf klappte es endlich, und er trat die Heimfahrt an.

Hampton Sands war ein durchaus unbedeutender Ort – eine Ansammlung von Häusern entlang einer einzigen Straße, ein Krämerladen, der Pub Hampton Arms. Die Bemalung des Wirtshausschilds war seit 1938 nicht mehr aufgefrischt worden – Farbe war, wie fast alles, rationiert. Am östlichen Ende der Straße ragte die Kirche St. John's auf. Dogherty bekreuzigte sich unwillkürlich, als er am Kirchhofeingang vorbeikam, dann radelte er über die Holzbrücke, die sich über den kleinen Fluß spannte. Einen Moment später verschwand das Dorf hinter ihm.

Es wurde bereits dunkel, und Dogherty hatte Mühe, auf dem zerfurchten Weg das Gleichgewicht zu halten. Er war ein kleiner Mann, sechzig Jahre alt, mit tiefliegenden grünen Augen und einem ungepflegten grauen Bart. Im Verlauf einer kurzen Karriere als Weltergewichtler in Dublin hatte er sich häufiger die Nase gebrochen, als ihm lieb war, und auch bei Wirtshausschlägereien war sie mehrmals zu Bruch gegangen. Krumm und schief saß sie jetzt in seinem Gesicht. Er trug einen Ölmantel und eine enganliegende Strickmütze. Die kalte Luft schnitt in sein ungeschütztes Gesicht: ein scharfer Nordseewind, der nach den arktischen Eisfeldern und Fjorden roch, über die er hinweggebraust war, bevor er die Küste von Norfolk attackierte.

Die Regenwand riß auf und gab den Blick auf die Landschaft frei – smaragdgrüne Felder, das endlose graue Watt und kleine Buchten, die mit den Gezeiten wuchsen und schrumpften. Zu seiner Linken zog sich ein breiter Strand am Wasser hin. Auf der anderen Seite stiegen in einiger Entfernung grüne Hügel sanft zu den tiefhängenden Wolken empor.

Die Küste von Norfolk war der ideale Lebensraum für viele

seltene Vogelarten. Vor dem Krieg waren Urlauber aus London scharenweise in Hampton Sands eingefallen und mit Feldstechern um den Hals über den Strand oder durchs Watt spaziert, um Vögel zu beobachten. Doch der Krieg hatte dem ein abruptes Ende bereitet. Aufgrund seiner strategischen Lage war ein Großteil des Küstenstrichs von Norfolk zum militärischen Sperrgebiet erklärt worden. Zudem konnten wegen der Benzinrationierung nur noch wenige Briten in diesen entlegenen Winkel des Landes reisen. Und wenn doch welche kamen, dann hatten sie Mühe, den Weg zu finden, denn im Frühjahr 1940, als die Angst vor einer Invasion ihren Höhepunkt erreichte, hatte die Regierung alle Wegweiser entfernen lassen.

Sean Dogherty registrierte solche Dinge mehr als die anderen Dorfbewohner.

Im Jahr 1938 war er von der deutschen Abwehr als Spion angeworben worden und hatte den Decknamen Smaragd erhalten.

Das Cottage tauchte in der Ferne auf. Rauch stieg sanft aus dem Kamin und wurde vom Wind über die Weiden davongetragen. Es war eine kleine Farm auf Pachtland, aber sie sicherte ein genügendes Auskommen – eine kleine Schafherde, die Wolle und Fleisch lieferte, dazu ein paar Hühner und ein Beet für den Anbau von Gemüse, das in diesen Tagen auf dem Markt gute Preise erzielte. Dogherty besaß sogar einen verbeulten alten Kleinlaster, mit dem er für Nachbarn Waren zum Verkauf nach King's Lynn karrte. Aus diesem Grund erhielt er eine Sonderration Benzin, mehr als normale Bürger.

Dogherty bog in die Zufahrt ein, stieg vom Rad und schob es zur Scheune. Über sich hörte er das Dröhnen der Lancaster-Bomber, die von ihren Stützpunkten in Norfolk gestartet waren. Er erinnerte sich noch an die Zeit, als die Flugzeuge aus der anderen Richtung gekommen waren – deutsche Heinkel-Bomber auf dem Weg zu den Industriestädten Birmingham und Manchester. Inzwischen hatten die Alliierten die Luftherrschaft erobert, und deutsche Flugzeuge wagten sich nur noch selten nach Norfolk.

Er schaute auf und bemerkte, wie sich die Vorhänge am Küchenfenster leicht teilten. Marys verschwommenes Gesicht erschien hinter der regennassen Scheibe. Nicht heute abend, dachte er und wandte den Blick ab. *Bitte, nicht schon wieder.*

Die deutsche Abwehr hatte wenig Mühe gehabt, Sean Dogherty dafür zu gewinnen, England zu verraten und für Nazideutschland zu arbeiten. Im Jahr 1921 war sein älterer Bruder Daniel von den Briten verhaftet und gehängt worden, weil er in der Grafschaft Mayo eine fliegende Kolonne der Irisch-Republikanischen Armee befehligt hatte.

In der Scheune angekommen, schloß Dogherty einen Werkzeugschrank auf und nahm das Funkgerät heraus, das er von der Abwehr erhalten hatte, dazu sein Chiffrierbuch, einen Block und einen Bleistift. Er stellte das Gerät auf Empfang und rauchte eine Zigarette, während er wartete. Seine Instruktionen waren einfach: Schalten Sie einmal in der Woche das Funkgerät ein, und warten Sie auf Anweisungen aus Hamburg. Es war vier Jahre her, daß die Abwehr ihm einen Auftrag gegeben hatte. Dennoch machte er immer noch pflichtbewußt zur vereinbarten Zeit das Gerät an und wartete zehn Minuten.

Zwei Minuten vor Ablauf der Frist legte er das Chiffrierbuch und den Block in den Schrank zurück. Eine weitere Minute verstrich, und er faßte nach dem Stromschalter. Gerade wollte er das Funkgerät abstellen, da erwachte es plötzlich zum Leben. Er griff hastig nach dem Notizblock und schrieb wie wild, dann verstummte das Gerät wieder. Er setzte rasch eine Meldung ab, daß er die Nachricht empfangen hatte, und verabschiedete sich.

Sean brauchte drei Minuten, bis er die Nachricht entschlüsselt hatte.

Plan Eins für Empfang ausführen.

Die Deutschen schickten einen Agenten.

Vor fünfzehn Minuten hatte Mary Dogherty ihren Mann vom Küchenfenster aus in die Scheune gehen sehen. Sie fragte sich, was er so lange dort trieb. Wenn Sean nicht bald kam, würde sein Abendessen kalt werden. Sie wischte sich die Hände an ihrer Schürze ab und trug einen Becher mit dampfendem Tee zum vorderen Fenster. Der Regen war stärker geworden, und der Wind peitschte von der Nordsee her gegen die Küste.

Sie legte die Hände um den angeschlagenen Emailbecher und wärmte sich das Gesicht in dem aufsteigenden Dampf.

Sie wußte, was Sean in der Scheune tat. Er saß wieder vor dem Funkgerät der Deutschen.

Mary mußte zugeben, daß ihr Mann um Jahre jünger wirkte,

seit er für die Nazis spionierte. Im Frühjahr 1940 hatte er weite Teile von Norfolk erkundet, und mit Erstaunen hatte Mary beobachtet, wie er durch die neue Aufgabe förmlich wieder auflebte, mit dem Fahrrad täglich mehrere Meilen zurücklegte, nach Anzeichen für militärische Aktivitäten Ausschau hielt und Küstenbefestigungen fotografierte. Seine Informationen spielte er einem Kontaktmann der Abwehr in London zu, der sie wiederum nach Berlin weiterleitete. Dogherty hielt seine Arbeit für sehr gefährlich und genoß jede Minute.

Mary verabscheute sie. Sie fürchtete, Sean könnte erwischt werden. Jeder Brite hielt nach Spionen Ausschau. Es grenzte schon an eine nationale Hysterie. Der kleinste Fehler, und Sean würde verhaftet werden. Nach dem neuen Gesetz von 1940 stand auf Spionage nur eine Strafe: die Todesstrafe. Mary hatte in der Zeitung von Spionen gelesen – von den Hinrichtungen in Wandsworth und Pentonville –, und jeder Bericht ließ ihr das Blut in den Adern gefrieren. Eines Tages, so fürchtete sie, würde sie von der Hinrichtung ihres Mannes lesen.

Inzwischen prasselte der Regen noch heftiger, und der Wind blies so ungestüm gegen das kleine Haus, daß Mary Angst bekam, es könnte einstürzen. Sie stellte sich vor, wie es wäre, wenn sie allein auf der heruntergekommenen alten Farm leben müßte. Es wäre schrecklich. Schaudernd wich sie vom Fenster zurück und trat näher an den Kamin.

Vielleicht wäre alles ganz anders gekommen, wenn sie ihm Kinder hätte schenken können. Sie verscheuchte den Gedanken aus ihrem Kopf. Zu lange hatte sie sich sinnlos gequält. Wozu an alten Geschichten rühren, die nicht zu ändern waren? Sean war so, wie er war, und sie konnte ihn nicht mehr ändern.

Oh Sean, dachte sie, was um alles in der Welt ist aus uns geworden?

Es klopfte an der Tür. Vor Schreck schüttete sich Mary Tee über die Schürze. Es war sonst gar nicht Seans Art, sich auszusperren. Sie stellte den Becher auf dem Fensterbrett ab und eilte zur Tür, bereit, ihn anzuschreien, weil er ohne Schlüssel aus dem Haus gegangen war. Sie riß die Tür auf, und vor ihr stand Jenny Colville, ein junges Mädchen, das am anderen Ende des Dorfes wohnte. Sie stand im Regen, eine abgetragene Öljacke über den knochigen Schultern. Sie trug keinen Hut, und das schulterlange, nasse Haar umrahmte ein kantiges Gesicht, das eines Tages noch sehr hübsch werden konnte.

Mary sah ihr an, daß sie geweint hatte.

»Was ist los? Hat dich dein Vater wieder geschlagen, mein Kind? Ist er betrunken?«

Jenny nickte und brach in Tränen aus.

»Komm herein ins Trockene«, sagte Mary, »In so einer Nacht holst du dir draußen den Tod.«

Jenny trat ein. Mary spähte in den Vorgarten und suchte nach Jennys Fahrrad. Es war nicht da. Jenny war also den ganzen Weg vom Cottage der Colvilles hierher zu Fuß gegangen, weit über eine Meile.

Mary schloß die Tür. »Zieh die Sachen aus. Die triefen ja vor Nässe. Du kannst einen Morgenmantel haben, bis sie trocken sind.«

Mary verschwand im Schlafzimmer. Jenny tat, wie ihr geheißen. Erschöpft streifte sie die Öljacke von den Schultern und ließ sie zu Boden gleiten. Dann schälte sie sich unter Ächzen und Stöhnen aus dem dicken Wollpullover und warf ihn neben die Jacke.

Mary kam mit dem Morgenmantel zurück. »Zieh auch die übrigen Sachen aus, junge Dame«, sagte sie liebevoll mit gespieltem Zorn in der Stimme.

»Aber was ist mit Sean?« Jenny war ein sehr schamhaftes und schüchternes Mädchen.

»Er ist draußen und flickt ein Loch in seinem verwünschten Zaun«, log Mary.

»Bei dem Wetter?« rief Jenny in ihrem harten Norfolker Akzent und gewann etwas von ihrer gewohnten guten Laune zurück. Mary staunte immer wieder über die Unverwüstlichkeit von Kindern. »Ist der bekloppt, Mary?«

»Ich habe schon immer gewußt, daß du ein kluges Kind bist. Jetzt aber runter mit den übrigen nassen Sachen.«

Jenny zog Hose und Unterhemd aus. Sie kleidete sich gern wie ein Junge, mehr noch als andere Mädchen auf dem Land. Eine Gänsehaut überzog ihren milchweißen Körper. Sie konnte von Glück sagen, wenn sie keine schwere Erkältung bekam. Mary half ihr in den Morgenrock und schlang ihn fest um sie.

»Besser so?«

»Ja danke, Mary.« Jenny begann wieder zu weinen. »Ich weiß nicht, was ich ohne dich anfangen würde.«

Mary zog sie an sich. »Ich bin immer für dich da, Jenny.«

Jenny ließ sich in den alten Polstersessel neben dem Kamin fallen und deckte sich mit einer muffigen Decke zu. Sie zog die Füße unter den Körper wie ein Katze, und schon bald hörte sie auf zu zittern. Ein Gefühl der Wärme und Geborgenheit durchströmte sie. Mary stand am Herd und sang ein schönes irisches Liebeslied, von dem sie wußte, daß es Jenny sehr gefiel.

Gleich darauf kochte der Eintopf und erfüllte das Haus mit einem köstlichen Duft. Jenny schloß müde die Augen und gab sich den angenehmen Empfindungen hin – dem einladenden Duft des Lammeintopfs, der Wärme des Kaminfeuers, dem lieblichen Klang von Marys Stimme. Wind und Regen schlugen gegen das Fenster neben ihrem Kopf. Es war ein wunderbares Gefühl, bei diesem scheußlichen Wetter in einem friedlichen Haus zu sein. Wenn es in ihrem Leben doch immer so wäre.

Mary brachte ein Tablett mit einem Teller Eintopf, einem Stück harten Brot und einem dampfenden Becher Tee. »Setz dich hin, Jenny«, sagte sie, doch sie erhielt keine Antwort. Sie stellte das Tablett ab, deckte das Mädchen zusätzlich mit einer Steppdecke zu und ließ es schlafen.

Mary las neben dem Kamin, als die Tür aufging und Dogherty ins Zimmer trat. Sie sah ihn schweigend an. Er deutete auf den Sessel, in dem Jenny schlief, und fragte: »Wieso ist sie hier? Hat ihr Vater sie wieder geschlagen?«

»Pst«, zischte Mary. »Du weckst sie.«

Sie stand auf und führte ihn in die Küche. Sie räumte am Tisch eine Ecke für ihn frei. Dogherty goß sich Tee in einen Becher und nahm Platz.

»Weißt du«, sagte er, »man müßte es Martin Colville mit gleicher Münze heimzahlen. Ich wäre dafür der richtige Mann.«

»Ich bitte dich, Sean, er ist halb so alt und doppelt so groß wie du.«

»Was heißt das schon, Mary?«

»Das heißt, daß du verletzt werden könntest. Und das hätte uns gerade noch gefehlt, daß die Polizei wegen einer dummen

Schlägerei auf dich aufmerksam wird. Jetzt iß und sei still. Du weckst das Kind auf.«

Sean gehorchte und begann zu essen. Er schob einen Löffel Eintopf in den Mund und verzog das Gesicht. »Mein Gott, das Essen ist ja eiskalt.«

»Das hast du davon, wenn du so spät nach Hause kommst. Wo bist du gewesen, Sean?«

Ohne den Kopf vom Teller zu heben, warf er ihr unter den Brauen hervor einen frostigen Blick zu. »In der Scheune«, sagte er unwirsch.

»Sind wir wieder am Funkgerät gewesen und haben auf Instruktionen aus Berlin gewartet?« zischte Mary sarkastisch.

»Später, Mary«, knurrte er.

»Begreifst du denn nicht, daß du nur deine Zeit verschwendest, Sean? Und obendrein deinen Hals riskierst?

»Ich sagte, später!«

»Dummer alter Esel!«

»Das reicht, Mary!«

»Vielleicht haben die Jungs in Berlin eines Tages ja einen richtigen Auftrag für dich, Sean. Dann kannst du endlich deinem Haß Luft machen, und wir können in den Jahren, die uns noch bleiben, ein normales Leben führen.« Sie stand auf und sah ihn kopfschüttelnd an. »Ich bin müde, Sean. Ich geh ins Bett. Leg noch etwas Holz nach, damit es Jenny warm genug hat. Und gib acht, daß du sie nicht weckst. Sie hat heute abend viel durchgemacht.«

Mary stieg die Treppe hinauf ins Schlafzimmer und schloß leise die Tür hinter sich. Kaum war sie fort, ging Sean zum Schrank und nahm eine Flasche Bushmills heraus. Whisky war in diesen Jahren wie flüssiges Gold, doch heute war ein besonderer Abend, und so goß er sich großzügig ein. »Vielleicht werden die Jungs in Berlin genau das tun, Mary Dogherty«, sagte er und erhob das Glas zu einem stillen Toast. »Und vielleicht haben sie es sogar schon getan.«

9

London

Alfred Vicary hatte tatsächlich zu einer List greifen müssen, um im Ersten Weltkrieg einen Posten beim militärischen Nachrichtendienst zu bekommen. Er war damals einundzwanzig Jahre alt und stand vor dem Abschluß seines Studiums in Cambridge. Überzeugt, daß es mit England bergab gehe, war er der Meinung, daß jeder gute Mann gebraucht werde. Zur Infanterie wollte er unter keinen Umständen. Er wußte aus der Geschichte, daß bei der Infanterie keine Lorbeeren zu holen waren. Dort erwarteten einen nur Langeweile, Entbehrung und sehr wahrscheinlich der Tod oder zumindest eine schwere Verwundung.

Sein bester Freund, ein brillanter Philosophiestudent namens Brendan Evans, hatte die rettende Idee. Brendan hatte gehört, daß die Armee gerade ein Nachrichtenkorps aufbaute. Bewerber mußten lediglich gute Deutsch- und Französischkenntnisse vorweisen, ausgedehnte Reisen durch Europa unternommen haben, ein Motorrad fahren und reparieren können und ein sehr gutes Sehvermögen besitzen. Brendan hatte sich an das Kriegsministerium gewandt und für den nächsten Morgen einen Termin vereinbart.

Vicary war deprimiert. Er würde den Anforderungen nicht genügen. Sein Deutsch war gut, wenn auch etwas hölzern, sein Französisch passabel, und er war viel in Europa herumgereist, auch in Deutschland. Aber er hatte noch nie auf einem Motorrad gesessen – ja, er hatte sogar eine höllische Angst vor einem solchen Gefährt –, und seine Augen waren miserabel.

Brendan Evans war das genaue Gegenteil von Vicary. Er war groß, sah blendend aus, hatte eine geradezu kindliche Abenteuerlust und kannte so viele Frauen, daß er gar nicht wußte, was er mit ihnen anfangen sollte. Den beiden war nur eine Eigenschaft gemein: ein tadelloses Gedächtnis.

Vicary schmiedete einen Plan.

An diesem selben Abend im August brachte ihm Brendan auf

einer verlassenen Landstraße im Fens das Motorradfahren bei. Mehrmals entgingen sie knapp einem Unfall, doch am Ende der Nacht raste Vicary mit einer Begeisterung und Unbekümmertheit über die Feldwege, wie er sie niemals zuvor verspürt hatte. Am folgenden Morgen, auf der Zugfahrt von Cambridge nach London, paukte Brendan ihm ein, aus welchen Einzelteilen ein Motorrad bestand.

Nach ihrer Ankunft in London ging Brendan ins Kriegsministerium, und Vicary wartete draußen in der warmen Sonne. Eine Stunde später kam Brendan wieder heraus: »Sie haben mich genommen«, sagte er mit einem breiten Grinsen. »Jetzt bist du dran. Hör genau zu.« Und dann begann er, aus dem Gedächtnis alle Buchstaben herzusagen, die er beim Sehtest auf der Tafel gelesen hatte, selbst die kleinsten in der untersten Reihe.

Vicary nahm seine Brille ab, gab sie Brendan und tappte wie ein Blinder in das finstere, unfreundliche Gebäude. Er bestand mit fliegenden Fahnen – nur ein einziges Mal, als er ein *B* mit einem *D* vertauschte, machte er einen Fehler, aber das war Brendans Schuld, nicht seine. Vicary wurde sofort der Motorradstaffel des Nachrichtenkorps als Leutnant zugeteilt, erhielt einen Bezugsschein für Uniform und Ausrüstung sowie den Befehl, sich die Locken zu stutzen, die er den Sommer über hatte wachsen lassen. Am nächsten Tag wurde er zur Euston Station beordert, um sein Motorrad abzuholen, eine funkelnagelneue Rudge, verpackt in einer Holzkiste. Eine Woche später gingen Brendan und Vicary mit ihren Maschinen an Bord eines Truppentransportschiffes und setzten nach Frankreich über.

Damals war alles so einfach gewesen. Die Agenten schlüpften hinter die feindlichen Linien, zählten Truppen, beobachteten Züge. Für die Übermittlung von Nachrichten setzten sie sogar Brieftauben ein. Heute war alles komplizierter, ein geistiges Kräftemessen über Funk, das höchste Konzentration und einen scharfen Sinn für Details erforderte.

Double Cross …

Karl Becker war ein perfektes Beispiel. Canaris hatte ihn 1940, in jenen Tagen der Begeisterung, als die Invasion sicher schien, nach England geschickt. Als Schweizer Geschäftsmann getarnt, ließ sich Becker standesgemäß in Kensington nieder und stürzte sich auf jedes vermeintliche Geheimnis, dessen er habhaft werden konnte. Vicary kam ihm auf die Spur, weil er falsche Pfundnoten in Umlauf brachte. Schon wenige Wochen nach Beckers Ankunft in London spann der MI5 ein Netz um ihn. Vicary ließ Becker beschatten. Agenten folgten ihm überallhin: zu den Partys, auf denen er Gerüchte und Klatsch austauschte und sich mit Champagner vom Schwarzmarkt betrank, zu seinen Treffs mit aktiven Agenten, zu seinen toten Briefkästen, in sein Schlafzimmer, in das er Frauen, Männer, Halbwüchsige und weiß Gott wen noch schleppte. Nach einem Monat schlug Vicary zu. Becker wurde verhaftet – aus den Armen eines jungen Mädchens, das er eingesperrt und mit Champagner betrunken gemacht hatte. Gleichzeitig wurde ein kompletter deutscher Agentenring ausgehoben.

Dann kam der knifflige Teil. Statt Becker an den Galgen zu bringen, drehte ihn Vicary um und überredete ihn, als Doppelagent für den MI5 zu arbeiten. Schon in der folgenden Nacht schaltete Becker im Hof des Gefängnisses sein Funkgerät an und morste dem Funker in Hamburg ein verschlüsseltes Erkennungssignal. Der Funker wies Becker an, auf Empfang zu bleiben und Instruktionen seines Führungsoffiziers von der Abwehr in Berlin entgegenzunehmen. Becker erhielt den Befehl, die genaue Lage und Größe eines Stützpunkts der Royal Air Force in Kent auszukundschaften. Becker bestätigte den Empfang und verabschiedete sich.

Doch nicht Becker, sondern Vicary fuhr am nächsten Tag zu dem Flugplatz. Er hätte die Luftwaffe anrufen, sich die Daten geben lassen und dann der Abwehr schicken können. Aber ein Spion hatte diese Möglichkeit nicht. Damit die Nachricht authentisch wirkte, erkundete Vicary den Luftwaffenstützpunkt so, wie ein Spion es getan hätte. Er nahm den Zug von London aus und kam wegen Verspätungen erst bei Einbruch der Dunkelheit an. Ein Militärpolizist stellte ihn auf einem Hügel außerhalb des Stützpunkts und verlangte seinen Ausweis. Vicary konnte den Flugplatz in der Ebene liegen sehen, so wie ihn auch ein Spion gesehen hätte. Er sah eine Ansammlung von Baracken und ein paar Flugzeuge neben der grasbewachsenen Rollbahn. Auf der Rückfahrt nach London faßte Vicary seine Beobachtungen in einem kurzen Bericht zusammen. Er schrieb, daß das Licht schlecht gewesen sei, weil sein Zug sich verspätet habe, und daß er wegen eines Militärpolizisten nicht näher an das Objekt herangekommen sei. Am späten Abend zwang er Becker, den Bericht selbst durchzugeben, denn jeder Spion hatte beim Morsen eine unverwechselbare Handschrift, die der Funker in Deutschland erkennen konnte. Hamburg gratulierte ihm und verabschiedete sich.

Vicary setzte sich mit der Royal Air Force in Verbindung und erläuterte ihnen die Situation. Die echten Spitfires wurden daraufhin auf einen anderen Flugplatz verlegt, das Personal evakuiert. Dann wurden mehrere schwerbeschädigte Kampfflugzeuge aufgetankt und neben der Rollbahn geparkt. In derselben Nacht kam die deutsche Luftwaffe. Die Flugzeug-Attrappen gingen in Flammen auf, und sicherlich nahmen die Besatzungen der Heinkel-Bomber an, daß sie Volltreffer gelandet hatten. Am nächsten Tag bat die Abwehr Becker, nach Kent zurückzukehren und sich ein Bild von den Schäden zu machen. Wieder fuhr Vicary hin, schrieb einen Bericht und veranlaßte Becker, ihn durchzugeben.

Die Abwehr war hingerissen. Becker war ein Held, ein Topspion, und die Royal Air Force brauchte dafür nur einen Tag lang die Rollbahn auszubessern und die verkohlten Wracks der Spitfires wegzuräumen.

Beckers Führungsoffiziere waren so begeistert, daß sie ihn beauftragten, weitere Agenten anzuwerben. Und das tat er denn auch – genauer gesagt, Vicary tat es. Ende 1940 verfügte Karl Becker über einen Ring aus zwölf Agenten, die teils ihm Bericht erstatteten, teils ihre Resultate direkt nach Hamburg übermittelten. Alle waren frei erfunden, pure Phantasieprodukte von Vicary. Er kümmerte sich um jeden Aspekt ihres Lebens – sie verliebten sich, hatten Affären, klagten wegen der Bezahlung, verloren Häuser und Freunde bei den Luftangriffen. Vicary erlaubte sich sogar, ein paar von ihnen zu verhaften. Kein Agentenring in Feindesland war absolut sicher, und die Abwehr wäre mißtrauisch geworden, wenn sie keinen ihrer Agenten verloren hätte. Es war eine knifflige und anstrengende Arbeit, bei der die banalste Kleinigkeit beachtet werden mußte, doch Vicary fand sie aufregend und genoß jede Minute.

Der Aufzug war wieder einmal außer Betrieb, als Vicary Boothbys Höhle verließ, und so mußte er die Treppe nehmen und zu Fuß in die Registratur hinuntergehen. Beim Öffnen der Tür schlug ihm der Geruch von vergilbtem Papier, Staub und Schimmel entgegen, der ihn an die Bibliothek in der Universität erinnerte. Akten standen in offenen Regalen oder Schränken und stapelten sich auf dem Steinfußboden, und überall türmten sich Papiere, die darauf warteten, abgeheftet zu werden. Drei hübsche Mädchen – die Nachtschicht – huschten leise umher und sprachen über verwaltungtechnische Dinge, die Vicary nicht verstand. Die jungen Frauen, im Haus die Registratur-Miezen genannt, wirkten in dieser düsteren Umgebung merkwürdig deplaziert. Beinahe erwartete Vicary, hinter der nächsten Ecke ein paar Mönche vorzufinden, die bei Kerzenlicht alte Handschriften lasen.

Er zitterte. Mein Gott, hier war es kalt wie in einer Gruft. Hätte er doch nur einen Pullover angezogen oder etwas Warmes zum Trinken mitgebracht. Aber hier war alles dokumentiert – die gesamte geheime Geschichte des britischen Nachrichtendienstes. Als Vicary zwischen den Regalen umherwanderte, kam ihm der Gedanke, daß hier noch lange nach seinem Ausscheiden aus dem MI5 auch Akten über seine Tätigkeit stehen würden. Er war sich nicht sicher, ob er diesen Gedanken tröstlich oder unangenehm finden sollte.

Vicary dachte an Boothbys abschätzige Bemerkungen, und ein kalter Angstschauder überfiel ihn. Er war ein verdammt guter Double-Cross-Offizier – nicht einmal Boothby konnte das bestreiten. Und er war überzeugt, daß er als Historiker für diese Art von Arbeit besonders gut geeignet war. Ein Historiker mußte häufig Vermutungen anstellen und aus einer Reihe kleiner, vager Anhaltspunkte plausible Schlußfolgerungen entwikkeln. Ähnlich verhielt es sich mit Double Cross, nur umgekehrt. Der Double-Cross-Offizier hatte die Aufgabe, den Deutschen kleine, vage Anhaltspunkte zu liefern, damit sie daraus die erwünschten Schlußfolgerungen zogen. Diese Anhaltspunkte wollten sorgfältig ausgewählt sein, damit sie eine ausgewogene Mischung aus Wirklichkeit und Fiktion, aus Wahrheit und gut getarnter Lüge ergaben. Vicarys falsche Spione mußten sehr hart arbeiten, um an ihre Informationen heranzukommen, und die Deutschen mußten damit in kleinen, mitunter winzigen Portionen gefüttert werden. Und natürlich mußte das Material zu der Identität des Spions passen. Von einem LKW-Fahrer aus Bristol war beispielsweise nicht zu erwarten, daß er in London wichtige Dokumente stahl. Und schließlich war keine Information zu gut, um nicht angezweifelt zu werden, denn Informationen, an die man zu leicht herankam, wurden schnell ad acta gelegt.

Die Akten über die Abwehr waren in einem kleinen Raum am hinteren Ende des Flurs untergebracht. Die Regale reichten vom Boden bis zur Decke. Der Buchstabe V begann im untersten Regalbrett und wurde ganz oben fortgesetzt. Vicary mußte auf allen vieren kriechen und sich den Hals verrenken, als suche er einen verlorenen Wertgegenstand unter einem Möbelstück. Verdammt! Das Dossier befand sich natürlich auf dem obersten Brett. Er rappelte sich auf, reckte den Hals und spähte über die halbmondförmigen Gläser seiner Lesebrille hinweg nach oben. Hoffnungslos. Die Akten standen fast zwei Meter über ihm, und auf diese Entfernung konnte er die Beschriftung unmöglich lesen – Boothbys Rache an allen Mitarbeitern, die nicht das geforderte Gardemaß hatten.

Eine der Registratur-Miezen beobachtete seine Bemühungen und erbot sich, eine Leiter zu holen. »Claymore versuchte es letzte Woche mit einem Stuhl und hätte sich dabei fast das Genick gebrochen«, flötete sie und kehrte einen Augenblick später mit der Leiter zurück. Sie sah Vicary noch einmal an, grinste, als sei er ein Tolpatsch, und fragte ihn, ob sie die Akte für ihn herunterholen solle. Vicary versicherte ihr, daß er schon allein zurechtkomme.

Er stieg auf die Leiter und tastete sich mit dem Zeigefinger durch die Akten. Er stieß auf einen braunen Ordner mit rotem Etikett. *Vogel, Kurt – Abwehr, Berlin.* Er zog ihn heraus, schlug ihn auf und blickte hinein.

Vogels Akte war leer.

Einen Monat nach seinem Wechsel zum MI5 hatte Vicary überrascht festgestellt, daß auch Nicholas Jago dort arbeitete. Jago war Chefarchivar am University College gewesen und in derselben Woche angeworben worden wie Vicary. Er kam in die Registratur und erhielt den Auftrag, etwas Ordnung in das nicht immer verläßliche Gedächtnis der Behörde zu bringen. Jago war ein spröder, reizbarer Mensch, mit dem nicht leicht auszukommen war. Aber trotz dieser rauhen Schale konnte er durchaus freundlich und zuvorkommend sein, und er verfügte über ein immenses Wissen.

Trotz der späten Stunde war Jago noch am Schreibtisch in seinem Büro, einem beengten Glaskasten, vorzufinden. Im Gegensatz zu den Magazinen war es ein Hort der Ordnung und der

Sauberkeit. Als Vicary an die Glastür klopfte, schaute Jago auf, lächelte und winkte ihn herein. Vicary fiel auf, daß das Lächeln seine Augen nicht erfaßte. Jago sah erschöpft aus; er verbrachte sein Leben praktisch hier. Und da war noch etwas anderes – seine Frau war 1940 bei einem Luftangriff ums Leben gekommen. Ihr Tod hatte ihn tief getroffen. Damals hatte sich Jago geschworen, die Nazis zu besiegen: nicht mit dem Gewehr, sondern mit Organisation und Präzision.

Vicary nahm Platz und lehnte den Tee ab, den Jago ihm anbot – »Spitzenqualität, habe ich vor dem Krieg gehortet.« Dies galt nicht für den Tabak, den er nun in seine Pfeife stopfte. Der Rauch roch nach verbranntem Laub und ballte sich zwischen ihnen zu einer Wolke, während sie Gemeinplätze austauschten und über ihre Rückkehr an die Universität sprachen, wenn die Arbeit hier getan war.

Durch ein sanftes Räuspern gab Vicary zu verstehen, daß er zur Sache kommen wollte. »Ich suche nach der Akte über einen ziemlich undurchsichtigen Abwehr-Offizier«, sagte Vicary. »Zu meiner Überraschung habe ich festgestellt, daß sie fehlt. Der Ordner steht zwar im Regal, aber der Inhalt fehlt.«

»Wie heißt er?« fragte Jago.

»Kurt Vogel.«

Jagos Gesicht verfinsterte sich. »Herrgott noch mal! Ich schau nach. Warten Sie hier, Alfred, ich bin gleich zurück.«

»Ich komme mit«, sagte Vicary. »Vielleicht kann ich Ihnen helfen.«

»Nein, nein«, beharrte Jago. »Kommt nicht in Frage. Ich helfe Ihnen nicht bei der Suche nach Ihren Spionen, und Sie helfen mir nicht bei der Suche nach meinen Akten.« Er lachte über seinen Scherz. »Warten Sie hier, und machen Sie es sich bequem. Ich bin gleich zurück.«

Das sagst du jetzt schon das zweite Mal, dachte Vicary. *Ich bin gleich zurück.* Vicary wußte, daß Jago ein Ordnungsfanatiker war, aber ein fehlendes Dossier über einen Abwehr-Offizier war doch kein Grund, in der Behörde den Notstand auszurufen. Ständig gingen Akten verloren oder wurden falsch abgelegt. Einmal hatte Boothby Alarm geschlagen, weil ihm eine ganze Tasche voller wichtiger Akten abhanden gekommen war. Im Haus machte die Geschichte die Runde, daß die Tasche sich eine Woche später in der Wohnung seiner Geliebten wiedergefunden habe.

Einen Augenblick später kam Jago in das Büro zurückgeeilt, eine Rauchwolke hinter sich lassend wie eine Lokomotive. Er reichte Vicary das Dossier und setzte sich hinter den Schreibtisch.

»Wie ich es mir gedacht hatte«, sagte Jago, unsinnigerweise stolz auf sich. »Sie war im Regal. Eines des Mädchen muß sie in einem falschen Ordner abgelegt haben. Das passiert ständig.«

Vicary hörte sich die dubiose Entschuldigung an und runzelte die Stirn. »Interessant – mir ist das noch nie passiert.«

»Vielleicht hatten Sie einfach nur Glück. Durch unsere Hände gehen hier unten jede Woche Tausende von Akten. Wir könnten mehr Leute brauchen. Ich habe mich deswegen an den Generaldirektor gewandt, aber der sagt nur, daß wir unseren Etat ausgeschöpft haben und niemanden mehr bekommen.«

Jagos Pfeife war ausgegangen, und er zündete sie umständlich wieder an. Vicarys Augen tränten, als der Glaskasten sich abermals mit Rauch füllte. Nicholas Jago war ein tüchtiger und durch und durch ehrlicher Mann, aber Vicary glaubte kein Wort von seiner Geschichte. Er war davon überzeugt, daß irgend jemand die Akte kürzlich aus dem Regal genommen und nicht wieder zurückgelegt hatte. Und nach Jagos Gesichtsausdruck zu urteilen, als er ihn nach der Akte gefragt hatte, war dieser Jemand ein hohes Tier.

Vicary wedelte mit der Akte den Rauch zur Seite. »Wer hatte Vogels Akte zuletzt?«

»Kommen Sie, Alfred, Sie wissen doch, daß ich Ihnen das nicht sagen darf.«

Das entsprach der Wahrheit. Normale Sterbliche wie Vicary mußten den Empfang von Akten quittieren. Die Registratur führte genau darüber Buch, wer welche Akten zu welchem Zeitpunkt herausnahm. Einsicht in diese Liste hatten nur Mitarbeiter der Registratur und die Abteilungsleiter. Eine Handvoll sehr hoher Beamter konnte Akten mitnehmen, ohne zu quittieren, und Vicary vermutete, daß einer von diesen Leuten Vogels Akte herausgenommen hatte.

»Ich brauche Boothby nur um die Erlaubnis zu bitten, die Liste einzusehen, und er wird sie mir geben«, sagte Vicary. »Warum lassen Sie mich nicht gleich einen Blick hineinwerfen, dann sparen wir Zeit.«

»Vielleicht gibt er Ihnen die Erlaubnis, vielleicht auch nicht.«

»Was meinen Sie damit, Nicholas?«

»Hören Sie, Alfred, alter Freund, ich habe nicht die geringste Lust, Ihretwegen wieder Ärger mit Boothby zu kriegen.« Jago stopfte von neuem seine Pfeife und fischte ein Streichholz aus der Schachtel. Dann klemmte er das Ding zwischen die Zähne, so daß der Pfeifenkopf bei jedem Wort hüpfte. »Reden Sie mit Boothby. Wenn er ja sagt, können Sie die Liste einsehen.«

Vicary ergriff Vogels Akte und verließ den verrauchten Glaskasten. Jago blieb sitzen und versuchte, den billigen Tabak in Brand zu stecken, wobei das Streichholz bei jedem Zug aufloderte. Im Weggehen warf Vicary noch einen letzten Blick zurück. Jago sah aus wie ein Leuchtturm im Nebel.

Auf dem Weg in sein Büro machte Vicary einen Abstecher in die Kantine. Er konnte sich nicht erinnern, wann er das letzte Mal gegessen hatte und kam fast um vor Hunger. Er sehnte sich nicht mehr nach erlesenen Speisen. Essen war für ihn zu einer pragmatischen Angelegenheit geworden. Er aß, weil er essen mußte, nicht zum Vergnügen. Mit dem Essen verhielt es sich genauso wie mit einem Gang durch London bei Nacht – man mußte beides schnell und möglichst unbeschadet hinter sich bringen. Er erinnerte sich an jenen Nachmittag im Mai 1940, als sie zu ihm gekommen waren. *Mr. Ashworth hat vor ein paar Stunden zwei schöne Lammkoteletts in Ihr Haus geliefert*... Was für eine Verschwendung kostbarer Zeit.

Es war spät, und die Auswahl in der Kantine war schlimmer als sonst – ein Stück Graubrot, ein fragwürdig aussehender Käse, ein Kessel mit einer brodelnden braunen Flüssigkeit. Jemand hatte das Wort »Fleischbrühe« auf der Karte durchgestrichen und »Spülwasser« darüber geschrieben. Vicary verschmähte den Käse und schnüffelte an der Suppe. Sie schien ungefährlich. Vorsichtig schöpfte er sich einen Teller voll. Das Brot war ebenso hart wie das Brett, auf dem es lag. Vicary schnitt sich mit dem stumpfen Messer eine Scheibe herunter. Vogels Dossier als Tablett benutzend, bahnte er sich einen Weg zwischen Tischen und Stühlen hindurch. Er entdeckte John Masterman, der in einem Lateinbuch las. An einem Tisch in der Ecke saßen zwei berühmte Anwälte und spielten einen alten Prozeß durch. Ein beliebter Kriminalschriftsteller kritzelte in einem abgenutzten Notizbuch. Vicary schüttelte den Kopf.

Der MI5 hatte eine bemerkenswerte Fülle von Talenten versammelt.

Er stieg vorsichtig die Treppe hinauf, den Teller Suppe gefährlich auf der Akte balancierend. Das hätte gerade noch gefehlt, daß er die Unterlagen beschmutzte. Jago hatte zahllose zornige Rundbriefe geschrieben und die Sachbearbeiter angefleht, die Akten pfleglicher zu behandeln.

»Wie heißt er?«

»Kurt Vogel.«

»Herrgott noch mal! Ich schau nach.«

An der Sache war etwas faul – Vicary wußte es. Aber er wollte jetzt nichts erzwingen. Besser, er schob das Problem beiseite und überließ es seinem Unterbewußtsein, damit zu arbeiten.

Er setzte die Akte mit der Suppe auf seinem Schreibtisch ab und knipste die Lampe an. Er las das Dossier einmal durch, während er die Suppe löffelte. Sie schmeckte, als habe man einen Lederstiefel ausgekocht. Salz war eines der wenigen Gewürze, das im Überfluß vorhanden war, und die Köche hatten es großzügig verwendet. Als er das Dossier ein zweites Mal gelesen hatte, verspürte er einen brennenden Durst, und seine Finger schwollen an.

Vicary sah auf und rief: »Harry, ich glaube, wir haben ein Problem.«

Harry Dalton, der sich in das Gemeinschaftsbüro nebenan zurückgezogen hatte und an seinem Schreibtisch döste, rappelte sich auf und kam herüber. Die beiden bildeten ein seltsames Gespann, das im Haus scherzhaft als Muskel & Hirn GmbH bezeichnet wurde. Harry war groß und sportlich, stets schick gekleidet, mit glänzendem schwarzem Haar, intelligenten blauen Augen und einem unbeirrbaren Lächeln. Vor dem Krieg war er Inspektor bei der Mordkommission der Londoner Polizei gewesen. Er war in Battersea geboren und aufgewachsen, und in seiner weichen angenehmen Stimme klang immer noch leicht der Akzent der Arbeiter von Südlondon durch.

»Er hat Grips, das steht fest«, sagte Vicary. »Sehen Sie sich das an – er hat an der Universität Leipzig bei Heller und Rosenberg studiert und promoviert. Sieht mir nicht nach einem typischen Nazi aus. Die Nazis haben das Recht in Deutschland gebeugt. Ein Mann mit einer solchen Ausbildung dürfte darüber nicht allzu begeistert gewesen sein. Dann, 1935, beschließt er plötzlich, die Juristerei aufzugeben, und arbeitet als persönlicher Rechtsberater für Canaris. Eine Art Hausjurist der Abwehr? Das kann ich nicht glauben. Ich halte ihn für einen Spion. Von wegen Rechtsberater. Das ist doch nur Tarnung.«

Vicary blätterte wieder in der Akte.

»Haben Sie eine Theorie?« fragte Harry.

»Drei Theorien, um genau sein.«

»Lassen Sie hören.«

»Theorie Nummer eins: Canaris hat das Vertrauen in seine britischen Agentennetze verloren und Vogel beauftragt, eine Untersuchung durchzuführen. Ein Mann mit Vogels Vergangenheit und Ausbildung ist ideal, wenn es darum geht, alle Akten und Agentenberichte durchzusehen und nach Ungereimtheiten zu suchen. Wir waren verdammt vorsichtig, Harry, aber Double Cross ist eine äußerst komplizierte Angelegenheit. Ich könnte wetten, daß uns ein paar Fehler unterlaufen sind. Und wenn der richtige Mann sucht – ein kluger Kopf wie Kurt Vogel beispielsweise –, dann könnte er auch welche finden.«

»Und die zweite Theorie?«

»Canaris hat Vogel beauftragt, einen neuen Agentenring aufzubauen. Im jetzigen Stadium ist es dafür allerdings sehr spät. Sie müßten geeignete Leute finden, anwerben, ausbilden und ins Land schleusen. Das dauert normalerweise Monate, wenn man es richtig machen will. Ich bezweifle, daß sie das vorhaben, aber ganz ausschließen kann ich es nicht.«

»Und Theorie Nummer drei?«

»Kurt Vogel ist der Führungsoffizier eines Agentenrings, von dem wir nichts wissen.«

»Ein ganzer Ring, den wir noch nicht ausgehoben haben? Ist das denkbar?«

»Wir müssen davon ausgehen.«

»Dann wären ja alle unsere Doppelagenten in Gefahr.«

»Es ist ein Kartenhaus. Ein einziger tüchtiger Agent genügt, und die ganze Chose fällt in sich zusammen.«

Vicary zündete sich eine Zigarette an. Das Tabakaroma vertrieb den Nachgeschmack der Suppe.

»Canaris muß unter enormem Erfolgsdruck stehen, wenn er die Operation seinem besten Mann anvertraut.«

»Das heißt aber, daß auch Kurt Vogel unter Druck steht.«

»Richtig.«

»Das könnte ihn gefährlich machen.«

»Aber auch leichtsinnig. Er muß etwas unternehmen. Er muß Funksprüche absetzen oder einen Agenten ins Land schicken. Und wenn er das tut, kommen wir ihm auf die Schliche.«

Für einen Moment saßen sie schweigend da. Vicary rauchte, und Harry blätterte in Vogels Akte. Dann erzählte ihm Vicary von seinem Erlebnis in der Registratur.

»Es kommt immer wieder vor, daß Akten verlorengehen, Alfred.«

»Das schon, aber warum gerade diese? Und ausgerechnet jetzt?«

»Berechtigte Fragen, aber ich denke, die Antwort ist sehr einfach. Wenn man mitten in einer Untersuchung steckt, ist es besser, man behält das Ziel im Auge und läßt sich nicht ablenken.«

»Ich weiß, Harry«, erwiderte Vicary stirnrunzelnd. »Aber die Sache treibt mich zum Wahnsinn.«

»Ich kenne ein oder zwei Mädchen aus der Registratur«, sagte Harry.

»Davon bin ich überzeugt, Harry.«

»Ich hör mich mal um und klopfe ein bißchen auf den Busch.«

»Aber unauffällig.«

»Das versteht sich von selbst, Alfred.«

»Jago lügt. Er verschweigt etwas.«

»Warum sollte er lügen?«

»Keine Ahnung, Harry«, sagte Vicary und drückte seine Zigarette aus. »Aber ich werde dafür bezahlt, daß ich mißtrauisch bin.«

10

Bletchley Park, England

Der offizielle Name lautete Staatliche Schule zum Entziffern von Codes und Schlüsseln, doch entgegen dieser Bezeichnung handelte es sich keineswegs um eine Schule. Das Gebäude – ein großes, von einem hohen Zaun umgebenes Haus im viktorianischen Stil – sah zwar so aus, als könne es eine Schule beherbergen, doch die meisten Bewohner des verwinkelten Eisenbahnerstädtchens Bletchley ahnten, daß dort Bedeutsameres vorging. Auf dem großen Rasen standen Dutzende behelfsmäßiger Hütten. Das spärliche Gras war niedergetrampelt, und vereiste Schlammwege zogen sich zwischen den Baracken hin. Der vernachlässigte Garten glich einem wuchernden Dschungel. Das Personal war ein merkwürdiger, bunt zusammengewürfelter Haufen, bestehend aus den intelligentesten Mathematikern des Landes, Schachmeistern und Kreuzworträtselspezialisten, und alle waren nur zu dem einen Zweck hier versammelt – deutsche Codes zu knacken.

Selbst unter den ausgesprochenen Exzentrikern in Bletchley Park galt Denholm Saunders als komischer Kauz. Vor dem Krieg war er einer der Topmathematiker in Cambridge gewesen. Jetzt zählte er zu den besten Kryptologen auf der Welt. Zusammen mit seiner Mutter und seinen beiden Siamkatzen Plato und Thomas von Aquin lebte er in einem Weiler außerhalb von Bletchley.

Es war Spätnachmittag. Saunders saß an seinem Schreibtisch und arbeitete an zwei Funksprüchen, welche die deutsche Abwehr in Hamburg an deutsche Agenten in Großbritannien geschickt hatte. Die Funküberwachung des MI5 hatte sie abgefangen, als verdächtig eingestuft und zur Entschlüsselung nach Bletchley Park weitergeleitet.

Saunders pfiff unmelodisch vor sich hin, während sein Stift über den Notizblock kratzte, eine Angewohnheit, die seine Kollegen zur Weißglut brachte. Er arbeitete in der Abteilung, in der ohne maschinelle Hilfe entschlüsselt wurde. In dem vollgestopften Raum herrschte bedrückende Enge, aber wenigstens war es relativ warm. Besser hier, als draußen in einer der Baracken, wo die Kryptologen wie Eskimos in einem Iglu kauerten und sich mit den Codes des deutschen Heeres und der Luftwaffe abmühten.

Zehn Minuten später hörte das Kratzen und das Pfeifen auf. Alles, was Saunders wahrnahm, war das Gurgeln des Regenwassers in den Dachrinnen des alten Hauses. Die Arbeit an diesem Nachmittag hatte ihn in keiner Weise gefordert: Die Funksprüche waren mit der Variante eines Codes verschlüsselt worden, den er selbst 1940 geknackt hatte.

»Meine Güte, wie wenig originell«, sagte Saunders, ohne sich an jemanden Bestimmten zu wenden.

Sein Vorgesetzter war ein Schotte namens Richardson. Saunders klopfte an seine Tür, trat ein und legte die entschlüsselten Funksprüche auf den Tisch. Richardson las sie und runzelte die Stirn. Erst gestern hatte ihn ein Offizier vom MI5 namens Vicary ausdrücklich vor solchen Botschaften gewarnt.

Richardson ließ einen Motorradkurier kommen.

»Da ist noch etwas anderes«, sagte Saunders.

»Ja?«

»Es betrifft die erste Nachricht. Der Agent hatte anscheinend Mühe mit den Morsezeichen. Er hat den Funker gebeten, die Nachricht zu wiederholen. So etwas mögen sie nicht. Es muß nichts bedeuten, möglicherweise ist nur eine Störung aufgetreten. Aber es wäre vielleicht ratsam, die Jungs vom MI5 darüber zu informieren.«

Eine gute Idee, dachte Richardson.

Als Saunders gegangen war, schrieb er eine kurze Aktennotiz, in der er darauf hinwies, daß der Agent anscheinend Probleme mit dem Morsen gehabt habe. Fünf Minuten später traten die entschlüsselten Funksprüche und Richardsons Aktennotiz, in einer ledernen Kuriertasche verstaut, die Fahrt ins zweiundvierzig Meilen entfernte London an.

II

Selsey, England: Januar 1944

»Es war das merkwürdigste Ding, das ich je gesehen habe, Mabel«, sagte Arthur Barnes beim Frühstück zu seiner Frau. Barnes hatte wie jeden Morgen mit seiner geliebten Welsh-Corgi-Hündin Fionna einen Spaziergang am Meer unternommen. Ein Teil der Küste war Zivilisten noch zugänglich, doch der weit größere war abgeriegelt und zur militärischen Sperrzone erklärt worden. Jeder fragte sich, was die Militärs dort trieben. Niemand sprach darüber. An diesem Morgen war es spät hell geworden – graue Wolken bedeckten den Himmel, und von Zeit zu Zeit regnete es. Fionna war nicht angeleint und tollte über die Piers.

Fionna entdeckte das Ding vor Barnes.

»Ein riesiger Betonklotz, Mabel. Sah aus wie ein Häuserblock, der auf die Seite gekippt ist.« Zwei Schlepper zogen es aufs Meer hinaus. Barnes trug in der Manteltasche ein Fernglas bei sich – ein Freund hatte einmal den Kommandoturm eines deutschen U-Boots erspäht, und Barnes brannte darauf, selbst einen zu Gesicht zu bekommen. Er zog das Fernglas aus der Tasche und hob es an die Augen.

Neben dem Betonklotz durchpflügte ein Schiff mit einem breiten flachen Bug die kabbelige See. Barnes schwenkte das Glas zur Backbordseite – »stell dir vor, die Backbordseite war kaum von der Steuerbordseite zu unterscheiden« –, und dann entdeckte er noch einen kleinen Kahn mit einer Gruppe Militärs an Deck.

»Ich habe meinen Augen nicht getraut«, erzählte er, während er seinen letzten Toast verzehrte. »Sie klatschten und jubelten und klopften sich gegenseitig auf die Schulter.« Er schüttelte den Kopf. »Ist das zu fassen? Hitler reißt sich die halbe Welt unter den Nagel, und unsere Jungs geraten aus dem Häuschen, weil sie einen Betonklotz zum Schwimmen bringen.«

Der schwimmende Betonklotz, den Arthur Barnes an diesem trüben Januarmorgen erspähte, trug den Decknamen *Phönix*. Er war über dreißig Meter lang, siebzehn Meter breit und hatte eine Wasserverdrängung von sechstausend Tonnen. Über zweihundert davon sollten gebaut werden. Ihr Inneres barg – von der Küste aus unsichtbar für Barnes – ein Labyrinth aus hohlen Kammern und Bodenventilen, denn die Phönixe waren nicht dazu bestimmt, lange an der Wasseroberfläche zu schwimmen. Laut Plan sollten sie über den Ärmelkanal geschleppt und vor der Küste der Normandie versenkt werden. Die Phönixe waren nur ein Teil des ehrgeizigen Vorhabens der Alliierten, in England einen künstlichen Hafen zu bauen und am Tag X nach Frankreich zu transportieren. Der Deckname für das gesamte Projekt lautete *Operation Mulberry*.

Die Alliierten hatten aus Dieppe ihre Lehren gezogen – aus Dieppe und den amphibischen Landungsunternehmen im Mittelmeer. In Dieppe, Schauplatz eines verheerenden Angriffs der Alliierten auf Frankreich im August 1942, hatten die Deutschen demonstriert, daß ihre Taktik darin bestand, den Alliierten so lange wie möglich den Zugang zu einem Hafen zu verwehren. Im Mittelmeerraum zerstörten sie Häfen, bevor sie sie aufgaben, und machten sie für lange Zeit unbrauchbar. Die Invasionsplaner zogen daraus den Schluß, daß jeder Versuch, einen intakten Hafen zu erobern, aussichtslos war. Sie beschlossen daher, Menschen und Material auf direktem Weg an Land zu bringen – an den Stränden der Normandie.

Das Problem war das Wetter. Aus meteorologischen Langzeitstudien ging hervor, daß an der französischen Küste bestenfalls an vier aufeinanderfolgenden Tagen mit günstigen Bedingungen gerechnet werden durfte. Daher mußten die Planer davon ausgehen, daß der Nachschub höchstwahrscheinlich bei stürmischer See an Land geschafft werden würde.

Im Juli 1943 fuhr Premierminister Winston Churchill mit einer dreihundertköpfigen Delegation auf der *Queen Mary* nach Kanada. Für August war in Quebec ein Treffen mit Roosevelt geplant, bei dem die Pläne für die Invasion in der Normandie gebilligt werden sollten. Während der Überfahrt gab Professor J. D. Bernal, ein namhafter Physiker, in einem Badezimmer des Luxusdampfers eine eindrucksvolle Demonstration. Er ließ die Wanne mit Wasser halbvoll laufen – die flache Seite stellte die Strände in der Normandie dar, die tiefe Seite die Seinebucht. Bernal setzte zwanzig Papierschiffchen in die Wanne und benützte eine Bürste, um stürmisches Wetter zu simulieren. Die Schiffe sanken sofort. Dann blies Bernal einen Mae-West-Rettungsgürtel auf und legte ihn als Wellenbrecher quer aufs Wasser. Wieder erzeugte er mit der Bürste einen Sturm, doch diesmal gingen die Schiffe nicht unter. Dasselbe, so erklärte Bernal, würde in der Normandie passieren. Ein Sturm würde verheerende Folgen haben, deshalb benötige man einen künstlichen Hafen.

In Quebec einigten sich Kanadier und Amerikaner darauf, für die Invasion in der Normandie zwei künstliche Häfen zu bauen, von denen jeder die Größe des Hafens von Dover haben sollte. Der Hafenbau in Dover hatte sieben Jahre in Anspruch genommen, den Briten und Amerikanern blieben kaum acht Monate. Es war ein Vorhaben unvorstellbaren Ausmaßes. Jeder der beiden künstlichen Häfen kostete 96 Millionen Dollar. Die britische Wirtschaft, nach vier Kriegsjahren am Boden, mußte vier Millionen Tonnen Beton und Stahl liefern. Hunderte erstklassige Ingenieure wurden benötigt, dazu Zehntausende ausgebildete Bauarbeiter. Um die Mulberries am Tag X von England nach Frankreich zu schleppen, brauchte man jeden verfügbaren Schlepper in Großbritannien und an der amerikanischen Ostküste.

Ein ebenso schwieriges Unterfangen wie der Bau der Häfen selbst war die Geheimhaltung des gesamten Projektes. Dies verdeutlicht allein schon der Umstand, daß Arthur Barnes und seine Hündin Fionna immer noch am Ufer standen, als das Küstenmotorschiff mit den britischen und amerikanischen *Mulberry*-Ingenieuren an Deck am Kai anlegte. Die Männer gingen von Bord und bestiegen einen wartenden Bus. Einer löste sich aus der Gruppe und schritt auf ein Stabsfahrzeug zu, das darauf wartete, ihn nach London zurückzubringen. Der Fahrer stieg aus, öffnete zackig den hinteren Wagenschlag, und Commander Peter Jordan stieg ein.

New York: Oktober 1943

Sie kamen an einem Freitag. Er sollte sie immer als Laurel und Hardy in Erinnerung behalten – ein kleiner, dicker Amerikaner, der nach billigem Rasierwasser und Bier und Würstchen roch, und ein hagerer, ruhiger Engländer, der Jordan die Hand reichte, als wolle er seinen Puls fühlen.

In Wirklichkeit hießen sie Leamann und Broome, zumindest stand dies in den Ausweisen, mit denen sie vor seinem Gesicht wedelten. Leamann stellte sich als Mitarbeiter des US-Kriegsministeriums vor, Broome, der kantige Engländer, murmelte etwas von wegen, er sei dem britischen Kriegsministerium angeschlossen. Sie waren nicht in Uniform: Leamann trug einen schäbigen braunen Anzug, dessen Jacke über dem stattlichen Bauch spannte und nach oben verrutscht war, Broome einen elegant geschnittenen, kohlegrauen Anzug, der für das amerikanische Wetter ein wenig zu schwer war.

Jordan empfing sie in seinem prachtvollen Büro in Lower Manhattan. Leamann unterdrückte kleine Rülpser, während er Jordans herrliche Aussicht auf die Brücken bewunderte, die sich über den East River spannten – die Brooklyn Bridge, die Manhattan Bridge, die Williamsburg. Broome, der für Architektur offenbar wenig übrig hatte, sprach über das Wetter; es war ein wundervoller Herbsttag, der Himmel kristallblau, die Sonne leuchtend orange. Ein Nachmittag, der glauben machen konnte, daß Manhattan der imposanteste Ort auf Erden sei. Sie traten ans Südfenster und plauderten eine Weile, während sie den Frachtern zusahen, die in den New Yorker Hafen einliefen oder gerade in See stachen.

»Erzählen Sie uns, woran Sie gerade arbeiten, Mr. Jordan«, sagte Leamann. Er hatte einen leichten Südbostoner Akzent.

Dies war ein heikles Thema. Er war immer noch Chefingenieur der Northeast Bridge Company, die nach wie vor der größte Brückenbauer an der Ostküste war. Aber seinen Traum von einer eigenen Firma hatte der Krieg beendet, genau wie er befürchtet hatte.

Leamann hatte anscheinend seinen Lebenslauf auswendig gelernt und leierte ihn nun herunter, als sei Jordan für eine Auszeichnung vorgeschlagen worden. »Bester Ihres Jahrgangs am Rensselaer Polytechnic Institute. Ingenieur des Jahres 1938. Nach der Zeitschrift Scientific American *sind Sie der Größte seit dem Typ, der das Rad erfunden hat. Sie sind einsame Klasse, Mr. Jordan.«*

Eine vergrößerte Kopie des Artikels aus der Scientific American *hing säuberlich in einem schwarzen Rahmen an der Wand. Auf dem Foto sah er aus wie ein anderer Mann. Er war schmaler geworden – einige meinten, er sehe jetzt besser aus –, und obwohl noch keine vierzig, zeigten sich graue Stellen an seinen Schläfen.*

Broome, der dünne Engländer, wanderte durch das Büro, betrachtete die Fotos und die Modelle der Brücken, welche die Firma entworfen und gebaut hatte. »Bei Ihnen arbeiten viele Deutsche«, erklärte Broome, als sage er Jordan damit etwas Neues. Es stimmte – die Firma beschäftigte deutsche Ingenieure und Bürokräfte. Jordans eigene Sekretärin hieß Hofer. Ihr Familie war aus Stuttgart nach Amerika übergesiedelt, als sie noch ein kleines Mädchen war. Sie hatte immer noch einen deutschen Akzent. Und dann gingen, wie um Broomes Aussage zu bestätigen, zwei Büroboten an Jordans Tür vorüber, die berlinerisch redeten.

»Wurden die Leute einer Sicherheitsüberprüfung unterzogen?« Wieder war es Leamann, der sprach. Jordan spürte, daß er eine Art Polizist war – oder zumindest früher einer gewesen war. Sein schlechtsitzender, abgetragener Anzug und der Ausdruck zäher Entschlossenheit auf seinem Gesicht sprachen Bände. Für Leamann wimmelte es auf der Welt von bösen Menschen, und er war der einzige, der zwischen Ordnung und Anarchie stand.

»Wir nehmen keine Sicherheitsüberprüfungen vor. Wir bauen Brükken, keine Bomben.«

»Woher wollen Sie wissen, daß sie nicht mit der anderen Seite sympathisieren?«

»Leamann – ist das nicht ein deutscher Name?«

Leamanns fleischiges Gesicht verfinsterte sich. »Ein irischer.«

Broome unterbrach seine Inspektion der Brückenmodelle und kicherte. Dann fragte er: »Kennen Sie einen Mann namens Walker Hardegen?«

Jordan hatte das unangenehme Gefühl, verhört zu werden. »Ich glaube, Sie kennen die Antwort auf diese Frage bereits. Ja, er kommt aus einer deutschen Familie. Er spricht die Sprache und kennt das Land. Er ist für meinen Schwiegervater von unschätzbarem Wert.«

»Sie meinen Ihren ehemaligen Schwiegervater?« fragte Broome.

»Wir stehen uns immer noch sehr nahe, obwohl Margaret tot ist.«

Broome beugte sich über ein weiteres Modell. »Ist das eine Hängebrücke?«

»Nein, eine Auslegerbrücke. Sind Sie Ingenieur?«

Broome sah auf und grinste, als finde er die Frage leicht unverschämt. »Nein, natürlich nicht.«

Jordan setzte sich hinter seinen Schreibtisch. »Genug jetzt, Gentlemen, ich schlage vor, Sie sagen mir jetzt, weshalb Sie hier sind.«

»Es hat mir der Invasion in Europa zu tun«, sagte Broome. »Wir könnten Ihre Hilfe brauchen.«

Jordan lächelte. »Soll ich eine Brücke von England nach Frankreich bauen?«

»So etwas Ähnliches«, antwortete Leamann.

Broome zündete sich eine Zigarette an.

»Genau genommen, geht es um etwas ganz anderes, Mr. Jordan.«

12

London

Der Himmel öffnete seine Schleusen, als Vicary über den Parliament Square zum unterirdischen Hauptquartier Winston Churchills in der Great George Street eilte. Der Premierminister persönlich hatte ihn in seinem Büro angerufen und zu sich zitiert. Vicary hatte rasch seine Uniform angezogen und die MI5-Zentrale in der Eile ohne Regenschirm verlassen, und so konnte er sich jetzt gegen den heftigen Regen nur dadurch schützen, daß er seine Schritte beschleunigte, mit einer Hand den Regenmantel am Hals umklammerte und sich mit der anderen einen Stapel Akten über den unbedeckten Kopf hielt. Er rannte an den nachdenklich dreinblickenden Standbildern Lincolns und Disraelis vorbei und streckte, völlig durchnäßt, dem Marineinfanteristen, der vor Nr. 2 Wache stand, seinen Ausweis hin.

Im MI5 herrschte Panik. Gestern abend hatte ein Motorradkurier zwei entschlüsselte Funksprüche der deutschen Abwehr aus Bletchley Park gebracht. Sie hatten Vicarys schlimmste Befürchtungen bestätigt – in Großbritannien operierten mindestens zwei Agenten, die dem MI5 unbekannt waren. Und allem Anschein nach planten die Deutschen die Entsendung eines dritten. Es war eine Katastrophe.

Vicary hatte nach der schockierenden Lektüre der beiden Meldungen Sir Basil zu Hause angerufen und von der Neuigkeit unterrichtet. Sir Basil setzte sich daraufhin mit dem Generaldirektor und jedem anderen leitenden Offizier in Verbindung, der mit Double Cross zu tun hatte. Das Licht im fünften Stock hatte bis Mitternacht gebrannt. Vicary bearbeitete jetzt den wichtigsten Fall des Krieges. Er hatte weniger als eine Stunde geschlafen. Sein Kopf schmerzte, seine Augen brannten, seine Gedanken überstürzten sich.

Der Wachsoldat warf einen Blick auf Vicarys Ausweis und winkte ihn durch. Vicary stieg die Stufen hinab und durchquerte den kleinen Vorraum. Dieser Ort kam ihm immer wie eine unterirdische Erinnerungsstätte für die gescheiterte Beschwichtigungspolitik vor. Ironischerweise hatte Neville Chamberlain den Baubeginn noch am selben Tag angeordnet, als er aus München zurückgekehrt war und den »Frieden in unserer Zeit« verkündet hatte. Das unterirdische Labyrinth, das durch eine meterdicke, mit alten Londoner Straßenbahnschienen verstärkte Betonschicht geschützt wurde, galt als absolut bombensicher und beherbergte neben Churchills persönlichem Befehlsstand die wichtigsten und geheimsten Regierungsstellen.

Vicary ging den Korridor hinunter, in den Ohren das Klappern von Schreibmaschinen und das Gellen Dutzender Telefone. Ein Hinweisschild warnte vor der niedrigen Decke, doch Vicary, der keine 1,70 Meter groß war, konnte bequem aufrecht gehen. Die Wände, einst cremefarben gestrichen, waren vergilbt wie altes Zeitungspapier. Die Fußböden waren mit häßlichem braunen Linoleum ausgelegt. An der Decke verliefen Abflußrohre, und Vicary konnte die Abwässer aus den oberirdischen New Public Offices hören. Obwohl die Luft durch ein spezielles Belüftungssystem gefiltert wurde, roch es nach Schweiß und kaltem Tabakrauch. Vicary näherte sich einer durch Strebepfeiler gestützten Tür, vor der ein zweiter Marineinfanterist wachte. Der Soldat nahm Haltung an, als Vicary vorüberging – eine Gummimatte dämpfte das Knallen seiner Hacken, damit die Mitarbeiter nicht gestört wurden.

Vicary musterte die Gesichter der Menschen, die hier, in der unterirdischen Festung des Premierministers, arbeiteten, wohnten, aßen und schliefen. Das Wort »blaß« wurde ihrer Gesichtsfarbe nicht gerecht: Sie waren wachsbleiche Höhlenbewohner, die durch einen Kaninchenbau huschten. Mit einem Mal kam Vicary sein fensterloses Kabuff in der MI5-Zentrale gar nicht mehr so schlecht vor. Wenigstens lag es über der Erde. Wenigstens bekam er dort etwas frische Luft.

Churchills Privatquartier befand sich in Raum 65A, die nächste Tür nach dem Kartenraum und gegenüber der transatlantischen Telefonzentrale. Vicary wurde sofort von einem Assistenten hineingeführt, was ihm die eisigen Blicke mehrerer Beamter einbrachte, die den Eindruck erweckten, als warteten sie hier schon seit dem Ende des letzten Krieges.

Den größten Teil des engen Raumes nahm ein schmales, mit grauen Armeedecken bezogenes Bett ein. Am Fuß des Bettes stand ein Tisch, darauf eine Flasche und zwei Gläser. Die BBC hatte ein Mikrofon fest installiert, damit Churchill von hier aus seine Rundfunkansprachen halten konnte. Vicary bemerkte das kleine Schild mit der Aufschrift *Ruhe – auf Sendung*. Der Raum enthielt nur einen luxuriösen Gegenstand: den Feuchthaltebehälter für Churchills Zigarren der Marke *Romeo y Julieta*.

Der Premierminister saß, in einen grünen Morgenmantel aus Seide gehüllt, hinter dem kleinen Schreibtisch, zwischen den Fingern die erste Zigarre des Tages. Er blieb sitzen, als Vicary eintrat. Vicary nahm auf der Bettkante Platz und betrachtete sein Gegenüber. Churchill war nicht mehr derselbe Mann, den er an jenem Nachmittag im Mai 1940 getroffen hatte, er war nicht mehr der unverwüstliche Optimist, den man aus Wochenschauen und Propagandafilmen kannte. Es war ihm anzusehen, daß er zuviel arbeitete und zuwenig schlief. Erst vor ein paar Tagen war er aus Nordafrika nach Großbritannien zurückgekehrt und litt noch unter den Folgen eines leichten Herzanfalls und einer Lungenentzündung. Seine Augen waren rot gerändert, seine Wangen aufgedunsen und bleich. Er rang sich für seinen alten Freund ein schwaches Lächeln ab.

»Hallo, Alfred, wie geht es Ihnen?« fragte Churchill, als der Assistent die Tür schloß.

»Bestens, aber das sollte ich eher Sie fragen. Schließlich haben *Sie* einiges durchgemacht, nicht ich.«

»Ich habe mich nie besser gefühlt«, erwiderte Churchill. »Berichten Sie. Was gibt es Neues?«

»Wir haben zwei Funksprüche aus Hamburg abgefangen. Sie gingen an deutsche Agenten, die auf britischem Boden operieren.« Vicary reichte sie Churchill. »Wie Sie wissen, sind wir bisher davon ausgegangen, daß wir jeden deutschen Agenten in Großbritannien verhaftet, aufgehängt oder umgedreht haben – zweihundertsechzig insgesamt. Das war offensichtlich ein großer Irrtum. Wenn die Agenten irgendwelche Informationen weitergeben, die dem Material widersprechen, das wir der Abwehr durch Double Cross zugespielt haben, werden die Deutschen alles anzweifeln. Außerdem vermuten wir, daß sie einen neuen Agenten ins Land schleusen wollen.«

»Was tun Sie, um ihn aufzuhalten?«

Vicary informierte Churchill über die Vorkehrungen, die er bislang getroffen hatte. »Doch leider sind die Aussichten, den deutschen Agenten zu fassen, schlecht. Früher – im Sommer 1940, zum Beispiel, als sie wegen der Invasion Spione herschickten – konnten wir die Neuankömmlinge abfangen, weil die Deutschen den alten, in Großbritannien operierenden Agenten häufig mitteilten, wo, wann und wie die neuen Spione kamen.«

»Und diese alten Agenten arbeiteten für uns als Doppelagenten?«

»Oder saßen im Gefängnis, ja. Doch im vorliegenden Fall war die Nachricht an den Agenten sehr vage. Nur ein verschlüsselter Satz: *Plan Eins für Empfang ausführen.* Vermutlich sagt er dem Agenten alles, was er wissen muß. Uns sagt er leider gar nichts. Wir können nur vermuten, wie der Agent ins Land zu kommen gedenkt. Um ihn zu erwischen, müßten wir schon unverschämtes Glück haben.«

»Verdammt!« fluchte Churchill und ließ die Hand auf die Stuhllehne fallen. Er stand auf und goß für sie beide einen Brandy ein. Er stierte ins Glas und murmelte etwas vor sich hin, als habe er Vicarys Anwesenheit vergessen.

»Erinnern Sie sich noch an jenen Nachmittag im Jahr 1940, als ich Sie aufforderte, für den MI5 zu arbeiten?«

»Natürlich, Herr Premierminister.«

»Hatte ich damals recht?«

»Was meinen Sie?«

»Sie hatten die besten Jahre Ihres Lebens. Sehen Sie sich an, Alfred, Sie sind heute ein völlig anderer Mensch. Mein Gott, ich wünschte, ich würde auch so gut aussehen wie Sie.«

»Danke, Herr Premierminister.«

»Sie haben hervorragende Arbeit geleistet. Aber alles war für die Katz, wenn die deutschen Spione herausfinden, was sie wissen wollen. Ist Ihnen das klar, Alfred?«

Vicary atmete hörbar aus. »Ich weiß, was auf dem Spiel steht, Herr Premierminister.«

»Ich will, daß sie aufgehalten werden, Alfred. Ich will, daß sie unschädlich gemacht werden.«

Vicary blinzelte nervös und klopfte unwillkürlich seine Brusttaschen nach der Lesebrille ab. Dem Premierminister war die Zigarre in der Hand ausgegangen. Er zündete sie wieder an und gab sich für einen Moment ganz dem Rauchen hin.

»Wie verhält sich Boothby?« fragte er.

Vicary seufzte. »Wie immer, Herr Premierminister.«

»Unterstützt er Sie?«

»Er will, daß ich ihn über jeden Schritt auf dem laufenden halte.«

»Und das schriftlich, wie ich vermute. Boothby legt großen Wert darauf, alles schriftlich zu bekommen. Die Dienststelle dieses Mannes stößt mehr Papier aus als die *Times*.«

Vicary gestattete sich ein schwaches Lächeln.

»Ich habe es Ihnen nie gesagt, Alfred, aber ich hatte doch meine Zweifel, ob Sie es schaffen würden. Ob Sie wirklich das Zeug für die Arbeit im militärischen Geheimdienst haben. Oh, an Ihrem Verstand, Ihrer Intelligenz habe ich nie gezweifelt. Aber ich hatte doch Bedenken, ob Sie über die nötige Gerissenheit verfügen, die ein guter Geheimdienstoffizier braucht. Und ob Sie skrupellos genug sein können.«

Churchills Worte erstaunten Vicary.

»Was sehen Sie mich so an, Alfred? Sie sind einer der anständigsten Männer, die ich kenne. In Ihrem jetzigen Gewerbe setzen sich gewöhnlich nur Menschen wie Boothby durch. Boothby würde seine eigene Mutter einsperren, wenn das seiner Karriere förderlich wäre oder wenn er dem Gegner damit eins auswischen könnte.«

»Aber ich habe mich verändert, Herr Premierminister. Ich habe Dinge getan, die ich mir früher nie zugetraut hätte. Und ich habe auch ein paar Dinge getan, für die ich mich schäme.«

Churchill schaute verblüfft. »Für die Sie sich schämen?«

»Wenn man den Kamin fegt, bekommt man schwarze Finger«, fuhr Vicary fort. »Den Satz hat Sir James Harris 1785 geschrieben, als er Gesandter in Den Haag war. Er verabscheute es, daß er Spione und Spitzel bezahlen sollte. Manchmal wünschte ich mir, es wäre noch so einfach.«

Vicary erinnerte sich an die Nacht im September 1940. Er und seine Leute hatten sich, mit schwarzen Ölmänteln bekleidet, im Heidekraut auf einer Klippe versteckt, die einen Strand in Cornwall überragte. Vicary wußte, daß der Deutsche in dieser Nacht kommen würde, denn die Abwehr hatte Karl Becker beauftragt, ihn in Empfang zu nehmen. Der Agent war beinahe noch ein Kind, wie sich Vicary erinnerte, und als er mit seinem Schlauchboot landete, war er halb erfroren. Er fiel den Männern der Special Branch buchstäblich in die Arme, stammelte etwas auf deutsch und war nur froh, noch am Leben zu sein. Seine Papiere waren ebenso stümperhafte Fälschungen wie die zweihundert Pfund, die er bei sich trug, und sein Englisch beschränkte sich auf ein paar Höflichkeitsfloskeln, die man ihm eingepaukt hatte. Es war so dürftig, daß Vicary das Verhör auf deutsch führen mußte. Der Spion hatte den Auftrag, Informationen über die Verteidigungsanlagen an der Küste zu sammeln und, wenn die Invasion begann, Sabotageakte durchzuführen. Vicary kam zu dem Schluß, daß der Mann für ihn nutzlos war, und fragte sich, wie viele Leute dieser Sorte Canaris noch hatte – schlecht ausgebildet, mangelhaft ausgerüstet, mit viel zuwenig Geld versehen, praktisch ohne jede Erfolgschance. Das ausgeklügelte Täuschungsmanöver des MI5 machte es erforderlich, daß einige Spione hingerichtet wurden, und so sprach sich Vicary dafür aus, den Jungen zu hängen. Er hatte der Exekution im Gefängnis Wandsworth am folgenden Morgen beigewohnt. Nie sollte er den Ausdruck in den Augen des Spions vergessen, als der Henker ihm die Kapuze überstreifte.

»Sie müssen einen Stein aus Ihrem Herzen machen, Alfred«, sagte Churchill mit einem heiseren Flüstern. »Wir haben keine Zeit für Gefühle wie Scham oder Mitleid – keiner von uns, nicht jetzt. Sie müssen die moralischen Skrupel, die Sie noch haben, überwinden, Sie müssen Ihr menschliches Mitgefühl beiseite schieben und tun, was getan werden muß. Ist das klar, Alfred?«

»Ja, Herr Premierminister.«

Churchill beugte sich zu ihm herüber und sagte in vertraulichem Ton: »Es gibt eine unangenehme Wahrheit über den Krieg, Alfred. Ein einzelner Mann kann keinen Krieg gewinnen. Aber ganz bestimmt kann ein einzelner Mann einen Krieg verlieren.« Churchill machte eine Pause. »Um unserer Freundschaft willen, Alfred, seien Sie nicht dieser Mann.«

Vicary, erschüttert über Churchills Ermahnung, raffte seine Sachen zusammen und ging zur Tür. Er öffnete sie und trat hinaus auf den Flur.

Der Wetterbericht, der an der Wand hing und stündlich aktualisiert wurde, verhieß Regen. Hinter sich hörte Vicary, wie Churchill, allein in seiner unterirdischen Kammer, vor sich hin murmelte. Es dauerte einen Augenblick, bis Vicary verstand, was der Premierminister sagte.

»Dieses englische Sauwetter«, murmelte Churchill. »Dieses englische Sauwetter.«

Instinktiv suchte Vicary in der Vergangenheit nach Hinweisen. Er las alles: entschlüsselte Meldungen, die Agenten in Großbritannien an die deutsche Funkstelle in Hamburg geschickt hatten, Mitteilungen, die Hamburg an die Agenten gefunkt hatte, Berichte über einzelne Fälle, auch über solche, an denen er selbst nicht beteiligt gewesen war. Er las den Abschlußbericht über einen der ersten Fälle, die er bearbeitet hatte, eine Affäre, die in einem Ort namens Cape Wrath im Norden Schottlands geendet hatte. Er las das Empfehlungsschreiben, das, von seinem Abteilungsleiter Sir Basil Boothby widerwillig aufgesetzt und als Kopie Premierminister Winston Churchill zugestellt, in seine Personalakte aufgenommen worden war. Und wieder empfand er Stolz.

Harry Dalton pendelte wie ein mittelalterlicher Bote zwischen Vicarys Schreibtisch und der Registratur, beförderte neue Dokumente in die eine, alte in die andere Richtung. Kollegen, denen die nervöse Anspannung in Vicarys Büro nicht verborgen blieb, schlichen zu zweit oder dritt an seiner Tür vorbei, die Gesichter abgewendet und dennoch verstohlene Blicke werfend – wie Autofahrer, die eine Unfallstelle passieren. Immer wenn Vicary einen Aktenstapel durchgearbeitet hatte, fragte Harry: »Was gefunden?« Und Vicary antwortete mit finsterer Miene: »Nein, zum Teufel noch mal.«

Um zwei Uhr nachmittags fiel ihm die Decke auf den Kopf. Er hatte zuviel geraucht und zuviel Tee getrunken.

»Ich muß mal an die frische Luft, Harry.«

»Machen Sie ein paar Stunden Pause. Das wird Ihnen guttun.«

»Ich werde einen Spaziergang machen – und vielleicht etwas essen.«

»Soll ich Ihnen Gesellschaft leisten?«

»Nein, danke.«

Ein leichter Nieselregen trieb wie der Pulverdampf einer nahen Schlacht über Westminster, als Vicary an der Themse entlangging. Vom Fluß wehte ein eisiger Wind herüber, rüttelte an den provisorisch angebrachten Straßenschildern und pfiff über den Schutthaufen, der dort lag, wo einst ein prächtiges Haus gestanden hatte. Vicary schritt so schnell aus, wie es sein steifes Knie zuließ, den Kopf gesenkt, die Hände tief in den Manteltaschen vergraben. Ein Passant hätte aus seiner grimmigen Miene schließen können, daß er zu spät zu einem wichtigen Treffen kam oder gerade von einem unangenehmen floh.

Die Abwehr hatte mehrere Möglichkeiten, Agenten nach Großbritannien einzuschleusen. Viele landeten in kleinen Booten an der Küste. Vicary hatte gerade den Bericht über die Verhaftung der Doppelagenten mit den Decknamen Mutt und Jeff gelesen; sie waren in der Nähe des Heringsfischerdorfs MacDuff in der Grafschaft Moray von einem Wasserflugzeug des Typs Arado ans Ufer gewatet. Vicary hatte die Küstenwache und die Kriegsmarine bereits zu besonderer Wachsamkeit angehalten. Aber die britische Küste war viele tausend Meilen lang. Es war unmöglich, sie lückenlos zu überwachen, und die Chancen, nachts an einem Strand einen Agenten zu erwischen, waren gering.

Andere Spione der Abwehr waren mit dem Fallschirm über der Insel abgesprungen. Eine vollständige Überwachung des Luftraums war unmöglich, dennoch hatte Vicary die Luftwaffe gewarnt, verstärkt auf vereinzelte Flugzeuge zu achten.

Die Abwehr hatte Agenten auch in Irland und Ulster abgesetzt. Um von dort nach England zu kommen, mußten sie die Fähre nehmen. Vicary hatte deshalb die Betreiber der Fähren angehalten, nach verdächtigen Passagieren Ausschau zu halten, nach Leuten, die mit den Gepflogenheiten an Bord, mit der Sprache oder dem britischen Geld nicht vertraut waren. Eine Beschreibung konnte er ihnen nicht geben, denn er hatte keine.

Das schnelle Gehen und die Kälte machten ihn hungrig. Er ging in einen Pub in der Nähe der Victoria Station und bestellte einen Gemüse-Pie und ein Glas Bier.

Sie müssen einen Stein aus Ihrem Herzen machen, hatte Churchill gesagt.

Leider hatte er das schon vor langer Zeit getan. Helen … Sie war die Tochter eines wohlhabenden Industriellen, verwöhnt und attraktiv, und Vicary hatte sich wider bessere Einsicht hoffnungslos in sie verliebt. Ihre Beziehung endete am Nachmittag jenes Tages, an dem sie sich zum ersten Mal geliebt hatten. Irgendwie deutete Helens Vater die Zeichen richtig – die Art, wie sie einander bei der Hand hielten, als sie vom See zurückkamen, die Art, wie Helen Vicary über das schon schütter werdende Haar strich. Noch am selben Abend rief er Helen zu sich und eröffnete ihr unter vier Augen, daß er ihr unter keinen

Umständen erlauben werde, den Sohn eines kleinen Bankangestellten zu heiraten, der als Stipendiat die Universität besuche. Er befahl Helen, die Beziehung sofort und ohne großes Aufsehen zu beenden, und sie gehorchte. Sie war diese Art von Mädchen. Vicary hatte ihr deswegen niemals Vorwürfe gemacht und liebte sie noch immer. Doch an jenem Tag war etwas in ihm zerbrochen. Er selbst vermutete, es war seine Fähigkeit zu vertrauen, und er fragte sich, ob er sie jemals wiedererlangen würde.

Ein einzelner Mann kann keinen Krieg gewinnen …

Vicary dachte: Zum Teufel mit dem Alten, warum muß er mir das aufbürden?

Die Wirtin, eine wohlgenährte Frau, trat an den Tisch. »Na, schmeckt es Ihnen nicht?«

Vicary blickte auf seinen Teller. Er hatte die Karotten und Kartoffeln zur Seite geschoben und geistesabwesend mit der Spitze des Messers Linien durch die Soße gezogen. Er sah genauer hin und stellte fest, daß er die Karte von England in die braune Pampe gezeichnet hatte.

Er dachte: Wo wird der verfluchte Spion landen?

»Doch, doch«, sagte Vicary höflich und reichte der Wirtin den Teller. »Ich war wohl nur nicht so hungrig, wie ich dachte.«

Wieder draußen, stellte Vicary den Kragen seines Regenmantels hoch und machte sich auf den Weg ins Büro.

Aber ganz bestimmt kann ein einzelner Mann einen Krieg verlieren …

Laub wehte über seinen Weg, als Vicary den Birdcage Walk entlanghastete. Es dämmerte bereits, und die Verdunkelungsvorhänge in den Fenstern, die auf den St. James's Park hinausgingen, schlossen sich wie Augenlider. Er stellte sich vor, wie Helen in einem der Fenster stand und ihn unten über den Bürgersteig eilen sah. Er gab sich dem abenteuerlichen Gedanken hin, daß er sich ihrer als würdig erweisen würde, wenn er den Fall löste, den Spion faßte und den Krieg gewann, und daß sie dann zu ihm zurückkehren würde.

Seien Sie nicht dieser Mann …

Da war noch etwas anderes, das Churchill gesagt hatte. Er hatte über das Wetter geschimpft. Merkwürdig, daß der Premierminister in seiner unterirdischen Festung über das Wetter schimpfte.

Vicary eilte, ohne sich auszuweisen, an der Wache vor der MI5-Zentrale vorbei.

»Irgendeine Idee, Alfred?« fragte Harry, als Vicary in sein Büro zurückkehrte.

»Vielleicht. Wenn Sie auf die Schnelle einen Spion ins Land bringen müßten, Harry, welchen Weg würden Sie benutzen?«

»Ich glaube, ich würde von Osten kommen – Kent, East Anglia, vielleicht sogar Ostschottland.«

»Ganz meine Meinung.«

»So?«

»Wenn Sie rasch eine Operation in Gang setzen müßten, welches Transportmittel würden Sie nehmen?«

»Das hängt davon ab.«

»Nun machen Sie schon, Harry!«

»Ich glaube, ich würde ein Flugzeug nehmen.«

»Warum kein U-Boot – und den Spion in einem Schlauchboot absetzen?«

»Weil ein kleines Flugzeug kurzfristig leichter zu bekommen ist als ein U-Boot.«

»Richtig, Harry. Und was brauchen Sie, um einen Spion mit dem Flugzeug nach England zu bringen?«

»Zunächst einmal gutes Wetter.«

»Wieder richtig, Harry.«

Vicary griff zum Telefonhörer und wartete, bis die Telefonistin sich meldete. »Hier spricht Commander Vicary. Verbinden Sie mich sofort mit dem Wetterdienst der Luftwaffe.«

Einen Moment später meldete sich eine junge Frau: »Hallo?«

»Vicary vom Kriegsministerium. Ich brauche Auskünfte über das Wetter.«

»Ein Schmuddelwetter im Moment, finden Sie nicht auch?«

»Ja, ja«, antwortete Vicary ungeduldig. »Wann wird es im Osten aufklaren?«

»Wir erwarten, daß das augenblickliche Tief morgen nachmittag aufs Meer hinaus zieht.«

»Und dann wird der Himmel klar?«

»Kristallklar.«

»Mist.«

»Aber nur für kurze Zeit. Die nächste Schlechtwetterfront rückt schon heran. Sie zieht rasch in südöstlicher Richtung.«

»Wann ist sie da?«

»Schwer zu sagen – wahrscheinlich in zwölf bis achtzehn Stunden.«

»Und dann?«

»Dann haben wir überall im Land wieder eine Woche lang Schmuddelwetter, abwechselnd Schnee und Regen.«

»Vielen Dank.«

Vicary legte den Hörer auf und wandte sich an Harry.

»Wenn unsere Theorie stimmt, Harry, dann wird unser Agent morgen nacht versuchen, mit dem Fallschirm abzuspringen.«

13

Hampton Sands, Norfolk

Normalerweise brauchte Sean Dogherty für die Fahrt zum Strand mit dem Rad ungefähr fünf Minuten. An diesem späten Nachmittag maß er, nur um sich zu vergewissern, die Zeit. Er trat bewußt gemächlich in die Pedale und duckte den Kopf in den auffrischenden Seewind. Er wünschte, sein Fahrrad wäre in einem besseren Zustand. Es war ramponiert, wie so vieles in England zu jener Zeit, und hätte dringend einer Überholung bedurft. Es klapperte und quietschte bei jeder Pedalumdrehung. Die Kette hätte geölt werden müssen, doch Öl war knapp, und die Reifen waren so abgefahren und so häufig geflickt, daß Dogherty ebensogut auf den Felgen hätte fahren können.

Gegen Mittag hatte der Regen aufgehört. Dicke, zerklüftete Wolken trieben über Doghertys Kopf wie Sperrballons, die an ihren Leinen zerrten. Hinter ihm stand die Sonne gleich einem Feuerball am Horizont, und die Marsch und die Hügel erglommen in einem zarten orangefarbenen Licht.

Dogherty spürte eine heftige Erregung in seiner Brust aufsteigen. So hatte er sich seit jenem Tag zu Beginn des Krieges nicht mehr gefühlt, als er in London zum ersten Mal seinen Abwehr-Kontaktmann getroffen hatte.

Die Straße endete in einem Kiefernhain am Fuß der Dünen. Ein verwittertes Schild warnte vor Minen am Strand. Dogherty wußte wie jeder in Hampton Sands, daß es dort keine gab. Im Korb seines Fahrrads hatte er ein verschlossenes Glas mit einem Liter kostbaren Benzins mitgebracht. Er nahm das Glas heraus, schob das Fahrrad unter die Bäume und lehnte es sorgfältig gegen einen Stamm.

Dogherty sah auf seine Uhr – genau fünf Minuten.

Ein Fußpfad führte durch den Hain. Dogherty folgte ihm, Sand und Kiefernnadeln unter den Füßen, und ging weiter durch die Dünen. Das Tosen sich brechender Wellen erfüllte die Luft.

Die Dünen öffneten sich zum Meer hin. Die Flut hatte vor zwei Stunden ihren Höchststand erreicht und ging nun rasch und deutlich zurück. Um Mitternacht, wenn der Absprung erfolgen sollte, würde ein breiter Streifen von hartem Sand das Wasser säumen, ideal für die Landung eines Agenten mit dem Fallschirm.

Der Strand war leer. Dogherty kehrte in das Wäldchen zurück und sammelte genug Holz für drei kleine Signalfeuer. Der Wind kam aus Nordosten, ungefähr dreißig Kilometer pro Stunde. Dogherty schichtete das Holz im Abstand von zwanzig Metern zu Haufen auf, in einer geraden Linie zur Windrichtung.

Es dämmerte. Dogherty öffnete das Glas und goß das Benzin über das Holz. Er sollte heute abend an seinem Funkgerät warten, bis aus Hamburg die Nachricht kam, daß die Maschine im Anflug war. Dann sollte er zum Strand fahren, die Signalfeuer entzünden und den Agenten in Empfang nehmen. Eine einfache Sache, wenn alles planmäßig verlief.

Er ging über den Strand zurück. In dem Moment sah er im schwachen Licht Mary oben auf der Düne stehen, die Arme vor der Brust verschränkt. Der Wind wehte ihr das Haar ins Gesicht. Er hatte letzte Nacht mit ihr gesprochen und ihr erzählt, daß die Abwehr ihn beauftragt hatte, einen Agenten aufzunehmen. Er hatte sie gebeten, das Dorf zu verlassen, bis alles vorüber war – sie hatten in London Freunde und Verwandte, bei denen sie wohnen konnte. Aber Mary hatte abgelehnt. Und seitdem hatte sie kein Wort mehr mit ihm gesprochen. Sie polterten in grimmigem Schweigen durch das enge Cottage und würdigten sich gegenseitig keines Blickes, Mary knallte die Töpfe auf den Herd und zerbrach vor lauter Nervosität Teller und Tassen. Es war, als sei sie nur geblieben, um ihn mit ihrer Anwesenheit zu bestrafen.

Als Dogherty oben auf der Düne ankam, war Mary verschwunden. Er folgte dem Pfad bis zu der Stelle, wo er sein Fahrrad abgestellt hatte. Mary hatte es mitgenommen. Dogherty dachte: Ein weiteres Scharmützel in unserem stillen Krieg. Er schlug den Kragen hoch und machte sich zu Fuß auf den Heimweg.

Jenny Colville war zehn Jahre alt gewesen, als sie die Stelle entdeckte – eine kleine Senke in dem Kiefernhain, mehrere hundert Meter von der Straße entfernt und durch zwei große Felsen vor dem Wind geschützt. Ein ideales Versteck. Sie hatte sich eine primitive Feuerstelle gebaut, indem sie Steine im Kreis aufgeschichtet und einen kleinen Eisenrost darübergelegt hatte. Jetzt stapelte sie trockenes Dünengras, Kiefernnadeln und kleine dürre Äste aufeinander und hielt ein Streichholz daran. Sie blies sachte in den Haufen, und einen Augenblick später loderten die Flammen auf.

Unter den Felsen hatte sie eine kleine Kiste versteckt und mit einer Schicht Kiefernnadeln bedeckt. Sie zog die Kiste hervor, öffnete den Deckel und nahm den Inhalt heraus – eine zerschlissene Decke, einen kleinen Metalltopf, einen angeschlagenen Emailbecher und eine Dose Tee. Jenny entfaltete die Decke neben dem Feuer und wärmte ihre Hände an den Flammen.

Zwei Jahre zuvor hatte ein Dorfbewohner ihre Sachen entdeckt und daraus geschlossen, daß ein Landstreicher am Strand lebe, was Hampton Sands in den größten Tumult seit dem Brand in der St. John's Church im Jahr 1912 versetzte. Eine Zeitlang mußte Jenny wegbleiben. Doch die Aufregung legte sich bald, und Jenny hatte wieder in ihr Versteck zurückkehren können.

Die Flammen erstarben, und zurück blieb eine Schicht aus roter Glut. Jenny füllte den Topf mit Wasser aus einer Feldflasche, die sie von zu Hause mitgebracht hatte, und setzte ihn auf den Eisenrost. Während sie wartete, bis das Wasser kochte, lauschte sie dem Rauschen des Meeres und des Windes, der durch die Kiefern strich.

Wie immer übte dieser Platz eine magische Wirkung auf sie aus.

Langsam vergaß sie ihre Probleme, ihren Vater.

Heute nachmittag, als sie von der Schule gekommen war, hatte er am Küchentisch gesessen, betrunken. Sie wußte, bald würde er aggressiv, dann wütend und schließlich gewalttätig werden und seinen Haß an der nächstbesten Person auslassen. Natürlich an ihr. Sie beschloß, ihm heute keine Gelegenheit zu geben, sie zu schlagen. Sie machte ihm einen Teller spärlich belegter Sandwiches zurecht und kochte eine Kanne Tee, stellte beides auf den Tisch und verließ das Haus. Er hatte nichts gesagt und nicht gefragt, wohin sie ging, als sie ihren Mantel angezogen hatte und zur Tür hinausgeschlüpft war.

Das Wasser kochte. Jenny fügte etwas Tee hinzu, schloß den Deckel und nahm den Topf vom Feuer. Sie dachte an die anderen Mädchen aus dem Dorf – sie waren jetzt zu Hause, saßen mit ihren Eltern beim Abendbrot und unterhielten sich über die

Ereignisse des Tages. Sie brauchten sich nicht unter den Bäumen am Strand zu verstecken, wo einem nur das Rauschen der Wellen und eine Tasse Tee Gesellschaft leisteten. Aber das hatte sie anders gemacht, reifer und klüger. Sie war um ihre Kindheit betrogen worden, um die Jahre kindlicher Unbeschwertheit, und sie hatte schon sehr früh im Leben einsehen müssen, daß die Welt häßlich und gemein sein konnte.

Mein Gott, warum haßt er mich so? Was habe ich ihm denn getan?

Mary hatte sich alle Mühe gegeben, Martin Colvilles Verhalten zu erklären. Er liebt dich, hatte sie unzählige Male gesagt, er ist nur verletzt, verbittert und unglücklich und läßt das an dem Menschen aus, der ihm am meisten bedeutet.

Jenny hatte versucht, sich in die Lage ihres Vaters zu versetzen. Verschwommen erinnerte sie sich an jenen Tag, an dem ihre Mutter ihre Sachen gepackt hatte und fortgegangen war. Sie entsann sich noch, wie Vater sie angefleht hatte zu bleiben, und sie erinnerte sich an den Ausdruck auf seinem Gesicht, als Mutter ablehnte, an das Klirren von Glas und Geschirr, an die häßlichen Ausdrücke, mit denen sie sich beschimpften. Viele Jahre lang hatte sie nicht gewußt, wohin ihre Mutter gegangen war. Es wurde einfach nicht darüber gesprochen. Wenn sie ihren Vater danach fragte, stapfte er wütend davon, ohne zu antworten. Mary war es schließlich, die es ihr sagte. Ihre Mutter hatte sich in einen Mann aus Birmingham verliebt, einen Affäre mit ihm angefangen und lebte jetzt bei ihm. Jenny fragte Mary, warum ihre Mutter nie versucht habe, sich mit ihr in Verbindung zu setzen, doch Mary wußte darauf keine Antwort. Und als sei das noch nicht schlimm genug, sagte Mary auch noch, daß Jenny das Ebenbild ihrer Mutter sei. Sie selbst konnte es nicht beurteilen, denn ihr Vater hatte schon vor langer Zeit alle Fotos von ihr verbrannt. Das letzte Bild, das sie von ihrer Mutter hatte, war das einer verzweifelten, aufgebrachten Frau mit verweinten roten Augen.

Jenny goß sich Tee ein und umschloß den warmen Becher mit den Händen. Eine Windböe rüttelte an den Ästen der Kiefern über ihrem Kopf. Der Mond ging auf, die ersten Sterne kamen heraus. Jenny spürte, daß es eine sehr kalte Nacht werden würde. Lange würde sie nicht bleiben können. Sie legte zwei dickere Äste aufs Feuer und sah zu, wie die Schatten auf den Felsen tanzten. Als sie ihren Tee ausgetrunken hatte, rollte sie sich zusammen und bettete den Kopf auf ihre Hände.

Sie stellte sich vor, daß sie woanders wäre, irgendwo, nur nicht in Hampton Sands. Sie wollte irgend etwas Aufregendes tun und nie wieder zurückkehren. Sie war sechzehn Jahre alt. Ein paar von den älteren Mädchen aus den Dörfern der Umgebung waren nach London und in die anderen Großstädte gegangen und hatten die Jobs übernommen, die durch die Einberufung der Männer freigeworden waren. Sie konnte in einer Fabrik arbeiten oder als Kellnerin in einem Café. Egal was.

Sie war schon halb eingeschlafen, als sie unten am Wasser ein Geräusch zu hören meinte. Einen Moment lang fragte sie sich, ob tatsächlich Landstreicher am Strand lebten, und sprang erschreckt auf. Vorsichtig tastete sie sich durch das dunkle Wäldchen und stieg den sandigen Hang hinauf. Von oben spähte sie in die Richtung, aus der das Geräusch kam und erblickte eine Gestalt, bekleidet mit einem Ölmantel, Seemannsstiefeln und Südwester.

Sean Dogherty.

Er schien Holz aufzuschichten und ging hin und her, als messe er mit seinen Schritten eine Strecke ab. Vielleicht hatte Mary recht, vielleicht wurde Sean wirklich langsam verrückt.

Dann entdeckte Jenny eine zweite Gestalt, oben auf der Düne. Es war Mary. Sie stand einfach nur da, die Arme vor der Brust verschränkt, und sah schweigend zu. Dann drehte sie sich um und ging weg, ohne auf ihren Mann zu warten.

Als Dogherty außer Sichtweite war, erstickte Jenny die Glut, räumte ihre Sachen weg und fuhr mit dem Fahrrad nach Hause. Das Cottage war kalt und dunkel, als sie ankam. Ihr Vater war nicht da, das Feuer im Kamin schon vor langer Zeit niedergebrannt. Er hatte keine Nachricht hinterlassen, wohin er gegangen war. Sie lag noch eine Zeitlang wach im Bett, lauschte dem Wind und vergegenwärtigte sich noch einmal die Szene, die sie am Strand beobachtet hatte. Irgend etwas an der Sache war faul. Mehr als faul.

»Wir könnten bestimmt noch etwas tun, Harry«, sagte Vicary und lief in seinem Büro auf und ab.

»Wir haben alles getan, was wir tun können, Alfred.«

»Vielleicht sollten wir noch mal bei der Luftwaffe nachfragen.«

»Habe ich bereits getan.«

»Und?«

»Nichts.«
»Wir könnten bei der Marine anrufen ...«
»Ich habe gerade mit der Zitadelle telefoniert.«
»Und?«
»Nichts.«
»Herrgott noch mal!«
»Sie müssen nur Geduld haben.«
»Ich bin von Natur aus ungeduldig.«
»Das ist mir nicht entgangen.«
»Was ist mit ...«
»Ich habe den Fährdienst in Liverpool angerufen.«
»Und?«
»Fährbetrieb eingestellt wegen schwerer See.«
»Also werden sie heute nacht nicht aus Irland kommen.«
»Ist nicht sehr wahrscheinlich.«
»Vielleicht haben wir die Sache falsch angepackt, Harry.«
»Was meinen Sie damit?«
»Vielleicht hätten wir uns auf die beiden Agenten konzentrieren sollen, die bereits in Großbritannien sind.«
»Ich höre.«
»Nehmen wir uns noch einmal die Akten der Paß- und Einreisebehörden vor.«
»Mein Gott, Alfred, die haben sich seit 1940 nicht geändert. Wir haben alle mutmaßlichen Spione aufgespürt und jeden Verdächtigen interniert.«
»Ich weiß, Harry. Aber vielleicht haben wir etwas übersehen.«
»Und das wäre?«
»Woher zum Teufel soll ich das wissen?«
»Ich hole die Akten. Schaden kann es nicht.«
»Vielleicht hat uns das Glück verlassen, Harry.«
»Ich habe in meinem Leben viele Polizisten gekannt, die Glück hatten, Alfred.«
»Ja und?«
»Aber keinen faulen, der Glück hatte.«
»Worauf wollen Sie hinaus?«
»Ich hole die Akten und mache uns eine Kanne Tee.«

Sean Dogherty verließ das Haus durch die Hintertür und ging, mit einem dicken Pullover und einer Schaffelljacke bekleidet, zur Scheune. In der Hand trug er eine Petroleumlampe. Die letzten Wolken waren verschwunden, und über ihm spannte sich ein dunkelblauer, sternenübersäter Himmel, an dem ein Dreiviertelmond prangte. Die Luft war eisig.

Ein Mutterschaf blökte, als er das Tor zur Scheune öffnete und eintrat. Das Tier hatte sich am frühen Nachmittag im Zaun verheddert. Bei dem Versuch, sich zu befreien, hatte es sich das Bein aufgeschlitzt und obendrein ein Loch in den Zaun gerissen. Jetzt lag es auf einem Strohlager in einer Ecke der Scheune.

Dogherty schaltete das Funkgerät an und machte sich daran, den Verband des Schafes zu wechseln. Um sich zu beruhigen, summte er leise vor sich hin. Er entfernte die blutdurchtränkte Binde, legte eine frische an und verklebte sie fest mit Heftpflaster.

Er bewunderte noch sein Werk, als das Funkgerät knackte. Dogherty raste quer durch die Scheune und stülpte sich den Kopfhörer über. Die Nachricht war kurz. Er funkte eine Empfangsbestätigung und stürzte nach draußen.

Die Fahrt zum Strand dauerte keine drei Minuten.

Am Ende der Straße stieg Dogherty ab und schob das Rad unter die Bäume. Er erklomm die Düne, kletterte auf der anderen Seite wieder hinunter und rannte über den Strand. Die Holzstöße für die Signalfeuer waren unberührt. In der Ferne hörte er das leise Brummen eines Flugzeugs.

Er dachte: Mein Gott, er kommt tatsächlich.

Er entzündete die Signalfeuer, und Sekunden später loderten die Flammen hell auf.

Dogherty kauerte sich ins Dünengras und wartete auf das Erscheinen des Flugzeugs. Es flog in geringer Höhe über den Strand, und im nächsten Augenblick löste sich ein schwarzer Punkt vom Heck. Der Fallschirm öffnete sich, und die Maschine drehte ab und flog aufs Meer hinaus .

Dogherty fuhr hoch und rannte über den Strand. Der Deutsche legte eine perfekte Landung hin, rollte sich ab und raffte bereits den Schirm zusammen, als Dogherty bei ihm eintraf.

»Sie müssen Sean Dogherty sein«, sagte er ohne Akzent.

»Richtig«, antwortete Dogherty erschrocken. »Und Sie müssen der deutsche Spion sein.«

Der Mann runzelte die Stirn. »So etwas Ähnliches. Hören Sie, Sportsfreund, ich komme hier schon klar. Wie wär's, wenn Sie das verfluchte Feuer ausmachen, bevor die halbe Welt weiß, daß wir hier sind.«

2

14

Ostpreussen: Dezember 1925

Das Wild hungert in diesem Winter. Es verläßt die Wälder und scharrt auf den Wiesen. Der große Bock steht im strahlenden Sonnenschein und wühlt mit der Nase im Schnee nach gefrorenem Gras. Sie lauern hinter einem kleinen Hügel, Anna auf dem Bauch, Papa kauernd neben ihr. Er raunt ihr Anweisungen zu, aber sie hört nicht hin. Sie braucht keine Anweisungen. Sie hat auf diesen Tag gewartet. Sie hat ihn sich vorgestellt. Sich auf ihn vorbereitet.

Sie schiebt die Patronen in den Lauf ihres Gewehres. Es ist neu, sein glatter Schaft hat keinen Kratzer, und es riecht nach sauberem Waffenöl. Es ist ihr Geburtstagsgeschenk. Sie ist heute fünfzehn geworden.

Auch der Bock ist ein Geschenk.

Sie hat schon früher ein Reh erlegen wollen, aber Papa hat abgelehnt. »Ein Reh zu erlegen ist ein aufwühlendes Erlebnis«, hat er erklärt. »Es ist schwer zu beschreiben. Du mußt die Erfahrung selber machen, aber das lasse ich erst zu, wenn du alt genug bist, um zu verstehen.«

Es ist ein schwieriger Schuß – einhundertfünfzig Meter, dazu ein kräftiger Seitenwind. Annas Gesicht schmerzt von der Kälte, ihr Körper zittert, und ihre Finger sind in den Handschuhen taub geworden. Sie spielt den Schuß in ihrem Kopf durch – sachte den Abzug drücken, genau wie auf dem Schießstand. So wie Papa es ihr beigebracht hat.

Der Wind weht böig. Sie wartet.

Sie kniet sich hin und bringt das Gewehr in Anschlag.

Der Bock, durch das Knirschen des Schnees aufgeschreckt, blickt in die Richtung, aus der das Geräusch gekommen ist.

Schnell hat sie den Kopf des Tieres im Visier, berechnet den Seitenwind und drückt ab. Das Geschoß durchbohrt das Auge des Bocks. Er bricht zusammen und bleibt leblos im Schnee liegen.

Sie senkt das Gewehr und wendet sich Papa zu. Sie hat erwartet, daß er strahlt, jubelt, die Arme ausbreitet und sie umarmt und ihr sagt, wie stolz er auf sie ist. Doch sein Gesicht ist eine leere Maske, als er zuerst den toten Bock und dann sie anstarrt.

»Dein Vater wünschte sich immer einen Sohn, aber ich konnte ihm keinen schenken«, sagte ihre tuberkulosekranke Mutter, als sie im Schlafzimmer am Ende des Flurs im Sterben lag. »Sei so, wie er dich haben will. Hilf ihm, Anna. Kümmere dich an meiner Stelle um ihn.«

Sie hat alles befolgt, worum Mutter sie gebeten hat. Sie hat reiten und schießen gelernt und tut alles, was Jungen tun, nur besser. Sie hat Papa überallhin begleitet, wo er als Diplomat tätig gewesen ist. Am Montag schiffen sie sich nach Amerika ein. Papa wird dort erster Botschaftsrat.

Anna hat von den Gangstern in Amerika gehört, die in großen schwarzen Autos durch die Straßen rasen und auf alles schießen, was sich bewegt. Wenn die Gangster versuchen, Papa weh zu tun, wird sie ihnen mit dem neuen Gewehr in die Augen schießen.

An diesem Abend liegen sie zusammen in Papas großem Bett. Ein Holzfeuer brennt hell im Kamin. Draußen tobt ein Schneesturm. Der Wind heult, und die Bäume schlagen gegen die Hauswand. Anna meint immer, sie wollen ins Haus, weil ihnen kalt ist. Das Feuer prasselt, und der Rauch riecht warm und angenehm. Sie drückt das Gesicht gegen Papas Wange und legt den Arm um seine Brust.

»Mir fiel es schwer, mein erstes Reh zu erlegen«, sagt er, als gebe er einen Fehler zu. »Fast hätte ich mein Gewehr abgesetzt. Warum ist es dir nicht schwer gefallen, Anna, Liebes?«

»Ich weiß nicht, Papa, einfach so.«

»Ich sah nur, wie mich das Biest mit seinen Augen anstarrte. Mit seinen großen braunen Augen. Wunderschön. Dann sah ich, wie das Leben aus ihnen entwich, und ich fühlte mich schrecklich. Noch eine Woche verfolgte mich das.«

»Ich habe die Augen nicht gesehen.«

Er wendet sich ihr in der Dunkelheit zu. »Was dann?«

Sie zögert. »Ich habe sein Gesicht gesehen.«

»Wessen Gesicht, Kleines?« Er ist verwirrt. »Das Gesicht des Bockes?«

»Nein, Papa, nicht des Bockes.«

»Anna, Liebes, was um alles in der Welt meinst du damit?«

Sie würde es ihm gerne sagen, es irgend jemandem sagen. Wäre ihre Mutter noch am Leben, könnte sie es ihr vielleicht sagen. Aber sie bringt es nicht über sich, es Papa zu sagen. Er würde wahnsinnig werden. Es wäre ihm gegenüber nicht anständig.

»Nichts, Papa. Ich bin jetzt müde.« Sie gibt ihm einen Kuß auf die Wange. »Gute Nacht, Papa. Träum was Schönes.«

London: Januar 1944

Sechs Tage waren vergangen, seit Catherine Blake die Nachricht aus Hamburg erhalten hatte. Seitdem hatte sie ernsthaft mit dem Gedanken gespielt, sie einfach zu ignorieren.

Alpha war der Deckname für einen Treffpunkt im Hyde Park, einen Fußpfad, der durch ein Wäldchen führte. Sie mußte sich eingestehen, daß sie nervös war wegen des Treffens. Seit 1940 hatte der MI5 Dutzende von Spionen verhaftet. Und sicherlich hatten einige von ihnen vor ihrem Stelldichein mit dem Henker alles ausgeplaudert, was sie wußten.

Theoretisch sollte dies in ihrem Fall jedoch nichts ausmachen. Vogel hatte ihr versichert, daß zu ihrem Schutz alles anders organisiert sei: der Funkkontakt, die Sicherheitsvorkehrungen bei Treffs, die Codes. Mochte jeder andere Spion in England verhaftet und gehenkt werden – sie werde man auf gar keinen Fall kriegen.

Catherine wünschte, sie könnte Vogels Zuversicht teilen. Er war Hunderte von Kilometern entfernt, durch den Ärmelkanal von Großbritannien getrennt, und agierte gewissermaßen im Blindflug. Der kleinste Fehler konnte dazu führen, daß sie verhaftet oder getötet wurde. Allein wenn sie an den Treffpunkt dachte. Es war eine sehr kalte Nacht, und jeder, der im Hyde Park herumlungerte, machte sich automatisch verdächtig. Es war ein dummer Fehler, der gar nicht zu Vogel paßte. Er mußte unter enormem Druck stehen. Das war verständlich. Jeder wußte, daß eine Invasion bevorstand. Die Frage war nur, wo und wann.

Es gab aber noch einen anderen Grund, warum sie nur ungern zu dem Treff ging: Sie hatte Angst davor, in das Spiel hineingezogen zu werden. Sie war bequem geworden, vielleicht sogar zu bequem. Sie führte ein überschaubares und geregeltes Leben. Sie hatte eine gemütliche Wohnung, ihre Arbeit als Freiwillige im Krankenhaus und Vogels Geld, von dem es sich gut leben ließ. Es widerstrebte ihr, sich in dieser späten Phase des Krieges noch in Gefahr zu bringen. Sie fühlte sich überhaupt nicht als deutsche Patriotin. Ihre Tarnung schien absolut sicher. Sie könnte warten, bis der Krieg vorüber war, und dann nach Spanien zurückkehren. Auf die große Estancia in den Vorbergen, zurück zu Maria.

Catherine bog in den Hyde Park ein. Der Lärm des abendlichen Verkehrs auf der Kensington Road wurde schwächer, bis er nur mehr ein angenehmes Summen war.

Es gab zwei Gründe, die für den Treff sprachen.

Der erste war die Sicherheit ihres Vaters. Catherine arbeitete nicht freiwillig als Spionin für die Abwehr, sie war dazu gezwungen worden. Vogel hatte sie erpreßt. Er hatte ihr klar gemacht, daß ihrem Vater Ungemach drohte – Verhaftung, Einlieferung in ein Konzentrationslager, ja, sogar der Tod –, wenn sie nicht einwilligte, nach Großbritannien zu gehen. Wenn sie sich jetzt weigerte, einen Auftrag zu übernehmen, würde sie damit ohne Zweifel das Leben ihres Vaters in Gefahr bringen.

Der zweite Grund war simpler: Sie fühlte sich schrecklich einsam. Seit sechs Jahren war sie von allem abgeschnitten. Die normalen Agenten durften ihre Funkgeräte benutzen. Sie hatten wenigstens etwas Kontakt mit Deutschland. Ihr war so gut wie kein Kontakt erlaubt. Aber sie war neugierig. Sie wollte mit jemandem von der eigenen Seite sprechen. Sie wollte wenigstens für ein paar Minuten ihre Tarnung aufgeben und die Identität Catherine Blakes ablegen.

Mein Gott, dachte sie, ich kann mich kaum noch an meinen richtigen Namen erinnern.

Sie beschloß, zu dem Treff zu gehen.

Sie schlenderte am Ufer des Serpentine entlang und beobachtete Enten, die in den Löchern im Eis nach Nahrung tauchten. Sie folgte dem Weg zu den Bäumen. Das letzte Licht war verblaßt, und Sterne funkelten am Himmel. Das war das einzig Schöne an der Verdunkelung, dachte sie – selbst mitten im West End waren nachts die Sterne zu sehen.

Sie faßte in ihre Handtasche und tastete nach dem Knauf ihrer mit einem Schalldämpfer versehenen Pistole. Sie war da. Wenn etwas Ungewöhnliches passierte, würde sie von ihr Gebrauch machen. Sie hatte sich geschworen, es niemals zu einer Verhaftung kommen zu lassen. Der Gedanke, in irgendeinem stinkenden britischen Gefängnis eingesperrt zu sein, verursachte ihr Übelkeit. Manchmal träumte sie von ihrer eigenen Hinrichtung. Sie sah die lachenden Gesichter der Engländer, bevor ihr der Henker die schwarze Kapuze über den Kopf stülpte und den Strick um den Hals legte. Sie würde ihre Giftpille nehmen oder im Kampf fallen, aber sie würde niemals zulassen, daß sie Hand an sie legten.

Ein amerikanischer Soldat kam ihr entgegen. Eine Prostituierte schmiegte sich an seine Schulter, rieb ihm den Schwanz und schob ihm die Zunge ins Ohr. Ein gewohnter Anblick. Die Mädchen arbeiteten am Piccadilly. Wenige verschwendeten Zeit oder Geld für ein Hotelzimmer. Die Soldaten nannten sie »Mauerblümchen«, weil sie mit ihren Freiern einfach in einen Torweg oder in den Park gingen und den Rock hoben. Einige naive Gemüter glaubten, nicht schwanger zu werden, wenn sie es im Stehen machten.

Dumme Engländerinnen, dachte Catherine.

Sie trat unter die Bäume und wartete darauf, daß Vogels Agent auftauchte.

Der Schnellzug aus Hunstanton lief mit halbstündiger Verspätung im Bahnhof an der Liverpool Street ein. Horst Neumann nahm seine kleine Ledertasche aus dem Gepäcknetz und reihte sich in die Schlange der auf den Bahnsteig drängenden Fahrgäste ein. Draußen herrschte ein Chaos. Müde Reisende irrten in Knäueln durch den Bahnhof wie Opfer einer Naturkatastrophe, überall lagen Soldaten und schliefen, den Kopf auf ihren Seesack gebettet. Ein paar Bahnpolizisten streiften umher und versuchten, die Ordnung aufrechtzuerhalten. Alle Gepäckträger waren Frauen. Neumann trat hinaus auf den Bahnsteig. Klein, flink und mit leuchtenden Augen, schlüpfte er durch das Gedränge.

Den beiden Männern am Ausgang sah er schon von weitem an, daß sie Polizisten waren. Sie trugen zerknitterte Anzüge und Bowler. Er fragte sich, ob sie nach ihm suchten. Sie konnten unmöglich eine Beschreibung von ihm haben. Instinktiv schob er die Hand unter sein Jackett und tastete nach seiner Pistole. Sie steckte im Hosenbund. Er tastete auch nach seiner Briefmappe in der Brusttasche. Sein Ausweis lautete auf den Namen James Porter. Offiziell reiste er als Arzneimittelvertreter. Er huschte an den beiden Männern vorbei und tauchte in die Menge ein, die sich durch die Bishopsgate Road wälzte.

Die Fahrt war, bis auf die unvermeidliche Verspätung, glattgegangen. Er war mit einer Gruppe junger Soldaten in einem Abteil gereist. Eine Zeitlang hatten sie ihn mißtrauisch beäugt, während er Zeitung las. Neumann vermutete, daß jeder gesund aussehende junge Mann, der keine Uniform trug, einer gewissen

Verachtung ausgesetzt war. Er sagte ihnen, daß er bei Dünkirchen verwundet und mit einem hochseetauglichen Schlepper halbtot nach England gebracht worden sei – einem der kleinen Schiffe. Die Soldaten hatten ihn darauf zum Kartenspielen eingeladen, und er hatte sie bis aufs Hemd ausgenommen.

Auf der Straße war es stockdunkel. Das einzige Licht spendeten die abgedunkelten Scheinwerfer der Autos, die langsam die Straße vorankrochen, und die schwachen Taschenlampen, die viele Fußgänger bei sich trugen. Er hatte das Gefühl, er sei mitten in ein Kinderspiel geraten, bei dem es darum ging, mit verbundenen Augen eine lächerlich einfache Aufgabe zu erfüllen. Zweimal stieß er mit einem entgegenkommenden Passanten zusammen. Einmal, als er gegen etwas Kaltes und Hartes prallte, setzte er schon zu einer Entschuldigung an, da bemerkte er, daß es nur ein Laternenpfahl war.

Er mußte lachen. London hatte sich seit seinem letzten Besuch sehr verändert.

Er war als Sohn einer deutschen Mutter und eines englischen Vaters unter dem Namen Nigel Fox 1919 in London geboren worden. Als sein Vater 1927 starb, kehrte seine Mutter nach Deutschland zurück und ließ sich in Düsseldorf nieder. Ein Jahr später heiratete sie einen wohlhabenden Fabrikanten namens Erich Neumann, einen strengen Zuchtmeister, der keinen Stiefsohn wollte, der Nigel hieß und obendrein Deutsch mit englischem Akzent sprach. Er änderte den Namen des Jungen kurzerhand in Horst, erlaubte ihm, seinen Familiennamen anzunehmen, und steckte ihn in eine der strengsten Kadettenanstalten des Landes. Horst war dort sehr unglücklich. Die Mitschüler hänselten ihn wegen seiner dürftigen Deutschkenntnisse, außerdem war er klein und leicht einzuschüchtern. An den Wochenenden kam er meist mit einem blauen Auge und aufgeplatzten Lippen nach Hause. Seine Mutter sorgte sich um ihn. Horst wurde wortkarg und verschlossen. Doch Erich war der Meinung, daß die Schule gut für ihn sei.

Dann, als Horst vierzehn Jahre alt war, erfuhr sein Leben eine Wendung. Bei einem offenen Leichtathletik-Sportfest nahm er am 1500-Meter-Lauf teil. Er lief in seinen kurzen Schulhosen und ohne Schuhe und blieb weit unter fünf Minuten, eine erstaunliche Zeit für einen Jungen, der sich dafür nicht speziell vorbereitet hatte. Ein Verbandstrainer sah das Rennen. Er ermutigte Horst zu trainieren und sorgte dafür, daß dem Jungen in der Schule Sonderkonditionen eingeräumt wurden.

Horst blühte auf. Von der stumpfsinnigen Schinderei im Turnunterricht freigestellt, unternahm er nachmittags nun Geländeläufe. Er war gern allein, weit weg von seinen Klassenkameraden. Er war noch nie so glücklich gewesen. Bald war er einer der besten Nachwuchsathleten im Land und der Stolz seiner Schule. Er kam zur Hitler-Jugend. Jungs, die ihn wenige Jahre zuvor noch gepiesackt hatten, buhlten jetzt um seine Aufmerksamkeit. 1936 wurde er als Zuschauer zu den Olympischen Spielen in Berlin eingeladen. Er sah den Amerikaner Jesse Owens, der die Welt mit dem Gewinn von vier Goldmedaillen in Erstaunen versetzte. Bei einem Empfang für die Hitler-Jugend begegnete er Adolf Hitler und durfte ihm sogar die Hand geben. Er war darüber so aufgeregt, daß er seine Mutter zu Hause anrief. Erich war sehr stolz auf ihn. An seinem Platz auf der Haupttribüne träumte Horst von 1944, wenn er alt und schnell genug sein würde, für Deutschland zu starten.

Der Krieg sollte alles ändern.

Im Jahr 1939 wurde er zur Wehrmacht eingezogen. Durch seine körperliche Fitneß und sein Einzelgängertum machte er die Fallschirmjäger auf sich aufmerksam. Er wurde umgehend auf eine Fallschirmjägerschule nach Stendal geschickt und absolvierte schon am ersten Tag des Polenfeldzugs seinen ersten Kampfabsprung. Frankreich, Kreta und Rußland folgten. Ende 1941 wurde er mit dem Ritterkreuz ausgezeichnet.

In Paris sollte seine Karriere als Fallschirmjäger ein Ende finden. Eines späten Abends betrat er eine kleine Bar, um einen Cognac zu trinken. Eine Gruppe von SS-Offizieren feierte im Nebenzimmer. Neumann hatte seinen Cognac halb ausgetrunken, da hörte er nebenan einen Schrei. Der Franzose hinter der Bar erstarrte, wagte es aber nicht nachzusehen. Neumann tat es für ihn. Er stieß die Tür zum Nebenzimmer auf. Eine junge Französin lag auf dem Tisch, SS-Männer hielten ihre Arme und Beine fest. Ein Major vergewaltigte sie, ein anderer schlug mit einem breiten Ledergürtel auf sie ein. Neumann stürzte sich auf den Major und versetzte ihm einen Schlag ins Gesicht. Der Mann knallte mit dem Kopf gegen die Tischkante. Er sollte nie wieder das Bewußtsein erlangen.

Die anderen SS-Männer schleppten Neumann in eine Seitenstraße, schlugen ihn brutal zusammen und ließen ihn liegen, weil sie ihn für tot hielten. Er verbrachte drei Monate in einem Berliner Krankenhaus. Seine Kopfverletzungen waren so schwer, daß er für springuntauglich erklärt wurde. Da er hervorragend Englisch sprach, wurde er auf einen Horchposten des Heeresnachrichtendienstes in Nordfrankreich versetzt, wo er seine Tage damit zubrachte, in einer engen Baracke vor einem Empfänger zu sitzen und den Funkverkehr jenseits des Ärmelkanals in England abzuhören. Eine stumpfsinnige Tätigkeit.

Dann kam der Mann von der Abwehr, Kurt Vogel. Er wirkte abgespannt und müde, und unter anderen Umständen hätte ihn Neumann möglicherweise für einen Künstler oder Intellektuellen gehalten. Er sagte, er suche fähige Männer, die bereit seien, als Spione nach Großbritannien zu gehen. Und er versprach ihm den doppelten Wehrmachtssold. Neumann war interessiert, nicht wegen des Geldes, sondern weil er sich zu Tode langweilte. Noch in derselben Nacht verließ er Frankreich und kehrte mit Vogel nach Berlin zurück.

Eine Woche bevor er nach Großbritannien kam hatte man ihn auf einen Bauernhof im Berliner Vorort Dahlem gebracht. Dort wurde er instruiert und auf seine Aufgabe vorbereitet. Die Vormittage verbrachte er in der Scheune, wo Vogel für ihn einen Sprungturm hatte aufstellen lassen, damit er üben konnte. Ein richtiger Sprung aus einem Flugzeug kam aus Sicherheitsgründen nicht in Frage. Außerdem frischte er seine Kenntnisse im Gebrauch von Handfeuerwaffen auf – mit eindrucksvollen Ergebnissen – und im lautlosen Töten. Die Nachmittage waren dem ABC des Spionagehandwerks gewidmet. Neumann wurde in die Regeln eingeweiht, die bei Agententreffs zu beachten waren, lernte das Anlegen und Leeren toter Briefkästen, Funktechniken, das Verschlüsseln und Entschlüsseln von Nachrichten. Zeitweise nahm Vogel die Schulung allein vor. Dann wieder brachte er seinen Adjutanten mit, Werner Ulbricht. Neumann nannte ihn schelmisch Watson, und Ulbricht ließ ihn ganz gegen seine sonstige Art gewähren. An den Spätnachmittagen, wenn sich langsam die Dämmerung über die malerische Winterlandschaft um den Bauernhof breitete, unternahm Neumann einen dreiviertelstündigen Dauerlauf. In den ersten drei Tagen durfte er noch allein laufen, doch ab dem vierten Tag, als Vogel begann, ihn mit Geheimnissen zu füttern, folgte ihm in einiger Entfernung ein Jeep.

Die Abende waren für Vogel reserviert. Nach einem gemeinsamen Essen in der Küche führte er Neumann ins Arbeitszimmer und instruierte ihn neben dem Ofen. Er benutzte nie Notizen, denn er hatte, wie Neumann bemerkte, ein ausgezeichnetes Gedächtnis. Vogel erzählte ihm von Sean Dogherty, der ihn in Empfang nehmen sollte. Er erzählte ihm von einer Agentin namens Catherine Blake. Und er erzählte ihm von dem amerikanischen Offizier Peter Jordan.

Jeden Abend ging Vogel das bereits Bekannte noch einmal durch, bevor er neue Einzelheiten hinzufügte. Trotz der zwanglosen Atmosphäre in der ländlichen Umgebung war er stets gleich gekleidet – schwarzer Anzug, gestärktes weißes Hemd, dunkle Krawatte. Seine Stimme klang unangenehm wie ein rostiges Scharnier, fesselte Neumann aber durch ihre Eindringlichkeit und Entschlossenheit. Am sechsten Abend ließ sich Vogel, angetan von den Fortschritten seines Schülers, zu einem kurzen Lächeln hinreißen, hielt sich aber aus Verlegenheit wegen seiner schlechten Zähne schnell die rechte Hand vor den Mund.

Betreten Sie den Hyde Park von Norden her, hatte ihm Vogel bei ihrem letzten Gespräch eingeschärft. Von der Bayswater Road aus. Und genau das tat Neumann jetzt. Folgen Sie dem Weg bis zu den Bäumen, die den See überragen. Gehen Sie beim ersten Mal am Treffpunkt vorüber und vergewissern Sie sich, daß die Luft rein ist. Nehmen Sie erst beim zweiten Mal Kontakt auf. Überlassen Sie ihr die Entscheidung, ob es weitergehen soll. Sie weiß besser, ob es zu gefährlich ist. Sie ist sehr gut.

Ein kleiner Mann erschien auf dem Fußweg. Er trug einen Wollmantel und einen Hut. Er ging eilig an ihr vorüber, ohne sie eines Blickes zu würdigen. Sie fragte sich, ob sie ihre Anziehungskraft auf Männer verloren habe.

Sie blieb unter den Bäumen stehen und wartete. Die Regeln für den Treff waren sehr präzise. Wenn die Kontaktperson nicht pünktlich zur Stelle war, ging man weg und kam am nächsten Tag wieder. Sie beschloß, noch eine Minute zu warten und dann zu gehen.

Sie vernahm Schritte. Es war derselbe Mann, der vorhin an ihr vorübergegangen war. Er prallte in der Dunkelheit beinahe gegen sie.

»Wie es scheint, habe ich mich ein wenig verlaufen. Können Sie mir sagen, wie ich von hier zur Park Lane komme?«

Catherine sah ihn sich genauer an. Er zeigte ein unverbindliches Lächeln, und seine Augen funkelten hellblau unter der Krempe seines Hutes.

Sie deutete nach Westen. »Da lang.«

»Vielen Dank.« Er ging ein paar Schritte, dann drehte er sich um.

»Wer darf hinaufziehn zum Berg des Herrn, wer darf stehn an seiner heiligen Stätte?«

»Der reine Hände hat und ein lauteres Herz, der nicht betrügt und keinen Meineid schwört.«

Er lächelte und sagte: »Catherine Blake, wenn mich nicht alles täuscht. Gehen wir doch irgendwohin, wo es wärmer ist, damit wir reden können.«

Catherine faßte in ihre Handtasche und zog eine Taschenlampe hervor.

»Haben Sie keine?« fragte sie.

»Leider nein.«

»Ein dummer Fehler. Solche Fehler können uns den Kopf kosten.«

15

London

Harry Dalton galt in seiner Zeit bei der Polizei von Groß-London als gewissenhafter, scharfsinniger und unerbittlicher Ermittler, der davon überzeugt war, daß kein Anhaltspunkt, und sei er auch noch so banal, außer acht gelassen werden durfte. Seine große Stunde schlug 1936. Zwei kleine Mädchen waren von einem Spielplatz im East End verschwunden, und Harry wurde dem Sonderkommando zugeteilt, das den Fall untersuchte. Nach drei Tagen, in denen Harry kein Auge zugetan hatte, verhaftete er einen Herumtreiber namens Spencer Thomas. Harry verhörte ihn persönlich. Bei Tagesanbruch führte er eine Suchmannschaft zu einem abgelegenen Gelände an der Themse, wo Thomas nach eigener Aussage die Leichen der beiden Mädchen versteckt hatte. In den folgenden Tagen entdeckte die Polizei auch die Leichen einer Prostituierten aus Gravesend, einer Kellnerin aus Bristol und einer Hausfrau aus Sheffield. Spencer Thomas wurde in eine geschlossene Anstalt für Geisteskranke eingewiesen. Und Harry war zum Kriminalinspektor befördert worden.

Nie zuvor in seiner beruflichen Laufbahn hatte Harry einen so frustrierenden Tag erlebt wie heute. Er fahndete nach einem deutschen Agenten, doch er hatte keinen einzigen Hinweis oder Anhaltspunkt. Alles, was er tun konnte, war, örtliche Polizeireviere anzurufen und nach ungewöhnlichen Vorkommnissen zu fragen, nach Straftaten, die ein soeben ins Land gekommener Spion begangen haben könnte. Dabei durfte er ihnen aber nicht sagen, daß er nach einem Spion fahndete, denn das hätte gegen die Sicherheitsvorschriften verstoßen.

Das Gespräch, das er mit einem Polizeibeamten in Evesham geführt hatte, war typisch:

»Wie, sagten Sie, war Ihr Name?«

»Harry Dalton.«

»Und woher rufen Sie an?«

»Aus dem Kriegsministerium in London.«

»Verstehe. Und was wünschen Sie von mir?«

»Ich möchte wissen, ob bei Ihnen Straftaten zur Anzeige gebracht wurden, die ein Flüchtiger begangen haben könnte.«

»Zum Beispiel?«

»Zum Beispiel ein Auto- oder Fahrraddiebstahl, Diebstahl von Benzin oder Lebensmittelkarten. Strengen Sie Ihre Phantasie an.«

»Verstehe.«

»Und?«

»Uns liegt eine Anzeige wegen eines Fahrraddiebstahls vor.«

»Wirklich? Wann wurde es gestohlen?«

»Heute morgen.«

»Das könnte etwas sein.«

»Fahrräder sind heutzutage sehr gefragt. Ich selbst hatte eine verrostete Karre im Schuppen. Ich habe sie herausgeholt, ein bißchen geputzt und für zehn Pfund an einen Unteroffizier der Yankees verkauft. Für zehn Pfund! Können Sie sich das vorstellen? Das Ding war keine zehn Schilling wert!«

»Interessant. Und was ist mit dem gestohlenen Rad?«

»Warten Sie eine Sekunde – wie, sagten Sie, war Ihr Name?«

»Harry.«

»Harry. Warten Sie ein Sekunde, Harry … George, gibt es was Neues über das verschwundene Fahrrad in der Sheep Street? Ja, das … Was soll das heißen, er hat es gefunden? Wo zum Teufel war es denn? Mitten auf der Weide? Wie zum Teufel ist es dorthin gekommen? Er selbst! Herrgott noch mal! Sind Sie noch dran, Harry?«

»Ja, ich bin noch dran.«

»Tut mir leid, blinder Alarm.«

»Schon in Ordnung. Danke, daß Sie der Sache nachgegangen sind.«

»Keine Ursache.«

»Wenn Sie irgend etwas hören sollten …«

»Erfahren Sie es als erster, Harry.«

»Wiederhören.«

Am Spätnachmittag hatte er ein halbes Dutzend Anrufe von Dorfpolizisten erhalten, einer bizarrer als der andere. Ein Beamter aus Bridgewater berichtete über eine zerbrochene Fensterscheibe.

»Das könnte was sein«, sagte Harry. »Sieht es nach Einbruch aus?

»Eigentlich nicht.«

»Warum nicht?«

»Weil es sich um das Buntglasfenster in der Kirche handelt.«

»Gut. Halten Sie weiter die Augen offen.«

Die Polizei in Skegness berichtete, daß jemand versucht habe, nach der Polizeistunde in einen Pub zu gehen.

»Könnte was sein«, sagte Harry. »Der Mann, den ich suche, ist möglicherweise nicht mit den englischen Schankbestimmungen vertraut.«

»Dann werde ich der Sache nachgehen.«

»Gut, halten Sie mich auf dem laufenden.«

Zwanzig Minuten später rief er wieder an.

»Es war nur eine Frau aus dem Ort, die ihren Mann gesucht hat. Völlig betrunken, fürchte ich.«

»Verflucht.«

»Tut mir leid, Harry, ich wollte Ihnen keine falschen Hoffnungen machen.«

»Das haben Sie aber. Trotzdem danke, daß Sie die Sache überprüft haben.«

Harry blickte auf seine Uhr – vier Uhr, Schichtwechsel in der Registratur.

Grace trat jetzt ihren Dienst an. Vielleicht, dachte er, kann ich ja doch noch etwas aus dem Tag machen. Er fuhr mit dem Lift hinunter in die Registratur und traf sie dabei an, wie sie gerade einen von Akten überquellenden Metallkarren vor sich herschob. Ihr Lippenstift, ein billiges Kriegsprodukt, war blutrot und erweckte den Eindruck, als habe sie sich für einen Mann aufgedonnert. Sie trug einen grauen Wollpullover und einen schwarzen, etwas zu kurzen Rock. Die dicken Strümpfe konnten der Form ihrer langen, sportlichen Beine nichts anhaben.

Grace nahm in der Registratur eine Ausnahmestellung ein. Vernon Kell, der Gründer des Dienstes, war der Überzeugung gewesen, daß nur Mitglieder des Adels oder Angehörige von MI5-Offizieren mit einer so sensiblen Arbeit betraut werden durften. Die Folge war, daß das Personal der Registratur meist aus recht hübschen Debütantinnen bestand. Grace hingegen kam aus der Mittelschicht und war die Tochter eines Lehrers. Sie lächelte, als sie Harry erblickte. Dann bedeutete sie ihm mit einem kurzen Seitenblick ihrer hellgrünen Augen, daß er in einem kleinen Nebenraum auf sie warten solle. Sie kam Sekunden später nach, schloß die Tür und küßte ihn auf die Wange.

»Hallo, Harry. Wie geht's?«

»Gut, Grace. Schön, dich zu sehen.«

Es hatte 1940 während eines nächtlichen Luftangriffs angefangen. Sie waren zusammen in die U-Bahn geflüchtet, und am Morgen, als Entwarnung gegeben wurde, nahm sie ihn mit in ihre Wohnung und in ihr Bett. Sie war auf eine unkonventionelle Art attraktiv und eine leidenschaftliche, hemmungslose Liebhaberin – eine angenehme und willkommene Abwechslung vom Streß im Büro. Grace wiederum sah in Harry einen netten, sympathischen Kerl, der ihr half, sich die Zeit zu vertreiben, bis ihr Mann aus dem Krieg zurückkam.

Sie hätten den ganzen Krieg so weitermachen können. Doch nach drei Monaten wurde Harry plötzlich von Schuldgefühlen überwältigt. *Das arme Schwein kämpft in Nordafrika um sein Leben, und ich schlafe hier in London mit seiner Frau.* Er stürzte in eine tiefe Krise. Er war ein junger Mann. Vielleicht sollte er besser in der Armee dienen und sein Leben aufs Spiel setzen, anstatt in Großbritannien relativ harmlose Spione zu jagen. Er redete sich ein, daß die Arbeit beim MI5 für den Erfolg im Krieg unerläßlich, ja, unverzichtbar sei, doch die nagenden Zweifel blieben. Wie würde er sich auf dem Schlachtfeld verhalten? Würde er das Gewehr in die Hand nehmen und kämpfen? Oder würde er sich im Schützengraben verkriechen? Er sprach mit Grace am nächsten Abend über seine Gefühle und beendete die Affäre. Sie liebten sich ein letztes Mal, und ihre Küsse schmeckten salzig nach Tränen. Scheißkrieg, hatte sie damals immer wieder gesagt, dieser verfluchte, beschissene Krieg.

»Du mußt mir einen Gefallen tun, Grace«, sagte Harry nun mit leiser Stimme.

»Hör zu, Harry. Du rufst nicht an, du schreibst nicht, du bringst mir keine Blumen. Und dann platzt du hier herein und willst, daß ich dir einen Gefallen erweise.« Sie lächelte und küßte ihn noch einmal. »In Ordnung. Was soll ich für dich tun?«

»Ich möchte wissen, wer eine bestimmte Akte eingesehen hat.«

Ihr Gesicht verfinsterte sich. »Komm, Harry, du weißt, daß ich dir die Liste nicht zeigen kann.«

»Die Akte über einen Mann von der Abwehr namens Vogel – Kurt Vogel.«

Ein wissender Ausdruck huschte über ihr Gesicht und verschwand dann wieder.

»Grace, ich brauche dir nicht zu sagen, daß wir an einem sehr wichtigen Fall arbeiten.«

»Ich weiß, daß ihr an einem wichtigen Fall arbeitet. Das ganze Haus spricht darüber.«

»Als Vicary runterkam, um Vogels Akte zu holen, war sie weg. Er ging zu Jago, und zwei Minuten später hatte er das Ding in der Hand. Jago hat ihm eine Lügengeschichte aufgetischt, von wegen, sie sei verlegt worden.«

Sie wühlte ärgerlich in den Akten auf ihrem Karren, nahm eine Handvoll heraus und stellte jede an ihren Platz im Regal.

»Ich weiß alles darüber.«

»Woher?«

»Weil er es *mir* in die Schuhe geschoben hat. Er hat mir einen schriftlichen Verweis erteilt und meiner Personalakte beigefügt, der Scheißkerl.«

»Wer?«

»Jago!« zischte sie.

»Warum?«

»Um sich abzusichern, deshalb.«

Wieder wühlte sie in den Akten. Harry streckte den Arm aus und faßte sie bei den Händen. »Grace, ich muß die Liste sehen.«

»Aus der Liste wirst du nichts erfahren, Harry. Die Person, die die Akte vor Vicary hatte, hinterläßt keine Spur.«

»Grace, bitte. Ich flehe dich an.«

»Ich mag es, wenn du mich um etwas bittest, Harry.«

»Ja, ich erinnere mich.«

»Warum kommst du nicht mal abends zum Essen, Harry.«

Sie strich mit der Fingerspitze über Harrys Handrücken. Sie war schwarz vom Aktensortieren. »Du fehlst mir. Wir plaudern, lachen ein bißchen, mehr nicht.«

»Ich würde gern, Grace.« Das war die Wahrheit. Er vermißte sie sehr.

»Wenn du irgend jemandem sagst, woher du es weißt, dann gnade mir Gott …«

»Es bleibt unter uns.«

»Nicht einmal Vicary darf es erfahren«, beharrte sie.

Harry legte die Hand auf sein Herz. »Nicht einmal Vicary.«

Grace raffte wieder eine Handvoll Akten zusammen, dann sah sie ihn an. Mit ihren blutroten Lippen formte sie die Initialen *BB*.

»Wie ist das möglich, daß Sie keinen einzigen Anhaltspunkt haben?« fragte Basil Boothby, als Vicary auf das weiche Polstersofa sank. Sir Basil wollte jeden Abend über den Fortgang der Ermittlungen informiert werden, und Vicary, der wußte, daß er normalerweise alles schriftlich haben wollte, hatte vorgeschlagen, ihm einen genauen Bericht zu schicken. Doch Boothby hatte auf ein persönliches Gespräch bestanden.

Heute abend hatte Boothby offensichtlich noch einen Termin. Jedenfalls hatte er bei Vicarys Erscheinen etwas von »den Amerikanern« gemurmelt, um zu erklären, warum er gerade seinen Abendanzug anlegte. Und jetzt versuchte er vergeblich, mit seiner dicken Pranke einen Manschettenknopf durch die gestärkte Manschette seines Hemdes zu befördern, eine lästige Angelegenheit, die ihm zu Hause ein Diener abnahm. Er unterbrach Vicary in seinem Bericht und rief seine hübsche Sekretärin herein, um sich helfen zu lassen.

Das ließ Vicary einen Moment Zeit, die Neuigkeit zu verarbeiten, die ihm Harry mitgeteilt hatte. Es war Sir Basil, der Vogels Akte eingesehen hatte. Er versuchte, sich ihr erstes Gespräch ins Gedächtnis zu rufen. Wie hatte Boothby noch gesagt? *Die Registratur dürfte etwas über ihn haben.*

Boothbys Sekretärin schlüpfte leise hinaus, und Vicary fuhr in seinem Bericht fort. Er ließ jeden Londoner Bahnhof von den sogenannten Watchers überwachen, die auf Observationen spezialisiert waren. Aber viel konnten diese Männer nicht tun, denn sie hatten keine Beschreibung von den Agenten, nach denen sie Ausschau halten sollten. Harry Dalton hatte eine Liste aller Plätze zusammengestellt, die deutsche Agenten in der Vergangenheit als Treffpunkte benutzt hatten. Vicary ließ so viele wie möglich beobachten.

»Ich würde Ihnen ja mehr Männer geben, aber wir haben keine«, sagte Boothby. »Die Watchers schieben ohnehin doppelte und dreifache Schichten. Ihr Chef beklagt sich schon bei mir, daß Sie seine Leute fertigmachen. Die Kälte bringt sie um. Die Hälfte liegt bereits mit einer Erkältung im Bett.«

»Ich fühle mit den Watchers, Sir Basil. Ich setze sie so umsichtig wie möglich ein.«

Boothby zündete sich eine Zigarette an und ging, an einem Gin mit Bitterlikör nippend, im Zimmer auf und ab. »Da draußen rennen drei deutsche Agenten frei herum. Ich brauche Ihnen nicht zu sagen, wie ernst die Lage ist. Wenn einer dieser Agenten versucht, Kontakt zu einem unserer Doppelagenten aufzunehmen, sitzen wir ganz schön in der Tinte. Der gesamte Double-Cross-Apparat ist in Gefahr.«

»Ich glaube nicht, daß sie versuchen, zu anderen Agenten Kontakt aufzunehmen.«

»Und warum nicht?«

»Weil Vogel sein eigenes Programm durchzieht. Meines Erachtens haben wir es hier mit einem separaten Agentennetz zu tun, von dem wir nie erfahren haben.«

»Das ist nur eine Vermutung, Alfred. Wir müssen uns an die Fakten halten.«

»Haben Sie schon Vogels Akte gelesen?« fragte Vicary so unbekümmert wie möglich.

»Nein.«

Du Lügner, dachte Vicary.

»So wie sich die Affäre anläßt, hat Vogel ein Netz von Schläfern in Großbritannien, Agenten, die er schon vor Beginn des Krieges eingeschleust hat. Wenn ich raten müßte, würde ich sagen: Der Führungsagent operiert in London, der andere irgendwo draußen auf dem Land, wo er kurzfristig einen Agenten aufnehmen kann. Der Agent, der letzte Nacht angekommen ist, hat mit ziemlicher Sicherheit die Aufgabe, den Führungsagenten über seinen Auftrag zu unterrichten. Nach allem, was wir wissen, treffen sie sich jetzt, während wir hier miteinander sprechen. Und wir verlieren immer mehr Zeit.«

»Interessant, Alfred, aber das alles beruht nur auf Vermutungen.«

»Auf wohlbegründeten Vermutungen, Sir Basil. Aber solange uns klare, beweiskräftige Fakten fehlen, sind wir leider auf Vermutungen angewiesen.« Vicary zögerte, denn er ahnte, wie die Reaktion auf seinen nächsten Vorschlag ausfallen würde. »In der Zwischenzeit sollten wir uns einen Termin bei General Betts geben lassen, um ihn über die jüngste Entwicklung zu informieren.«

Boothbys Gesicht verzog sich zu einer ärgerlichen Fratze. Brigadegeneral Thomas Betts war der stellvertretende Sicherheitschef im SHAEF. Betts, ein Kerl wie ein Bär, hatte die wenig beneidenswerte Aufgabe, dafür zu sorgen, daß von den mehreren hundert amerikanischen und britischen Offizieren, die das Geheimnis von Overlord kannten, keiner sein Wissen absichtlich oder unabsichtlich an den Feind weitergab.

»Das wäre voreilig, Alfred.«

»Voreilig, Sir Basil? Sie haben doch selbst gesagt, daß da draußen drei deutsche Spione frei herumlaufen.«

»Ich muß gleich den Flur runter und dem Generaldirektor Bericht erstatten. Wenn ich ihm vorschlage, daß wir den Amerikanern unsere Fehlschläge beichten, zerreißt er mich in der Luft.«

»Ich bin überzeugt, daß der Generaldirektor nicht allzu hart mit Ihnen umspringen wird.« Vicary wußte, daß Boothby den Generaldirektor von seiner Unentbehrlichkeit überzeugt hatte. »Im übrigen ist es kein Fehlschlag.«

Boothby hörte auf herumzugehen. »Wie würden Sie es dann nennen?«

»Einen vorübergehenden Rückschlag.«

Boothby schnaubte und drückte seine Zigarette aus.

»Ich werde nicht zulassen, daß Sie dem Ruf des Departments schaden, Alfred. Niemals.«

»Vielleicht sollten Sie noch an etwas anderes denken als nur an den Ruf dieses Departments, Sir Basil.«

»Und das wäre?«

Vicary stemmte sich aus dem niedrigen, weichen Sofa hoch. »Wenn die Spione Erfolg haben, haben wir die besten Aussichten, den Krieg zu verlieren.«

»Na, dann tun Sie etwas, Alfred.«

»Ich danke Ihnen, Sir Basil. Der Rat klingt vernünftig.«

16

London

Sie nahmen ein Taxi vom Hyde Park nach Earl's Court. Sie bezahlten den Fahrer ein paar hundert Meter von ihrer Wohnung entfernt und gingen zu Fuß weiter. Auf dem kurzen Weg machten sie zweimal kehrt, und Catherine ging in eine Telefonzelle und tat so, als tätige sie einen Anruf. Sie wurden nicht beschattet. Mrs. Hodges, ihre Vermieterin, stand im Treppenhaus, als sie ankamen. Catherine hakte sich bei Neumann unter. Mrs. Hodges warf ihr einen mißbilligenden Blick zu, als sie nach oben gingen.

Catherine nahm ihn nur ungern mit in ihre Wohnung. Sie hatte ihren Aufenthaltsort bislang geheimgehalten und nicht einmal Berlin ihre Adresse mitgeteilt. Das hätte ihr gerade noch gefehlt, daß irgendein Agent, der vor dem MI5 auf der Flucht war, mitten in der Nacht an ihre Tür klopfte. Aber ein Treffen in der Öffentlichkeit kam nicht in Frage. Sie hatten viel zu besprechen, und in einem Café oder auf einem Bahnhof war das zu gefährlich.

Sie beobachtete Neumann, während er einen Rundgang durch ihre Wohnung machte. Sie merkte an seinem zielstrebigen Gang und seinen sparsamen Gesten, daß er früher Soldat gewesen war. Sein Englisch war tadellos. Offensichtlich hatte Vogel ihn sorgfältig ausgewählt und keinen blutigen Anfänger geschickt, um sie zu instruieren. Jetzt trat er an das Fenster im Wohnzimmer, schob den Vorhang auseinander und spähte auf die Straße hinunter.

»Sie würden sie nicht entdecken, selbst wenn sie da wären«, sagte Catherine, während sie sich setzte.

»Ich weiß, aber es beruhigt mich.« Er löste sich vom Fenster. »Es war ein langer Tag. Eine Tasse Tee würde mir guttun.«

»In der Küche finden Sie alles, was Sie brauchen. Bedienen Sie sich.«

Neumann setzte Teewasser auf und kehrte ins Wohnzimmer zurück.

»Wie heißen Sie?« fragte sie. »Ich meine, richtig.«

»Horst Neumann.«

»Sie sind Soldat. Zumindest waren Sie einer. Welchen Rang bekleiden Sie?«

»Ich bin Leutnant.«

Sie lächelte. »Dann stehe ich im Rang höher als Sie.«

»Ich weiß. Sie sind Major.«

»Wie lautet Ihr Deckname?«

»James Porter.«

»Zeigen Sie mir Ihren Paß.«

Er reichte ihn ihr. Sie prüfte ihn sorgfältig. Der Paß war eine ausgezeichnete Fälschung. Sie gab ihn zurück. »Er ist gut«, sagte sie. »Aber zeigen Sie ihn nur, wenn es unbedingt nötig ist. Und Ihre Legende?«

»Ich wurde bei Dünkirchen verwundet und wegen Dienstuntauglichkeit aus der Armee entlassen. Jetzt bin ich Arzneimittelvertreter.«

»Wo wohnen Sie?«

»An der Küste von Norfolk, in dem Dorf Hampton Sands. Vogel hat dort einen Agenten namens Sean Dogherty. Ein IRA-Sympathisant, der eine kleine Farm betreibt.«

»Wie sind Sie ins Land gekommen?«

»Mit dem Fallschirm.«

»Ich bin beeindruckt«, sagte sie aufrichtig. »Und Dogherty hat Sie aufgenommen? Hat er Sie erwartet?«

»Ja.«

»Hat ihn Vogel über Funk verständigt?«

»Ich vermute, ja.«

»Das bedeutet, daß der MI5 nach Ihnen fahndet.«

»Ich glaube, ich habe in der Liverpool Street zwei von ihren Leuten gesehen.«

»Das könnte durchaus sein. Bestimmt überwachen sie die Bahnhöfe.« Sie zündete sich eine Zigarette an. »Ihr Englisch ist ausgezeichnet. Wo haben Sie es gelernt?«

Während er ihr seine Lebensgeschichte erzählte, sah sie ihn sich zum ersten Mal genauer an. Er war klein und drahtig, hatte dunkles Haar und leuchtend blaue Augen. Und er war offensichtlich intelligent – keiner von diesen Dummköpfen, die sie an der Spionageschule der Abwehr in Berlin gesehen hatte. Sie bezweifelte, daß er als Agent schon hinter den feindlichen Linien operiert hatte, aber er zeigte keine flatternden Nerven. Sie hatte noch ein paar Fragen, bevor sie hören wollte, was er ihr zu sagen hatte.

»Wie sind Sie zu diesem Metier gekommen?«

Neumann erzählte ihr die Geschichte: daß er Fallschirmjäger gewesen war und daß er auf zahlreichen Kriegsschauplätzen gekämpft hatte. Er erzählte ihr von Paris, von seiner Versetzung zu einer Lauscheinheit der Funkabwehr in Frankreich. Und schließlich von seiner Anwerbung durch Kurt Vogel.

»Unser Kurt findet immer eine Arbeit für die Nimmermüden«, sagte Catherine, als er fertig war. »Und was hat Vogel mit *mir* vor?«

»Sie sollen nur einen Auftrag erfüllen. Dann geht es zurück nach Deutschland.«

Der Wasserkessel pfiff. Neumann ging in die Küche und brühte den Tee auf. *Einen Auftrag. Dann zurück nach Deutschland.* Und ein tüchtiger ehemaliger Fallschirmjäger sollte ihr auf der Flucht helfen. Sie war beeindruckt. Sie hatte immer das Schlimmste befürchtet: daß man sie nach dem Ende des Krieges in Großbritannien hängenlassen und zwingen würde, sich selbst durchzuschlagen. Die Briten und Amerikaner würden nach ihrem unvermeidlichen Sieg in den Akten der Abwehr stöbern. Sie würden ihren Namen finden, feststellen, daß sie niemals verhaftet worden war, und nach ihr fahnden. Das war der andere Grund, warum sie Vogel so viele Informationen vorenthalten hatte – sie wollte in Berlin keine Fährte legen, die der Feind aufnehmen konnte. Aber Vogel wollte sie offensichtlich nach Deutschland zurückholen und hatte dafür auch die notwendigen Maßnahmen getroffen.

Neumann kam mit einer Teekanne und zwei Bechern ins Zimmer zurück. Er stellte das Geschirr auf den Tisch und setzte sich wieder.

»Welchen Auftrag haben Sie, außer mich zu instruieren?« fragte Catherine.

»Sie in jeder Form zu unterstützen. Ich bin Ihr Kurier, Ihr Helfer, Ihr Funker. Vogel will nicht, daß Sie weiter auf Empfang bleiben. Er hält es für zu riskant. Sie sollen Ihr Funkgerät nur benutzen, wenn Sie mich brauchen. Sie benachrichtigen Vogel mit einem vorher vereinbarten Code, und er kontaktiert mich.«

Sie nickte, dann sagte sie: »Und wenn alles vorbei ist? Wie sollen wir aus Großbritannien herauskommen? Und bitte erzählen Sie mir jetzt keine Räuberpistole von wegen, daß wir ein Boot stehlen und nach Frankreich schippern. Denn das ist unmöglich.«

»Natürlich nicht. Vogel hat für Sie eine Überfahrt erster Klasse auf einem U-Boot reserviert.«

»Auf welchem U-Boot?«

»U-509.«

»Wo?«

»Nordsee.«

»Die ist groß. Wo genau?«

»Spurn Head, an der Küste von Lincolnshire.«

»Ich lebe seit fünf Jahren hier, Leutnant Neumann. Ich weiß, wo Spurn Head liegt. Wie sollen wir an Bord des U-Boots kommen?«

»Vogel sorgt dafür, daß an einem Dock am Humber ein Boot auf uns wartet. Zu gegebener Zeit müssen wir den Kapitän verständigen, dann bringt er uns zu dem U-Boot hinaus.«

So, dachte sie, Vogel hat also einen Fluchtplan in der Schublade, von dem er mir nie erzählt hat.

Catherine nippte an ihrem Tee und musterte Neumann über den Rand des Bechers hinweg. Es bestand die entfernte Möglichkeit, daß er ein MI5-Mann war, der sich für einen deutschen Agenten ausgab. Sie konnte ein paar alberne Spielchen mit ihm treiben - etwa sein Deutsch testen oder ihn nach einem bekannten kleinen Café in Berlin fragen –, aber wenn er wirklich vom MI5 war, würde er nicht in eine so offenkundige Falle tappen. Er kannte den Fachjargon, er wußte eine Menge über Vogel, und seine Geschichte klang glaubwürdig. Sie beschloß, die Sache laufen zu lassen. Neumann wollte gerade weitersprechen, da heulten die Sirenen.

»Müssen wir den Fliegeralarm ernst nehmen?«

»Haben Sie das Haus hinter diesem hier gesehen?«

Neumann hatte es gesehen. Es war nur noch ein Schutthaufen.

»Wo ist der nächste Schutzraum?«

»Gleich um die Ecke.« Sie lächelte ihn an. »Willkommen in London.«

Es war am frühen Abend des folgenden Tages, als Neumanns Zug im Bahnhof von Hunstanton einlief. Sean Dogherty stand nervös auf dem Bahnsteig und rauchte, als Neumann aus dem Zug kletterte.

»Wie ist es gelaufen?« fragte Dogherty, als sie zu seinem Laster gingen.

»Alles glattgegangen.«

Dogherty fuhr beängstigend schnell auf der unübersichtlichen, einspurigen Straße. Der Laster war eine Klapperkiste, die, nach dem Motorgeräusch zu urteilen, dringend einer Überholung bedurfte. Die Scheinwerfer waren verhüllt, und der spärliche gelbe Lichtstrahl vermochte die Fahrbahn nicht zu erhellen. Neumann hatte das Gefühl, mit einem Streichholz in der Hand durch ein unbeleuchtetes fremdes Haus zu gehen. Sie fuhren durch verdunkelte Dörfer – Holme, Thornham, Titchwell. Nirgendwo brannte Licht, an Geschäften und Häusern waren die Fensterläden geschlossen, kein Anzeichen von Leben. Dogherty erzählte von seinem Tag, aber Neumann hörte nicht hin und dachte an die vergangene Nacht.

Sie waren wie alle anderen in die U-Bahnstation gerannt und hatten auf dem naßkalten Bahnsteig drei Stunden lang auf Entwarnung gewartet. Sie schlief sogar eine Zeitlang und lehnte ihren Kopf an seine Schulter. Er fragte sich, ob dies das erste Mal seit Jahren war, daß sie sich sicher fühlte. Er betrachtete sie in der Dunkelheit. Sie war eine bemerkenswert schöne Frau, aber sie strahlte auch eine vage Traurigkeit aus, wie von einer tiefen Kränkung, die ihr ein liebloser Erwachsener in der Kindheit zugefügt hatte. Sie zuckte im Schlaf, offenbar von Träumen geplagt. Er berührte ihre üppigen braunen Locken, die ausgebreitet auf seiner Schulter lagen. Dann, als endlich Entwarnung gegeben wurde, erwachte sie wie alle Soldaten in Feindesland: Sie fuhr empor, riß die Augen weit auf und griff nach der nächstbesten Waffe. In ihrem Fall war es die Handtasche, die, wie er vermutete, eine Pistole oder ein Messer enthielt.

Sie hatten bis zum Morgengrauen geredet. Das heißt, *er* hatte geredet, und sie hatte zugehört. Sie sprach nur, um ihn zu korrigieren, wenn er einen Fehler machte oder etwas sagte, das einer Äußerung widersprach, die er Stunden zuvor getan hatte. Sie verfügte offensichtlich über ein glänzendes Gedächtnis und konnte eine riesige Informationsmenge speichern. Kein Wunder, daß Vogel so große Stücke auf sie hielt.

Ein grauer Morgen zog über London herauf, als Neumann aus

ihrer Wohnung schlüpfte und wie ein Ehemann, der eben von der Geliebten kommt, davonschlich, verstohlene Blicke um sich werfend und auf den Gesichtern der Passanten nach Spuren von Argwohn suchend. Drei Stunden lang streifte er bei kaltem Nieselregen kreuz und quer durch London, änderte mehrmals abrupt die Richtung, nahm den Bus, stieg wieder aus und achtete auf Spiegelbilder in Schaufensterscheiben. Als er überzeugt war, daß er nicht verfolgt wurde, schlug er den Weg zum Bahnhof in der Liverpool Street ein.

Im Zug bettete er den Kopf in seine Hände und versuchte zu schlafen. Lassen Sie sich nicht von ihr bezirzen, hatte ihn Vogel am letzten Tag auf dem Bauernhof augenzwinkernd gewarnt. Wahren Sie einen sicheren Abstand. Sie hat ihre dunklen Seiten, vor denen Sie sich hüten sollten.

Neumann vergegenwärtigte sich noch einmal, wie sie in ihrer Wohnung gesessen und im fahlen Licht zugehört hatte, als er ihr von Peter Jordan erzählte und mitteilte, was von ihr erwartet wurde. Am meisten irritierte ihn ihre Schweigsamkeit, ihre Art, die Hände gefaltet in den Schoß zu legen und niemals, wie ihm schien, den Kopf und die Schultern zu bewegen. Nur ihr Blick wanderte durch den Raum, strich über sein Gesicht, glitt an seinem Körper hinauf und hinunter. Für einen Moment hatte er sich in der Vorstellung gefallen, daß sie ihn begehrte. Doch jetzt, als Hampton Sands im Dunst hinter ihnen verschwand und Doghertys Cottage in Sicht kam, gelangte er zu einer beunruhigenden Erkenntnis. Catherine hatte ihn nicht deshalb so angesehen, weil sie ihn attraktiv fand – sie hatte zu ergründen versucht, wie sie ihn, wenn nötig, am besten töten konnte.

Neumann hatte ihr am Morgen, als er ging, den Brief gegeben. Sie hatte ihn beiseite gelegt, zu erschrocken, um ihn gleich zu lesen. Jetzt öffnete sie ihn mit zitternden Händen und las ihn, während sie im Bett lag.

Meine liebste Anna,

mit Erleichterung habe ich erfahren, daß Du wohlauf und in Sicherheit bist. Seit Du mich verlassen hast, ist alles Licht in meinem Leben erloschen, und jetzt bin ich an einem sehr finsteren Ort. Ich bete dafür, daß dieser Krieg bald vorüber ist

und daß wir bald wieder zusammensein können. Gute Nacht und träume was Schönes, mein Kleines.
Dein Dich liebender Vater.

Als sie den Brief gelesen hatte, trug sie ihn in die Küche, hielt ihn über die Gasflamme und warf ihn ins Spülbecken. Er loderte kurz auf, dann erstarben die Flammen. Sie drehte den Wasserhahn auf und spülte die schwarze Asche fort. Sie argwöhnte, daß es sich um eine Fälschung handelte – daß Vogel ihn geschrieben hatte, um sie bei der Stange zu halten. Sie kehrte ins Bett zurück, lag im sanften Grau des Morgens wach und lauschte dem Regen, der gegen das Fenster trommelte. Sie dachte an Vogel, dachte an ihren Vater.

17

Gloucestershire, England

»Gratuliere, Alfred. Treten Sie ein. Ich bedauere, daß es so geschehen mußte, aber Sie sind jetzt ein ziemlich wohlhabender Mann.«

Edward Kenton streckte ihm mit einer abrupten Bewegung die Hand entgegen, als wolle er Vicary aufspießen. Vicary ergriff die Hand und schüttelte sie schwach, bevor er an Kenton vorbei ins Cottage seiner Tante huschte und das Wohnzimmer betrat. »Verdammt kalt draußen«, sagte Kenton, während Vicary sich im Raum umsah. Er war seit Kriegsbeginn nicht mehr hier gewesen, aber es hatte sich nichts verändert. »Ich habe eingeheizt. Ich hoffe, es macht Ihnen nichts aus, aber das Haus war der reinste Eiskeller, als ich ankam. Ich habe auch Tee gemacht. Beim Krämer im Dorf gab es heute morgen richtige Milch – ein seltener Genuß. Bin gleich wieder da.«

Vicary zog den Mantel aus, während Kenton in der Küche verschwand. Genaugenommen war es gar kein Cottage, Tante Matilda hatte nur darauf bestanden, es so zu nennen. Es war ein ziemlich großes Haus mit einem herrlichen Garten, umgeben von einer hohen Mauer. Matilda war in derselben Nacht, als Boothby ihm den Fall übertragen hatte, an einem Herzschlag gestorben. Vicary hatte zu ihrer Beerdigung gehen wollen, war jedoch am selben Morgen zu Churchill gerufen worden, um über die deutschen Funksprüche zu berichten, die Bletchley Park gerade entschlüsselt hatte. Er bedauerte es zutiefst, daß er ihr Begräbnis versäumt hatte. Seine Mutter war gestorben, als er erst zwölf war, und Matilda hatte ihn praktisch großgezogen. Sie waren immer sehr gute Freunde geblieben, und sie war auch der einzige Mensch, dem er von seiner Arbeit beim MI5 erzählt hatte. *Was genau tust du eigentlich, Alfred?* Ich fange deutsche Spione, Tante Matilda. *Oh, wie schön für dich, Alfred!*

Glastüren führten in den Garten hinaus, der jetzt, im Winter, kahl und trist war. Manchmal fange ich Spione, Tante Matilda, dachte er. Manchmal machen sie das Rennen.

Am Morgen hatte Bletchley Park eine weitere entschlüsselte Meldung von einem Agenten in Großbritannien geschickt. Danach war der Treff erfolgreich verlaufen, und der Agent hatte den Auftag übernommen. Vicary beurteilte seine Chancen, die Spione zu schnappen, zunehmend skeptischer. Am späten Vormittag hatte sich die Situation noch verschlimmert. Zwei Männer waren zum Verhör vorgeführt worden, die man bei einem Treffen am Leicester Square beobachtet hatte. Wie sich herausstellte, war der ältere der beiden ein hoher Beamter aus dem Innenministerium, der jüngere sein Liebhaber. Boothby hatte einen Tobsuchtsanfall bekommen.

»Wie war die Fahrt?« rief Kenton laut aus der Küche, das Geklapper von Geschirr und das Rauschen des Wasserhahns übertönend.

»Schön«, antwortete Vicary. Sir Basil hatte ihm widerwillig gestattet, einen Humber und eine Fahrerin des Verkehrsministeriums zu nehmen.

»Ich kann mich nicht erinnern, wann ich das letzte Mal eine Spritztour über Land gemacht habe«, sagte Kenton. »Aber ich vermute, daß Fahrzeuge und Benzin zu den Vergünstigungen in Ihrem neuen Beruf gehören.«

Kenton kehrte mit einem Teetablett zurück. Er war groß, so groß wie Boothby, hatte aber nicht dessen kräftige Statur und Behendigkeit. Er trug eine Brille mit runden Gläsern, die zu klein für sein Gesicht war, und einen dünnen Schnurrbart, der aussah, als sei er mit einem Augenbrauenstift aufgemalt. Er stellte das Tablett vor der Couch auf den Tisch, goß Milch in die Tassen, als handele es sich um flüssiges Gold, und fügte dann den Tee hinzu.

»Meine Güte, Alfred, wie lang ist das jetzt her?«

Fünfundzwanzig Jahre, dachte Vicary. Edward Kenton war mit Helen befreundet gewesen. Sie waren ein paarmal zusammen ausgegangen, nachdem Helen mit ihm Schluß gemacht hatte. Und wie es der Zufall wollte, war er vor zehn Jahren Matildas Anwalt geworden. Vicary hatte in den letzten Jahren, als die betagte Matilda nicht mehr allein zurechtkam, mehrmals mit ihm telefoniert, doch heute standen sie sich zum ersten Mal wieder persönlich gegenüber. Vicary wünschte, er könnte die Angelegenheiten seiner verstorbenen Tante regeln, ohne daß Helen wie ein Gespenst über ihnen schwebte.

»Wie ich höre, arbeiten Sie jetzt im Kriegsministerium?« fragte Kenton.

»Das stimmt«, antwortete Vicary und schluckte den halben Inhalt seiner Tasse. Der Tee war köstlich, kein Vergleich mit der Brühe, die in der Kantine serviert wurde.

»Was genau tun Sie dort?«

»Oh, mal dies, mal das. Ich arbeite in einer sehr langweiligen Abteilung.« Vicary setzte sich. »Verzeihen Sie, Edward, ich will nicht drängen, aber ich muß schleunigst nach London zurück.«

Kenton nahm Vicary gegenüber Platz und fischte einen Stapel Papiere aus seiner schwarzen Aktentasche. Er leckte sich den dünnen Zeigefinger und blätterte bis zu der Seite, die er suchte. »Ah, da haben wir es ja. Ich habe das Testament selbst vor fünf Jahren aufgesetzt. Einen Teil des Geldes und andere Besitztümer vermacht sie Ihren Cousins, aber den Hauptteil ihres Vermögens hinterläßt sie Ihnen, Alfred.«

»Ich hatte ja keine Ahnung.«

»Sie vermacht Ihnen das Haus und eine hübsche Stange Geld. Sie war eine sehr sparsame Frau. Sie hat ihr Geld mit Bedacht ausgegeben und sehr klug angelegt.« Kenton drehte das Papier herum, so daß Vicary es lesen konnte. »Das bekommen Sie.«

Vicary war verblüfft. Er hatte wirklich keine Ahnung gehabt. Jetzt erschien es ihm noch verwerflicher, daß er wegen zwei deutscher Spione nicht bei ihrer Beerdigung gewesen war. Kenton mußte seine Gedanken erraten haben, denn er sagte: »Ein Jammer, daß Sie nicht zur Beerdigung kommen konnten, Alfred. Es war wirklich eine schöne Feier. Die halbe Grafschaft war da.«

»Ich wollte, aber es kam etwas dazwischen.«

»Ich habe hier ein paar Papiere, die Sie unterzeichnen müssen, um das Haus und das Geld in Besitz zu nehmen. Wenn Sie mir Ihre Kontonummer in London geben, kann ich das Geld überweisen und die Konten Ihrer Tante auflösen.«

Die nächsten Minuten brachte Vicary schweigend damit zu, einen Stapel juristischer Dokumente und Bankformulare mit seiner Unterschrift zu versehen. Schließlich sah Kenton auf und sagte: »Fertig.«

»Funktioniert das Telefon noch?«

»Ja, ich habe es benutzt, bevor Sie kamen.«

Das Telefon stand auf Matildas Sekretär im Wohnzimmer. Vicary nahm den Hörer ab und sah Kenton an. »Edward, wenn es Ihnen nichts ausmacht. Es ist dienstlich.«

Kenton zwang sich zu einem Lächeln. »Schon gut, Alfred. Ich gehe inzwischen das Geschirr spülen.«

Irgend etwas an der Unterhaltung weckte in Vicary alte Rachegefühle. Das Fräulein vom Amt meldete sich, und er gab ihr die Nummer der MI5-Zentrale in London. Es dauerte ein paar Minuten, bis die Verbindung hergestellt war. Eine Telefonistin des Departments verband ihn mit Harry Dalton.

Harry meldete sich. Er sprach mit vollem Mund.

»Was gibt es heute in der Kantine?« fragte Vicary.

»Gemüseeintopf, steht jedenfalls auf der Karte.«

»Irgendwelche Neuigkeiten?«

»Ich denke schon.«

Vicarys Herz schlug schneller.

»Ich habe noch einmal die amtlichen Einreiselisten durchgesehen, nur um sicherzugehen, daß wir nichts übersehen haben.« Die Einreiselisten waren ein wichtiges Instrument des MI5 im Kampf gegen deutsche Spione. Im September 1939, als Vicary noch an der Universität lehrte, hatte der MI5 mit Hilfe dieser Listen eine Großaktion gegen Spione und Nazi-Sympathisanten durchgeführt. Ausländer wurden in drei Kategorien eingeteilt: Ausländer der Kategorie C genossen alle Freiheiten; Ausländern der Kategorie B wurden gewisse Einschränkungen auferlegt – sie durften kein Auto oder Boot besitzen und nur begrenzt im Land herumreisen; Ausländer der Kategorie A galten als Sicherheitsrisiko und wurden interniert. Jeder, der vor dem Krieg ins Land eingereist war, über dessen Verbleib jedoch keine Unterlagen existierten, wurde der Spionage verdächtigt und gejagt. Die deutschen Spionagenetze waren damit praktisch über Nacht enttarnt und zerstört worden.

»Im November 1938 reiste in Dover eine Holländerin namens Christa Kunst ein«, fuhr Harry fort. »Ein Jahr später wurde auf einem Acker in der Nähe eines Dorfes namens Whitchurch ihre verscharrte Leiche gefunden.«

»Was ist daran ungewöhnlich, Harry?«

»Irgend etwas an der Sache gefällt mir nicht. Die Leiche war stark verwest, als man sie ausgrub. Schädel und Gesicht waren zertrümmert. Alle Zähne fehlten. Man hat sie anhand ihres Passes identifiziert. Praktischerweise lag er bei der Leiche. Das paßt mir alles zu gut zusammen.«

»Wo ist der Paß jetzt?«

»Das Innenministerium hat ihn. Ich habe schon jemanden losgeschickt, um ihn zu holen. Sie sagen, daß das Foto etwas gelitten hat, aber ein Blick darauf dürfte sich allemal lohnen.«

»Gut, Harry. Ich weiß nicht, ob diese Frau etwas mit unserem Fall zu tun hat, aber wenigstens haben wir jetzt einen Anhaltspunkt.«

»Richtig. Und wie lief es beim Anwalt?«

»Oh, ich mußte nur ein paar Papiere unterschreiben«, log Vicary. Plötzlich war ihm seine neue finanzielle Unabhängigkeit peinlich. »Ich fahre jetzt los. Ich dürfte am späten Nachmittag wieder im Büro sein.«

Vicary legte auf, als Kenton ins Wohnzimmer zurückkam. »Das war's dann wohl.« Er überreichte Vicary einen großen braunen Umschlag. »Sie finden darin alle Papiere und die Schlüssel. Ich habe auch den Namen und die Adresse des Gärtners beigefügt. Er würde gern als Hausmeister für Sie arbeiten.«

Sie zogen ihre Mäntel an, schlossen das Haus ab und traten ins Freie. Vicarys Wagen stand in der Auffahrt.

»Kann ich Sie irgendwo absetzen, Edward?«

Vicary war erleichtert, als er das Angebot ablehnte.

»Ich habe neulich mit Helen gesprochen«, sagte Kenton unvermittelt.

Mein Gott, dachte Vicary.

»Sie sagt, sie sieht Sie von Zeit zu Zeit in Chelsea.«

Vicary fragte sich, ob sie Kenton von jenem Nachmittag im Jahr 1940 erzählt hatte, als er wie ein dummer Schulbub in ihren vorüberfahrenden Wagen geglotzt hatte. Peinlich berührt öffnete Vicary den Wagenschlag und klopfte geistesabwesend seine Taschen nach der Lesebrille ab.

»Ich soll Ihnen Grüße von ihr bestellen.«

»Ich danke Ihnen.« Er stieg ein.

»Sie sagt auch, daß sie gern mal mit Ihnen reden würde. Um Versäumtes nachzuholen.«

»Das wäre nett«, log Vicary.

»Na, großartig. Ich soll Ihnen ausrichten, daß sie nächste Woche nach London kommt. Sie würde gern mit Ihnen zu Mittag essen.«

Vicary spürte, wie sich sein Magen zusammenzog.

»Um eins im *Connaught,* morgen in einer Woche«, sagte Kenton. »Ich sehe sie heute noch. Soll ich ihr sagen, daß Sie kommen werden?«

In Fond des Humber war es so kalt wie in einem Kühlhaus. Vicary saß, die Beine in eine Reisedecke gewickelt, auf dem Ledersitz und betrachtete die Landschaft von Gloucestershire, die am Fenster vorüberglitt. Ein Fuchs wollte die Straße überqueren, flitzte dann aber ins Gestrüpp zurück. Träge Fasane, das Gefieder zum Schutz vor der Kälte aufgeplustert, zupften an den Resten eines abgeernteten Maisfelds. Kahle Bäume reckten ihre Äste in die klare Winterluft, und Äcker erstreckten sich wie ein zerknitterter Flickenteppich bis zum Horizont. Die Sonne versank in einem mit orangefarbenen Pastelltönen durchzogenen Himmel.

Er war wütend auf Helen. Einerseits war er nachtragend und empfand Rache bei dem Gedanken, daß er durch seine Tätigkeit beim britischen Geheimdienst für sie interessanter wurde. Andererseits sagte er sich, daß sie sich als Freunde getrennt hatten und ein gemeinsames Essen sehr schön sein könnte. Zumindest wäre es eine willkommene Abwechslung von den Belastungen seiner Arbeit. Er dachte: Wovor hast du denn solche Angst? Daß du dich daran erinnern könntest, daß du in den zwei Jahren, in denen sie ein Teil deines Lebens war, wirklich glücklich gewesen bist?

Er verscheuchte Helen aus seinen Gedanken. Das Telefonat mit Harry hatte ihn neugierig gemacht. Instinktiv ging er den Fall wie ein historisches Problem an. Sein Spezialgebiet war die europäische Geschichte des neunzehnten Jahrhunderts – sein Buch über den Zusammenbruch des Kräftegleichgewichts nach dem Wiener Kongreß hatte breite Anerkennung gefunden –, aber seine heimliche Liebe galt der griechischen Geschichte und Mythologie. Besonders faszinierte ihn, daß man bei der Erforschung jener Epoche aufgrund des großen Zeitabstands und der mitunter spärlichen historischen Quellen häufig auf Vermutungen angewiesen war. Warum, zum Beispiel, hatte Perikles den Peloponnesischen Krieg mit Sparta begonnen, der schließlich zur Zerstörung Athens führte? Warum akzeptierte er nicht die Forderungen seines mächtigeren Rivalen? War er getrieben von Angst vor den überlegenen Heeren Spartas? Hielt er den

Krieg für unvermeidlich? Ließ er sich auf ein verhängnisvolles außenpolitisches Abenteuer ein, weil er zu Hause unter enormem Druck stand?

Jetzt stellte sich Vicary ähnliche Fragen, nur daß sie diesmal seinen Rivalen in Berlin, Kurt Vogel, betrafen.

Welches Ziel verfolgte Vogel? Vicary glaubte, daß Vogel bei Beginn des Krieges ein Agentennetz aus hervorragend ausgebildeten Schläfern geknüpft hatte, das er jederzeit aktivieren konnte, wenn der militärische Konflikt einen kritischen Punkt erreichte. Voraussetzung für ein solches Netz war, daß die Agenten mit größter Sorgfalt ins Land eingeschleust wurden. Dies hatte Vogel offensichtlich getan. Allein die Tatsache, daß in Großbritannien ein Agent operierte, von dessen Existenz der MI5 bislang keine Kenntnis gehabt hatte, untermauerte diese Annahme. Vogel war wahrscheinlich davon ausgegangen, daß man die Unterlagen der Grenzbehörden zu Rate ziehen würde, um seine Agenten aufzuspüren. Jedenfalls wäre Vicary an seiner Stelle davon ausgegangen. Was aber, wenn die Person, die ins Land eingereist war, während ihres Aufenthalts starb? In dem Fall würde man nicht nach ihr suchen. Das war brillant. Allerdings gab es da ein Problem – man brauchte eine Leiche. War es möglich, daß sie eine Frau ermordet hatten, damit sie Christa Kunsts Stelle einnahm?

Deutsche Spione waren in der Regel keine Killer. Die meisten waren geldgierig, von Abenteuerlust getrieben oder Faschisten, schlecht ausgebildet und mit wenig Geld ausgestattet. Was aber, wenn Vogel tatsächlich ein Netz mit Topagenten geknüpft hatte? Solche Leute waren besser motiviert, disziplinierter und mit ziemlicher Sicherheit auch skrupelloser. War es möglich, daß einer dieser Eliteagenten eine Frau war? Vicary hatte bislang nur einmal mit einer Frau zu tun gehabt, einer jungen Deutschen, die es geschafft hatte, eine Anstellung als Hausmädchen bei einem britischen Admiral zu bekommen. Sie stöberte in seinen Papieren und schickte aus ihrer Dachkammer Berichte nach Deutschland, bis der MI5 sie entlarvte und verhaftete.

»Halten Sie im nächsten Dorf«, sagte Vicary zu der Marinehelferin, die den Wagen fuhr. »Ich muß mal telefonieren.«

Das nächste Dorf hieß Aston Magna – ein Weiler ohne Läden, der nur aus zwei Straßen und wenigen Cottages bestand. Ein alter Mann stand mit seinem Hund am Straßenrand.

Vicary kurbelte die Scheibe herunter: »Guten Tag.«

»Guten Tag.« Der Alte trug Gummistiefel und eine dicke Tweedjacke, die so aussah, als sei sie mindestens hundert Jahre alt. Der Hund hatte nur drei Beine.

»Gibt es im Dorf ein Telefon?« fragte Vicary.

Der Alte schüttelte den Kopf. Vicary hätte schwören können, daß auch der Hund den Kopf schüttelte.

»Bisher hat sich noch keiner darum bemüht, eines zu bekommen.«

Der Alte sprach mit einem so breiten Akzent, daß Vicary Mühe hatte, ihn zu verstehen.

»Wo ist das nächste Telefon?«

»In Moreton.«

»Und wie kommen wir da hin?«

»Sie folgen der Straße bis zu der Scheune. Bei dem Gutshof biegen Sie links ab und dann immer den Bäumen nach bis ins nächste Dorf. Das ist Moreton.«

»Vielen Dank.«

Der Hund bellte, als der Wagen anfuhr.

Vicary benutzte das Telefon in der Bäckerei. Er knabberte an einem Käsesandwich, während er auf die Verbindung mit der MI5-Zentrale wartete. Er wollte andere an seinem neuen Wohlstand teilhaben lassen, und so kaufte er zwei große Tüten Teegebäck für die Mädchen aus dem Schreibbüro und der Registratur.

Harry kam an den Apparat.

»Ich glaube nicht, daß das Christa Kunst war, die man in Whitchurch ausgegraben hat«, sagte Vicary.

»Wer dann?«

»Das herauszufinden ist Ihre Sache, Harry. Setzen Sie sich mit Scotland Yard in Verbindung. Sehen Sie nach, ob in der fraglichen Zeit eine Frau als vermißt gemeldet wurde. Beginnen Sie im Umkreis von zwei Autostunden um Whitchurch und erweitern Sie den Radius, wenn nötig. Ich werde Boothby informieren, wenn ich zurück bin.«

»Was wollen Sie ihm denn sagen?«

»Daß wir nach einer toten Holländerin suchen. Er wird begeistert sein.«

18

London, East End

An Peter Jordan heranzukommen war nicht das Problem. Auf das Wie kam es an.

Vogels Informationen waren gut. Berlin hatte in Erfahrung gebracht, daß Jordan im SHAEF, dem Oberkommando der alliierten Expeditionsstreitkräfte, am Grosvenor Square arbeitete. Unbefugte hatten keinen Zutritt, und überall auf dem Platz patrouillierten Militärpolizisten. Berlin hatte auch die Adresse von Jordans Haus in Kensington ermittelt und erstaunlich umfassende Informationen über seine Vergangenheit zusammengetragen. Was allerdings noch fehlte, war ein minutiöser Bericht über seinen Tagesablauf in London. Ohne einen solchen Bericht konnte Catherine Blake nur erraten, wie sie sich am besten an ihn heranmachte.

Sie selbst konnte Jordan nicht beschatten, aus mehreren Gründen. Einmal aus Rücksicht auf ihre persönliche Sicherheit: Es wäre sehr gefährlich für sie, im Londoner West End einen amerikanischen Offizier zu verfolgen. Sie konnte einem Militärpolizisten oder Jordan selbst auffallen. Und wenn der Polizist besonders eifrig war, nahm er sie vielleicht sogar zum Verhör mit. Schon eine oberflächliche Überprüfung hätte wahrscheinlich ans Licht gebracht, daß die richtige Catherine Blake bereits vor dreißig Jahren im Alter von acht Monaten gestorben war und daß sie selbst eine deutsche Agentin war.

Der zweite Grund, warum sie Jordans Beschattung nicht selbst übernehmen konnte, war rein praktischer Natur. Allein konnte sie die Aufgabe unmöglich korrekt durchführen, und selbst mit Neumanns Unterstützung wäre es schwierig. In dem Moment, wo Jordan in ein Militärfahrzeug stieg, wäre sie völlig aufgeschmissen. Sie konnte nicht in ein Taxi steigen und dem Fahrer sagen: »Folgen Sie dem amerikanischen Stabsfahrzeug.« Taxifahrer wußten sehr wohl um die Gefahr, die alliierten Offizieren von Spionen drohte. Womöglich wäre sie auf direktem Weg zum nächsten Polizeirevier gefahren worden. Sie brauchte unauffällige Fahrzeuge für die Beschattung auf den Straßen, unauffällige Männer, die ihm zu Fuß folgten, unauffällige Männer, die vor seinem Haus Posten bezogen.

Sie brauchte Hilfe.

Sie brauchte Vernon Pope.

Vernon Pope war eine der wichtigsten und erfolgreichsten Figuren der Londoner Unterwelt. Zusammen mit seinem Bruder Robert betrieb er illegale Spielhöllen und einen blühenden Schwarzmarkthandel und war in der organisierten Schutzgelderpressung und Prostitution aktiv. In einer Bombennacht zu Beginn des Krieges hatte Vernon Pope seinen Bruder mit einer schweren Kopfverletzung in die Notaufnahme des St. Thomas Hospital gebracht. Catherine sah sich Robert sofort an, stellte fest, daß er eine schwere Gehirnerschütterung und womöglich sogar einen Schädelbruch hatte, und sorgte dafür, daß er unverzüglich in die Obhut eines Arztes gelangte. Aus Dankbarkeit hatte ihr Vernon Pope eine Nachricht hinterlassen. Sie lautete: *Wenn ich irgend etwas für Sie tun kann, zögern Sie nicht, mich darum zu bitten.*

Catherine hatte den Zettel aufgehoben.

Wie durch ein Wunder hatte Vernon Popes Lagerhaus die Bombenangriffe überstanden. Es war völlig unversehrt und ragte wie eine Insel aus einem Meer der Zerstörung. Catherine hatte sich seit vier Jahren nicht mehr ins East End gewagt. Das Ausmaß der Schäden war schockierend. Hier war es schwierig, etwaige Verfolger zu entdecken. Es gab nur noch wenige schützende Torwege, keine Telefonzellen für vorgetäuschte Anrufe, keine Läden für einen kleinen Einkauf. Nur Schuttberge, soweit das Auge reichte.

Sie beobachtete das Lagerhaus von der gegenüberliegenden Straßenseite aus. Es war kalt und nieselte. Nach einer Weile schwang das Tor des Lagerhauses auf, und drei schwere Lastwagen rumpelten heraus auf die Straße. Zwei gutgekleidete große Männer schlossen es sofort wieder, doch Catherine konnte einen kurzen Blick ins Innere werfen. Im Lagerhaus herrschte emsiges Treiben.

Ein paar Hafenarbeiter, die gerade ihre Schicht beendet hatten, gingen an ihr vorüber. Sie folgte ihnen in einigem Abstand und hielt auf das Lagerhaus der Popes zu.

Sie entdeckte eine kleine Pforte mit einer elektrischen Klingel für Lieferanten. Sie drückte den Knopf, und als niemand kam, drückte sie noch einmal. Catherine fühlte sich beobachtet. Endlich ging die Tür auf.

»Was kann ich für dich tun, Süße?« Die angenehme Stimme mit dem Cockney-Akzent paßte nicht zu der Gestalt, die vor ihr stand. Der Mann war annähernd 1,90 Meter groß, hatte kurzgeschorenes schwarzes Haar und eine kleine Brille auf der Nase. Er trug einen edlen grauen Anzug, dazu ein weißes Hemd und eine silberne Krawatte. Die Ärmel seines Jacketts spannten über den Muskeln an seinem Oberarm.

»Ich möchte bitte mit Mr. Pope sprechen.« Catherine reichte dem Koloß den Zettel. Er las ihn kurz, als habe er schon viele solche Zettel gesehen.

»Ich frage den Boss, ob er eine Minute für dich Zeit hat. Komm rein.«

Catherine trat durch die Tür, und er schloß sie hinter ihr.

»Hände über den Kopf, Puppe, sei ein braves Mädchen. Nur eine Formalität. Mr. Pope verlangt das bei jedem.« Popes Mann tastete sie ab. Er machte es schnell und nicht sehr professionell. Sie schauderte, als seine Hände über ihre Brüste glitten. Sie unterdrückte den Impuls, ihm mit dem Ellenbogen das Nasenbein zu zerschmettern. Er öffnete ihre Handtasche, warf einen Blick hinein und gab sie ihr zurück. Damit hatte sie gerechnet, deshalb war sie unbewaffnet gekommen. Ohne Waffe fühlte sie sich nackt, verwundbar. Nächstes Mal würde sie ihr Stilett mitbringen.

Er führte sie durch die Lagerhalle. Männer in Overalls hievten schwere Kisten in ein halbes Dutzend Lieferwagen. Im hinteren Teil der Halle stapelten sich mit Kaffee, Zigaretten, Zucker und Benzinfässern beladene Holzpaletten bis unter die Decke. Zahlreiche blitzende Motorräder waren ordentlich in einer Reihe geparkt. Vernon Popes Geschäfte gingen offensichtlich blendend.

»Hier entlang, Süße«, sagte er. »Ich heiße übrigens Dicky.«

Er führte sie in den Lastenaufzug, zog die Tür zu und drückte den Knopf. Catherine fischte eine Zigarette aus ihrer Handtasche und steckte sie zwischen die Lippen.

»Tut mir leid, Herzchen«, sagte Dicky und drohte mit dem Finger. »Der Boss mag das nicht. Eines Tages, sagt er, wird man feststellen, daß uns die Qualmerei umbringt. Außerdem lagert hier soviel Benzin und Munition, daß es uns bis nach Glasgow pustet, wenn das Zeug hochgeht.«

»Allerhand, was Sie da von mir verlangen«, sagte Vernon Pope. Er erhob sich von seinem bequemen Ledersofa und durchmaß sein Büro. Es war mehr als ein Büro, eher eine kleine Wohnung mit einer geräumigen Sitzecke und einer Küche, die vollgestopft war mit modernsten Geräten. Hinter einer Flügeltür aus Teakholz lag ein großes Schlafzimmer. Einmal wurde die Tür kurz geöffnet, und Catherine konnte sehen, daß dahinter eine schläfrige Blondine ungeduldig auf das Ende der Besprechung wartete. Pope goß sich einen zweiten Whisky ein. Er war ein gutaussehender Mann, groß, mit blassem Teint, leicht glänzenden Haaren und kühlen grauen Augen. Sein Anzug war maßgeschneidert und dezent – er hätte ebensogut von einem erfolgreichen Manager oder einem Mann aus bestem Haus getragen werden können.

»Kannst du dir das vorstellen, Robert? Sie erwartet doch tatsächlich von uns, daß wir drei Tage lang einen amerikanischen Offizier durch das West End verfolgen.«

Robert Pope, der sich etwas abseits hielt, lief wie ein nervöser grauer Wolf auf und ab.

»Das fällt nicht ganz in unsere Branche, Catherine«, sagte Vernon Pope. »Und davon mal abgesehen: Was ist, wenn die Jungs vom amerikanischen oder britischen Geheimdienst Wind von der Sache bekommen? Mit der Londoner Polizei werde ich fertig. Aber der MI5 ist etwas völlig anderes.«

Catherine zog eine Zigarette hervor. »Darf ich?«

»Wenn es unbedingt sein muß. Dicky, gib ihr einen Aschenbecher.«

Catherine zündete die Zigarette an und rauchte eine Weile schweigend. »Ich habe den Fuhrpark da unten im Lagerhaus gesehen. Die Beschattung, von der ich spreche, wäre für Sie ein Kinderspiel.«

»Und warum um alles in der Welt will eine freiwillige Krankenschwester aus dem St. Thomas Hospital einen alliierten Offizier beschatten lassen, Robert? Warum, frage ich dich?«

Robert Pope wußte, daß keine Antwort von ihm erwartet wurde. Vernon Pope trat mit dem Glas in der Hand ans Fenster.

Die Verdunkelungsvorhänge waren aufgezogen, und er betrachtete die Boote, die den Fluß hinauf- und hinunterfuhren. »Sehen Sie sich an, was die Deutschen hier angerichtet haben«, sagte er nach einer Weile. »Das war früher der Nabel der Welt, der größte Hafen der Erde. Und sehen Sie sich das jetzt an. Ein Bild der Verwüstung. Hier wird es nie wieder so aussehen wie früher. Sie arbeiten für die Deutschen, nicht wahr, Catherine?«

»Natürlich nicht«, antwortete sie ruhig. »Ich möchte ihn aus rein privaten Gründen observieren lassen.«

»Schön. Ich bin ein Dieb, aber ich bin immer noch ein Patriot.« Er hielt inne, dann fragte er: »Warum also wollen Sie ihn beschatten lassen?«

»Ich biete Ihnen einen Job an, Mr. Pope. Meine Gründe gehen Sie nichts an.«

Pope drehte sich um und sah sie an. »Sehr gut, Catherine. Sie haben Mumm. Das gefällt mir. Außerdem wären Sie dumm, wenn Sie es mir sagen würden.«

Die Schlafzimmertür ging auf, und eine Blondine erschien, mit einem seidenen Männermorgenmantel bekleidet. Er war nur lose an der Taille zugebunden und entblößte ein schönes Paar Beine und kleine, feste Brüste.

»Vivie, wir sind noch nicht fertig«, sagte Pope.

»Ich habe Durst.« Sie streifte Catherine mit einem Blick, während sie sich einen Gin Tonic mixte. »Wie lange braucht ihr noch, Vernon?«

»Nicht mehr lange, Darling. Etwas Geschäftliches. Geh wieder ins Schlafzimmer.«

Vivies Hüften wiegten sich unter dem Morgenmantel, als sie ins Schlafzimmer zurückging. Sie blickte noch einmal kurz über die Schulter zu Catherine, dann schloß sie sanft die Tür.

»Hübsches Mädchen«, sagte Catherine. »Sie können sich glücklich schätzen.«

Pope lachte leise und schüttelte den Kopf. »Manchmal wünsche ich mir, ich könnte einem anderen Mann etwas von meinem Glück abtreten.«

Eine längere Stille trat ein, während Pope das Zimmer durchschritt. »Ich betreibe viele Geschäfte, die nicht ganz legal sind, Catherine, aber diese Sache gefällt mir nicht. Ganz und gar nicht.«

Catherine steckte sich eine weitere Zigarette an. Vielleicht war es ein Fehler gewesen, sich mit dem Angebot an Vernon Pope zu wenden.

»Trotzdem, ich werde es tun. Sie haben meinem Bruder geholfen, und ich habe Ihnen ein Versprechen gegeben. Ich bin ein Mann, der zu seinem Wort steht.« Er machte eine Pause und musterte sie von Kopf bis Fuß. »Außerdem haben Sie etwas an sich, das mir gefällt. Sehr sogar.«

»Ich freue mich, daß wir miteinander ins Geschäft kommen, Mr. Pope.«

»Das wird Sie aber eine Stange kosten, Süße. Meine laufenden Ausgaben sind hoch. Ich habe Gehälter zu zahlen. Die Sache erfordert einen beträchtlichen Aufwand.«

»Deswegen bin ich ja zu Ihnen gekommen.« Catherine faßte in ihre Handtasche und zog einen Umschlag hervor. »Was halten Sie von zweihundert Pfund? Hundert sofort, und hundert bei Lieferung der Informationen. Ich möchte, daß Commander Jordan drei Tage lang beschattet wird. Rund um die Uhr. Ich möchte einen minutiösen Bericht. Ich möchte wissen, wo er ißt, mit wem er sich trifft und worüber sie reden. Ich möchte wissen, ob er sich mit einer Frau trifft. Schaffen Sie das, Mr. Pope?«

»Selbstverständlich.«

»Gut. Dann melde ich mich am Samstag wieder bei Ihnen.«

»Wie kann ich Sie erreichen?«

»Überhaupt nicht.«

Catherine legte den Umschlag auf den Tisch und stand auf.

Vernon Pope lächelte freundlich. »Ich habe keine andere Antwort erwartet. Dicky, bring Catherine zur Tür. Pack ihr ein paar Lebensmittel zusammen. Kaffee, Zucker und vielleicht eine kleine Dose Rindfleisch, wenn die Lieferung schon eingetroffen ist. Irgendwas Nettes, Dicky.«

»Ich habe ein ungutes Gefühl bei der Sache, Vernon«, sagte Robert Pope. »Vielleicht sollten wir lieber die Finger davon lassen.«

Vernon Pope konnte es nicht leiden, wenn sein jüngerer Bruder ihn kritisierte. Vernon traf die geschäftlichen Entscheidungen, Robert führte sie nur aus.

»Die Sache wird uns keine Probleme machen. Läßt du sie beschatten?«

»Dicky und die Jungs sind an ihr dran, seit sie das Lagerhaus verlassen hat.«

»Gut. Ich möchte wissen, wer die Frau ist und was sie für ein Spiel treibt.«

»Vielleicht könnten wir Kapital aus der Sache schlagen, Vernon. Die Polizei zeigt sich bestimmt erkenntlich, wenn wir ihr diskret mitteilen, was sie vorhat.«

»Das läßt du hübsch bleiben. Ist das klar, Robert?«

Robert schüttelte langsam den Kopf. »Vielleicht solltest du etwas mehr ans Geschäft und etwas weniger an deinen Schwanz denken.«

Vernon drehte sich um und packte ihn am Hals. »Was ich mit meinem Schwanz mache, geht dich einen Dreck an. Auf jeden Fall ist es tausend Mal besser als das, was du mit Dicky treibst.«

Robert errötete sichtlich.

»Was siehst du mich so an, Robert? Glaubst du, ich weiß nicht, was los ist?«

Vernon ließ ihn los.

»Und jetzt geh runter auf die Straße, wo du hingehörst, und sorge dafür, daß Dicky sie nicht aus den Augen verliert.«

Keine zwei Minuten nach dem Verlassen des Lagerhauses hatte Catherine bemerkt, daß sie verfolgt wurde. Sie hatte damit gerechnet. Männer wie Vernon Pope blieben auf Dauer nur im Geschäft, wenn sie vorsichtig und mißtrauisch waren. Aber seine Leute gingen doch ziemlich plump zu Werke. Schließlich war es Dicky gewesen, der sie eingelassen, durchsucht und zu Pope gebracht hatte. Sie kannte sein Gesicht. Wie dumm von ihnen, ausgerechnet ihn auf sie anzusetzen. Es war ein Kinderspiel, ihn abzuschütteln.

Sie ging die Treppe zu einer U-Bahnstation hinunter und mischte sich unter die Menge. Sie durchquerte die Unterführung und tauchte auf der anderen Straßenseite wieder auf. Ein Bus wartete. Sie stieg ein und setzte sich neben eine ältere Frau. Durch das beschlagene Fenster sah sie, wie Dicky die Treppe heraufgestürmt kam und mit panischem Blick die Straße nach ihr absuchte.

Sie hatte etwas Mitleid mit ihm. Der arme Dicky war einem Profi nicht gewachsen, und Vernon Pope würde toben. Sie wollte kein Risiko eingehen. Um jeden etwaigen Verfolger abschütteln, beschloß sie, später in ein Taxi umzusteigen, dann noch zwei oder dreimal den Bus zu nehmen und schließlich durch das West End zu bummeln, bevor sie in ihre Wohnung zurückkehrte.

Sie machte es sich auf dem Sitz bequem und genoß die Fahrt.

Im Schlafzimmer brannte kein Licht, als Vernon Pope eintrat und leise die Flügeltür schloß. Vivie erhob sich am Ende des Bettes auf die Knie. Vernon küßte sie leidenschaftlich. Er war stürmischer als sonst. Und Vivie glaubte zu wissen, warum. Sie strich mit der Hand vorn über seine Hose. »Mein Gott, Vernon, gilt das mir oder der Schlampe?«

Er schob den seidenen Morgenmantel auseinander und streifte ihn von ihren Schultern. »Ein wenig euch beiden, fürchte ich«, sagte er und küßte sie wieder.

»Am liebsten hättest du sie gleich im Büro vernascht. Ich habe es dir am Gesicht angesehen.«

»Dir entgeht einfach nichts, mein Mädchen.«

Sie erwiderte seinen Kuß. »Wann kommt sie wieder?«

»Ende der Woche.«

»Wie heißt sie?«

»Catherine, behauptet sie jedenfalls.«

»Catherine«, wiederholte Vivie. »Ein hübscher Name. Sie ist schön.«

»Ja«, sagte Pope kühl.

»Welche Art von Geschäft betreibt sie?«

Pope erzählte von ihrer Unterredung. Zwischen ihnen gab es keine Geheimnisse.

»Mein Gott, das klingt ziemlich kitzlig. Ich glaube, damit könnten wir sie ganz schön unter Druck setzen.«

»Du bist ein sehr kluges Mädchen.«

»Nein, nur ein sehr böses.«

»Vivie, ich merke es, wenn du eine Gemeinheit ausheckst.«

Sie lachte boshaft. »Ich habe drei Tage Zeit. Da kann ich mir allerhand hübsche Dinge ausdenken, die wir mit der Frau anstellen können, wenn sie wiederkommt. Und jetzt zieh deine Hose aus, damit ich dich von deinem Kummer erlösen kann.«

Vernon Pope gehorchte.

Einen Augenblick später klopfte es an der Tür, und ohne eine Antwort abzuwarten, trat Robert Pope ein. Ein Lichtstrahl fiel von draußen ins Zimmer. Vivie sah schamlos auf und grinste. Vernon bekam einen Wutanfall.

»Wie oft habe ich dir gesagt, daß du nicht reinkommen sollst, wenn die Tür zu ist!«

»Es ist wichtig. Sie hat uns abgehängt.«

»Abgehängt? Wie zum Teufel konnte das passieren?«

»Dicky schwört, daß sie von einer Sekunde auf die andere verschwunden war. Wie vom Erdboden verschluckt.«

»Zum Donnerwetter!«

»Normalerweise läßt sich Dicky nicht abhängen. Sie ist offensichtlich ein Profi. Wir sollten sie uns vom Leib halten.«

Vivie empfand einen Anflug von Panik.

»Raus jetzt, und mach die Tür zu, Robert.«

Vivie leckte Vernon neckisch, als Robert fort war.

»Du wirst doch nicht auf die kleine Schwuchtel hören, Vernon, oder?«

»Natürlich nicht.«

»Gut«, sagte sie. »Wo waren wir stehengeblieben?«

»Oh, mein Gott«, stöhnte Vernon.

19

London

Am nächsten Morgen gaben Robert Pope und Richard »Dicky« Dobbs, ohne es zu wissen, mit einer hastig improvisierten Observation, die jeden Mitarbeiter des MI5 vor Neid hätte erblassen lassen, ihr Debüt in der Welt der Spionage.

Es begann noch vor Morgengrauen, als das Pärchen in einem geschlossenen schwarzen Lieferwagen vor Commander Peter Jordans Jahrhundertwende-Villa in Kensington vorfuhr. An der Seite des Autos prangte der Name eines Lebensmittelhändlers im West End, und auf der Ladefläche stapelten sich Kartons mit Konserven. Die beiden warteten bis kurz vor acht Uhr. Pope döste, und Dicky kaute an einem aufgeweichten Brötchen und trank Kaffee aus einem Pappbecher. Vernon Pope hatte ihm wegen der Panne mit der Frau gestern abend Prügel angedroht. Wenn Dicky jetzt auch noch Peter Jordan aus den Augen verlor, war er bei Vernon unten durch. Dicky, der als der beste Fahrer in der Londoner Unterwelt galt, hatte sich insgeheim geschworen, Jordan, wenn nötig, bis auf den Rasen des Green Park zu verfolgen.

Solche Fahrkünste sollten nicht erforderlich werden, denn um fünf vor acht hielt ein Wagen des amerikanischen Militärs vor Jordans Haus und hupte. Die Haustür ging auf, und heraus trat ein Mann mittlerer Größe und durchschnittlicher Statur. Er trug eine amerikanische Marineuniform, eine weiße Mütze und einen dunklen Mantel. In der Hand hielt er eine schmale Aktentasche aus Leder. Er verschwand im Fond des Wagens und schloß die Tür. Dicky hatte sich so auf Jordan konzentriert, daß er vergessen hatte, den Motor anzulassen. Als er es versuchte, hustete der Motor einmal und ging dann wieder aus. Dicky fluchte, drohte ihm und redete ihm gut zu, bevor er einen zweiten Versuch wagte. Diesmal heulte der Motor auf, und die Beschattung Peter Jordans konnte beginnen.

Der Grosvenor Square stellte sie vor eine erste Herausforderung, denn hier wimmelte es von Taxis, Stabsfahrzeugen und alliierten Offizieren, die in alle Richtungen unterwegs waren. Jordans Wagen überquerte den Platz, bog in eine angrenzende Seitenstraße ein und hielt vor einem kleinen unscheinbaren Gebäude. Stehenbleiben war unmöglich. Die Straße war auf beiden Seiten zugeparkt, so daß dem Verkehr nur eine Fahrspur zur Verfügung stand, und ein Militärpolizist mit weißem Helm ging auf und ab und schwang lässig seinen Stock. Pope sprang hinaus und drückte sich in Sichtweite des Gebäudes herum, während Dicky ständig im Kreis fuhr. Nach zehn Minuten trat Jordan wieder heraus. Ein schwerer Aktenkoffer war an sein Handgelenk gekettet.

Dicky las Pope auf und fuhr zum Grosvenor Square zurück. Er traf dort gerade noch rechtzeitig ein, um zu sehen, wie Jordan durch den Vordereingang das SHAEF-Hauptquartier betrat. Er fand in der Grosvenor Street einen Parkplatz mit guter Sicht und stellte den Motor ab. Ein paar Minuten später erhaschten sie einen kurzen Blick von General Eisenhower, der sein berühmtes Lächeln aufblitzen ließ, bevor er ebenfalls im Vordereingang verschwand.

Pope hätte, selbst wenn er vom MI5 ausgebildet worden wäre, im folgenden nicht umsichtiger handeln können. Er überlegte sich, daß sie das Gebäude nicht nur von einem Punkt aus beobachten konnten. Es war sehr groß und hatte viele Ein- und Ausgänge. Er ging in eine Telefonzelle, rief Vernon im Lagerhaus an und bestellte drei Männer zur Verstärkung. Als sie ankamen, postierte er einen hinter dem Gebäude in der Blackburn Street, den zweiten in der Upper Brook Street und den dritten in der Upper Grosvenor Street. Zwei Stunden später rief er erneut im Lagerhaus an und verlangte drei frische Gesichter – Zivilisten erregten Verdacht, wenn sie vor Militäreinrichtungen herumlungerten. Vicary und Boothby hätten vermutlich gelacht, wenn sie das Gespräch hätten hören können, denn wie jeder gute Chef und jeder gute Agent gerieten auch Vernon und Robert aneinander, weil Vernon keine weiteren Leute bewilligen wollte. Er brauchte ein paar tüchtige Männer, um eine Lieferung gestohlenen Kaffees abzuholen und einen Ladenbesitzer zusammenzuschlagen, der mit seinen Schutzgeldzahlungen in Verzug war.

Gegen Mittag wechselten sie das Fahrzeug. Der Lieferwagen des Lebensmittelhändlers wurde durch einen Wagen gleichen Typs ersetzt, auf dessen Seite der Name einer fiktiven Wäscherei aufgemalt war. Alles hatte so schnell gehen müssen, daß man bei dem Wort »Wäscherei« das erste *e* vergessen und die weißen Wäschesäcke mit Zeitungspapier vollgestopft hatte. Um zwei Uhr bestellten sie eine Thermoskanne Tee und eine Tüte Sandwiches. Eine Stunde später hatten sie die Mahlzeit beendet und rauchten eine Zigarette. Pope wurde nervös. Jordan war seit annähernd sieben Stunden in dem Gebäude. Es wurde spät. Das Haus wurde zwar von allen Seiten beobachtet, aber wenn Jordan im Schutz der Dunkelheit herauskam, war es fast unmöglich, ihn auszumachen. Doch dann, um vier Uhr, als es langsam dämmerte, trat Jordan endlich aus dem Haupteingang am Grosvenor Square.

Er legte dieselbe Strecke zurück wie am Morgen. Er ging über den Platz zu dem kleineren Gebäude, denselben schweren Koffer am Handgelenk, und betrat es. Ein paar Minuten später erschien er wieder mit der kleineren Tasche, die er schon am Morgen getragen hatte. Der Regen hatte aufgehört, und Jordan kam offenbar zu dem Schluß, daß ihm ein Spaziergang guttun würde. Er wandte sich nach Westen und bog dann nach Süden in die Park Lane ein. Ihm mit dem Wagen zu folgen war unmöglich. Pope sprang hinaus und ging ihm nach.

Die Sache war schwieriger, als Pope erwartet hatte. In dem großen Hotel *Grosvenor House* in der Park Lane hatten die Amerikaner Offiziere einquartiert. Viele Menschen drängten sich auf dem Gehweg davor. Pope verringerte den Abstand zu Jordan, um sicherzugehen, daß er ihn nicht mit einem anderen verwechselte. Ein Militärpolizist sah ihn an, als er hinter Jordan durch die Menge schlüpfte. Pope verkrampfte sich. Dann begriff er, daß er ja nichts Unrechtes tat. Er ging einfach in seinem Land eine Straße entlang. Er entspannte sich wieder, und der Militärpolizist sah weg. Jordan hielt auf das *Grosvenor House* zu. Pope folgte ihm vorsichtig.

Am Hyde Park Corner verlor er ihn.

Jordan war in einer Menge von Soldaten und britischen Zivilisten verschwunden, die an einer roten Fußgängerampel wartete. Als die Ampel umschaltete, folgte Pope einem amerikanischen Marineoffizier, der Jordans Statur hatte. Dann senkte er den Blick und sah, daß der Mann keine Tasche trug. Er blieb stehen und drehte sich um. Vielleicht war Jordan ja hinter ihm. Doch er konnte ihn nirgends entdecken.

Eine Hupe ertönte von der Straße her, und Pope sah hinüber. Es war Dicky.

»Er ist in Knightsbridge«, sagte Dicky. »Steig ein.«

Dicky vollführte trotz des dichten Abendverkehrs ein perfektes Wendemanöver. Eine Sekunde später entdeckten sie Jordan, und Pope stieß einen Seufzer der Erleichterung aus. Dicky fuhr an die Seite, und Pope sprang hinaus. Fest entschlossen, Jordan nicht noch einmal zu verlieren, heftete er sich dicht an seine Fersen.

Der *Vandyke Club* in Kensington war ein amerikanischer Offiziersclub, zu dem britische Zivilisten keinen Zutritt hatten. Jordan ging hinein. Pope schlenderte am Eingang vorüber und machte nach ein paar Schritten kehrt. Dicky hatte auf der anderen Straßenseite geparkt. Pope, außer Atem und durchgefroren, kletterte in den Wagen und schloß die Tür. Er zündete sich eine Zigarette an und trank den letzten Schluck Tee aus der Thermoskanne. Dann sagte er: »Wenn der Commander das nächste Mal beschließt, durch halb London zu laufen, steigst du aus und folgst ihm, Dicky.«

Nach einer Dreiviertelstunde kam Jordan wieder heraus.

Pope dachte: Bitte, nicht noch einen Gewaltmarsch.

Jordan trat an den Bordstein und winkte einem Taxi.

Dicky rollte an und fädelte sich in den Verkehr ein. Dem Taxi zu folgen war einfacher. Es fuhr nach Osten, über den Trafalgar Square und an der Themse entlang, und wenig später bog es rechts ab.

»Das gefällt mir schon besser«, sagte Pope.

Sie sahen, wie Jordan das Taxi bezahlte und das Hotel *Savoy* betrat.

Die meisten britischen Zivilisten bekamen im Krieg kaum mehr, als sie zum Überleben brauchten – ein wenig Fleisch und Käse jede Woche, etwas Milch, ein Ei, wenn sie Glück hatten, und ganz selten Delikatessen wie eine Dose Pfirsiche oder Tomaten. Doch es gab auch ein anderes London – das London der feinen Restaurants und feudalen Hotels, die vom Schwarzmarkt regelmäßig Fleisch, Fisch, Gemüse, Wein und Kaffee bezogen und ihren Gästen für das Privileg, bei ihnen zu speisen, astronomische Preise abverlangten. Zu diesen Etablissements gehörte auch das Hotel *Savoy*.

Der Portier trug einen grünen, silberbesetzten Uniformrock und einen Zylinder. Pope huschte an ihm vorüber, durchschritt die Empfangshalle und betrat den Salon. Es sah sich um: reiche Geschäftsleute, die in bequemen Sesseln ruhten, schöne Frauen in modischen Abendkleidern, Dutzende von amerikanischen und britischen Offizieren in Uniform, in Tweed gehüllte Adlige vom Land, die ein paar Tage in der Stadt verbrachten. Der Anblick der wohlhabenden Gesellschaft weckte bei Pope gemischte Gefühle. Die Reichen im West End lebten in Saus und Braus, während die Unterprivilegierten im East End hungerten und am meisten unter den deutschen Fliegerangriffen zu leiden hatten. Andererseits hatten er und sein Bruder auf dem Schwarzmarkt ein Vermögen gemacht. Er tat diese Ungleichheit als eine bedauerliche Folge des Krieges ab.

Pope folgte Jordan in die Grill-Bar. Jordan stand allein in der Menge und versuchte vergeblich, den Barkeeper auf sich aufmerksam zu machen und einen Drink zu bestellen. Pope hielt ein paar Meter Abstand. Er fing den Blick des Barkeepers auf und bestellte einen Whisky pur. Als er wieder nach Jordan sah, hatte sich ein großer amerikanischer Marineoffizier mit rotem Gesicht und gutgelauntem Lächeln zu ihm gesellt. Pope trat einen Schritt näher, damit er ihr Gespräch belauschen konnte.

Der große Mann sagte gerade: »Hitler sollte hierherkommen und versuchen, an einem Freitagabend einen Drink zu bekommen. Ich bin sicher, er würde es sich noch einmal überlegen, ob er dieses Land besetzen will.«

»Sollen wir unser Glück im *Grosvenor House* versuchen?« fragte Jordan.

»Bist du noch bei Verstand? Der französische Küchenchef hat dort kürzlich gekündigt. Er sollte mit Feldrationen der Armee kochen, und das hat er abgelehnt.«

»Klingt, als sei er der letzte normale Mensch in London.«

»Wohl wahr.«

»Was muß man tun, damit man hier etwas zu trinken bekommt?«

»Lauter brüllen als die anderen.«

»Zwei Martini, zum Donnerwetter.«

Der Barkeeper sah auf, grinste und griff nach einer Flasche Beefeaters. »Guten Abend, Mr. Ramsey.«

»Guten Abend, William.«

Pope prägte sich den Namen ein. Jordans Freund hieß Ramsey.

»Gut gemacht, Shepherd.«

Pope dachte: Shepherd Ramsey.

»Es hilft, wenn man einen Kopf größer ist als die anderen.«

»Hast du einen Tisch reservieren lassen? Sonst bekommen wir heute abend keinen Platz im Grillroom.«

»Klar doch, alter Sportsfreund. Wo, zum Teufel, hast du eigentlich gesteckt, Peter? Ich habe letzte Woche versucht, dich anzurufen. Ich habe das Telefon in deinem Haus ununterbrochen klingeln lassen, keine Antwort. Auch auf deiner Dienststelle habe ich angerufen. Es hieß, du könntest nicht an den Apparat kommen. Am nächsten Tag habe ich wieder angerufen, dieselbe Antwort. Was zum Teufel treibst du eigentlich daß du zwei Tage lang nicht ans Telefon kommen kannst?«

»Das geht dich nichts an.«

»Aha, du arbeitest also noch an deinem Projekt?«

»Halt den Mund, Shepherd, sonst schlage ich dich zu Boden, gleich hier in der Bar.«

»In deiner Phantasie vielleicht, alter Sportsfreund. Außerdem, wenn du hier eine Szene machst, wo zum Teufel bekommen wir dann etwas zu trinken? Kein anständiges Lokal läßt solche Typen wie dich rein.«

»Auch wieder wahr.«

»Wann rückst du endlich damit heraus, woran du arbeitest?«

»Wenn der Krieg vorbei ist.«

»Was, so wichtig ist die Sache?«

»Ja.«

»Gut, dann tut wenigstens einer von uns beiden etwas Wichtiges.« Shepherd kippte seinen Drink hinunter. »William, noch mal dasselbe, bitte.«

»Willst du, daß wir schon vor dem Abendessen betrunken sind, Shepherd?«

»Ich will nur, daß du lockerer wirst, das ist alles.«

»Was führst du im Schilde, Shepherd? Ich kenne diesen Ton in deiner Stimme.«

»Nichts, Peter. Mein Gott, reg dich nicht auf.«

»Raus mit der Sprache, Shepherd, du weißt, daß ich Überraschungen nicht mag.«

»Ich habe zwei Leute eingeladen, mit uns den Abend zu verbringen.«

»Leute?«

»Mädchen, um genau zu sein. Ah, da sind sie ja schon.«

Pope folgte Jordans Blick zum Eingang der Bar. Zwei Frauen standen dort, beide jung, beide sehr attraktiv. Die Frauen entdeckten Shepherd Ramsey und kamen zu ihnen an die Bar.

»Peter, das ist Barbara. Aber die meisten nennen sie Baby.«

»Das kann man verstehen. Freut mich, Ihre Bekanntschaft zu machen, Barbara.«

Barbara sah Shepherd an. »Mein Gott, du hast recht gehabt! Er ist wirklich süß.« Ihr Akzent verriet, daß sie aus der Londoner Arbeiterschicht kam. »Essen wir im Grillroom?«

»Ja. Unser Tisch müßte jetzt eigentlich frei sein.«

Der Oberkellner führte sie an ihre Plätze. Pope hatte keine Chance, von der Bar aus ihre Unterhaltung zu hören. Dazu hätte er am Nachbartisch Platz nehmen müssen. Er spähte durch die Tür in den Speiseraum. Der Tisch neben ihnen war frei, doch eine kleine Karte mit der Aufschrift »Reserviert« stand darauf. Kein Problem, dachte Pope. Er eilte quer durch die Bar und trat hinaus auf die Straße. Dicky wartete vorn im Wagen. Pope winkte ihm. Dicky stieg aus und überquerte die Straße.

»Was gibt's, Robert?«

»Wir essen hier. Du mußt einen Tisch reservieren.«

Pope schickte Dicky los, um mit dem Oberkellner zu sprechen. Beim ersten Mal, als Dicky nach einem Tisch fragte, schüttelte der Oberkellner den Kopf, legte die Stirn in Falten und fuchtelte mit den Armen, um zu unterstreichen, daß er keinen freien Tisch habe. Dann beugte sich Dicky vor und flüsterte ihm etwas ins Ohr. Einen Moment später wurden sie an den Tisch neben Peter Jordan und Shepherd Ramsey geleitet.

»Was hast du zu ihm gesagt, Dicky?«

»Daß ich ihm den Adamsapfel herausreiße und in die Flambierpfanne da drüben werfe, wenn er mir nicht sofort diesen Tisch gibt.«

»Nun ja, der Gast hat immer recht. Das ist mein Grundsatz.«

Sie schlugen die Karte auf. »Was nimmst du als Vorspeise?« fragte Pope. »Geräucherten Lachs oder Gänseleberpastete?«

»Beides, glaube ich. Ich habe Hunger. Was meinst du, Robert, ob es hier auch Würstchen mit Kartoffelpüree gibt?«

»Nicht sehr wahrscheinlich. Probier doch Coq au vin. Und jetzt sei still, damit ich höre, was die Amis reden.«

Dicky war es, der ihnen nach dem Essen folgte. Er beobachtete, wie sie die beiden Frauen in ein Taxi setzten und dann an der Themse entlangspazierten.

»Du hättest wenigstens etwas höflich sein können.«

»Tut mir leid, Shepherd. Aber ich wußte einfach nicht, worüber ich mit ihr reden sollte.«

»Was gibt es da zu reden? Du trinkst ein paar Gläser, du lachst, und dann nimmst du sie mit zu dir und verbringst eine wundervolle Nacht, ohne Fragen.«

»Es hat mich einfach gestört, daß sie ständig das Messer benutzt hat, um nachzusehen, ob ihr Lippenstift noch in Ordnung ist.«

»Ist dir klar, was sie mit diesen Lippen für dich hätte tun können? Und hast du gesehen, was sie unter dem Kleid hatte? Mein Gott, Peter, das Mädchen hat mit den schlechtesten Ruf in London.«

»Tut mir leid, daß ich dich enttäuscht habe, Shepherd. Ich war einfach nicht in Stimmung.«

»So, und wann bist du in Stimmung?«

»Wovon redest du?«

»Vor sechs Monaten hast du mir versprochen, daß du wieder mal mit einer Frau ausgehst.«

Jordan zündete sich eine Zigarette an und wedelte ärgerlich das Streichholz aus. »Ich würde gern mit einer intelligenten, interessanten Frau ausgehen, Shepherd. Es ist nicht nötig, daß du losziehst und ein Mädchen für mich suchst. Hör zu, Shep, es tut mir leid, wenn ...«

»Laß nur, du hast ja recht. Es geht mich wirklich nichts an. Es ist nur so, daß meine Mutter starb, als mein Vater vierzig war. Er heiratete nie wieder. Und am Ende starb er als einsamer und verbitterter alter Mann. Ich will nicht, daß es dir ebenso ergeht.«

»Danke, Shepherd. Dazu wird es nicht kommen.«

»Du wirst nie wieder eine Frau wie Margaret finden.«

»Da sagst du mir nichts Neues.« Jordan hielt ein Taxi an und stieg ein. »Kann ich dich mitnehmen?«

»Ich habe noch eine Verabredung.«

»Shepherd!«

»Sie kommt in einer halben Stunde auf mein Zimmer. Ich konnte nicht widerstehen. Vergib mir, aber das Fleisch ist schwach.«

»Nicht nur das Fleisch. Viel Spaß, Shep.«

Das Taxi fuhr davon. Dicky zog sich zurück und hielt nach dem Lieferwagen Ausschau. Ein paar Sekunden später hielt Pope am Bordstein, und Dicky stieg ein. Sie folgten dem Taxi nach Kensington und sahen, wie Peter Jordan in seiner Haustür verschwand. Sie blieben noch eine halbe Stunde und warteten auf ihre Ablösung.

20

London

Alfred Vicarys Unfähigkeit, ein Motorrad zu reparieren, war schuld daran gewesen, daß sein Knie zerschmettert wurde. Es geschah an einem strahlenden Herbsttag in Nordfrankreich, und ohne Zweifel war es der schlimmste Tag in seinem Leben.

Vicary kam gerade von einem Treff mit einem Spion, der hinter den feindlichen Linien einen Frontabschnitt erkundet hatte, an dem die Briten tags darauf im Morgengrauen einen Angriff planten. Der Spion hatte ein großes Biwak mit deutschen Soldaten entdeckt. Sollte der Angriff wie geplant erfolgen, würde er auf heftigen Widerstand stoßen. Der Spion gab Vicary einen Zettel, auf dem er die Stärke der deutschen Truppen und die Zahl ihrer Geschütze notiert hatte, dazu eine Karte, auf der genau eingezeichnet war, wo die Deutschen lagen. Vicary steckte beides in seine lederne Satteltasche und machte sich auf den Weg zum Hauptquartier.

Vicary wußte, daß er Informationen von enormer Wichtigkeit bei sich führte. Menschenleben standen auf dem Spiel. Er gab Vollgas und fuhr in halsbrecherischem Tempo über den schmalen Feldweg. Zu beiden Seiten ragten hohe Bäume auf und bildeten mit ihren Ästen ein Dach über ihm. Sonnenstrahlen brachen durch das herbstlich gefärbte Laub und verwandelten den Weg in einen flimmernden Feuertunnel. Es ging in stetem Rhythmus bergauf und bergab. Mehrmals durchlief Vicary ein freudiger Schauer, wenn seine Rudge für Sekunden vom Boden abhob.

Er war noch zehn Meilen vom Hauptquartier entfernt, als der Motor zu rasseln begann. Vicary nahm Gas weg. Eine Meile später war aus dem Rasseln ein lautes Knattern geworden. Abermals eine Meile später hörte er ein kurzes Klirren, dann einen Knall. Die Maschine zog nicht mehr, der Motor ging aus.

Die plötzliche Stille war bedrückend. Er bückte sich und sah sich den Motor an. Das heiße ölige Metall und die vielen Kabel sagten ihm nichts. Später erinnerte er sich, daß er der Maschine einen Tritt gab und sich fragte, ob er sie am Wegrand zurücklassen oder zum Hauptquartier schieben sollte. Er umfaßte den Lenker und schob.

Das Licht des Nachmittags verblaßte und wich dem zarten Rosa der Dämmerung. Er war immer noch Meilen vom Hauptquartier entfernt. Wenn er Glück hatte, begegnete er Kameraden, die ihn mitnehmen konnten. Wenn er Pech hatte, lief er einem deutschen Spähtrupp über den Weg.

Kurz nach Einbruch der Dunkelheit setzte das Granatfeuer ein. Die ersten Granaten flogen zu kurz und krepierten auf einem Acker, ohne Schaden anzurichten. Die nächsten pfiffen über seinen Kopf hinweg und schlugen in einem Hügel ein. Der dritte Granathagel ging direkt vor ihm auf dem Weg nieder.

Er hörte die Granate nicht, die ihn verwundete.

Als er einige Zeit später das Bewußtsein wiedererlangte, lag er frierend in einem Graben. Er sah an sich hinunter und wäre beim Anblick seines Knies fast wieder ohnmächtig geworden – es war nur noch ein Brei aus gesplitterten Knochen und Blut. Mit letzter Kraft kroch er auf den Weg. Er fand sein Motorrad und verlor neben ihm das Bewußtsein.

Am nächsten Morgen wurde Vicary in ein Lazarett gebracht. Er wußte, daß der Angriff bereits in vollem Gange war, denn das Lazarett war überfüllt. Er lag in seinem Bett, benebelt vom Morphium, und hörte das Stöhnen der Verwundeten. Am frühen Abend starb der Junge neben ihm. Vicary schloß die Augen und versuchte, sein Todesröcheln zu vergessen, aber er konnte nicht.

Tags darauf besuchte ihn Brendan Evans, jener Freund aus Cambridge, der ihm mit seinen Tricks den Weg ins Nachrichtenkorps geebnet hatte. Der Krieg hatte ihn verändert. Seine jugendliche Unbeschwertheit war verschwunden. Er wirkte jetzt wie ein Mann, den das Leben hart und gefühllos gemacht hatte. Brendan zog sich einen Stuhl heran und setzte sich neben das Bett.

»Ich war selbst schuld«, sagte Vicary. »Ich wußte, daß die Deutschen warteten. Aber mein Motorrad ging kaputt, und ich konnte das verdammte Ding nicht reparieren. Dann setzte das Granatfeuer ein.«

»Ich weiß. Man hat die Papiere in deiner Satteltasche gefunden. Niemand macht dir einen Vorwurf. Du hattest einfach nur

Pech. Wahrscheinlich bestand nicht die geringste Chance, die Maschine zu reparieren.«

Noch heute, dreißig Jahre später, hörte Vicary manchmal im Schlaf die Schreie der Sterbenden. Und in letzter Zeit hatten seine Träume eine neue Wendung genommen – er träumte, daß Basil Boothby Sabotage an seinem Motorrad begangen hatte.

Haben Sie Vogels Akte gelesen?

Nein.

Lügner. Schamloser Lügner.

Vicary hatte versucht, keine Vergleiche zwischen damals und heute anzustellen, aber sie drängten sich förmlich auf. Er glaubte nicht an Bestimmung, aber irgend jemand oder irgend etwas hatte ihm eine Chance gegeben – die Chance, den Fehler, den er an jenem Herbsttag 1916 begangen hatte, wettzumachen.

Vicary hatte gehofft, daß ihn die Party in dem Pub gegenüber der MI5-Zentrale auf andere Gedanken bringen würde, doch dies war ein Irrtum. Er hatte sich am Rand herumgedrückt, an Frankreich gedacht, in sein Bierglas gestiert oder zugesehen, wie seine Kollegen mit den hübschen Mädchen aus dem Schreibbüro flirteten. Nicholas Jago machte am Klavier eine gute Figur.

Er wurde aus seinem Trancezustand gerissen, als eines der Mädchen aus der Registratur *I'll Be Seeing You* sang. Eine attraktive Blondine mit knallroten Lippen namens Grace Clarendon. Vicary kannte sie und wußte, daß Harry zu Beginn des Krieges ein Verhältnis mit ihr gehabt hatte. Er konnte Harry durchaus verstehen. Grace war intelligent, geistreich und cleverer als die übrigen Mädchen aus der Registratur. Aber sie war auch verheiratet, und das konnte Vicary nicht billigen. Er sagte Harry nicht, was er von der Affäre hielt, es ging ihn ja nichts an. Er dachte: Wer bin ich denn, daß ich mich zum Richter in Herzensangelegenheiten aufschwinge? Er vermutete, daß es Grace war, die Harry von Boothby und Vogels Akte erzählt hatte.

Harry trat ein, dick in seinen Mantel verpackt. Er winkte Grace zu, dann kam er zu Vicary herüber und sagte: »Gehen wir rüber ins Büro. Ich habe einiges zu berichten.«

»Ihr Name war Beatrice Pymm. Sie lebte allein in einem Cottage bei Ipswich«, erläuterte Harry, als sie die Treppe zu Vicarys Büro erklommen. Er hatte am Morgen mehrere Stunden in Ipswich verbracht und sich mit Beatrice Pymms Vergangenheit befaßt. »Keine Freunde, keine Angehörigen. Ihre Mutter starb 1936. Sie hinterließ ihr das Cottage und ein hübsches Sümmchen. Sie war nicht berufstätig. Sie hatte keinen Freund, keinen Liebhaber, nicht einmal eine Katze. Sie hat gemalt, sonst nichts.«

»Gemalt?« fragte Vicary.«

»Ja, gemalt. Die Leute, mit denen ich gesprochen habe, sagten, daß sie fast jeden Tag gemalt hat. Sie hat morgens das Haus verlassen und irgendwo in der Umgebung gemalt. Ein Kriminalbeamter aus Ipswich hat mir ein paar von ihren Bildern gezeigt. Landschaftsdarstellungen, wirklich sehr hübsch.«

Vicary hob die Augenbrauen. »Ich wußte gar nicht, daß Sie einen Sinn für Kunst haben, Harry.«

»Sie glauben wohl, daß Jungs aus Battersea schöne Dinge nicht zu schätzen wissen. Sie müssen wissen, daß mich meine selige Mutter regelmäßig in die National Gallery geschleppt hat.«

»Entschuldigen Sie, Harry. Fahren Sie bitte fort.«

»Beatrice besaß kein Auto. Sie fuhr mit dem Fahrrad, ging zu Fuß oder nahm den Bus. Oft malte sie zu lange, besonders im Sommer, wenn das Licht gut war, und verpaßte dann den letzten Bus nach Hause. Nach Auskunft ihrer Nachbarn kam sie oft spät in der Nacht zu Fuß nach Hause, ihre Malutensilien unterm Arm. Sie sagen, daß sie die Nacht manchmal an den unmöglichsten Plätzen verbrachte, nur um den Sonnenaufgang einzufangen.«

»Was, glauben Sie, ist ihr zugestoßen?«

»Nach dem amtlichen Bericht ist sie bei einem Unfall ertrunken. Ihre Sachen wurden am Ufer des Orwell gefunden, darunter auch eine leere Weinflasche. Die Polizei vermutet, daß sie etwas zuviel getrunken hat und dann ins Wasser gestürzt ist. Eine Leiche wurde nicht gefunden. Man hat eine Zeitlang ermittelt, aber nichts in Erfahrung gebracht, was eine andere Theorie stützen würde. Der Fall wurde abgeschlossen. Tod durch Ertrinken nach einem Unfall.«

»Klingt alles sehr plausibel.«

»Gewiß, so könnte es gewesen sein. Aber ich habe meine Zweifel. Beatrice Pymm kannte die Gegend sehr gut. Warum sollte sie ausgerechnet an diesem Tag zuviel trinken und in den Fluß fallen?«

»Theorie Nummer zwei?«

»Theorie Nummer zwei lautet wie folgt: Unsere Spionin liest sie nach Einbruch der Dunkelheit auf, bringt sie um und lädt ihre Leiche auf einen Lieferwagen. Sie legt Beatrice Pymms Sachen ans Flußufer, um einen Unfall vorzutäuschen. In Wirklichkeit jedoch schafft sie die Leiche fort, verstümmelt sie und verscharrt sie bei Whitchurch.«

Sie betraten Vicarys Büro und nahmen Platz, Vicary hinter dem Schreibtisch, Harry ihm gegenüber. Harry lehnte sich in seinem Stuhl zurück und legte die Füße auf den Tisch.

»Ist das nur eine Vermutung, oder stützt sich Ihre Theorie auf irgendwelche Fakten?«

»Halb und halb, aber alles paßt zur Ihrer Spekulation, daß Beatrice Pymm ermordet wurde, um zu verbergen, daß eine Spionin ins Land geschleust worden war.«

»Lassen Sie hören.«

»Ich beginne bei der Leiche. Sie wurde im August 1939 entdeckt. Ich habe mit dem Pathologen vom Innenministerium gesprochen, der die Autopsie vorgenommen hat. Aus dem Grad der Verwesung schließt er, daß sie sechs bis neun Monate in der Erde gelegen hat. Zeitlich würde das mit dem Mord an Beatrice Pymm übereinstimmen. Die Gesichtsknochen sind fast vollständig zerschmettert. Zähne, die man mit Zahnarztunterlagen vergleichen könnte, wurden nicht gefunden. Fingerabdrücke konnte man ihr nicht abnehmen, da die Hände schon zu stark verwest waren. Der Pathologe wollte sich auf keine Todesursache festlegen. Er hat jedoch etwas Interessantes entdeckt – eine Kerbe an der untersten Rippe links. Die Kerbe könnte von einem Stich in die Brust herrühren.«

»Sie sagen, daß die Mörderin einen Lieferwagen benutzt haben könnte. Gibt es dafür einen Beweis?«

»Ich habe die örtlichen Polizeikräfte um alle Berichte über Straftaten oder ungewöhnliche Zwischenfälle gebeten, die sich in der fraglichen Nacht in der Gegend um Whitchurch ereignet haben. Tatsächlich ist in der Nacht bei einem Dorf namens Alderton ein verlassener Lieferwagen in Brand gesteckt worden. Die Polizei hat die Zulassungsnummer überprüft.«

»Und?«

»Er war zwei Tage zuvor in London gestohlen worden.«

Vicary stand auf und begann, auf und ab zu gehen. »Das heißt, unsere Spionin steht irgendwo in der Einöde am Straßenrand. Wohin geht sie jetzt? Was tut sie?«

»Nehmen wir an, sie kehrt nach London zurück. Sie fährt per Anhalter, oder sie geht zu Fuß zum nächsten Bahnhof und nimmt den erstbesten Zug nach London.«

»Zu riskant«, sagte Vicary. »Eine Frau spät in der Nacht allein draußen auf dem Land, das wäre sehr ungewöhnlich. Außerdem haben wir November, es ist also kalt. Sie könnte der Polizei auffallen. Der Mord an Beatrice Pymm ist perfekt geplant und ausgeführt worden. Die Mörderin überläßt auf ihrer Flucht nichts dem Zufall.«

»Ob sie möglicherweise ein Motorrad hinten im Lieferwagen hatte?«

»Gute Idee. Gehen Sie der Sache nach, finden Sie heraus, ob in der fraglichen Zeit Motorräder gestohlen wurden.«

»Sie fährt nach London zurück und läßt das Motorrad irgendwo stehen.«

»Richtig«, sagte Vicary. »Und als der Krieg ausbricht, suchen wir nicht nach einer Holländerin namens Christa Kunst, weil wir sie fälschlicherweise für tot halten.«

»Verdammt clever.«

»Eher skrupellos als clever. Eine unschuldige britische Zivilistin zu ermorden, nur um eine Spionin besser zu tarnen! Das ist keine gewöhnliche Agentin, und Kurt Vogel ist kein gewöhnlicher Führungsoffizier. Davon bin ich überzeugt.« Vicary hielt inne und zündete sich eine Zigarette an. »Bietet das Foto irgendwelche Anhaltspunkte?«

»Nein.«

»Damit sind wir wohl an einem toten Punkt angelangt.«

»Ich fürchte, Sie haben recht. Ich werde heute abend noch ein paar Telefonate führen.«

Vicary schüttelte den Kopf. »Nehmen Sie sich den Rest des Abends frei. Gehen Sie runter zur Party.« Dann fügte er hinzu: »Kümmern Sie sich ein wenig um Grace.«

Harry schaute auf. »Woher wissen Sie davon?«

»Hier wimmelt es von Geheimdienstoffizieren, falls Sie das noch nicht bemerkt haben. Alles macht die Runde, die Leute reden. Außerdem waren Sie nicht gerade sehr umsichtig. Sie haben bei der Nachttelefonistin die Nummer von Graces Wohnung hinterlassen, für den Fall, daß ich Sie suchen sollte.«

Harry errötete.

»Gehen Sie zu ihr, Harry. Sie fehlen ihr, jeder Narr kann das sehen.«

»Sie fehlt mir auch. Aber sie ist verheiratet. Ich habe Schluß gemacht, weil ich mir wie ein Schuft vorkam.«

»Sie machen sie glücklich, und sie macht Sie glücklich. Wenn ihr Mann nach Hause kommt, ich sage, wenn, dann nehmen die Dinge wieder ihren normalen Gang.«

»Und was wird dann aus mir?«

»Das liegt ganz bei Ihnen, Harry.«

»Es wird mir das Herz brechen. Ich bin verrückt nach Grace.«

»Dann gehen Sie zu ihr, und genießen Sie es, daß Sie mit ihr zusammensein können.«

»Ja, aber da ist noch etwas anderes …« Und Harry erzählte ihm von seinen Gewissensbissen, die er hatte, weil er in London Spione jagte, während Graces Mann und andere bei der Armee ihr Leben riskierten. »Ich weiß einfach nicht, was ich im Gefecht tun würde: Würde ich kämpfen, oder würde ich mich wie ein Feigling verkriechen? Außerdem zweifle ich, ob ich hier etwas Sinnvolles tue. Es wäre ein leichtes, Ihnen hundert Polizisten zu nennen, die meinen Platz einnehmen könnten. Manchmal spiele ich mit dem Gedanken, bei Boothby meinen Rücktritt einzureichen und Soldat zu werden.«

»Seien Sie nicht albern, Harry. Wenn Sie hier gute Arbeit leisten, retten Sie auf dem Schlachtfeld Menschenleben. Das Schicksal der Invasion in Frankreich wird entschieden sein, noch bevor der erste Soldat seinen Fuß auf französischen Boden setzt. Tausende von Menschenleben können davon abhängen, was Sie tun. Daran müssen Sie denken, wenn Sie glauben, daß es zu wenig ist. Außerdem brauche ich Sie jetzt, Harry. Sie sind hier der einzige, dem ich vertrauen kann.«

Einen Moment lang saßen sie da und schwiegen verlegen, wie es Engländer häufig tun, wenn sie private Gedanken ausgetauscht haben. Harry stand auf und ging zur Tür, blieb dann stehen und drehte sich um. »Und was ist mit Ihnen, Alfred?« fragte Harry. »Gibt es niemanden in Ihrem Leben? Warum kommen Sie nicht mit runter und suchen sich eine nette Frau für ein paar angenehme Stunden?«

Vicary klopfte seine Brusttaschen nach der Lesebrille ab und setzte sie sich auf die Nase. »Gute Nacht, Harry«, sagte er ein wenig zu bestimmt, während er in einem Stapel Papier auf dem Schreibtisch blätterte. »Viel Spaß bei der Party. Wir sehen uns dann morgen früh.«

Kaum war Harry fort, griff Vicary zum Telefon und wählte Boothbys Nummer. Er war überrascht, als Boothby selbst den Hörer abnahm. Er bat ihn um eine Unterredung. Boothby fragte, ob die Sache nicht bis Montag warten könne, doch als Vicary erwiderte, es sei dringend, gewährte er ihm eine Audienz von fünf Minuten. Er forderte ihn auf, sofort nach oben zu kommen.

»Ich habe diesen Bericht an Eisenhower, General Betts und den Premierminister aufgesetzt«, sagte Vicary, als er Boothby über die Ergebnisse von Harrys Ermittlungen an diesem Tag informiert hatte. Er reichte ihm das Papier. Boothby blieb stehen, die Beine leicht gespreizt, wie um das Gleichgewicht besser zu halten. Er war in Eile, weil er noch aufs Land fahren wollte. Seine Sekretärin hatte ihm einen Aktenkoffer mit Lesestoff für das Wochenende und eine kleine Ledertasche mit persönlichen Dingen gepackt. Ein Mantel hing über seinen Schultern, die Ärmel baumelten an den Seiten herab. »Es wäre ein Pflichtversäumnis, die Angelegenheit länger zu verschweigen, Sir Basil.«

Boothby las noch. Vicary merkte es daran, daß er die Lippen bewegte. Boothby schielte so heftig, daß seine Augen nahezu unter den buschigen Augenbrauen verschwanden. Er tat gerne so, als könne er noch ausgezeichnet sehen, und setzte vor Mitarbeitern nie seine Lesebrille auf.

»Ich dachte, wir hätten das bereits geklärt, Alfred«, sagte Boothby und wedelte mit dem Papier in der Luft. War ein Problem besprochen, sollte es nie wieder aufs Tapet gebracht werden – das war einer seiner vielen privaten und beruflichen Grundsätze. Er geriet leicht aus der Fassung, wenn Untergebene Themen anschnitten, die bereits abgehandelt waren. Sorgfältiges Abwägen und nachträgliche Kritik, das war etwas für Kleingeister. Sir Basil liebte schnelle Entscheidungen über alles. Vicary warf einen Blick auf seinen Schreibtisch. Er blitzte vor Sauberkeit, und es lagen keine Akten und Papiere darauf – bezeichnend für seinen Führungsstil.

»Ja, wir haben bereits darüber diskutiert, Sir Basil«, sagte Vicary geduldig, »aber die Lage hat sich geändert. Wie es scheint, ist es ihnen gelungen, einen Agenten ins Land zu schleusen, und dieser Agent hat sich mit einem anderen Agenten getroffen. Wie es scheint, ist ihre Operation – worum es dabei auch gehen mag – jetzt angelaufen. Wenn wir diese Neuigkeit für uns behalten, statt sie weiterzugeben, beschwören wir eine Katastrophe herauf.«

»Unsinn«, bellte Boothby.

»Warum ist das Unsinn?«

»Weil dieses Department den Amerikanern und dem Premierminister nicht offiziell mitteilen wird, daß es unfähig ist, seine Arbeit zu tun. Daß es unfähig ist, die Gefahr abzuwenden, die den Invasionsplänen von deutschen Spionen droht.«

»Das ist doch kein triftiger Grund, die Information zu verschweigen.«

»Es ist ein triftiger Grund, Alfred, wenn ich sage, daß es ein triftiger Grund ist.«

Diskussionen mit Boothby drehten sich häufig im Kreis: seichte Gegenargumente, Bluff und Ablenkungsmanöver, Rechthaberei. Vicary verschränkte die Hände unter dem Kinn und tat so, als betrachte er das Muster auf Boothbys kostbarem Teppich. Es war still im Raum, nur die Fußbodendielen knarrten unter Sir Basils Muskelmasse.

»Sind Sie bereit, meinen Bericht an den Generaldirektor weiterzuleiten?« fragte Vicary, wobei er einen drohenden Unterton in der Stimme tunlichst vermied.

»Auf gar keinen Fall.«

»Dann werde ich selbst zum Generaldirektor gehen.«

Boothby beugte sich tief zu Vicary herab. Vicary, der auf dem niedrigen Sofa saß, konnte Gin und Zigaretten in seinem Atem riechen.

»Und ich werde Sie zerquetschen, Alfred.«

»Sir Basil …«

»Ich will Ihnen mal erklären, wie die Dinge hier gehandhabt werden. Sie berichten mir, und ich berichte dem Generaldirektor. Sie haben mir jetzt berichtet, und ich sehe zum jetzigen Zeitpunkt keine Veranlassung, die Angelegenheit dem Generaldirektor vorzutragen.«

»Es gibt noch eine weitere Möglichkeit.«

Boothbys Kopf schnellte zurück, als habe ihn ein Faustschlag getroffen. Er gewann umgehend seine Fassung wieder und schob zornig das Kinn vor. »Ich werde dem Premierminister nicht berichten, Alfred. Aber wenn Sie das Department übergehen und persönlich mit Churchill sprechen, sorge ich dafür, daß Sie vor den Disziplinarausschuß kommen. Wenn der Ausschuß mit Ihnen fertig ist, wird man Ihre Zahnarztunterlagen brauchen, um Ihre Überreste zu identifizieren.«

»Das ist absolut unfair.«

»Ach ja? Seit Sie den Fall bearbeiten, erleben wir ein Fiasko nach dem anderen. Mein Gott, Alfred, in unserem Land tummeln sich bald so viele deutsche Spione, daß sie einen Rugby-Club gründen können.«

Vicary ließ sich nicht einschüchtern. »Wenn Sie meinen Bericht dem Generaldirektor nicht vorlegen, dann möchte ich in der offiziellen Akte des Falles festgehalten wissen, daß ich Ihnen heute dazu geraten habe und daß Sie meinen Vorschlag abgelehnt haben.«

Ein kurzes Lächeln zuckte um Boothbys Mundwinkel. Er hatte Verständnis dafür, wenn sich jemand absichern wollte. »Sie denken wohl schon an Ihren Platz in der Geschichte, Alfred?«

»Sie sind ein Schweinehund, Sir Basil. Und ein inkompetenter obendrein.«

»Major Vicary, Sie sprechen mit Ihrem vorgesetzten Offizier!«

»Glauben Sie mir, ich bin mir dessen durchaus bewußt.«

Boothby schnappte den Aktenkoffer und die Ledertasche, dann sah er Vicary an und sagte: »Sie müssen noch viel lernen, Alfred.«

»Ich vermute, von Ihnen könnte ich es lernen.«

»Was in Gottes Namen soll das heißen?«

Vicary stand auf. »Daß Sie endlich damit anfangen sollten, mehr an die Sicherheit dieses Landes zu denken und weniger an Ihr persönliches Fortkommen in Whitehall.«

Boothby lächelte süßlich, als versuche er, eine junge Frau zu verführen. »Aber mein lieber Alfred«, sagte er, »ich war immer der Meinung, daß sich das eine nicht vom anderen trennen läßt.«

21

London, East End

Catherine Blake hatte ein Stilett in ihrer Handtasche versteckt, als sie am nächsten Abend zum Lagerhaus der Popes eilte. Sie hatte darauf bestanden, sich allein mit Vernon Pope zu treffen, und als sie näherkam, entdeckte sie keine Spur von seinen Leuten. Sie blieb vor der Pforte neben dem Tor stehen und drückte die Klinke. Es war nicht abgeschlossen, wie Pope ihr versprochen hatte.

In der Lagerhalle war es dunkel. Nur eine Lampe am hinteren Ende spendete etwas Licht. Catherine hielt auf sie zu und fand den Lastenaufzug. Sie betrat ihn und drückte den Knopf. Der Lift ächzte, dann fuhr er rüttelnd nach oben, wo Pope sein Büro hatte.

Catherine trat auf einen Flur mit mehreren schwarzen Doppeltüren. Sie klopfte an einer an und hörte, wie Popes Stimme sie von der anderen Seite zum Eintreten aufforderte. Er stand neben einem Servierwagen, in der einen Hand eine Flasche Champagner, in der anderen zwei Gläser. Eins davon hielt er Catherine hin, als sie auf ihn zutrat.

»Nein danke«, sagte sie. »Ich bleibe nur eine Minute.«

»Ich bestehe darauf«, entgegnete er. »Bei unserer letzten Begegnung war die Stimmung etwas gereizt. Das möchte ich wiedergutmachen.«

»Haben Sie mich deshalb beschatten lassen?« fragte sie und nahm ihm das Glas ab.

»Ich lasse jeden beschatten, Schätzchen. Nur so bleibt man im Geschäft. Meine Jungs verstehen etwas von ihrem Job, wie Sie selbst feststellen werden, wenn Sie das hier gelesen haben.« Er hielt ihr einen Umschlag hin, zog ihn aber zurück, als sie danach griff. »Um so mehr hat es mich überrascht, daß Sie Dicky abgehängt haben. Das war clever – in der U-Bahnstation verschwinden und dann in einen Bus springen.«

»Ich hatte es mir anderes überlegt.« Sie nippte an dem Champagner. Er war eiskalt und schmeckte vorzüglich. Pope hielt ihr wieder den Umschlag hin, und diesmal ließ er zu, daß sie ihn nahm. Catherine stellte ihr Glas ab und öffnete ihn.

Er enthielt genau das, was sie brauchte – einen minutiösen Bericht über Peter Jordans Leben in London: Wo er arbeitete, wie er sich den Tag einteilte, die Namen der Lokale, in denen er verkehrte, sogar der Name eines Freundes war erwähnt.

Während Catherine zu Ende las, fischte Pope die Flasche aus dem Kübel und goß sich ein zweites Glas ein. Catherine faßte in ihre Handtasche, nahm das Geld heraus und warf es auf den Tisch. »Hier ist der Rest«, sagte sie. »Damit ist unser Geschäft wohl abgeschlossen. Haben Sie vielen Dank.«

Sie schob den Bericht über Peter Jordan in ihre Handtasche, da trat Pope vor und entwand ihr die Tasche. »Irrtum, liebe Catherine, unsere Geschäftsbeziehung fängt gerade erst an.«

»Wollen Sie mehr Geld? Ist es das?«

»Ja, ich will mehr Geld. Und wenn Sie nicht wollen, daß ich zur Polizei gehe, werden Sie es mir auch geben.« Er trat noch einen Schritt näher, drückte sich an ihren Körper und strich mit der Hand über ihre Brüste. »Aber ich will noch etwas anderes von Ihnen.«

In diesem Moment ging die Schlafzimmertür auf, und das Mädchen stand da, nur mit einem Männerhemd bekleidet, das bis zur Taille offenstand. »Vivie, das ist Catherine«, sagte Pope. »Die hübsche Catherine hat gerade eingewilligt, heute abend unser Gast zu sein.«

Bei ihrer Ausbildung war sie auf solche Situationen nicht vorbereitet worden. Sie hatte gelernt, wie man Truppen zählt, die Kampfkraft einer Armee beurteilt, ein Funkgerät benutzt, sich die Abzeichen von Einheiten und die Gesichter hoher Offiziere merkt. Aber sie hatte nicht gelernt, mit einem Londoner Gangster und seiner abartig veranlagten Freundin fertig zu werden, die sich abwechselnd über ihren Körper hermachen wollten. Sie hatte das Gefühl, sie sei in einer albernen Pubertätsphantasie gelandet. Das darf doch nicht wahr sein, dachte sie. Doch es *war* wahr, und Catherine konnte sich an nichts aus ihrer Ausbildung erinnern, das ihr jetzt weiterhalf.

Vernon Pope führte sie durch die Tür ins Schlafzimmer. Er stieß sie auf das Bettende, dann setzte er sich in einen Sessel in der Ecke. Vivie stand vor ihr und öffnete die letzten beiden Knöpfe ihres Hemdes. Sie hatte kleine feste Brüste, und ihre weiße Haut glänzte im gedämpften Licht. Sie packte Catherines Kopf und zog ihn an ihre Brüste. Catherine spielte das Spiel mit. Sie nahm Vivies Brustwarze in den Mund, und gleichzeitig dachte sie darüber nach, wie sie die beiden am besten töten könnte.

Catherine wußte: Ließ sie sich einmal erpressen, würde es immer so weitergehen. Ihre Mittel waren nicht unbegrenzt. Pope konnte sie finanziell ausbluten lassen. Und ohne Geld wäre sie kaltgestellt. Die Risiken, so überlegte sie, waren gering. Sie hatte ihre Spuren sorgfältig verwischt. Die Popes und ihre Leute wußten nicht, wo sie wohnte. Sie wußten nur, daß sie als Freiwillige im St. Thomas Hospital arbeitete, und Catherine hatte dem Krankenhaus eine falsche Adresse gegeben. Und daß sie zur Polizei gingen, war nicht zu befürchten. Die Polizei würde Fragen stellen, und wenn sie die wahrheitsgemäß beantworten wollten, mußten sie zugeben, daß sie für Geld einen amerikanischen Marineoffizier beschattet hatten.

Alles hing jetzt davon ab, daß sie Pope so schnell und geräuschlos wie möglich tötete.

Catherine nahm Vivies andere Brust in den Mund und saugte so lange an ihr, bis die Brustwarze hart wurde. Vivie warf den Kopf zurück und stöhnte. Sie ergriff Catherines Hand und führte sie zwischen ihre Beine. Sie war schon heiß und feucht. Catherine hatte alle Gefühle ausgeschaltet und ging ganz mechanisch vor, um dieser Frau Lust zu bereiten. Sie verspürte weder Angst noch Ekel. Sie versuchte einfach nur, ruhig zu bleiben und klar zu denken. Vivie begann, mit dem Becken gegen Catherines Finger zu stoßen, und gleich darauf erzitterte ihr Körper unter einem Orgasmus.

Vivie stieß Catherine zurück auf das Bett, setzte sich rittlings auf sie und schob ihr den Pullover hoch. Sie öffnete ihren BH und massierte ihre Brüste. Catherine sah, wie Vernon aufstand und sich auszog. Zum ersten Mal wurde sie nervös. Sie wollte unter allen Umständen verhindern, daß er sich auf sie legte oder in sie eindrang. Möglicherweise war er ein brutaler, sadistischer Liebhaber. Er konnte sie verletzen. Wenn sie mit gespreizten Beinen auf dem Rücken lag, war sie verwundbar. Gegen sein größeres Gewicht und seine überlegene Körperkraft konnte sie nichts ausrichten. Bei allen Kampfsportarten, die sie bei der Abwehr gelernt hatte, kam es auf Schnelligkeit und Bewegungsfreiheit an. Wenn Vernon Pope sie unter seinem schweren Körper begrub, war sie wehrlos.

Catherine mußte das Spiel mitspielen oder, besser noch, es selbst kontrollieren.

Sie streckte die Hände aus, nahm Vivies Brüste in die Hand und streichelte ihre Brustwarzen. Sie sah, daß Vernon sie beobachtete. Er verschlang sie mit den Augen und berauschte sich am Anblick der beiden Frauen, die sich gegenseitig liebkosten. Sie zog Vivie zu sich heran und führte ihren Mund an ihre Brüste. Sie dachte daran, wie leicht es jetzt wäre, Vivies Kopf zu packen und ihr mit einem kräftigen Ruck das Genick zu brechen. Aber das wäre ein Fehler. Zuerst mußte sie Pope erledigen. Vivie zu töten war dann einfach.

Pope kam ans Bett und stieß Vivie beiseite.

Bevor er sich auf Catherine legen konnte, setzte sie sich auf und küßte ihn. Sie stand auf, während seine Zunge wild ihren Mund erforschte. Sie unterdrückte einen Brechreiz. Einen Augenblick erwog sie, sich von ihm lieben zu lassen und ihn hinterher zu töten, wenn er müde und befriedigt war. Aber sie wollte nicht weitergehen als unbedingt nötig.

Sie streichelte seinen Penis. Er stöhnte auf und küßte sie noch ungestümer.

Jetzt war er hilflos. Sie drehte ihn so, daß er mit dem Rücken zum Bett stand.

Dann rammte sie ihm mit aller Kraft das Knie in den Unterleib.

Pope klappte nach vorn, die Hände zwischen den Beinen, und schnappte nach Luft. Vivie schrie.

Catherine drehte sich zur Seite und stieß ihm den Ellbogen gegen die Nase. Sie hörte Knochen und Knorpel knacken. Pope stürzte am Fußende des Bettes zu Boden. Blut schoß aus seinen Nasenlöchern. Vivie kniete kreischend auf dem Bett. Von ihr drohte jetzt keine Gefahr.

Catherine wirbelte herum und sprang zur Tür. Pope, immer noch am Boden, trat nach ihr.

Er traf ihren rechten Knöchel. Sie strauchelte und schlug so hart auf dem Boden auf, daß ihr der Atem wegblieb. Für einen Moment sah sie Sternchen, und ihre Augen füllten sich mit Tränen. Sie fürchtete, das Bewußtsein zu verlieren.

Sie rappelte sich hoch und wollte gerade aufstehen, da bekam Pope ihren Knöchel zu fassen und zog sie zu sich heran. Sie rollte sich schnell auf die Seite und stieß ihm den Absatz ihres Schuhs gegen die gebrochene Nase. Er schrie vor Schmerz auf, doch seine Hand umklammerte ihr Fußgelenk nur noch fester.

Sie trat ein zweites, dann ein drittes Mal zu.

Endlich ließ er sie los.

Catherine sprang auf und rannte zum Sofa, wo Pope ihre Handtasche hingelegt hatte. Sie öffnete sie und zog den Reißverschluß des Innenfachs auf. Da war das Stilett. Sie umfaßte den Griff und ließ die Klinge herausschnappen.

Pope war aufgesprungen und stürzte mit ausgestreckten Armen auf sie zu. Catherine fuhr herum und ließ das Stilett durch die Luft sausen. Die Spitze der Klinge riß eine klaffende Wunde in seine rechte Schulter.

Pope heulte auf und faßte mit der linken Hand nach der Wunde. Blut spritzte zwischen seinen Fingern hervor. Da er den Arm vor der Brust hatte, war ein Stich ins Herz unmöglich. Die Abwehr hatte ihr eine Methode beigebracht, die sie erschaudern ließ, wenn sie nur daran dachte. Aber sie mußte sie jetzt anwenden, sie hatte keine andere Wahl.

Catherine trat einen Schritt näher, holte mit dem Stilett aus und rammte Vernon Pope die Klinge ins Auge.

Vivie hatte sich in einer Ecke des Schlafzimmers wie ein Embryo am Boden zusammengerollt und weinte hysterisch. Catherine ergriff sie am Arm, zog sie auf die Beine und drückte sie mit dem Rücken gegen die Wand.

»Bitte«, flehte Vivie, »tu mir nicht weh.«

»Ich werde dir nicht weh tun.«

»Tu mir nicht weh.«

»Ich werde dir nicht weh tun.«

»Ich verspreche, daß ich niemandem etwas sagen werde, nicht einmal Robert. Ich schwöre es.«

»Auch nicht der Polizei?«

»Auch nicht der Polizei.«

»Gut. Ich wußte, daß ich dir vertrauen kann, Vivie.«

Catherine streichelte ihr Haar, berührte ihr Gesicht. Vivie schien sich zu entspannen. Ihr Körper erschlaffte, und Catherine mußte sie stützen, damit sie nicht zusammensackte.

»Wer bist du?« fragte Vivie. »Wie konntest du das tun?«

Catherine antwortete nicht. Sie streichelte nur Vivies Haar, während sie mit der anderen Hand sanft nach der weichen Stelle unterhalb ihres Brustkorbs tastete. Vivie riß die Augen auf, als ihr die Klinge ins Herz fuhr. Sie starb schnell und leise, den leeren Blick auf Catherine gerichtet.

Catherine ließ sie los. Der Körper glitt an der Wand zu Boden, und durch die Bewegung wurde das Stilett aus dem Herz gezogen. Catherine betrachtete die Leichen, das Blut. *Mein Gott, was haben sie nur aus mir gemacht?* Dann sank sie neben der toten Vivie auf die Knie und übergab sich.

Überraschend ruhig traf sie die üblichen Fluchtvorbereitungen. Sie ging ins Badezimmer, wusch sich die blutverschmierten Hände und reinigte die Klinge des Stiletts. Gegen die Blutspritzer auf ihrem Pullover konnte sie nichts machen. Sie mußte sie unter ihrem Ledermantel verbergen. Sie ging, an der Toten vorbei, durch das Schlafzimmer und in den anderen Raum. Vorsichtig trat sie ans Fenster und spähte auf die Straße hinunter. Anscheinend hatte Pope Wort gehalten. Vor dem Lagerhaus war niemand zu sehen. Sicherlich würden seine Leute morgen früh die Leichen finden und dann nach ihr suchen. Zumindest bis dahin war sie vor ihnen sicher. Sie ergriff ihre Handtasche und nahm die hundert Pfund vom Tisch, die sie Pope gegeben hatte. Sie fuhr mit dem Aufzug nach unten, durchquerte die Halle und schlüpfte hinaus in die Nacht.

22

London, East End

Anders als die meisten Angehörigen seiner Zunft mied Detective-Superintendent Andrew Kidlington nach Möglichkeit Schauplätze eines Mordes. Als Laienprediger in seiner Kirchengemeinde hatte er schon vor langer Zeit den Geschmack an der makabren Seite seines Berufes verloren. Zudem hatte er tüchtige Mitarbeiter um sich geschart und hielt es für das beste, ihnen weitgehend freie Hand zu lassen. Er war bekannt dafür, daß er aus einem guten Bericht mehr über einen Mord ableitete als aus jeder Besichtigung des Tatorts, und er sorgte dafür, daß jeder Fetzen Papier, den seine Abteilung produzierte, über seinen Schreibtisch wanderte. Doch kam es nicht alle Tage vor, daß ein Mann wie Vernon Pope erstochen wurde. Das mußte er mit eigenen Augen gesehen haben.

Der uniformierte Polizist, der die Tür zur Lagerhalle bewachte, trat beiseite, als Kidlington näherkam. »Der Aufzug ist ganz hinten, Sir«, sagte er. »Oben erwartet Sie ein Kollege. Er wird Ihnen den Weg zeigen.«

Kidlington durchquerte langsam die Halle. Er war groß und knochig, mit wolligem grauem Haar, und er sah stets aus wie jemand, der sich darauf vorbereitet, eine schlechte Nachricht zu überbringen. Seine Männer machten gern einen Bogen um ihn.

Ein junger Inspektor namens Meadows erwartete ihn oben im Flur. Für Kidlingtons Geschmack kleidete sich Meadows zu auffällig und war zu eifrig hinter den Frauen her. Doch er war ein hervorragender Detektiv und konnte es beruflich noch weit bringen.

»Schöne Schweinerei da drin, Sir«, sagte Meadows.

Kidlington roch das Blut, als Meadows ihn hineinführte. Vernon Popes Leiche lag auf einem Orientteppich neben dem Sofa. Eine dunkle Blutlache schaute unter dem grauen Tuch hervor, das sie bedeckte. Trotz seiner dreißig Dienstjahre verspürte Kidlington einen Brechreiz, als Meadows niederkniete und das Tuch zurückschlug.

»Mein Gott«, sagte Kidlington atemlos. Er verzog das Gesicht und wandte sich für einen Moment ab.

»So etwas habe ich noch nie gesehen«, sagte Meadows.

Vernon Popes nackte Leiche lag mit dem Gesicht nach oben in einer Lache geronnenen schwarzen Blutes. Es war offensichtlich, daß der tödlichen Verletzung ein brutaler Kampf vorausgegangen war. Der Tote hatte ein klaffende Wunde an der Schulter. Seine Nase war gebrochen. Blut war aus den Nasenlöchern in den Mund gelaufen, der jetzt offenstand, wie um einen letzten Schrei auszustoßen. Und dann das Auge. Kidlington konnte kaum hinsehen. Blut und Augenflüssigkeit waren über die eine Gesichtshälfte geflossen. Der Augapfel war zerstört, die Pupille nicht mehr erkennbar. Die Autopsie mußte zeigen, wie tief die Wunde war, aber allem Anschein nach hatte sie den Tod herbeigeführt. Der Täter hatte Vernon Pope einen spitzen Gegenstand durch das Auge ins Gehirn gestoßen.

Kidlington brach das Schweigen: »Wann ungefähr ist der Tod eingetreten?«

»Irgendwann letzte Nacht, vielleicht schon am frühen Abend.«

»Die Mordwaffe?«

»Schwer zu sagen. Auf jeden Fall kein normales Messer. Sehen Sie sich die Wunde an der Schulter an. Das Fleisch wurde förmlich weggerissen. Die Wundränder sind ausgefranst.«

»Und das bedeutet?«

»Ein scharfer Gegenstand. Ein Schraubenzieher, vielleicht ein Eispickel.«

Kidlington sah sich im Raum um.

»Popes Eispickel liegt noch auf dem Servierwagen. Ich bezweifle, daß ein Eispickel die Mordwaffe war, es sei denn, der Mörder trägt einen mit sich herum.« Kidlington sah wieder auf die Leiche hinunter. »Ich tippe auf ein Stilett. Das ist eine Stichwaffe und keine Hiebwaffe. Daher die ausgefranste Wunde an der Schulter und der saubere Einstich im Auge.«

»Richtig, Sir.«

Kidlington hatte genug gesehen. Er stand auf und bedeutete Meadows, die Leiche wieder zuzudecken.

»Und die Frau?«

»Im Schlafzimmer. Hier entlang, Sir.«

Robert Pope saß bleich und zitternd auf dem Beifahrersitz des Lieferwagens, als Dicky Dobbs zum St. Thomas Hospital raste. Robert war es, der die Leichen am frühen Morgen entdeckt hatte. Er hatte in einem Café im East End auf Vernon gewartet, wo sie jeden Morgen zusammen frühstückten. Als Vernon nicht erschien, wurde er unruhig. Er holte Dicky in seiner Wohnung ab und fuhr mit ihm zum Lagerhaus. Beim Anblick der Leichen schrie er auf und stieß den Fuß durch die Glasplatte des Tisches.

Robert und Vernon Pope waren immer Realisten gewesen und wußten, daß sie einem gefährlichen Gewerbe nachgingen, das sie jederzeit das Leben kosten konnte. Wie alle Brüder stritten sie manchmal, aber Robert Pope liebte seinen älteren Bruder mehr als alles andere auf der Welt. Ihr Vater, ein arbeitsloser Trinker, hatte sie schon früh verlassen, und Vernon hatte ihn praktisch großgezogen. Am meisten aber schockierte Robert die Art, wie Vernon gestorben war – nackt auf dem Boden, durch einen Stich ins Auge. Und die unschuldige Vivie hatte einen Stich ins Herz erhalten.

Es war möglich, daß einer ihrer Rivalen Vernon ermordet hatte. Seit Beginn des Krieges florierte ihr Unternehmen, und sie hatten ihre Geschäfte auf andere Bezirke ausgedehnt. Aber nach einem Bandenmord sah die Sache nicht aus. Pope vermutete, daß es etwas mit dieser Frau zu tun hatte – Catherine Blake oder wie immer sie auch hieß. Er hatte, ohne seinen Namen zu nennen, die Polizei verständigt, denn ganz heraushalten konnte er sie nicht, aber bei der Suche nach dem Mörder oder der Mörderin seines Bruders würde er sich nicht auf sie verlassen. Das wollte er selbst in die Hand nehmen.

Dicky parkte den Wagen am Fluß und betrat das St. Thomas Hospital durch einen Personaleingang. Nach fünf Minuten tauchte er wieder auf und kehrte zum Wagen zurück.

»War er da?« fragte Pope.

»Ja, er glaubt, daß er das für uns deichseln kann.«

»Wie lange braucht er?«

»Zwanzig Minuten.«

Eine halbe Stunde später kam ein hagerer Mann in Sanitäteruniform hinter dem Krankenhaus hervor und trabte auf den Lieferwagen zu.

Dicky kurbelte die Scheibe herunter.

»Ich habe sie, Mr. Pope«, sagte der Sanitäter. »Ich habe sie von einem Mädchen in der Verwaltung. Sie hat gemeint, das sei gegen die Vorschriften, aber ich habe ein bißchen Süßholz geraspelt und ihr einen Fünfer versprochen. Das macht Ihnen doch hoffentlich nichts aus.«

Dicky streckte die Hand aus, und der Sanitäter gab ihm einen Zettel. Dicky reichte ihn an Pope weiter.

»Gut gemacht, Sammy«, sagte Pope und las. »Gib ihm sein Geld, Dicky.«

Der Sanitäter nahm das Geld und machte ein enttäuschtes Gesicht.

»Stimmt was nicht, Sammy? Zehn Schilling, genau wie abgemacht.«

»Aber Mr. Pope, was ist mit dem Fünfer für das Mädchen?«

»Den kannst du als Unkosten abschreiben.«

»Aber Mr. Pope ...«

»Sammy, du willst mir doch nicht den Nerv töten, ausgerechnet jetzt.«

Dicky legte den ersten Gang ein und fuhr mit quietschenden Reifen los.

»Wie lautet die Adresse?« fragte Dicky.

»Islington. Leg einen Zahn zu.«

Mrs. Eunice Wright, wohnhaft in der Norton Lane Nr. 23 in Islington, war ein wenig wie das Haus, in dem sie lebte: groß, schmal, der Jahrhundertwende entstammend und von viktorianischer Strenge und Standfestigkeit. Sie wußte nicht – und sollte es auch nach dieser unerquicklichen Geschichte nie erfahren –, daß eine Agentin namens Catherine Blake von der deutschen Abwehr ihr Haus als falsche Adresse angegeben hatte.

Seit zwei Wochen wartete Eunice Wright nun schon darauf, daß ein Handwerker kam und ihren defekten Boiler reparierte. Vor dem Krieg hatte sie die Zimmer in ihrer kleinen Pension hauptsächlich an junge Männer vermietet, die ihr bereitwillig geholfen hatten, wenn einmal der Abfluß verstopft war oder der Gasofen nicht funktionierte. Doch inzwischen waren alle jungen Männer in der Armee. Ihr Sohn, der stets in ihren Gedanken war, kämpfte in Nordafrika. Ihre jetzigen Mieter bereiteten ihr wenig Freude – zwei alte Männer, die ständig über den letzten Krieg sprachen, und zwei ziemlich einfältige Mädchen vom Lande, die ihrem langweiligen Dorf in Mittelengland entflohen waren und in einer Londoner Fabrik arbeiteten. Früher hatte Leonard alle Reparaturen im Haus durchgeführt, aber Leonard war nun schon seit zehn Jahren tot.

Eunice stand am Fenster im Wohnzimmer und nippte an einer Tasse Tee. Im Haus war es still. Die Männer spielten im ersten Stock Dame. Sie hatte ihnen eingeschärft, die Steine nicht auf das Brett zu knallen, damit sie die Mädchen nicht weckten, die gerade von der Nachtschicht gekommen waren. Vor lauter Langeweile schaltete sie das Radio ein und hörte die Nachrichten auf BBC.

Der Lieferwagen, der gleich darauf vor ihrem Haus hielt, kam ihr merkwürdig vor. Er trug an der Seite keine Aufschrift, keinen Firmennamen, und die beiden Männer, die im Führerhaus saßen, sahen gar nicht nach Handwerkern aus. Der Kerl am Steuer war groß und stark, mit kurzgeschorenem Haar und einem so dicken Hals, daß man meinen konnte, der Kopf sitze direkt auf den Schultern. Der andere war kleiner, dunkelhaarig und blickte verdrossen drein. Auch ihre Kleidung war merkwürdig. Sie trugen keine Overalls, sondern Anzüge, offenkundig sogar ziemlich teure Anzüge.

Sie öffneten die Türen und stiegen aus. Eunice fiel auf, daß sie keinen Werkzeugkasten bei sich trugen. Vielleicht wollten sie den Schaden an ihrem Boiler zuerst in Augenschein nehmen, bevor sie ihr Werkzeug ins Haus schleppten. Sie musterte sie genauer, als sie auf ihre Vordertür zugingen. Sie sahen eigentlich ganz gesund aus. Warum waren sie nicht in der Armee? Sie bemerkte, daß die beiden verstohlene Blicke um sich warfen, als wollten sie sich vergewissern, daß sie nicht beobachtet wurden. Plötzlich wünschte sie, Leonard wäre hier.

Ihre Art zu klopfen war alles andere als höflich. Sie stellte sich vor, daß Polizisten so an eine Tür klopften, wenn sie dahinter einen Verbrecher vermuteten. Wieder klopfte es, und diesmal so laut, daß die Fensterscheibe klirrte.

Oben, wo die beiden Mieter Dame spielten, wurde es still.

Sie ging zur Tür. Sie sagte sich, daß kein Grund zur Beunruhigung bestehe – die beiden ließen nur die gewohnten guten Manieren englischer Handwerker vermissen. Es war Krieg. Die tüchtigen Handwerker dienten in der Armee, reparierten Bomber oder Fregatten. Nur die schlechten, wie die beiden an der Tür, hatten eine Stelle zu Hause.

Langsam öffnete Eunice die Tür. Sie wollte die beiden bitten, möglichst leise zu sein, um die Mädchen nicht zu wecken. Doch sie kam nicht dazu. Der große, der ohne Hals, drückte mit dem Unterarm die Tür auf und preßte ihr die Hand auf den Mund. Eunice wollte schreien, doch der Schrei erstarb mit einem kaum hörbaren Laut in ihrer Kehle.

Der kleinere legte ihr den Mund ans Ohr und sagte mit einer Gelassenheit, die sie nur noch mehr erschreckte: »Tu, was wir dir sagen, Muttchen, dann wird dir niemand ein Haar krümmen.«

Dann huschte er an ihr vorbei und sprang die Treppe hinauf.

Meadows war über die Pope-Bande einigermaßen im Bilde. Er wußte, mit welchen legalen und illegalen Geschäften sie ihr Geld verdiente, und er kannte die Namen und Gesichter der meisten Bandenmitglieder. So kam es, daß er, als er die Beschreibung der beiden Männer hörte, die gewaltsam in eine Pension in Islington eingedrungen waren, am Schauplatz des Mordes seine Sachen zusammenpackte und nach Islington fuhr, um sich selbst vor Ort zu informieren. Die Beschreibung des ersten Täters paßte auf Richard »Dicky« Dobbs, Popes Gorilla und Geldeintreiber, die andere auf Robert Pope selbst.

Meadows ging, wie es seine Gewohnheit war, auf und ab, während Eunice Wright kerzengerade auf einem Stuhl saß und geduldig die Geschichte wiederholte, die sie bereits zweimal erzählt hatte. Statt der Tasse Tee hielt sie jetzt ein kleines Glas Sherry in der Hand. Die Hand des Angreifers hatte in ihrem Gesicht rote Druckstellen hinterlassen, und beim Sturz auf den Boden hatte sie sich den Kopf angeschlagen, doch sonst fehlte ihr nichts.

»Und er hat Ihnen nicht gesagt, wen oder was er gesucht hat, Mrs. Wright?« fragte Meadows, wobei er seine Wanderung durch das Zimmer nur unterbrach, um die Frage zu stellen.

»Nein.«

»Haben sie sich mit ihren Namen angeredet?«

»Nein, ich glaube nicht.«

»Haben Sie zufällig das Kennzeichen des Lieferwagens gesehen?«

»Nein, aber ich habe einem Beamten den Wagen beschrieben.«

»Ich fürchte, das wird uns nicht viel nützen. Das Modell ist sehr verbreitet. Einer meiner Männer wird die Nachbarn befragen.«

»Tut mir leid«, sagte sie und rieb sich den Hinterkopf.

»Sind Sie in Ordnung?«

»Ich habe mir wegen dieses Grobians böse den Kopf angeschlagen.«

»Sie sollten zum Arzt gehen. Einer der Beamten kann Sie hinfahren, wenn wir hier fertig sind.«

»Danke, das ist sehr freundlich von Ihnen.«

Meadows hob seinen Regenmantel auf und zog ihn an. »Haben sie sonst noch etwas gesagt, woran Sie sich erinnern können?«

»Ja, das haben sie.« Eunice Wright zögerte einen Moment und errötete. »Ich fürchte, die Ausdrücke waren nicht ganz stubenrein.«

»Ich versichere Ihnen, daß ich keinen Anstoß nehmen werde.«

»Der Kleinere sagte, ›wenn ich diese ...‹ Sie hielt inne, senkte die Stimme und sprach verlegen weiter. »›Wenn ich diese verfluchte Hure finde, bringe ich sie eigenhändig um.‹«

Meadows runzelte die Stirn. »Sind Sie sicher?«

»Oh ja, wenn einem solche Ausdrücke selten zu Ohren kommen, vergißt man sie nicht so schnell wieder.«

»Da haben Sie recht.« Er gab ihr seine Karte. »Wenn Ihnen noch etwas einfällt, zögern Sie nicht, mich anzurufen. Auf Wiedersehen, Mrs. Wright.«

»Auf Wiedersehen, Inspektor.«

Meadows setzte seinen Hut auf und ging zur Tür. So, sie suchten also nach einer Frau. Vielleicht waren es gar nicht die Popes gewesen. Vielleicht waren es nur zwei Kerle, die hinter einem Mädchen her waren. Vielleicht war die Ähnlichkeit nur ein Zufall. Doch Meadows glaubte nicht an Zufälle. Er beschloß, zum Lagerhaus der Popes zurückzufahren und herauszufinden, ob den Anwohnern eine Frau aufgefallen war, die sich in letzter Zeit dort herumgetrieben hatte.

23

London

Catherine Blake vermutete, daß alliierte Offiziere, die das wichtigste Geheimnis des Krieges kannten, vor Spionen gewarnt worden waren. Warum sonst sollte Commander Peter Jordan für den kurzen Gang über den Grosvenor Square den Aktenkoffer mit Handschellen an sein Handgelenk ketten? Außerdem vermutete sie, daß Offiziere angehalten worden waren, sich vor Frauen in acht zu nehmen. Zu Beginn des Krieges hatte sie außen an einem Club, in dem britische Offiziere verkehrten, ein Plakat hängen sehen. Es zeigte eine betörende, vollbusige Blondine in einem engen Abendkleid, die darauf wartete, daß ihr ein Offizier Feuer gab. Darunter stand: »Halt den Mund, sie ist nicht so dumm.« Nie zuvor hatte Catherine so etwas Lächerliches gesehen. Wenn es solche Frauen gab – Flittchen, die in Clubs oder auf Parties herumhingen und Gerüchte oder Geheimnisse aufzuschnappen hofften –, so war ihr jedenfalls noch nie eine begegnet. Dennoch glaubte sie, daß diese Art von Propaganda auf Peter Jordan nicht ohne Wirkung geblieben war. Bestimmt würde er mißtrauisch werden, wenn eine schöne Frau plötzlich um seine Aufmerksamkeit buhlte. Außerdem war er ein intelligenter und attraktiver Mann, der gewiß hohe Ansprüche an die Frau stellte, mit der er seine Zeit verbrachte. Die Szene kürzlich im *Savoy,* als Shepherd Ramsey ihn mit einer dummen Göre verkuppeln wollte, war der Beweis dafür. Catherine mußte sich also sehr behutsam an ihn heranmachen.

Und aus diesem Grund stand sie jetzt an einer Ecke in der Nähe des *Vandyke Club,* im Arm eine Tüte mit Lebensmitteln.

Es war kurz nach sechs Uhr abends. Dunkelheit legte sich über London. Der abendliche Verkehr spendete gerade soviel Licht, daß sie den Eingang des Clubs sehen konnte. Ein paar Minuten später trat ein Mann von mittlerer Größe und durchschnittlicher Statur heraus. Es war Peter Jordan. Er blieb einen Moment stehen und knöpfte sich den Mantel zu. Wenn er seiner Gewohnheit treu blieb, würde er jetzt die kurze Strecke zu seinem Haus zu Fuß zurücklegen. Wenn er jedoch ein Taxi anhielt, hätte Catherine Pech gehabt. Dann wäre sie gewungen, morgen abend mit ihrer Einkaufstüte wiederzukommen.

Jordan stellte den Kragen seines Mantels hoch und ging in ihre Richtung. Catherine Blake wartete einen Moment, dann lief sie ihm direkt in den Weg.

Als sie zusammenprallten, hörte er, wie Papier zerriß und Konserven über den Bürgersteig kullerten.

»Entschuldigen Sie – ich habe Sie nicht gesehen. Darf ich Ihnen helfen?«

»Nein, es war meine Schuld. Ich habe meine Taschenlampe verlegt und mich verlaufen. Ich komme mir richtig dumm vor.«

»Nein, nein, es war meine Schuld. Ich wollte sehen, ob ich auch im Dunkeln nach Hause finde. Hier, ich habe eine Taschenlampe. Ich schalte sie an.«

»Könnten Sie den Gehweg ableuchten? Ich glaube, meine Ration rollt gerade in Richtung Hyde Park.«

»Hier, nehmen Sie meine Hand.«

»Danke. Übrigens, Sie brauchen mir jetzt nicht mehr ins Gesicht zu leuchten.«

»Verzeihung, Sie sind nur so ...«

»Nur so was?«

»Ach nichts. Ich fürchte, die Tüte Mehl ist nicht mehr zu retten.«

»Da haben Sie recht.«

»Halten Sie, ich hebe die Sachen für Sie auf.«

»Ich schaffe das schon, danke.«

»Nein, ich bestehe darauf. Und das Mehl ersetze ich Ihnen. Ich habe genug Lebensmittel zu Hause. Ich weiß sowieso nicht, wohin damit.«

»Werden Sie nicht von der Army verpflegt?«

»Woher wissen Sie ...«

»Ich fürchte, die Uniform und der Akzent haben Sie verraten. Außerdem kann nur ein amerikanischer Offizier so dumm sein, freiwillig ohne Taschenlampe durch die Londoner Straßen zu gehen. Ich habe mein ganzes Leben hier verbracht und verlaufe mich während der Verdunkelung trotzdem.«

»Bitte, lassen Sie mich die Sachen ersetzen, die Sie verloren haben.«

»Das ist sehr freundlich von Ihnen, aber es ist wirklich nicht nötig. Es war mir ein Vergnügen, mit Ihnen zusammenzustoßen.«

»Ganz meinerseits.«

»Könnten Sie mir freundlicherweise sagen, wie ich zur Brompton Road komme?«

»Da entlang.«

»Vielen Dank.«

Sie drehte sich um und machte sich auf den Weg.

»Warten Sie einen Augenblick. Ich mache Ihnen einen Vorschlag.«

Catherine blieb stehen.

»Und der wäre?«

»Vielleicht hätten Sie Lust, mit mir etwas trinken zu gehen, irgendwann mal.«

Sie zögerte, dann sagte sie: »Ich bin mir nicht sicher, ob ich mit einem verwegenen Amerikaner ausgehen will, der unbedingt ohne Taschenlampe durch die Londoner Straßen tappen muß. Aber ich denke, man kann Ihnen trauen. Also gut, gehen wir etwas trinken.«

Sie wandte sich wieder zum Gehen.

»Warten Sie. Kommen Sie zurück. Ich weiß ja nicht einmal, wie Sie heißen.«

»Catherine«, sagte sie. »Catherine Blake.«

»Ich brauche Ihre Telefonnummer«, sagte Jordan hilflos.

Aber sie war bereits in der Dunkelheit verschwunden.

Zu Hause angekommen, ging Peter Jordan in sein Arbeitszimmer, nahm den Telefonhörer ab und wählte. Er sagte seinen Namen, und eine angenehme weibliche Stimme bat ihn, in der Leitung zu bleiben. Einen Augenblick später hörte er den englischen Akzent des Mannes, den er nur unter dem Namen Broome kannte.

24

Kent, England

Alfred Vicary arbeitete bis zur Erschöpfung. Obwohl er unter so enormem Druck stand, die Spione zu fassen, betreute er auch weiterhin seine alten Fälle, und dazu gehörte vor allem das Becker-Netz. Er hatte erwogen, das Becker-Netz abzugeben, bis die Spione verhaftet waren, den Gedanken jedoch schnell wieder verworfen. Er war der geistige Vater des Becker-Netzes, es war sein Meisterstück. Es hatte ihn unzählige Stunden gekostet, das Netz zu knüpfen und es am Leben zu erhalten. Er mußte sich weiter darum kümmern und gleichzeitig versuchen, der Spione habhaft zu werden.

Es war eine strapaziöse Angelegenheit. Sein rechtes Auge begann zu zucken, wie seinerzeit bei den Abschlußprüfungen in Cambridge. Er kannte diese ersten Anzeichen nervlicher Erschöpfung.

Rebhuhn war der Deckname eines skrupellosen LKW-Fahrers, der auf seinen Routen immer wieder durch militärische Sperrbezirke in Suffolk, Kent und Ost-Sussex kam. Er war ein Anhänger des britischen Faschisten Oswald Mosley und trug das Geld, das er mit Spionieren verdiente, zu Huren. Manchmal nahm er die Mädchen mit auf seine Tour, so daß sie ihm unterwegs zu Diensten sein konnten. Er mochte Karl Becker, denn Becker hatte immer ein junges Mädchen bei sich versteckt und teilte stets bereitwillig – selbst mit Leuten wie Rebhuhn.

Rebhuhn existierte freilich nur in Vicarys Phantasie, im Äther und in den Köpfen seiner deutschen Führungsoffiziere in Hamburg. Aufklärungsflugzeuge der deutschen Luftwaffe hatten im englischen Südosten neue Aktivitäten des Feindes ausgemacht, und Berlin hatte Becker beauftragt, der Sache nachzugehen und innerhalb einer Woche Bericht zu erstatten. Becker hatte den Auftrag an Rebhuhn weitergegeben, genauer gesagt, Vicary hatte es für ihn getan. Das war die Gelegenheit, auf die Vicary gewartet hatte: eine Aufforderung der Abwehr, falsche Informationen über die First United States Army Group zu übermitteln, die zum Schein im Südosten Englands zusammengezogen wurde.

Rebhuhn war – nach dem von Vicary erdachten Szenario – am Mittag durch Kent gefahren. Tatsächlich hatte Vicary dieselbe Fahrt am Morgen in einem Dienst-Humber unternommen. Auf dem ledernen Rücksitz in eine Decke gewickelt, hatte Vicary sich vorgestellt, welche Anzeichen einer Truppenmassierung ein Mann wie Rebhuhn bemerken könnte. Beispielsweise könnte ihm auffallen, daß mehr Militärlaster als sonst auf den Straßen unterwegs waren. Er könnte in einem Pub eine Gruppe amerikanischer Offiziere entdecken, die dort zu Mittag aßen. An einer Tankstelle könnte er Gerüchte über den bevorstehenden Ausbau einer Straße in der Gegend aufschnappen. Dies alles war banal und lieferte nur kleine Hinweise, aber es paßte zu Rebhuhns Tarnung. Vicary konnte ihn nicht General Pattons Hauptquartier entdecken lassen, denn seine Führungsoffiziere bei der Abwehr würden niemals glauben, daß ein Agent wie Rebhuhn dazu in der Lage wäre. Doch Rebhuhns Hinweise deckten sich mit den übrigen Falschinformationen und fügten sich in das Bild, das der britische Geheimdienst den Deutschen vorgaukeln wollte – daß nämlich eine gewaltige Armee der Alliierten darauf wartete, jenseits des Ärmelkanals bei Calais anzugreifen.

Auf der Rückfahrt nach London setzte Vicary Rebhuhns Bericht auf. Karl Becker würde ihn, nachdem er mit einem Abwehr-Code verschlüsselt worden war, am späten Abend aus dem Gefängnis nach Hamburg übermitteln. Vicary stand eine weitere Nacht bevor, in der er, wenn überhaupt, nur wenig Ruhe finden würde. Als er den Bericht beendet hatte, rollte er seinen Regenmantel zu einem Kissen zusammen, lehnte den Kopf ans Fenster und schloß die Augen. Das Schaukeln des Humbers und das leise Brummen des Motors wiegten ihn in einen leichten, unruhigen Schlaf. Er träumte wieder von Frankreich, nur daß diesmal nicht Brendan Evans, sondern Boothby zu ihm ins Lazarett kam. *Tausend Männer sind tot, Alfred, und alles ist Ihre Schuld! Wenn Sie die Spione gefaßt hätten, wären sie noch am Leben!* Vicary zwang sich, die Augen zu öffnen, und erhaschte einen Blick von der vorüberziehenden Landschaft, bevor er wieder in Schlaf sank.

Diesmal liegt er an einem schönen Frühlingsmorgen im Bett.

Es ist der Morgen vor fünfundzwanzig Jahren, an dem er Helen zum ersten Mal liebt. Er verbringt das Wochenende auf dem Anwesen von Helens Vater. Durch das Fenster seines Schlafzimmers sieht er, wie die Morgensonne die Hügel mit einem rosa Licht übergießt. Es ist der Tag, an dem sie Helens Vater von ihren Heiratsplänen erzählen wollen. Er hört ein sanftes Klopfen an der Tür, und als er den Kopf wendet, sieht er Helen ins Zimmer schlüpfen, schön und nur mit einem weißen Nachthemd bekleidet. Sie steigt zu ihm ins Bett und küßt ihn auf den Mund. *Ich habe den ganzen Morgen an dich gedacht, Alfred, Liebster.* Sie faßt unter die Decke, bindet seine Pyjamahose auf und berührt ihn leicht mit ihren langen, schönen Fingern. *Helen, ich dachte, du wolltest warten, bis wir...* Sie bringt ihn mit einem Kuß zum Schweigen. *Ich will nicht mehr darüber reden. Wir müssen uns aber beeilen. Wenn Daddy mich hier findet, bringt er uns um.* Sie setzt sich rittlings auf ihn, vorsichtig, damit sie nicht an sein Knie stößt. Sie hebt ihr Nachthemd und führt ihn mit der Hand. Er spürt einen Widerstand. Helen drückt fester, stöhnt kurz vor Schmerz, dann ist er in ihr. Sie zieht seine Hände an ihre Brüste. Er hat sie früher schon berührt, jedoch nur durch ihre Kleider und ihre steife Unterwäsche. Jetzt ist nur das Nachthemd dazwischen, und sie fühlen sich weich und wundervoll an. Er versucht, ihr Nachthemd aufzuknöpfen, doch sie läßt ihn nicht. *Schnell, Darling, schnell.* Hinterher will er, daß sie bleibt. Er will sie in den Armen halten, es immer wieder tun, doch sie streift sich das Nachthemd glatt, küßt ihn noch einmal und huscht dann aus dem Zimmer.

Vicary erwachte in den östlichen Londoner Vororten, ein leichtes Lächeln auf dem Gesicht. Er hatte das erste Mal mit Helen nicht als enttäuschend empfunden – es war einfach nur anders, als er erwartet hatte. In seinen jugendlichen Phantasien hatte er sich immer Frauen mit riesigen Brüsten vorgestellt, die vor Ekstase schrien. Aber Helen hatte es langsam und sanft getan, und statt zu schreien, hatte sie gelächelt und ihn zärtlich geküßt. Es war nicht leidenschaftlich, aber es war perfekt. Und es war perfekt, weil er unsterblich in sie verliebt war.

Das war es auch mit Alice Simpson, aber aus anderen Gründen. Vicary mochte sie, und manchmal dachte er sogar, er sei in sie verliebt, was immer das auch bedeuten mochte. Er genoß ihre Gesellschaft mehr als alles andere. Sie war intelligent, geistreich und, wie Helen, etwas respektlos. Sie unterrichtete Literatur an einer Mädchenschule und verfaßte mittelmäßige Theaterstücke über Leute, die in einem elegant eingerichteten Salon unentwegt Sherry oder Earl Grey schlürften. Daneben schrieb sie unter einem Pseudonym Liebesromane, die Vicary, wenngleich kein Freund dieses Genres, für ziemlich gut hielt. Einmal ertappte ihn Lillian Walford, seine Sekretärin an der Universität, dabei, wie er in einem Buch von Alice Simpson las. Am nächsten Tag brachte sie ihm einen Stapel Romane von Barbara Cartland. Vicary wäre am liebsten im Boden versunken. Wenn die Figuren in Alices Romanen sich liebten, hörten sie Wellen rauschen und fühlten den Regen auf sich niederprasseln. Im wirklichen Leben war sie schüchtern und zärtlich und bestand immer darauf, daß sie sich im Dunkeln liebten. Mehr als einmal schloß Vicary die Augen und sah Helen in ihrem weißen Nachthemd, in das Licht der Morgensonne getaucht.

Das Verhältnis mit Alice Simpson war im Krieg eingeschlafen. Doch sie sprachen noch mindestens einmal in der Woche miteinander. Sie hatte schon früh bei einem Fliegerangriff ihre Wohnung verloren und wohnte eine Zeitlang in Vicarys Haus in Chelsea. Gelegentlich aßen sie gemeinsam zu Abend, aber es lag Monate zurück, daß sie miteinander geschlafen hatten. Plötzlich wurde ihm bewußt, daß er zum ersten Mal wieder an Alice Simpson dachte, seit Edward Kenton vor Tante Matildas Haus Helens Namen ausgesprochen hatte.

Ham Commons, Surrey

Das große, ziemlich häßliche dreistöckige Haus war von einem doppelten Zaun umgeben und durch einen Lattenzaun vor den Blicken der Außenwelt geschützt. Baracken, die auf dem vier Hektar großen Grundstück eilig errichtet worden waren, dienten einem Großteil des Personals als Unterkunft. Einst unter dem Namen Latchmere House bekannt und im Ersten Weltkrieg als Pflegeanstalt und Rehabilitationszentrum für Opfer von Kriegsneurosen genutzt, wurde das Gebäude 1939 in die wichtigste Verhörzentrale und Haftanstalt des MI5 umgewandelt und erhielt die militärische Bezeichnung Lager 020.

Der Raum, in den Vicary geführt wurde, roch nach Schimmel, Desinfektionsmitteln und vage nach gekochtem Kohl. Nirgendwo war ein Haken, an dem Vicary seinen Mantel aufhängen konnte – die Wärter übertrieben die Maßnahmen zur Selbstmordverhütung –, und so behielt er ihn einfach an. Im übrigen erinnerte der Raum an einen mittelalterlichen Kerker: Er war feucht und kalt, eine Brutstätte für Bronchialkrankheiten. Allerdings gab es hier eine überaus praktische Einrichtung – ein schießschartenartiges Fenster, durch das man eine Antenne gesteckt hatte. Vicary öffnete den Deckel des tragbaren Funkgeräts, das er mitgebracht hatte. Es war dasselbe, das er Becker 1940 abgenommen hatte. Er schloß die Antenne an und schaltete das Gerät ein. Die Lämpchen leuchteten gelb auf, während Vicary die richtige Frequenz einstellte.

Er gähnte und streckte sich. Es war 23.45 Uhr. Becker sollte den Funkspruch um Mitternacht durchgeben. Verdammt, dachte er, warum schreibt die Abwehr ihren Agenten für die Nachrichtenübermittlung so unmögliche Zeiten vor?

Karl Becker war ein Lügner, ein Dieb und ein Perverser, ein Mann ohne Moral oder Pflichtgefühl. Aber er war auch charmant und intelligent, und inzwischen verband Vicary mit ihm fast so etwas wie eine berufliche Freundschaft. Mit Handschellen gefesselt und von zwei bulligen Wärtern flankiert, betrat Becker jetzt den Raum. Die Wärter nahmen ihm die Handschellen ab und gingen wortlos wieder hinaus. Becker lächelte und streckte Vicary die Hand entgegen – sie war kalt wie Stein.

Im Raum standen ein kleiner Tisch aus grob behauenem Holz und zwei ramponierte Stühle. Vicary und Becker nahmen an den gegenüberliegenden Seiten Platz, als setzten sie sich zu einem Schachspiel. Die Tischplatte war übersät mit schwarzen Flecken, die unachtsam weggelegte Zigaretten hineingebrannt hatten. Vicary reichte ihm ein Paket, und wie ein kleines Kind öffnete er es sofort. Es enthielt ein halbes Dutzend Päckchen Zigaretten und eine Tafel Schweizer Schokolade.

Becker sah die Geschenke an, dann Vicary. »Zigaretten und Schokolade – wollen Sie mich verführen, Alfred?« Becker kicherte leise, aber das Gefängnisleben hatte ihn verändert. Statt schimmernder französischer Anzüge trug er jetzt einen nüchternen grauen Overall, der, frisch gebügelt, an den Schultern überraschenderweise wie angegossen saß. Da er offiziell als selbstmordgefährdet galt – was Vicary für absurd hielt –, trug er leichte Leinenschuhe ohne Schnürsenkel. Die Dauerbräune seiner Haut war einer Kerkerblässe gewichen. Seine Bewegungen waren sparsamer geworden. Das Fuchteln mit den Armen und das hemmungslose Lachen – Vicary kannte beides von alten Überwachungsfotos – waren verschwunden. Jetzt saß er stocksteif da, als bohre ihm jemand den Lauf einer Pistole in den Rükken, und legte die Schokolade, die Zigaretten und die Streichhölzer vor sich hin, als ziehe er eine Grenze, die Vicary nicht überschreiten durfte.

Becker riß ein Päckchen Zigaretten auf und nahm zwei heraus. Er entzündete ein Streichholz und gab Vicary Feuer, bevor er seine eigene Zigarette ansteckte. Sie saßen eine Weile schweigend da, und jeder fixierte einen Punkt an der feuchten Wand – wie alte Kumpel, die alle Geschichten erzählt haben und nun damit zufrieden sind, einfach nur zusammenzusein. Becker genoß die Zigarette und wälzte den Rauch auf der Zunge wie einen exzellenten Bordeaux, bevor er ihn als schmale Fahne an die niedrige Decke blies. In dem kleinen Raum ballte sich der Rauch über ihnen wie Gewitterwolken.

»Schöne Grüße an Harry«, sagte Becker schließlich.

»Ich werde sie ausrichten.«

»Er ist ein guter Mann – ein bißchen verbissen, wie alle Polizisten. Aber kein übler Kerl.«

»Ich wüßte nicht, was ich ohne ihn tun würde.«

»Und wie geht's unserem Kollegen Boothby?«

Vicary seufzte. »Wie immer.«

»Wir haben alle unsere Nazis, Alfred.«

»Wir spielen mit dem Gedanken, ihn auf die andere Seite zu schicken.«

Becker lachte und zündete sich am Stummel seiner Zigarette gleich eine neue an. »Wie ich sehe, haben Sie mein Funkgerät mitgebracht«, sagte er. »Welche Heldentat habe ich jetzt wieder für das Dritte Reich vollbracht?«

»Sie sind in der Downing Street Nr. 10 eingebrochen und haben dem Premierminister alle Privatpapiere gestohlen.«

Becker warf den Kopf zurück und brach in ein kurzes, höhnisches Lachen aus. »Ich hoffe, daß ich diesmal auch mehr Geld verlange. Dem Falschgeld dieser Geizhälse habe ich meine beschissene Lage zu verdanken.«

»Natürlich.«

Becker sah das Funkgerät an, dann Vicary. »In der guten alten

Zeit hätten Sie einen Revolver auf den Tisch gelegt und mich die Sache zu Ende bringen lassen. Jetzt kommen Sie mit einem Funkgerät, das eine gute, solide Firma in Deutschland gebaut hat, und zwingen mich zum Selbstmord auf Raten.«

»Wir leben in einer schlechten Welt, Karl. Aber niemand hat Sie gezwungen, Spion zu werden.«

»Immer noch besser als die Wehrmacht«, sagte Becker. »Ich bin ein alter Mann wie Sie, Alfred. Sie hätten mich eingezogen und an die Ostfront geschickt, um mit dem Iwan zu kämpfen. Nein, danke. Dann warte ich lieber hier in meinem hübschen kleinen englischen Sanatorium das Ende des Krieges ab.«

Vicary sah auf die Uhr – noch zehn Minuten, bis Becker auf Sendung gehen mußte. Er faßte in die Tasche und nahm die verschlüsselte Nachricht heraus, die Becker durchgeben sollte. Dann zog er das Foto aus dem Paß der Holländerin Christa Kunst hervor. Ein Ausdruck vager Erinnerung huschte über Beckers Gesicht und verschwand dann wieder.

»Sie wissen, wer das ist, nicht wahr, Karl?«

Becker nickte. »Sie haben Anna gefunden«, sagte er lächelnd. »Gute Arbeit, Alfred, wirklich gute Arbeit. Bravo!«

Vicary machte sich keine Notizen. Er hatte die Hände gefaltet und saß da wie jemand, der angestrengt einer fernen Musik lauscht. Er wußte, daß es am besten war, so wenig Fragen wie möglich zu stellen und Beckers Rede freien Lauf zu lassen. Er verharrte regungslos wie ein Jäger auf der Pirsch. Seine Zigarette verglomm im Aschenbecher neben ihm zu grauer Asche. Durch den Fensterschlitz hörte er Regen auf die Steinplatten im Hof klatschen.

Wie immer begann Becker mit seiner Geschichte irgendwo mitten drin und bei sich selbst. Eine Zeitlang hielt er seinen Körper ruhig, doch als die Geschichte Gestalt annahm, begann er, mit den Armen zu fuchteln wie früher und der Erzählung mit seinen flinken kurzen Fingern Nachdruck zu verleihen. Während er vor Vicarys Augen die Ereignisse zu einem Teppich verwob, geriet er wie immer in Sackgassen oder auf Abwege, prahlte mit seinem Mut, seinem Geschäftssinn, seinen sexuellen Eroberungen. Zuweilen verfiel er in langes nachdenkliches Schweigen, dann wieder überschlug sich seine Rede, so daß er einen Hustenanfall bekam. »Das kommt von der verfluchten

Feuchtigkeit in meiner Zelle«, entschuldigte er sich. »Davon versteht ihr Engländer wirklich was.«

»Leute wie ich bekommen praktisch keine Ausbildung«, berichtete er. »Gewiß, man erhält ein paar Einweisungen von irgendwelchen Idioten aus Berlin, die England nur von der Landkarte kennen. So schätzen Sie die Stärke einer Armee, sagen sie. So bedienen Sie Ihr Funkgerät. So zerbeißen Sie Ihre Selbstmordpille, wenn der MI5, was äußerst unwahrscheinlich ist, Ihre Tür eintritt. Und dann schicken sie einen in einem Boot oder Flugzeug nach England, wo man für den Führer den Krieg gewinnen soll.«

Er hielt inne, zündete sich eine weitere Zigarette an und riß die Verpackung der Schokolade auf. »Ich war noch gut dran. Ich durfte legal einreisen. Mit dem Flugzeug und einem Schweizer Paß. Wissen Sie, was die mit einem Kollegen gemacht haben? Sie haben ihn im Schlauchboot an der Küste von Sussex ausgesetzt. Das U-Boot führte aber nur die Spezialboote der Abwehr mit sich, und so mußte er ein Schlauchboot mit den Abzeichen der deutschen Kriegsmarine nehmen. Ist das zu glauben?«

Vicary glaubte es. Er dachte an den Jungen, den er im September 1940 an der Küste von Cornwall verhaftet hatte. Die Männer der Special Branch, die seine Taschen durchsuchten, fanden bei ihm eine Schachtel Streichhölzer aus einem bekannten Berliner Nachtclub. Die Abwehr war bei der Ausbildung und der Entsendung ihrer Agenten unerhört schludrig. Vicary erinnerte sich auch an den Fall des Schweden Gösta Caroli, der in der Nähe des Dorfes Denton in Northamptonshire mit dem Fallschirm abgesprungen war. Ein irischer Landarbeiter namens Paddy Daly, der unter einer Hecke schlief, entdeckte ihn. Er trug einen dezenten grauen Flanellanzug, und seine Krawatte war auf kontinentale Art geknotet. Caroli gestand sofort, daß er mit dem Fallschirm abgesprungen war. Die Polizei nahm ihm seine automatische Pistole und dreihundert Pfund Bargeld ab und übergab ihn dem MI5, der ihn umgehend in das Lager 020 einlieferte.

Becker steckte sich ein Stück Schokolade in den Mund und hielt Vicary die Tafel hin. »Ihr Briten nehmt das Spionagegeschäft ernster als wir Deutschen. Und das müßt ihr auch, denn ihr seid schwach. Ihr müßt mit Täuschung und Tricks arbeiten, um eure Schwäche zu kaschieren. Aber jetzt habt ihr die Abwehr bei den Eiern.«

»Aber es gab auch andere, mit denen man sich mehr Mühe gab«, sagte Vicary.

»Ja, es gab auch andere.«

»Andere Typen von Agenten.«

»Keine Frage«, sagte Becker, während er sich noch ein Stück Schokolade abbrach. »Köstlich, Alfred. Wollen Sie nicht doch mal probieren?«

Becker war ein überraschend guter Funker – er morste präzise und sehr schnell. Vicary schrieb das dem Umstand zu, daß Becker eine Ausbildung zum Konzertgeiger durchlaufen hatte, bevor er durch irgendeine unglückselige Wendung in seinem Leben dort gelandet war, wo er jetzt war. Vicary hörte auf einem zweiten Kopfhörer mit, wie Becker seinen Erkennungscode durchgab und auf die Bestätigung des Funkers in Hamburg wartete. Wie immer überlief Vicary ein leichter Schauer. Es bereitete ihm großes Vergnügen, den Feind zu täuschen und so geschickt hinters Licht zu führen. Er genoß diesen direkten Kontakt. Er genoß es, die Stimme des Feindes zu hören, selbst wenn sie nur ein elektronisches Piepen war, eingehüllt in atmosphärisches Rauschen. Vicary stellte sich vor, wie entsetzlich er sich fühlen würde, wenn *er* der Getäuschte wäre. Aus irgendeinem Grund mußte er an Helen denken.

Der Funker in Hamburg forderte Becker auf fortzufahren. Becker las Vicarys Meldung und gab sie rasch durch. Als er fertig war, wartete er auf die Bestätigung aus Hamburg, dann verabschiedete er sich. Vicary nahm die Kopfhörer ab und schaltete das Funkgerät aus. Becker würde jetzt eine Zeitlang schmollen – wie immer, wenn er einen von Vicarys fingierten Berichten durchgegeben hatte. Vicary hegte die Vermutung, daß Becker sich für den Verrat an seinem Geheimdienst schämte, daß sein Geschimpfe über die Schlamperei und Unfähigkeit der Abwehr nur ein Versuch war, seine Schuldgefühle zu überspielen, weil er sich für einen Versager und Feigling hielt. Allerdings blieb ihm kaum eine andere Wahl, denn sobald er sich weigerte, einen Bericht Vicarys durchzugeben, würde er im Gefängnis Wandsworth zum Galgen marschieren.

Vicary fürchtete schon, heute sei nicht mehr aus ihm herauszubringen. Becker rauchte und aß Schokolade, ohne Vicary etwas anzubieten. Langsam räumte Vicary das Funkgerät weg.

»Ich sah sie einmal in Berlin«, sagte Becker plötzlich. »Sie wurde sofort von uns Normalsterblichen getrennt. Sie dürfen sich nicht auf das berufen, was ich Ihnen jetzt sage, Alfred. Ich erzähle Ihnen nur, was ich gehört habe. Wenn sich nachher herausstellt, daß es nicht ganz korrekt war, möchte ich nicht, daß Stephens hier auftaucht und mich in die Mangel nimmt.«

Vicary nickte mitfühlend. Stephens war Colonel R. W. G. Stephens, der Kommandant von Lager 020, besser bekannt unter dem Namen Blechauge.

Stephens, ehemaliger Offizier in der Indienarmee, war ein monokeltragender Fanatiker und stets tadellos mit einer Feldmütze und der Uniform der Peshara-Schützen bekleidet. Er war halber Deutscher und sprach die Sprache fließend. Die Gefangenen und die MI5-Mitarbeiter verabscheuten ihn gleichermaßen. Einmal hatte er Vicary vor Zeugen heruntergeputzt, weil er fünf Minuten zu spät zu einem Verhör gekommen war. Selbst höhere Offiziere waren vor seinen Schimpfkanonaden und Wutanfällen nicht sicher.

»Sie haben mein Wort, Karl«, sagte Vicary und nahm wieder seinen Platz am Tisch ein.

»Ihr Name ist Anna Steiner, soviel ich weiß. Und ihr Vater soll eine Art Adliger sein. Preuße, stinkreich, Schmiß auf der Backe, Diplomat. Sie kennen doch den Typ, nicht wahr?« Becker erwartete keine Antwort. »Mein Gott, war sie schön. Und verdammt groß. Sie sprach ein perfektes Englisch mit britischem Akzent. Angeblich war ihre Mutter Engländerin. Den Sommer 1936 verbrachte sie in Spanien und trieb es dort mit einem spanischen Faschisten namens Romero. Und wie es der Zufall will, ist Romero Talentspäher für die Abwehr. Er ruft in Berlin an, kassiert sein Honorar und liefert sie aus. Die Abwehr legt ihr Daumenschrauben an. Sie sagen der schönen Anna, daß das Vaterland sie braucht und daß Papa von Steiner im Konzentrationslager landet, wenn sie nicht kooperiert.«

»Wer war ihr Führungsoffizier?«

»Ich kenne seinen Namen nicht. Ein griesgrämiger Kerl. Ein kluger Kopf, wie Sie, aber skrupellos.«

»Hieß er Vogel?«

»Ich weiß nicht – könnte sein.«

»Haben Sie sie nie wiedergesehen?«

»Nein, nur dieses eine Mal.«

»Was geschah mit ihr?«

Becker bekam einen weiteren Hustenanfall, den eine neue Zigarette zu kurieren schien.

»Ich erzähle Ihnen nur, was ich gehört habe, nicht, was ich weiß. Der Unterschied ist Ihnen doch klar?«

»Der Unterschied ist mir klar.«

»Wir hörten von einem Lager in Bayern, irgendwo in den Bergen. Es lag sehr abgeschieden, und alle Zufahrtsstraßen waren gesperrt. Sehr lästig für die Anwohner. Man munkelte, daß dort Spezialagenten ausgebildet wurden, Agenten, die frühzeitig nach England geschickt und eine perfekte Tarnung erhalten sollten.«

»Und sie gehörte zu diesen Agenten?«

»Ja, Alfred. Das hatten wir doch schon. Passen Sie bitte besser auf.«

Er brach sich erneut ein Stück Schokolade ab. »Es war, als sei ein englisches Dorf vom Himmel gefallen und mitten in Bayern gelandet. Es gab dort einen Pub, ein kleines Hotel, Cottages, ja, sogar eine anglikanische Kirche. Jedem Agenten wurde für die Dauer von mindestens sechs Monaten ein Cottage zugewiesen. Morgens lasen sie bei Tee und Gebäck in einem Café die Londoner Zeitungen. Beim Einkaufen sprachen sie englisch, und sie hörten Rundfunksendungen der BBC, die zu der Zeit gerade beliebt waren.«

»Weiter, Karl.«

»Sie lernten spezielle Codes und spezielle Regeln für Treffs. Sie erhielten eine gründlichere militärische Ausbildung. Lautloses Töten und solche Scherze. Abends schickte man den Jungs englischsprachige Huren, damit sie auf englisch ficken konnten.«

»Und was war mit der Frau?«

»Angeblich trieb sie es mit ihrem Führungsoffizier – wie, sagten Sie, war sein Name? Vogel? Aber auch das war nur ein Gerücht.«

»Sind Sie ihr jemals in Großbritannien begegnet?«

»Nein.«

»Ich will die Wahrheit, Karl!« bellte Vicary so laut, daß einer der Wärter den Kopf zur Tür hereinstreckte, um festzustellen, ob es Probleme gab.

»Das ist die Wahrheit! Mein Gott, in einem Moment sind Sie Alfred Vicary und im nächsten Heinrich Himmler. Ich habe sie nie wiedergesehen.«

Vicary sprach deutsch weiter. Er wollte verhindern, daß die Wärter ihre Unterhaltung mithörten.

»Kennen Sie ihren Decknamen?«

»Nein«, antwortete Becker in derselben Sprache.

»Kennen Sie ihre Adresse?«

»Nein.«

»Wissen Sie, ob sie in London operiert?«

»Nach dem, was ich weiß, könnte sie genausogut auf dem Mond operieren, Alfred.«

Vicary stieß einen lauten Seufzer aus. All diese Informationen waren interessant, aber wie die Entdeckung des Mordes an Beatrice Pymm brachten sie ihn keinen entscheidenden Schritt weiter. »Haben Sie mir alles gesagt, was Sie wissen, Karl?«

Becker lächelte. »Sie soll im Bett unglaublich gut sein.« Becker bemerkte, wie Vicarys Wangen erröteten. »Verzeihen Sie, Alfred, ich vergaß, wie prüde Sie manchmal sein können.«

Sie sprachen immer noch deutsch. Vicary fragte: »Warum haben Sie uns das nicht früher erzählt – die Sache mit den Spezialagenten?«

»Aber das habe ich doch, Alfred, mein Alter.«

»Wem haben Sie es erzählt? Mir jedenfalls nicht.«

»Boothby habe ich es erzählt.«

Vicary spürte, wie ihm das Blut ins Gesicht schoß und sein Herz wie wild zu schlagen begann. Boothby? Warum um alles in der Welt sollte Boothby Becker verhören? Und warum in seiner Abwesenheit? Becker war sein Agent. Er hatte ihn verhaftet. Er hatte ihn umgedreht und ließ ihn für sich arbeiten.

»Wann haben Sie es Boothby erzählt?« fragte er mit unbewegter Miene.

»Ich weiß nicht – hier drinnen verliert man das Zeitgefühl. Vor ein paar Monaten. Im September vielleicht. Nein, wohl eher im Oktober. Ja, ich glaube, es war im Oktober.«

»Was genau haben Sie ihm erzählt?«

»Ich habe ihm von den Agenten erzählt, von dem Lager.«

»Und auch von der Frau?«

»Ja, Alfred. Ich habe ihm alles erzählt. Er ist ein gemeiner Scheißkerl. Ich mag ihn nicht. An Ihrer Stelle würde ich mich vor ihm in acht nehmen.«

»War jemand bei ihm?«

»Ja, ein großer Mann. Sah blendend aus, wie ein Filmstar.

Blond und blauäugig, ein richtiger deutscher Supermann. Allerdings dürr wie ein Stecken.«

»Hat der Stecken einen Namen?«

Becker legte den Kopf zurück und tat so, als krame er in seinem Gedächtnis.

»Herrgott noch mal, es war ein komischer Name. Wie das englische Wort für ein Werkzeug.« Becker massierte sich den Nasenrücken. »Nein, für einen Gegenstand, den man im Haushalt verwendet. Mob? Eimer? Nein, Besen! Genau, das englische Wort für Besen! Broome. Das war der Name. Stellen Sie sich das vor – der Kerl ist dünn wie ein Besenstiel und heißt auch noch so. Manchmal habt ihr Engländer wirklich einen köstlichen Humor.«

Vicary hatte das Funkgerät zusammengepackt und klopfte mit der Handkante gegen die dicke Eichentür.

»Wollen Sie das Funkgerät nicht lieber dalassen, Alfred? Manchmal fühlt man sich einsam hier drinnen.«

»Bedaure, Karl.«

»Hören Sie, Alfred, die Zigaretten und die Schokolade waren wunderbar, aber beim nächsten Mal bringen Sie mir ein Mädchen mit, ja?«

Vicary ging in das Büro des Oberwärters und bat um das Besucherbuch vom Oktober und November. Es dauerte nur ein paar Sekunden, bis er den Eintrag fand, den er suchte.

Datum: 5. 10. 43.
Gefangener: Becker, K.
Anzahl der Besucher: 2
Namen/Dienststellen: Nein danke.

25

Berlin

»Herrgott, ist das eine Kälte heute morgen«, sagte Brigadeführer Walter Schellenberg.

»Wenigstens haben Sie ein Dach über dem Kopf«, erwiderte Admiral Wilhelm Canaris. »Die Halifax- und Lancaster-Bomber haben in der Nacht wieder ganze Arbeit geleistet. Hunderte von Toten, Tausende von Ausgebombten. Soviel zur Unverwundbarkeit unseres glorreichen tausendjährigen Reiches.«

Canaris musterte Schellenberg. Wie immer staunte er, wie jung dieser Mann noch war. Mit gerade dreiunddreißig Jahren leitete er den Ausland-SD, das Amt VI im Reichssicherheitshauptamt. Amt VI war zuständig für die Beschaffung von Informationen über die Feinde des Reiches im Ausland und hatte somit einen ähnlichen Auftrag wie die Abwehr. Die Folge war, daß die beiden Männer verbissen miteinander rivalisierten.

Sie bildeten ein ungleiches Paar – hier der kleine, wortkarge alte Admiral, der leicht lispelte, dort der stattliche, dynamische und rücksichtslose junge Brigadeführer. Schellenberg, der Sohn eines saarländischen Klavierbauers, war von SD-Chef Reinhard Heydrich, der im Mai 1942 von tschechoslowakischen Widerstandskämpfern ermordet worden war, in den Sicherheitsapparat der Nazis geholt worden. Einer der hellsten Köpfe der NSDAP, blühte er in dem paranoiden Klima innerhalb der Partei förmlich auf. Überall in seinem weiträumigen Büro waren Wanzen angebracht. In seinen Schreibtisch hatte er Maschinenpistolen einbauen lassen, die auf die Besucherstühle gerichtet waren, so daß er jeden, der ihn bedrohte, per Knopfdruck in Stücke schießen konnte. Die seltenen Ruhepausen, die er sich gönnte, widmete er seiner umfangreichen Sammlung pornographischer Fotografien. Einmal zeigte er sie Canaris, so wie andere Fotos ihrer Familie zeigen, und prahlte mit den Aufnahmen, die er selbst arrangiert hatte, um seine bizarren sexuellen Bedürfnisse zu befriedigen. An der Hand trug Schellenberg einen Ring mit einem blauen Stein, unter dem eine Cyanid-Kapsel verborgen war. Außerdem hatte er sich einen falschen Zahn einsetzen lassen, der eine tödliche Dosis Gift enthielt.

Im Moment verfolgte Schellenberg nur zwei Ziele – er wollte Canaris und die Abwehr vernichten und für Hitler das Wo und das Wann der anglo-amerikanischen Invasion in Frankreich auskundschaften. Schellenberg hatte für die Abwehr und die alte Offiziersclique um Canaris, die er als »Weihnachtsmänner« verspottete, nur Verachtung übrig. Canaris wußte genau, daß er auf Schellenbergs Abschußliste stand, aber vorläufig herrschte zwischen ihnen noch ein prekärer Waffenstillstand. Schellenberg behandelte den alten Admiral ehrerbietig und respektvoll, und Canaris empfand ehrliche Bewunderung für den forschen und intelligenten jungen Offizier und genoß seine Gesellschaft.

Aus diesem Grund begannen sie fast jeden Tag auf die gleiche Weise mit einem gemeinsamen Ritt durch den Tiergarten. Das eröffnete jedem die Gelegenheit nachzuforschen, was der andere gerade tat, sich Wortgefechte mit ihm zu liefern und seine Schwächen aufzudecken. Canaris gefielen diese Ausritte noch aus einem anderen Grund – sie gaben ihm die Gewißheit, daß der junge General wenigstens eine Stunde am Tag nicht aktiv auf seine Absetzung hinarbeitete.

»Da haben wir es wieder, Herr Admiral«, sagte Schellenberg. »Sie sehen immer nur die Schattenseiten. Ich glaube, das hat Sie zum Zyniker gemacht.«

»Ich bin nicht zynisch, Herr Brigadeführer, nur skeptisch. Das ist ein großer Unterschied.«

Schellenberg lachte. »Das ist der Unterschied zwischen uns im SD und euch, den Offizieren alter Schule in der Abwehr. Wir sehen immer neue, ungeahnte Möglichkeiten. Ihr seht nur Gefahr. Wir gehen Wagnisse ein, ihr scheut das Risiko. Nichts für ungut, Herr Admiral, aber ihr steckt lieber den Kopf in den Sand.«

»Aber bitte, mein junger Freund. Sie haben ein Recht auf eine eigene Meinung, auch wenn sie noch so falsch ist.«

Canaris' Pferd warf den Kopf zurück und schnaubte. Der sanfte Morgenwind trug seinen dampfenden Atem davon. Canaris sah sich um und begutachtete die Schäden im Tiergarten. Die meisten Linden und Kastanien waren den Brandbomben der

Alliierten zum Opfer gefallen und verkohlt. Vor ihnen auf dem Weg klaffte ein Bombentrichter von der Größe eines Kübelwagens. Tausende davon waren überall im Park verstreut. Canaris ritt um den Trichter herum. Zwei Leibwächter Schellenbergs folgten ihnen leise zu Fuß. Ein dritter ging ein paar Schritte voraus und drehte den Kopf ständig von einer Seite auf die andere. Canaris wußte, daß noch mehr von ihnen da waren, die selbst für sein geübtes Auge unsichtbar blieben.

»Gestern abend landete etwas sehr Interessantes auf meinem Schreibtisch«, sagte Schellenberg.

»Tatsächlich? Wie hieß sie?«

Schellenberg lachte und ließ sein Pferd in einen leichten Trab fallen.

»Ich habe einen Informanten in London. Er hat vor langer Zeit für den NKWD gearbeitet und unter anderem einen Oxford-Studenten angeworben, der jetzt im MI5 arbeitet. Von Zeit zu Zeit spricht er noch mit dem Mann und erfährt dabei so manches. Und dann berichtet er mir darüber. Der MI5-Offizier ist ein russischer Agent, aber ich ernte sozusagen mit.«

»Beachtlich«, sagte Canaris trocken.

»Churchill und Roosevelt trauen Stalin nicht. Sie lassen ihn im dunkeln. Sie haben es abgelehnt, ihm etwas über Ort und Zeitpunkt der Invasion zu sagen. Sie fürchten, daß Stalin uns das Geheimnis verraten könnte, damit die Alliierten in Frankreich geschlagen werden. Und daß er, sobald die Briten und Amerikaner außer Gefecht gesetzt sind, versuchen könnte, uns alleine fertigzumachen und sich ganz Europa unter den Nagel zu reißen.«

»Ich kenne diese Theorie, aber ich halte nicht besonders viel von ihr.«

»Auf jeden Fall sagt mein Agent, daß der MI5 Probleme hat. Er sagt, daß Ihr Mitarbeiter Vogel eine Operation gestartet hat, die ihnen eine Heidenangst einjagt. Die Ermittlungen leitet ein Offizier namens Vicary. Schon von ihm gehört?«

»Alfred Vicary«, sagte Canaris. »Ehemaliger Professor am University College in London.«

»Ich bin beeindruckt«, sagte Schellenberg aufrichtig.

»Wer ein tüchtiger Geheimdienstoffizier sein will, muß seine Gegner kennen, Herr Brigadeführer.« Canaris zögerte und ließ Schellenberg Zeit, sich von dem Seitenhieb zu erholen. »Kurt sorgt dafür, daß sie etwas für ihr Geld tun müssen, und das freut mich.«

»Die Lage ist so gespannt, daß Vicary sich mit Churchill persönlich getroffen und ihn über den Stand der Ermittlungen informiert hat.«

»Das überrascht mich nicht, Herr Brigadeführer. Vicary und Churchill sind alte Freunde.« Canaris warf einen Seitenblick auf Schellenberg, um festzustellen, ob sein Gesicht eine Spur von Überraschung verriet. Ihre Gespräche gerieten oft zu Duellen, bei denen jeder versuchte, den anderen mit seinen Kenntnissen zu verblüffen. »Vicary ist ein bekannter Historiker. Ich habe seine Bücher gelesen. Es erstaunt mich, daß Sie es nicht getan haben. Er hat einen scharfen Verstand. Er denkt wie Churchill. Er hat die Welt vor Ihnen und Ihren Freunden gewarnt, lange bevor andere von Ihnen überhaupt Notiz genommen haben.«

»Was hat Vogel vor? Vielleicht kann der SD Unterstützung leisten.«

Canaris erlaubte sich einen seiner seltenen, kurzen Lacher.

»Ich bitte Sie, Brigadeführer Schellenberg. Wenn Sie so leicht zu durchschauen sind, verlieren unsere gemeinsamen Ausritte bald ihren Reiz. Im übrigen, wenn Sie wissen wollen, was Vogel tut, fragen Sie doch einfach den Hühnerfarmer. Ich weiß, daß er alle unsere Telefone abhört und seine Spitzel am Tirpitz-Ufer hat.«

»Interessant, was Sie da sagen. Ich habe gestern abend beim Essen mit Reichsführer Himmler über die Sache gesprochen. Wie es scheint, ist Vogel sehr vorsichtig. Mir wurde gesagt, er bewahrt seine Akten nicht im Zentralarchiv der Abwehr auf.«

»Vogel ist ein echter Paranoiker und extrem vorsichtig. Er hält alles in seinem Büro unter Verschluß. Und ich würde nie daran denken, mich mit ihm anzulegen. Er hat einen Mitarbeiter namens Werner Ulbricht, der den Krieg von seiner schlimmsten Seite kennengelernt hat. Der Mann ist ständig damit beschäftigt, seine Pistolen zu reinigen. Nicht einmal ich wage mich in Vogels Büro.«

Schellenberg zerrte an den Zügeln, bis das Pferd stehenblieb. Es war ein ruhiger Morgen. In der Ferne hörte man das Brummen des morgendlichen Verkehrs auf der Wilhelmstraße.

»Intelligente und tatkräftige Leute wie Vogel mögen wir im SD.«

»Da gibt es allerdings ein Problem«, sagte Canaris. »Vogel ist ein Mensch. Er hat ein Herz und ein Gewissen. Ich habe nicht das Gefühl, daß er zu Ihrem Haufen passen würde.«

»Warum tun wir uns nicht zusammen? Vielleicht finden wir einen Weg, wie wir unsere Kräfte zum Wohle des Reiches vereinen können. Es gibt keinen Grund, warum SD und Abwehr sich ständig befehden müssen.«

Canaris lächelte. »Wir befehden uns deshalb, Brigadeführer Schellenberg, weil Sie davon überzeugt sind, daß ich das Reich verrate, und weil Sie versucht haben, mich verhaften zu lassen.«

Das entsprach der Wahrheit. Schellenberg hatte eine Akte zusammengestellt, die Dutzende von Verratsvorwürfen gegen Canaris enthielt. 1942 hatte er das Dossier Heinrich Himmler überreicht, doch der hatte keine Schritte gegen Canaris unternommen. Auch Canaris besaß Dossiers, und Schellenberg hegte den Verdacht, daß die Abwehr-Akte über Himmler Material enthielt, an dessen Bekanntwerden dem Reichsführer nicht gelegen war.

»Das ist lange her, Herr Admiral. Das ist vergessen.«

Canaris gab dem Pferd die Sporen und ritt weiter. In der Ferne tauchten die Stallungen auf.

»Wenn Sie erlauben, Brigadeführer Schellenberg, werde ich Ihnen sagen, was Sie aus meiner Sicht mit Ihrem Kooperationsangebot bezwecken.«

»Aber bitte.«

»Es gibt zwei mögliche Gründe, warum Sie an der Operation beteiligt sein wollen. Der erste Grund: Sie könnten die Operation sabotieren, um dem Ruf der Abwehr weiter zu schaden. Oder, zweiter Grund, Sie könnten Vogel die Informationen stehlen und selbst den ganzen Ruhm ernten.«

Schellenberg schüttelte langsam den Kopf. »Dieses Mißtrauen zwischen uns ist bedauerlich. Und betrüblich.«

»Ja, das ist es.«

Sie ritten nebeneinander zu den Ställen und stiegen ab. Zwei Stalljungen sprangen herbei und führten die Pferde weg.

»Es war mir wie immer ein Vergnügen«, sagte Canaris. »Sollen wir zusammen frühstücken?«

»Ich würde gern, aber die Pflicht ruft.«

»Oh?«

»Eine Sitzung mit Himmler und Hitler, Punkt acht.«

»Sie Glücklicher. Um was geht's?«

Walter Schellenberg lächelte und legte dem alten Mann die behandschuhte Hand auf die Schulter.

»Das möchten Sie gern wissen.«

»Wie war der alte Fuchs heute morgen?« fragte Adolf Hitler, als Walter Schellenberg exakt um acht Uhr durch seine Tür trat. Himmler saß auf dem Polstersofa und trank Kaffee. So präsentierte sich Schellenberg seinen Vorgesetzten am liebsten – zu beschäftigt, um zu früh zu einem Termin zu erscheinen und ein Schwätzchen zu halten, aber diszipliniert genug, um pünktlich zu sein.

»Ausweichend wie immer«, antwortete Schellenberg und goß sich eine Tasse dampfenden Kaffees ein. Es gab sogar richtige Milch. Selbst die Mitarbeiter des SD litten in letzter Zeit unter Versorgungsengpässen. »Er weigert sich, mir Auskünfte über Vogels Operation zu geben. Er behauptet, nichts darüber zu wissen. Er hat Vogel erlaubt, unter extremen Sicherheitsvorkehrungen zu arbeiten, und er duldet es, daß er über Einzelheiten im dunkeln gelassen wird.«

»Vielleicht ist es besser so«, sagte Himmler mit gelassener Miene, und seine Stimme verriet keinerlei Gefühlsregung. »Je weniger der gute Admirals weiß, desto weniger kann er dem Feind verraten.«

»Ich habe auf eigene Faust ein paar Ermittlungen angestellt«, sagte Schellenberg. »Ich weiß, daß Vogel zumindest einen neuen Agenten nach England geschickt hat. Er hat dafür die Dienste der Luftwaffe in Anspruch genommen, und der Pilot, der den Agenten geflogen hat, war sehr kooperativ.« Schellenberg öffnete seine Aktentasche, zog zwei Kopien derselben Akte hervor und reichte eine Hitler, die andere Himmler. »Der Agent heißt Horst Neumann. Der Reichsführer erinnert sich vielleicht an die Sache in Paris vor einiger Zeit. Ein SS-Angehöriger wurde in einer Bar getötet. Neumann war in die Sache verwickelt.«

Himmler warf die Akte auf den Couchtisch, an dem sie saßen. »Daß die Abwehr einen solchen Mann einsetzt, ist ein Affront gegen die SS und beschmutzt das Andenken des Ermordeten. Es zeigt Vogels Verachtung für die Partei und den Führer.«

Hitler las noch und schien an der Akte echtes Interesse zu finden. »Vielleicht ist Neumann einfach der richtige Mann für die

Aufgabe, Herr Reichsführer. Sehen Sie sich seinen Werdegang an – in England geboren, dekorierter Fallschirmjäger, Ritterkreuz, Eichenlaub. Auf dem Papier ein sehr bemerkenswerter Mann.«

Hitler war so verständig und sachlich, wie ihn Schellenberg schon seit geraumer Zeit nicht mehr erlebt hatte.

»Ganz meine Meinung«, sagte Schellenberg. »Abgesehen von dem einen dunklen Fleck in seiner Akte ist Neumann offensichtlich ein hervorragender Soldat.«

Himmler warf Schellenberg einen vernichtenden Blick zu. Er mochte es nicht, wenn ihm im Beisein des Führers widersprochen wurde, auch wenn Schellenberg sonst vielleicht ein hervorragender Mann war.

»Vielleicht sollten wir jetzt gegen Canaris vorgehen«, sagte Himmler. »Wir entfernen ihn aus dem Amt, ersetzen ihn durch Bridgadeführer Schellenberg und fassen Abwehr und SD zu einem mächtigen Nachrichtendienst zusammen. Dann kann Schellenberg persönlich Vogels Operation überwachen. Wenn der Admiral die Hände im Spiel hat, geht merkwürdigerweise immer etwas schief.«

Erneut widersprach Hitler seinem engsten Vertrauten. »Wenn es stimmt, was Schellenbergs russischer Freund sagt, hält dieser Vogel die Briten auf Trab. Jetzt einzuschreiten wäre ein Fehler. Nein, Herr Reichsführer, Canaris bleibt vorläufig im Amt. Vielleicht macht er zur Abwechslung mal etwas richtig.«

Hitler stand auf. »Wenn mich die Herren jetzt entschuldigen würden. Es gibt noch andere Dinge, um die ich mich kümmern muß.«

Die beiden Mercedes warteten mit laufendem Motor. Einen peinlichen Moment lang zögerte Schellenberg, welchen er nehmen sollte, dann stieg er in Himmlers Wagen. Er fühlte sich verwundbar, wenn er nicht von seinen Leibwächtern umringt war, selbst in der Gesellschaft Himmlers. Während der kurzen Fahrt blieb sein gepanzerter Mercedes nie mehr als wenige Meter hinter Himmlers Fahrzeug zurück.

»Wie immer eine bemerkenswerte Vorstellung, Herr Brigadeführer«, sagte Himmler. Schellenberg kannte seinen Vorgesetzten gut genug, um zu begreifen, daß die Bemerkung nicht als Kompliment gemeint war. Himmler, der zweitmächtigste Mann in Deutschland, grollte ihm, weil er ihm vor dem Führer widersprochen hatte.

»Danke, Herr Reichsführer.«

»Der Führer will unbedingt das Geheimnis der Invasion erfahren, und dieser Wunsch trübt sein Urteilsvermögen«, sagte Himmler nüchtern. »Wir haben die Aufgabe, ihn zu schützen. Verstehen Sie, was ich damit sagen will, Herr Brigadeführer?«

»Absolut.«

»Ich will wissen, was Vogel treibt. Wenn der Führer nicht will, daß wir es von innen tun, dann müssen wir es eben von außen tun. Lassen Sie Vogel und seinen Adjutanten rund um die Uhr überwachen. Nutzen Sie jedes verfügbare Mittel, um in die Abwehr-Zentrale einzudringen. Und sehen Sie zu, daß wir einen Mann in der Hamburger Funkstelle haben. Vogel muß sich mit seinen Agenten austauschen. Wir müssen wissen, was sie einander zu sagen haben.«

»Jawohl, Herr Reichsführer.«

»Und, Walter, machen Sie nicht so ein bedrücktes Gesicht. Wir kriegen die Abwehr noch früh genug. Keine Sorge, Sie werden sie übernehmen.«

»Danke, Herr Reichsführer.«

»Aber natürlich nur, wenn Sie mir nicht noch einmal vor dem Führer widersprechen.«

Himmler klopfte so sanft an die Trennscheibe, daß es kaum zu hören war. Der Wagen fuhr an die Seite, und Schellenbergs Mercedes folgte seinem Beispiel. Der junge General blieb reglos sitzen, bis einer seiner Leibwächter erschien, um ihn die zehn Schritte bis zu seinem Auto zu begleiten.

26

London

Catherine Blake bereute es inzwischen zutiefst, daß sie die Popes um Hilfe gebeten hatte. Gewiß, sie hatten ihr einen genauen Bericht über Peter Jordans Lebensgewohnheiten geliefert. Aber zu welch hohem Preis? Man hatte sie erpressen wollen, zu einem bizarren Liebesspiel genötigt und so gezwungen, zwei Menschen zu töten. Jetzt war die Polizei hinter ihr her. Der Mord an Vernon Pope, dem berüchtigten Schwarzhändler und Unterweltboss, sorgte in der Londoner Presse für Schlagzeilen. Allerdings hatte die Polizei die Reporter falsch informiert und behauptet, daß die beiden Opfer mit durchschnittener Kehle aufgefunden worden seien. Offensichtlich versuchte sie auf diese Weise, aus den eingehenden Hinweisen die unseriösen herauszufiltern. Oder hatte der MI5 die Hände schon mit im Spiel? Nach den Zeitungsberichten wollte die Polizei Robert Pope verhören, hatte ihn bislang aber nicht ausfindig machen können. Catherine hätte ihnen diesbezüglich einen Tip geben können – Pope stand nämlich zwanzig Meter von ihr entfernt an der Bar des *Savoy* und nippte wütend an einem Whisky.

Warum war Pope hier? Catherine glaubte, die Antwort zu wissen. Pope war hier, weil er sie verdächtigte, mit dem Mord an seinem Bruder etwas zu tun zu haben. Sie zu finden war ihm sicherlich nicht schwergefallen. Er wußte, daß sie hinter Peter Jordan her war. Er brauchte also nur die Lokale aufzusuchen, in denen der Amerikaner verkehrte. Früher oder später hatte sie dort auftauchen müssen.

Sie drehte ihm den Rücken zu. Sie hatte keine Angst vor Robert Pope – er war eher ein Ärgernis als eine Bedrohung. Solange er sie im Blick hatte, würde er es nicht wagen, etwas gegen sie zu unternehmen. Catherine hatte mit seinem Erscheinen gerechnet. Deshalb trug sie jetzt vorsichtshalber stets ihre Pistole bei sich. Das war notwendig, aber lästig. Wegen der Waffe mußte sie eine größere Handtasche mit sich führen. Sie war schwer und schlug beim Gehen gegen ihre Hüfte. Und ironischerweise stellte die Pistole für sie ein Sicherheitsrisiko dar, denn wie sollte sie einem Londoner Polizisten erklären, warum sie eine deutsche Mauser mit Schalldämpfer bei sich trug?

Die Frage, ob sie Robert Pope töten sollte, war nicht ihr Hauptproblem, denn in diesem Moment betrat Peter Jordan zusammen mit Shepherd Ramsey die Bar des *Savoy*.

Sie fragte sich, welcher Mann den ersten Schritt machen würde. Langsam wurde es interessant.

»Ein Gutes hat dieser Krieg ja«, sagte Shepherd Ramsey zu Peter Jordan, als sie an einem Ecktisch Platz nahmen. »Er sorgt für eine wundersame Vermehrung meines Vermögens. Während ich hier den Helden spiele, steigen meine Aktien. In den letzten sechs Monaten habe ich mehr Geld verdient als in den zehn Jahren, die ich in der Versicherungsgesellschaft meines Vaters gearbeitet habe.«

»Warum sagst du deinem alten Herrn nicht, daß du aussteigst?« fragte Jordan.

»Ohne mich wäre er aufgeschmissen.«

Shepherd winkte den Kellner heran und bestellte einen Martini. Jordan nahm einen doppelten Scotch.

»Wie war dein Tag im Büro, Süßer?« fragte Shepherd.

»Scheußlich.«

»Man munkelt, daß du an einer teuflischen neuen Geheimwaffe arbeitest.«

»Ich bin Ingenieur, Shep. Ich baue Brücken und Straßen.«

»Das kann doch jeder Idiot. Du bist doch nicht hier, um eine lächerliche Straße zu bauen.«

»Nein, das nicht.«

»Also, wann sagst du mir endlich, woran du arbeitest?«

»Ich darf es nicht, und das weißt du.«

»Nur mir, deinem alten Shep. Mir kannst du alles anvertrauen.«

»Ich würde ja gern, Shep, aber wenn ich es dir sage, muß ich dich leider zum Schweigen bringen. Dann ist Sally Witwe, und Kippy hat keinen Vater mehr.«

»Kippy hat in Buckley wieder mal Probleme. Der Bengel macht mehr Ärger als ich in dem Alter.«

»Und das will was heißen.«

»Der Schulleiter droht ihm mit Rauswurf. Sally mußte neulich bei ihm antanzen und sich sagen lassen, daß dem Jungen eine starke männliche Hand fehlt.«

»Hat er denn je eine gehabt?«

»Sehr witzig, Armleuchter. Sally hat Probleme mit dem Wagen. Sie schreibt, daß die Kiste neue Reifen braucht, aber wegen der Rationierung kann sie keine bekommen. Außerdem schreibt sie, daß sie dieses Jahr an Weihnachten nicht in das Haus in der Oyster Bay gehen konnten, weil sie kein Öl hatten, um die Bude zu heizen.«

Shepherd bemerkte, daß Jordan in sein Glas stierte.

»Entschuldige, Peter, langweile ich dich?«

»Nicht mehr als sonst.«

»Ich dachte, ein paar Neuigkeiten aus der Heimat würden dich aufmuntern.«

»Wer sagt denn, daß ich Aufmunterung brauche?«

»Peter Jordan, diesen Glanz in deinen Augen habe ich seit sehr langer Zeit nicht mehr gesehen. Wer ist sie?«

»Ich habe keine Ahnung.«

»Würdest du mir das erklären?«

»Ich bin während der Verdunkelung mit ihr zusammengestoßen und habe ihr die Einkaufstüte aus der Hand geschlagen. Es war sehr peinlich. Aber sie war hinreißend.«

»Hast du ihre Telefonnummer?«

»Nein.«

»Oder ihren Namen?«

»Ja, den habe ich.«

»Na, wenigstens etwas. Mein Gott! Ich würde sagen, du bist etwas aus der Übung. Beschreib sie mir.«

Jordan beschrieb sie – groß, schulterlanges braunes Haar, großer Mund, schöne Wangenknochen und die aufregendsten Augen, die er je gesehen habe.

»Das ist ja interessant«, sagte Shepherd.

»Warum sagst du das?«

»Weil dieselbe Frau gerade da drüben steht.«

Männer in Uniform machten Catherine Blake normalerweise nervös. Doch als Peter Jordan quer durch die Bar auf sie zukam, dachte sie, daß sie noch nie einen Mann getroffen hatte, der so gut aussah wie er in seiner dunkelblauen Marineuniform. Er war wirklich ein sehr attraktiver Mann – am gestrigen Abend war ihr gar nicht aufgefallen, wie attraktiv. Die Uniformjacke saß so tadellos an seinen breiten Schultern, als habe er sie in Manhattan maßschneidern lassen. Er hatte schmale Hüften, und sein ruhiger Gang strahlte ein Selbstvertrauen aus, das nur selbstbeherrschte und erfolgreiche Männer hatten. Er hatte dunkles, fast schwarzes Haar, das in auffallendem Kontrast zu seinem blassen Teint stand. Seine Augen hatten einen betörenden Grünschimmer – ein helles Grün wie bei einer Katze –, und seine Lippen waren sanft geschwungen und sinnlich. Er lächelte ungezwungen, als er bemerkte, daß sie ihn ansah.

»Ich glaube, wir sind gestern abend zusammengestoßen«, sagte er und streckte ihr die Hand hin. »Ich heiße Peter Jordan.«

Sie gab ihm die Hand, und als sie wieder losließ, ließ sie ihre Fingernägel leicht über seine Handfläche gleiten.

»Und ich heiße Catherine Blake«, sagte sie.

»Ja, ich erinnere mich. Sie sehen so aus, als würden Sie auf jemanden warten.«

»Ja, aber wie es scheint, bin ich versetzt worden.«

»Der Kerl muß ein Vollidiot sein.«

»Er ist nur ein alter Freund.«

»Darf ich Sie dafür zu einem Drink einladen?«

Catherine sah Jordan an und lächelte, dann spähte sie kurz zu Robert Pope hinüber, der sie beide scharf beobachtete.

»Ich würde lieber irgendwo hingehen, wo man sich in Ruhe unterhalten kann. Haben Sie noch die vielen Lebensmittel zu Hause?«

»Ein paar Eier, etwas Käse, eventuell noch eine Dose Tomaten. Und viel Wein.«

»Damit könnte man ein köstliches Omelett zubereiten.«

»Ich hole nur eben meinen Mantel.«

Robert Pope, der an der Bar stand, sah, wie sie durch das Gedränge schlüpften und in den Salon hinaustraten. Er trank in aller Ruhe sein Glas leer, wartete ein paar Sekunden, dann ging er ihnen nach. Draußen vor dem Hotel wurden sie vom Portier zu einem Taxi geführt. Pope überquerte rasch die Straße und sah, wie das Taxi anfuhr. Dicky Dobbs saß am Steuer des Lieferwagens. Er ließ den Motor an, während Pope einstieg. Der Wagen fädelte sich in den Verkehr ein. Kein Grund zur Eile, sagte Pope zu Dicky. Er wisse, wohin sie wollten. Er lehnte sich zurück und schloß für ein paar Minuten die Augen, während Dicky in westlicher Richtung zu Jordans Haus in Kensington fuhr.

Während der Fahrt im Taxi bemerkte Catherine Blake urplötzlich, daß sie nervös war. Sie war nicht deshalb nervös, weil ein Mann neben ihr saß, der das wichtigste Geheimnis des Krieges kannte, sondern weil die Rituale des Werbens nicht ihre Stärke waren. Zum ersten Mal seit sehr langer Zeit dachte sie über ihr Aussehen nach. Sie wußte, daß sie eine attraktive Frau war, eine schöne Frau. Sie wußte, daß die meisten Männer sie begehrten. Doch in all der Zeit in Großbritannien hatte sie sich große Mühe gegeben, ihr Aussehen zu verbergen, um nicht aufzufallen. Sie hatte das Aussehen einer trauernden Kriegswitwe angenommen und dicke dunkle Strümpfe getragen, die ihre schönen langen Beine verhüllten, schlechtsitzende Röcke, unter denen ihre wohlgerundeten Hüften nicht zur Geltung kamen, und dicke Männerpullover, die ihre vollen Brüste verbargen. Heute abend trug sie ein hinreißendes Abendkleid, das sie sich vor dem Krieg gekauft hatte und das für ein paar Drinks im *Savoy* genau das richtige war. Und dennoch fragte sie sich zum ersten Mal in ihrem Leben, ob sie schön genug sei.

Und noch etwas anderes beschäftigte Catherine. Warum bedurfte es dieser besonderen Umstände, daß sie endlich einen Mann wie Peter Jordan kennenlernte? Er war intelligent, attraktiv, erfolgreich und, ja, allem Anschein nach auch *normal.* Die meisten anderen Männer, die sie kannte, hätten sich bisher ganz anders verhalten, hätten nach ihren Brüsten gegrapscht oder ihren Kopf gepackt und in ihren Schoß gedrückt. Sie erinnerte sich an das erste Mal mit Maria Romeros Vater, Emilio. Er hatte sich nicht mit Blumen oder schönen Worten aufgehalten, er hatte sie einfach geküßt. Er hatte sie auf sein Bett geworfen und genommen. Und Catherine hatte es nichts ausgemacht. Im Gegenteil, es gefiel ihr so. Sex war für sie keine Sache, die man aus Liebe und Respekt tat. Sie genoß nicht einmal das Gefühl, jemanden zu erobern. Für Catherine war Sex nichts weiter als ein Akt der körperlichen Befriedigung. Emilio Romero hatte das verstanden. Bedauerlicherweise hatte Emilio vieles an ihr verstanden.

Sie hatte schon vor langer Zeit den Gedanken aufgegeben, sich zu verlieben, zu heiraten und Kinder zu bekommen. Ihre Sucht nach Unabhängigkeit und ihr tiefverwurzeltes Mißtrauen gegen Menschen würden es ihr niemals erlauben, die emotionale Bindung einer Ehe einzugehen, ihr Egoismus und ihre Hemmungslosigkeit würden es ihr niemals erlauben, für ein Kind zu sorgen. Wenn sie mit einem Mann zusammen war, fühlte sie sich nur sicher, wenn sie alles unter Kontrolle hatte, gefühlsmäßig und körperlich. Dies zeigte sich auch im Bett. Vor langer Zeit hatte Catherine festgestellt, daß sie nur einen Orgasmus bekommen konnte, wenn sie auf dem Mann lag.

Sie hatte sich ein Bild von dem Leben gemacht, das sie sich wünschte. Nach dem Krieg wollte sie in den Süden gehen – an die Costa del Sol, nach Südfrankreich oder Italien – und sich eine kleine Villa mit Blick aufs Meer kaufen. Sie würde alleine leben, sich die Haare abschneiden und am Strand liegen, bis ihre Haut tiefbraun war. Und wenn sie einen Mann brauchte, würde sie sich einen in die Villa holen, sich seines Körpers bedienen, bis sie befriedigt war, und ihn dann hinauswerfen, um wieder allein am Kamin zu sitzen und dem Rauschen des Meeres zu lauschen. Vielleicht würde sie Maria gelegentlich erlauben, eine Zeitlang bei ihr zu wohnen. Maria war die einzige, die sie verstand. Um so mehr hatte es sie verletzt, daß Maria sie verraten hatte.

Catherine war so, wie sie war. Weder haßte sie sich deswegen, noch liebte sie sich deswegen. Bei wenigen Gelegenheiten hatte sie über ihre Psyche nachgedacht und war zu dem Ergebnis gelangt, daß sie ein recht interessanter Charakter sei. Und sie hatte begriffen, daß sie die perfekte Spionin war – in emotionaler, körperlicher und geistiger Hinsicht. Emilio Romero hatte das erkannt, ebenso Vogel. Sie verabscheute beide, aber sie hatten recht gehabt. Wenn sie sich im Spiegel betrachtete, kam ihr nur ein Wort in den Sinn: *Spionin.*

Das Taxi hielt vor Jordans Haus. Er nahm ihre Hand und half ihr aus dem Wagen, dann bezahlte er den Fahrer. Er schloß die Vordertür seines Hauses auf und führte sie hinein. Er zog die Tür wieder zu, bevor er Licht machte – Verdunkelungsvorschrift. Für einen Augenblick war Catherine verwirrt und fühlte sich schutzlos. Sie war nicht gern mit einem fremden Mann in einem fremden dunklen Haus. In nächsten Moment machte Jordan Licht.

»Meine Güte«, sagte sie. »Wie sind Sie zu einem solchen Quartier gekommen? Ich dachte, alle amerikanischen Offiziere werden in Hotels und Pensionen zusammengepfercht.«

Catherine kannte die Antwort natürlich. Doch sie mußte die Frage stellen. Es kam selten vor, daß ein amerikanischer Offizier allein in einem solchen Haus lebte.

»Mein Schwiegervater hat das Haus vor Jahren gekauft. Er hat geschäftlich und privat viel Zeit in London verbracht und deshalb beschlossen, sich hier eine Zweitwohnung zu nehmen. Offen gestanden, bin ich darüber sehr froh. Die Vorstellung, den Krieg wie in einer Sardinenbüchse im *Grosvenor House* zu verbringen, sagt mir nicht besonders zu. Darf ich Ihnen den Mantel abnehmen?«

Er half ihr aus dem Mantel und hängte ihn an die Garderobe. Catherine sah sich um Wohnzimmer um. Es war schön eingerichtet, mit bequemen Ledersofas und Sesseln, wie man sie in einem privaten Londoner Club findet. Die Wände waren mit Holz verkleidet, und der dunkelbraune Parkettfußboden war blitzblank gebohnert. Die Teppiche, die verstreut im Zimmer lagen, waren von ausgezeichneter Qualität. Auffällig waren die Fotografien von Brücken, die an den Wänden hingen.

»Sie sind also verheiratet«, sagte Catherine und achtete darauf, daß eine leichte Enttäuschung in ihrer Stimme schwang.

»Wie bitte?« fragte er und kehrte in den Raum zurück.

»Sie sagten, daß das Haus Ihrem Schwiegervater gehört.«

»Ich sollte wohl sagen, meinem früheren Schwiegervater. Meine Frau kam vor dem Krieg bei einem Autounfall ums Leben.«

»Tut mir leid, Peter. Ich wollte nicht …«

»Ist schon in Ordnung. Es ist lange her.«

Sie deutete mit dem Kopf zur Wand und sagte: »Sie mögen Brücken.«

»So könnte man es ausdrücken, ja. Ich baue welche.«

Catherine durchquerte den Raum und sah sich eines der Fotos aus der Nähe an. Es zeigte die Brücke über den Hudson River, für die Jordan 1938 zum Ingenieur des Jahres gekürt worden war.

»Sie entwerfen sie?«

»Entworfen werden sie von Architekten. Ich bin Ingenieur. Sie machen einen Entwurf, und ich sage ihnen, ob das Ding stehen bleibt oder nicht. Manchmal lasse ich sie den Entwurf ändern. Manchmal, wenn er so toll ist wie bei dieser Brücke, überlege ich mir, wie er sich verwirklichen läßt.«

»Klingt aufregend.«

»Manchmal ist es das auch«, sagte er. »Manchmal ist es aber auch langweilig und eintönig und zwingt einen, auf Cocktailpartys zu gehen und Small talk zu machen.«

»Ich wußte nicht, daß die Navy Brücken braucht.«

»Braucht sie auch nicht.« Jordan zögerte. »Es tut mir leid, aber ich darf nicht über meine Arbeit ...«

»Lassen Sie nur, ich verstehe das. Sie haben Ihre Vorschriften.«

»Ich könnte uns jetzt etwas zu essen machen, aber ich kann nicht garantieren, daß es genießbar ist.«

»Zeigen Sie mir nur, wo die Küche ist.«

»Durch diese Tür. Wenn es Ihnen nichts ausmacht, würde ich mich gern umziehen. Ich kann mich an diese verdammte Uniform einfach nicht gewöhnen.«

»Aber bitte.«

Sie beobachtete sehr aufmerksam, was er als nächstes tat. Er zog seinen Schlüsselbund aus der Hosentasche und schloß eine Tür auf. Das mußte sein Arbeitszimmer sein. Er knipste das Licht an und blieb knapp eine Minute drin. Dann kam er wieder heraus, ohne seine Aktentasche. Wahrscheinlich hatte er sie im Safe eingeschlossen. Er ging die Treppe hinauf. Das Schlafzimmer befand sich also im Obergeschoß. Das war günstig. Während er oben schlief, konnte sie den Safe öffnen und den Inhalt seiner Tasche fotografieren. Neumann würde die Fotos nach Berlin weiterleiten, und dort würden Spezialisten der Abwehr sie untersuchen, um herauszufinden, woran Peter Jordan arbeitete.

Sie ging in die Küche und verspürte einen Anflug von Panik. Warum zog er plötzlich seine Uniform aus? Hatte sie etwas falsch gemacht? Hatte sie einen Fehler begangen? Telefonierte er in diesem Moment mit dem MI5? Verständigte der MI5 die Special Branch? Würde er herunterkommen und mit ihr plaudern, bis die Polizei durch die Tür stürmte und sie verhaftete?

Das war lächerlich. Catherine zwang sich zur Ruhe.

Als sie die Tür des Kühlschranks öffnete, fiel ihr etwas ein: Sie hatte nicht die leiseste Ahnung, wie man ein Omelett zubereitete. Marias Omeletts waren köstlich. Am besten, sie machte ihr einfach alles nach. Sie nahm drei Eier, Butter und ein Stück Cheddarkäse aus dem Kühlschrank. Sie öffnete die Tür zur Speisekammer und fand dort eine Dose Tomaten und eine Flasche Wein. Sie entkorkte die Flasche und füllte zwei Gläser. Sie wartete nicht auf Jordans Rückkehr, damit er den Wein probierte – er war ausgezeichnet. Er schmeckte nach Wildblumen, Lavendel und Aprikosen, und sie mußte an ihre Traumvilla denken. Zuerst die Tomaten dünsten – so hatte es jedenfalls Maria gemacht, nur daß die Tomaten in Paris keine scheußlichen Büchsentomaten, sondern frisch gewesen waren.

Sie öffnete die Dose, goß den Saft ab, hackte die Tomaten klein und schüttete sie in die heiße Pfanne. Sofort erfüllte ihr Duft das Haus, und sie trank noch einen Schluck Wein, bevor sie die Eier aufschlug und verrührte und den Käse in die Schüssel rieb. Sie mußte lächeln – es war ein merkwürdiges Gefühl, wie eine Hausfrau für einen Mann das Abendessen zuzubereiten. Und dann dachte sie: Vielleicht sollte Vogel an seiner Spionageschule einen Kochkurs einführen.

Jordan saß am Tisch im Eßzimmer, während Catherine das Omelett fertigbuk. Er hatte eine khakifarbene Baumwollhose und einen Pullover angezogen, und wieder war Catherine von seinem Aussehen begeistert. Sie wollte ihr Haar lösen – irgend etwas tun, das sie für ihn attraktiver machte –, aber sie blieb der Rolle treu, die sie spielte. Das Omelett schmeckte überraschend gut. Sie aßen es sehr schnell, bevor es kalt werden konnte, und spülten es mit dem Wein hinunter, einem Vorkriegsbordeaux, den Jordan aus New York mitgebracht hatte. Nach dem Essen fühlte sich Catherine erleichtert und entspannt. Jordan schien es genauso zu gehen. Anscheinend hegte er keinen Verdacht und zweifelte nicht daran, daß sie sich rein zufällig begegnet waren.

»Waren Sie schon einmal in den Staaten?« fragte er, während sie das Geschirr abräumten und in die Küche trugen.

»Ja, als kleines Mädchen habe ich zwei Jahre in Washington gelebt.«

»Tatsächlich?«

»Ja, mein Vater arbeitete im Auswärtigen Amt. Er war Diplomat. Nach dem Ersten Weltkrieg, Anfang der zwanziger Jahre, wurde er nach Washington versetzt. Mir hat es dort sehr gefallen.

Abgesehen von der Hitze, natürlich. Mein Gott, diese Schwüle im Sommer. Mein Vater mietete für uns im Sommer ein Häuschen an der Chesapeake Bay. Ich habe diese Zeit in sehr angenehmer Erinnerung.«

Alles stimmte, nur daß Catherines Vater dem deutschen Außenministerium angehört hatte, und nicht dem britischen Auswärtigen Amt. Catherine hielt es für besser, so weit wie möglich bei der Wahrheit zu bleiben.

»Ist Ihr Vater noch als Diplomat tätig?«

»Nein, er starb vor dem Krieg.«

»Und Ihre Mutter?«

»Meine Mutter starb, als ich noch ein kleines Mädchen war.« Catherine stapelte das schmutzige Geschirr in der Spüle. »Ich spüle, wenn Sie abtrocknen.«

»Kommt nicht in Frage. Ich habe eine Aufwartefrau, die mehrmals die Woche kommt. Sie wird das morgen früh erledigen. Wie wär's mit einem Glas Brandy?«

»Gern.«

Sie betrachtete die silbergerahmten Fotos auf dem Kamin, während Jordan den Brandy eingoß. Er trat zu ihr an den Kamin und reichte ihr eines der Gläser.

»Ihre Frau war sehr schön.«

»Ja. Ihr Tod hat mich sehr getroffen.«

»Und Ihr Sohn? Wer kümmert sich jetzt um ihn?«

»Margarets Schwester, Jane.«

Sie nippte an ihrem Brandy und lächelte. »Sie scheinen darüber nicht sehr begeistert zu sein.«

»Mein Gott, merkt man das so deutlich?«

»Ja.«

»Jane und ich haben uns nie besonders vertragen. Und offen gesagt, wäre es mir lieber, wenn sie sich nicht um meinen Sohn kümmern würde. Sie ist egoistisch, engstirnig und verzogen, und ich habe Angst, daß mein Sohn unter ihrem Einfluß genauso werden könnte. Aber mir blieb nichts anderes übrig. Einen Tag nachdem ich zur Navy kam wurde ich nach Washington geschickt, und zwei Wochen später saß ich schon im Flugzeug nach London.«

»Der Kleine ist das Ebenbild seines Vaters«, sagte Catherine. »Ich glaube nicht, daß Sie sich seinetwegen Sorgen machen müssen.«

Jordan lächelte und sagte: »Hoffentlich haben Sie recht. Bitte, setzen Sie sich.«

»Sind Sie sicher? Ich möchte Sie nicht ...«

»Ich hatte schon sehr lange keinen so angenehmen Abend mehr. Bitte, bleiben Sie noch etwas.«

Sie setzten sich nebeneinander auf die breite Ledercouch.

»Sagen Sie mir eines«, sagte Jordan. »Wie kommt es, daß eine so unglaublich schöne Frau wie Sie nicht verheiratet ist?«

Catherine spürte, wie sie errötete.

»Meine Güte, Sie werden ja rot. Jetzt erzählen Sie mir nicht, daß Ihnen noch nie jemand gesagt hat, wie schön Sie sind.«

Sie lächelte und sagte: »Nein, aber es ist schon sehr lange her.«

»Gut, dann sind wir schon zwei. Es ist schon sehr lange her, daß ich einer Frau ein solches Kompliment gemacht habe. Ich kann mich noch genau an das letzte Mal erinnern. Es war an dem Tag, als Margaret starb. Ich wachte morgens auf und sah ihr Gesicht. Ich hätte nie gedacht, daß ich danach noch einmal eine Frau schön finden könnte. Bis ich einen Narren aus mir gemacht habe und gestern abend mit Ihnen zusammengestoßen bin. Bei Ihrem Anblick hat es mir den Atem verschlagen, Catherine.«

»Vielen Dank. Ich kann Ihnen versichern, daß die Sympathie auf Gegenseitigkeit beruhte.«

»Haben Sie mir deshalb nicht Ihre Telefonnummer gegeben?«

»Ich wollte nicht, daß Sie mich für eine schamlose Frau halten.«

»Verflixt, und ich hatte gehofft, Sie seien eine schamlose Frau.«

»Peter«, sagte sie und stieß scherzhaft mit dem Finger gegen sein Bein.

»Beantworten Sie jetzt meine Frage? Warum sind Sie nicht verheiratet?«

Catherine starrte ins Feuer. »Ich *war* verheiratet. Mein Mann Michael wurde in der ersten Woche der Schlacht um England über dem Ärmelkanal abgeschossen. Sein Leichnam wurde nie gefunden. Ich war zu der Zeit schwanger und verlor mein Kind. Die Ärzte führten es auf den Schock über Michaels Tod zurück.« Catherine wandte die Augen vom Feuer ab und blickte in Jordans Gesicht. »Er war ein gutaussehender, tapferer Mann. Er bedeutete mir alles, und nach seinem Tod sah ich keinen Mann mehr an, bis mich auf einem Gehweg in Kensington ein alberner Amerikaner rammte, der seine Taschenlampe nicht benutzte.«

Ein langes, etwas befangenes Schweigen trat ein. Das Feuer war fast heruntergebrannt. Catherine hörte, wie draußen heftiger Regen einsetzte und auf das Pflaster vor dem Fenster prasselte. Sie wäre gerne noch lange so sitzen geblieben, am Kamin, ein Glas Brandy in der Hand, neben diesem liebenswürdigen, netten Mann. *Mein Gott, Catherine – was ist nur in dich gefahren?* Sie versuchte einen Moment lang, ihn zu hassen, aber sie konnte nicht. Sie hoffte, daß er niemals etwas tat, das ihr gefährlich wurde – und das sie zwang, ihn zu töten.

Sie sah umständlich auf ihre Armbanduhr. »Meine Güte«, sagte sie. »Es ist schon elf Uhr. Ich bin Ihnen lange genug zur Last gefallen. Ich sollte jetzt wirklich …«

»Woran denken Sie gerade?« fragte Jordan, als habe er kein Wort von dem gehört, was sie gerade gesagt hatte.

Woran sie dachte? Eine sehr gute Frage …

»Ich verstehe, daß Sie über Ihre Arbeit nicht reden dürfen, aber ich will Ihnen trotzdem eine Frage stellen, und ich will, daß Sie mir eine ehrliche Antwort geben, Peter.«

»Ehrenwort.«

»Sie werden nicht fortgehen und sich umbringen lassen, oder?«

»Nein, ich werde mich nicht umbringen lassen, ich verspreche es.«

Sie lehnte sich hinüber und küßte ihn auf den Mund. Seine Lippen erwiderten ihren Kuß nicht.

Sie fuhr zurück und dachte: Habe ich einen Fehler begangen? Ist er noch nicht soweit?

»Tut mir leid«, sagte er. »Es ist nur schon so lange her.«

»Das gilt auch für mich.«

»Vielleicht sollten wir es noch einmal versuchen.«

Sie lächelte und küßte ihn wieder. Diesmal erwiderte er ihren Kuß. Er zog sie an sich. Sie genoß das Gefühl, wie sich ihre Brüste gegen ihn drückten.

Einen Augenblick später löste sie sich von ihm.

»Wenn ich jetzt nicht gehe, werde ich wohl nie gehen.«

»Ich weiß nicht, ob ich will, daß du gehst.«

»Ich will nicht, daß du mich für eine schamlose Frau hältst.«

»Ich halte dich für eine wundervolle Frau.«

Sie küßte ihn wieder und sagte: »Wann sehe ich dich wieder?«

»Darf ich dich morgen abend zum Essen ausführen, zu einem richtigen Essen? Irgendwohin, wo wir auch tanzen können?«

»Das wäre schön.«

»Im *Savoy*. Um acht.«

»Klingt verlockend.«

Der kalte Regen und der Anblick Robert Popes und Dickys, die in einem geparkten Lieferwagen saßen, holten Catherine in die Realität zurück. Wenigstens hatten die beiden sich nicht eingemischt. Vielleicht beließen sie es vorläufig dabei, sie aus der Entfernung zu beobachten.

Um diese späte Stunde herrschte nur wenig Verkehr. Sie hielt in der Brompton Road ein Taxi an. Sie stieg ein und bat den Fahrer, sie zur Victoria Station zu fahren. Sie blickte nach hinten und sah, daß Pope und Dicky dem Taxi folgten.

Bei der Victoria Station angekommen, bezahlte sie den Fahrer, ging in den Bahnhof und mischte sich unter die Fahrgäste eines Zuges, der mit Verspätung in London eingetroffen war. Sie warf einen Blick über die Schulter und sah, wie Dicky in den Bahnhof gerannt kam und den Kopf von einer Seite auf die andere drehte.

Sie schlüpfte durch einen Nebenausgang ins Freie und verschwand in der Dunkelheit.

27

Bayern: März 1938

Ihr Cottage in Vogels geheimem Dorf ist leicht gebaut und zugig, das kälteste Loch, in dem sie jemals gehaust hat. Es hat zwar einen offenen Kamin, und am Nachmittag, wenn sie sich mit Chiffrier- und Funktechnik beschäftigt, kommt ein Mann von der Abwehr und legt Anzündholz und trockene Scheite für den Abend bereit. Doch jetzt ist das Feuer heruntergebrannt, und die Kälte kriecht in das Häuschen, so daß sie aufsteht und ein paar dicke Scheite in die Glut wirft. Vogel liegt schweigend neben ihr auf dem Boden. Er ist ein miserabler Liebhaber: langweilig, egoistisch, nur Ellbogen und Knie. Selbst wenn er versucht, sie zu befriedigen, stellt er sich tolpatschig an, ist grob und mit den Gedanken nicht bei der Sache. Es ist ein Wunder, daß sie ihn überhaupt hat verführen können. Sie hat dafür ihre Gründe. Wenn er sich in sie verliebt oder verrückt nach ihr ist, wird er sie nur ungern nach England schicken. Und es scheint zu klappen. Vorhin, als er in ihr war, hat er ihr gestanden, daß er sie liebt. Nun, da er auf dem Boden liegt und an die Decke stiert, scheint er seine Worte zu bereuen.

»Manchmal will ich nicht, daß du gehst«, sagte er.

»Wohin?«

»Nach England.«

Sie kommt zurück, legt sich neben ihn und küßt ihn. Sein Atem stinkt ekelhaft nach Zigaretten, Kaffee und schlechten Zähnen.

»Armer Vogel. Habe ich dir das Herz gebrochen?«

»Ich glaube, ja. Manchmal spiele ich mit dem Gedanken, dich mit nach Berlin zu nehmen. Ich könnte dir dort eine Wohnung besorgen.«

»Das wäre lieb«, sagt sie, aber lieber will sie vom MI5 verhaftet werden, als den Krieg als Vogels Geliebte in irgendeiner Bruchbude in Berlin zu verbringen.

»Aber du bist für Deutschland viel zu wertvoll. Du mußt hinter die feindlichen Linien nach England.« Er macht eine Pause und zündet sich eine Zigarette an. »Mir geht noch etwas anderes durch den Kopf. Ich frage mich, warum eine schöne Frau sich in einen Mann wie mich verlie-

ben sollte? Und ich habe auch schon die Antwort. Sie glaubt, daß er sie nicht nach England schickt, wenn er sie liebt.«

»Für so etwas bin ich nicht raffiniert oder gerissen genug.«

»Natürlich bist du das. Deswegen habe ich dich ja ausgewählt.«

Sie fühlt Wut in sich aufsteigen.

»Aber ich habe unsere gemeinsame Zeit genossen. Emilio sagte immer, daß du sehr gut im Bett seist – der beste Fick meines Lebens, so pflegte er sich auszudrücken. Emilio hat nun mal einen Hang zum Vulgären. Er sagte, du seist besser als die teuersten Huren. Er sagte, er wolle dich als seine Mätresse in Spanien behalten. Ich mußte ihm das Doppelte des üblichen Honorars bezahlen. Aber glaube mir, du warst das Geld mehr als wert.«

Sie steht auf. »Raus hier, sofort! Ich reise morgen früh ab. Ich habe genug von diesem Rattenloch!«

»Ja, du reist morgen früh ab. Aber mit einem anderen Ziel, als du denkst. Allerdings gibt es da noch ein Problem. Deine Ausbilder sagen, daß du dich immer noch dagegen sträubst, mit dem Messer zu töten. Sie sagen, daß du sehr gut schießt, sogar noch besser als die Männer. Aber sie sagen auch, daß du mit dem Stilett zu langsam bist.«

Sie sagt nichts. Sie starrt ihn nur an, wie er auf dem Teppich vor dem Kamin liegt.

»Ich mache dir einen Vorschlag. Wenn du dein Stilett benutzen mußt, denke immer an den Mann, der dir weh getan hat, als du ein kleines Mädchen warst.«

Vor Entsetzen fällt ihr die Kinnlade herunter. Sie hat in ihrem ganzen Leben nur einem Menschen davon erzählt: Maria. Doch Maria muß es Emilio erzählt haben, und Emilio, dieses Schwein, hat es Vogel erzählt.

»Ich weiß nicht, wovon du redest«, sagt sie, aber ihre Worte klingen wenig überzeugend.

»Natürlich weißt du es. Es hat dich zu dem gemacht, was du bist, zu einer herzlosen Hure.«

Sie reagiert instinktiv. Sie macht einen Schritt nach vorn und tritt ihm kräftig unter das Kinn. Sein Kopf schnellt zurück und schlägt hart gegen den Boden. Er rührt sich nicht, vielleicht ist er bewußtlos. Ihr Stilett liegt neben dem Kamin auf dem Boden. Sie haben ihr beigebracht, es jederzeit griffbereit zu haben. Sie hebt es auf, drückt den Knopf, und die glänzende Klinge schnappt heraus. Im Schein des Feuers ist sie blutrot. Sie tritt einen Schritt auf Vogel zu. Sie will ihn töten, ihm das Stilett in den Leib stoßen, ins Herz, in die Niere, durch das

Ohr oder das Auge, so wie es gelernt hat. Aber im nächsten Moment lehnt sich Vogel auf den Ellbogen, in der Hand eine Pistole, die auf ihren Kopf gerichtet ist.

»Sehr gut«, sagt er. Blut sickert aus seinem Mund. »Ich glaube, jetzt bist du soweit. Leg das Messer weg und setz dich. Ich habe mit dir zu reden. Und bitte, zieh dir was an. Du siehst lächerlich aus, wie du so dastehst.«

Sie streift einen Morgenmantel über und schürt die Glut, während er sich anzieht und seinen Mund versorgt.

»Du bist ein Schwein, Vogel. Ich wäre ja verrückt, wenn ich für dich arbeiten würde.«

»Denk ja nicht, daß du jetzt noch aussteigen kannst. Sonst werde ich der Gestapo überzeugende Beweise dafür liefern, daß dein Vater den Führer verraten hat. Du kannst dir nicht vorstellen, was sie mit solchen Leuten machen. Und solltest du mir Ärger machen, wenn du in England bist, bekommen dich die Briten auf einem Silbertablett serviert. Denk an den Kerl, der dir als Kind wehgetan hat, und stell dir vor, daß du ständig von einem Haufen stinkender englischer Wärter vergewaltigt wirst. Du wirst ihre Lieblingsgefangene, glaub mir. Ich bezweifle, daß sie sich die Mühe machen werden, dich zu hängen.«

Sie ist sehr still geworden. Sie überlegt, wie sie ihm mit dem eisernen Schürhaken den Schädel einschlagen kann, aber Vogel hält immer noch die Pistole in der Hand. Sie begreift, daß er sie hereingelegt hat. Sie dachte, sie habe ihn getäuscht – sie dachte, sie habe alles unter Kontrolle. Dabei war er jederzeit Herr der Situation. Er hat versucht, in ihr die Bereitschaft zum Töten zu wecken. Und jetzt muß sie erkennen, daß er sehr gute Arbeit geleistet hat.

Vogel redet wieder. »Im übrigen habe ich dich heute nacht getötet, während du dich von mir hast ficken lassen. Anna Katarina von Steiner, 27, ist vor einer Stunde in der Nähe von Berlin bei einem tragischen Verkehrunfall ums Leben gekommen. Ein Jammer. Eine so begabte Frau.«

Vogel ist jetzt wieder vollständig angezogen und hält sich ein feuchtes Tuch an die Lippen. Es ist voller Blutflecke.

»Du gehst nach Holland, wie geplant. Du bleibst dort sechs Monate, nimmst eine neue Identität an, dann gehst du nach England. Hier sind deine Papiere für Holland, Geld und eine Zugfahrkarte. Ich habe Leute in Amsterdam. Sie werden Kontakt zu dir aufnehmen und dir weitere Instruktionen geben.«

Er tritt näher und bleibt dicht vor ihr stehen.

»Anna hat ihr Leben vergeudet. Aber Catherine Blake kann Großes leisten.«

Sie hört, wie er die Tür hinter sich schließt, hört, wie draußen vor der Hüte der Schnee unter seinen Stiefeln knirscht. Es ist jetzt sehr still, nur das Knistern des Feuers und das Rauschen der Tannen vor ihrem Fenster ist zu hören. Einen Moment verharrt sie reglos, dann spürt sie, wie ihr Körper zu zittern beginnt. Sie kann nicht mehr stehen. Sie fällt vor dem Kamin auf die Knie und beginnt, hemmungslos zu weinen.

Berlin: Januar 1944

Vogel schlief auf dem Feldbett in seinem Büro, als er ein dumpfes Kratzen an der Tür hörte. Mit einem Ruck setzte er sich auf.

»Wer ist da?«

»Ich bins nur, Herr Kapitän.«

»Um Himmels willen, Werner, Sie haben mich zu Tode erschreckt. Ich dachte schon, Frankenstein kommt und holt mich, bei dem Lärm, den Sie mit Ihrem Holzbein machen.«

»Verzeihung, Herr Kapitän. Das hier ist gerade aus Hamburg gekommen.« Ulbricht reichte ihm einen Zettel. »Ein Funkspruch von Catherine Blake aus London. Ich dachte mir, daß Sie ihn sofort zu sehen wünschen.«

Vogel las ihn schnell, und sein Herz klopfte.

»Sie hat zu Jordan Kontakt aufgenommen. Sie will, daß Neumann so bald wie möglich mit regelmäßigen Übergaben beginnt. Mensch, Werner, sie hat es tatsächlich geschafft!«

»Offensichtlich eine außergewöhnliche Agentin. Und eine außergewöhnliche Frau.«

»Ja«, sagte Vogel reserviert. »Verständigen Sie bei nächster Gelegenheit Neumann in Hampton Sands. Teilen Sie ihm mit, daß er nach dem festgelegten Zeitplan mit den Übergaben beginnen soll.«

»Ja, Herr Kapitän.«

»Und setzen Sie sich mit Admiral Canaris' Büro in Verbindung. Ich möchte ihn gleich morgen früh über die neue Entwicklung informieren.«

»Ja, Herr Kapitän.«

Ulbricht ging hinaus, und Vogel blieb allein im Dunkeln

zurück. Er fragte sich, wie sie das angestellt hatte. Er hoffte, sie würde eines Tages aus England herauskommen und ihm Bericht erstatten. *Hör auf, dir was vorzumachen, Kurt, du alter Mann.* Er wollte, daß sie herauskam, damit er sie wenigstens noch einmal sehen und ihr erklären konnte, warum er sie in der letzten Nacht so abscheulich behandelt hatte. Es war nur zu ihrem Besten gewesen. Damals konnte sie es nicht verstehen, aber vielleicht hatte sie es im Lauf der Jahre verstanden. Er stellte sich vor, wie sie jetzt war. *Hat sie Angst? Ist sie in Gefahr?* Natürlich war sie in Gefahr. Sie versuchte, mitten in London Geheimnisse der Alliierten zu stehlen. Ein falscher Schritt, und sie landete in den Fängen des MI5. Aber wenn es eine Frau gab, die es schaffen konnte, dann sie. Vogels gebrochenes Herz und gebrochener Unterkiefer bewiesen es.

Heinrich Himmler arbeitete sich in seinem Büro in der Prinz-Albrecht-Straße gerade durch einen Stapel Papiere, als ein Anruf von Brigadeführer Walter Schellenberg zu ihm durchgestellt wurde.

»Guten Abend, General Schellenberg. Oder sollte ich guten Morgen sagen?«

»Es ist zwei Uhr. Ich hätte nicht gedacht, daß Sie noch arbeiten.«

»Die Müden finden keine Ruhe. Was kann ich für Sie tun?«

»Es geht um die Sache Vogel. Ich habe einen Offizier im Funkraum der Abwehr davon überzeugen können, daß es in seinem Interesse ist, mit uns zusammenzuarbeiten.«

»Ausgezeichnet!«

Schellenberg informierte Himmler über die Nachricht, die Vogel aus London erhalten hatte.

»Aha«, antwortete Himmler, »und jetzt wird also Ihr Freund Neumann ins Spiel gebracht.«

»So scheint es, Herr Reichsführer.«

»Ich werde die Neuigkeit morgen früh dem Führer berichten. Ich bin sicher, daß er hocherfreut sein wird. Dieser Vogel scheint mir ein fähiger Mann zu sein. Sollte er das wichtigste Geheimnis des Krieges stehlen, so wäre ich nicht überrascht, wenn ihn der Führer zu Canaris' Nachfolger macht.«

»Ich kann mir würdigere Kandidaten für den Posten vorstellen, Herr Reichsführer«, sagte Schellenberg.

»Sie werden schon einen Weg finden, wie Sie die Sache in den Griff kriegen. Andernfalls sind Sie aus dem Rennen.«

»Ja, Herr Reichsführer.«

»Reiten Sie am Morgen wieder mit Admiral Canaris aus?«

»Wie gewöhnlich.«

»Vielleicht kriegen Sie zur Abwechslung mal etwas Brauchbares aus ihm heraus. Und bestellen Sie dem alten Fuchs schöne Grüße von mir. Gute Nacht, Herr Brigadeführer.«

Himmler legte sanft den Hörer auf die Gabel und wandte sich wieder dem endlosen Papierkrieg zu.

28

Hampton Sands, Norfolk

Das Grau der Dämmerung sickerte durch die dichte Wolkendecke, als Horst Neumann das Kiefernwäldchen durchquerte und die Dünen erklomm. Vor ihm lag das Meer. Es war ruhig an diesem windstillen Morgen, nur kleine Wellen brachen sich an der scheinbar endlosen Weite des Strands. Neumann trug einen grauen Trainingsanzug, darüber einen Rollkragenpullover zum Schutz vor der Kälte und schwarze Laufschuhe aus weichem Leder. Er sog tief die kalte frische Luft ein, dann kletterte er die Düne hinunter und schritt über den weichen Sand. Es war Ebbe, und am Saum des Wassers zog sich ein breiter Streifen harten, flachen Sandes hin – ideal zum Laufen. Er streckte die Beine, blies sich in die Hände und fiel in einen leichten Trab. Seeschwalben und Strandläufer wichen kreischend zur Seite.

Am frühen Morgen hatte er aus Hamburg den Befehl erhalten, sich ab heute regelmäßig mit Catherine Blake in London zu treffen und Material von ihr in Empfang zu nehmen. Die Übergaben sollten nach einem Zeitplan erfolgen, den ihm Kurt Vogel auf dem Bauernhof bei Berlin mitgeteilt hatte. Das Material sollte in einem Hauseingang am Cavendish Square deponiert werden, wo ein Mann von der portugiesischen Botschaft es dort abholte und dann mit der Diplomatenpost nach Lissabon schickte. Das hörte sich einfach an. Aber Neumann wußte nur zu gut, daß er sich in große Gefahr brachte, wenn er auf den Londoner Straßen Kurierdienste leistete. Er würde Material bei sich tragen, das ihn garantiert an den Galgen brachte, wenn die britischen Sicherheitskräfte ihn damit erwischten. Im Gefecht hatte er gewußt, wo der Feind stand. Im Spionagegewerbe konnte der Feind überall lauern. Er konnte neben einem im Café oder im Bus sitzen, ohne daß man etwas ahnte.

Es dauerte mehrere Minuten, bis Neumann warm wurde und die ersten Schweißperlen auf seine Stirn traten. Wie schon in seiner frühen Jugend übte das Laufen auch jetzt eine merkwürdige

Faszination auf ihn aus. Er genoß das angenehme Gefühl, dahinzuschweben, ja, fast zu fliegen. Er atmete leicht und locker und spürte, wie die Anspannung aus seinem Körper wich. Er zog in etwa achthundert Metern Entfernung eine imaginäre Ziellinie und steigerte das Tempo.

Auf der ersten Hälfte der Strecke hielt er sich gut. Er glitt mit langen, raumgreifenden Schritten über den Strand, Schultern und Arme waren locker und entspannt. Der zweite Teil der Strecke wurde härter. Sein Atem ging schwer und stoßweise. Die kalte Luft brannte in seinem Hals, seine Arme wurden bleischwer. Die Ziellinie war noch zweihundert Meter entfernt. Seine Oberschenkelmuskulatur verhärtete sich, seine Schritte wurden kürzer. Er stellte sich vor, wie er im 1500-Meter-Endlauf der Olympischen Spiele auf die Zielgerade einbog – *der Spiele, die ich verpaßt habe, weil man mich losgeschickt hat, um Polen, Russen, Griechen und Franzosen umzubringen!* Er stellte sich vor, er habe nur noch einen Läufer vor sich. Langsam holte er auf. Noch fünfzig. In Wirklichkeit war es ein Büschel Seegras, das die Flut angeschwemmt hatte, doch in Neumanns Phantasie war es eine richtige Ziellinie mit Zielband und Kampfrichtern in weißen Jacken mit Stoppuhren, und über dem Stadion flatterte die olympische Fahne sanft im Wind. Er trommelte wild mit den Füßen gegen den harten Sand und stürzte sich ins Ziel. Taumelnd kam er zum Stehen und rang nach Atem.

Es war ein albernes Spiel, ein Spiel, das er seit seiner Kindheit spielte, aber es erfüllte seinen Zweck. Er hatte sich bewiesen, daß er wieder fit war. Er hatte Monate gebraucht, um sich von den Schlägen der SS-Männer zu erholen, aber jetzt war er wieder der alte. Er spürte, daß er körperlich allen Anforderungen gewachsen war. Neumann ging ein paar Schritte, dann fing er an, leicht zu traben. Im selben Moment entdeckte er Jenny Colville, die ihm von der Düne aus zusah.

Neumann lächelte, als sie auf ihn zukam. Sie war attraktiver, als er sie in Erinnerung hatte. Sie hatte volle, geschwungene Lippen, große blaue Augen, und ihr heller Teint war von der morgendlichen Kälte leicht gerötet. Sie trug einen dicken Wollpullover, eine Wollmütze, eine Öljacke und Hosen, die unordentlich in Gummistiefeln steckten. Hinter ihr, jenseits der Dünen, stieg der weiße Rauch eines Feuers zwischen den Kiefern auf. Jenny kam näher. Sie wirkte müde und sah aus, als habe sie in den Kleidern geschlafen. Doch sie lächelte mit beachtlichem Charme, als sie vor ihm stehenblieb, die Arme in die Hüften stemmte und ihn musterte.

»Sehr eindrucksvoll, Mr. Porter«, sagte sie. Neumann hatte etwas Mühe, ihren breiten Norfolker Singsang zu verstehen. »Wenn ich es nicht besser wüßte, würde ich sagen, Sie trainieren für etwas.«

»Von alten Gewohnheiten kann man nur schwer lassen. Außerdem stärkt es Körper und Seele. Du solltest es auch einmal versuchen. Du könntest deine überflüssigen Pfunde loswerden.«

»Quatsch!« Sie gab ihm einen neckischen Schubs. »Ich bin zu dünn. Jedenfalls sagen das die Jungs aus dem Dorf. Sie mögen Eleanor Carrick, denn sie hat große ... na ja, Sie wissen schon. Sie geht mit ihnen an den Strand, und sie geben ihr Geld, damit sie ihre Bluse aufknöpft.«

»Ich habe sie gestern im Dorf gesehen«, sagte Neumann. »Sie ist eine fette Kuh. Sie ist nicht halb so hübsch wie du.«

»Finden Sie das wirklich?«

»Ja, wirklich.« Neumann rieb sich kräftig die Arme und stampfte mit den Füßen auf. »Ich muß mich bewegen. Sonst werde ich steif wie ein Brett.«

»Hätten Sie gerne etwas Gesellschaft?«

Neumann nickte. Es war nicht die Wahrheit, aber er fand, daß es auch nicht schaden konnte. Die junge Jenny Colville schwärmte für ihn, das war offensichtlich. Jeden Tag schaute sie unter irgendeinem Vorwand bei den Doghertys vorbei und schlug nie eine Einladung Marys aus, zum Essen oder zum Tee zu bleiben. Neumann hatte versucht, Jenny ein gebührendes Maß an Aufmerksamkeit zu schenken, und es tunlichst vermieden, mit ihr allein zu sein. Und das war ihm auch gelungen, bis jetzt. Nun wollte er zumindest versuchen, einen Nutzen aus der Unterhaltung zu ziehen, und herausfinden, inwieweit man im Dorf seine Geschichte glaubte. Sie gingen eine Zeitlang schweigend nebeneinander her, und Jenny blickte aufs Meer hinaus. Neumann hob eine Handvoll Steine auf und ließ sie über die Wellen hüpfen.

»Macht es Ihnen etwas aus, über den Krieg zu sprechen?«

»Natürlich nicht.«

»Ihre Verwundung – war sie schlimm?«

»Zumindest so schlimm, daß meine Tage an der Front gezählt waren und ich eine Fahrkarte nach Hause bekam.«

»Wo wurden Sie verwundet?«

»Am Kopf. Eines Tages, wenn ich dich besser kenne, werde ich meinen Skalp hochklappen und dir die Narben zeigen.«

Sie lächelte ihn an und sagte: »Ich finde Ihren Kopf ganz in Ordnung.«

»Was soll das heißen, Jenny Colville?«

»Daß Sie ein gutaussehender Mann sind. Und Sie sind klug – das merke ich.«

Der Wind blies Jenny eine Strähne ins Gesicht. Sie wischte sie mit der Hand zur Seite und schob sie unter die Wollmütze zurück.

»Ich verstehe nur nicht, was Sie in einem Nest wie Hampton Sands verloren haben.«

Aha, seine Geschichte hatte im Dorf also Verdacht erregt.

»Ich habe einen Platz gebraucht, wo ich mich ausruhen und erholen kann. Die Doghertys haben mir angeboten, herzukommen und bei ihnen zu wohnen, und ich habe angenommen.«

»Warum kann ich Ihnen die Geschichte nicht glauben?«

»Das solltest du aber, Jenny, es ist nämlich die Wahrheit.«

»Mein Vater hält Sie für einen Verbrecher oder ein Mitglied der IRA. Er sagt, daß Sean früher bei der IRA war.«

»Jenny, kannst du dir wirklich vorstellen, daß Sean Dogherty bei der IRA ist? Nebenbei bemerkt, hat dein Vater selbst Probleme genug.«

Jennys Gesicht verfinsterte sich. Sie blieb stehen und sah ihn an: »Was soll das heißen?«

Neumann fürchtete, daß er zu weit gegangen sei. Vielleicht war es besser, sich zu entschuldigen und das Thema zu wechseln. Aber irgend etwas trieb ihn dazu, das, was er begonnen hatte, zu Ende zu bringen. Warum, so dachte er, kann ich nicht meinen Mund halten und einfach weggehen? Aber natürlich wußte er die Antwort. Auch sein Stiefvater war ein gemeiner Kerl gewesen. Beim geringsten Anlaß hatte er ihm mit dem Handrücken ins Gesicht geschlagen oder ihn mit gemeinen Bemerkungen gequält, so daß ihm die Tränen in die Augen gestiegen waren. Und Neumann war überzeugt, daß Jenny Colville schlimmeren Mißhandlungen ausgesetzt war als er früher. Er wollte sie trösten und ihr sagen, daß sie nicht allein war. Er wollte ihr helfen.

»Das soll heißen, daß er zuviel trinkt.« Neumann streckte die Hand aus und berührte sanft ihr Gesicht. »Und daß er ein hübsches, intelligentes Mädchen mißhandelt, das eine solche Behandlung in keiner Weise verdient hat.«

»Ist das Ihr Ernst?« fragte sie.

»Was?«

»Daß ich hübsch und intelligent bin. Das hat mir noch nie jemand gesagt.«

»Natürlich ist das mein Ernst.«

Sie ergriff seine Hand, und sie gingen ein paar Schritte weiter.

»Haben Sie eine Freundin?« fragte sie ihn.

»Nein.«

»Warum nicht?«

Ja, warum eigentlich nicht? *Der Krieg* ... Das war die einfache Antwort. Er hatte nie wirklich Zeit für ein Mädchen gehabt. Sein Leben war eine Folge von Obsessionen gewesen – der Obsession, alles Englische abzustreifen und ein guter Deutscher zu werden, der Obsession, bei den Olympischen Spielen zu siegen, der Obsession, den Rang des höchstdekorierten Fallschirmjägers zu erlangen. Seine letzte Freundin war ein französisches Bauernmädchen aus einem Dorf in der Nähe seines Horchpostens gewesen. Sie war zärtlich zu ihm, als er Zärtlichkeit brauchte, und einen Monat lang ließ sie ihn jeden Abend zur Hintertür ihres Hauses herein und nahm ihn heimlich mit in ihr Bett. Wenn er die Augen schloß, konnte er sie immer noch sehen, wie sie sich im flackernden Kerzenlicht auf ihn legte. Sie hatte ihm geschworen, jeden Abend seinen Kopf zu küssen, bis er wieder gesund sei. Am Ende war Neumann, der Besatzungssoldat, von Schuldgefühlen übermannt worden und hatte die Beziehung abgebrochen. Und jetzt fragte er sich besorgt, was wohl mir ihr geschehen würde, wenn der Krieg vorüber war.

»Sie haben für einen Moment ganz traurig ausgesehen«, sagte Jenny.

»Ich habe an etwas gedacht.«

»Ich würde sagen, Sie haben an *jemanden* gedacht. Und dieser Jemand war eine Frau.«

»Du bist sehr aufmerksam.«

»War sie schön?«

»Sie war Französin und sehr schön.«

»Hat Sie Ihnen das Herz gebrochen?«

»So könnte man es ausdrücken.«

»Aber Schluß gemacht haben Sie.«

»Ja, so war es wohl.«

»Warum?«

»Weil ich sie zu sehr geliebt habe.«

»Das verstehe ich nicht.«

»Eines Tages wirst du es verstehen.«

»Was soll das nun wieder bedeuten?«

»Das soll bedeuten, daß du viel zu jung bist, um dich mit Kerlen wie mir abzugeben. Ich werde jetzt meinen Lauf beenden. Ich schlage vor, du gehst nach Hause und ziehst dir saubere Sachen an. Du siehst aus, als hättest du heute nacht am Strand geschlafen.«

Sie tauschten einen Blick stillen Einverständnisses. Sie wandte sich zum Gehen, dann blieb sie stehen.

»Sie werden mir niemals weh tun, nicht wahr, James?«

»Natürlich nicht.«

»Versprochen?«

»Versprochen.«

Sie trat vor und küßte ihn kurz auf den Mund, dann wirbelte sie herum und lief davon. Neumann schüttelte den Kopf, schlug die entgegengesetzte Richtung ein und rannte über den Strand zurück.

29

London

Alfred Vicary hatte das Gefühl, in Treibsand zu versinken. Je mehr er dagegen ankämpfte, desto tiefer zog es ihn hinab. Jedes Mal, wenn er auf einen neuen Hinweis oder Anhaltspunkt stieß, schien er noch weiter zurückgeworfen zu werden. Allmählich verlor er den Glauben daran, die Spione jemals fassen zu können.

Der Grund für seine Verzweiflung waren zwei entschlüsselte deutsche Funksprüche, die am Morgen aus Bletchley Park eingetroffen waren. Der erste war von einem deutschen Agenten in Großbritannien, der Berlin bat, mit regelmäßigen Übergaben zu beginnen. Der zweite kam aus Hamburg und ging an einen deutschen Agenten in Großbritannien, der aufgefordert wurde, genau das zu tun. Es war eine Katastrophe. Die Operation der Deutschen – worin sie auch bestehen mochte – verlief anscheinend erfolgreich. Wenn der Agent einen Kurier anforderte, mußte er logischerweise etwas gestohlen haben. Eine plötzliche Angst überfiel Vicary: Selbst wenn es ihm gelang, die Spione zu fassen, konnte es bereits zu spät sein.

Über Boothbys Tür brannte die rote Lampe. Vicary drückte den Summer und wartete. Eine Minute verstrich, und noch immer brannte die rote Lampe. Typisch Boothby. Erst rief er zu einer dringenden Unterredung, dann ließ er sein Opfer warten.

Warum haben Sie uns das nicht früher erzählt?

Aber das habe ich doch, Alfred, mein Alter… *Boothby habe ich es erzählt.*

Vicary drückte abermals auf den Summer. War es wirklich denkbar, daß Boothby von Vogels Agentennetz gewußt und es ihm verschwiegen hatte? Das ergab überhaupt keinen Sinn. Vicary konnte sich nur eine mögliche Erklärung vorstellen. Boothby war strikt dagegen gewesen, daß Vicary den Fall übernahm, und er hatte von Anfang an kein Hehl daraus gemacht. Aber würde er in seinem Widerstand so weit gehen, Vicarys

Arbeit gezielt zu sabotieren? Durchaus möglich. Wenn Vicary mit seinen Ermittlungen nicht vorankam, hatte Boothby einen Grund, ihm den Fall zu entziehen und einem anderen zu übertragen. Jemandem, dem er vertraute – einem Berufsoffizier beispielsweise, jedenfalls keinem der Neuen, die er nicht ausstehen konnte. Endlich leuchtete die grüne Lampe auf. Vicary schlüpfte durch die große Flügeltür und schwor sich, erst wieder zu gehen, wenn er sich Klarheit verschafft hatte.

Boothby saß hinter seinem Schreibtisch. »Schießen Sie los, Alfred.«

Vicary informierte ihn über den Inhalt der beiden Funksprüche und erläuterte, was sie seines Erachtens zu bedeuten hatten. Boothby wand sich unruhig auf seinem Stuhl, während er zuhörte.

»Zum Teufel!« bellte er. »Die Neuigkeiten in diesem Fall werden mit jedem Tag schlechter.«

»Was die Vergangenheit der Agentin angeht, sind wir ein gutes Stück weitergekommen. Karl Becker hat sie als eine gewisse Anna von Steiner identifiziert. Sie kam an Heiligabend 1910 im Londoner Guy's Hospital zur Welt. Ihr Vater, Peter von Steiner, war Diplomat, ein wohlhabender preußischer Adliger. Ihre Mutter war eine Engländerin namens Daphne Harrison. Die Familie blieb bis zum Ausbruch des Ersten Weltkriegs in London, dann siedelte sie nach Deutschland über. Aufgrund Steiners Position wurde Daphne Harrison während des Krieges nicht interniert wie viele andere britische Bürger. Sie starb 1918 auf dem Gut der Steiners in Ostpreußen an Tuberkulose. Nach dem Krieg bekleidete Steiner verschiedene Auslandsposten. Seine Tochter lebte bei ihm. Anfang der zwanziger Jahre war er für kurze Zeit wieder in London tätig. Er arbeitete aber auch in Rom und Südamerika.«

»Könnte ein Spion gewesen sein«, sagte Boothby. »Aber fahren Sie fort, Alfred.«

»1937 verschwand Anna Steiner. Über alles weitere können wir nur spekulieren. Sie absolviert eine Ausbildung bei der Abwehr, wird in die Niederlande geschickt, um eine falsche Identität als Christa Kunst anzunehmen, und geht dann nach England. Übrigens kam Anna Steiner im März 1938 angeblich bei einem Auotunfall in der Nähe Berlins ums Leben. Das hat sich offensichtlich Vogel ausgedacht.«

Boothby stand auf und durchmaß sein Büro. »Das ist alles sehr interessant, Alfred, aber die Sache hat einen entscheidenden Haken. Alles basiert auf Informationen, die Ihnen Karl Becker gegeben hat. Becker würde alles sagen, um sich bei uns lieb Kind zu machen.«

»Becker hat keinen Grund, uns in diesem Punkt anzulügen. Und seine Geschichte stimmt lückenlos mit dem wenigen überein, das wir mit Sicherheit wissen.«

»Ich sage ja nur, daß man alles, was der Mann sagt, mit äußerster Vorsicht genießen muß.«

»Warum waren Sie dann letzten Oktober so lange bei ihm?« fragte Vicary.

Boothby stand gerade am Fenster und sah auf den Platz hinab, der in der Dämmerung versank. Sein Kopf fuhr herum, doch gleich darauf fand er seine Selbstbeherrschung wieder und wandte sich langsam zu Vicary um.

»Es geht Sie nichts an, warum ich mit Becker gesprochen habe.«

»Becker ist mein Agent«, sagte Vicary, und Wut klang in seiner Stimme durch. »Ich habe ihn verhaftet, ich habe ihn umgedreht, ich lasse ihn für uns arbeiten. Die Informationen, die er Ihnen gegeben hat, hätten uns in diesem Fall weiterhelfen können, aber Sie haben sie mir vorenthalten. Ich würde gerne wissen, warum?«

Boothby war jetzt sehr ruhig. »Becker hat mir dieselbe Geschichte erzählt wie Ihnen – von den Spezialagenten, dem geheimen Lager in Bayern, den speziellen Codes und Treffs. Und um ehrlich zu sein, Alfred, ich habe ihm damals nicht geglaubt. Wir hatten keine Beweise, die seine Geschichte gestützt hätten. Jetzt haben wir sie.«

Es war eine absolut einleuchtende Erklärung – zumindest oberflächlich.

»Warum haben Sie mir nicht davon erzählt?«

»Es ist lange her.«

»Wer ist Broome?«

»Bedauere, Alfred.«

»Ich will wissen, wer Broome ist.«

»Ich versuche, Ihnen so höflich wie möglich klarzumachen, daß es Sie nichts angeht, wer Broome ist.« Boothby schüttelte den Kopf. »Mein Gott! Wir sind hier nicht auf einer Studentenfete, auf der man herumsitzt und über Interna plaudert. Die Aufgabe dieses Departments ist die Spionageabwehr, und es arbeitet nach einem sehr einfachen Prinzip: Informationsbedarf. Und Sie haben keinen Informationsbedarf bezüglich Broome, weil das für keinen Fall relevant ist, mit dem Sie betraut sind. Deshalb geht es Sie nichts an.«

»Gibt einem das Prinzip Informationsbedarf das Recht, andere Offiziere zu täuschen?«

»Ich würde es nicht ›täuschen‹ nennen«, sagte Boothby, als handele es sich um ein obszönes Wort. »Es bedeutet ganz einfach, daß ein Offizier aus Sicherheitsgründen nur das erfährt, was er wissen muß, damit er seinen Auftrag ausführen kann.«

»Und was ist mit dem Wort ›lügen‹? Würden Sie dieses Wort gebrauchen?«

Die Diskussion schien Boothby körperliche Pein zu verursachen.

»Ich glaube, daß es zu gewissen Zeiten erforderlich ist, zu einem Kollegen nicht ganz ehrlich zu sein, um eine Operation zu schützen, die ein anderer durchführt. Das ist für Sie doch nichts Neues, Alfred, oder?«

»Natürlich nicht, Sir Basil.« Vicary zögerte und überlegte, ob er weiterbohren oder ob er es dabei belassen sollte. »Ich frage mich nur, warum Sie mich belogen und behauptet haben, Sie hätten Kurt Vogels Akte nicht gelesen.«

Alles Blut schien aus Boothbys Gesicht zu weichen, und Vicary sah, wie sich seine große Faust in der Hosentasche ballte. Er verfolgte eine riskante Strategie, mit der er auch Grace Clarendon in Gefahr brachte. Er wußte, daß Boothby gleich nach ihrer Unterredung Nicholas Jago in der Registratur anrufen und zur Rede stellen würde. Und Jago würde mit Sicherheit dahinterkommen, daß Grace Clarendon die undichte Stelle war. Ihre Indiskretion war keine Bagatelle und konnte zu ihrer fristlosen Entlassung führen. Aber Vicary hätte wetten können, daß sie Grace nicht anrührten, denn das würde nur beweisen, daß ihre Auskünfte korrekt gewesen waren. Er hoffte inständig, daß er recht hatte.

»Suchen Sie einen Sündenbock, Alfred? Jemanden, dem Sie die Schuld zuschieben können, daß es Ihnen nicht gelingt, den Fall zu lösen? Sie sollten besser als jeder andere wissen, wie gefährlich das ist. In der Geschichte wimmelt es von Schwächlingen, die es für ratsam gehalten haben, sich einen Sündenbock zu suchen.«

Vicary dachte: Und du weichst meiner Frage aus.

Er erhob sich. »Gute Nacht, Sir Basil.«

Boothby schwieg, während Vicary zur Tür ging.

»Da ist noch ein Punkt«, sagte Boothby schließlich. »Eigentlich könnte ich es mir sparen, ich sage es Ihnen aber trotzdem. Wir haben nicht unbegrenzt Zeit. Wenn Sie nicht bald Fortschritte vorweisen, werden wir gewisse Veränderungen vornehmen müssen. Haben Sie mich verstanden, Alfred?«

30

London

Die Band spielte gerade *And a Nightingale Sang on Berkeley Square*, als sie den Grillroom im *Savoy* betraten. Die Interpretation war schlecht – zu unruhig und eine Idee zu schnell –, aber trotzdem schön. Peter Jordan nahm sie wortlos bei der Hand und zog sie auf die Tanzfläche. Er tanzte ausgezeichnet, leicht und geschmeidig, und hielt sie eng umschlungen. Er kam direkt von seiner Dienststelle und trug Uniform. Er hatte auch seine Aktentasche mitgebracht, aber offensichtlich enthielt sie nichts Wichtiges, denn er hatte sie am Tisch zurückgelassen. Gleichwohl schien er sie nie allzu lange aus den Augen zu lassen.

Nach kurzer Zeit fiel Catherine etwas auf: Alle Anwesenden schienen Jordan und sie anzustarren. Es war schrecklich. Sechs Jahre lang hatte sie alles Erdenkliche getan, um nicht aufzufallen. Und jetzt tanzte sie mit einem blendend aussehenden amerikanischen Marineoffizier in einem Londoner Luxushotel. Sie fühlte sich wehrlos allen Blicken ausgesetzt, doch gleichzeitig genoß sie es, zur Abwechslung einmal etwas ganz Normales zu tun.

Ihr eigenes Aussehen trug sicherlich auch dazu bei, daß sie Aufmerksamkeit erregten. Sie hatte es Jordans Augen angesehen, als sie vor ein paar Minuten die Bar betreten hatte. Sie sah heute abend hinreißend aus. Sie trug ein Kleid aus schwarzem Krepp mit tief ausgeschnittenem Rückenteil und einem Dekolleté, das ihre wohlgeformten Brüste gut zur Geltung brachte. Das Haar, in dem eine kleine, brillantenbesetzte Spange steckte, trug sie offen, und eine doppelte Perlenkette schmückte ihren Hals. Sie hatte viel Mühe auf ihr Make-up verwendet. Jetzt, im Krieg, war die Qualität der Kosmetika schlecht, aber sie benötigte auch nicht viel – etwas Lippenstift, um die Form ihrer vollen Lippen zu betonen, etwas Rouge, um ihre vorstehenden Wangenknochen hervorzuheben, etwas Eyeliner für die Augen. Sie bezog aus ihrem Aussehen keine besondere Befriedigung.

Sie hatte seit jeher ein leidenschaftsloses Verhältnis zu ihrer Schönheit, so wie andere Frauen etwa zu ihrem Lieblingsservice oder einem wertvollen alten Teppich. Und doch war es sehr lange her, daß sie durch einen Raum gegangen war und alle Köpfe sich nach ihr umgedreht hatten. Sie war der Typ Frau, der beiden Geschlechtern auffiel. Die Männer brachten kaum den Mund zu, den Frauen stand der Neid ins Gesicht geschrieben.

»Ist dir aufgefallen, daß alle zu uns herübersehen?« fragte Jordan.

»Ja. Macht es dir etwas aus?«

»Natürlich nicht.« Er lehnte sich etwas zurück, damit er ihr Gesicht sehen konnte. »Ich habe mich lange nicht mehr so gefühlt, Catherine. Wenn ich mir vorstelle, daß ich den weiten Weg nach London machen mußte, um dich zu finden.«

»Ich bin froh, daß du es getan hast, Peter.«

»Darf ich dir ein Geständnis machen?«

»Aber natürlich.«

»Ich habe letzte Nacht kaum geschlafen, nachdem du gegangen warst.«

Sie lächelte, zog ihn näher und raunte ihm ins Ohr: »Ich muß dir auch ein Geständnis machen. Ich habe überhaupt nicht geschlafen.«

»Woran hast du gedacht?«

»Sag du zuerst.«

»Ich habe es bedauert, daß du gegangen bist.«

»Ich hatte ganz ähnliche Gedanken.«

»Ich habe mir vorgestellt, dich zu küssen.«

»Ich glaube, ich *habe* dich geküßt.«

»Ich möchte nicht, daß du heute nacht gehst.«

»Ich glaube, wenn du mich heute loswerden wolltest, müßtest du mich schon hinauswerfen.«

»Ich glaube, deswegen brauchst du dir keine Sorgen zu machen.«

»Ich möchte, daß du mich jetzt küßt, Peter.«

»Und was ist mit all den Leuten, die uns anstarren? Was, glaubst du, werden sie tun, wenn ich dich jetzt küsse?«

»Ich weiß nicht. Aber wir schreiben das Jahr 1944, und wir sind in London. Da kann alles passieren.«

»Mit einer Empfehlung von dem Gentleman an der Bar«, sagte der Kellner, der gerade eine Flasche Champagner öffnete, als sie zu ihrem Tisch zurückkehrten.

»Hat der Gentleman auch einen Namen?« fragte Jordan.

»Keinen, den er mir genannt hätte, Sir.«

»Wie sieht er aus?«

»Ich würde sagen, wie ein braungebrannter Rugby-Spieler, Sir.«

»Ein amerikanischer Marineoffizier?«

»Ja, Sir.«

»Shepherd Ramsey.«

»Der Gentleman würde gern ein Glas mit Ihnen trinken.«

»Sagen Sie dem Gentleman, daß ich ihm für den Champagner danke, aber den Rest kann er vergessen.«

»Sehr wohl, Sir.«

»Wer ist das, Shepherd Ramsey?« fragte Catherine, als der Kellner sich entfernte.

»Shepherd Ramsey ist der älteste und beste Freund, den ich auf der Welt habe. Ich liebe ihn wie einen Bruder.«

»Warum willst du dann nicht, daß er auf ein Glas zu uns herüberkommt?«

»Weil ich einmal in meinem Erwachsenenleben etwas ohne ihn tun will. Und weil ich dich ganz für mich alleine haben will.«

»Gut, ich will dich nämlich auch für mich alleine haben.« Catherine erhob ihr Glas. »Auf Shepherds Abwesenheit.«

Jordan lachte. »Auf Shepherds Abwesenheit.«

Sie stießen an.

»Und auf die Verdunkelung, ohne die ich dir niemals begegnet wäre«, fügte Catherine hinzu.

»Auf die Verdunkelung.« Jordan zögerte. »Ich weiß, es klingt furchtbar abgedroschen, aber ich kann einfach nicht die Augen von dir lassen.«

Catherine lächelte und beugte sich über den Tisch.

»Ich will nicht, daß du die Augen von mir läßt. Wozu, glaubst du, habe ich dieses Kleid angezogen?«

»Ich bin etwas nervös.«

»Ich auch, Peter.«

»Du siehst so wundervoll aus, wie du da im Mondschein liegst.«

»Du siehst auch wundervoll aus.«

»Sag das nicht. Meine Frau ...«

»Tut mir leid. Es ist nur so, daß ich noch nie einen Mann getroffen habe, der so aussieht wie du. Bitte versuch, für ein paar Minuten nicht an deine Frau zu denken.«

»Das fällt mir sehr schwer, aber du machst es mir etwas leichter.«

»Du siehst wie eine Statue aus, wie du da kniest.«

»Eine alte, zerbröckelnde Statue.«

»Eine wundervolle Statue.«

»Ich kann nicht aufhören, dich zu berühren – sie zu berühren. Sie sind so wundervoll. Ich habe davon geträumt, sie zu berühren, vom ersten Moment an.«

»Du kannst sie ruhig fester drücken, Peter. Du wirst mir nicht weh tun.«

»So?«

»Mein Gott! Ja, Peter, genauso. Aber ich möchte dich auch berühren.«

»Es ist sehr schön, wenn du das tust.«

»Ja?«

»Ahh, ja.«

»Er ist so hart – er fühlt sich wunderbar an. Da ist noch etwas, was ich gerne tun würde.«

»Was?«

»Das kann ich nicht laut sagen. Komm näher.«

»Catherine ...«

»Tu es einfach, Darling. Ich verspreche dir, du wirst es nicht bereuen.«

»Mein Gott, es ist unbeschreiblich.«

»Dann soll ich nicht aufhören?

»Du siehst hinreißend aus, wenn du es tust.«

»Ich möchte dich glücklich machen.«

»Ich möchte *dich* glücklich machen.«

»Ich kann dir zeigen, wie.«

»Ich glaube, ich weiß, wie.«

»Oh, Peter, deine Zunge fühlt sich wunderbar an. Oh, bitte, streichele meine Brüste, während du das tust.«

»Ich möchte in dir sein.«

»Mach schnell, Peter.«

»Oh, du bist so weich, so wundervoll. Mein Gott, Catherine, ich ...«

»Warte, noch nicht, Darling. Tu mir den Gefallen und leg dich auf den Rücken. Laß mich nur machen.«

Er tat wie ihm geheißen. Sie nahm ihn in die Hand und führte ihn ein. Sie hätte einfach nur liegenbleiben und ihn zum Höhepunkt kommen lassen können, aber sie wollte es auf diese Weise. Sie hatte immer gewußt, daß Vogel genau das mit ihr vorgehabt hatte. Wozu sonst brauchte er eine Agentin? Doch einzig zu dem Zweck, alliierte Offiziere zu verführen und ihnen Geheimnisse zu stehlen. Sie hatte sich diese Männer immer fett und behaart, alt und häßlich vorgestellt, nicht so wie Peter. Wenn sie schon für Kurt Vogel die Hure spielen sollte, dann wollte sie es auch genießen. *Mein Gott, Catherine – das solltest du nicht tun. Du darfst nicht die Selbstbeherrschung verlieren.* Aber sie konnte nichts dagegen tun. Sie genoß es. Und sie verlor die Selbstbeherrschung. Sie legte den Kopf zurück, ließ die Hände über ihre Brüste wandern und streichelte mit den Fingern ihre Brustwarzen, und einen Augenblick später spürte sie, wie er warm in ihr kam, und eine wundervolle Welle nach der anderen durchflutete sie.

Es war spät – mindestens vier Uhr, obgleich sich Catherine nicht sicher sein konnte, denn es war zu dunkel, um den Wecker auf dem Nachttisch zu sehen. Aber das machte nichts. Wichtig war nur, daß Peter Jordan neben ihr fest schlief. Er atmete tief und regelmäßig. Sie hatten reichlich gegessen, viel getrunken, und sie hatten sich zweimal geliebt. Wenn er nicht gerade einen sehr leichten Schlaf hatte, würde er jetzt wahrscheinlich nicht einmal einen deutschen Fliegerangriff mitbekommen. Sie glitt aus dem Bett, zog den seidenen Morgenrock an, den er ihr gegeben hatte, und tapste leise durch den Raum. Die Schlafzimmertür stand halb offen. Catherine schlüpfte hinaus und schloß sie hinter sich.

Die Stille hallte in ihren Ohren. Sie fühlte ihr Herz in der Brust schlagen. Sie zwang sich, ruhig zu bleiben. Sie hatte hart gearbeitet und viel riskiert, um so weit zu kommen. Ein einziger dummer Fehler, und alles war umsonst gewesen. Sie schlich rasch die enge Treppe hinunter. Die Stufen knarrten. Sie erstarrte und lauschte, ob Jordan aufgewacht war. Sie konnte noch sein rhythmisches Atmen hören. Draußen brauste ein Auto durch eine Pfütze. In der Ferne ertönte die Hupe eines Lastwagens. Sie erkannte, daß dies nur die normalen nächtlichen Geräusche waren, von denen die Menschen gewöhnlich nicht aufwachten. Sie nahm schnell die restlichen Stufen und huschte über den Flur. Die Schlüssel lagen auf dem Tischchen, neben ihrer Handtasche. Sie nahm sie und machte sich an die Arbeit.

Für heute nacht hatte sich Catherine ein begrenztes Ziel gesteckt. Sie wollte sicherstellen, daß sie jederzeit Zugang zu Jordans Arbeitszimmer und seinen Privatpapieren hatte. Zu diesem Zweck brauchte sie Nachschlüssel für die Haustür, das Arbeitszimmer und seine Aktentasche. An seinem Schlüsselbund hingen mehrere Schlüssel. Den Haustürschlüssel erkannte sie sofort – er war größer als die anderen. Sie faßte in ihre Tasche und zog eine Platte weichen braunen Ton hervor. Sie löste den Schlüssel vom Ring und drückte ihn in den Ton, so daß er einen sauberen Abdruck hinterließ. Auch den Schlüssel für die Aktentasche erkannte sie gleich – er war der kleinste. Sie wiederholte dieselbe Prozedur und erhielt einen zweiten tadellosen Abdruck. Der Schlüssel fürs Arbeitszimmer war schwieriger auszumachen – mehrere kamen dafür in Frage. Es gab nur eine Möglichkeit festzustellen, welcher der richtige war. Sie nahm ihre Handtasche und Jordans Aktentasche, trug alles zur Tür des Arbeitszimmers und probierte einen Schlüssel nach dem anderen. Der vierte paßte ins Schloß. Sie löste ihn vom Ring und drückte ihn in den Ton.

Catherine hätte jetzt aufhören können, und es wäre dennoch ein erfolgreicher Abend gewesen. Sie konnte sich Nachschlüssel machen lassen und wiederkommen, wenn Jordan nicht zu Hause war, und alles in seinem Arbeitszimmer fotografieren. Das hätte sie tun können, aber sie wollte mehr. Sie wollte Vogel beweisen, daß sie es geschafft hatte, ihm beweisen, daß sie eine tüchtige Agentin war. Sie hatte das Bett schätzungsweise vor zwei Minuten verlassen. Zwei weitere konnte sie sich noch leisten.

Sie schloß die Tür zum Arbeitszimmer auf, trat ein und knipste das Licht an. Es war ein schöner Raum, wie das Wohnzimmer nach männlichem Geschmack eingerichtet – ein großer Schreibtisch, ein Ledersessel und ein Zeichentisch mit einem hohen Holzstuhl davor. Catherine faßte in die Handtasche und zog zwei Gegenstände hervor: ihre Kamera und ihre Mauser mit Schalldämpfer. Die Mauser legte sie auf den Schreibtisch. Sie hob die Kamera ans Auge und machte zwei Fotos von dem Raum. Als nächstes schloß sie Jordans Aktentasche auf. Sie war praktisch leer bis auf eine Brieftasche, ein Brillenetui und ein kleines, ledergebundenes Notizbuch. Nicht schlecht für den Anfang, dachte sie. Vielleicht enthielt das Notizbuch die Namen wichtiger Leute, mit denen sich Jordan getroffen hatte. Wenn die Abwehr wußte, mit wem Jordan sich traf, kam sie vielleicht dahinter, woran er arbeitete.

Wie oft hatte sie das im Ausbildungslager geübt? Mein Gott, sie hatte die Übersicht verloren, aber hundert Mal mindestens, und jedesmal hatte Vogel mit seiner verdammten Stoppuhr neben ihr gestanden. *Zu lange! Zu laut! Zuviel Licht! Nicht genug! Sie kommen! Du sitzt in der Falle! Was tust du jetzt?* Sie legte das Notizbuch auf den Tisch und schaltete die Schreibtischlampe an. Sie hatte einen verstellbaren Arm und einen Schirm über der Birne, der das Licht bündelte – ideal zum Fotografieren von Dokumenten.

Drei Minuten ... Du mußt jetzt schnell arbeiten, Catherine. Sie öffnete das Notizbuch und stellte die Lampe so ein, daß das Licht direkt auf die Seite fiel. Wenn sie einen falschen Winkel wählte oder die Lichtquelle zu nahe an das Papier heranbrachte, waren die Negative verdorben. Sie hielt sich exakt an die Anweisungen Vogels und machte mehrere Fotos. Namen, Termine, hingekritzelte kurze Notizen. Sie fotografierte weitere Seiten, dann stieß sie auf etwas Interessantes. Eine Seite enthielt rohe Skizzen eines kastenähnlichen Gegenstands. Daneben standen Zahlen, möglicherweise Größenangaben. Catherine fotografierte die Seite.

Vier Minuten ... Noch eine Sache wollte sie heute nacht untersuchen: den Safe. Er stand neben dem Schreibtisch und war mit dem Boden verschraubt. Vogel hatte ihr die Kombination zukommen lassen, mit der er sich angeblich öffnen ließ. Catherine kniete sich hin und drehte am Zahlenschloß. Sechs Ziffern. Als sie die letzte einstellte, spürte sie ein Einrasten. Sie griff nach dem Riegel und drehte. Er gab nach. Die Kombination stimmte. Sie zog an der Tür und blickte ins Innere – zwei Hefter voller Papiere, mehrere Ringbücher. Dies alles zu fotografieren würde Stunden dauern. Sie beschloß, damit zu warten. Sie richtete die Kamera ins Innere des Safes und machte ein Foto.

Fünf Minuten ... Höchste Zeit, alles wieder an seinen ursprünglichen Platz zu legen. *Arbeite sorgfältig, aber schnell.* Sie schloß die Safetür, legte den Riegel wieder um und verdrehte das Zahlenschloß. Vorsichtig schob sie die Tonplatte in die Tasche, damit die Abdrücke keinen Schaden nahmen, dann die

Kamera und die Mauser. Sie legte Jordans Notizbuch wieder an seinen Platz in der Aktentasche und schloß sie ab. Dann löschte sie das Licht und ging hinaus. Sie zog die Tür zu und schloß ab.

Sechs Minuten – zu lang. Sie trug alles in den Flur zurück und legte den Schlüsselbund, die Aktentasche und ihre Handtasche auf den Tisch. *Geschafft!* Sie brauchte eine Entschuldigung: Sie hatte Durst bekommen. Und das stimmte. Sie hatte von der Nervenanspannung einen ganz trockenen Mund. Sie ging in die Küche, nahm ein Glas aus dem Schrank und füllte es mit kaltem Wasser. Sie trank das Glas auf einen Zug leer, füllte es wieder und trug es hinauf ins Schlafzimmer.

Catherine empfand tiefe Erleichterung und gleichzeitig ein herrliches Gefühl der Macht und des Triumphs. Endlich, nach monatelanger Ausbildung und jahrelangem Warten, hatte sie wirklich etwas getan. Sie erkannte, daß ihr das Spionieren Spaß machte, daß die sorgfältige Planung und Durchführung einer Operation sie befriedigte. Sie hatte eine kindliche Freude daran, ein Geheimnis zu lüften, etwas herauszufinden, das ein anderer vor ihr verbergen wollte. Vogel hatte natürlich die ganze Zeit recht gehabt. Sie war für diese Arbeit wie geschaffen, in jeder Hinsicht.

Sie öffnete die Schlafzimmertür und trat ein.

Jordan saß im Mondschein aufrecht im Bett.

»Wo bist du denn gewesen? Ich habe mir schon Sorgen gemacht.«

»Ich war am Verdursten.« Sie konnte kaum glauben, daß diese ruhige, gefaßte Stimme ihr gehörte.

»Hoffentlich hast du mir auch einen Schluck mitgebracht«, sagte er.

Gott sei Dank. Sie konnte aufatmen.

»Natürlich.«

Sie reichte ihm das Glas Wasser, und er trank.

»Wie spät ist es?« fragte sie.

»Fünf. In einer Stunde muß ich aufstehen. Ich habe um acht einen Termin.«

Sie küßte ihn. »Dann bleibt uns ja noch eine Stunde.«

»Catherine, ich kann unmöglich …«

»Oh, ich wette, daß du kannst.«

Sie ließ den seidenen Morgenmantel von den Schultern fallen und zog sein Gesicht an ihre Brüste.

Ein leichter, kalter Regen ging auf die Themse nieder, als Catherine Blake am Vormittag am Chelsea Embankment entlangschlenderte. Bevor sie nach England kam, hatte ihr Vogel eine Liste mit zwanzig verschiedenen Treffs gegeben. Jeder sollte an einem anderen Ort und zu einer anderen Zeit stattfinden. Er hatte sie gezwungen, sich die Liste einzuprägen, und vermutlich hatte er dasselbe mit Horst Neumann getan, bevor er ihn nach England schickte. Laut Vereinbarung hatte allein Catherine darüber zu entscheiden, ob ein Treff stattfand. Wenn sie etwas bemerkte, das ihr nicht gefiel – ein verdächtiges Gesicht oder Männer in einem parkenden Auto –, konnte sie ihn abblasen, und dann würden sie es am nächsten Treffpunkt, der auf der Liste stand, noch einmal probieren.

Catherine entdeckte nichts Ungewöhnliches. Sie sah auf ihre Armbanduhr – noch zwei Minuten. Sie ging weiter und mußte unwillkürlich an letzte Nacht denken. Sie fragte sich, ob sie nicht zu weit gegangen war, ob sie nicht überstürzt gehandelt hatte. Hoffentlich war Jordan nicht darüber schockiert, was sie im Bett mit ihm gemacht oder worum sie ihn gebeten hatte. Eine Engländerin aus der Mittelschicht hätte sich wohl anders verhalten. *Für solche Überlegungen ist es jetzt zu spät, Catherine.*

Den Morgen hatte sie wie im Traum erlebt. Es war, als habe sie sich auf wundersame Weise in eine andere Frau verwandelt und sei in eine andere Welt eingetaucht. Sie zog sich an und kochte Kaffee, während Jordan sich rasierte und duschte. Das häusliche Idyll befremdete sie. Angst überkam sie, als er das Arbeitszimmer aufschloß und hineinging. *Habe ich alles wieder an seinen Platz gelegt? Merkt er, daß ich letzte Nacht drin war?* Sie nahmen zusammen ein Taxi. Auf der kurzen Fahrt zum Grosvenor Square schoß ihr ein anderer Gedanke durch den Kopf: *Was, wenn er mich nicht wiedersehen will?* Diese Möglichkeit hatte sie noch gar nicht in Betracht gezogen. Alles wäre umsonst gewesen, wenn er sich nichts aus ihr machte. Dann, als das Taxi am Grosvenor Square hielt, hatte er sie gefragt, ob sie Lust habe, in einem italienischen Restaurant in der Charlotte Street mit ihm zu Abend zu essen.

Catherine machte jetzt kehrt und ging denselben Weg am Embankment entlang zurück. Da war Neumann. Er schritt auf sie zu, die Hände in den Taschen seiner Seemannsjacke vergraben, den Kragen wegen des Regens hochgestellt, den Schlapphut tief ins Gesicht gezogen. Er hatte das ideale Äußere für einen Agenten. Er war klein, unauffällig, und doch wirkte er irgendwie einschüchternd. In passender Kleidung konnte er sich ohne weiteres auf einer Cocktailparty in Belgravia sehen lassen. Doch wie er jetzt angezogen war, hätte er durch die verrufensten Straßen im Hafenviertel gehen können, und niemand hätte es gewagt, ihn zweimal anzusehen. Sie fragte sich, ob er wohl auch Schauspielunterricht genommen hatte wie sie.

»Sie sehen so aus, als könnten Sie eine Tasse Kaffee gebrauchen«, sagte er. »Ganz in der Nähe gibt es ein gemütliches Café.«

Neumann bot ihr den Arm an. Sie hakte sich bei ihm unter und schlenderte mit ihm am Embankment entlang. Es war sehr kalt. Sie gab ihm den Film, und er ließ ihn beiläufig wie Wechselgeld in seine Tasche fallen. Vogel hatte ihn gut geschult.

»Ich vermute, Sie wissen, wo Sie ihn abliefern müssen?« fragte Catherine.

»Am Cavendish Square. Ein Mann namens Hernandez von der portugiesischen Botschaft wird ihn um drei Uhr heute nachmittag abholen und am Abend mit der Diplomatenpost nach Lissabon schicken. Morgen früh ist er in Berlin.«

»Sehr gut.«

»Was ist es übrigens?«

»Sein Notizbuch, und ein paar Fotos von seinem Arbeitszimmer. Nicht viel, aber es ist ein Anfang.«

»Ich bin beeindruckt«, sagte Neumann. »Wie sind Sie da rangekommen?«

»Ich habe mich von ihm zum Abendessen einladen lassen und bin anschließend mit ihm ins Bett gegangen. In der Nacht bin ich aufgestanden und habe mich in sein Arbeitszimmer geschlichen. Die Kombination stimmt übrigens. Ich habe auch einen Blick in den Safe geworfen.«

Neumann schüttelte den Kopf. »Das war verdammt riskant. Wenn er aufgewacht wäre und Sie gesucht hätte, hätte es Ärger gegeben.«

»Ich weiß. Deshalb brauche ich das.« Sie faßte in die Handtasche und gab ihm die Tonplatte mit den Schlüsselabdrücken. »Lassen Sie irgendwo Nachschlüssel machen und liefern Sie sie heute in meiner Wohnung ab.«

Neumann steckte die Platte ein.

»Wird gemacht. Sonst noch etwas?«

»Ja, von jetzt an keine Unterhaltungen mehr wie diese. Wir treffen uns, und ich gebe Ihnen den Film. Sie gehen weiter und liefern ihn bei dem Portugiesen ab. Wenn Sie eine Nachricht für mich haben, schreiben Sie sie auf und geben sie mir. Verstanden?«

»Verstanden.«

Sie blieben stehen. »Sie haben einen arbeitsreichen Tag vor sich, Mr. Porter.« Sie küßte ihn auf die Wange, dann flüsterte sie ihm ins Ohr:

»Ich habe für die Sachen mein Leben riskiert. Vermasseln Sie nichts.«

Sie drehte sich um und ging davon.

Horst Neumanns erste Aufgabe an diesem Morgen war, jemanden zu finden, der Peter Jordans Schlüssel nachmachte. Kein seriöses Geschäft im West End würde nach Abdrücken Nachschlüssel anfertigen. Im Gegenteil, wahrscheinlich würde man sofort die Polizei verständigen und ihn verhaften lassen. Er mußte eine Gegend aufsuchen, wo es Ladenbesitzer gab, die bereit waren, einen solchen Auftrag gegen anständige Bezahlung zu übernehmen. Er ging an der Themse entlang, überquerte die Battersea Bridge und wandte sich nach Süden.

Neumann hatte bald gefunden, was er suchte. Die Schaufenster des Ladens waren bei der Detonation einer Bombe geborsten. Jetzt waren sie mit Sperrholzplatten zugenagelt. Neumann trat ein. Der Verkaufsraum war leer, nur ein alter Mann in einem dicken blauen Köperhemd und mit einer schmutzigen Schürze lehnte hinter dem Ladentisch.

»Sie machen Schlüssel, Chef?«

Der Mann deutete mit dem Kopf zur Schleifmaschine.

Neumann zog den Ton aus der Tasche. »Wissen Sie, wie man damit Schlüssel macht?«

»Ja, aber das wird Sie was kosten.«

»Was halten Sie von zehn Schilling?«

Der Mann lächelte – er hatte nur noch die Hälfte seiner Zähne. »Klingt wie Musik in meinen Ohren.« Er nahm den Ton. »Morgen mittag sind sie fertig.«

»Ich brauche sie sofort.«

Der Mann zeigte wieder sein häßliches Lächeln. »Na gut, dann müssen Sie aber noch zehn drauflegen.«

Neumann legte das Geld auf den Tisch. »Wenn Sie nichts dagegen haben, warte ich hier.«

»Wie Sie wollen.«

Am Nachmittag hörte der Regen auf. Neumann unternahm einen langen Spaziergang. Zwischendurch sprang er in einen Bus oder eine U-Bahn. Aus seiner Kindheit hatte er nur noch vage Erinnerungen an London, und er genoß den Tag in der Stadt. Es war eine kleine Abwechslung. In Hampton Sands konnte er nichts anderes tun, als am Strand zu laufen, zu lesen und Dogherty auf der Weide ein wenig zur Hand zu gehen. Mit den Nachschlüsseln in der Tasche ging er jetzt zurück über die Battersea Bridge. Er zog Catherines Tonplatte hervor, zerdrückte sie, um die Abdrücke zu zerstören, und warf die Scherben in die Themse. Sie fielen mit einem dumpfen Plumps ins Wasser und versanken in den wirbelnden braunen Fluten.

Er streifte kreuz und quer durch Chelsea und Kensington und gelangte schließlich nach Earl's Court. Er steckte die Schlüssel in einen Umschlag und warf den Umschlag in Catherines Briefkasten. Dann ging er in ein überfülltes Café und aß an einem Fenstertisch zu Mittag. Eine Frau zwei Tische weiter machte ihm schöne Augen, aber er duckte sich hinter die Zeitung, die er mitgebracht hatte. Nur gelegentlich sah er zu ihr hinüber und schenkte ihr ein Lächeln. Die Verlockung war groß. Sie war durchaus attraktiv – er hätte auf angenehme Weise den Rest des Nachmittags verbringen können und wäre obendrein eine Weile von der Straße weg gewesen. Doch es war zu riskant. Er bezahlte seine Rechnung, winkte ihr zu und verließ das Lokal.

Eine Viertelstunde später ging er in eine Telefonzelle, nahm den Hörer ab und wählte eine Ortsnummer. Ein Mann mit einem starken ausländischen Akzent meldete sich. Neumann fragte höflich nach einem Mr. Smythe. Der Mann am anderen Ende der Leitung wies ein wenig zu ungehalten darauf hin, daß es unter dieser Nummer keinen Mr. Smythe gebe, und knallte den Hörer auf. Neumann lächelte und hängte sanft ein. Das kurze Gespräch war ein simpler Code. Der Mann war der portugiesische Kurier, Carlos Hernandez. Wenn Neumann ihn anrief und nach jemandem verlangte, dessen Name mit einem *S* begann, sollte er sich zum Cavendish Square begeben und Material abholen.

Er mußte immer noch eine Stunde totschlagen. Er schlenderte durch Kensington, ging am Hyde Park entlang und gelangte zum Marble Arch. Die Wolken wurden dichter, und es begann wieder zu regnen. Zuerst fielen nur ein paar kalte dicke Tropfen, doch bald goß es in Strömen. Er flüchtete in einen Buchladen in einem Sträßchen am Portman Square. Er sah sich ein wenig um. Ein dunkelhaariges Mädchen, das auf einer Leiter stand und Bücher in das oberste Regal räumte, bot ihm ihre Hilfe an. Er lehnte dankend ab. Er entschied sich für ein Buch von T. S. Eliot und einen neuen Roman von Graham Greene mit dem Titel *The Ministry of Fear.* Als er bezahlte, gestand ihm das Mädchen, daß sie eine Schwäche für Eliot habe, und lud ihn in ihrer Pause um vier Uhr zum Kaffee ein. Er lehnte abermals ab, sagte jedoch, daß er häufiger in der Gegend sei und bestimmt wiederkommen werde. Das Mädchen lächelte, packte die Bücher in eine braune Papiertüte und sagte, sie würde sich darüber freuen. Neumann trat ins Freie, begleitet von dem Bimmeln des Glöckchens, das über der Tür hing.

Er gelangte zum Cavendish Square. Der kräftige Schauer ging in einen Nieselregen über. Es war zu kalt, um auf einer Bank zu warten, und so drehte er mehrere Runden, ohne dabei den Hauseingang an der Südwestecke des Platzes aus den Augen zu lassen.

Zwanzig Minuten später erschien der dicke Mann.

Er trug einen grauen Anzug, einen grauen Mantel und einen Bowler und benahm sich so, als sei er im Begriff, eine Bank auszurauben. Er schob seinen Schlüssel in die Tür, als betrete er feindliches Gebiet, und ging ins Haus. Kaum war die Tür wieder zu, überquerte Neumann den Platz, zog den Film aus der Jakkentasche und warf ihn durch den Briefschlitz. Er hörte, wie der dicke Mann hinter der Tür stöhnte, als er sich bückte, um ihn aufzuheben. Neumann ging weiter und setzte seine Runde um den Platz fort. Wieder behielt er die Tür im Auge. Fünf Minuten später erschien der portugiesische Diplomat, hielt ein Taxi an und fuhr davon.

Neumann blickte auf seine Armbanduhr. Sein Zug ging erst in einer guten halben Stunde. Er spielte mit dem Gedanken, in die Buchhandlung zurückzugehen. Der Gedanke an eine Tasse Kaffee und ein anregendes Gespräch mit dem Mädchen gefiel ihm. Aber selbst eine harmlose Unterhaltung konnte ihm gefährlich werden. Die Sprache sprechen und die Kultur verstehen waren zwei verschiedene Dinge. Er könnte eine dumme Bemerkung machen und damit ihren Argwohn erregen. Es war das Risiko nicht wert.

Er verließ, die Bücher unter dem Arm, den Cavendish Square und fuhr mit der U-Bahn zur Liverpool Street, wo er den Spätnachmittagzug nach Hunstanton nahm.

3

31

Berlin: Februar 1944

»Das Ganze nennt sich *Operation Mulberry*«, begann Admiral Canaris. »Und bis jetzt haben wir nicht die leiseste Ahnung, worum es dabei geht.«

Ein Lächeln zuckte um Brigadeführer Walter Schellenbergs Lippen – bei ihrem morgendlichen Ausritt im Tiergarten hatte ihm Canaris die Neuigkeit verschwiegen. Canaris warf einen flüchtigen Blick auf Schellenberg, um zu sehen, wie er reagierte, aber er empfand keine Schuldgefühle, weil er den jungen General im dunkeln gelassen hatte. Ihre Treffen zu Pferde hatten eine unausgesprochene Grundregel: Jeder erwartete vom anderen, daß er sie zu seinem eigenen Vorteil nutzte. Ob Canaris dem General etwas mitteilte oder verschwieg, machte er allein davon abhängig, was seinem Interesse förderlich war. Offene Lügen waren allerdings verpönt. Lügen riefen nach Vergeltung, und Vergeltung würde die freundliche Atmosphäre bei den Ausritten vergiften.

»Vor ein paar Tagen hat die Luftwaffe diese Aufklärungsfotos gemacht.«

Canaris legte zwei Vergrößerungen auf den niedrigen, reichverzierten Couchtisch, um den sie herumsaßen. »Das hier ist Selsey Bill in Südengland. Wir sind uns fast sicher, daß diese Baustellen mit dem Projekt etwas zu tun haben.« Canaris benutzte einen silbernen Füller, um die Orte auf den Fotos zu markieren. »Offensichtlich wird auf beiden Baustellen in aller Eile etwas sehr Großes gebaut. Sie verfügen über einen riesigen Vorrat an Zement und Stahlträgern. Auf diesem Foto ist ein Gerüst zu sehen.«

»Beeindruckend, Admiral Canaris«, sagte Hitler. »Was wissen wir noch?«

»Wir wissen, daß mehrere britische und amerikanische Spitzeningenieure an dem Projekt arbeiten. Wir wissen ferner, daß General Eisenhower damit zu tun hat. Leider fehlt uns noch ein sehr wichtiges Teil zu dem Puzzle – der Zweck der riesigen Betonkonstruktionen.« Canaris hielt für einen Moment inne. »Finden wir das fehlende Teil, können wir vielleicht auch das Rätsel um die Invasion der Alliierten lösen.«

Hitler war von Canaris' Ausführungen sichtlich beeindruckt. »Ich habe nur noch eine Frage, Herr Admiral«, sagte Hitler. »Woher haben Sie Ihre Informationen?«

Canaris zögerte. Ein Zucken ging über Himmlers Gesicht, dann sagte der Reichsführer SS: »Admiral Canaris, Sie glauben doch nicht, daß irgend etwas von dem, was hier gesprochen wird, nach draußen dringt.«

»Natürlich nicht, Herr Reichsführer. Einer unserer Agenten in London bekommt die Informationen direkt von einem leitenden Mitarbeiter der *Mulberry*-Gruppe. Die Quelle weiß nicht, daß sie angezapft wird. Nach Brigadeführer Schellenbergs Informanten weiß der britische Geheimdienst zwar von unserer Operation, ist aber nicht in der Lage, sie zu stoppen.«

»Das stimmt«, sagte Schellenberg. »Ich weiß aus zuverlässiger Quelle, daß der MI5 in heller Aufregung ist.«

»Schön, schön. Ist das nicht erfrischend? Der SD und die Abwehr ziehen zur Abwechslung mal an einem Strang, anstatt sich gegenseitig das Leben schwer zu machen. Vielleicht ist das ein gutes Omen für die Zukunft.« Hitler wandte sich an Canaris. »Vielleicht kann Ihnen Brigadeführer Schellenberg helfen, das Rätsel um diese Betonkästen zu lösen.«

Schellenberg lächelte und sagte: »Das wäre ganz in meinem Sinn.«

32

London

Catherine Blake saß auf einer Bank am Trafalgar Square und fütterte Tauben mit altbackenem Brot. Ein dummer Platz für einen Treff, dachte sie. Aber Vogel gefiel die Vorstellung, daß sich seine Agenten so nahe am britischen Machtzentrum trafen. Sie war von Süden gekommen, hatte den St. James's Park durchquert und war am Pall Mall entlanggegangen. Neumann sollte sich von Norden nähern, aus Richtung St. Martin's Place und Soho. Wie üblich war Catherine eine oder zwei Minuten zu früh. Sie wollte feststellen, ob er verfolgt wurde, bevor sie entschied, ob der Treff stattfinden sollte. Der Platz glänzte noch vom Regen am Morgen. Eine kühle Brise wehte vom Fluß herauf und pfiff über einen Stapel Sandsäcke hinweg. Ein Schild, das den Weg zum nächsten Luftschutzraum wies, drehte sich mit dem Wind, als habe es die Orientierung verloren.

Catherine blickte nach Norden, in Richtung St. Martin's Place, als Neumann den Platz betrat. Sie sah ihn näherkommen. Eine dichte Traube von Fußgängern drängte sich hinter ihm auf dem Gehweg. Einige gingen weiter zum St. Martin's Place, andere lösten sich aus der Menge und überquerten den Platz. Sie konnte nicht mit Sicherheit feststellen, ob ihm jemand folgte. Sie verfütterte den Rest ihres Brotes und erhob sich. Die Vögel erschraken, flogen auf und drehten wie eine Staffel Spitfires in Richtung Fluß ab.

Catherine ging Neumann entgegen. Sie konnte es kaum erwarten, diese Filme abzuliefern. Jordan hatte gestern abend nämlich ein anderes Notizbuch mit nach Hause gebracht – eines, das sie noch nie gesehen hatte – und in seinem Safe eingeschlossen. Am Morgen, nachdem er in seine Dienststelle am Grosvenor Square gefahren war, war sie zu seinem Haus zurückgekehrt. Sie hatte gewartet, bis die Putzfrau gegangen war, dann war sie mit Hilfe ihrer Schlüssel ins Haus geschlüpft und hatte das ganze Buch fotografiert.

Neumann war jetzt nur noch ein paar Schritte von ihr entfernt. Catherine hatte die Filme in einen kleinen Umschlag gesteckt. Sie zog den Umschlag hervor, bereit, ihn in Neumanns Hand gleiten zu lassen und weiterzugehen. Aber Neumann blieb vor ihr stehen, nahm den Umschlag und gab ihr einen Zettel.

»Eine Nachricht von Ihrem Freund«, sagte er, dann mischte er sich unter die Menge.

Sie las Vogels Nachricht in einem Café am Leicester Square, wo sie dünnen Kaffee trank. Sie las sie ein zweites Mal, um sicherzugehen, daß sie verstanden hatte. Dann faltete sie den Zettel zusammen und steckte ihn in die Handtasche. Sie würde ihn später in ihrer Wohnung verbrennen. Sie legte Geld auf den Tisch und ging.

Vogels Nachricht begann mit einem Lob für ihre bisherige Arbeit. Doch er sagte weiter, man benötige genauere Informationen. Außerdem wünschte er einen schriftlichen Bericht über jeden Schritt, den sie bis jetzt unternommen hatte: wie sie sich an ihn herangemacht und Zugang zu seinen Privatpapieren verschafft hatte, sowie über alles, was er gesagt hatte. Catherine glaubte zu wissen, was das bedeutete. Sie lieferte hochwertiges Material, und Vogel wollte sicherstellen, daß die Quelle nicht gefährdet wurde.

Sie folgte in nördlicher Richtung der Charing Cross Road. Ab und zu blieb sie stehen und blickte in ein Schaufenster, um zu sehen, ob ihr jemand nachging. Sie bog in die Oxford Street und reihte sich in die Schlange an einer Bushaltestelle ein. Der Bus kam schon im nächsten Moment. Sie stieg ein und fand im hinteren Teil des Oberdecks einen Platz.

Sie hatte damit gerechnet, daß das Material, das Jordan nach Hause brachte, kein vollständiges Bild seiner Arbeit vermittelte. Das lag auf der Hand. Nach dem Bericht der Popes pendelte Jordan tagsüber zwischen zwei Dienststellen. Die eine befand sich im SHAEF-Hauptquartier am Grosvenor Square, die andere in einem kleineren Gebäude in der Nähe. Immer wenn er Material von einer Dienststelle zur anderen trug, machte er den Aktenkoffer mit Handschellen an seinem Handgelenk fest.

Catherine mußte an dieses Material herankommen.

Aber wie?

Sie erwog einen zweiten Zusammenstoß – eine zufällige Begegnung am Grosvenor Square. Vielleicht konnte sie ihn dazu verführen, den Nachmittag mit ihr im Bett zu verbringen. Das war allerdings riskant. Ein zweites zufälliges Zusammentreffen konnte Jordans Verdacht erregen. Außerdem bestand keinerlei Garantie, daß er mit ihr nach Hause ging. Und selbst wenn, dann war es fast unmöglich, am hellen Nachmittag aus dem Bett zu schleichen und den Inhalt des Aktenkoffers zu fotografieren. Catherine erinnerte sich an etwas, das Vogel während ihrer Ausbildung gesagt hatte: *Wenn Führungsoffiziere leichtsinnig werden, sterben Agenten.* Sie beschloß, sich in Geduld zu üben und abzuwarten. Wenn sie weiterhin Peter Jordans Vertrauen genoß, würde das Geheimnis über seine Arbeit eines Tages in seiner Aktentasche auftauchen. Vogel sollte seinen schriftlichen Bericht bekommen, aber ihre Taktik würde sie vorläufig nicht ändern.

Catherine blickte aus dem Fenster. Sie stellte fest, daß sie nicht wußte, wo sie war – immer noch in der Oxford Street, aber wo in der Oxford Street? Sie war so mit Vogel und Jordan beschäftigt gewesen, daß sie für einen Moment die Orientierung verloren hatte. Der Bus überquerte den Oxford Circus, und sie beruhigte sich. Und in diesem Moment fiel ihr auf, daß die Frau sie beobachtete. Sie saß auf der anderen Seite des Gangs und sah unverwandt zu ihr herüber. Catherine drehte sich weg und gab vor, aus dem Fenster zu schauen, aber die Frau starrte immer noch herüber. *Was hat diese Frau? Warum starrt sie mich so an?* Sie sah der Frau ins Gesicht. Es kam ihr entfernt bekannt vor.

Der Bus näherte sich der nächsten Haltestelle. Catherine raffte ihre Sachen zusammen. Sie wollte kein Risiko eingehen. Sie mußte sofort aussteigen. Der Bus fuhr langsamer und hielt am Straßenrand. Catherine wollte gerade aufstehen, da beugte sich die Frau herüber, berührte sie am Arm und sagte: »Anna, Darling, bist du es wirklich?«

Nach dem Mord an Beatrice Pymm hat sie den Alptraum zum ersten Mal gehabt. Er beginnt jedesmal gleich. Sie spielt auf dem Fußboden im Ankleidezimmer ihrer Mutter. Ihre Mutter sitzt an ihrem Frisiertisch und pudert sich das makellose Gesicht. Papa betritt den Raum. Er trägt eine Smokingjacke mit Orden an der Brust. Er beugt sich über ihre Mutter, küßt sie auf den Hals und sagt ihr, daß sie sich beeilen müsse, da sie sonst zu spät kämen. Und dann betritt Kurt Vogel den Raum. Er trägt einen schwarzen Anzug wie ein Leichenbestatter und hat das Gesicht eines Wolfes. Er hält ihre Sachen im Arm: ein schönes Silberstilett, dessen Griff ein Hakenkreuz aus Diamanten und Rubinen schmückt, eine Mauser mit aufgeschraubtem Schalldämpfer und einen Koffer mit einem Funkgerät darin. »Beeil dich«, flüstert er. »Wir dürfen nicht zu spät kommen. Der Führer ist begierig darauf, dich kennenzulernen.«

Sie fährt in einer Pferdekutsche durch Berlin. Vogel, der Wolf, folgt ihr mit federnden Schritten. Der von Kerzenlicht erfüllte Festsaal ist wie eine schimmernde Wolke. Schöne Frauen tanzen mit schönen Männern. In der Mitte des Raumes hält Hitler hof. Vogel ermutigt sie, zu ihm zu gehen und mit ihm zu sprechen. Sie schlüpft durch die Menge, da bemerkt sie, daß alle sie ansehen. Zuerst denkt sie, weil sie so schön ist, aber dann verstummt die Unterhaltung, die Musik bricht ab, und alle starren sie an.

»Du bist kein kleines Mädchen. Du bist eine Spionin der Abwehr.«

»Nein, bin ich nicht.«

»Doch, das bist du. Deshalb trägst du das Stilett und das Funkgerät bei dir.«

»Nein! Das ist nicht wahr!«

Dann sagt Hitler: »Du hast die arme Frau in Suffolk ermordet, Beatrice Pymm.«

»Das ist nicht wahr! Das ist nicht wahr!«

»Verhaftet sie! Hängt sie!«

Alle lachen sie aus. Plötzlich ist sie nackt, und alle lachen noch lauter. Sie sieht sich hilfesuchend nach Vogel um, doch der ist fortgerannt und hat sie im Stich gelassen. Und dann schreit sie, fährt schweißgebadet im Bett hoch und sagt sich, daß alles nur ein Traum war. Nur ein dummer Traum.

Catherine Blake nahm ein Taxi zum Marble Arch. Das Erlebnis im Bus hatte ihr einen Schock versetzt. Sie machte sich Vorwürfe, weil sie die Situation nicht besser gemeistert hatte. Sie war entsetzt aus dem Bus gestürzt, nachdem die Frau sie mit ihrem richtigen Namen angesprochen hatte. Sie hätte sitzenbleiben und der Frau in aller Ruhe erklären sollen, daß sie sich täusche. Sie hatte einen schweren Fehler begangen. Mehrere Leute im Bus hatten ihr Gesicht gesehen. Ihr schlimmster Alptraum war wahr geworden.

Sie nutzte die Taxifahrt, um sich zu beruhigen und nachzudenken. Sie hatte immer gewußt, daß diese entfernte Möglichkeit bestand – die Möglichkeit, daß ihr jemand über den Weg lief, der sie kannte. Sie hatte nach dem Tod ihrer Mutter, als ihr Vater an die deutsche Botschaft in London versetzt wurde, zwei Jahre lang hier gelebt. Sie besuchte eine englische Mädchenschule, schloß jedoch keine engen Freundschaften. Und 1935 verbrachte sie hier mit Maria Romero einen Kurzurlaub. Sie wohnten damals bei Freunden von Maria und lernten auf Partys, in Restaurants und im Theater viele junge Leute aus reichem Haus kennen. Sie hatte eine kurze Affäre mit einem Engländer, dessen Name ihr entfallen war. Vogel hatte die Ansicht vertreten, daß sie das Risiko eingehen könne und daß die Gefahr, einem Bekannten zu begegnen, äußerst gering sei. Und für den Fall des Falles hatte sie ihre Antwort parat: *Tut mit leid, aber Sie müssen mich mit jemandem verwechseln.* Sechs Jahre lang passierte es nicht. Sie wurde sorglos. Und als es dann passierte, war sie in Panik geraten.

Schließlich fiel ihr ein, wer die Frau war. Sie hieß Rose Morely und hatte als Köchin im Londoner Haus ihres Vaters gearbeitet. Catherine konnte sich kaum an sie erinnern. Sie wußte nur noch, daß sie ziemlich schlecht gekocht und das Fleisch immer übergar serviert hatte. Catherine hatte nur sehr wenig Kontakt zu ihr gehabt. Erstaunlich, daß die Frau sie erkannt hatte.

Sie hatte jetzt zwei Möglichkeiten. Sie konnte den Vorfall ignorieren und so tun, als sei nichts geschehen, oder der Sache nachgehen und feststellen, wie groß der angerichtete Schaden war.

Catherine entschied sich für die zweite Möglichkeit.

Sie bezahlte den Fahrer am Marble Arch und stieg aus. Es wurde bereits dunkel. Am Marble Arch liefen zahlreiche Buslinien zusammen, darunter auch die, mit der sie vorhin gefahren war. Wenn sie Glück hatte, mußte Rose Morely hier umsteigen. Der Bus, in dem sie saß, fuhr weiter die Park Lane hinunter zum Hyde Park Corner. Wenn Rose im Bus blieb, mußte Catherine einzusteigen versuchen, ohne daß sie es merkte.

Der Bus rollte heran. Rose Morely saß noch auf demselben Platz. Als der Fahrer bremste, stand sie auf. Catherine hatte richtig vermutet. Der Bus hielt, und Rose kletterte aus der hinteren Tür.

Catherine trat auf sie zu und sagte: »Sie sind Rose Morely, nicht wahr?«

»Ja, und Sie sind Anna. Ich wußte, daß Sie es sind. Sie mußten es sein. Sie haben sich seit damals kein bißchen verändert.«

Hier, unter den vielen Leuten, ihren richtigen Namen zu hören, ließ sie erschaudern. Sie faßte Rose Morely am Arm und führte sie in Richtung Hyde Park.

»Gehen wir ein Stück«, sagte Catherine. »Es ist so lange her, Rose.«

Noch am selben Abend tippte Catherine ihren Bericht an Vogel. Sie verbrannte das Farbband im Waschbecken im Badezimmer. Sie schaute auf und sah sich im Spiegel. Sie wandte sich ab. Das Waschbecken war schwarz von der Tinte und der Asche. Auch ihre Finger waren schwarz, ihre Hände.

Catherine Blake – *Spionin.*

Sie griff nach der Seife und begann, sich die Hände zu waschen.

Die Entscheidung war ihr nicht schwergefallen. Es war schlimmer gewesen, als sie es sich vorgestellt hatte. *Ich bin vor dem Krieg nach England ausgewandert,* hatte sie erklärt, als sie bei zunehmender Dunkelheit den Weg entlanggingen. *Ich konnte es nicht ertragen, noch länger unter Hitler zu leben. Es war wirklich schrecklich, besonders das, was er den Juden antat.*

Catherine Blake – *Lügnerin.*

Die haben Ihnen bestimmt schwer zugesetzt.

Wen meinen Sie?

Die Behörden, die Polizei. Sie flüsterte: *Den militärischen Geheimdienst.*

Nein, nein, das war halb so wild.

Ich arbeite jetzt für einen gewissen Commander Higgins. Ich versorge seine Kinder. Seine Frau ist bei einem Luftangriff ums Leben gekommen, die Arme. Commander Higgins ist beim Marineministerium. Er sagt, daß jeder, der vor dem Krieg ins Land kam, vermutlich ein deutscher Spion war.

Ach, wirklich?

Bestimmt wird es Commander Higgins interessieren, daß man Sie nicht schikaniert hat.

Es ist doch nicht nötig, daß Sie Commander Higgins davon erzählen, nicht wahr, Rose?

Aber sie ließ es sich nicht ausreden. Die britische Öffentlichkeit war sich der Gefahr, die von Spionen drohte, sehr wohl bewußt. Das Thema war allgegenwärtig: in der Presse, im Rundfunk, im Kino. Rose war nicht dumm. Sie würde es Commander Higgins erzählen, Commander Higgins würde den MI5 anrufen, und der MI5 würde ganz London nach ihr absuchen. Ihre sorgfältige Tarnung würde auffliegen, nur weil sie zufällig einer Frau über den Weg gelaufen war, die zu viele Spionageromane las.

Der Hyde Park bei Verdunkelung. Es hätte auch der Sherwood Forest sein können, wäre da nicht das ferne Rauschen des Verkehrs auf der Bayswater Road gewesen. Sie hatten ihre Taschenlampen angeschaltet – zwei schwache gelbe Lichtbündel. Rose trug in der anderen Hand ihre Einkäufe. *Mein Gott, wie soll man mit hundert Gramm Fleisch in der Woche drei Kinder ernähren? Ich fürchte, sie werden Wachstumsstörungen bekommen.* Vor ihnen tauchte eine Baumgruppe auf, die sich wie ein unförmiger schwarzer Klecks von dem noch schwach erleuchteten westlichen Himmel abhob. *Ich muß jetzt gehen, Anna. Es war schön, Sie zu sehen.* Sie gingen noch ein Stück weiter.

Tu es hier, unter den Bäumen. Niemand wird etwas bemerken. Die Polizei wird vermuten, daß es irgendein Krimineller oder Flüchtling war. Jeder weiß, daß die Zahl solcher Überfälle im West End seit Beginn des Kriegs alarmierend gestiegen ist. Nimm ihr die Lebensmittel und das Geld ab – es wird nach einem Raub aussehen, der schiefgegangen ist.

Es war eine Freude, Sie nach all den Jahren wiederzusehen, Rose. Sie trennten sich unter den Bäumen. Rose ging nach Norden, Catherine nach Süden. Nach wenigen Schritten machte Catherine kehrt und zog ihre Mauser. Alles mußte sehr schnell gehen. *Rose, ich habe noch etwas vergessen.* Rose blieb stehen und drehte sich um. Catherine hob die Mauser, und bevor Rose einen Laut von sich geben konnte, hatte sie ihr ins Auge geschossen.

Die veflixte Tinte ging nicht ab. Sie seifte die Hände noch einmal ein und schrubbte sie mit einer Bürste, bis sie wund waren. Sie fragte sich, warum ihr diesmal nicht schlecht geworden war. Es hieß, daß es einem nach einer gewissen Zeit leichterfalle. Endlich ging die Tinte ab. Sie sah wieder in den Spiegel, aber diesmal hielt sie ihrem Blick stand. Catherine Blake – *Mörderin.*

33

London

Alfred Vicary hatte das Gefühl, daß ihm ein Abend zu Hause guttun würde.

Er wollte zu Fuß gehen, und so verließ er das Büro eine Stunde vor Sonnenuntergang, damit er genug Zeit für den Weg nach Chelsea hatte und sich nicht in der Dunkelheit verlief. Es war ein schöner Nachmittag, kalt zwar, aber kein Regen und kaum Wind. Dicke graue Wolken zogen, die Unterseite rosa von der tiefstehenden Sonne, über das West End. London war von Leben erfüllt. Er beobachtete die Menge auf dem Parliament Square, bestaunte die Flakbatterien am Birdcage Walk, streifte durch die ruhigen Häuserschluchten von Belgravia. Die Winterluft tat seinen Lungen wohl, und er zwang sich, nicht zu rauchen. Er litt seit kurzem unter einem trockenen Husten, wie seinerzeit bei den Abschlußprüfungen in Cambridge, und er schwor sich, die Qualmerei aufzugeben, sobald der Krieg vorbei war.

Er überquerte den Belgrave Square und ging in Richtung Sloane Square. Der Zauber war vorüber, und der Fall beschäftigte wieder seine Gedanken. Wirklich aus dem Sinn ging er ihm nie, nur gelang es ihm manchmal, ihn etwas weiter wegzuschieben als sonst. Es war Februar geworden. Bald kam der Frühling, dann die Invasion. Und ob sie ein Erfolg oder ein Fehlschlag wurde, hing möglicherweise von Vicary ab.

Er dachte über den neuesten Funkspruch nach, den ihm die Codeknacker aus Bletchley Park geschickt hatten. Er war letzte Nacht an einen in Großbritannien operierenden Agenten gegangen. Die Nachricht enthielt keinen Decknamen, aber Vicary vermutete, daß sie für einen der Spione bestimmt war, nach denen er fahndete. Der Inhalt lautete, daß die bislang erhaltenen Informationen gut seien, aber noch nicht genügten. Außerdem wurde um einen Bericht darüber gebeten, wie der Agent zu der Quelle Kontakt aufgenommen hatte. Vicary suchte nach einem

Silberstreif am Horizont. Wenn Berlin mehr Material brauchte, so hieß das, daß sie sich noch kein vollständiges Bild machen konnten. Und wenn sie sich noch kein vollständiges Bild gemacht hatten, dann blieb Vicary immer noch Zeit, die undichte Stelle zu stopfen. Das war das Trostlose an diesem Fall, daß er aus solchen Überlegungen Mut schöpfen mußte.

Er überquerte den Sloane Square und wanderte durch Chelsea. Er dachte an Abende wie diesen, an jene weit zurückliegenden Abende vor dem Krieg und vor der lästigen Verdunkelung, an denen er von der Universität nach Hause ging, in der Hand eine mit Büchern und Papieren vollgestopfte Aktentasche. Damals hatte er sich über viel banalere Dinge den Kopf zerbrochen. Sind die Studenten in meiner Vorlesung heute eingeschlafen? Werde ich mit meinem nächsten Buch termingerecht fertig?

Noch etwas anderes ging ihm durch den Kopf. Er war ein verdammt guter Geheimdienstoffizier, einerlei, was Boothby sagte. Er eignete sich von Natur aus sehr gut für diese Arbeit. Er war nicht eitel und strebte nicht nach öffentlicher Anerkennung oder Auszeichnungen. Er war völlig damit zufrieden, im verborgenen zu wirken und seine Siege im stillen zu feiern. Es gefiel ihm, daß niemand wußte, was er wirklich tat. Er war von Natur aus verschlossen und gern für sich, und die Arbeit im Geheimdienst verstärkte diesen Charakterzug noch.

Er dachte an Boothby. Warum hatte er sich Vogels Akte geholt und es anschließend geleugnet? Warum weigerte er sich, Vicarys Warnung an Eisenhower und Churchill weiterzuleiten? Warum hatte er Karl Becker verhört, es aber unterlassen, die Beweise für die Existenz eines deutschen Agentennetzes weiterzugeben? Vicary fand keine logische Erklärung für seine Handlungen. Sie waren wie Töne, die er nicht zu einer Melodie verknüpfen konnte.

Er gelangte zu seinem Haus am Draycott Place. Er stieß die Tür auf und watete durch die ungeöffnete Post mehrerer Tage in sein dunkles Wohnzimmer. Er überlegte, ob er Alice Simpson zum Abendessen einladen solle, kam aber zu dem Schluß, daß er nicht die Kraft für eine höfliche Unterhaltung hatte. Er ließ sich ein Bad einlaufen, entspannte sich im heißen Wasser und lauschte sentimentaler Musik aus dem Radio. Er trank ein Glas Whisky und las Zeitung. Seit er beim Geheimdienst arbeitete, glaubte er der Presse kein Wort mehr. Dann klingelte das Telefon. Es mußte das Büro sein, niemand sonst machte sich noch die Mühe, ihn anzurufen. Er stemmte sich aus der Wanne und warf sich einen Morgenmantel über. Das Telefon stand im Arbeitszimmer. Er nahm den Hörer und sagte: »Ja, Harry?«

»Ihr Gespräch mit Becker brachte mich auf eine Idee«, sagte Harry ohne Vorrede. Wasser tropfte von Vicarys Arm auf die Papiere, die auf dem Schreibtisch verstreut lagen. Er hatte der Putzfrau streng verboten, das Arbeitszimmer zu betreten, und so blieb in der sonst sterilen und blitzsauberen Wohnung hier eine Insel akademischer Unordnung erhalten.

»Anna Steiner lebte Anfang der zwanziger Jahre mit ihrem Vater, dem Diplomaten, zwei Jahre lang in London. Reiche ausländische Diplomaten haben Bedienstete – Butler, Köche, Hausmädchen.«

»Richtig, Harry. Hoffentlich bringt uns das weiter.«

»Vor drei Tagen habe ich bei allen Stellenvermittlungen in der Stadt nachgefragt und versucht, die Namen der Leute herauszufinden, die bei den Steiners gearbeitet haben.«

»Gute Idee, Harry.«

»Ein paar habe ich herausgekriegt. Die meisten sind tot, die anderen steinalt. Nur ein Name ist vielversprechend: Rose Morely. In jungen Jahren war sie als Köchin im Haus der Steiners. Heute habe ich herausgefunden, daß sie für Commander Higgins vom Marineministerium arbeitet, in seinem Haus in Marylebone.«

»Gute Arbeit, Harry. Reden Sie gleich morgen früh mit ihr.«

»Das wollte ich auch, aber jemand hat ihr ins Auge geschossen und ihre Leiche mitten im Hyde Park liegengelassen.«

»In fünf Minuten bin ich angezogen.«

»Vor Ihrem Haus wartet ein Wagen auf Sie.«

Fünf Minuten später trat Vicary ins Freie und schloß die Tür hinter sich. In dem Moment fiel ihm ein, daß er die Verabredung mit Helen vollkommen vergessen hatte.

Am Steuer des Wagens saß eine junge attraktive Marinehelferin, die während der kurzen Fahrt keinen Ton sagte. Sie fuhr ihn so nahe wie möglich an den Tatort heran und hielt in etwa zweihundert Meter Entfernung am Fuß einer sanften Steigung. Es hatte wieder zu regnen begonnen, und er lieh sich ihren Schirm.

Er stieg aus und schloß sachte die Tür, als gehe er zu einer Beerdigung auf den Friedhof. Vor ihm hüpften mehrere lange weiße Lichtstrahlen auf und ab wie kleine Suchscheinwerfer, die einen Heinkel-Bomber am Nachthimmel zu erfassen versuchten. Einer der Strahlen blieb an ihm hängen, als er näherkam, und er mußte seine Augen vor dem grellen Schein schützen. Der Weg war weiter, als er erwartet hatte. Die sanfte Steigung entpuppte sich als kleiner Hügel. Das hohe Gras war sehr feucht, und bald waren seine Hosenbeine bis zu den Knien klatschnaß. Die Strahlen der Taschenlampen senkten sich wie Schwerter, als er bei ihnen anlangte. Ein Detective Chief Superintendent Soundso nahm ihn sanft am Arm und ging mit ihm den Rest der Strecke. Er war vernünftig genug, Vicarys Namen nicht auszusprechen.

Über der Toten war eilends eine Plane ausgebreitet worden. Regenwasser sammelte sich in der Mitte und ergoß sich über den Rand wie ein kleiner Wasserfall. Harry kauerte gerade neben dem zerschmetterten Schädel. Harry in seinem Element, dachte Vicary. Er wirkte so ruhig und gelassen, als könne ihm diese unerfreuliche Tätigkeit nichts anhaben. Vicary nahm die Örtlichkeit in Augenschein. Die Frau war nach hinten gefallen und mit gespreizten Armen und Beinen zu Boden gestürzt, wie ein Kind, das im Schnee einen Engel macht. Der Boden rund um den Kopf war schwarz von Blut. Eine Hand umklammerte noch eine Einkaufstasche aus Stoff, und Vicary sah, daß sie Gemüsekonserven und eine Tüte vom Metzger enthielt. Blut sickerte durch das Papier. Der Inhalt der Handtasche lag zu ihren Füßen verstreut. Vicary entdeckte kein Geld unter den Sachen.

Harry bemerkte Vicary und trat zu ihm. Eine Zeitlang standen sie wortlos nebeneinander, wie Trauernde an einem Grab. Vicary klopfte sanft seine Taschen nach der Lesebrille ab.

»Es könnte ein Zufall sein«, sagte Harry. »Aber ich glaube nicht an Zufälle. Schon gar nicht, wenn einer Frau ins Auge geschossen wird.« Harry hielt inne. Jetzt zeigte er erstmals eine Regung. »Mein Gott, so etwas habe ich noch nie gesehen. Straßenräuber schießen ihren Opfern nicht ins Gesicht. So etwas tun nur Profis.«

»Wer hat die Leiche gefunden?«

»Ein Passant. Wir haben ihn vernommen. Seine Geschichte scheint zu stimmen.«

»Wie lange ist sie schon tot?«

»Erst seit ein paar Stunden. Das bedeutet, daß sie am späten Nachmittag oder am frühen Abend erschossen wurde.«

»Hat niemand den Schuß gehört?

»Nein.«

»Ob die Waffe einen Schalldämpfer hatte?«

»Möglich.«

Der Superintendent trat zu ihnen.

»He, wenn das nicht Harry Dalton ist, der Mann, der den Fall Spencer Thomas aufgeklärt hat.« Sein Blick streifte Vicary und kehrte dann zu Harry zurück. »Ich habe gehört, daß Sie jetzt für die Irregulären arbeiten.«

Harry rang sich ein schwaches Lächeln ab. »Hallo, Chef.«

»Ich erkläre den Fall mit sofortiger Wirkung zu einer Sicherheitssache«, sagte Vicary. »Die erforderlichen Papiere liegen morgen früh auf Ihrem Schreibtisch. Ich möchte, daß Harry die Ermittlungen koordiniert. Alles läuft über ihn. Harry wird in Ihrem Namen eine Erklärung aufsetzen. Ich möchte, daß dieses Verbrechen als ein gescheiterter Raubüberfall dargestellt wird. Beschreiben Sie die Todesursache wahrheitsgemäß. Und keine weitschweifigen Angaben über den Tatort. In der Presseerklärung soll stehen, daß die Polizei nach zwei Flüchtigen unbekannter Herkunft sucht, die zum Zeitpunkt des Mordes im Park gesehen wurden. Und ich wünsche, daß Ihre Männer diskret vorgehen. Ich danke Ihnen, Superintendent. Harry, wir müssen gleich morgen früh miteinander reden.«

Harry und der Superintendent sahen zu, wie Vicary den Hügel hinabhumpelte und dann in der Dunkelheit verschwand. Der Superintendent wandte sich an Harry. »Zum Donnerwetter, worum geht es hier eigentlich?«

Harry blieb im Park, bis die Leiche weggebracht wurde. Es war nach Mitternacht. Er bat einen Polizeibeamten, ihn in seinem Wagen mitzunehmen. Er hätte auch im Department anrufen und ein Dienstfahrzeug anfordern können, aber er wollte nicht, daß man dort erfuhr, wohin er ging. Er ließ sich von dem Polizisten in der Nähe von Grace Clarendons Wohnung absetzen und ging den Rest der Strecke zu Fuß. Sie hatte ihm seine alten Schlüssel wiedergegeben, und er trat ein, ohne anzuklopfen. Grace schlief immer wie ein Kind – auf dem Bauch, Arme und Beine ausgestreckt, und ein weißer Fuß schaute unter der Decke hervor. Harry zog sich leise im Dunkeln aus und versuchte, ohne sie zu wecken, ins Bett zu schlüpfen. Die Federn der Matratze quietschten unter seinem Gewicht. Sie erwachte, rollte sich herüber und küßte ihn.

»Ich dachte schon, du hättest mich wieder verlassen, Harry.«

»Nein, ich hatte nur einen sehr langen, sehr unangenehmen Abend.«

Sie stützte sich auf den Ellbogen. »Was ist passiert?«

Harry erzählte es ihr. Sie hatten keine Geheimnisse voreinander.

»Es ist möglich, daß sie von der Agentin erschossen wurde, die wir suchen.«

»Du siehst aus, als hättest du ein Gespenst gesehen.«

»Es war gräßlich. Ein Schuß ins Gesicht. So etwas vergißt man nicht so leicht, Grace.«

»Vielleicht kann ich dir helfen zu vergessen?«

Er wollte einfach nur schlafen. Er war erschöpft, und wenn er eine Leiche hatte inspizieren müssen, fühlte er sich immer schmutzig. Doch sie begann, ihn zu küssen, zuerst sehr langsam und zärtlich. Dann bat sie ihn, ihr aus dem Nachthemd zu helfen, und der Wahnsinn begann. Sie liebte ihn immer wie eine Besessene, krallte sich in seinen Körper und zerkratzte ihn, zerrte an ihm, als versuche sie, Gift aus einer Wunde zu ziehen. Als er in sie eindrang, weinte sie und flehte ihn an, sie niemals zu verlassen. Und hinterher, als sie neben ihm lag und schlief, ertappte sich Harry bei dem schrecklichsten Gedanken, der ihm jemals in den Sinn gekommen war. Er hoffte, daß ihr Mann niemals aus dem Krieg zurückkommen würde.

34

London

Sie versammelten sich am folgenden Nachmittag in einem geheimen Raum am Grosvenor Square Nr. 47 um das große Modell eines *Mulberry*-Hafens: hohe amerikanische und britische Offiziere, die an dem Projekt arbeiteten, Churchills persönlicher Stabschef, General Sir Hastings Ismay, und zwei Generäle aus Eisenhowers Stab, die wie versteinert dasaßen.

Die Besprechung begann in einer herzlichen Atmosphäre, doch schon nach wenigen Minuten erhitzten sich die Gemüter. Eine Seite machte der anderen Vorwürfe und beschuldigte sie, die Sache schleifen zu lassen, vereinzelt kam es sogar zu persönlichen Beleidigungen, die gleich wieder zurückgenommen wurden. *Ihr Briten habt die Bauzeit zu optimistisch eingeschätzt! Ihr Amerikaner seid zu ungeduldig, zu – ja, ihr seid einfach zu amerikanisch.* Der Zeitdruck war schuld, darin waren sich alle einig, und so fing man noch einmal von vorne an.

Der Erfolg der Invasion hing davon ab, daß die künstlichen Häfen zweiundsiebzig Stunden nach der Landung der ersten Truppen errichtet und betriebsfähig waren. In Anbetracht der Tatsache, daß bis zum Tag X aber nur noch drei Monate blieben, war man mit dem Projekt *Mulberry* beinahe hoffnungslos in Verzug geraten. Schuld sind diese verdammten Phönixe, klagte ein englischer Offizier, der an einer Komponente von *Mulberry* arbeitete, bei der es schneller voranging.

Doch er hatte recht: Beim Bau der riesigen Senkkästen aus Beton, die das Rückgrat des gesamten Projekts bildeten, lag man beängstigend weit hinter dem Zeitplan zurück. Es gab so viele Probleme, daß man darüber hätte lachen können, wenn nicht soviel auf dem Spiel gestanden hätte. Es herrschte ein akuter Mangel an Beton und an Eisen für die Stützträger. Es gab zu wenig Baustellen, und in den Häfen an der Südostküste fehlte es an Platz für die Vertäuung fertiger Elemente. Obendrein herrschte ein Mangel an Fachkräften, und die Arbeiter, die bereits an dem Projekt arbeiteten, waren erschöpft und infolge der Lebensmittelknappheit unterernährt.

Es war eine Katastrophe. Ohne die Senkkästen, die als Wellenbrecher dienen sollten, war das gesamte *Mulberry*-Projekt nicht durchführbar. Man brauchte dringend jemanden, der gleich am nächsten Morgen die Baustellen inspizierte und realistisch einschätzte, ob die Phönixe noch rechtzeitig fertiggestellt werden konnten – jemanden, der bereits Großprojekte geleitet hatte und wußte, wie man vor Ort Planänderungen vornahm, wenn die Arbeiten bereits im Gang waren.

Die Wahl der anwesenden Offiziere fiel auf den früheren Chefingenieur der Northeast Bridge Company, Commander Peter Jordan.

35

London

Die Londoner Presse berichtete in den Abendausgaben über den Mord im Hyde Park. Alle Zeitungen zitierten aus der falschen Erklärung der Polizei. Danach handelte er sich bei dem Mord um einen gescheiterten Raub, und die Polizei fahndete nach zwei Männern osteuropäischer Herkunft, sehr wahrscheinlich Polen, die kurz vor der Tatzeit im Park gesehen worden seien. Harry hatte sogar eine ziemlich vage Beschreibung der beiden Verdächtigen beigefügt. Alle Blätter beklagten den schockierenden Anstieg der Gewaltkriminalität auf den Straßen im West End seit Kriegsbeginn. Sie berichteten über Männer und Frauen, die in den letzten Monaten von vagabundierenden Flüchtlingen, betrunkenen Soldaten und Deserteuren zusammengeschlagen und ausgeraubt worden waren.

Vicary, dem das geschriebene Wort heilig war, verspürte leichte Gewissensbisse, als er am Schreibtisch die Zeitungen durchblätterte. Diese Irreführung von Presse und Öffentlichkeit behagte ihm nicht, doch er tröstete sich mit dem Gedanken, daß er unmöglich die Wahrheit sagen konnte – daß Rose Morely wahrscheinlich von einer deutschen Spionin ermordet worden war.

Bis zum Nachmittag hatten Harry Dalton und ein Team von Beamten der Londoner Polizei die letzten Stunden im Leben von Rose Morely rekonstruiert. Harry saß in Vicarys Büro und hatte die langen Beine auf den Schreibtisch gelegt, so daß Vicary ein Blick auf seine durchgelaufenen Sohlen vergönnt war.

»Wir haben das Dienstmädchen von Commander Higgins vernommen«, sagte Harry. »Sie sagt, daß Rose einkaufen gegangen war. Wie fast jeden Nachmittag, bevor die Kinder von der Schule nach Hause kamen. Die Quittung, die wir in ihrer Tasche fanden, stammt aus einem Laden in der Oxford Street nahe Tottenham Court Road. Wir haben mit dem Ladeninhaber gesprochen. Er hat sich an sie erinnert. Er wußte sogar noch ziemlich genau, was sie gekauft hatte. Er sagt, daß sie auf der Straße eine Bekannte getroffen habe – eine Hausangestellte wie sie. Sie tranken in einem Café gegenüber Tee. Wir haben mit der Bedienung gesprochen. Sie hat es bestätigt.«

Vicary hörte aufmerksam zu und betrachtete dabei seine Hände.

»Nach Aussage der Bedienung hat Rose die Oxford Street überquert und sich an einer Bushaltestelle angestellt. Ich habe möglichst viele Busse der Linie überprüfen lassen. Vor etwa einer halben Stunde haben wir den Schaffner des Busses ausfindig gemacht, mit dem Rose gefahren ist. Er sagt, sie habe sich kurz mit einer auffallend großen, sehr attraktiven Frau unterhalten, die dann ziemlich überstürzt ausgestiegen sei. Eigentlich habe er uns anrufen wollen, sagt er, aber dann habe er in der Zeitung gelesen, daß die Polizei nach zwei Verdächtigen fahnde, und die Beschreibungen hätten nicht auf die große, attraktive Frau gepaßt.«

Eine Schreibkraft steckte den Kopf zur Tür herein und sagte: »Tut mir leid, daß ich stören muß, aber da ist ein Anruf für Sie, Harry. Ein Detective-Sergeant Colin Meadows. Er sagt, es sei dringend.«

Harry nahm den Anruf an seinem Schreibtisch entgegen.

»Sind Sie derselbe Harry Dalton, der den Fall Spencer Thomas aufgeklärt hat?«

»Ja, der bin ich«, antwortete Harry. »Was kann ich für Sie tun?«

»Es geht um den Mord im Hyde Park. Ich glaube, ich habe was für Sie.«

»Schießen Sie los. Wir stehen hier etwas unter Zeitdruck.«

»Wie ich höre, wird eine Frau verdächtigt«, sagte Meadows. »Groß, attraktiv, dreißig bis fünfunddreißig Jahre alt.«

»Möglich. Was wissen Sie?«

»Ich untersuche den Mord an Pope.«

»Ich habe darüber gelesen«, sagte Harry. »Ich kann nicht glauben, daß jemand den Mumm gehabt haben soll, Vernon Pope und seinem Mädchen die Gurgel durchzuschneiden.«

»In Wahrheit hat Pope einen Stich ins Auge erhalten.«

»Tatsächlich?«

»Ja«, sagte Meadows. »Und seine Freundin bekam einen Stich ins Herz. Nur ein Einstich – chirurgische Präzision.«

Harry erinnerte sich, was der Pathologe vom Innenministerium über die Leiche Beatrice Pymms gesagt hatte. Die unterste

Rippe links hatte einen Kratzer aufgewiesen, der möglicherweise von einem Stich in die Brust herrührte.

»Aber in den Zeitungen stand doch ...«

»Sie werden doch nicht glauben, was in den Zeitungen steht, Harry. Wir haben die Art der Verletzung und die Todesursache geändert, um die Spinner auszusieben. Sie glauben ja nicht, wie viele Leute von sich behaupten, sie hätten Vernon Pope umgebracht.«

»Ich kann es mir durchaus vorstellen. Er war ein Scheißkerl, der jahrelang das ganze Viertel terrorisiert hat. Fahren Sie fort, Detective-Sergeant.«

»Eine Frau, auf die die Beschreibung Ihrer Verdächtigen paßt, hat an dem Abend, an dem Pope ermordet wurde, das Lagerhaus der Popes in Wapping betreten. Ich habe dafür zwei Augenzeugen.«

»Donnerwetter.«

»Es kommt noch besser. Kurze Zeit nach dem Mord sind Robert Pope und einer seiner Gorillas in ein Haus in Islington eingedrungen und haben nach einer Frau gesucht. Wie es scheint, hatten sie eine falsche Adresse. Sie sind gleich wieder verduftet. Aber vorher haben sie noch die Vermieterin zusammengeschlagen.«

»Warum erfahre ich das erst jetzt?« bellte Harry. »Der Mord an Pope ist fast zwei Wochen her.«

»Weil mein Chef glaubt, daß ich auf einer falschen Spur sei. Er ist davon überzeugt, daß ein Rivale Pope aus dem Weg geräumt hat. Er will nicht, daß wir unsere Zeit mit ›alternativen Theorien‹ verschwenden, wie er sich ausdrückt.«

»Wer ist Ihr Chef?«

»Superintendent Kidlington.«

»Oje, der heilige Andrew!«

»Wie er leibt und lebt, Harry. Aber da ist noch etwas anderes. Ich habe letzte Woche Robert Pope vernommen. Als ich ihn ein zweites Mal vernehmen wollte, war er untergetaucht. Wir konnten ihn bis jetzt nicht ausfindig machen.«

»Ist Kidlington momentan im Haus?«

»Ich kann ihn sehen. Er sitzt am Schreibtisch und erledigt seinen verfluchten Papierkram.«

»Behalten Sie ihn im Auge. Ich glaube, was jetzt kommt, wird Ihnen gefallen.«

»In Ordnung, Harry.«

Harry stürzte von seinem Schreibtisch in Vicarys Büro. Er teilte ihm in aller Eile die Neuigkeit mit und überging dabei so viele Einzelheiten, daß Vicary ihn zweimal bitten mußte, innezuhalten und noch einmal von vorne zu beginnen. Als Harry fertig war, wählte er die Nummer für Vicary und reichte ihm den Hörer.

»Hallo, Superintendent Kidlington? Hier spricht Alfred Vicary aus dem Kriegsministerium... Ja, mir geht es gut, danke. Aber ich fürchte, daß ich dringend Ihre Hilfe brauche. Es geht um den Mord an Vernon Pope. Einer meiner Mitarbeiter wird gleich zu Ihnen rüberkommen. Seine Name ist Harry Dalton. Vielleicht erinnern Sie sich an ihn... Ja? Um so besser. Ich möchte eine vollständige Kopie der Akte über diesen Fall... Warum? Ich fürchte, mehr kann ich Ihnen nicht sagen, Superintendent. Danke für Ihre Kooperationsbereitschaft. Schönen Tag noch.«

Vicary legte auf. Er schlug mit der Handfläche auf den Tisch und sah Harry an. Zum ersten Mal seit Wochen lächelte er.

Catherine Blake packte ihre Handtasche für den Abend – das Stilett, die Mauser, die Kamera. Sie war mit Jordan zum Essen verabredet. Wahrscheinlich würden sie hinterher in sein Haus gehen und sich lieben – wie immer. Sie kochte Tee und las die Nachmittagszeitungen. Der Mord an Rose Morely beherrschte die Schlagzeilen. Die Polizei glaubte an einen versuchten Raub, der außer Kontrolle geraten war und in einem Mord geendet hatte. Sie hatte sogar zwei Verdächtige. Genauso hatte sie es sich vorgestellt. Besser hätte es nicht laufen können. Sie zog sich aus und nahm ein Bad. Sie trocknete sich gerade das Haar, als das Telefon klingelte. Nur eine einzige Person in Großbritannien kannte ihre Telefonnummer – Peter Jordan. Catherine gab sich überrascht, als sie seine Stimme am anderen Ende der Leitung hörte.

»Ich fürchte, ich muß unsere Verabredung zum Essen absagen. Tut mir leid, Catherine. Mir ist etwas Wichtiges dazwischen gekommen.«

»Ich verstehe.«

»Ich bin noch im Büro. Es wird heute sehr spät.«

»Peter, du brauchst mir keine Erklärung zu geben.«

»Ich weiß, aber ich möchte es. Ich muß morgen in aller Frühe aus London weg und habe vorher noch eine Menge zu erledigen.«

»Ich will dir nicht verhehlen, daß ich enttäuscht bin, Peter. Ich habe mich auf den Abend mit dir gefreut. Ich habe dich seit zwei Tagen nicht mehr gesehen.«

»Mir kommt es wie ein Monat vor. Ich würde dich auch gern sehen.«

»Ist es wirklich unmöglich?«

»Ich bin frühestens um elf zu Hause.«

»Na wunderbar.«

»Und morgen früh um fünf holt mich ein Wagen zu Hause ab.«

»Schön.«

»Aber Catherine ...«

»Ich mache dir einen Vorschlag. Wir treffen uns um elf vor deinem Haus. Ich mache uns etwas zu essen, und du kannst dich ausruhen und alles für deine Reise vorbereiten.«

»Ich brauche etwas Schlaf.«

»Ich laß dich schlafen, das verspreche ich.«

»Neulich haben wir nicht viel geschlafen.«

»Ich werde mir alle Mühe geben, mich zu beherrschen, Peter.«

»Dann also bis elf.«

»Wunderbar.«

Die rote Lampe über Boothbys Tür brannte heute sehr lange. Vicary streckte die Hand aus, um den Summer ein zweites Mal zu drücken – ein krasser Verstoß gegen eine von Boothbys Verfügungen –, hielt aber inne. Von der anderen Seite der dicken Flügeltür hörte er zwei Stimmen, die miteinander stritten: die eine gehörte Boothby, die andere unverkennbar einer Frau. *Das lasse ich nicht mit mir machen!* Es war die Frauenstimme, laut und leicht hysterisch. Boothbys Stimme antwortete ruhiger und klang wie die eines Vaters, der sein ungezogenes Kind zurechtwies. Vicary, der sich wie ein Idiot vorkam, lehnte das Ohr an den Spalt zwischen den Türflügeln. *Schwein! Mieses Schwein!* Das war wieder die Frauenstimme. Dann hörte er, wie die Tür von Boothbys Privateingang zuschlug. Plötzlich leuchtete die grüne Lampe auf. Vicary ignorierte sie. Wenn er lang genug wartete, würde die Frau um die Ecke biegen, und er konnte sehen, wer es war. Er hörte das Klappern ihrer hohen Absätze, die sie wütend auf den Boden des Korridors knallte. Dann kam sie – es war Grace Clarendon. Sie blieb stehen und kniff bei Vicarys Anblick angewidert ihre hellgrünen Augen zusammen. Eine Träne rollte ihr über die Wange. Sie wischte sie weg und stapfte den Flur hinunter.

In Boothbys Büro war es dunkel, nur die Schreibtischlampe brannte. Es roch nach dem Rauch der Zigarette, die im Aschenbecher neben Boothby verglomm. Boothby, in Hemd und Hosenträgern, las in einer Akte. Ohne aufzusehen forderte er Vicary auf, sich zu setzen, indem er mit seinem goldenen Füllhalter auf einen der Stühle vor dem Schreibtisch deutete. »Ich höre«, sagte er.

Vicary brachte ihn rasch auf den neuesten Stand. Er berichtete über die Ermittlungsergebnisse in der Mordsache Rose Morely, wies auf die mögliche Verbindung zwischen der deutschen Agentin und dem Mord an Vernon Pope hin und erklärte, daß es unbedingt erforderlich sei, Robert Pope zu finden und zu vernehmen. Er verlangte jeden verfügbaren Mann für die Suche nach Pope. Boothby verfolgte Vicarys Bericht mit stoischem Schweigen. Er verzichtete sogar auf die übliche Zappelei und Drängelei und schien aufmerksamer zuzuhören als sonst.

»Gut«, sagte Boothby schließlich. »Das ist die erste erfreuliche Nachricht in diesem Fall. Ich hoffe in Ihrem eigenen Interesse, daß Sie recht haben und daß zwischen den beiden Morden eine Verbindung besteht.«

Und dann breitete er sich darüber aus, wie wichtig es sei, Geduld zu haben und sorgfältig zu ermitteln. Vicary dachte an Grace Clarendon. Am liebsten hätte er Boothby gefragt, warum sie in seinem Büro gewesen sei, aber einen neuerlichen Vortrag zum Thema Informationsbedarf hätte er jetzt nicht ertragen. Vicary hatte ihretwegen ein schlechtes Gewissen. Er hatte sich verrechnet. Er hatte Graces Kopf auf den Richtblock gelegt, um in einem ohnehin verlorenen Streit mit Boothby einen Punkt zu machen, und Boothby hatte das Beil herabsausen lassen. Er fragte sich, ob er sie gefeuert oder ob er es bei einem strengen Verweis belassen hatte. Sie war eine wertvolle Mitarbeiterin, intelligent und engagiert. Er hoffte, Boothby hatte sie geschont.

»Ich setze mich gleich mit dem Chef der Watchers in Verbindung und weise ihn an, daß er ihnen jeden Mann gibt, den er entbehren kann.«

»Ich danke Ihnen, Sir Basil«, sagte Vicary, stand auf und wandte sich zum Gehen.

»Ich weiß, daß es in diesem Fall Differenzen zwischen uns gab, Alfred, und ich kann nur hoffen, daß Sie mit all dem recht haben.« Boothby zögerte. »Ich habe vor ein paar Minuten mit dem Generaldirektor gesprochen.«

»Oh?« sagte Vicary.

»Er gibt Ihnen die sprichwörtlichen vierundzwanzig Stunden, Alfred. Wenn Ihnen bis dahin kein Durchbruch gelingt, wird Ihnen der Fall entzogen, fürchte ich.«

Als Vicary gegangen war, faßte Boothby über den Schreibtisch und griff nach dem Hörer seines abhörsicheren Telefons. Er wählte eine vierstellige Nummer und wartete.

Wie üblich meldete sich der Mann am anderen Ende der Leitung nicht mit seinem Namen. Er sagte nur: »Ja?«

Auch Boothby nannte seinen Namen nicht. »Wie es scheint, zieht unser Freund das Netz um sein Opfer zusammen«, sagte er. »Jetzt beginnt der zweite Akt.«

Der Mann am anderen Ende der Leitung murmelte ein paar Worte, dann unterbrach er die Verbindung.

Ihr Taxi hielt fünf Minuten nach elf vor Peter Jordans Haus. Catherine sah ihn vor der Haustür stehen, eine Taschenlampe in der Hand. Sie stieg aus und bezahlte den Fahrer. Irgendwo in der Straße wurde ein Auto angelassen. Das Taxi fuhr davon. Sie trat einen Schritt auf Jordan zu, da hörte sie einen Motor aufheulen und Reifen auf der nassen Straße quietschen. Sie drehte den Kopf in die Richtung, aus der der Lärm kam, und sah einen Lieferwagen auf sich zu rasen. Er war nur noch wenige Meter von ihr entfernt, zu nahe, um ihm auszuweichen. Sie schloß die Augen und erwartete den Tod.

Dicky Dobbs hatte noch nie einen Menschen umgebracht. Gewiß, er hatte schon so manchem die Knochen gebrochen, so manchem das Gesicht ruiniert. Einen Kerl hatte er sogar zum Krüppel geschlagen, weil er sich geweigert hatte, Schutzgeld zu bezahlen. Aber getötet hatte er noch niemanden. *Eigentlich sollte es mir ein Vergnügen sein, dieses Miststück umzubringen.* Sie hatte Vernon und Vivie ermordet. Sie hatte ihn so oft abgehängt, daß er mit dem Zählen nicht mehr nachkam. Und wer wußte, was sie mit dem Amerikaner im Schilde führte. Ein Taxi bog in die verdunkelte Straße ein. Dicky drehte sachte den Schlüssel und ließ den Motor des Lieferwagens an. Er gab etwas Gas und brachte den Motor auf Touren. Dann legte er die Hand auf den Schaltknüppel und wartete. Das Taxi fuhr davon. Die Frau trat auf die Fahrbahn. Er legte den Gang ein und gab Vollgas.

Warme, weiche Dunkelheit umfing sie. Sie nahm nichts wahr, nur ein fernes Klingen in den Ohren. Sie versuchte, die Augen zu öffnen, konnte aber nicht. Sie versuchte zu atmen, konnte aber nicht. Sie dachte an ihren Vater und an ihre Mutter. Sie dachte an Maria, und sie träumte, sie sei wieder in Spanien und liege auf einem warmen Felsen neben dem Fluß. Es hatte nie einen Krieg gegeben, Kurt Vogel war nie in ihr Leben getreten. Dann, ganz langsam, spürte sie einen stechenden Schmerz am Hinterkopf, und etwas Schweres drückte ihren Körper nieder. Ihre Lunge gierte nach Sauerstoff. Sie schluckte, aber sie konnte noch immer nicht atmen. Sie sah helle Lichter, die wie Sternschnuppen durch die weite schwarze Leere zuckten. Etwas schüttelte sie. Jemand rief ihren Namen. Und ganz plötzlich begriff sie, daß sie gar nicht tot war. Der Krampf hörte auf, und endlich bekam sie Luft. Dann öffnete sie die Augen und blickte in Peters Gesicht. *Catherine, kannst du mich hören, Darling? Bist du in Ordnung? Mein Gott, ich glaube, der wollte dich umbringen! Catherine, kannst du mich hören?*

Keinem der beiden war nach Essen zumute. Sie wollten nur etwas trinken. Eine Aktentasche war an Jordans Handgelenk gekettet – es war das erste Mal, daß er so nach Hause gekommen war. Er ging zu seinem Arbeitszimmer und schloß auf. Catherine hörte, wie er am Kombinationsschloß des Safes drehte, die schwere Tür aufzog und dann wieder schloß. Er kam heraus und ging ins Wohnzimmer. Er goß zwei große Gläser Brandy ein und trug sie hinauf ins Schlafzimmer.

Sie zogen sich langsam aus, während sie den Brandy tranken. Catherine hatte Mühe, ihr Glas zu halten. Ihre Hände zitterten, ihr Herz pochte wild in der Brust. Sie glaubte, sich übergeben zu müssen. Sie zwang sich, von dem Brandy zu trinken. Die Wärme tat ihr gut, und sie merkte, wie ihre Anspannung sich löste.

Sie hatte sich schrecklich verrechnet. Sie hätte niemals zu den Popes gehen dürfen. Sie hätte sich etwas anderes ausdenken müssen. Aber sie hatte noch einen weiteren Fehler begangen. Sie hätte auch Robert Pope und Dicky Dobbs töten sollen, als sie Gelegenheit dazu hatte.

Jordan setzte sich neben sie aufs Bett. »Ich verstehe nicht, wie du so gefaßt bleiben kannst«, sagte er. »Immerhin wärst du eben um ein Haar getötet worden. Du darfst ruhig deine Gefühle zeigen.«

Noch ein Fehler. Sie mußte sich ängstlicher geben. Sie sollte ihn bitten, sie fest in den Arm zu nehmen und ihr zu sagen, daß alles in Ordnung sei. Sie sollte ihm dafür danken, daß er ihr das Leben gerettet hatte. Sie konnte nicht mehr klar denken. Alles entglitt ihren Händen, sie spürte es. Rose Morely … die Popes … Sie dachte an die Aktentasche, die Jordan gerade in seinem Safe eingeschlossen hatte. Sie dachte an ihren Inhalt. Er hatte die Tasche an sein Handgelenk gekettet. Das wichtigste Geheimnis des Krieges war vielleicht zum Greifen nahe. *Und wenn es das wirklich war? Wenn es ihr tatsächlich gelang, es zu stehlen?* Sie wollte fort aus England. Sie wußte nun, daß sie hier nicht mehr sicher war. Das Doppelleben, das sie seit sechs Jahren führte, war nicht mehr möglich. Sie hielt es nicht mehr aus, sich ihm jede Nacht hinzugeben und hinterher in sein Arbeitszimmer zu schleichen. *Ein einziger Auftrag, dann raus.* Das hatte ihr Vogel versprochen. Sie wollte ihn beim Wort nehmen.

Catherine hatte sich jetzt ausgezogen und lag auf dem Bett. Jordan saß immer noch auf der Bettkante, trank seinen Brandy und stierte in die Dunkelheit.

»Das nennt man wohl britische Zurückhaltung«, sagte sie. »Es ziemt sich nicht, unsere Gefühle zu zeigen, selbst wenn wir im Dunkeln beinahe überfahren werden.«

»Und wann dürft ihr eure Gefühle zeigen?« fragte er, ihr immer noch den Rücken zuwendend.

»Auch du hättest vorher getötet werden können, Peter«, sagte sie. »Warum hast du das getan?«

»Weil mir etwas klar wurde, als ich sah, wie dieser verdammte

Idiot auf dich zuraste. Mir wurde klar, daß ich hoffnungslos, unsterblich in dich verliebt bin. Ich bin es seit dem Moment, als du in mein Leben getreten bist. Ich hätte nie gedacht, daß mich eine Frau jemals wieder glücklich machen könnte. Aber du hast es getan, Catherine. Und ich habe schreckliche Angst, dich wieder zu verlieren.«

»Peter«, sagte sie sanft. Sie faßte ihn bei der Schulter, um ihn aufs Bett zu ziehen, aber sein Körper war wie erstarrt.

»Ich habe mich immer gefragt, wo ich in dem Moment war, als sie starb, was ich gerade tat. Ich weiß, es klingt krankhaft, aber dieser Gedanke hat mich fast unentwegt beschäftigt. Weil ich nicht für sie da war. Weil meine Frau allein im Regen auf einer Landstraße auf Long Island sterben mußte. Ich habe mich immer gefragt, ob ich irgend etwas für sie hätte tun können. Und als ich heute nacht da draußen stand, hatte ich das Gefühl, daß das alles noch einmal geschieht. Aber diesmal konnte ich etwas tun – ich konnte es verhindern. Also habe ich es getan.«

»Ich verdanke dir mein Leben, Peter Jordan.«

»Glaube mir, ich habe es aus purem Egoismus getan. Ich habe sehr lang darauf gewartet, dich zu finden, Catherine Blake, und ich will nicht mehr ohne dich leben.«

»Meinst du das ernst, Peter?«

»Ja, von ganzem Herzen.«

Sie streckte die Hand nach ihm aus, und diesmal gab er nach. Sie küßte ihn immer wieder und sagte: »Mein Gott, ich liebe dich so sehr, Peter.« Sie war überrascht, wie leicht ihr die Lüge über die Lippen kam. Plötzlich wollte er sie unbedingt haben. Sie legte sich auf den Rücken und spreizte die Beine, und als er in sie eindrang, spürte Catherine, wie sich ihr Körper zu ihm aufbäumte, wie das Haar an seinem Bauch an ihrem Unterleib rieb, seine flache harte Brust gegen ihre Brüste drückte. Sie krümmte den Rücken und ließ ihn tief in sich eindringen. Es geschah so schnell, daß sie nach Luft schnappte. Als es vorbei war, lachte sie laut auf.

Er legte den Kopf auf ihre Brust. »Was ist denn so komisch?«

»Du hast mich gerade sehr glücklich gemacht, Peter, sehr glücklich.«

Alfred Vicary verbrachte eine unruhige Nacht in der MI5-Zentrale in der St. James's Street. Um neun Uhr ging er die Treppe hinunter in die Kantine. Das Essen war grauenhaft wie immer – Kartoffelsuppe und ein gedünsteter Weißfisch, der so schmeckte, als komme er aus der Themse. Doch er hatte einen Bärenhunger und holte sich sogar einen Nachschlag. Ein Kollege – ein ehemaliger Rechtsanwalt, der ständig verkatert aussah – forderte Vicary zu einer Partie Schach auf. Vicary spielte schlecht und ohne Begeisterung, schaffte es aber, das Spiel mit ein paar brillanten Zügen am Schluß noch aus dem Feuer zu reißen. Er hoffte, daß sein Fall eine ähnlich günstige Wendung nahm.

Grace Clarendon begegnete ihm auf der Treppe. Sie trug einen Stapel Akten unter dem Arm wie ein Schulmädchen seine Bücher. Sie warf ihm einen giftigen Blick zu und trappelte in die Registratur hinab.

Wieder in seinem Büro, versuchte Vicary zu arbeiten. Das Becker-Netz erforderte seine Aufmerksamkeit, doch es wollte ihm nichts gelingen.

Warum haben Sie uns das nicht früher erzählt?

Boothby habe ich es erzählt.

Harry rief zum ersten Mal an. Nichts Neues.

Vicary brauchte eine Stunde Schlaf. Das Rattern der Fernschreiber nebenan, einst so beruhigend, dröhnte wie Preßlufthämmer in seinen Ohren. Das schmale Feldbett, das ihn sonst von seiner Schlaflosigkeit kuriert hatte, wurde plötzlich zum Symbol für alles, was in seinem Leben nicht stimmte. Eine halbe Stunde lang schob er es im Büro umher, stellte es zuerst an eine Wand, dann an eine andere und schließlich in die Mitte des Raumes. Aufgeschreckt durch den Lärm, steckte Mrs. Blanchard, die Leiterin der Nachtschicht im Schreibbüro, den Kopf zur Tür herein. Sie goß Vicary ein großes Glas Whisky ein und befahl ihm, es auszutrinken und das Feldbett wieder an seinen ursprünglichen Platz zu rücken.

Wieder rief Harry an. Nichts.

Er nahm den Hörer ab und wählte Helens Nummer. Eine verärgerte Männerstimme meldete sich. »Hallo... Hallo... Zum Donnerwetter, wer ist denn dran?« Vicary legte sachte auf.

Harry rief zum dritten Mal an. Immer noch nichts.

Deprimiert setzte Vicary sein Rücktrittsgesuch auf.

Haben Sie Vogels Akte gelesen?

Nein.

Er zerriß den Zettel und warf die Fetzen in den Papierkorb. Er legte sich auf das Bett und starrte, den Schein der Lampe im Gesicht, an die Decke.

Er fragte sich, was sie mit den Popes zu schaffen hatte. Hatten sie mit ihr gemeinsame Sache gemacht? Waren sie nicht nur Schwarzhändler und Schutzgelderpresser, betrieben sie auch Spionage? Unwahrscheinlich. Vielleicht war sie zu ihnen gegangen, um ihre Dienste in Anspruch zu nehmen. Vielleicht hatte sie Benzin gebraucht, Waffen, Leute für eine Beschattung. Solange sie Robert Pope nicht gefaßt und verhört hatten, konnte er darüber nur spekulieren. Auf jeden Fall war er fest entschlossen, die Pope-Bande genau unter die Lupe zu nehmen. Wenn er dabei auf irgend etwas Verdächtiges stieß, würde er die Kerle der Spionage für Deutschland beschuldigen und für sehr lange Zeit hinter Gitter bringen. Und was war mit Rose Morely? War das Ganze wirklich nur ein verhängnisvoller Zufall? Hatte sie Anna Steiner erkannt und dafür mit dem Leben bezahlt? Sehr gut möglich, dachte Vicary. Aber er mußte auch den schlimmstmöglichen Fall in Betracht ziehen – vielleicht war Rose Morely ebenfalls eine Agentin gewesen. Jedenfalls würde er ihre Vergangenheit gründlich durchleuchten, bevor er die Akte in dieser Mordsache schloß.

Er sah auf seine Armbanduhr – ein Uhr morgens. Er griff zum Telefon und wählte wieder die Nummer. Diesmal vernahm er Helens Stimme am anderen Ende der Leitung. Zum ersten Mal seit fünfundzwanzig Jahren. »Hallo … Hallo … Wer spricht da, bitte?« Vicary wollte etwas sagen, brachte aber kein Wort heraus. »Verdammt noch mal!« Und dann war die Verbindung unterbrochen.

Catherine schloß das Arbeitszimmer auf, trat ein und zog leise die Tür hinter sich zu. Sie knipste die Schreibtischlampe an. Sie nahm die Kamera und die Mauser aus ihrer Handtasche. Sie legte die Pistole so auf den Tisch, daß der Griff zu ihr zeigte, damit sie die Waffe, wenn nötig, rasch in Anschlag bringen konnte. Sie kniete vor dem Safe nieder und stellte die Kombination ein. Sie drehte an dem Riegel, die Tür war offen. Die Aktentasche stand im Safe, verschlossen. Sie schloß sie mit ihrem Schlüssel auf, öffnete sie und blickte hinein.

Ein schwarzer Hefter mit der Aufschrift *top secret – bigot only* auf dem Deckel.

Sie fühlte, wie ihr Herz schneller schlug.

Catherine legte den Hefter auf den Tisch und fotografierte den Deckel.

Sie schlug ihn auf und las die erste Seite:

Projekt Phönix
1.) Konstruktionsbeschreibung
2.) Zeitplan
3.) Aufstellung

Mein Gott, dachte Catherine, ich habe es tatsächlich geschafft!

Sie fotografierte die Seite und blätterte weiter.

Auf jeder Seite Konstruktionspläne. Sie fotografierte alle.

Eine Seite war mit ›Personalbedarf‹ überschrieben – sie fotografierte sie.

Eine andere mit ›Bedarf an Schleppern‹ – auch die fotografierte sie.

Der Film war voll. Sie nahm ihn heraus und legte einen neuen ein. Sie fotografierte zwei weitere Seiten.

Sie hörte ein Geräusch im Obergeschoß. Jordan stand auf.

Sie schlug die nächste Seite auf und fotografierte sie.

Catherine hörte den Fußboden unter seinen Schritten knarren.

Sie blätterte weiter und fotografierte.

Sie hörte, wie er im Badezimmer Wasser laufen ließ.

Sie fotografierte zwei weitere Seiten. Sie würde nie wieder an dieses Dokument herankommen, das wußte sie. Wenn es wirklich das Geheimnis der Invasion enthielt, mußte sie weitermachen. Während sie fotografierte, beschloß sie, es zu tun, falls er jetzt hereinkam und sie ertappte. Ihn mit der Mauser erschießen. Dank dem Schalldämpfer würde niemand etwas hören. Sie würde alles fotografieren und sich nach Hampton Sands absetzen, zu Neumann. Das U-Boot verständigen und durch Vogels Schlupfloch verschwinden. *Mach weiter*... Und was würde passieren, wenn die Spionageabwehr des SHAEF die Leiche eines Offiziers fand, der das Geheimnis der Invasion kannte? Man würde sofort eine Untersuchung einleiten. Man würde herausbekommen, daß der Offizier mit einer Frau gesehen worden war. Man würde nach der Frau fahnden, sie aber nicht finden können und daraus schließen, daß sie eine Agentin war. Und man würde den Schluß ziehen, daß die Dokumente in seinem Safe fotografiert worden waren und das Geheimnis der Invasion verraten war. Sie dachte: Komm nicht herein, Peter Jordan. Um deinetwillen, und um meinetwillen.

Sie hörte die Toilettenspülung.

Nur noch ein paar Seiten. Sie fotografierte sie rasch. Geschafft! Sie schlug den Hefter zu, schob ihn in die Aktentasche zurück und stellte die Tasche in den Safe. Sie schloß leise die Tür, verriegelte sie und löschte das Licht. Sie öffnete die Tür und huschte auf den Gang hinaus. Jordan war noch oben.

Laß dir schnell etwas einfallen, Catherine!

Sie ging den Flur hinunter und stieß die Tür zum Wohnzimmer auf. Sie legte die Mauser in die Handtasche und stellte die Handtasche auf den Boden. Sie machte Licht und ging zur Hausbar. *Beruhige dich. Atme tief durch.* Sie nahm sich ein Glas und goß sich gerade einen Brandy ein, als Peter ins Zimmer trat.

Harry Dalton wartete vor dem Lagerhaus der Popes in einem Observierungsfahrzeug des Departments. Er hatte zwei Männer bei sich – Detective-Sergeant Meadows von der Londoner Polizei und einen Watcher namens Clive Roach. Harry saß auf dem Beifahrersitz, Roach hinter dem Steuer. Meadows hatte sich für fünf Minuten hinten aufs Ohr gelegt.

Es dämmerte. Die Männer hatten eine lange und schrecklich langweilige Nacht hinter sich. Harry war todmüde, doch jedes Mal, wenn er die Augen schloß und zu schlafen versuchte, sah er zwei Bilder vor sich: Rose Morely, wie sie tot im Hyde Park lag, und Grace Clarendons Gesicht, wenn sie sich liebten. Er wollte zu ihr ins Bett schlüpfen und vierundzwanzig Stunden durchschlafen. Er wollte sie in die Arme nehmen und nie wieder loslassen. Sie hatte ihn wieder in ihren Bann gezogen.

Das Brummen eines Motors riß ihn aus seinen Gedanken. Ein Lieferwagen hielt vor dem Lagerhaus. Ein großer, kräftiger Mann kletterte aus der Fahrertür. Harry erkannte ihn im schwachen Dämmerlicht.

»Kennen Sie ihn?« fragte Clive Roach.

»Ja«, antwortete Harry. »Das ist Dicky Dobbs.«

»Macht nicht den Eindruck, als ob er mit sich spaßen läßt.«

»Er ist Popes Chefgorilla und Geldeintreiber.«

»Also wenn ich auf der Flucht wäre, hätte ich den gern als Beschützer bei mir.«

»Richtig«, sagte Harry. »He da hinten, Dornröschen, aufwachen.«

Dobbs schloß die Seitenpforte auf und verschwand im Lagerhaus. Einen Augenblick später wurde das Haupttor nach oben gezogen. Dobbs trat heraus und kletterte wieder in den Lieferwagen.

Roach ließ den Motor an, während Meadows sich aufsetzte.

Dobbs fuhr den Lieferwagen ins Lagerhaus.

Roach gab Vollgas und bremste dicht hinter dem Lieferwagen, bevor Dobbs das Tor wieder schließen konnte.

»Was zum Teufel soll das?« brüllte Dobbs.

»Umdrehen«, rief Meadows. »Pfoten hoch und Schnauze halten!«

Harry trat vor und öffnete die Heckklappe des Lieferwagens. Pope kauerte auf dem Boden. Er schaute auf, lächelte und sagte: »Wenn das nicht mein alter Freund Harry Dalton ist.«

Catherine Blake fuhr mit dem Taxi in ihre Wohnung. Es war noch früh, kurz nach Tagesanbruch, und ein mattes Perlmuttgrau überzog den Himmel. Sie hatte noch sechs Stunden Zeit bis zu dem vereinbarten Treff mit Horst Neumann in Hampstead Heath. Sie zog sich aus, wusch sich Gesicht und Hals und schlüpfte in ein Nachthemd und einen Morgenmantel. Sie brauchte dringend ein paar Stunden Schlaf, aber vorher hatte sie noch etwas zu erledigen.

Heute nacht war sie zu weit gegangen. Wäre Jordan nur ein paar Sekunden früher heruntergekommen, hätte sie ihn erschießen müssen. Sie hatte ihm gesagt, sie sei wegen des Vorfalls auf der Straße so aufgeregt gewesen, daß sie nicht habe einschlafen können, und sie habe mit einem Brandy ihre Nerven beruhigen wollen. Anscheinend hatte er ihr geglaubt, daß sie deshalb mitten in der Nacht aufgestanden sei, doch sie bezweifelte, daß er ihr eine solche Geschichte ein zweites Mal abkaufen würde.

Sie ging ins Wohnzimmer und setzte sich an ihren Sekretär. Sie zog die Schublade auf und entnahm ihr ein Blatt Papier und einen Stift. Sie schrieb nur vier Worte: *Hol mich jetzt raus!* Sie legte das Blatt auf den Tisch und richtete den Schein der Lampe darauf. Sie zog die Kamera aus ihrer Handtasche und hielt sie ans

Auge. Sie legte ihre linke Hand neben das Papier. Vogel würde sie erkennen. Quer über den Daumen zog sich eine Narbe. Sie rührte von einer Schnittverletzung her, die sie sich bei seinem verfluchten Kurs in lautlosem Töten zugezogen hatte. Sie fotografierte ihre Hand und die Nachricht zweimal, dann verbrannte sie das Blatt Papier im Waschbecken im Badezimmer.

36

London

Harry Dalton dachte: Wenn ich mir diesen Mist noch eine Minute länger anhören muß, fessele ich Pope mit Handschellen an den Stuhl und poliere ihm die Fresse. Sie befanden sich in einem kleinen, verglasten Büro im Erdgeschoß des Lagerhauses. Pope saß auf einem unbequemen Holzstuhl, Harry lief wie ein Tiger im Käfig auf und ab. Vicary hatte still in einer dunklen Ecke Platz genommen und schien mit den Gedanken ganz woanders zu sein. Harry und Vicary hatten nicht verraten, für welche Behörde sie arbeiteten. Für Pope waren sie ganz normale Beamte von der Londoner Polizei. Seit einer Stunde stritt Pope ab, die Frau zu kennen, mit deren Foto Harry vor seiner Nase wedelte. Seine Miene war gelassen, gelangweilt und unverschämt, die Miene eines Mannes, der ein Leben lang gegen das Gesetz verstoßen und noch nie eine Gefängniszelle von innen gesehen hatte. Ich kriege ihn nicht, dachte Harry. Er schafft mich.

»Na schön«, sagte Harry, »versuchen wir es noch einmal.«

Pope sah auf seine Uhr und sagte: »Nicht noch einmal. Ich muß mich um mein Geschäft kümmern.«

Harry spürte, daß er langsam die Beherrschung verlor. »Du hast diese Frau also noch nie gesehen?«

»Ich habe es Ihnen schon hundert Mal gesagt. Nein!«

»Ich habe einen Zeugen, der behauptet, daß diese Frau am selben Tag, an dem dein Bruder ermordet wurde, euer Lagerhaus betreten hat.«

»Dann irrt sich Ihr Zeuge. Lassen Sie mich mit ihm reden. Ich kann ihm bestimmt klarmachen, daß er sich täuscht.«

»Davon bin ich überzeugt! Wo warst du, als dein Bruder ermordet wurde?«

»In einem meiner Clubs. Ich habe zwanzig Zeugen, die Ihnen das bestätigen.«

»Warum bist du der Polizei aus dem Weg gegangen?«

»Ich bin der Polizei nicht aus dem Weg gegangen. Immerhin habt ihr Jungs mich ja gefunden.« Pope spähte zu Vicary hinüber, der auf seine Hände hinabsah. »Redet der nie was?«

»Halt's Maul und sieh mich an, Pope. Du bist der Polizei aus dem Weg gegangen, weil du weißt, wer deinen Bruder umgebracht hat, und weil du seinen Tod selber rächen wolltest.«

»Sie reden Unsinn, Harry.«

»Ich kenne eine sehr nette Lady in Islington, die behauptet, daß du kurz nach Vernons Ermordung in ihre Pension eingedrungen bist und nach einer Frau gesucht hast.«

»Dann irrt sich die nette Lady in Islington eben.«

»Verarsch mich nicht, Pope!«

»Immer mit der Ruhe, Harry.«

»Du hast sie tagelang gesucht, aber nicht gefunden. Hast du dir eigentlich mal überlegt, warum sie dir und deinen Jungs entwischt ist?«

»Nein, weil ich keinen blassen Schimmer habe, wovon Sie reden, Harry.«

»Hast du dir mal überlegt, warum du nicht herausgekriegt hast, wo sie wohnt?«

»Ich habe es nie versucht, denn ich habe die Frau nie gesehen.«

Harry bemerkte, daß Popes Gesicht vor Schweiß glänzte. Er dachte: Jetzt habe ich dich endlich.

Vicary hatte es offensichtlich ebenfalls bemerkt, denn nun ergriff er zum ersten Mal das Wort. »Sie sind nicht ganz ehrlich zu uns, Mr. Pope«, sagte er höflich, immer noch auf seine Hände blickend. »Andererseits waren wir aber auch nicht ganz ehrlich zu ihm, nicht wahr, Harry?«

Perfektes Timing, Alfred, gut gemacht, dachte Harry und sagte: »Nein Alfred, wir waren alles andere als ehrlich zu unserem Mr. Pope.«

»Wovon redet ihr beide eigentlich?« fragte Pope völlig verwirrt.

»Wir sind dem Kriegsministerium angeschlossen. Wir sind vom Sicherheitsdienst.«

Ein Schatten huschte über Popes Gesicht. »Was hat der Mord an meinem Bruder mit dem Krieg zu tun?« Seine Stimme klang nicht mehr so selbstsicher.

»Ich will ehrlich zu Ihnen sein. Wir wissen, daß diese Frau

eine deutsche Spionin ist. Und wir wissen, daß sie Hilfe von Ihnen wollte. Und wenn Sie jetzt nicht den Mund aufmachen, sehen wir uns gezwungen, zu drastischeren Mitteln zu greifen.«

Pope blickte zu Harry, als sei Harry zu seinem Anwalt bestellt worden. »Ich kann ihm nicht sagen, was er wissen will, weil ich nichts weiß. Ich habe die Frau nie im Leben gesehen.«

Vicary machte ein enttäuschtes Gesicht. »Dann sind Sie hiermit verhaftet.«

»Unter welcher Anklage?«

»Spionage.«

»Spionage? Das können Sie nicht tun. Sie haben keine Beweise.«

»Ich habe genug Beweise, um Sie einzusperren, bis Sie schwarz werden.« Vicarys Stimme hatte einen drohenden Unterton angenommen. »Wenn Sie den Rest Ihres Lebens nicht in einer dreckigen, stinkenden Zelle verbringen wollen, dann rate ich Ihnen, endlich zu reden.«

Pope blinzelte nervös, und sein Blick wanderte von Vicary zu Harry. Er gab sich geschlagen. »Ich habe Vernon angefleht, den Job nicht zu übernehmen, aber er wollte nicht hören«, sagte er. »Er wollte ihr nur an die Wäsche. Ich wußte von Anfang an, daß mit der etwas nicht stimmt.«

»Was wollte sie von Ihnen?« fragte Vicary.

»Sie wollte, daß wir drei Tage lang einen amerikanischen Offizier beobachten. Sie wollte einen umfassenden Bericht über das, was er in London so treibt. Sie hat zweihundert Mäuse dafür hingelegt. Sie hat sich seitdem oft mit ihm getroffen.«

»Wo?«

»In Lokalen, in seinem Haus.«

»Woher wissen Sie das?«

»Wir sind ihnen gefolgt.«

»Wie heißt sie?«

»Catherine, den Nachnamen weiß ich nicht.«

»Und wie heißt der Offizier?«

»Commander Peter Jordan, US Navy.«

Vicary ließ Robert Pope und Dicky Dobbs sofort in Haft nehmen. Er sah keinen Grund, einem notorischen Dieb und Lügner gegenüber sein Wort zu halten. Außerdem konnte er sie nicht frei herumlaufen lassen. Vicary veranlaßte, daß sie in einem MI5-Gefängnis außerhalb Londons auf Eis gelegt wurden.

Harry Dalton telefonierte mit den Amerikanern am Grosvenor Square und fragte, ob im SHAEF-Hauptquartier ein amerikanischer Marineoffizier namens Peter Jordan bekannt sei. Fünfzehn Minuten später rief jemand zurück und fragte: »Wer will das wissen?« Harry erkundigte sich nach Jordans Aufgabenbereich, darauf sagte der Amerikaner: »Auf jeden Fall ist er in einer höheren Soldgruppe als Sie – als Sie und ich.«

Harry berichtete Vicary von dem Gespräch. Vicary spürte, wie das Blut aus seinem Gesicht wich.

In den folgenden anderthalb Stunden war Sir Basil unauffindbar. Es war noch früh, und er war noch nicht im Büro erschienen. Vicary rief bei ihm zu Hause am Cadogan Square an, doch ein unwirscher Butler sagte, daß Sir Basil bereits fortgegangen sei. Seine Sekretärin hielt sich sehr bedeckt und gab lediglich preis, daß sie ihn in Bälde erwarte. Wenn man den Gerüchten im Haus glauben durfte, fühlte sich Boothby von seinen Feinden verfolgt und gab daher grundsätzlich nur vage Auskünfte über seinen Verbleib. Dann, kurz nach neun Uhr, traf er endlich im Büro ein. Er machte einen ungemein selbstzufriedenen Eindruck. Vicary, der seit fast zwei Tagen nicht geduscht, nicht geschlafen und die Kleidung nicht gewechselt hatte, folgte ihm nach drinnen und teilte ihm die Neuigkeit mit.

Boothby trat an seinen Schreibtisch und nahm den Hörer seines Sicherheitstelefons ab. Er wählte eine Nummer und wartete. »Hallo, General Betts? Hier spricht Boothby vom MI5. Ich brauche Auskünfte über einen amerikanischen Marineoffizier namens Peter Jordan.«

Pause. Boothby trommelte mit den Fingern auf dem Schreibtisch, und Vicary zog mit seiner abgewetzten Schuhspitze das Muster auf Boothbys Perserteppich nach.

Boothby sagte: »Ja, ich bin noch dran ... Er ist was? Um Himmels willen! Suchen Sie Eisenhower. Ich muß ihn sofort sprechen. Das Büro des Premierministers verständige ich selbst. Ich fürchte, wir haben ein ziemlich ernstes Problem.«

Boothby legte den Hörer auf und sah Vicary an. Sein Gesicht war aschfahl.

Kalter Nebel hing wie Pulverdampf über Hampstead Heath. Catherine Blake saß auf einer Bank unter Buchen und rauchte eine Zigarette. Sie hatte mehrere hundert Meter freie Sicht nach allen Seiten. Sie war überzeugt, daß sie allein war. Neumann tauchte aus dem Nebel auf, die Hände tief in den Jackentaschen vergraben. Er ging wie ein Mann, der kein bestimmtes Ziel hatte. Als er nur noch wenige Schritte entfernt war, sagte Catherine: »Ich möchte mit Ihnen reden. Schon in Ordnung, wir sind allein.« Er setzte sich neben sie auf die Bank. Sie gab ihm eine Zigarette, die er an ihrer anzündete.

Sie reichte ihm einen Umschlag, der die beiden Filmrollen enthielt. »Ich bin fest davon überzeugt, daß es das ist, wonach wir gesucht haben«, sagte sie. »Er hat es letzte Nacht mit nach Hause gebracht – ein Dokument mit Einzelheiten über seine Arbeit. Ich habe es komplett fotografiert.«

Neumann steckte den Umschlag ein. »Gratuliere, Catherine. Ich sorge dafür, daß es sicher in die Hände unseres Freundes von der portugiesischen Botschaft gelangt.«

»Auf dem einen Film ist noch etwas anderes drauf«, sagte sie. »Ich habe Vogel gebeten, uns rauszuholen. In letzter Zeit ist einiges schiefgelaufen. Ich glaube, daß meine Tarnung bald auffliegt.«

»Wollen Sie mit mir darüber reden?«

»Je weniger Sie wissen, desto besser, glauben Sie mir.«

»Sie sind der Profi. Ich bin nur der Laufbursche.«

»Halten Sie sich bereit, damit wir jederzeit verschwinden können.«

Sie stand auf und ging weg.

»Treten Sie ein, und nehmen Sie Platz, Alfred«, sagte Boothby. »Ich fürchte, wir sitzen ganz schön in der Tinte.« Er deutete auf einen der Stühle vor seinem Schreibtisch. Er war gerade zur Tür hereingekommen, und sein Kaschmirmantel hing wie ein Cape über seinen Schultern. Er streifte ihn ab und gab ihn seiner Sekretärin, die ihn wie ein Apportierhund ansah und auf seine nächsten Befehle wartete. »Kaffee, bitte. Und keine Störungen. Danke.«

Vicary sank auf den Stuhl. Er war verärgert. Sir Basil war drei Stunden fort gewesen. Vicary hatte nur noch gesehen, wie er zur Tür hinausgerannt war und dabei etwas von »Mulberries« gemurmelt hatte. Der Deckname sagte Vicary nichts. Er war die ganze Zeit in seinem Büro auf und ab getigert und hatte sich gefragt, wie groß der Schaden wirklich sein mochte. Und noch etwas anderes hatte ihn beschäftigt. Von Anfang an hatte *er* den Fall bearbeitet, und doch war es Boothby, der Eisenhower und Churchill Bericht erstattete.

Die Sekretärin kam herein, in der Hand ein Tablett mit einer silbernen Kaffeekanne und zierlichen Porzellantassen darauf. Sie stellte es vorsichtig auf Boothbys Schreibtisch und entfernte sich. Boothby schenkte ein. »Milch, Alfred? Echte.«

»Ja, danke.«

»Was ich Ihnen jetzt mitteile, unterliegt höchster Geheimhaltung«, begann Boothby. »Nur sehr wenige Leute wissen davon – eine Handvoll Invasionsplaner der höchsten Ebene und die Leute, die an dem Projekt direkt arbeiten. Selbst ich habe nur das Nötigste gewußt. Bis heute.«

Boothby faßte in seine Aktentasche, zog eine Karte hervor und breitete sie auf dem Tisch aus. Er setzte seine Lesebrille auf, was er in Vicarys Beisein noch nie getan hatte.

»Hier sind die Strände in der Normandie«, sagte er und tippte mit seinem goldenen Füller auf die Karte. »Und hier ist die Baie de la Seine. Die Invasionsplaner sind davon überzeugt, daß es nur eine Möglichkeit gibt, Truppen und Kriegsgerät so schnell an Land zu bringen, wie es die Operation erfordert: Wir brauchen einen großen, voll funktionsfähigen Hafen. Andernfalls endet die Invasion in einem totalen Fiasko.«

Vicary, der aufmerksam lauschte, nickte.

»Die Sache hat nur einen Haken«, fuhr Boothby fort. »Wir haben nicht die Absicht, einen Hafen zu erobern. Und hier haben wir die Lösung.« Boothby faßte abermals in die Tasche und zog eine zweite Karte desselben französischen Küstenabschnitts hervor, nur daß auf dieser entlang der Küste eine Reihe von Markierungen eingezeichnet waren. »Der Deckname lautet *Operation Mulberry*. Wir bauen hier in Großbritannien zwei komplette *künstliche* Häfen und schleppen sie am Tag der Invasion über den Kanal.«

»Gütiger Himmel«, murmelte Vicary.

»Sie werden jetzt in eine sehr exklusive Bruderschaft aufgenommen, Alfred, hören Sie also gut zu.« Boothby tippte wieder mit seinem Füllhalter auf die Karte. »Dies hier sind riesige

Schwimmplattformen aus Stahl. Sie werden ein paar Meilen vor der Küste vertäut. Sie sollen die Wellen dämmen, die gegen die Küste branden. Hier werden wir nebeneinander mehrere alte Handelsschiffe versenken, um eine Mole zu errichten. Dieser Teil der Operation trägt den Namen *Gooseberry*. Dies hier sind schwimmende Pontonpiers mit Moleköpfen an ihrem Ende. Unsere Schiffe legen an den Moleköpfen an. Ihre Fracht wird direkt auf Lastwagen verladen und an Land gebracht.«

»Unglaublich«, sagte Vicary.

»Das Rückgrat des gesamten Projekts sind diese Dinger – hier, hier und hier«, sagte Boothby, wobei er auf drei Punkte tippte. »Ihr Deckname ist *Phönix*. Es handelt sich um riesige Senkkästen aus Stahl und Beton. Sie werden über den Kanal geschleppt und als innere Wellenbrecher in einer Reihe versenkt. Sie bilden die kritischste Komponente der *Operation Mulberry*.« Boothby zögerte einen Moment. »Commander Peter Jordan ist mit der Durchführung dieser Operation betraut.«

»Mein Gott«, entfuhr es Vicary.

»Ich fürchte, es kommt noch schlimmer. Beim Projekt *Phönix* sind Schwierigkeiten aufgetreten. Laut Plan sollen einhundertfünfzig solcher Senkkästen gebaut werden. Sie sind riesig, bis zu zwanzig Meter hoch. Einige verfügen sogar über Mannschaftsunterkünfte und Flakgeschütze.

Das erfordert enorme Mengen an Beton und Stahlträgern und sehr viele qualifizierte Facharbeiter. Das Projekt leidet von Anfang an unter Baustoffmangel, und deshalb kam es zu erheblichen Verzögerungen.«

Boothby faltete die Karten zusammen und verschloß sie in seiner Schreibtischschublade. »Gestern abend erhielt Commander Peter Jordan den Befehl, die Baustellen im Süden zu inspizieren und sich ein Bild davon zu machen, ob die Senkkästen rechtzeitig fertiggestellt werden können. Er hat das Gebäude am Grosvenor Square mit einer Aktentasche verlassen, die an sein Handgelenk gekettet war. In der Aktentasche befanden sich die *Phönix*-Pläne.«

»Allmächtiger«, sagte Vicary. »Warum zum Teufel hat er das getan?«

»Das Haus, in dem er hier in London wohnt, gehört seiner Familie. Es verfügt über einen Safe. Die Jungs von der Personalsicherheit haben ihn sich angesehen und ihr Ja gegeben.«

Soweit wäre es nie gekommen, wenn Boothby meine Warnung weitergegeben hätte! dachte Vicary und sagte: »Wenn Commander Jordan bestohlen worden ist, könnte also ein großer Teil der Pläne für *Operation Mulberry* den Deutschen in die Hände gefallen sein.«

»Ich fürchte, ja«, sagte Boothby. »Und damit nicht genug. Wer *Mulberry* kennt, kennt auch das Geheimnis der Invasion. Das liegt in der Natur der Sache. Wenn sie entdecken, daß wir einen künstlichen Hafen bauen, dann wissen sie auch, daß wir in der Normandie kommen.«

»Wer zum Teufel ist dieser Commander Peter Jordan eigentlich?«

Boothby stöberte wieder in seiner Tasche. Er brachte ein dünnes Dossier zum Vorschein und warf es über den Tisch. »Er war früher Chefingenieur bei der Northeast Bridge Company. Das Unternehmen gehört zu den größten Brückenbauern in Amerika. Er galt als eine Art Wunderkind. Er wurde aufgrund seiner Erfahrung mit großen Bauprojekten bei der *Operation Mulberry* eingesetzt.«

»Wo ist er jetzt?«

»Immer noch im Süden bei der Inspektion der Baustellen. Er wird gegen sieben am Grosvenor Square zurückerwartet. Um acht Uhr soll er Eisenhower und Ismay von seinen Eindrücken berichten. Ich möchte, daß Sie und Harry ihn am Grosvenor Square abfangen und in das Haus in Richmond bringen. Dort werden wir ihn vernehmen. Ich möchte, daß Sie das Verhör führen, Alfred.«

»Vielen Dank, Sir Basil.« Vicary erhob sich.

»Sie werden Jordans Hilfe brauchen, um den Agentenring aufzudecken.«

»Das stimmt«, sagte Vicary. »Aber wir dürften noch mehr Hilfe brauchen, je nachdem, wie groß der entstandene Schaden ist.«

»Haben Sie schon eine Idee, Alfred?«

»Vielleicht. Ich würde mich gern in Jordans Haus umsehen, bevor ich ihn vernehme. Irgendwelche Einwände?«

»Nein«, sagte Boothby. »Aber gehen Sie behutsam vor, Alfred, sehr behutsam.«

»Keine Sorge. Ich werde diskret sein.«

»Einige Watchers sind auf solche Dinge wie Einbruch spezialisiert.«

»Ich habe für den Job schon jemanden im Auge.«

Harry Dalton stocherte mit dem dünnen Metallwerkzeug im Schloß von Peter Jordans Haustür. Vicary stand mit dem Gesicht zur Straße und schirmte ihn gegen etwaige Blicke ab. Gleich darauf hörte Vicary das leise Klicken eines nachgebenden Schlosses. Harry öffnete die Tür wie ein Meisterdieb und trat ein, als gehöre das Haus ihm.

»Sie können das aber verdammt gut«, sagte Vicary.

»Ich habe das mal im Kino gesehen.«

»Irgendwie kann ich das nicht glauben.«

»Ich wußte schon immer, daß Sie ein intelligenter Bursche sind.« Harry schloß die Tür und sagte: »Treten Sie sich die Füße ab.«

Vicary öffnete die Tür zum Wohnzimmer und ging hinein. Sein Blick glitt über die Ledersessel, die Teppiche, die Fotos von Brücken an den Wänden. Er trat an den Kamin und betrachtete die silbergerahmten Bilder auf dem Sims. »Das muß seine Frau sein«, sagte Harry. »Sie war schön.«

»Ja«, sagte Vicary. Er hatte in aller Eile die Akte und den Lebenslauf Jordans gelesen, die er von Boothby erhalten hatte. »Sie hieß Margaret Lauterbach-Jordan. Sie starb einen Tag vor Kriegsausbruch bei einem Autounfall auf Long Island.«

Sie gingen über den Flur und warfen einen Blick ins Eßzimmer und in die Küche. Harry wollte die nächste Tür öffnen, doch sie war abgeschlossen. »Aufmachen«, sagte Vicary.

Harry kniete sich hin und schob sein Einbruchsinstrument ins Schloß. Einen Moment später gab der Riegel nach, und sie traten ins Arbeitszimmer. Vicary knipste die Schreibtischlampe an und sagte: »Ein idealer Platz zum Fotografieren von Dokumenten.« Der Safe stand neben dem Schreibtisch. Er war alt und wog bestimmt fünf Zentner. Vicary untersuchte die Beine und stellte fest, daß sie mit dem Boden verschraubt waren. »Werfen wir mal einen Blick nach oben.«

Es gab drei Schlafzimmer – zwei gingen auf die Straße hinaus, ein drittes, das größte, auf die rückwärtige Seite. Die beiden vorderen waren offensichtlich Gästezimmer. Die Schränke waren leer, und die Zimmer hatten keinerlei persönliche Note. Vicary ging in Jordans Zimmer, und Harry folgte ihm. Das große Doppelbett war nicht gemacht. Die Fenster, deren Rollos hochgezogen waren, gingen auf einen kleinen, ungepflegten Garten hinaus, den eine Mauer umgab. Vicary öffnete den Kleiderschrank und sah hinein – zwei Uniformen der US Navy, mehrere Zivilhosen aus feinem Wollstoff, ein Stapel Pullover und einige zusammengelegte Hemden, die den Namen eines Herrenmodegeschäfts in Manhattan trugen. Er schloß den Schrank wieder und sah sich im Zimmer um. Wenn sie hier gewesen war, so hatte sie jedenfalls keine Spur hinterlassen – nur ein Hauch Parfum hing in der Luft und erinnerte Vicary an den Duft, den Helen immer aufgelegt hatte.

Wer spricht da, bitte? Verdammt noch mal!

Vicary sah Harry an und sagte: »Gehen Sie runter, öffnen Sie leise die Tür zum Arbeitszimmer, gehen Sie rein und schließen Sie sie wieder.«

Zwei Minuten später kam Harry zurück. »Haben Sie etwas gehört?«

»Keinen Laut.«

»Das heißt, sie könnte nachts in sein Arbeitszimmer geschlichen sein und alles fotografiert haben, was er mit nach Hause gebracht hat.«

»Ja, davon müssen wir ausgehen. Gehen Sie mal ins Badezimmer. Sehen Sie nach, ob sie irgendeinen persönlichen Gegenstand hiergelassen hat.«

Vicary konnte hören, wie Harry im Arzneischränkchen stöberte. Er kehrte ins Schlafzimmer zurück und sagte: »Nichts, was einer Frau gehört.«

»In Ordnung. Fürs erste habe ich genug gesehen.«

Sie gingen wieder nach unten, vergewisserten sich, daß die Tür zum Arbeitszimmer zugesperrt war, und verließen das Haus. Sie hatten um die Ecke geparkt. Als sie auf den Gehweg einbogen, hob Vicary den Blick zu der Terrasse des Hauses gegenüber. Er senkte ihn sofort wieder. Er hätte schwören können, daß er in dem dunklen Fenster ein Gesicht gesehen hatte. Ein Männergesicht – dunkle Augen, schwarze Haare, schmale Lippen. Er spähte noch einmal verstohlen nach oben, doch das Gesicht war verschwunden.

Horst Neumann spielte mit sich selbst ein Spiel, um sich die leidige Warterei zu verkürzen: Er prägte sich Gesichter ein. Er hatte es darin zu einer gewissen Meisterschaft gebracht. Er konnte in einem Zug oder auf einem belebten Platz mehrere Gesichter betrachten, sie in seinem Gedächtnis speichern und dann eines nach dem anderen vor sein geistiges Auge treten lassen, so wie man in einem Fotoalbum blättert. Er fuhr die Strecke Hunstanton – Liverpool Street so oft, daß er ständig Gesichter sah, die ihm bereits vertraut waren. Da war zum Beispiel der pummelige Vertreter, der immer das Knie seiner Freundin tätschelte, bevor er sich in Cambridge mit einem Kuß von ihr verabschiedete und nach Hause zu seiner Frau ging. Die alte Jungfer, die stets den Tränen nahe schien. Oder die Kriegswitwe, die verloren aus dem Fenster starrte und, wie Neumann sich vorstellte, das Gesicht ihres Mannes in der vorüberziehenden graugrünen Landschaft sah. Er kannte alle Leute, die in den Häusern am Cavendish Square wohnten, und er kannte diejenigen, die sich gern auf die Bänke zwischen den noch winterstarren Sträuchern setzten. Es war ein eintöniges Spiel, aber es schärfte seine Sinne und half ihm, sich die Zeit zu vertreiben.

Der dicke Mann kam um drei Uhr – derselbe graue Mantel, derselbe Bowler, derselbe nervöse Gesichtsausdruck eines Biedermanns, der eine Verbrecherkarriere anstrebt. Der Diplomat schloß die Haustür auf und trat ein. Neumann überquerte den Platz und warf den Umschlag mit dem Film durch den Schlitz. Er hörte das vertraute Stöhnen des Dicken, als er sich bückte, um ihn aufzuheben.

Neumann kehrte zu seinem Beobachtungsposten auf dem Platz zurück und wartete. Ein paar Minuten später erschien der Diplomat wieder, suchte sich ein Taxi und fuhr davon. Neumann wartete noch eine Weile, um sich zu vergewissern, daß das Taxi nicht verfolgt wurde.

Neumann hatte noch zwei Stunden, bevor sein Zug ging. Er stand auf und schlenderte in Richtung Portman Square. Er kam an der Buchhandlung vorüber und sah das Mädchen durch das Schaufenster. Der Laden war leer. Sie saß hinter dem Ladentisch und las in dem Buch von Eliot, das sie ihm letzte Woche verkauft hatte. Anscheinend spürte sie, daß sie beobachtet wurde, denn plötzlich schaute sie auf, als habe sie etwas erschreckt. Dann erkannte sie ihn, lächelte und winkte ihn hinein. Neumann folgte der Aufforderung und trat ein, begleitet von dem Bimmeln des Glöckchens über der Tür. »Es ist Zeit für meine Pause«, sagte sie. »Gegenüber ist ein Café. Wollen Sie mir Gesellschaft leisten? Ich heiße übrigens Sarah.«

Ich muß verrückt geworden sein, dachte Neumann und sagte: »Aber gern, Sarah.«

Regen trommelte leise auf das Dach des Humber. Im Innern des Wagens war es so kalt, daß sie beim Sprechen ihren Atem sahen. Auf dem Grosvenor Square war es ungewöhnlich ruhig, und in der Dunkelheit war kaum etwas zu erkennen. Nach Vicarys Wahrnehmung, hätten sie genausogut vor dem Reichstag in Berlin stehen können. Ein amerikanisches Stabsfahrzeug mit verhüllten Scheinwerfern glitt langsam auf den Platz. Zwei Männer stiegen aus. Keiner von ihnen war Jordan. Gleich darauf tauchte ein Kradmelder aus der Dunkelheit auf und verschwand wieder. Vicary mußte unwillkürlich an Frankreich denken.

Er schloß die Augen, verscheuchte die Bilder der Vergangenheit und sah statt dessen nun das Gesicht des Mannes in dem Fenster in Kensington vor sich. Wahrscheinlich nur ein neugieriger Nachbar, sagte er sich. Doch etwas störte ihn an der Art wie der Mann ein paar Schritte hinter der Scheibe gestanden hatte, und auch die Dunkelheit in dem Raum. Er vergegenwärtigte sich das Gesicht des Mannes nun ganz bewußt: dunkles Haar, dunkle Augen, schmaler Mund, blasse Haut. Sein Äußeres ließ nur schwer auf seine Nationalität schließen. Vielleicht ein Deutscher oder ein Italiener, vielleicht auch ein Grieche oder ein Russe. *Oder ein Engländer.*

Zuerst zündete sich Harry eine Zigarette an, dann Vicary, und einen Augenblick später erfüllte Rauch den Humber. Vicary kurbelte das Fenster herunter, damit die Wolke entweichen konnte. Die Kälte drückte herein und schnitt in sein Gesicht.

»Ich wußte gar nicht, daß Sie so ein Star sind, Harry«, sagte Vicary. »Jeder Polizist in London kennt Ihren Namen.«

»Der Fall Spencer Thomas«, sagte Harry.

»Wie haben Sie ihn gekriegt?«

»Der Blödmann hat alles aufgeschrieben.«

»Wie meinen Sie das?«

»Er wollte die Morde in allen Einzelheiten in Erinnerung behalten, aber er hat seinem Gedächtnis nicht getraut. Deshalb hat er ein bizarres Tagebuch geführt. Ich habe es bei der Durchsuchung seines Zimmers gefunden. Sie wären überrascht, was Menschen alles aufschreiben.«

Keineswegs, dachte Vicary und erinnerte sich an Helens Brief.

Ich habe dir meine Liebe auf eine Weise bewiesen, wie ich es für keinen anderen Mann tun kann. Aber ich bin nicht bereit, um unserer Heirat willen mit meinem Vater zu brechen.

»Wie geht es Grace Clarendon?« fragte Vicary so beiläufig, als handelte es sich lediglich darum, ein Rugby- oder Cricket-Ergebnis in Erfahrung zu bringen. Er hatte sich noch nie nach Grace erkundigt, und so klang die Frage unnatürlich.

»Gut«, antwortete Harry. »Warum fragen Sie?«

»Ich habe sie gestern abend vor Boothbys Büro gesehen.«

»Boothby bittet Grace immer, ihm Akten persönlich ins Büro zu bringen. Grace glaubt, weil ihm ihre Beine gefallen. Das halbe Department glaubt, daß sie was mit ihm hat.«

Vicary waren solche Gerüchte auch schon zu Ohren gekommen: Boothby habe mit jeder im Department geschlafen, die nicht in festen Händen sei, und Grace Clarendon sei eine seiner Lieblingseroberungen gewesen.

Das lasse ich nicht mit mir machen. Schwein. Mieses Schwein!

Vicary hatte angenommen, Boothby habe Grace wegen der Sache mit der Akte bestraft. Aber möglicherweise hatte er nur einen Streit zwischen Liebenden belauscht. Er beschloß, mit Harry nie wieder über Grace zu sprechen.

Einen Moment später fuhr der Wagen auf den Platz. Der erste Eindruck, den Vicary von Jordan hatte, sollte ihm noch lange nachgehen – und ihn leicht irritieren, wie der Geruch von schlechtem Essen, der sich in Kleidern festgesetzt hat. Er hörte das leise Brummen des Wagens und drehte gerade noch rechtzeitig den Kopf, um zu sehen, wie Jordan an seinem Fenster vorbeihuschte. Er sah ihn nur für den Bruchteil einer Sekunde, doch sein Bild prägte sich ihm unauslöschlich ein. Er sah die Augen, die über den Platz glitten, als suchten sie nach verborgenen Feinden. Er sah das energisch nach vorn gereckte Kinn, als habe er sich für einen Kampf gewappnet. Er registrierte die tief in die Stirn gezogene Mütze und den bis zum Hals zugeknöpften Mantel.

Jordans Wagen hielt vor der Nr. 47. Der Motor des Humber sprang an, und in Sekunden hatten sie die kurze Strecke zurückgelegt. Harry stieg aus und heftete sich an Jordans Fersen.

Den Rest nahm Vicary wie eine Pantomime wahr. Harry bat Jordan, mitzukommen und in den zweiten Humber zu steigen, der wie aus dem Nichts aufgetaucht war. Jordan starrte Harry an, als sei er von einem anderen Stern.

Harry wies sich mit der ausgesuchten Höflichkeit eines Londoner Polizisten aus. Jordan gab ihm ziemlich deutlich zu verstehen, daß er sich zum Teufel scheren solle. Darauf packte ihn Harry am Arm, ein bißchen zu fest, beugte sich zu ihm hinüber und raunte ihm etwas ins Ohr.

Jordan erbleichte.

37

Richmond an der Themse, England

Das rote Backsteinhaus war von der Landstraße aus nicht zu sehen. Es stand am höchsten Punkt des Grundstücks am Ende eines langen gewundenen Schotterwegs. Vicary, der allein im kalten Fond des Humber saß, nahm ein schwaches Licht wahr, als sie sich dem Haus näherten. Während der Fahrt hatte er die Unterlagen aus Jordans Aktentasche gelesen. Seine Augen brannten, und in seinem Kopf hämmerte es. Wenn die Abwehr in den Besitz dieser Dokumente gelangte, konnte sie mit ihrer Hilfe das Geheimnis der Invasion lüften. Sie konnte die Lügen und Finten von Double Cross und *Fortitude* durchschauen. Und damit konnten die Deutschen den Krieg gewinnen! Vicary stellte sich die Szene in Berlin vor. Hitler würde vor Freude außer sich sein. *Und das alles nur, weil ich nicht imstande war, diese verfluchte Spionin zu fassen.*

Vicary wischte ein Guckloch in die beschlagene Scheibe. Im Haus selbst war es dunkel, nur über dem Eingang brannte eine einzelne gelbe Lampe. Der MI5 hatte es vor dem Krieg verschuldeten Verwandten des einstigen Besitzers abgekauft. Es sollte für geheime Treffen, Verhöre oder die Unterbringung gefährdeter Personen genutzt werden. Da es aber die meiste Zeit leer stand, war es verwittert und heruntergekommen und sah so aus, als sei es von einer Armee auf dem Rückzug geräumt worden. Nur das Dutzend schwarzer Stabsfahrzeuge, die wahllos in der von Unkraut überwucherten Einfahrt parkten, deutete darauf hin, daß es gerade bewohnt war.

Ein britischer Marineinfanterist tauchte aus dem Dunkeln auf und öffnete Vicary die Wagentür. Er führte ihn in die kühle Eingangshalle und durch mehrere Räume – einen Salon mit verhüllten Möbeln, eine Bibliothek mit leeren Bücherregalen – und schließlich durch eine Flügeltür in ein großes Zimmer, dessen Glastüren auf die dunkle Parkanlage hinausgingen. Es roch nach dem Rauch eines Holzfeuers, nach Brandy und schwach nach nassem Hund. Ein Billardtisch war auf die Seite gerückt und durch einen langen Konferenztisch ersetzt worden. Im Kamin prasselte ein Feuer. Zwei dunkeläugige Amerikaner vom Sicherheitsdienst des SHAEF saßen still wie Ministranten auf den Stühlen, die den Flammen am nächsten standen. Basil Boothby ging langsam im Schatten auf und ab.

Vicary ging zu seinem Platz am Tisch. Er stellte Jordans Aktentasche neben dem Stuhl auf den Boden und begann bedächtig, seine eigene auszupacken. Er schaute kurz auf, fing Boothbys Blick auf und nickte. Er hörte, wie die Tür aufging und zwei Personen über den Parkettboden schritten. Harry erkannte er am Gang, und von den anderen Schritten wußte er, daß sie Peter Jordan gehörten.

Einen Augenblick später hörte er, wie der Stuhl auf der gegenüberliegenden Seite des Tisches unter Jordans Gewicht knackte. Er sah ihn noch immer nicht an. Er zog ein Notizbuch und einen gelben Bleistift hervor und legte beides vorsichtig auf den Tisch, als lege er ein festliches Gedeck auf. Dann fischte er Jordans Akte aus der Tasche und nahm Platz. Er schlug sein Notizbuch auf und leckte an der Spitze des Bleistifts.

Dann endlich hob er den Kopf und sah Peter Jordan zum ersten Mal in die Augen.

»Wie haben Sie sie kennengelernt?«

»Ich bin bei der Verdunkelung mit ihr zusammengestoßen.«

»Wie meinen Sie das?«

»Ich bin ohne Taschenlampe auf dem Gehweg entlanggegangen und mit ihr zusammengeprallt. Sie trug eine Einkaufstüte bei sich, und alle Sachen fielen auf die Straße.«

»Wo war das?«

»In Kensington, vor dem *Vandyke Club.*«

»Wann?«

»Vor ungefähr zwei Wochen.«

»Wann genau?«

»Mein Gott, ich erinnere mich nicht! Es könnte ein Montag gewesen sein.«

»Um wieviel Uhr?«

»Gegen sechs Uhr abends.«

»Mit welchem Namen stellte sie sich vor?«

»Catherine Blake.«

»Waren Sie ihr vorher schon einmal begegnet?«
»Nein.«
»Hatten Sie sie vor diesem Abend schon einmal gesehen?«
»Nein.«
»Sie haben sie nicht gekannt?«
»Nein.«
»Und wie lange waren Sie an diesem ersten Abend mit ihr zusammen?«
»Keine Minute.«
»Haben Sie sich mit ihr verabredet?«
»Nicht direkt. Ich lud sie ein, irgendwann mal etwas mit mir trinken zu gehen. Sie sagte, gerne, und ging weg.«
»Gab sie Ihnen ihre Adresse?«
»Nein.«
»Eine Telefonnummer?«
»Nein.«
»Wie wollten Sie sie dann erreichen?«
»Gute Frage. Ich dachte, sie wolle mich nicht wiedersehen.«
»Wann sahen Sie sie wieder?«
»Am nächsten Abend.«
»Wo?«
»In der Bar des Hotel *Savoy*.«
»Unter welchen Umständen?«
»Ich trank gerade ein Glas mit einem Freund.«
»Sein Name?«
»Shepherd Ramsey.«
»Und Sie sahen sie in der Bar?«
»Ja.«
»Und sie kam an Ihren Tisch?«
»Nein, ich ging zu ihr hin.«
»Was geschah dann?«
»Sie sagte, sie habe sich dort mit einem Mann verabredet, sei aber versetzt worden. Ich lud sie zu einem Drink ein. Sie wollte aber lieber gehen. Und so gingen wir.«
»Wohin gingen Sie?«
»Zu mir nach Hause.«
»Was taten Sie?«
»Sie kochte etwas, und dann aßen wir gemeinsam zu Abend. Wir redeten eine Weile, dann ging sie nach Hause.«
»Waren Sie an diesem Abend mit ihr im Bett?«

»Hören Sie mal, ich werde Ihnen nicht …«

»Doch, das werden Sie, Commander Jordan! Und jetzt beantworten Sie meine Frage. Waren Sie an diesem Abend mit ihr im Bett?«

»Nein.«

»Sagen Sie mir die Wahrheit?«

»Wie bitte?«

»Ich habe gefragt, ob Sie mir die Wahrheit sagen.«

»Selbstverständlich.«

»Sie haben also nicht die Absicht, mich heute abend anzulügen, Commander Jordan?«

»Nein.«

»Gut, das möchte ich Ihnen auch nicht geraten haben. Sie sitzen so schon tief genug in der Tinte. Fahren wir fort.«

Vicary änderte abrupt den Kurs und steuerte mit Jordan in ruhigere Gewässer. Eine Stunde lang ging er Jordans Lebenslauf durch: seine Kindheit auf der West Side von Manhattan, seine Ausbildung am Rensselaer Polytechnic Institute, seine Arbeit bei der Northeast Bridge Company, seine Heirat mit der Debütantin Margaret Lauterbach, ihren Tod bei einem Autounfall im August 1939 auf Long Island. Vicary benutzte keine Notizen und stellte seine Fragen so, als kenne er die Antworten nicht, obwohl er sich auf der Fahrt Jordans Akte eingeprägt hatte. Er machte klar, daß er den Verlauf des Gesprächs bestimmte. Sobald er den Eindruck hatte, daß es Jordan zu wohl wurde, verunsicherte er ihn. Und die ganze Zeit über schrieb er eifrig mit. Das Verhör wurde mit versteckten Mikrofonen aufgenommen, und dennoch kritzelte er in sein kleines Notizbuch, als sei es die einzige Chronik der Ereignisse dieses Abends. Das nervtötende Kratzen seines Stifts auf dem Papier untermalte Jordans Aussagen ohne Unterbrechung. Und alle paar Minuten wurde Vicarys Bleistift stumpf. Dann entschuldigte er sich und zwang Jordan innezuhalten, öffnete umständlich seine Aktenmappe und zog einen neuen hervor. Er entnahm ihr jedesmal nur einen Stift, nie einen zweiten als Ersatz. Und jedesmal schien die Suche länger zu dauern als beim letzten Mal. Harry, der aus einer dunklen Ecke zusah, bewunderte Vicarys Vorstellung. Vicary wollte, daß Jordan ihn unterschätzte, daß er ihn für einen Trottel hielt. Rede endlich, du Stockfisch, dachte Harry, sonst schneidet er dir die

Eier ab. Vicary schlug eine neue Seite in seinem Notizbuch auf und kramte einen neuen Stift hervor.

»Sie ist keine Engländerin, und ihr Name ist nicht Catherine Blake. Ihr richtiger Name ist Anna Katarina von Steiner. Doch ich werde sie nie wieder bei diesem Namen nennen, und ich möchte, daß Sie ihn sofort wieder aus Ihrem Gedächtnis streichen. Meine Gründe werden Ihnen später klar werden. Sie wurde vor dem Ersten Weltkrieg in London geboren. Ihre Mutter war Engländerin, ihr Vater Deutscher. Sie kehrte im November 1938 unter Benutzung eines falschen niederländischen Passes nach England zurück. Erkennen Sie sie auf dem Foto?«

»Ja. Sie sieht heute zwar anders aus, aber sie ist es.«

»Wir vermuten, daß sie den deutschen Geheimdienst durch ihre Herkunft und ihre Sprachkenntnisse auf sich aufmerksam machte. Wir glauben, daß sie irgendwann 1936 angeworben und in ein Lager in Bayern geschickt wurde, wo sie eine Ausbildung in Funk- und Chiffriertechnik absolvierte und ein spezielles Training für ihre Agententätigkeit durchlief. Um ihre Einreise zu verschleiern, hat sie in Norfolk auf brutale Weise eine Frau ermordet. Wir gehen davon aus, daß sie noch drei weitere Menschen umgebracht hat.«

»Es fällt mir sehr schwer, das zu glauben.«

»Sie können mir getrost glauben. Sie ist nicht wie die anderen. Die meisten deutschen Spione waren nutzlose Idioten, schlecht geschult und ihrer Aufgabe in keiner Weise gewachsen. Wir haben diese Agentenringe gleich bei Kriegsbeginn ausgehoben. Aber wir glauben, daß Anna von Steiner ein anderer Typ von Agent ist, eine Topspionin. Wir nennen solche Leute Schläfer. Sie hat nie ihr Funkgerät benutzt. Und soweit wir wissen, hat sie nie an einer anderen Operation mitgewirkt. Sie hat sich einfach in der britischen Gesellschaft eingenistet und darauf gewartet, daß sie aktiviert wird.«

»Warum hat sie ausgerechnet mich ausgewählt?«

»Erlauben Sie mir, die Frage anders zu stellen, Commander Jordan: Hat Catherine Blake Sie ausgewählt, oder haben Sie Catherine Blake ausgewählt?«

»Worauf wollen Sie hinaus?«

»Ganz einfach. Ich will nur wissen, ob Sie den Deutschen unsere Geheimnisse verkauft haben.«

»Nein!«

»Ich will wissen, warum Sie uns verraten haben.«

»Ich habe niemanden verraten.«

»Ich will wissen, warum Sie als Agent für den deutschen Geheimdienst arbeiten.«

»Das ist doch lächerlich.«

»Ist es das wirklich? Was sollen wir glauben? Sie haben mit einer deutschen Topagentin in Großbritannien eine Affäre angefangen. Sie nehmen eine Aktentasche voller Geheimmaterial mit nach Hause. Warum? Warum haben Sie ihr nicht einfach *gesagt*, worum es bei der *Operation Mulberry* geht? Hat sie Sie gebeten, das Material mit nach Hause zu bringen, damit sie es fotografieren konnte?«

»Nein.«

»Haben Sie es von sich aus für sie mit nach Hause genommen?«

»Nein.«

»Warum liefen Sie dann mit dieser Tasche durch die Gegend?«

»Weil ich am nächsten Morgen in aller Frühe zur Inspektion der Baustellen in den Süden fahren mußte. Zwanzig Leute können das bezeugen. Die Sicherheitsabteilung hat mein Haus und den Safe inspiziert. Unter bestimmten Umständen darf ich geheime Dokumente mitnehmen, wenn ich sie im Safe verschließe.«

»Nun, das war offensichtlich ein schwerer Fehler. Denn ich glaube, daß Sie die Dokumente mit nach Hause genommen haben, um sie Catherine Blake zu geben.«

»Das ist nicht wahr.«

»Ich bin mir noch nicht sicher, ob Sie ein deutscher Agent sind oder ob Sie nur dazu verführt wurden, für Deutschland zu spionieren.«

»Rutschen Sie mir doch den Buckel runter! Mir reicht es jetzt.«

»Ich möchte wissen, ob Sie uns aus sexuellen Gründen verraten haben.«

»Nein.«

»Ich möchte wissen, ob Sie uns für Geld verraten haben.«

»Ich brauche kein Geld.«

»Machen Sie gemeinsame Sache mit der Frau, die uns unter dem Namen Catherine Blake bekannt ist?«

»Nein!«

»Haben Sie der Frau, die uns unter dem Namen Catherine Blake bekannt ist, absichtlich oder wissentlich Geheimmaterial der Alliierten zugespielt?«

»Nein.«

»Stehen Sie in den Diensten des deutschen militärischen Geheimdienstes?«

»Lächerliche Frage.«

»Antworten Sie!«

»Nein, verdammt noch mal! Nein.«

»Unterhalten Sie eine sexuelle Beziehung zu der Frau, die uns unter dem Namen Catherine Blake bekannt ist?«

»Das ist allein meine Sache.«

»Nicht mehr, Commander. Ich frage Sie noch einmal: Unterhalten Sie eine sexuelle Beziehung zu Catherine Blake?«

»Ja.«

»Lieben Sie Catherine Blake? Commander, haben Sie die Frage verstanden? Commander? Commander Jordan, lieben Sie Catherine Blake?«

»Bis vor ein paar Stunden war ich in eine Frau namens Catherine Blake verliebt. Ich wußte nicht, daß sie eine deutsche Agentin ist, und ich habe ihr wissentlich keine Geheimnisse der Alliierten verraten. Das müssen Sie mir glauben.«

»Ich weiß nicht so recht, Commander Jordan. Aber fahren wir fort.«

»Sie sind letzten Oktober zur Navy gekommen.«

»Das ist richtig.«

»Warum nicht früher?«

»Meine Frau ist tot. Ich wollte meinen Sohn nicht alleine lassen.«

»Warum haben Sie Ihre Meinung geändert?«

»Weil ich dazu aufgefordert wurde, mich zur Navy zu melden.«

»Erzählen Sie mir Näheres darüber.«

»Zwei Männer kamen in mein Büro in Manhattan. Es war offensichtlich, daß sie sich bereits mit meiner Vergangenheit beschäftigt hatten, in beruflicher wie privater Hinsicht. Sie sagten, daß man für ein Projekt, das mit der Invasion im Zusammenhang stehe, meine Hilfe brauche. Was das für ein Projekt war, sagten sie nicht. Sie baten mich, nach Washington zu gehen. Ich sah sie nie wieder.«

»Wie hießen sie?«

»Einer hieß Leamann. An den Namen des anderen kann ich mich nicht mehr erinnern.«

»Waren beide Amerikaner?«

»Leamann war Amerikaner. Der andere war Brite.«

»Aber Sie erinnern sich nicht an seinen Namen?«

»Nein.«

»Wie sah er aus?«

»Er war groß und hager.«

»Nun, das trifft etwa auf die halbe Bevölkerung zu. Was geschah dann in Washington?«

»Nach meiner Sicherheitsüberprüfung wurde ich über *Mulberry* informiert und in die aktuellen Pläne eingeweiht.«

»Warum hat man Sie gebraucht?«

»Man wollte jemanden, der Erfahrung mit großen Bauprojekten hat. Meine Firma hat einige der größten Brücken an der Ostküste gebaut.«

»Und was war Ihr erster Eindruck?«

»Ich hielt *Mulberry* für realisierbar, aber der Zeitplan war lächerlich – viel zu optimistisch. Ich wußte sofort, daß es zu Verzögerungen kommen würde.«

»Und zu welchem Ergebnis sind Sie bei der heutigen Inspektion gekommen?«

»Daß wir mit dem Projekt tatsächlich bedrohlich in Verzug geraten sind. Die Chancen, die Phönixe noch rechtzeitig fertigzustellen, stehen eins zu drei.«

»Haben Sie das Catherine Blake mitgeteilt?«

»Bitte. Fangen Sie nicht schon wieder damit an.«

»Sie haben meine Frage nicht beantwortet.«

»Nein, ich habe es Catherine Blake nicht mitgeteilt.«

»Haben Sie sie getroffen, bevor wir Sie auf dem Grosvenor Square abgefangen haben?«

»Nein. Ich bin von den Baustellen direkt zum SHAEF gefahren.«

Vicary faßte in seine Aktentasche und legte zwei Fotografien auf den Tisch, eine von Robert Pope, die andere von Dicky Dobbs.

»Haben Sie diese beiden Männer schon einmal gesehen?«

»Sie kommen mir irgendwie bekannt vor, aber ich kann Ihnen nicht sagen, wo ich sie gesehen habe.«

Vicary öffnete Jordans Akte und schlug eine Seite auf. »Erzählen Sie mir von dem Haus, in dem Sie wohnen.«

»Mein Schwiegervater hat es vor dem Krieg gekauft. Er reiste damals häufig aus geschäftlichen und privaten Gründen nach London und wollte ein komfortables Haus, in dem er wohnen konnte, wenn er in der Stadt weilte.«

»Benutzt sonst noch jemand das Haus?«

»Margaret und ich haben dort gewohnt, wenn wir in Europa Ferien machten.«

»Hat die Bank Ihres Schwiegervaters in Deutschland Investitionen getätigt?«

»Ja, viele. Aber aus den meisten Geschäften hat er sich vor Kriegsausbruch wieder zurückgezogen.«

»Hat Ihr Schwiegervater diese Transaktionen persönlich beaufsichtigt?«

»Den Großteil der Arbeit hat ein Mann namens Walker Hardegen erledigt. Er ist die Nummer zwei in der Bank. Er spricht fließend Deutsch und kennt das Land sehr gut.«

»Ist er vor dem Krieg nach Deutschland gereist?«

»Ja, mehrmals.«

»Haben Sie ihn jemals begleitet?«

»Nein, ich hatte nichts mit den Geschäften meines Schwiegervaters zu tun.«

»Hat Walker Hardegen das Haus in London benutzt?«

»Möglich, ich weiß es nicht.«

»Wie gut kennen Sie Walker Hardegen?«

»Sehr gut.«

»Dann sind Sie also befreundet?«

»Das nicht gerade.«

»Sie kennen ihn gut, sind aber nicht mit ihm befreundet?«

»Richtig.«

»Sie sind miteinander verfeindet?«

»Verfeindet wäre ein zu starkes Wort. Wir verstehen uns nur nicht besonders.«

»Warum nicht?«

»Er ging mit meiner Frau, bevor ich sie kennenlernte. Ich glaube, er war immer noch in sie verliebt. Bei meiner Abschiedsparty war er ziemlich betrunken. Er gab mir die Schuld an ihrem

Tod. Sie sei nur deshalb ums Leben gekommen, weil ich ein Geschäft unter Dach und Fach bringen wollte.«

»Ich würde einen Mann, der so etwas zu mir sagt, durchaus als meinen Feind betrachten.«

»Damals hätte ich ihn am liebsten verprügelt.«

»Geben Sie sich selbst die Schuld am Tod Ihrer Frau?«

»Natürlich. Wenn ich sie nicht gebeten hätte, zu diesem lächerlichen Geschäftsessen in die Stadt zu kommen, wäre sie heute noch am Leben.«

»Wieviel weiß Walker Hardegen über Ihre Arbeit?«

»Nichts.«

»Weiß er, daß Sie ein begabter Ingenieur sind?«

»Ja.«

»Weiß er, daß man Sie nach London geschickt hat, um an einem geheimen Projekt zu arbeiten?«

»Das konnte er sich wahrscheinlich zusammenreimen, ja.«

»Haben Sie *Operation Mulberry* jemals in Ihren Briefen nach Hause erwähnt?«

»Niemals. Sie wurden alle von der Militärzensur freigegeben.«

»Haben Sie jemals mit einem Verwandten über *Operation Mulberry* gesprochen?«

»Nein.«

»Mit Freunden?«

»Nein.«

»Auch nicht mit Shepherd Ramsey?«

»Nein.«

»Hat er Sie danach gefragt?«

»Ständig.«

»Haben Sie die Absicht, Catherine Blake wiederzusehen?«

»Nein. Ich will sie nie wiedersehen.«

»Tja, das dürfte kaum möglich sein, Commander Jordan.«

»Wovon reden Sie?«

»Alles zu seiner Zeit. Es ist schon spät. Ich glaube, wir könnten alle etwas Schlaf gebrauchen. Wir machen morgen früh weiter.«

Vicary stand auf und ging zu dem Platz, an dem Boothby saß. Er beugte sich zu ihm hinunter und sagte: »Wir müssen miteinander reden.«

»Ja«, sagte Boothby. »Gehen wir nach nebenan.« Er stemmte sich aus seinem Stuhl und faßte Vicary am Ellbogen. »Das haben

Sie hervorragend gemacht«, sagte er. »Mein Gott, Alfred, seit wann sind Sie so ein Mistkerl?«

Boothby öffnete eine Tür und ließ Vicary den Vortritt. Vicary huschte an ihm vorbei und trat in das Zimmer.

Er traute seinen Augen nicht.

»Hallo, Alfred«, sagte Winston Churchill. »Schön, Sie wiederzusehen, auch wenn ich die Umstände bedauere. Ich möchte Sie mit einem Freund bekanntmachen. Professor Alfred Vicary, das ist General Eisenhower.«

Dwight Eisenhower erhob sich aus seinem Sessel und streckte ihm die Hand entgegen.

Der Raum war früher ein Arbeitszimmer gewesen. In die Wände waren Bücherregale eingebaut, und auf der einen Seite stand ein Schreibtisch mit zwei Ohrensesseln, auf denen Churchill und Eisenhower jetzt saßen. Im Kamin brannte ein helles Holzfeuer, doch es hatte die Kälte im Zimmer nicht mildern können. Eine Wolldecke lag über Churchills Knien. Er kaute an einem ausgegangenen Zigarrenstummel und trank Brandy. Eisenhower steckte sich eine Zigarette an und schlürfte schwarzen Kaffee. Auf dem Tisch zwischen ihnen stand ein kleiner Lautsprecher, über den sie die Vernehmung Jordans mitgehört hatten. Vicary wußte dies, weil die Mikrofone immer noch eingeschaltet waren und das Stühlerücken und Gemurmel im Raum nebenan zu hören war. Boothby glitt nach vorn und drehte die Lautstärke zurück. Die Tür ging auf, und ein fünfter Mann betrat den Raum. Vicary erkannte die große, hünenhafte Gestalt: Brigadegeneral Thomas Betts, der stellvertretende Sicherheitschef des SHAEF und der Mann, der das Geheimnis der Invasion zu hüten hatte.

»Sagt er die Wahrheit, Alfred?« fragte Churchill.

»Ich bin mir nicht sicher«, antwortete Vicary, während er sich an der Anrichte eine Tasse Kaffee einschenkte. »Ich möchte ihm glauben, aber etwas in mir sträubt sich dagegen. Und ich weiß nicht, was es ist.«

»Nichts in seiner Vergangenheit deutet darauf hin«, sagte Boothby, »daß er ein deutscher Agent ist oder daß er uns wissentlich verraten hat. Immerhin sind wir an ihn herangetreten. Er hat sich nicht freiwillig gemeldet, man hat ihn geholt, um an *Mulberry* zu arbeiten. Wäre er die ganze Zeit ein Agent gewesen, hätte er gleich nach Kriegsbeginn bei uns angeklopft und sich um einen wichtigen Posten bemüht.«

»Ganz meine Meinung«, sagte Eisenhower.

»Seine Vergangenheit ist sauber«, fuhr Boothby fort. »Sie kennen seine Akte. Die Sicherheitsüberprüfung des FBI hat nichts zum Vorschein gebracht. Er hat alles Geld der Welt. Er ist kein Kommunist. Er macht sich nicht an kleine Jungs ran. Und wir haben keinen Grund zu der Annahme, daß er mit den Deutschen sympathisiert. Kurzum, wir haben keinen konkreten Hinweis darauf, daß dieser Mann ein Spion ist oder zum Spionieren gezwungen wurde.«

»Alles richtig«, sagte Vicary und dachte: Seit wann zum Teufel ist Boothby Vorsitzender in Peter Jordans Fanclub? »Aber was ist mit diesem Walker Hardegen? Hat man ihn überprüft, bevor Jordan zum *Mulberry*-Team kam?«

»Sehr genau sogar«, antwortete General Betts. »Das FBI hat sich für seine Kontakte nach Deutschland interessiert, lange bevor das Kriegsministerium wegen *Mulberry* an Jordan herangetreten ist. Sie haben Hardegens Vergangenheit gründlich durchleuchtet. Aber sie haben nichts gefunden. Hardegen hat eine weiße Weste.«

»Mir wäre wohler, wenn man ihn noch einmal überprüfen würde«, sagte Vicary. »Woher zum Teufel wußte sie, daß sie sich an Jordan ranmachen mußte? Und wie ist sie an das Material herangekommen? Ich bin in seinem Haus gewesen. Es ist möglich, daß sie ohne sein Wissen in seinen Papieren geschnüffelt hat, aber so etwas ist sehr gefährlich. Und was ist mit seinem Freund Shepherd Ramsey? Ich möchte, daß er beschattet wird und daß das FBI seine Vergangenheit unter die Lupe nimmt.«

»General Eisenhower wird sicher nichts dagegen haben«, sagte Churchill. »Oder, General?«

»Nein«, antwortete Eisenhower. »Ich möchte, daß die Gentlemen jede Maßnahme ergreifen, die sie für erforderlich halten.«

Churchill räusperte sich. »Diese Diskussion ist sehr interessant, aber sie berührt nicht das vordringlichste Problem«, sagte er. »Wie es scheint, hat dieser Mann – ob absichtlich oder nicht – einer deutschen Spionin einen beträchtlichen Teil der Pläne für die *Operation Mulberry* in die Hände gespielt. Was sollen wir jetzt tun? Basil?«

Boothby wandte sich an General Betts: »Wieviel können die

Deutschen aus diesem einen Dokument über die *Operation Mulberry* erfahren?«

»Schwer zu sagen«, antwortete Betts. »Das Dokument, das Jordan in der Tasche hatte, ergibt kein vollständiges Bild. Es enthüllt nur einen wichtigen Teilaspekt. Wie Sie sicherlich wissen, umfaßt *Mulberry* viele andere Komponenten. In dem besagten Dokument geht es nur um die Phönixe. Wenn es tatsächlich auf dem Weg nach Berlin ist, werden sich die deutschen Analytiker und Ingenieure darüber hermachen. Wenn sie dahinterkommen, welchem Zweck die Phönixe dienen, können sie unschwer erraten, daß wir einen künstlichen Hafen bauen wollen.« Betts zögerte und machte ein ernstes Gesicht. »Und, Gentlemen, wenn sie davon überzeugt sind, daß wir einen künstlichen Hafen bauen, könnten sie einen entscheidenden Schritt weiter gehen und zu dem Schluß kommen, daß wir in der Normandie angreifen wollen, nicht bei Calais.«

»Ich finde«, schaltete sich Vicary ein, »wir sollten von dieser Annahme ausgehen und entsprechende Maßnahmen ergreifen.«

»Ich schlage vor«, sagte Boothby, »daß wir Catherine Blake mit Jordans Hilfe in eine Falle locken. Wir verhaften sie, nehmen sie in die Mangel und drehen sie um. Wir benutzen sie, um den Deutschen falsche Informationen zuzuspielen. Wir verwirren sie und versuchen, ihnen weiszumachen, daß *Mulberry* alles mögliche ist, nur kein künstlicher Hafen, der für die Normandie bestimmt ist.«

Vicary räusperte sich leise und sagte: »Mit dem zweiten Teil Ihres Vorschlags bin ich voll und ganz einverstanden, Sir Basil. Doch ich fürchte, der erste Teil dürfte nicht ganz so einfach sein, wie es den Anschein hat.«

»Warum nicht, Alfred?«

»Nach allem, was wir über diese Frau wissen, ist sie hervorragend geschult und äußerst skrupellos. Ich bezweifle, daß wir sie dazu überreden können, mit uns zusammenzuarbeiten. Sie ist nicht wie die anderen.«

»Nach meiner Erfahrung kooperiert jeder, wenn man ihm mit dem Galgen droht, Alfred. Aber was würden Sie vorschlagen?«

»Ich schlage vor, daß Peter Jordan sich weiterhin mit ihr trifft. Doch von heute an bestimmen wir, was in der Aktentasche ist und in den Safe gelangt. Wir lassen sie arbeiten und beschatten sie. Wir müssen herauskriegen, auf welchem Weg sie das Material nach Berlin schickt. Wir müssen die anderen Agenten des Netzes enttarnen. Dann erst verhaften wir sie. Wenn wir alle aus dem Verkehr gezogen haben, können wir die höchsten Stellen der Abwehr direkt mit fingiertem Material füttern, bis zum Tag der Invasion.«

»Basil«, sagte Churchill, »was halten Sie von Alfreds Plan?«

»Er ist brillant«, antwortete Boothby. »Aber was ist, wenn Alfreds Befürchtungen hinsichtlich Jordan begründet sind? Wenn er tatsächlich ein deutscher Spion ist? Jordan könnte einen nie wiedergutzumachenden Schaden anrichten.«

»Das wäre auch bei Ihrem Plan der Fall, Sir Basil. Ich fürchte, wir müssen dieses Risiko eingehen. Jordan wird keine Sekunde mit ihr oder irgend jemand anderem allein sein. Ab sofort wird er rund um die Uhr überwacht. Wir folgen ihm auf Schritt und Tritt. Beim leisesten Verdacht greifen wir ein, verhaften Catherine Blake und versuchen es mit Ihrem Plan.«

Boothby nickte. »Glauben Sie, daß Jordan das schafft? Immerhin hat er uns eben erzählt, daß er diese Frau liebt. Sie hat ihn verraten. Ich kann mir nicht vorstellen, daß er in der Stimmung ist, die Romanze mit dieser Frau fortzusetzen.«

»Er muß einfach«, sagte Vicary. »Er hat uns in den Schlamassel gebracht. Und er ist der einzige, der uns wieder herausholen kann. Wir können ihn nicht durch einen Profi ersetzen. Sie haben *ihn* ausgewählt. Kein anderer kann seinen Platz einnehmen. Und sie werden alles für bare Münze nehmen, was sie in Jordans Tasche finden.«

Churchill sah Eisenhower an: »General?«

Eisenhower drückte seine Zigarette aus, überlegte einen Moment, dann sagte er: »Als ich instruiert wurde, war von einem solchen Plan nicht die Rede. Aber wenn es wirklich keinen anderen Ausweg gibt, dann stimme ich dem Vorschlag des Professors zu. General Betts und ich werden dafür sorgen, daß Sie vom SHAEF die nötige Unterstützung erhalten.«

»Also abgemacht«, sagte Churchill. »Und Gott stehe uns bei, wenn es nicht klappt.«

»Ich heiße übrigens Vicary, Alfred Vicary. Und das ist Harry Dalton, mein Mitarbeiter. Und dieser Gentleman ist Sir Basil Boothby. Er ist unser Vorgesetzter.«

Es war früh am nächsten Morgen, eine Stunde nach Tagesanbruch. Sie gingen einen schmalen Fußweg unter Bäumen entlang, Harry wie ein Späher ein paar Schritte voraus, dann Vicary und Jordan, Seite an Seite, und schließlich Boothby, dessen große Gestalt hinter ihnen aufragte. In der Nacht hatte es aufgehört zu regnen, aber der Himmel war immer noch wolkenverhangen. Das fahle Winterlicht bleichte die Farben der Bäume und Hügel. Nebelschleier bedeckten den Boden in den Senken, und die Luft roch nach dem Rauch der Holzfeuer, die im Innern des Hauses brannten. Jordans Blick ruhte kurz auf jedem der Männer, während sie ihm vorgestellt wurden, aber er streckte keinem die Hand hin. Er ließ beide Hände in den Taschen der Öljacke, die man zusammen mit einer Wollhose und einem dikken Pullover in seinem Zimmer für ihn bereitgelegt hatte.

Eine Zeitlang folgten sie schweigend dem Weg, wie alte Schulkameraden, die nach einem üppigen Frühstück einen Verdauungsspaziergang unternahmen. Die Kälte bohrte sich wie ein Nagel in Vicarys Knie. Er ging langsam, die Hände auf dem Rücken verschränkt, und hielt den Kopf gesenkt, als suche er nach einem verlorenen Gegenstand. Dann traten die Bäume zurück, und die Themse tauchte vor ihnen auf. Am Ufer standen zwei alte Holzbänke. Harry setzte sich auf die eine, Vicary und Jordan nahmen auf der anderen Platz. Boothby blieb stehen.

Vicary erklärte Jordan, was sie von ihm wollten. Jordan hörte zu, ohne ihn anzusehen. Er saß reglos da, die Hände immer noch in den Taschen, die Beine ausgestreckt und den Blick starr auf irgendeinen Punkt im Fluß gerichtet. Als Vicary fertig war, sagte Jordan: »Denken Sie sich etwas anderes aus. Ich bin der Sache nicht gewachsen. Es wäre idiotisch von Ihnen, mich dafür zu nehmen.«

»Glauben Sie mir, Commander Jordan, wenn es irgendeine andere Möglichkeit gäbe, den entstandenen Schaden wiedergutzumachen, würde ich sie vorziehen. Aber es gibt keine. Sie *müssen* es tun. Das sind Sie uns schuldig. Sie sind es den Männern schuldig, die bei der Erstürmung der Strände in der Normandie ihr Leben riskieren werden.« Er machte eine Pause und folgte Jordans Blick aufs Wasser. »Und Sie sind es sich selber schuldig, Commander Jordan. Sie haben einen schweren Fehler gemacht. Jetzt müssen Sie uns helfen, den Schaden zu reparieren.«

»Soll das ein Versuch sein, mich aufzumuntern?«

»Nein, ich will Sie nicht aufmuntern. Es ist die Wahrheit.«

»Wie lange wird es dauern?«

»So lange wie nötig.«

»Das ist keine Antwort.«

»Stimmt. Er kann sechs Tage dauern, aber auch sechs Monate. Wir wissen es einfach nicht. So etwas läßt sich nicht vorausberechnen. Aber ich werde die Sache so bald wie möglich beenden. Darauf gebe ich Ihnen mein Wort.«

»Ich glaube, daß die Wahrheit in Ihrem Beruf nicht viel bedeutet, Mr. Vicary.«

»Normalerweise nicht. Aber in diesem Fall schon.«

»Was wird aus meiner Arbeit für die *Operation Mulberry?«*

»Sie werden pro forma so tun, als arbeiteten Sie noch im Team mit, aber in Wahrheit hören Sie auf.« Vicary stand auf. »Wir sollten jetzt zum Haus zurückgehen, Commander Jordan. Sie müssen einige Papiere unterschreiben, bevor wir gehen.«

»Was für Papiere?«

»Nur Papiere, in denen Sie sich verpflichten, niemals ein Wort über die Angelegenheit verlauten zu lassen.«

Jordan wandte sich vom Fluß ab und sah Vicary an.

»Glauben Sie mir, da können Sie unbesorgt sein.«

38

Rastenburg, Deutschland

Kurt Vogel zupfte am Kragen seiner Kriegsmarineuniform. Er konnte sich nicht erinnern, wann er sie zum letzten Mal getragen hatte. Vor dem Krieg hatte sie ihm gepaßt, aber wie fast jeder hatte Vogel seitdem abgenommen, und jetzt hing der Uniformrock an ihm wie ein Sträflingskittel.

Er war übernervös. Er war noch nie mit dem Führer zusammengekommen, ja er war noch nie in einem Raum mit dem Mann gewesen. Er persönlich hielt Hitler für einen Wahnsinnigen und Unhold, der Deutschland an den Rand der Katastrophe geführt hatte. Doch aus unerklärlichen Gründen war er begierig darauf, ihn kennenzulernen und einen guten Eindruck auf ihn zu machen. Er wünschte, er hätte ein gewinnenderes Äußeres. Er rauchte eine Zigarette nach der anderen, um seine Nerven zu beruhigen. Schon auf dem Flug von Berlin hierher hatte er ununterbrochen geraucht, und er rauchte auch jetzt im Wagen. Schließlich flehte ihn Canaris an, mit Rücksicht auf die beiden Dackel seinen Glimmstengel auszumachen. Die Hunde lagen wie fette Würste zu Vogels Füßen und beäugten ihn mißtrauisch. Vogel öffnete das Fenster einen Spalt und warf die Zigarette in den wirbelnden Schnee.

Der Mercedes hielt an der äußeren Wache der Wolfsschanze. Vier SS-Männer traten an den Wagen, öffneten die Motorhaube und den Kofferraum und suchten mit Spiegeln den Unterboden ab. Die SS-Männer winkten sie durch, und sie legten den letzten Dreiviertelkilometer bis zum Führerhauptquartier zurück. Es war später Nachmittag, doch der Waldboden flimmerte im weißen Licht der Bogenlampen. Wächter mit Schäferhunden patrouillierten auf den Wegen.

Wieder hielten sie, und wieder traten SS-Männer vor den Wagen.

Diesmal überprüften sie die Insassen. Sie befahlen ihnen auszusteigen, und nahmen eine Leibesvisitation vor. Vogel war über den Anblick schockiert: Wilhelm Canaris, der Chef der deutschen Abwehr, stand mit erhobenen Händen da und ließ sich von einem SS-Mann abtasten, als sei er ein Betrunkener.

Einer der Wächter verlangte Vogels Aktentasche, und er reichte sie ihm widerwillig. Sie enthielt die Fotos der alliierten Dokumente und die in aller Eile vorgenommene Analyse der Abwehr-Techniker in Berlin. Der SS-Mann fuhr mit seiner behandschuhten Hand in die Tasche, dann gab er sie Vogel zurück, beruhigt, da sie weder Waffen noch Sprengstoff enthielt.

Vogel und Canaris gingen wortlos zu der Treppe, die hinab in den Bunker führte. Zwei der Fotos hatte Vogel in seinen Aktenschränken verschlossen und in Berlin zurückgelassen – die Fotos von ihrer Nachricht. Die Hand war ihre. Vogel erkannte sie an der gezackten Narbe an der Daumenwurzel. Er war sich unschlüssig. Sollte er ihrem Wunsch nachkommen und sie aus Großbritannien herausholen, oder sollte er sie weiterarbeiten lassen? Er ahnte, daß andere diese Entscheidung für ihn treffen würden.

Ein weiterer SS-Mann wartete oben an der Treppe, nur für den Fall, daß Besucher des Führers sich bei dem kurzen Gang über das Gelände irgendwie mit Waffen versehen hatten. Canaris und Vogel blieben stehen und ließen sich abermals durchsuchen.

Canaris sah Vogel an und sagte: »Willkommen im Lager Paranoia.«

Vogel und Canaris waren die ersten. »Rauchen Sie jetzt, bevor der Hühnerfarmer kommt«, sagte Canaris. Vogel zuckte bei der Bemerkung zusammen. Der Raum war sicherlich mit versteckten Mikrofonen gespickt. Er blätterte in seinen Unterlagen und widerstand dem Verlangen nach einer Zigarette.

Vogel sah zu, wie die mächtigsten Männer des Dritten Reiches nacheinander hereinkamen: Reichsführer SS Heinrich Himmler, Brigadeführer Walter Schellenberg, Feldmarschall Gerd von Rundstedt, Feldmarschall Erwin Rommel und Hermann Göring.

Alle standen auf, als Hitler mit zwanzigminütiger Verspätung den Raum betrat. Er trug schiefergraue Hosen und einen schwarzen Uniformrock. Er blieb stehen, nachdem alle anderen wieder Platz genommen hatten. Vogel betrachtete ihn fasziniert.

Sein Haar war ergraut, seine Haut bleich, seine Augen gerötet. Die dunklen Ränder unter den Augen waren so ausgeprägt, daß sie wie blaue Flecke aussahen. Und doch ging von diesem Mann eine einschüchternde Kraft aus. Zwei Stunden lang beherrschte er bei der Besprechung über die Vorbereitungen auf die Invasion die anderen Männer im Raum, sondierte die Lage, ließ sich berichten und verwarf Beiträge oder Meinungen, die er für irrelevant hielt. Vogel erkannte, daß Hitler über die Aufstellung seiner Truppen im Westen ebensoviel wußte wie seine höchsten Offiziere, wenn nicht sogar mehr. Sein Interesse an Details war erstaunlich. So wollte er wissen, warum an der Straße von Dover drei Flakbatterien weniger standen als in der Vorwoche. Und er fragte, welche Sorte von Beton für die Befestigungen am Atlantikwall verwendet und in welcher Dicke er gegossen wurde.

Gegen Ende der Besprechung wandte er sich an Canaris und sagte: »So, wie ich höre, hat die Abwehr eine weitere Entdekkung gemacht, die Auskunft über die Absichten des Feindes geben könnte.«

»In der Tat, mein Führer. Die Operation wurde von Kapitän Vogel geplant und durchgeführt. Ich schlage vor, er berichtet selbst über seine Erkenntnisse.«

»Schön«, sagte Hitler. »Kapitän Vogel?«

Vogel blieb sitzen. »Mein Führer, vor zwei Tagen hat einer unserer Londoner Agenten ein Dokument in seinen Besitz gebracht. Wie Sie wissen, haben wir herausgefunden, daß der Feind eine Operation namens *Mulberry* plant. Mit Hilfe dieser neuen Dokumente sind wir der Lösung der Frage näher gekommen, worum es bei *Mulberry* geht.«

»Näher?« sagte Hitler und warf den Kopf zurück. »Sie stellen also nach wie vor nur Vermutungen an, Kapitän?«

»Wenn ich fortfahren dürfte, mein Führer.«

»Bitte, aber meine Geduld ist heute abend nicht unbegrenzt.«

»Wir wissen jetzt viel mehr über die riesigen Objekte aus Beton und Stahl, die an mehreren Stellen in England gebaut werden. Zum Beispiel wissen wir, daß sie den Decknamen *Phönix* tragen. Wir wissen ferner, daß sie bei der Invasion über den Ärmelkanal geschleppt und vor der französischen Küste versenkt werden sollen.«

»Versenkt? Zu welchem Zweck, Kapitän Vogel?«

»Unsere Techniker haben die in London gestohlenen Dokumente in den vergangenen vierundzwanzig Stunden analysiert. Jedes dieser versenkbaren Elemente ist mit Mannschaftsunterkünften und einer großen Flakbatterie ausgestattet. Möglicherweise will der Feind an der Küste einen großen Flugabwehrkomplex errichten, um seinen Landungstruppen zusätzliche Deckung zu geben.«

»Möglich«, sagte Hitler. »Aber warum sollte er sich soviel Mühe machen, eine Flugabwehrvorrichtung zu bauen? Ihren Berichten zufolge herrscht in Großbritannien ein akuter Rohstoffmangel – Stahl, Beton, Aluminium. Das erzählen Sie uns seit Monaten. Churchill hat Großbritannien mit diesem närrischen Krieg in den Ruin getrieben. Warum sollte er für ein solches Projekt kostbare Rohstoffe verschwenden?« Hitler drehte sich um und funkelte Göring an. »Im übrigen müssen wir leider davon ausgehen, daß der Feind bei der Invasion die Luftherrschaft erringen wird.«

Hitler wandte sich wieder Vogel zu. »Haben Sie eine zweite Theorie, Kapitän Vogel?«

»Ja, mein Führer. Sie spiegelt aber nur die Meinung einer Minderheit wider und stützt sich weitgehend noch auf Vermutungen.«

»Lassen Sie hören«, bellte er.

»Nach Ansicht eines unserer Analytiker könnten die versenkbaren Elemente Teile einer Art künstlichen Hafens sein, der in England gebaut, dann über den Kanal geschleppt und in den ersten Stunden der Invasion entlang der französischen Küste installiert wird.«

Hitler, neugierig geworden, ging wieder auf und ab. »Ein künstlicher Hafen? Ist so etwas möglich?«

Himmler räusperte sich leise. »Vielleicht haben Ihre Analytiker die Informationen des Agenten falsch verstanden, Kapitän Vogel. Ein künstlicher Hafen, das erscheint mir doch weit hergeholt.«

»Nein, Herr Reichsführer«, sagte Hitler. »Ich glaube, Kapitän Vogel könnte da auf etwas gestoßen sein.« Hitler durchmaß ungestüm den Raum. »Ein künstlicher Hafen! Man stelle sich diese Vermessenheit vor! Ein so waghalsiges Unternehmen! Das klingt mir ganz nach Churchill, diesem Irren.«

»Mein Führer«, sagte Vogel zögernd. »Ein künstlicher Hafen ist nur eine mögliche Erklärung für diese Betonkonstruktionen.

Ich möchte davor warnen, diesen ersten Befunden eine zu große Bedeutung beizumessen.«

»Nein, Kapitän Vogel, ich finde Ihre Theorie faszinierend. Gehen wir doch einen Schritt weiter, rein theoretisch. Wenn der Feind tatsächlich versucht, etwas so Kompliziertes wie einen künstlichen Hafen zu bauen, wo wird er ihn hinbringen? Von Rundstedt, Sie zuerst.«

Der alte Feldmarschall stand auf, ging zur Karte und tippte mit seinem Stab auf einen Punkt. »Aus dem gescheiterten Angriff des Feindes auf Dieppe im Jahr 1942 lassen sich wertvolle Erkenntnisse gewinnen. Hauptziel des Angriffs war, so schnell wie möglich einen größeren Hafen zu erobern und in Betrieb zu nehmen. Natürlich ist das nicht gelungen. Das Problem ist folgendes: Der Feind weiß, daß wir ihm den Zugriff auf die Häfen so lange wie möglich verwehren und jeden Hafen unbrauchbar machen, bevor wir ihn aufgeben. Ich könnte mir vorstellen, daß der Feind in England etwas baut, das ihm eine schnellere Öffnung der Häfen ermöglicht. Das erschiene mir sinnvoll. Wenn das stimmt – und ich betone, daß Kapitän Vogel und seine Kollegen keine schlüssigen Beweise dafür haben –, dann würde ich nach wie vor auf Calais tippen. Eine Invasion bei Calais ist militärisch und strategisch immer noch am sinnvollsten. Das läßt sich nicht von der Hand weisen.«

Hitler, der aufmerksam zugehört hatte, wandte sich jetzt an Vogel. »Was halten Sie von den Überlegungen des Feldmarschalls, Kapitän Vogel?«

Vogel schaute auf. Von Rundstedts frostiger Blick ruhte auf ihm. Er wußte, daß er sehr behutsam vorgehen mußte.

»Die Argumente des Feldmarschalls sind absolut vernünftig.« Vogel machte ein Pause, während von Rundstedt wohlwollend nickte. »Aber ich würde gerne eine zweite Interpretation zur Diskussion stellen.«

»Nur zu«, sagte Hitler.

»Der Feldmarschall hat bereits darauf hingewiesen, daß der Feind unbedingt Hafenanlagen braucht, wenn er eine Invasionsarmee schnell genug mit Nachschub versorgen will. Nach unseren Schätzungen müßte er in der ersten Phase der Operation jeden Tag mindestens zehntausend Tonnen an Land schaffen. Solche Mengen könnte jeder Hafen in der Straße von Dover bewältigen. Aber wie Feldmarschall von Rundstedt bereits ausgeführt hat, weiß der Feind, daß wir diese Häfen zerstören, bevor wir sie räumen. Außerdem weiß der Feind, daß wir diese Häfen hartnäckig verteidigen. Ein Frontalangriff auf einen von ihnen wäre mit hohen Verlusten verbunden.«

Vogel sah, daß Hitler ungeduldig wurde. Er zwang sich zu größerer Eile.

»An der Küste der Normandie gibt es zahlreiche kleine Fischerhäfen, aber keiner ist groß genug für die erforderlichen Mengen an Nachschub und schwerem Gerät. Nicht einmal der Hafen von Cherbourg wäre groß genug. Erinnern wir uns, er ist dafür vorgesehen, Passagiere der Überseedampfer abzufertigen, und nicht dafür, Ladungen zu löschen.«

»Kommen Sie zur Sache, Kapitän Vogel«, sagte Hitler mit gereizter Stimme.

»Mein Führer, was, wenn der Feind Nachschub und Gerät an offenen Stränden an Land bringt, und nicht in einem Hafen? Wenn das tatsächlich möglich wäre, könnte er unsere stärksten Verteidigungsanlagen umgehen, an weniger gut geschützten Stränden landen und versuchen, seine Invasionstruppen über einen künstlichen Hafen zu versorgen.«

Hitlers Augenlider zuckten. Er war von Vogels Analyse sichtlich beeindruckt.

Feldmarschall Erwin Rommel schüttelte den Kopf. »Ein solches Vorhaben würde unweigerlich in einem Fiasko enden, Kapitän Vogel. Selbst im Frühling ist das Wetter an der Kanalküste unberechenbar – Regen, Stürme, schwere See. Mein Stab hat sich die meteorologischen Aufzeichnungen der letzten Jahre angesehen. Danach kann der Feind Schönwetterperioden von bestenfalls drei bis vier Tagen erwarten. Wenn er versucht, seine Truppen an den Stränden abzusetzen, ohne Hafen und Molen, macht er sich völlig von den Launen der Natur abhängig. Und keine transportable Vorrichtung, so genial sie auch konstruiert sein mag, wird einen Frühjahrssturm im Ärmelkanal überstehen.«

Hitler schaltete sich ein. »Eine faszinierende Diskussion, meine Herren. Doch genug jetzt. Offensichtlich muß Ihr Agent noch mehr über das Unternehmen herausfinden, Kapitän Vogel. Ich nehme doch an, daß er noch vor Ort ist?«

»Es gibt da ein Problem, mein Führer«, antwortete Vogel vorsichtig. »Der Agent hat das Gefühl, daß ihm die britischen

Sicherheitskräfte auf die Spur gekommen sind und daß er in England gefährdet ist.«

Walter Schellenberg ergriff erstmals das Wort. »Kapitän Vogel, aus unserer eigenen Quelle in London verlautet das genaue Gegenteil. Danach wissen die Briten zwar, daß es eine undichte Stelle gibt, sind aber nicht in der Lage, sie zu stopfen. Diese Gefährdung existiert nur in der Vorstellung Ihres Agenten.«

Du arrogantes Arschloch, dachte Vogel. Wer ist denn diese sagenhafte Quelle des SD in London? Er sagte: »Der fragliche Agent ist hervorragend geschult und außergewöhnlich intelligent. Ich glaube, daß ...«

Himmler fiel ihm ins Wort. »Sie wollen doch sicherlich nicht behaupten, daß Brigadeführer Schellenbergs Quelle weniger glaubwürdig ist als Ihre, Kapitän Vogel.«

»Mit Verlaub, Herr Reichsführer, ich kann die Glaubwürdigkeit der Quelle des Brigadeführers nicht beurteilen.«

»Eine sehr diplomatische Antwort, Herr Kapitän«, sagte Himmler. »Aber Ihr Agent sollte doch auf jeden Fall so lange in London bleiben, bis er die Wahrheit herausgefunden hat, meinen Sie nicht auch, Kapitän Vogel?«

Vogel saß in der Falle. Himmler widersprechen hieße sein eigenes Todesurteil zu unterzeichnen. Er konnte ihn mit gefälschten Beweisen des Hochverrats bezichtigen und aufhängen lassen wie all die anderen. Er dachte an Gertrude und die Kinder. Diese Barbaren würden sich an ihnen vergreifen. Er vertraute auf Annas Gespür, aber sie jetzt herauszuholen wäre glatter Selbstmord. Er hatte keine andere Wahl. Sie mußte in London bleiben.

»Doch. Ich stimme Ihnen zu, Herr Reichsführer.«

Himmler lud Vogel zu einem Spaziergang auf dem Gelände ein. Die Nacht war bereits hereingebrochen. Der Wald hinter den Bogenlampen lag in tiefer Dunkelheit. Ein Schild warnte davor, den Weg zu verlassen, wegen Minen.

Die Wipfel der Nadelbäume bogen sich im Wind. Vogel hörte einen Hund bellen. Es war schwer zu sagen, aus welcher Entfernung das Bellen kam, denn der Neuschnee dämpfte alle Geräusche. Es war schneidend kalt. Bei der Besprechung hatte er unter dem Uniformrock heftig geschwitzt. Jetzt, in der Kälte, hatte er das Gefühl, als seien ihm die Kleider am Leib festgefroren. Er sehnte sich nach einer Zigarette, wollte aber nicht Gefahr laufen, Himmler ein zweites Mal an diesem Tag zu brüskieren. Himmlers Stimme war, als er endlich zu sprechen begann, kaum hörbar, und Vogel fragte sich, ob es möglich war, auch in einem Wald Wanzen zu installieren.

»Eine bemerkenswerte Leistung, Kapitän Vogel. Ich muß Sie loben.«

»Ich fühle mich geehrt, Herr Reichsführer.«

»Ihr Agent in London ist eine Frau.«

Vogel sagte nichts.

»Ich hatte immer den Eindruck, daß Canaris weiblichen Agenten mißtraut. Daß er glaubt, sie ließen sich zu sehr von ihren Gefühlen leiten und seien nicht objektiv genug.«

»Ich kann Ihnen versichern, Herr Reichsführer, daß unsere Agentin diese Mängel nicht hat.«

»Ich muß zugeben, mir selbst ist der Gedanke ein wenig zuwider, daß weibliche Agenten hinter den feindlichen Linien eingesetzt werden. Der britische Geheimdienst schickt unentwegt Frauen nach Frankreich. Wenn sie verhaftet werden, erwartet sie, wie ich fürchte, dasselbe Schicksal wie die Männer.« Er hielt inne, und sein Wangenmuskel zuckte. Er sog tief die kalte Nachtluft ein. »Ihre Leistung ist um so bemerkenswerter, als Sie trotz Admiral Canaris Erfolg hatten.«

»Ich verstehe nicht ganz, was Sie meinen, Herr Reichsführer.«

»Ich will damit sagen, daß die Tage des Admirals in der Abwehr gezählt sind. Wir sind mit seiner Arbeit seit geraumer Zeit nicht mehr zufrieden. Er ist unfähig, und wenn mein Verdacht stimmt, ist er obendrein auch ein Verräter am Führer.«

»Herr Reichsführer, ich habe niemals …«

Himmler unterbrach ihn mit einer Handbewegung.

»Ich weiß, daß Sie sich Admiral Canaris in gewisser Weise verpflichtet fühlen. Immerhin haben Sie es ihm zu verdanken, daß Sie in der Abwehr eine steile Karriere gemacht haben. Aber Sie können sagen, was Sie wollen, es wird meine Meinung über Canaris nicht ändern. Und wenn ich Ihnen einen Rat geben darf – geben Sie acht, wenn Sie einem Ertrinkenden helfen. Sie könnten mit ihm untergehen.«

Vogel war verblüfft. Er sagte nichts. Das Bellen des Hundes wurde leiser, dann verstummte es. Der Wind blies jetzt kräftiger und wehte Schnee über den Weg, so daß nicht mehr genau zu erkennen war, wo er in den Wald überging. Vogel fragte sich, wie nahe sie die Minen verlegt hatten. Er wandte den Kopf und spähte nach den beiden SS-Männern, die ihnen leise folgten.

»Wir haben jetzt Februar«, fuhr Himmler fort. »Ich kann Ihnen mit einiger Sicherheit prophezeien, daß Canaris in Bälde entlassen wird, vielleicht noch vor Ende des Monats. Ich habe die Absicht, alle deutschen Sicherheits- und Nachrichtendienste unter meine Kontrolle zu bringen, auch die Abwehr.«

Die Abwehr unter Himmlers Kontrolle? dachte Vogel. Ein Witz, wenn es nicht so ernst wäre.

»Sie sind offensichtlich ein Mann mit beachtlichen Fähigkeiten«, sagte Himmler. »Ich möchte, daß Sie bei der Abwehr bleiben, natürlich in einer weit höheren Position.«

»Vielen Dank, Herr Reichsführer«, hörte sich Vogel mechanisch sagen.

Himmler blieb stehen. »Es ist kalt. Kehren wir um.«

Sie gingen an den Leibwächtern vorbei. Die beiden warteten, bis Himmler und Vogel außer Hörweite waren, dann setzten sie sich wieder in Bewegung.

»Ich bin froh«, sagte Himmler, »daß wir uns darauf verständigt haben, die Agentin vor Ort zu lassen. Ich halte das im Moment für das beste. Und nebenbei bemerkt, Herr Vogel, ist es niemals klug, wenn man sich in seinem Urteil durch persönliche Gefühle beeinflussen läßt.«

Vogel blieb stehen und sah in Himmlers trübe Augen. »Was meinen Sie damit?«

»Bitte, verkaufen Sie mich nicht für dumm«, antwortete Himmler. »Brigadeführer Schellenberg war letzte Woche wegen einer anderen Angelegenheit in Madrid. Er hat dort einen Freund von Ihnen getroffen, einen Mann namens Emilio Romero. Romero hat Schellenberg alles über Ihren kostbarsten Schatz erzählt.«

Zum Teufel mit Emilio! dachte Vogel. Warum mußte er Schellenberg alles erzählen? Und zum Teufel mit Himmler. Er steckt seine Nase in Angelegenheiten, die ihn nichts angehen. Die SS-Männer schienen Unheil zu wittern und kamen leise näher.

»Sie soll sehr schön sein«, sagte Himmler. »Es ist Ihnen sicher schwergefallen, eine solche Frau aufzugeben. Es muß ein verlokkender Gedanke sein, sie nach Hause zu holen und einzusperren. Aber sie muß in England bleiben. Ist das klar, Kapitän Vogel?«

»Jawohl, Herr Reichsführer.«

»Schellenberg hat seine Fehler. Er ist arrogant, eitel, und dazu diese Leidenschaft für Pornographie.« Himmler zuckte mit den Schultern. »Aber er ist ein kluger und findiger Geheimdienstoffizier. Ich weiß, daß Sie an einer engeren Zusammenarbeit mit ihm Gefallen finden werden.«

Himmler drehte sich abrupt um und ging weg. Vogel stand alleine da und zitterte vor Kälte.

»Sie sehen nicht gut aus«, sagte Canaris, als Vogel zu ihm in den Wagen stieg. »Ich fühle mich immer so, wenn ich mit dem Hühnerfarmer gesprochen habe. Aber ich muß sagen, ich kann es besser verbergen als Sie.«

An der Wagentür war ein Kratzen zu vernehmen. Canaris öffnete sie, und die Hunde hüpften herein und legten sich auf ihren Platz zu Vogels Füßen. Canaris klopfte mit dem Knöchel an die Trennscheibe. Der Motor sprang an, und der Wagen rollte knirschend durch den Schnee zum Tor. Vogel empfand Erleichterung, als die Lichter der Wolfsschanze hinter ihnen verblaßten und sie wieder in die Dunkelheit des Waldes eintauchten.

»Der kleine Gefreite war heute abend sehr stolz auf Sie, Kurt«, sagte Canaris mit Verachtung in der Stimme. »Und was war mit Himmler? Haben Sie mir bei dem kleinen Mondscheinspaziergang den Dolch in den Rücken gestoßen?«

»Herr Admiral …«

Canaris lehnte sich hinüber und legte Vogel die Hand auf den Arm.

»Seien Sie auf der Hut, Kurt«, sagte er. »Sie spielen ein gefährliches Spiel. Ein sehr gefährliches Spiel.«

Und mit diesen Worten lehnte sich Canaris zurück, schloß die Augen und war gleich darauf eingeschlafen.

39

London

Die Operation erhielt in aller Eile den Decknamen *Kesselpauke* – wer den Namen ausgesucht hatte und warum, wußte Vicary nicht. Die Operation war zu komplex und zu heikel, als daß sie von den überfüllten Büros in der MI5-Zentrale aus geleitet werden konnte, und so verlegte Vicary seine Kommandostelle in ein regierungseigenes Haus in der West Halkin Street. Das Wohnzimmer wurde in einen Konferenzraum umfunktioniert, mit zusätzlichen Telefonen, einem Funkgerät und einer riesigen Karte von Groß-London an der Wand. In der Bibliothek im Obergeschoß wurde für Vicary und Harry ein Büro eingerichtet. Es gab einen Hintereingang für die Watchers, und die Speisekammer war prall gefüllt. Die weiblichen Schreibkräfte meldeten sich freiwillig zum Kochen, und als Vicary am frühen Abend das Haus betrat, empfing ihn ein köstlicher Duft nach Schinkentoast und dem Lammeintopf, der auf dem Herd köchelte.

Ein Mitarbeiter führte ihn hinauf zur Bibliothek. Im Kamin brannte ein Kohlefeuer, die Luft war trocken und warm. Er schälte sich aus seinem Regenmantel und hängte ihn an die Innenseite der Tür. Eines der Mädchen hatte ihm eine Kanne Tee ins Zimmer gestellt, und er goß sich eine Tasse ein. Vicary war erschöpft. Er hatte nach der Vernehmung Jordans schlecht geschlafen, und seine Hoffnung, im Auto etwas Schlaf nachzuholen, hatte Boothby zunichte gemacht, als er ihm vorschlug, zusammen ins Büro zurückzufahren, damit sie die Zeit zum Reden nutzen konnten.

Die Oberaufsicht über *Kesselpauke* hatte Boothby. Vicary fiel die Aufgabe zu, Jordan zu instruieren und Catherine Blake beschatten zu lassen. Gleichzeitig sollte er versuchen, die anderen Agenten des Netzes aufzuspüren und herauszufinden, wie sie mit Berlin kommunizierten. Boothby stand in ständigem Kontakt mit dem Zwanziger-Komitee, dem aus Vertretern mehrerer Behörden gebildeten Gremium, das den Double-Cross-Apparat kontrollierte und das deshalb so hieß, weil das Symbol für Double Cross und die römischen Ziffern für zwanzig identisch waren: XX. Boothby und das Zwanziger-Komitee sollten die irreführenden Dokumente für Jordans Aktentasche anfertigen und *Kesselpauke* mit den anderen Double-Cross-Projekten und *Bodyguard* abstimmen. Vicary fragte nicht nach dem Inhalt des gefälschten Materials, und Boothby sagte von sich aus nichts. Vicary wußte, was das zu bedeuten hatte. Obwohl er es war, der die Existenz des neuen deutschen Agentennetzes entdeckt und herausgefunden hatte, daß Jordan die undichte Stelle war, war er nun zum Handlanger degradiert worden. Basil Boothby führte allein das Kommando.

»Nette Bude«, sagte Harry, als er den Raum betrat. Er goß sich eine Tasse Tee ein und wärmte sich den Rücken am Feuer. »Wo steckt Jordan?«

»Er schläft oben.«

»Dieser blöde Kerl«, sagte Harry mit gedämpfter Stimme.

»Dieser blöde Kerl ist jetzt einer von uns, Harry, vergessen Sie das nicht. Was haben Sie gefunden?«

»Fingerabdrücke.«

»Was?«

»Fingerabdrücke, die nicht von Peter Jordan stammen, überall im Arbeitszimmer. Auf dem Schreibtisch, außen auf dem Safe. Er sagt, daß er seiner Putzfrau verboten habe, das Zimmer zu betreten. Wir können also davon ausgehen, daß Catherine Blake die Fingerabdrücke hinterlassen hat.«

Vicary schüttelte langsam den Kopf.

»In Jordans Haus ist alles fertig«, fuhr Harry fort. »Wir haben so viele Mikrofone installiert, daß man eine Maus furzen hört. Wir haben die Familie gegenüber ausquartiert und einen ständigen Beobachtungsposten eingerichtet. Die Sicht ist perfekt. Jeder, der sich dem Haus nähert, wird fotografiert.«

»Was ist mit Catherine Blake?«

»Die Telefonnummer gehört zu einer Wohnung in Earl's Court. Wir haben im Haus gegenüber eine Wohnung übernommen.«

»Gute Arbeit, Harry.«

Harry sah Vicary lange an, dann sagte er: »Nehmen Sie es mir nicht übel, Alfred, aber Sie sehen furchtbar aus.«

»Ich kann mich nicht erinnern, wann ich zum letzten Mal geschlafen habe. Wie halten Sie sich wach?«

»Mit ein paar Benzedrin und zehn Tassen Tee.«

»Wir werden jetzt einen Happen essen, dann versuche ich, etwas zu schlafen. Was ist mit Ihnen?«

»Ich habe heute abend noch etwas vor.«

»Grace Clarendon?«

»Sie hat mich zum Essen eingeladen. Ich habe mir gesagt, nutze es aus. Ich glaube nicht, daß wir in den nächsten Wochen viel Freizeit haben werden.«

Vicary stand auf und goß sich noch eine Tasse Tee ein. »Harry, ich möchte Ihre Beziehung zu Grace nicht ausnutzen, aber ich frage mich, ob sie mir einen Gefallen erweisen könnte. Ich möchte, daß sie in der Registratur diskret ein paar Namen für mich überprüft und nachsieht, ob sie etwas über diese Leute haben.«

»Ich werden sie fragen. Um welche Namen handelt es sich?«

Vicary trug seine Tasse durch den Raum und stellte sich an den Kamin neben Harry.

»Peter Jordan, Walker Hardegen und jemand oder etwas namens Broome.«

Grace aß nie gern, bevor sie sich liebten. Hinterher lag Harry im Bett, rauchte eine Zigarette, lauschte Glenn Miller auf dem Grammophon und dem Geklapper, das Grace beim Kochen in der winzigen Küche produzierte. Nach zehn Minuten kehrte sie ins Schlafzimmer zurück. Sie trug nur einen Morgenrock, der an ihrer schlanken Taille lose zugebunden war, und balancierte ein Tablett mit ihrem Abendessen darauf: Suppe und Brot. Harry setzte sich auf und lehnte sich gegen das Kopfteil, Grace lehnte sich gegen das Brett am Fußende. Das Tablett stand zwischen ihnen. Sie reichte ihm einen Teller Suppe. Es war fast Mitternacht, und beide waren sehr hungrig. Harry machte es Freude, ihr zuzusehen. Es gefiel ihm, wie sie diese einfache Mahlzeit zu genießen schien, und es gefiel ihm auch, wie ihr Morgenrock sich teilte und ihren straffen, vollkommenen Körper enthüllte.

Sie bemerkte, daß er sie ansah, und fragte: »Woran denkst du, Harry Dalton?«

»Ich dachte gerade daran, wie sehr ich mir wünsche, daß es nie zu Ende geht. Wie sehr ich mir wünsche, daß jede Nacht in meinem Leben so sein könnte wie diese.«

Ihr Gesicht nahm einen ernsten Ausdruck an. Sie war völlig unfähig, ihre Gefühle zu verbergen. Wenn sie glücklich war, strahlte ihr Gesicht. Wenn sie zornig war, glühten ihre grünen Augen. Und wenn sie traurig war wie jetzt, wurde sie sehr still.

»Du darfst so etwas nicht sagen, Harry. Das ist gegen die Spielregeln.«

»Ich weiß, daß es gegen die Spielregeln ist, aber es ist die Wahrheit.«

»Manchmal ist es besser, man behält die Wahrheit für sich. Wenn man sie nicht laut ausspricht, tut sie nicht so weh.«

»Grace, ich glaube, ich liebe …«

Sie knallte ihren Löffel auf das Tablett. »Herrgott noch mal, Harry! Sag nicht solche Dinge! Manchmal machst du es einem verdammt schwer. Zuerst sagst du, du kannst mich nicht sehen, weil du Schuldgefühle hast, und jetzt erzählst du mir, daß du mich liebst.«

»Entschuldige, Grace, aber es ist die Wahrheit. Ich dachte, wir könnten uns immer die Wahrheit sagen.«

»Na gut, hier hast du die Wahrheit: Ich bin mit einem wunderbaren Mann verheiratet, an dem mir sehr viel liegt und den ich nicht verletzen will. Aber ich habe mich hoffnungslos in einen Agentenjäger und ehemaligen Kripobeamten namens Harry Dalton verliebt. Und wenn dieser beschissene Krieg vorüber ist, muß ich mich von ihm trennen. Und es macht mich jedesmal todunglücklich, wenn ich daran denke.« Ihre Augen füllten sich mit Tränen. »Und jetzt halt den Mund, Harry, und iß deine Suppe. Bitte. Reden wir von etwas anderem. Ich sitze den ganzen Tag mit Jago und seiner stinkenden Pfeife in diesem Loch von Registratur. Ich möchte wissen, was draußen in der Welt vorgeht.«

»In Ordnung. Ich möchte dich um einen Gefallen bitten.«

»Um was für einen Gefallen?«

»Etwas Dienstliches.«

Sie grinste ihn lasterhaft an. »Schade, ich habe gehofft, es sei etwas Sexuelles.«

»Du sollst in eurer Kartei diskret ein paar Namen für mich nachschlagen und herausfinden, ob ihr etwas über die Leute habt.«

»Kein Problem. Um wen geht es?«

Er sagte es ihr.

»Okay, ich werde nachsehen.«

Sie aß ihren Teller leer, lehnte sich zurück und sah zu, wie Harry den Rest seiner Suppe löffelte. Als er fertig war, stapelte sie die Teller auf dem Tablett und stellte das Tablett auf den Boden neben dem Bett. Sie löschte das Licht und zündete die Kerze auf dem Nachttisch an. Sie zog ihren Morgenrock aus und liebte Harry so, wie sie es nie zuvor getan hatte: langsam, geduldig, als sei sein Körper aus Glas. Sie ließ keine Sekunde die Augen von seinem Gesicht. Hinterher fiel sie, ermattet und schweißnaß, nach vorn auf seine Brust, und er spürte ihren warmen Atem an seinem Hals.

»Du wolltest die Wahrheit, Harry. Das war die Wahrheit.«

»Ich will ehrlich sein, Grace. Sie hat mir nicht weh getan.«

Es begann ein paar Minuten nach neun am folgenden Morgen, als Peter Jordan in der Bibliothek von Vicarys Haus in der West Halkin Street die Nummer von Catherine Blakes Wohnung wählte. Für lange Zeit sollte die Tonbandaufnahme des zweiminütigen Telefonats das meistgehörte Gespräch in der Geschichte des britischen Geheimdienstes bleiben. Vicary selbst hörte sie hundert Mal an und forschte nach Fehlern wie ein Juwelier, der einen Diamanten unter die Lupe nimmt. Boothby tat dasselbe. Ein Motorradkurier hatte eine Kopie der Aufnahme in die MI5-Zentrale gebracht, und eine Stunde lang brannte über Sir Basils Tür die rote Lampe.

Beim ersten Mal hörte Vicary nur Jordan. Er stand, Jordan höflich den Rücken zuwendend, nur ein paar Schritte entfernt und blickte ins Kaminfeuer.

»Es tut mir leid, daß ich dich nicht früher anrufen konnte. Ich habe gerade schrecklich viel zu tun. Ich war einen Tag länger außerhalb der Stadt als erwartet und hatte keine Möglichkeit, dich anzurufen.«

Stille, während sie ihm sagt, daß er sich nicht zu entschuldigen brauche.

»Ich habe dich sehr vermißt. Ich habe die ganze Zeit an dich gedacht.«

Stille, während sie ihm sagt, daß sie ihn ebenfalls schrecklich vermißt habe und es nicht erwarten könne, ihn zu sehen.

»Ich möchte dich auch sehen. Deshalb rufe ich an. Ich habe uns im *Mirabelle* einen Tisch reservieren lassen. Ich hoffe, du hast heute mittag Zeit.«

Stille, während sie ihm sagt, daß sie sich sehr darüber freue.

»Gut, dann also bis ein Uhr.«

Stille, während sie ihm sagt, daß sie ihn sehr liebe.

»Ich liebe dich auch, Darling.«

Hinterher war Jordan sehr schweigsam. Vicary, der ihn beobachtete, fühlte sich an Karl Becker und dessen düstere Stimmung erinnert, wenn er ihn gerade gezwungen hatte, einen gefälschten Funkspruch durchzugeben. Den Rest des Vormittags verbrachten sie mit Schachspielen. Jordan spielte mit mathematischer Präzision, Vicary listig und fintenreich. Beim Spielen konnten sie aus dem Lageraum im Erdgeschoß das Geplänkel der Beamten und das Geklapper der Schreibmaschinen hören. Jordan trieb Vicary so in die Enge, daß er aufgab.

Gegen Mittag ging Jordan in sein Zimmer und zog sich um. Um 12.15 Uhr verließ er das Haus durch die Hintertür und kletterte in einen Kastenwagen des Departments. Vicary und Harry nahmen ihre Plätze im Konferenzraum ein, während Jordan wie ein gemeingefährlicher Verbrecher mit hoher Geschwindigkeit die Park Lane hinaufgefahren wurde. Der Wagen hielt vor einem versteckten Hintereingang des SHAEF-Hauptquartiers in der Blackburn Street, und Jordan ging hinein. In den nächsten sechs Minuten sah ihn keiner aus Vicarys Team.

Um 12.35 Uhr trat Jordan aus dem Vordereingang des SHAEF. Er überquerte den Platz, eine Aktentasche an das Handgelenk gekettet, und verschwand in einem anderen Hauseingang. Diesmal blieb er zehn Minuten verschwunden. Als er wieder auftauchte, fehlte die Aktentasche. Vom Grosvenor Square ging er in die South Audley Street und dann weiter in die Curzon Street. Drei der besten Watchers folgten ihm unauffällig – Clive Roach, Tony Blair und Leonard Reeves. Keiner von ihnen bemerkte irgendein Anzeichen dafür, daß Jordan von der Gegenseite überwacht wurde.

Um 12.55 Uhr traf Jordan am *Mirabelle* ein. Er wartete draußen, wie von Vicary angewiesen. Punkt 13 Uhr hielt ein Taxi vor dem Restaurant, und eine große, attraktive Frau stieg aus. Ginger Bradshaw, der beste Fotograf des Departments, kauerte im hinteren Teil eines Lieferwagens, der auf der gegenüberliegenden Straßenseite geparkt war. Als Catherine Blake Peter Jordans Hand ergriff und ihn auf die Wange küßte, schoß Ginger schnell drei Fotos. Der Film wurde umgehend in die West Halkin Street gebracht, und als die beiden ihr Mittagessen beendet hatten, lagen die Abzüge auf Vicarys Schreibtisch.

Hinterher sollte Blair sagen, daß es sein Fehler gewesen sei. Nein, widersprach ihm Reeves, er habe die Sache verbockt. Schließlich nahm Roach, der ranghöchste unter ihnen, die ganze Verantwortung auf sich. Alle drei waren sich darin einig, daß Catherine Blake besser war als jeder andere deutsche Agent, den sie bisher beschattet hatten, viel besser. Man dürfe auf keinen Fall den Fehler machen, ihr zu nahe zu kommen, sonst werde man sich die Finger verbrennen.

Nach dem Essen im *Mirabelle* waren Catherine und Peter zusammen zum Grosvenor Square zurückgegangen. An der Südwestecke des Platzes blieben sie stehen und sprachen zwei Minuten miteinander. Ginger Bradshaw machte weitere Fotos, darunter auch eines von ihrem sehr kurzen Abschiedskuß. Danach ging Jordan weg, und Catherine hielt ein Taxi an und stieg ein. Blair, Roach und Reeves sprangen in das Observationsfahrzeug und folgten dem Taxi zunächst in östlicher Richtung in die Regent Street. Dann fuhr das Taxi nach Norden in die Oxford Street, wo Catherine bezahlte und ausstieg.

Später sollte Roach ihren Bummel durch die Oxford Street als ein wahres Meisterstück bezeichnen. Sie blieb vor einem halben Dutzend Schaufenster stehen. Sie machte zweimal kehrt, einmal so schnell, daß Blair in ein Café springen mußte, um ihr auszuweichen. In der Tottenham Court Road ging sie in die U-Bahn hinunter und löste eine Fahrkarte nach Waterloo. Roach und Reeves gelang es, in denselben Zug zu steigen. Roach fuhr im selben Wagen, nur ein paar Meter von ihr entfernt, Reeves im nächsten. Als am Leicester Square die Türen aufgingen, blieb sie sitzen, als wolle sie weiterfahren. Erst im letzten Moment stand sie auf und sprang auf den Bahnsteig. Roach mußte sich durch die halbgeschlossene Tür zwängen, um sie nicht zu verlieren. Reeves blieb im Zug hängen. Für ihn war das Spiel beendet.

Sie mischte sich unter die Menge auf der Treppe. Roach verlor sie vorübergehend aus den Augen. Oben angekommen, überquerte sie rasch die Charing Cross Road und stieg auf der anderen Seite wieder die Treppe in die U-Bahnstation Leicester Square hinunter.

Roach hätte schwören können, daß er sie in einen wartenden Bus einsteigen sah, und sollte sich den ganzen Nachmittag Vorwürfe wegen seines dummen Fehlers machen. Er rannte über die Straße und sprang in den Bus, der gerade anfuhr. Zehn Sekunden später bemerkte er, daß er der falschen Frau gefolgt war. An der nächsten Haltestelle stieg er aus, rief Vicary in der West Halkin Street an und teilte ihm mit, daß sie ihm entwischt war.

»Clive Roach hat sich bisher noch nie von einem deutschen Agenten abhängen lassen«, sagte Boothby am selben Abend in seinem Büro und starrte wütend auf den Bericht. Er schaute auf und sah Vicary an: »Der Mann könnte eine Stechmücke durch Hampstead Heath verfolgen.«

»Er ist der Beste. Aber sie ist einfach verdammt gut.«

»Sehen Sie sich das an: eine Taxifahrt, ein langer Spaziergang, um festzustellen, ob ihr jemand folgt, dann runter in die U-Bahn, wo sie eine Fahrkarte für eine bestimmte Station löst und dann an einer anderen aussteigt.«

»Sie ist extrem vorsichtig. Deshalb haben wir sie nie geschnappt.«

»Es gibt noch eine andere mögliche Erklärung, Alfred. Vielleicht hat sie bemerkt, daß sie beschattet wird.«

»Ich weiß. Daran habe ich auch schon gedacht.«

»Wenn sie etwas gemerkt hat, ist die ganze Operation aufgeflogen, bevor sie richtig begonnen hat.« Boothby klopfte auf den Aktenkoffer aus Metall, der den ersten Stoß Material für *Kesselpauke* enthielt. »Wenn sie weiß, daß sie observiert wird, und wir geben ihr das hier, dann könnten wir das Geheimnis der Invasion ebensogut unter einer fetten Schlagzeile im *Daily Mirror* veröffentlichen. Die Deutschen würden wissen, daß sie getäuscht werden. Und wenn sie wissen, daß sie getäuscht werden, wissen sie, daß das Gegenteil wahr ist.«

»Roach ist davon überzeugt, daß sie ihn nicht bemerkt hat.«

»Wo ist sie jetzt?«

»In ihrer Wohnung.«

»Wann ist sie mit Jordan veabredet?«

»Um zehn, in seinem Haus. Er hat ihr gesagt, daß er heute lange zu arbeiten habe.«

»Welchen Eindruck hatte Jordan?«

»Er sagt, daß ihm keine Veränderung an ihr aufgefallen sei. Kein Anzeichen von Nervosität oder Anspannung.« Vicary machte eine Pause. »Er macht seine Sache gut, unser Commander Jordan, verdammt gut. Wäre er nicht so ein exzellenter Ingenieur, könnte er einen fabelhaften Spion abgeben.«

Boothby tippte mit seinem dicken Zeigefinger auf den Metallkoffer. »Mal angenommen, sie hat die Verfolger bemerkt. Warum sitzt sie dann in ihrer Wohnung? Warum macht sie sich nicht aus dem Staub?«

»Vielleicht will sie wissen, was in diesem Aktenkoffer ist.«

»Es ist noch nicht zu spät, Alfred. Wir müssen nicht weitermachen. Wir könnten sie auf der Stelle verhaften und überlegen, wie sich der Schaden auf andere Weise beheben läßt.«

»Ich glaube, das wäre ein Fehler. Wir kennen ihre Komplizen nicht, und wir wissen nicht, wie sie mit Berlin kommunizieren.«

Boothby klopfte mit dem Knöchel gegen den Koffer. »Sie haben mich gar nicht gefragt, was in dem Koffer ist, Alfred.«

»Ich wollte mir einen neuerlichen Vortrag über Informationsbedarf ersparen.«

Boothby kicherte und sagte: »Sehr gut. Sie haben dazugelernt. Sie brauchen es nicht zu wissen, aber weil die brillante Idee von Ihnen stammt, sollen Sie es erfahren. Das Zwanziger-Komitee will die Deutschen davon überzeugen, daß es sich bei *Mulberry* tatsächlich um einen riesigen Luftabwehr-Komplex handelt, der für Calais bestimmt ist. Die Phönix-Elemente verfügen bereits über Mannschaftsunterkünfte und Flakbatterien, insofern paßt das recht gut. Sie haben nur die Zeichnungen leicht verändert.«

»Ausgezeichnet«, sagte Vicary.

»Das Komitee arbeitet an Plänen, diese Falschinformation auch durch andere Kanäle zu schleusen. Sie werden bei Bedarf davon unterrichtet.«

»Ich verstehe, Sir Basil.«

Sie saßen eine Weile schweigend da, und jeder studierte einen Punkt an der getäfelten Wand.

»Es liegt ganz bei Ihnen, Alfred«, sagte Boothby. »Über diesen Teil der Operation haben Sie zu entscheiden. Was immer sie empfehlen, Sie haben meine Unterstützung.«

Warum habe ich nur das Gefühl, daß bei mir für einen Sarg Maß genommen wird? dachte Vicary. Boothbys Zusage, ihn zu unterstützen, vermochte ihn nicht zu beruhigen. Beim ersten Anzeichen drohenden Unheils würde Boothby im nächsten Mauseloch verschwinden. Am einfachsten wäre es, Catherine Blake zu verhaften und Boothbys Vorschlag zu befolgen – den Versuch zu machen, sie umzudrehen und zur Kooperation zu zwingen. Doch er war nach wie vor überzeugt, daß dieser Plan nicht funktionieren würde und daß die einzige Möglichkeit darin bestand, Catherine Blake ohne ihr Wissen dazu zu benützen, der Abwehr das Double-Cross-Material zuzuspielen.

»Ich erinnere mich noch an eine Zeit, als man keine solchen Entscheidungen zu treffen hatte«, sagte Boothby wehmütig. »Wenn wir die falsche treffen, könnten wir leicht den Krieg verlieren.«

»Danke, daß Sie mich daran erinnern«, sagte Vicary. »Sie haben nicht zufällig eine Kristallkugel in Ihrem Schreibtisch, Sir Basil?«

»Leider nein.«

»Wie wär's mit einer Münze?«

»Alfred!«

»Nur ein schlechter Scherz, Sir Basil.«

Boothby klopfte wieder auf den Metallkoffer. »Wie lautet Ihre Entscheidung, Alfred?«

»Ich sage, wir machen es wie geplant.«

»Ich hoffe bei Gott, daß Sie das Richtige tun«, sagte Boothby. »Ihren rechten Arm, bitte.«

Vicary streckte den Arm aus. Boothby befestigte den Aktenkoffer mit Handschellen an seinem Handgelenk.

Eine halbe Stunde später stand Grace Clarendon in der Northumberland Avenue und stampfte, um sich zu wärmen, mit den Füßen auf, während sie den abendlichen Verkehr beobachtete. Schließlich entdeckte sie den großen schwarzen Humber Boothbys, als der Fahrer mehrmals die abgedunkelten Scheinwerfer aufblendete. Der Wagen hielt neben ihr. Boothby öffnete die hintere Tür, und sie stieg ein.

Grace fröstelte. »Verdammt kalt da draußen. Wir waren vor fünfzehn Minuten verabredet. Warum können wir uns nicht einfach im Büro treffen?«

»Zu viele neugierige Blicke, Grace. Es steht zuviel auf dem Spiel.«

Sie steckte sich eine Zigarette in den Mund und zündete sie an. Boothby schloß die Trennscheibe.

»Nun, was gibt es?«

»Vicary will, daß ich in der Registratur ein paar Namen für ihn überprüfe.«

»Warum kommt er deswegen nicht zu mir?«

»Vermutlich, weil er sich nichts davon verspricht.«

»Wie lauten die Namen?«

»Peter Jordan und Walker Hardegen.«

»Gewiefter Bursche«, murmelte Boothby. »Sonst noch was?«

»Ja. Er will, daß ich nachsehe, ob wir etwas unter dem Wort Broome haben.«

»Wo?«

»In der Personalkartei, bei den Decknamen von Agenten, deutschen und britischen. Und bei den Decknamen von Operationen, abgeschlossenen und laufenden.«

»Verdammt«, sagte Boothby. Er drehte sich weg und beobachtete den Verkehr. »Ist Vicary direkt zu dir gekommen oder hat er dich durch Dalton bitten lassen?«

»Dalton hat mich gefragt.«

»Wann?«

»Heute nacht.«

Boothby wandte sich ihr zu und grinste sie an. »Grace, warst du wieder ein ungezogenes Mädchen?«

Statt zu antworten, fragte sie nur: »Was soll ich ihm sagen?«

»Sag ihm, daß du in jeder erdenklichen Kartei nach den Namen Jordan und Hardegen gesucht, aber nichts gefunden hast. Dasselbe gilt für Broome. Verstanden, Grace?«

Sie nickte.

»Sieh nicht so bedrückt drein«, sagte Boothby. »Du leistest einen unschätzbaren Beitrag zur Verteidigung deines Landes.«

Sie sah ihn an und kniff wütend die Augen zusammen. »Ich belüge jemanden, der mir sehr viel bedeutet. Und das gefällt mir nicht.«

»Wir haben es bald überstanden. Wenn alles vorbei ist, lade ich dich zu einem netten Abendessen ein, wie in alten Zeiten.«

Sie zog ein wenig zu kräftig am Türriegel und setzte einen Fuß aus der Tür. »Du darfst mich zu einem teuren Abendessen ausführen, Basil. Aber mehr nicht. Die alten Zeiten sind endgültig vorbei.«

Sie stieg aus, knallte die Tür zu und sah Boothbys Wagen nach, wie er in der Dunkelheit verschwand.

Vicary wartete oben in der Bibliothek. Die Mädchen brachten ihm eine Meldung nach der anderen.

21.15 Uhr: Stationärer Posten in Earl's Court sieht Catherine Blake Wohnung verlassen, Fotos folgen.

21.17 Uhr: Catherine Blake geht in Richtung Cromwell Road. Ein Mann folgt ihr zu Fuß. Observationsfahrzeug fährt ihnen nach.

21.20 Uhr: Catherine Blake nimmt Taxi und fährt nach Osten. Observationsfahrzeug liest unseren Mann auf und folgt Taxi.

21.35 Uhr: Catherine Blake steigt am Marble Arch aus Taxi. Neuer Mann verläßt Observationsfahrzeug und folgt ihr zu Fuß.

21.40 Uhr: Catherine Blake nimmt anderes Taxi in der Oxford Street. Observationsfahrzeug hätte sie beinahe verloren. Keine Gelegenheit, unseren Mann aufzulesen.

21.50 Uhr: Catherine Blake verläßt Taxi am Piccadilly Circus. Geht westwärts. Neuer Mann folgt ihr zu Fuß. Observationsfahrzeug fährt ihnen nach.

21.53 Uhr: Catherine Blake nimmt Bus. Oberservationsfahrzeug folgt.

21.57 Uhr: Catherine Blake verläßt Bus. Geht in den Green Park. Ein Mann folgt ihr.

Fünf Minuten später trat Harry ins Zimmer. »Wir haben sie im Green Park verloren«, sagte er. »Sie hat kehrtgemacht. Unser Mann mußte weitergehen.«

In den folgenden zwanzig Minuten sah sie keiner. Vicary kam nach unten und ging im Konferenzraum auf und ab. Über die Mikrofone konnte er hören, wie Jordan, der auf Catherine Blake wartete, durch sein Haus streifte. Hatte sie seine Leute entdeckt? War ihr das Observationsfahrzeug aufgefallen? Traf sie sich gerade mit einem anderen Agenten? Versuchte sie zu fliehen? Vicary hörte draußen das Brummen des zurückkehrenden Observationsfahrzeugs, dann die leisen Schritte der beschämten Männer, die ins Haus schlüpften. Sie hatten erneut den kürzeren gezogen. Kurz darauf rief Boothby an. Er verfolgte die Operation von seinem Büro aus und wollte wissen, was los war. Vicary klärte ihn auf. Boothby murmelte etwas Unverständliches und legte auf.

Schließlich meldete sich der stationäre Posten vor Jordans Haus über Funk.

22.25 Uhr: Catherine Blake nähert sich Jordans Haustür. Catherine Blake drückt die Klingel.

Der letzte Teil der Meldung war überflüssig, denn Jordans Haus war so mit Wanzen gespickt, daß das Klingeln aus dem Lautsprecher im Konferenzraum wie ein Fliegeralarm klang.

Vicary schloß die Augen und lauschte. Ihre Stimmen wurden lauter und leiser, je nachdem, wie nahe sie einem Mikrofon kamen. Vicary hörte, wie sie die üblichen Banalitäten austauschten: Darf ich dir nachschenken? Nein danke, ich habe noch genug. Willst du etwas essen? Du mußt halbverhungert sein. Nein, ich habe schon eine Kleinigkeit gegessen. Ich habe auf etwas anderes Appetit, und zwar sofort.

Er hörte, wie sie sich küßten. Er lauschte auf einen falschen Unterton in ihrer Stimme. Er hatte ein Team von Beamten ins Haus gegenüber beordert, nur für den Fall, daß etwas schiefging und daß er Catherine Blake verhaften mußte. Er hörte, wie sie ihm sagte, daß sie ihn liebe, und er mußte an Helen denken. Sie hatten aufgehört zu reden. Er hörte Gläser klingen, Wasser laufen, Schritte auf der Treppe. Stille, als sie durch einen Teil des Hauses kamen, in dem keine Mikrofone installiert waren. Dann Jordans Bett, das unter dem Gewicht ihrer Leiber quietschte. Das Rascheln von Kleidern, die ausgezogen wurden. Flüstern. Vicary hatte genug gehört. Er wandte sich an Harry. »Ich gehe nach oben«, sagte er. »Holen Sie mich, wenn sie sich an die Arbeit macht.«

Clive Roach hörte es als erster, dann Ginger Bradshaw. Harry war auf der Couch eingeschlafen, und seine langen Beine baumelten über der Armlehne. Roach streckte die Hand aus und schlug gegen seine Schuhsohle. Erschreckt setzte sich Harry auf und lauschte ein paar Sekunden. Er stürmte die Treppe hinauf und rannte fast die Tür zur Bibliothek ein. Vicary, der sein Feldbett aus dem Kriegsministerium mitgebracht hatte, schlief wie gewöhnlich unter der brennenden Lampe. Harry rüttelte ihn an der Schulter. Vicary fuhr hoch und blickte auf seine Uhr: 2.45 Uhr. Er folgte Harry wortlos die Treppe hinunter in den Konferenzraum. Vicary hatte mit erbeuteten deutschen Kameras experimentiert und erkannte das Geräusch sofort. Catherine Blake war in Jordans Arbeitszimmer und fotografierte den ersten Schub des *Kesselpauke*-Materials. Nach einer Minute hörte das Klicken auf. Vicary hörte, wie Papier glattgestrichen und die Tür des Safes geschlossen wurde. Dann, wie sie das Licht ausknipste und die Treppe hinaufging.

40

London

»Wenn das nicht der Mann der Stunde ist«, tönte Boothby und öffnete schwungvoll die hintere Tür seines Humber. »Steigen Sie ein, Alfred, bevor Sie da draußen erfrieren. Ich komme gerade vom Zwanziger-Komitee. Überflüssig zu sagen, daß sie begeistert sind. Sie haben mich gebeten, Ihnen ihre Glückwünsche zu übermitteln, Alfred.«

»Danke«, sagte Vicary und dachte: Wann hat Boothby die Zeit gefunden, das Komitee zu informieren? Es war noch nicht einmal sieben Uhr in der Frühe. Ein kalter Regen ging nieder, und die winterliche Dämmerung lag wie ein grauer Schleier über London. Der Wagen löste sich vom Bordstein und fuhr die stille, glänzende Straße entlang. Vicary rutschte tief in den Sitz, legte den Kopf zurück und schloß die Augen, nur für einen Moment. Er war völlig erschöpft. Eine bleierne Müdigkeit kam über ihn, drückte zentnerschwer auf seine Brust und preßte seinen Kopf zusammen wie ein Schraubstock. Er hatte wieder nicht geschlafen, nicht nachdem er gehört hatte, wie Catherine Blake das gefälschte Material fotografierte. Was hatte ihn wach gehalten? Die Aufregung darüber, daß er den Feind auf so raffinierte Weise täuschte? Oder der Ekel davor, wie es geschah?

Vicary öffnete die Augen. Sie fuhren nach Osten – durch das trübe Belgravia, dann zum Hyde Park Corner und von der Park Lane zur Bayswater Road. Die Straßen waren leer, hier und da ein Taxi, vereinzelte Lastwägen, einsame Fußgänger, die wie verängstigte Überlebende einer Seuche die Gehwege entlangeilten.

Vicary schloß die Augen wieder und sagte: »Was wollen Sie von mir?«

»Erinnern Sie sich, wie ich Ihnen sagte, daß das Zwanziger-Komitee eventuell auch auf andere Double-Cross-Agenten zurückgreifen will, um *Kesselpauke* für Berlin noch glaubwürdiger zu machen?«

»Ich erinnere mich«, antwortete Vicary. Er erinnerte sich auch, daß er sich über das Tempo gewundert hatte, mit dem diese Entscheidung getroffen worden war. Das Zwanziger-Komitee war berüchtigt für seine bürokratischen Grabenkriege. Jede Double-Cross-Nachricht mußte vom Komitee abgesegnet werden, bevor sie über einen umgedrehten deutschen Agenten den Deutschen zugespielt wurde. Vicary mußte manchmal Tage warten, bis das Komitee eine gefälschte Nachricht für seinen Becker-Ring genehmigte. Warum ging es diesmal so zügig?

Er war zu müde, um nach einer Antwort zu suchen. »Wohin fahren wir eigentlich?«

»Richtung Osten, nach Hoxton, um genau zu sein.«

Vicary öffnete die Augen einen Spalt, dann schloß er sie wieder. »Warum fahren wir dann auf der Bayswater Road nach Westen?«

»Um sicherzugehen, daß uns kein Geheimdienst folgt, weder ein befreundeter noch ein feindlicher.«

»Wer soll uns denn verfolgen, Sir Basil? Die Amerikaner?«

»Mir bereiten eher die Russen Kopfzerbrechen, Alfred.«

Vicary hob den Kopf und drehte ihn zu Boothby hinüber, bevor er ihn wieder in den Ledersitz fallen ließ. »Wenn ich nicht so müde wäre, würde ich Sie um eine Erklärung für diese Bemerkung bitten.«

»In ein paar Minuten bekommen Sie Ihre Erklärung, Alfred.«

»Gibt es dort auch Kaffee?«

Boothby kicherte. »Das kann ich Ihnen garantieren.«

»Gut. Macht es Ihnen etwas aus, wenn ich die Gelegenheit nutze und ein paar Minuten schlafe?«

Aber Vicary war bereits eingeschlafen und hörte Boothbys Antwort nicht mehr.

Der Wagen hielt mit einem Ruck. Vicary spürte im Halbschlaf, wie sein Kopf nach vorn und dann wieder nach hinten fiel. Er hörte das metallische Knirschen eines Türriegels und spürte einen Schwall kalter Luft im Gesicht. Da erwachte er. Er sah nach links und schien überrascht, daß Boothby neben ihm saß. Er blickte auf seine Uhr. Meine Güte, fast acht. Sie waren eine Stunde lang durch London gefahren. Sein Nacken schmerzte von der unbequemen Lage, in der er geschlafen hatte – im Sitz zusammengesunken, das Kinn gegen den Brustkorb gepreßt.

Sein Kopf brummte und verlangte nach Kaffee und einer Zigarette. Er griff nach der Armlehne und setzte sich auf. Er schaute aus dem Fenster: der Osten von London, Hoxton, eine häßliche Häuserzeile, die wie ein heruntergekommenes Fabrikareal aussah. Die andere Straßenseite war von Bomben getroffen worden. Ein Haus hier, ein Schutthaufen dort, dann wieder ein Haus und wieder ein Schutthaufen – wie ein lückenhaftes Gebiß.

Er hörte Boothby sagen: »Aufwachen Alfred, wir sind da. Was um alles in der Welt haben Sie denn geträumt?«

Er fühlte sich plötzlich befangen. Was er geträumt hatte? Hatte er denn im Schlaf gesprochen? Von Frankreich träumte er nicht mehr, seit – ja, seit wann eigentlich nicht mehr? – seit sie Catherine Blake aufgespürt hatten. Hatte er vielleicht von Helen geträumt? Beim Aussteigen wurde ihm schwindelig, und er mußte sich am hinteren Kotflügel abstützen. Boothby schien es nicht zu bemerken, denn er stand auf dem Gehweg, blickte sich ungeduldig nach Vicary um und klapperte mit dem Kleingeld in seiner Hosentasche. Es regnete jetzt stärker, und irgendwie vermittelte diese trostlose Umgebung den Eindruck, es sei kälter geworden. Vicary trat zu Boothby auf den Gehweg. Er atmete tief die frische, feuchte Luft ein und fühlte sich gleich besser.

Boothby führte ihn durch die Vordertür in den Hausflur. In dem Haus mußten sich mehrere Wohnungen befinden, denn an der Wand hingen Briefkästen aus Metall. Am Ende des Flurs, direkt gegenüber der Tür, war eine Treppe. Vicary schloß die Tür, und Dunkelheit hüllte sie ein. Er streckte die Hand aus und tastete an der Wand nach dem Lichtschalter – irgendwo hatte er einen gesehen. Er fand ihn und drückte. Nichts.

»Hier nimmt man die Verdunkelung etwas ernster als wir im West End«, sagte Boothby. Vicary zog eine Taschenlampe aus der Tasche seines Regenmantels. Er gab sie Boothby, und Boothby leuchtete ihnen bis zu der Holztreppe.

Vicary konnte kaum etwas sehen, nur die Umrisse von Boothbys breitem Rücken und den dünnen Lichtstrahl der schwachen Lampe. Seine übrigen Sinne waren plötzlich geschärft wie die eines Blinden. Er trat eine Reise durch die Welt der Gerüche an – Urin, schales Bier, Desinfektionsmittel, Spiegeleier, in altem Fett gebraten. Dann die Geräusche – ein Vater, der sein Kind schlug, ein sich streitendes Paar, ein anderes Paar, das geräuschvoll kopulierte. Von irgendwoher hörte er die Klänge einer Orgel und die Stimmen eines Männerchors. Er fragte sich, ob es eine Kirche in der Nähe gab, dann begriff er, daß es BBC war. Und erst da wurde ihm bewußt, daß Sonntag war. *Kesselpauke* und die Suche nach Catherine Blake hatten ihn so in Anspruch genommen, daß er mit den Wochentagen durcheinander gekommen war.

Sie erreichten den Treppenabsatz im obersten Stock. Boothby leuchtete den Boden ab. Das Licht wurde von den gelben Augen einer mageren Katze reflektiert. Sie fauchte sie zornig an und trollte sich. Das Singen hatte inzwischen aufgehört, und die Gemeinde betete das Vaterunser. Boothby hatte einen Schlüssel. Er steckte ihn ins Schloß und schaltete die Taschenlampe ab, bevor sie eintraten.

Der Raum war klein und verwahrlost – ein ungemachtes Bett, nicht größer als Vicarys Pritsche, eine winzige Kochnische mit einem Gasbrenner, auf dem Kaffee kochte, ein kleiner Couchtisch, um den reglos zwei Männer saßen und Radio hörten. Beide hatten eine Gauloise im Mund, und blauer Rauch schwebte in der Luft. Alle Lampen waren gelöscht, nur durch ein schmales Fenster, das auf die Rückseite der Häuser in der Nachbarstraße hinausging, fiel etwas Licht. Vicary trat an das Fenster und sah auf eine mit Müll übersäte Gasse hinaus. Zwei kleine Jungen warfen Blechbüchsen in die Luft und schlugen mit Stöcken nach ihnen. Eine Windhose wirbelte altes Zeitungspapier in die Höhe, so daß es aussah wie kreisende Möwen. Boothby goß Kaffee in zwei wenig vertrauenerweckende Emailbecher. Einen reichte er Vicary, den anderen behielt er selbst. Der Kaffee war zu stark und schmeckte abscheulich – bitter und abgestanden –, aber er war heiß und hatte Koffein.

Boothby deutete mit seinem angeschlagenen Becher zuerst auf den älteren und größeren der beiden Männer und stellte vor: »Alfred Vicary, das ist Pelikan. Natürlich ist das nur sein Deckname. Ich fürchte, seinen richtigen Namen werden Sie nie erfahren. Ich bin mir nicht einmal sicher, ob *ich* ihn kenne.« Er deutete mit dem Becher auf den zweiten Mann am Tisch. »Und das ist Hawke – das ist kein Deckname, er heißt wirklich so. Hawke arbeitet für uns, nicht wahr, Hawke?«

Aber Hawke ließ nicht erkennen, ob er Boothby zugehört

hatte. Er sah elend aus und war erschreckend mager. Sein billiger Anzug hing an seinen knochigen Schultern wie an einem Kleiderbügel. Er hatte die ungesunde Blässe eines Mannes, der nur nachts oder unter Tage arbeitet. Sein blondes Haar war schütter und bereits stark ergraut, obwohl er bestimmt nicht älter war als die Jungs, die Vicary in seinem letzten Semester an der Universität unterrichtet hatte. Er hielt seine Gauloise wie ein Franzose, zwischen der Spitze seines langen Daumens und seinem Zeigefinger. Vicary hatte das ungute Gefühl, daß er ihm irgendwo schon einmal begegnet war – in der Kantine vielleicht, oder vor der Registratur, mit einem Stapel Akten unter dem Arm. Oder hatte er ihn gesehen, als er Boothbys Büro durch die Geheimtür verließ, so wie Grace Clarendon neulich abends? Hawke sah Vicary nicht an. Er rührte sich erst, als Boothby zwei Schritte auf ihn zu trat. Und auch dann neigte er nur leicht den Kopf und verzog das Gesicht, als fürchte er, Boothby könnte ihn schlagen.

Als nächstes musterte Vicary Pelikan. Der Mann hätte ebenso Schriftsteller wie Hafenarbeiter sein können, Deutscher wie Franzose. Vielleicht auch Pole – die waren überall. Anders als Hawke erwiderte Pelikan Vicarys Blick und sah ihn leicht amüsiert an. Vicary konnte seine Augen kaum erkennen, denn der Mann trug die stärkste Brille, die er je gesehen hatte, und obendrein waren die Gläser leicht getönt, als sei er gegen helles Licht empfindlich. Unter seinem Ledermantel trug er einen grauen Rollkragenpullover und eine durchgescheuerte beige Strickjacke, die so aussah, als sei sie von einer fürsorglichen Verwandten gestrickt worden, die ebenso gute Augen hatte wie er. Er rauchte seine Gauloise bis auf einen kurzen Stummel und drückte sie dann mit seinem rissigen Daumennagel aus.

Boothby legte den Mantel ab und drehte das Radio leiser. Dann sah er Vicary an und sagte: »Also, wo soll ich beginnen?«

Hawke arbeitete nicht für *uns,* Hawke arbeitete für Boothby.

Boothby kannte Hawkes Vater. Er hatte in Indien mit ihm zusammengearbeitet. Beim Sicherheitsdienst. Den Sohn, also den jungen Hawke, hatte er 1935 in Großbritannien kennengelernt, bei einem Essen auf dem Gut der Familie in Kent. Der junge Hawke trank und redete an jenem Abend zuviel, machte seinem Vater und Boothby Vorhaltungen wegen ihrer Arbeit, zitierte Marx und Lenin wie andere Shakespeare und deutete mit ausladender Geste auf den herrlichen Garten, als sei er der Beweis für die Verworfenheit der herrschenden Klasse in England. Nach dem Essen schenkte Hawke Senior Boothby ein schwaches Lächeln, um sich für das ungebührliche Betragen seines Filius zu entschuldigen: »Die heutige Jugend… Sie wissen ja… der Mist, den sie in der Schule lernen… das Geld für ihre Ausbildung, alles zum Fenster rausgeworfen.«

Auch Boothby lächelte. Er hatte sehr lange nach einem Mann wie Hawke gesucht.

Boothby brauchte Leute für eine neue Mission: die Überwachung der Kommunisten, insbesondere an den Universitäten Oxford und Cambridge. Die Kommunistische Partei Großbritanniens warb, von ihren russischen Herren unterstützt und ermutigt, an den Universitäten um neue Mitglieder. Der NKWD suchte nach Spionen. Hawke machte sich für Boothby in Oxford an die Arbeit. Boothby wickelte Hawke ein. Boothby gab seinem orientierungslosen Leben eine Perspektive. Darin war er gut. Hawke verkehrte mit Kommunisten: Er trank mit ihnen, stritt mit ihnen, spielte Tennis mit ihnen, trieb es mit ihnen. Als die Partei an ihn herantrat, erteilte er ihr eine Abfuhr, ja, er warf sogar ein Glas Bier nach einem Funktionär.

Dann trat Pelikan an ihn heran.

Hawke verständigte Boothby. Hawke war ein braver Junge.

Pelikan war Deutscher, Jude und Kommunist. Boothby erkannte seine Chance sofort. Pelikan, in den zwanziger Jahren ein kommunistischer Aktivist auf Deutschlands Straßen, hatte es nach Hitlers Machtergreifung für ratsam gehalten, sich in sicherere Gefilde abzusetzen. Er emigrierte 1933 nach England. Der NKWD kannte Pelikan aus seinen Berliner Tagen. Als er feststellte, daß er sich in England niedergelassen hatte, warb er ihn als Agent an. Pelikan sollte lediglich als Talentspäher fungieren, selbst aber keine schwierigen Aufgaben übernehmen. Das erste Talent, das er entdeckte, war Boothbys Agent, Hawke. Beim nächsten Treffen zwischen Hawke und Pelikan tauchte plötzlich Boothby auf und jagte Pelikan eine Heidenangst ein. Pelikan erklärte sich bereit, für Boothby zu arbeiten.

Können Sie mir folgen, Alfred?

Vicary, der am Fenster stand und zuhörte, dachte: Oh ja, ich bin dir sogar vier Schritte voraus.

Im August 1939 holte Boothby Hawke zum MI5. Auf Anweisung Boothbys teilte Pelikan seinen Moskauer Führungsoffizieren mit, daß sein hoffnungsvollstes Talent jetzt für den britischen Nachrichtendienst arbeite. Moskau war begeistert. Pelikans Stern stieg. Über Pelikan ließ Boothby den Russen echtes, aber harmloses Material zukommen, das angeblich von seinem Maulwurf im MI5 stammte – Hawke. Mit Hilfe anderer Quellen konnten sich die Russen von der Richtigkeit aller Informationen überzeugen. Pelikans Stern stieg weiter.

Im November 1939 schickte Boothby Pelikan in die Niederlande. Ein junger, arroganter SD-Offizier namens Walter Schellenberg reiste regelmäßig unter falschem Namen nach Holland und traf sich dort mit MI6-Agenten.

Schellenberg stellte sich als Mitglied der *Schwarzen Kapelle* vor und bat die Briten um Unterstützung. In Wahrheit wollte er von den Briten die Namen echter deutscher Verräter erfahren, damit er sie verhaften konnte. Pelikan traf Schellenberg in einem Café in einer holländischen Grenzstadt und erbot sich, für ihn in Großbritannien als Spion zu arbeiten. Er gab zu, daß er ein- oder zweimal für den NKWD tätig geworden sei und einen Oxford-Studenten namens Hawke angeworben habe, der seit kurzem dem MI5 angehöre und mit dem er sich nach wie vor regelmäßig treffe. Als Zeichen des guten Willens überreichte er Schellenberg ein Geschenk – eine Sammlung asiatischer Erotika. Schellenberg gab Pelikan tausend Pfund, eine Kamera und ein Funkgerät und schickte ihn nach Großbritannien zurück.

Im Jahr 1940 wurde der MI5 neu organisiert. Vernon Kell, der alte Generaldirektor, der die Behörde 1909 gegründet hatte, wurde von Churchill gefeuert. Sir David Petrie trat seine Nachfolge an. Boothby kannte ihn aus Indien. Boothby fiel die Karriereleiter hinauf. Er holte Pelikan in den MI5 – *ein Amateur wie Sie, Alfred, allerdings ein Rechtsanwalt, kein Professor* –, wachte aber eifersüchtig über ihn. Pelikan war zu wichtig, als daß er ihn einem anderen überlassen hätte, der kaum den Weg in die Kantine kannte. Außerdem war Pelikans Kontakt zu Schellenberg hochinteressant.

Schellenberg war von Pelikans ersten Berichten beeindruckt. Das gesamte Material war gut, aber harmlos – Informationen über Waffenproduktion, Truppenbewegungen, Bombenschäden. Schellenberg schluckte sie gierig, obwohl er wußte, daß sie von einem kommunistischen Juden stammten, der als Talentspäher für den NKWD gearbeitet hatte. Er und seine SS-Konsorten verachteten Canaris und die Berufsoffiziere der Abwehr. Sie mißtrauten den Informationen, die Canaris dem Führer lieferte. Schellenberg sah seine Chance. Er konnte in Großbritannien einen separaten Spionagering aufbauen, der unter Umgehung der Abwehr direkt ihm und Heinrich Himmler berichtete.

Auch Boothby sah seine Chance. Das Pelikan-Netz eröffnete ihm die Möglichkeit, zwei Fliegen mit einer Klappe zu schlagen: Mit seiner Hilfe konnte er die falschen Informationen bestätigen, die er Canaris durch das Double-Cross-System zukommen ließ, und gleichzeitig Mißtrauen unter den beiden rivalisierenden deutschen Nachrichtendiensten säen. Dem MI5 war daran gelegen, daß Canaris im Amt blieb – immerhin hatte man seine Agentenringe in Großbritannien ausgehoben und für britische Zwecke eingespannt –, aber auch kleine Palastintrigen waren nützlich. Der britische Geheimdienst konnte vorsichtig Öl ins Feuer der Zwietracht und des Verrates gießen. Boothby begann, Schellenberg durch Pelikan mit Informationen zu füttern, die Zweifel an Canaris' Loyalität weckten – nicht genug, um den alten Fuchs ans Messer zu liefern, aber doch soviel, daß Schellenberg das Messer bereits wetzte.

1942 merkte Boothby, daß die Sache außer Kontrolle geriet. Schellenberg hatte einen lange Liste mit Canaris' Verfehlungen zusammengestellt und Himmler vorgelegt. Das Double-Cross-Komitee beschloß, dem Abwehr-Chef rasch ein oder zwei Knochen hinzuwerfen, um die Schlinge um seinen Hals zu lockern. Und es klappte. Himmler ließ Schellenbergs Akte in der Schublade veschwinden, und der alte Fuchs blieb im Amt.

Boothby goß sich eine zweite Tasse von dem abscheulichen Kaffee ein. Vicary hatte nicht einmal seine erste austrinken können. Er stellte sie, noch halbvoll, aufs Fensterbrett neben eine tote Motte, die langsam zu Staub zerfiel. Der böige Wind hatte die kleinen Jungs aus der Gasse vertrieben und Regentropfen peitschten gegen die Scheibe. Im Haus war nach den morgendlichen Aktivitäten wieder Ruhe eingekehrt. Nur das Knarren des Fußbodens unter Boothbys rastlosen Schritten war zu hören. Vicary wandte sich vom Fenster ab und betrachtete ihn. Er wirkte im Dämmer dieser schäbigen Wohnung deplaziert – wie ein Priester in einem Bordell –, doch er schien sich sehr wohl zu fühlen. Selbst Spione geben manchmal gerne Geheimnisse preis.

Boothby faßte in die Brusttasche seines Anzugs, zog ein einzelnes Blatt Papier heraus und gab es Vicary. Es war der Bericht, den er vor Wochen geschrieben und in dem er Boothby gebeten hatte, Sicherheitsalarm auszulösen. Vicary betrachtete die linke obere Ecke – dort prangte der Stempel »erledigt«. Und daneben waren kaum leserlich die Initialen *BB* hingekritzelt. Boothby streckte die Hand aus und nahm das Blatt wieder an sich. Dann gab er es Pelikan.

Zum ersten Mal rührte sich Pelikan. Er legte das Blatt auf den Tisch und schaltete das Licht an. Vicary, der neben ihm stand, konnte sehen, wie seine Augen hinter den dunklen Gläsern angestrengt blinzelten. Pelikan zog eine deutsche Mikrokamera aus der Tasche – dieselbe, die ihm Schellenberg 1940 gegeben hatte. Er machte gewissenhaft wie ein Profi zehn Fotos von dem Dokument, wobei er die Lampe jedesmal neu einstellte und den Winkel der Kamera leicht veränderte, um zu gewährleisten, daß er zumindest ein brauchbares Negativ erhielt. Schließlich hob er die Kamera und richtete sie auf Hawke. Die Kamera klickte zweimal, dann schob er sie in seine Tasche zurück.

»Pelikan fliegt heute nacht nach Lissabon«, sagte Boothby. »Schellenberg und Konsorten haben um ein Treffen mit ihm gebeten. Wir glauben, daß sie ihn gründlich ausquetschen wollen. Vor der Befragung wird ihnen Pelikan diesen Film geben. Wenn Schellenberg das nächste Mal mit Canaris im Tiergarten ausreitet, wird er ihm davon erzälen. Canaris und Vogel werden darin den Beweis sehen, daß *Kesselpauke* Gold wert ist. Ihre Agentin ist nicht enttarnt worden. Im britischen Geheimdienst herrscht Panik. Deshalb müssen die Informationen, die sie über *Operation Mulberry* schickt, zutreffend sein. Haben Sie es jetzt begriffen, Alfred?«

Vicary und Boothby brachen als erste auf. Boothby ging voran, Vicary folgte ihm. Der Abstieg auf der dunklen Treppe war schwieriger als der Aufstieg. Zweimal mußte sich Vicary an Boothbys weichem Kaschmirmantel festhalten. Sie kamen an der Katze vorbei, die sie wieder aus einer Ecke anfauchte. Die üblen Gerüche waren dieselben, nur die Reihenfolge war diesmal umgekehrt. Sie erreichten den Fuß der Treppe. Vicary spürte das abgetretene Linoleum unter seinen Schuhsohlen. Boothby stieß die Tür auf, und Vicary trat hinter ihm ins Freie. Regen klatschte ihm ins Gesicht.

Er war noch nie in seinem Leben so froh gewesen, irgendwo wegzukommen. Auf dem Weg zum Wagen sah er Boothby an, der wiederum ihn ansah. Vicary wußte, daß er gerade einen Blick hinter die Kulissen geworfen hatte. Er war durch eine geheime Welt der Täuschung geführt worden, von deren Existenz er nicht einmal etwas geahnt hatte. Er kletterte in den Wagen und schloß die Tür. Boothby stieg nach ihm ein. Sie fuhren zur Kingsland Road, dann nach Süden in Richtung Themse. Vicary warf einen kurzen Seitenblick auf Boothby. Boothby machte einen sehr selbstzufriedenen Eindruck.

»Warum haben Sie mir das alles gezeigt?« fragte Vicary.

»Weil ich es wollte.«

»Und was ist mit Ihrem Informationsbedarf? Ich brauche das alles nicht zu wissen. Sie hätten meinen Bericht an Schellenberg weiterleiten können, ohne mir ein Wort davon zu sagen.«

»Das stimmt.«

»Warum haben Sie es dann getan? Um mich zu beeindrukken?«

»In gewisser Weise, ja«, antwortete Boothby. »Mit Ihrer Idee, Catherine Blake nicht aus dem Verkehr zu ziehen, haben Sie eine Menge Leute beeindruckt, mich eingeschlossen. Ich habe begriffen, daß ich Sie unterschätzt habe, Alfred, Ihre Intelligenz und Ihre Skrupellosigkeit. Man muß schon ein kaltblütiger Bursche sein, wenn man Peter Jordan mit einer Aktentasche voller gefälschtem Material zurück in dieses Schlafzimmer schickt. Ich wollte Ihnen die nächste Ebene des Spiels zeigen.«

»Halten Sie es tatsächlich für ein Spiel, Sir Basil?«

»Nicht für *ein* Spiel, Alfred, für *das* Spiel.«

Boothby lächelte. Dieses Lächeln konnte seine beste Waffe sein. Vicary sah ihn an und dachte, daß er seine Frau Penelope wohl genauso anlächelte, wenn er ihr versicherte, daß er seine jüngste kleine Affäre beendet habe.

Kesselpauke machte es erforderlich, daß Vicary, um den Schein zu wahren, einen Großteil des Tages in seinem beengten Büro in der MI5-Zentrale verbrachte – schließlich versuchten sie, die Abwehr und den Rest des Departments glauben zu machen, daß sie immer noch nach einer deutschen Agentin fahndeten, die Zugang zu streng geheimem Material habe. Er schloß die Tür und setzte sich an seinen Schreibtisch. Er legte wie ein schläfriger Student den Kopf auf den Tisch und schloß die Augen. Und schon im nächsten Moment war er wieder in der schäbigen Wohnung in Hoxton. Er sah Pelikan und Hawke. Er sah die kleinen Jungs in der schmutzigen Gasse hinter dem Haus, die dünnen Beinchen, die aus ihren kurzen Hosen hervorschauten. Er sah die Motte, die zu Staub zerfiel. Er hörte die Orgelmusik, die durch die große Kirche hallte. Er dachte an Matilda und bekam Schuldgefühle, weil er ihre Beerdigung versäumt hatte.

Verdammt, warum kann ich all das nicht für ein paar Minuten abstellen und schlafen?

Dann sah er Boothby, wie er in der Wohnung auf und ab ging, ihm die Geschichte von Hawke und Pelikan erzählte und ihn in das raffinierte Doppelspiel einweihte, mit dem er Schellenberg täuschte. Nie hatte er Boothby so fröhlich gesehen wie da draußen, bei seinen Agenten, aus einem angeschlagenen Emailbecher abscheulichen Kaffee trinkend. Er begriff, daß er Boothby falsch eingeschätzt hatte oder, genauer gesagt, daß er von Boothby getäuscht worden war. Wie das gesamte Department. Der komische Bürokrat, der durch sein elegantes Büro stolzierte, die albernen persönlichen Maximen, die rote und die grüne Lampe, der lächerliche Sauberkeitstick und die Panik vor Glasrändern auf seinen kostbaren Möbeln – alles war eine einzige Lüge. Das war nicht Basil Boothby. Basil Boothby war kein Schreibtischhengst. Boothby war ein Agentenführer. Ein Lügner. Ein Schwindler. Ein Falschspieler. Während Vicary langsam eindöste, stellte er fest, daß er Boothby jetzt etwas weniger verabscheute. Nur eines störte ihn: Warum hatte Boothby den Schleier gelüftet? Warum gerade jetzt?

Vicary spürte, wie er in einen traumlosen Schlaf sank. In der Ferne schlug der Big Ben zehn Uhr. Das Geläut verstummte und wich dem dumpfen Rattern der Fernschreiber hinter der geschlossenen Tür. Er wollte lange schlafen. Er wollte einfach alles vergessen. Aber schon nach kurzer Zeit klopfte es – zuerst leise, dann lauter. Dann die Stimme eines Mädchens – zuerst sanft und angenehm, dann drängend: »Professor Vicary… Professor Vicary… Bitte, wachen Sie auf… Professor Vicary… Hören Sie mich?«

Vicary, dessen Kopf noch immer auf den gefalteten Händen ruhte, schlug die Augen auf. Für einen Moment dachte er, es sei Helen. Doch es war nur Prudence, ein blonder Engel aus dem Schreibbüro. »Tut mir leid, daß ich Sie wecken muß, Professor. Aber Harry Dalton ist am Apparat. Er sagt, es sei dringend. Sie Ärmster, ich bringe Ihnen gleich eine Tasse Tee.«

41

London

Catherine Blake verließ ihre Wohnung kurz vor elf Uhr morgens. Ein leichter, kalter Regen fiel. Der Himmel verdunkelte sich und verhieß noch schlechteres Wetter. Sie hatte noch drei Stunden Zeit bis zu ihrem Treff mit Neumann. An trüben Tagen wie diesem war sie versucht, auf die übliche Odyssee durch London zu verzichten und auf direktem Wege zum Treffpunkt zu gehen. Es war ermüdend und lästig, ständig stehenzubleiben, um nach etwaigen Verfolgern Ausschau zu halten, mehrmals die U-Bahn und die Taxis zu wechseln. Aber es war notwendig, besonders jetzt.

Sie blieb in der Tür stehen, verknotete den Schal unter dem Kinn und blickte in die Straße. Es war ein ruhiger Sonntagmorgen. Die Ampeln waren noch ausgeschaltet, die Geschäfte geschlossen. Nur das Café gegenüber hatte geöffnet. Ein kahlköpfiger Mann saß am Fenstertisch und las Zeitung. Er schaute kurz auf, blätterte um und senkte wieder den Blick.

Vor dem Café wartete ein halbes Dutzend Leute auf den Bus. Catherine musterte die Gesichter und meinte, eines schon einmal gesehen zu haben, vielleicht an der Bushaltestelle, vielleicht anderswo. *Wenn sie dich observieren, dann von einem festen Punkt aus, aus einer Wohnung im Haus gegenüber oder aus einem Zimmer über einem Laden.* Sie ließ ihre Augen über die Fenster wandern und suchte nach irgendeiner Veränderung, einem Gesicht, das zu ihr herabsah. Sie entdeckte nichts. Sie spannte ihren Schirm auf und trat hinaus in den Regen.

Ihren ersten Bus nahm sie in der Cromwell Road. Er war fast leer – nur zwei alte Damen, ein alter Mann, der Selbstgespräche führte, und ein schmächtiger, schlecht rasierter Mann, der einen durchnäßten Regenmantel trug und Zeitung las. Catherine stieg am Hyde Park Corner aus. Der Mann mit der Zeitung ebenfalls. Catherine ging in Richtung Park. Der Mann schlug die entgegengesetzte Richtung zum Piccadilly ein. Was hatte Vogel über die Watchers vom MI5 gesagt? *Männer, die auf der Straße an dir vorübergehen und dir nicht nachsehen.* Müßte Catherine für den MI5 Observationsspezialisten auswählen, dann würde sie sich für den Mann mit der Zeitung entscheiden.

Sie ging auf einem Fußweg neben der Park Lane nach Norden. Am Nordrand des Parks, an der Bayswater Road, kehrte sie um und ging zum Hyde Park Corner zurück. Dann machte sie abermals kehrt und ging wieder nach Norden. Sie war überzeugt, daß ihr niemand zu Fuß folgte. Sie ging ein kurzes Stück an der Bayswater Road entlang. An einem Briefkasten blieb sie stehen, schob einen leeren, unfrankierten Umschlag in den Schlitz und blickte sich bei dieser Gelegenheit noch einmal um. Nichts. Die Bewölkung wurde dichter, der Regen stärker. Sie hielt ein Taxi an und nannte dem Fahrer eine Adresse in Stockwell.

Catherine lehnte sich in ihrem Sitz zurück und betrachtete die Regentropfen, die in Mustern an der Scheibe herabliefen. Beim Überqueren der Battersea Bridge erfaßte eine Böe das Taxi und schüttelte es. Noch immer herrschte sehr wenig Verkehr. Catherine drehte sich um und spähte durch das kleine Heckfenster. Etwa zweihundert Meter hinter ihnen fuhr ein schwarzer Lieferwagen. Im Führerhaus saßen zwei Leute.

Catherine schaute wieder nach vorn und bemerkte, daß der Fahrer sie im Rückspiegel beobachtete. Ihre Blicke begegneten sich kurz, dann sah er wieder auf die Straße. Instinktiv faßte Catherine in ihre Handtasche und tastete nach dem Griff ihres Stiletts. Das Taxi bog in eine von viktorianischen Häusern gesäumte Straße ein, die alle gleich aussahen. Kein Mensch war zu sehen – keine Autos, keine Fußgänger. Catherine schaute wieder nach hinten. Der schwarze Lieferwagen war verschwunden.

Sie wurde ruhiger. Dem heutigen Treff blickte sie besonders gespannt entgegen. Sie wollte wissen, ob Vogel ihrer Bitte, sie aus England herauszuholen, nachkam. Einerseits wünschte sie sich, er hätte sie niemals hergeschickt. Sie war davon überzeugt, daß der MI5 das Netz um sie enger zog. Sie hatte schwere Fehler gemacht. Andererseits jedoch stahl sie aus Peter Jordans Safe wertvollstes Material. Vergangene Nacht hatte sie ein Dokument mit dem Stempel ›streng geheim‹ fotografiert, das mit Schwert und Schild, dem Abzeichen des SHAEF, versehen war. Es war gut möglich, daß sie das Geheimnis der Invasion gestohlen hatte.

Von ihrer Warte aus konnte sie es nicht mit Sicherheit sagen – Peter Jordans Projekt war nur ein Teil eines riesigen komplizierten Puzzles. Doch in Berlin, wo man das Puzzle zusammenzusetzen versuchte, konnte das Material von unschätzbarem Wert sein. Sie fühlte, daß sie weitermachen wollte, aber warum? Das war unlogisch, keine Frage. Sie hatte nie Spionin werden wollen. Vogel hatte sie durch Erpressung dazu gezwungen. Sie hatte sich Deutschland nie sehr verbunden gefühlt. Tatsächlich fühlte sie sich nichts und niemandem verbunden, wahrscheinlich machte sie gerade das zu einer guten Agentin. Aber da war noch etwas anderes – Vogel hatte immer von einem Spiel gesprochen. Ja, sie war diesem Spiel verfallen. Sie liebte die Herausforderung, die es an sie stellte. Und sie wollte das Spiel gewinnen. Sie wollte das Geheimnis der Invasion nicht stehlen, damit Deutschland den Krieg gewann und die Nazis in Europa ihr tausendjähriges Reich errichten konnten. Sie wollte das Geheimnis stehlen, um zu beweisen, daß sie die Beste war, besser als all diese Vollidioten, die von der Abwehr nach England geschickt worden waren. Sie wollte Vogel zeigen, daß sie das Spiel besser beherrschte als er selbst.

Das Taxi hielt an. Der Fahrer drehte sich um und fragte: »Sie sind sicher, daß wir hier richtig sind?«

Sie sah aus dem Fenster. Sie standen vor einer Reihe ausgebombter und verlassener Lagerhäuser. Die Straßen waren leer. Hier konnte ihr niemand nachgehen, ohne daß sie es bemerkte. Sie bezahlte und stieg aus. Das Taxi fuhr davon. Sekunden später glitt ein schwarzer Lieferwagen heran – mit zwei Männern im Führerhaus. Er fuhr an ihr vorbei die Straße entlang. Bis zur U-Bahnstation Stockwell war es nicht weit. Sie spannte ihren Regenschirm auf und eilte zu der Station. Der Zug stand kurz vor der Abfahrt, als sie den Bahnsteig betrat. Sie schlüpfte gerade noch durch die Tür, bevor sie sich schloß, und suchte sich einen Platz.

Horst Neumann stand in einem Hauseingang am Leicester Square und aß Fish and Chips aus einem Zeitungspapier. Gleich nach dem letzten Bissen Fisch wurde ihm schlecht. Er betrachtete das Zeitungspapier. Es war vollgesogen mit Fett. Er fragte sich, was sein Magen damit wohl anstellen würde. Die Verpflegung an der Ostfront war auch nicht viel schlimmer gewesen.

Dann entdeckte er sie. Sie betrat inmitten einer Gruppe von anderen Fußgängern den Platz. Er knüllte das fettige Papier zusammen, warf es in einen Mülleimer und folgte ihr. Nach einer Minute schloß er zu ihr auf. Catherine sah stur geradeaus, als habe sie nicht bemerkt, daß Neumann neben ihr ging. Sie faßte zu ihm hinüber und ließ den Film in seine Hand gleiten. Wortlos gab er ihr einen Zettel. Sie trennten sich wieder. Neumann setzte sich auf eine Bank auf dem Platz und sah ihr nach.

»Und was geschah dann?« fragte Alfred Vicary.

»Sie ging in die U-Bahnstation Stockwell«, antwortete Harry. »Wir schickten ihr einen Mann nach, aber sie war bereits eingestiegen und abgefahren.«

»Verdammt«, brummte Vicary.

»Einer unserer Leute stieg in Waterloo ein und nahm die Beschattung wieder auf.«

»Wie lange war sie unbeobachtet?«

»Etwa fünf Minuten.«

»Viel Zeit, um einen anderen Agenten zu treffen.«

»Das fürchte ich auch, Alfred.«

»Und was geschah dann?«

»Das Übliche. Sie hat unsere Leute anderthalb Stunden lang kreuz und quer durch das West End gehetzt. Schließlich ging sie in ein Café und gewährte uns eine halbstündige Verschnaufpause. Dann ging es weiter zum Leicester Square. Sie überquerte den Platz und kehrte nach Earl's Court zurück.«

»Kein Kontakt mit irgendeiner Person?«

»Uns ist nichts aufgefallen.«

»Und am Leicester Square?

»Unsere Leute haben nichts bemerkt.«

»Und was ist mit dem Briefkasten an der Bayswater Road?«

»Wir haben den Inhalt beschlagnahmt. Oben auf dem Haufen lag ein unfrankierter, leerer Umschlag. Das war nur ein Trick, damit sie sich unauffällig umsehen konnte.«

»Sie ist verdammt gut.«

»Sie ist ein Profi.«

Vicary legte die Fingerspitzen aneinander. »Ich glaube nicht, daß sie nur draußen herumrennt, um frische Luft zu schnappen, Harry. Entweder sie hat einen toten Briefkasten gefüllt, oder sie hat sich mit einem Agenten getroffen.«

»Das muß im Zug gewesen sein.«

»Es könnte überall gewesen sein«, sagte Vicary. Er schlug mit der Hand auf die Stuhllehne. »Mist, verfluchter.«

»Wir müssen sie nur weiter beschatten. Irgendwann macht sie einen Fehler.«

»Darauf würde ich mich nicht verlassen, Harry. Und je länger wir sie beschatten, desto größer wird die Gefahr, daß sie etwas merkt. Wenn sie merkt, daß sie beschattet wird ...«

»... können wir uns begraben«, beendete Harry Vicarys angefangenen Satz.

»Richtig, Harry. Dann können wir uns begraben.«

Vicary gähnte und hielt sich die Hand vor den Mund.

»Haben Sie mit Grace gesprochen?«

»Ja. Sie hat in allen erdenklichen Karteien nach den Namen gesucht. Es ist nichts dabei herausgekommen.«

»Und was ist mit Broome?«

»Dasselbe. Es ist kein Deckname für eine Operation oder einen Agenten.«

Harry sah Vicary lange an. »Würden Sie mir erklären, warum Sie Grace gebeten haben, diese Namen zu überprüfen?«

Vicary schaute auf und sah Harry in die Augen. »Wenn ich Ihnen das sage, bringen Sie mich in die Klapsmühle. Es ist nichts, ich habe nur Gespenster gesehen.« Er blickte auf seine Armbanduhr und gähnte erneut. »Ich muß Boothby informieren und die nächste Lieferung *Kesselpauke*-Material abholen.«

»Wir machen also weiter?«

»Solange Boothby nichts anderes sagt, machen wir weiter.«

»Was ist für heute abend geplant?«

Vicary stand auf und zog seinen Regenmantel an. »Ich dachte mir, ein Abendessen und Tanzen im *Four Hundred Club* wäre mal eine nette Abwechslung. Ich brauche jemanden, der sie da drinnen im Auge behält. Fragen Sie doch Grace, ob sie Sie begleitet. Machen Sie sich auf Kosten des Departments einen schönen Abend.«

42

Berchtesgaden

»Mir wäre wohler, wenn wir die Scheißkerle vor und nicht hinter uns hätten«, sagte Wilhelm Canaris. Vogel saß neben ihm auf dem Rücksitz des Mercedes, mit dem sie durch Berchtesgaden fuhren. Heinrich Himmler und Walter Schellenberg saßen in dem Wagen hinter ihnen. Schnee rieselte auf die malerische kleine Ortschaft. Der Anblick erinnerte den mißmutigen Vogel an eine kitschige Postkarte: *Komm ins schöne Berchtesgaden, zum Berghof des Führers.* Es verdroß ihn, daß er sich in einem so kritischen Moment so weit vom Tirpitz-Ufer entfernen mußte. Warum konnte Hitler nicht wie alle anderen in Berlin bleiben? Entweder verkroch er sich in seiner Wolfsschanze bei Rastenburg oder in seinem Adlerhorst in Bayern.

Vogel hatte beschlossen, das Beste aus der Dienstreise zu machen, und so hatte er sich vorgenommen, Gertrude und die Mädchen zu besuchen und mit ihnen den Abend zu verbringen. Sie wohnten bei Gertrudes Mutter in einem Dorf, das zwei Autostunden von Berchtesgaden entfernt lag. Er hörte noch die Aufregung in Trudes Stimme, als er sie aus Berlin angerufen und seinen Besuch angekündigt hatte. Mein Gott, wann hatte er sie zum letzten Mal gesehen? Einen Tag an Weihnachten, davor zwei Tage im Oktober. Sie hatte ihm Schweinebraten und Knödel zum Abendessen versprochen. Und mit ihrer aufregenden Stimme hatte sie gesagt, daß sie, sobald die Kinder und ihre Eltern im Bett seien, vor dem Kamin wunderbare Dinge mit ihm vorhabe. Trudes sexuelle Vorlieben hatten sich seit ihrer Leipziger Studentenzeit nicht verändert – am liebsten machte sie es an einem unsicheren Platz, wo sie überrascht werden konnten, wie etwa auf dem Fußboden im Haus ihrer Eltern. Das erregte sie besonders, wie schon vor fünfzehn Jahren, als sie zum ersten Mal miteinander geschlafen hatten. Vogel selbst empfand diese Erregung nicht mehr. Daran war *sie* schuld. Und sie hatte es absichtlich getan, als Strafe dafür, daß er sie nach England schickte.

Sieh mich an und erinnere dich daran, wenn du das nächste Mal mit deiner Frau zusammenbist.

Mein Gott, dachte Vogel, warum fällt mir das ausgerechnet jetzt wieder ein? Es war ihm gelungen, seine Gefühle vor Gertrude zu verbergen, so wie er ihr auch alles andere verheimlicht hatte. Er war kein geborener Lügner, aber inzwischen war er ein ziemlich guter geworden. Gertrude glaubte immer noch, er arbeite als Anwalt für Canaris und berate ihn in finanziellen und juristischen Angelegenheiten. Sie hatte keine Ahnung, daß er das geheimste Agentennetz der Abwehr in Großbritannien führte, ein Netz, das seine Initiale im Namen trug: V-Kette. Getrude dachte, er erledige in Bayern für Canaris irgendeinen banalen Auftrag, während er in Wahrheit auf den Kehlstein fuhr, um den Führer über die feindlichen Invasionspläne in Frankreich zu informieren. Vogel fürchtete, daß sie ihn verlassen würde, wenn sie die Wahrheit erführe. Ihre Empörung darüber, so lange getäuscht worden zu sein, wäre so groß, daß sie ihm nie wieder vertrauen würde. Manchmal dachte er, es wäre leichter, ihr von Anna zu erzählen, als ihr zu eröffnen, daß er einer der wichtigsten Spione Adolf Hitlers war.

Er verbannte diese Gedanken aus seinem Kopf. Er sah Canaris an, der seine Hunde gerade mit Keksen fütterte, dann wandte er sich wieder ab. War das wirklich möglich? Der Mann, der ihn der Juristerei entrissen und zum Topspion der Abwehr gemacht hatte, ein Verräter? Gewiß, Canaris machte aus seiner Verachtung für die Nazis keinen Hehl – seine hartnäckige Weigerung, der NSDAP beizutreten, seine ständigen sarkastischen Bemerkungen über den Führer. Aber ging diese Verachtung so weit, daß er zum Verräter geworden war? Vogel konnte es nicht mit Bestimmtheit sagen. Wenn Canaris tatsächlich ein Verräter war, so hatte das für die Agentennetze der Abwehr in Großbritannien verheerende Folgen. Canaris war in der Lage, alles zu verraten. Vogel dachte: Wenn Canaris ein Verräter ist, warum funktionieren die meisten Agentenringe der Abwehr in England dann immer noch? Das ergab keinen Sinn. Hätte Canaris die Agentenringe verraten, hätten die Briten sie über Nacht ausgehoben. Allein die Tatsache, daß die Mehrheit der deutschen Agenten in England nach wie vor ihren Auftrag erfüllte, bewies, daß Canaris kein Verräter war.

Vogels eigenes Netz war theoretisch gegen Verrat gefeit. Wie vereinbart, erfuhr Canaris nur äußerst vage Details über die V-Kette. Vogels Agenten kamen nicht mit anderen Agenten in Kontakt. Sie hatten eigene Codes, eigene Treffs, eigene Geldquellen. Und Vogel hielt sich von Hamburg fern, der Führungszentrale der englischen Netze. Er erinnerte sich an einige Idioten, die Canaris und die anderen Führungsoffiziere nach England geschickt hatten, insbesondere im Sommer 1940, als die Invasion unmittelbar bevorzustehen schien und Canaris alle Vorsicht außer acht ließ. Seine Agenten waren schlecht ausgebildet und schlecht ausgerüstet. Vogel wußte, daß einige nur zweihundert Pfund – ein Taschengeld – erhalten hatten, weil die Abwehr und der Generalstab überzeugt waren, daß man Großbritannien wie Polen und Frankreich in wenigen Wochen überrennen könne. Die meisten Agenten waren Schwachköpfe wie dieser Karl Becker – ein Perverser, der nur aus Abenteuerlust und Geldgier Spion geworden war. Vogel fragte sich, wie es dieser Idiot geschafft hatte, einer Verhaftung zu entgehen. Vogel mochte Abenteurer nicht. Er mißtraute jedem, der hinter den feindlichen Linien als Spion operieren wollte, nur ein Narr konnte das tatsächlich wollen. Und Narren waren schlechte Agenten. Vogel wollte nur Leute, die über die Eigenschaften und die Intelligenz verfügten, die ein guter Spion brauchte. Für alles andere – Motivation, handwerkliches Können, die Bereitschaft, im Notfall Gewalt anzuwenden – konnte er sorgen.

Die Außentemperatur fiel um mehrere Grade, als sie den Kehlstein hinauffuhren. Der Motor des Wagens quälte sich, und hier und dort drehten die Räder auf der vereisten Fahrbahn durch. Vogel war nie zuvor auf dem Berghof gewesen und wußte wenig darüber – nur daß der Führer ihn 1929 mit dem Erlös seines Buches *Mein Kampf* gekauft hatte und immer, wenn er sich freimachen konnte, herkam.

Die Wagen hielten vor zwei riesigen Stahltüren. Zwei SS-Männer führten eine rasche Kontrolle durch. Das Tor ging auf, und sie fuhren durch einen hellerleuchteten Tunnel in eine Tiefgarage. Der berühmte Aufzug des Führers erwartete sie. Er glich eher einem kleinen Hotelzimmer mit Plüschteppich, bequemen Sesseln und einer Reihe von Telefonen. Vogel und Canaris betraten ihn als erste. Canaris nahm Platz und zündete sich sofort eine Zigarette an, so daß der Aufzug voller Rauch war, als Himmler und Schellenberg eintrafen. Die vier Männer saßen schweigend da, und jeder starrte vor sich hin, während der Aufzug sie zum Obersalzberg hinauftrug. Himmler, wütend über den Tabakqualm, hielt sich die behandschuhte Hand vor den Mund und hüstelte.

Vogel betrachtete die Männer, die mit ihm nach oben fuhren, die drei mächtigsten Geheimdienstoffiziere des Dritten Reiches – ein Hühnerfarmer, ein Perverser und ein pingeliger kleiner Admiral, der möglicherweise ein Verräter war. In den Händen dieser Männer lag Deutschlands Zukunft.

Vogel dachte: Gott stehe uns bei.

Normalerweise hatte Kurt Vogel für landschaftliche Schönheit nichts übrig. Aber der weite Blick aus dem Wohnzimmer von Hitlers Berghof raubte ihm den Atem. Die schneebedeckten Gipfel der Alpen glitzerten in der Sonne. Jetzt verstehe ich, dachte Vogel, warum er uns den weiten Weg aus Berlin hierhergeschleppt. Der Raum war etwa fünfzehn auf zwanzig Meter groß, und als Vogel die Sitzgruppe vor dem Kamin erreichte, war ihm leicht schwindelig von der Höhe. Er ließ sich in die Ecke eines niedrigen Polstersofas sinken und sah sich um. An den Wänden hingen riesige Ölgemälde und Gobelins. Plastiken standen im Raum verteilt. Ein Diener goß für die vier Männer Kaffee und für den Führer Tee ein. Einen Augenblick später flog die Tür auf, und Adolf Hitler stapfte in den Raum. Wie gewöhnlich war Canaris der letzte, der sich erhob. Hitler bedeutete ihnen, wieder Platz zu nehmen, blieb selbst aber stehen.

»Kapitän Vogel«, sagte er ohne Vorrede, »wie ich höre, hat Ihr Agent in London wieder ein Bravourstück vollbracht.«

»Wir nehmen es jedenfalls an, mein Führer.«

»Bitte, spannen Sie uns nicht länger auf die Folter.«

Vogel öffnete unter den wachsamen Blicken eines SS-Mannes seine Aktentasche. »Unser Agent hat erneut ein bemerkenswertes Dokument gestohlen. Es liefert uns weitere Hinweise darauf, worum es bei der *Operation Mulberry* geht.« Vogel zögerte. »Wir können nun mit größerer Bestimmtheit sagen, welche Rolle *Mulberry* bei der Invasion spielen wird.«

Hitler nickte. »Bitte, fahren Sie fort, Kapitän Vogel.«

»Die neuen Dokumente lassen darauf schließen, daß sich hinter der *Operation Mulberry* ein riesiger Flugabwehrkomplex verbirgt. Der Feind wird ihn in den kritischen ersten Stunden der

Invasion an der französischen Küste in Stellung bringen, um seine Truppen vor unserer Luftwaffe zu schützen.« Wieder faßte Vogel in seine Tasche. »Unsere Analytiker haben anhand der in dem Feinddokument enthaltenen Pläne eine Skizze des Komplexes angefertigt.« Vogel legte sie auf den Tisch. Schellenberg und Himmler studierten sie interessiert.

Hitler war ans Fenster getreten und blickte hinaus auf die Berge. »Und wo wird der Feind diesen Flugabwehrkomplex Ihrer Meinung nach in Stellung bringen, Kapitän Vogel?«

»Die Pläne, die unser Agent gestohlen hat, geben darüber keine nähere Auskunft«, antwortete Vogel. »Aber zusammen mit den anderen von der Abwehr gesammelten Informationen legen sie den Schluß nahe, daß *Mulberry* für Calais bestimmt ist.«

»Und was ist mit Ihrer früheren Theorie, mit dem künstlichen Hafen in der Normandie?« fragte Hitler, immer noch auf die Berge starrend. Er war seit jeher der Überzeugung, daß er hier oben auf dem Berghof, wo er über allem thronte, am besten nachdenken konnte.

»Sie war ...« Vogel zögerte und suchte nach dem richtigen Wort. »... voreilig, mein Führer. Ich habe vorschnelle Schlüsse gezogen. Ich habe ein Urteil gefällt, bevor alle Beweise vorlagen. Verzeihen Sie mir den Vergleich, mein Führer, ich bin von Haus aus Jurist.«

»Nein, Kapitän Vogel. Ich glaube, daß Sie beim ersten Mal recht hatten. Ich glaube, daß *Mulberry* in der Tat ein künstlicher Hafen ist. Und ich bin davon überzeugt, daß er für die Normandie bestimmt ist.« Hitler fuhr herum und wandte sich seinen Zuhörern zu. »Das sieht Churchill ähnlich, diesem Verrückten! Ein ehrgeiziges, närrisches Bauprojekt, das seine Absichten verrät, weil es uns sagt, wo er und seine amerikanischen Freunde angreifen wollen! Der Mann hält sich für einen großen Denker, einen großen Strategen. Aber in militärischen Fragen ist er ein Dummkopf. Denken Sie nur an das Blutbad auf den Dardanellen. Nein, Kapitän Vogel, Sie hatten beim ersten Mal recht. Es ist ein künstlicher Hafen, und er ist für die Normandie bestimmt. Ich weiß es – hier.« Hitler schlug sich an die Brust. »Sie halten das Geheimnis der Invasion in der Hand, Kapitän Vogel. Sie haben nur nicht mehr den Mut, dazu zu stehen. Es ist die Normandie. Ich weiß das wie nichts sonst. Es ist die Normandie.«

Walter Schellenberg räusperte sich. »Mein Führer, wir haben andere Erkenntnisse, die Kapitän Vogels Theorie stützen.«

»Lassen Sie hören.«

»Vor zwei Tagen habe ich mit einem *unserer* Agenten in England gesprochen.«

Mein Gott, dachte Vogel, jetzt geht das wieder los.

Schellenberg fischte ein Dokument aus seiner Aktentasche. Vogel bemerkte, daß die SS-Leibwächter nicht mit der Wimper zuckten.

»Es handelt sich um den Bericht eines MI5-Offiziers namens Alfred Vicary. Er wurde von jemandem mit den Initialen *BB* abgesegnet und an Churchill und Eisenhower weitergeleitet. Vicary warnt darin vor einer neuen Sicherheitsbedrohung und empfiehlt, bis auf weiteres besondere Vorkehrungen zu treffen. Außerdem mahnt er alle alliierten Offiziere zu besonderer Vorsicht bei weiblichen Annäherungsversuchen. Ihr Agent in London ist doch eine Frau, nicht wahr, Kapitän Vogel?«

»Darf ich das mal sehen?« fragte Vogel.

Schellenberg reichte ihm das Papier.

»Alfred Vicary?« sagte Hitler. »Wieso kommt mir der Name bekannt vor?«

»Vicary ist mit Churchill befreundet«, antwortete Canaris. »Er gehörte in den dreißiger Jahren zu Churchills Beratern. Churchill holte ihn in den MI5, als er im Mai 1940 Premierminister wurde.«

»Ja, jetzt erinnere ich mich wieder. Hat er in den dreißiger Jahren nicht einen Haufen Mist über den Nationalsozialismus geschrieben?«

Und alles hat sich als wahr herausgestellt, dachte Canaris und sagte: »Ja, genau der ist es.«

»Und wer ist *BB*?«

»Basil Boothby. Er leitet eine Abteilung im MI5.«

Hitler ging langsam auf und ab. Die Stille in den Alpen hatte immer eine beruhigende Wirkung auf ihn. »Vogel, Schellenberg und Canaris sind also davon überzeugt. Nun gut, ich aber nicht.« Er drehte sich um. »Ich sage Ihnen, sie werden in der Normandie angreifen. In der Normandie!«

»Eine interessante Wendung der Ereignisse, meinen Sie nicht auch, Herr Reichsführer?« Hitler sah zu, wie die Sonne im

Westen unterging und die Gipfel der Alpen in ein dunkles Rosa tauchte. Alle bis auf Himmler waren gegangen. »Zuerst sagt mir Kapitän Vogel, daß es sich um einen künstlichen Hafen handele, und jetzt soll es ein Flugabwehrkomplex für Calais sein.«

»Hochinteressant, mein Führer. Ich habe da meine eigenen Theorien.«

Hitler wandte sich vom Fenster ab und sagte: »Dann lassen Sie hören, was Sie von Vogels Sinneswandel halten.«

»Theorie Nummer eins: Er sagt die Wahrheit. Er hat Informationen erhalten, auf die er vertraut, und glaubt wirklich, was er Ihnen heute gesagt hat.«

»Möglich. Weiter.«

»Nummer zwei: Die Informationen, die er Ihnen gerade vorgelegt hat, sind reine Fälschungen, und Vogel ist, wie sein Vorgesetzter Wilhelm Canaris, ein Verräter, der den Führer und Deutschland vernichten will.«

Hitler verschränkte die Arme und legte den Kopf zurück. »Warum sollten sie uns in bezug auf die Invasion täuschen?«

»Wenn der Feind in Frankreich Erfolg hat und das deutsche Volk sieht, daß der Krieg verloren ist, werden sich Canaris und der übrige Abschaum der *Schwarzen Kapelle* gegen uns wenden und versuchen, uns zu vernichten. Wenn es den Verschwörern gelingt, die Macht an sich zu reißen, werden sie um Frieden winseln, und Deutschland wird so dastehen wie nach dem Ersten Weltkrieg – verstümmelt, schwach, als der Bettler Europas, der von den Brotkrumen lebt, die vom Tisch der Briten, Franzosen und Amerikaner fallen.« Himmler machte eine Pause. »Und der Bolschewisten, mein Führer.«

Hitlers Augen schienen Feuer zu fangen. Der bloße Gedanke, daß Deutsche unter russischer Herrschaft lebten, war ihm unerträglich. »Das werden wir niemals zulassen!« sagte er, dann musterte er Himmler genauer. »Ich sehe Ihnen an, daß Sie noch eine Theorie haben, Herr Reichsführer.«

»Ja, mein Führer.«

»Raus mit der Sprache.«

»Vogel glaubt, daß die Informationen, die er Ihnen vorlegt, stimmen. Nur hat er aus einer vergifteten Quelle getrunken.«

Hitlers Neugier schien geweckt. »Weiter, Herr Reichsführer.«

»Mein Führer, ich habe aus meiner Meinung über Admiral Canaris nie ein Hehl gemacht. Ich halte ihn für einen Verräter.

Ich weiß, daß er Kontakt zu britischen und amerikanischen Agenten gehabt hat. Wenn meine Befürchtungen, ihn betreffend, begründet sind, müßten wir dann nicht folgerichtig davon ausgehen, daß er die deutschen Agentennetze in Großbritannien verraten hat? Was, wenn Kapitän Vogel die Wahrheit herausbekommen hat und Admiral Canaris ihn zum Schweigen bringt, um sich selbst zu schützen? Vogel hat es bei unserer letzten Besprechung ja selbst gesagt – wenn *Mulberry* ein künstlicher Hafen ist, dann sind alle Informationen, die auf Calais als Hauptlandungspunkt hinweisen, falsch. Ein Täuschungsmanöver, mein Führer.«

Hitler ging wieder ruhelos auf und ab. »Brillant wie immer, Herr Reichsführer. Sie sind der einzige, auf den ich mich verlassen kann.«

»Vergessen wir nicht, mein Führer – eine Lüge ist die Wahrheit, nur seitenverkehrt. Halten wir die Lüge vor den Spiegel, blickt uns die Wahrheit entgegen.«

»Sie haben einen Plan, das spüre ich.«

»Ja, mein Führer. Und Kurt Vogel ist darin die Schlüsselfigur. Vogel kann das Geheimnis um die Invasion lüften und uns gleichzeitig Canaris' Kopf auf dem Silbertablett servieren.«

»Vogel macht auf mich einen sehr intelligenten Eindruck.«

»Vor dem Krieg galt er als einer der brillantesten Juristen in Deutschland. Aber vergessen wir nicht, daß Canaris persönlich ihn angeworben hat. Deshalb habe ich Zweifel an seiner Loyalität. Wir müssen sehr behutsam mit ihm umgehen.«

»Das ist doch Ihre Spezialität, Herr Reichsführer, nicht wahr?«

Himmler zeigte sein gräßliches Lächeln. »Ja, mein Führer.«

Das Haus war dunkel, als Vogel ankam. Wegen eines schweren Schneegestöbers hatte er vier statt nur zwei Stunden für die Fahrt gebraucht.

Er stieg aus dem Fond des Wagens, holte seine kleine Reisetasche aus dem Kofferraum und entließ den Fahrer, für den er in einem Gasthof im Dorf ein Zimmer reserviert hatte. Trude stand in der offenen Tür, die Arme fest vor der Brust verschränkt, um sich vor der Kälte zu schützen. Sie sah verblüffend gut aus. Der blasse Teint war rosig von der Kälte, und die Gebirgssonne hatte helle Strähnen in ihr braunes Haar gezogen. Sie trug einen warmen Skipullover, Wollhosen und Stiefel. Trotz der dicken Kleidung sah Vogel, daß ihr das Landleben gut bekam. Als er sie in den Arm nahm, sagte sie: »Mein Gott, Kurt Vogel, du bist ja nur noch Haut und Knochen. Steht es in Berlin so schlimm?«

Alle waren bereits zu Bett gegangen. Die Mädchen teilten sich ein Zimmer im Obergeschoß. Während Trude das Abendessen für Vogel aufwärmte, ging er nach oben und sah nach ihnen. Im Zimmer war es kalt. Grete war zu Lisbeth ins Bett gekrochen. Im Dunkeln fiel es ihm schwer, die beiden kleinen Körper genau auszumachen. Er stand da, lauschte ihrem Atem und sog den Geruch ihres Haares und der Seife ein, der den Bettdecken entströmte. Trude hielt es zwar für sonderbar, aber ihren Geruch liebte er mehr als alles andere.

Unten erwarteten ihn ein gefüllter Teller und ein Glas Wein. Trude hatte bereits vor Stunden gegessen, und so saß sie nur neben ihm und redete, während er gierig den Schweinebraten und die Knödel verschlang. Er war überrascht, wie hungrig er war. Er aß den Teller leer, und sie füllte ihn ein zweites Mal. Diesmal zwang er sich, langsamer zu essen. Trude erzählte von ihren Eltern und den Mädchen und davon, wie die Wehrmacht ins Dorf gekommen war und die restlichen Männer und die Schuljungen geholt hatte. Sie dankte Gott, daß er ihr zwei Töchter und keine Söhne geschenkt hatte. Sie fragte ihn nicht nach seiner Reise, und er erzählte ihr von sich aus keine Einzelheiten.

Dann hatte er zu Ende gegessen, und Trude räumte den Teller weg. Sie hatte eine Kanne Kaffee-Ersatz gekocht, und stand gerade am Herd und goß ihm eine Tasse ein, als es leise an die Tür klopfte. Vogel schaltete nicht schnell genug. Das schwere Essen, das gemütliche Haus und Trudes Anblick hatten ihn träge gemacht, und so war er nicht auf der Hut wie sonst. Das Klopfen war so leise, daß es kaum zu hören war – wie die Stimme, sollte Vogel später denken. Es war zu spät. Trude durchquerte den Raum und griff nach der Türklinke. Sie öffnete und starrte ungläubig die Gestalt an, die, ganz in Schwarz gekleidet, vor ihr stand.

»Oh, mein Gott«, stammelte sie.

Tasse und Untertasse entglitten ihrer Hand und zerbrachen zu ihren Füßen.

»Heinrich Himmler in diesem Haus«, sagte Trude mit tonloser Stimme, als führe sie ein Selbstgespräch. Sie stand in ihrem

Schlafzimmer, stocksteif, die Arme verschränkt. Trotz des schwachen Lichts konnte Vogel sehen, daß sie bleich war und am ganzen Körper zitterte. »Ich dachte zuerst, ich träume, als ich das Gesicht sah. Dann dachte ich, wir werden alle verhaftet. Und dann dämmerte es mir – Heinrich Himmler kommt in das Haus meiner Eltern, weil er mit meinem Mann sprechen muß.« Sie sah ihn an. »Weshalb, Kurt? Sag mir, daß du nicht für ihn arbeitest. Sag mir, daß du keiner von Himmlers Henkern bist. Sag es, auch wenn es gelogen ist.«

»Ich arbeite nicht für Heinrich Himmler.«

»Wer war der andere?«

»Er heißt Walter Schellenberg.«

»Was tut er?«

Vogel sagte es ihr.

»Und was tust *du?* Und sag jetzt nicht, daß du Canaris' Hausjurist bist.«

»Vor dem Krieg habe ich mich nach einer ganz bestimmten Sorte von Leuten umgesehen und sie ausgebildet. Dann habe ich sie als Spione nach England geschickt.«

Trude nahm dieses Geständnis auf, als habe sie schon lange etwas Ähnliches geahnt.

»Warum hast du mir nie davon erzählt?«

»Ich durfte es niemandem erzählen, nicht einmal dir. Ich habe dich nur getäuscht, um dich zu schützen. Aus keinem anderen Grund.«

»Wo warst du heute?«

Es hatte keinen Sinn, sie länger anzulügen.

»Ich war in Berchtesgaden bei einer Besprechung mit Hitler.«

»Allmächtiger«, stammelte sie und schüttelte den Kopf. »Was hast du mir noch alles vorgelogen, Kurt Vogel?«

»Ich habe dich nur in bezug auf meine Arbeit belogen, sonst nicht.«

Er sah ihrem Gesicht an, daß sie ihm nicht glaubte.

»Heinrich Himmler, in diesem Haus. Was ist nur aus dir geworden, Kurt. Du hättest ein berühmter Jurist werden können. Du hättest ein zweiter Hermann Heller werden können und könntest heute in einem Reichsgericht sitzen. Du hast die Juristerei geliebt.«

»In Deutschland gibt es kein Recht mehr, Trude. Es gibt nur noch Hitler.«

»Was wollte Himmler? Warum kommt er so spät in der Nacht hierher?«

»Ich soll ihm helfen, einen Freund ans Messer zu liefern.«

»Ich hoffe, du hast abgelehnt.«

Vogel sah zu ihr auf. »Wenn ich ihm nicht helfe, bringt er mich um. Und danach bringt er dich und die Mädchen um. Er bringt uns alle um, Trude.«

4

43

London: Februar 1944

»Dasselbe wie beim vorigen Mal, Alfred. Sie hat unsere Leute drei Stunden lang auf Trab gehalten, dann ist sie in ihre Wohnung zurückgekehrt.«

»Unsinn, Harry. Sie trifft sich mit einem anderen Agenten oder füllt irgendwo einen toten Briefkasten.«

»Wenn ja, dann haben wir es wieder nicht gemerkt.«

»Verflucht!« Vicary zündete sich am Stummel seiner Zigarette eine neue an. Er war von sich selbst angewidert. Rauchen war schon schlimm genug. Aber eine Zigarette an der anderen anzuzünden, das war unerträglich. Er würde die verdammte Qualmerei aufgeben – natürlich erst, wenn der Krieg vorbei war. Es lag nur an der Anspannung. Die Operation ging jetzt in die dritte Woche. Sie hatten Anna von Steiner nun schon viermal gefälschte Dokumente fotografieren lassen. Viermal waren ihr seine Leute kreuz und quer durch London gefolgt. Und viermal hatten sie nicht herausgefunden, wie sie das Material außer Landes schaffte. Langsam wurde Vicary nervös. Je länger die Operation dauerte, um so größer wurde die Gefahr, daß ein Fehler passierte. Die Beschatter waren erschöpft, und Peter Jordan stand kurz davor aufzubegehren.

»Vielleicht packen wir die Sache von der falschen Seite an«, sagte Vicary.

»Wie meinen Sie das?«

»Wir verfolgen sie und hoffen, daß wir sie bei der Übergabe ertappen. Wie wäre es, wenn wir unsere Taktik ändern, und nach dem Agenten Ausschau halten, der das Material übernimmt?«

»Wie denn? Wir haben ja keine Ahnung, wer er ist oder wie er aussieht.«

»Vielleicht doch, Harry. Immer wenn sie ausgeht, folgen ihr unsere Leute. Und Ginger Bradshaw. Er hat Dutzende von Fotos gemacht. Unser Mann muß auf einigen Bildern drauf sein.«

»Möglich. Einen Versuch wäre es jedenfalls wert.«

Zehn Minuten später kehrte Harry mit einem dreißig Zentimeter hohen Stapel Fotos zurück. »Einhundertfünfzig Fotos, um genau zu sein, Alfred.«

Vicary nahm an seinem Schreibtisch Platz und setzte sich die Lesebrille auf. Er nahm jeweils ein Foto vom Stapel und suchte nach Gesichtern und Kleidungsstücken, nach Mienen oder Gesten, die irgendwie verdächtig waren. Harry trank Tee und ging schweigend auf und ab.

Zwei Stunden später glaubte Vicary, etwas gefunden zu haben.

»Sehen Sie, Harry, hier ist er am Leicester Square. Und hier ist er wieder, diesmal an der Euston Station. Es könnte ein Zufall sein. Es könnten zwei verschiedene Männer sein. Aber ich bezweifle es.«

»Da soll mich doch der Schlag treffen!« Harry sah sich den Mann auf den Fotos an: klein, dunkelhaarig, breite Schultern, normale Kleidung. Absolut unauffällig – der ideale Mann für Einsätze auf der Straße.

Vicary raffte alle übrigen Fotos zusammen und teilte den Stoß grob in zwei Hälften.

»Suchen Sie ihn, Harry. Nur ihn, keinen anderen.«

Eine halbe Stunde später entdeckte ihn Harry auf einem Foto, das am Trafalgar Square aufgenommen worden war. Diese Aufnahme erwies sich als die bislang beste von ihm.

»Er braucht einen Decknamen«, sagte Vicary.

»Er sieht aus, als könnte er Rudolf heißen.«

»Gut«, sagte Vicary. »Nennen wir ihn Rudolf.«

44

Hampton Sands, Norfolk

Zur gleichen Zeit fuhr Horst Neumann mit dem Fahrrad von Doghertys Cottage ins Dorf. Er trug einen dicken Rollkragenpullover, eine Seemannsjacke und alte Hosen, die in Gummistiefeln steckten. Es war ein klarer, heiterer Tag. Ein kräftiger Nordwind trieb dicke weiße Wolken über den tiefblauen Himmel. Ihre Schatten huschten über die Wiesen und Hänge und verloren sich am Strand. Es sollte vorläufig der letzte schöne Tag bleiben – für die gesamte Ostküste war schlechtes Wetter angekündigt, das morgen mittag beginnen und mehrere Tage anhalten sollte. Neumann wollte das Cottage für ein paar Stunden verlassen, solange es noch möglich war. Er mußte nachdenken. Die Windböen machten es fast unmöglich, das Fahrrad auf dem zerfurchten Weg aufrecht zu halten. Neumann duckte den Kopf und trat kräftiger in die Pedale. Er drehte sich um und spähte über die Schulter. Dogherty hatte aufgegeben. Er war vom Rad gestiegen und schob es mürrisch den Weg entlang.

Neumann tat so, als habe er es nicht bemerkt, und fuhr weiter in Richtung Dorf. Er beugte sich über den Lenker, winkelte die Ellbogen an und strampelte den kleinen Hügel hinauf. Er erreichte die Kuppe und raste auf der anderen Seite wieder hinunter. Der Weg war vom Nachtfrost noch hart gefroren, und das Rad wurde so durchgerüttelt, daß Neumann fürchtete, das Vorderrad könnte sich lockern. Der Wind ließ nach, und das Dorf tauchte auf. Neumann fuhr über die Brücke, die sich über die kleine Bucht spannte, und hielt auf der anderen Seite an. Er legte das Rad in das tiefe Gras am Wegesrand und setzte sich daneben. Er hob das Gesicht zur Sonne. Sie schien warm, trotz der kühlen Luft. Ein paar Möwen zogen über ihm still ihre Kreise. Er schloß die Augen und lauschte dem Rauschen des Meeres. Ein absurder Gedanke schoß ihm durch den Kopf – er würde dieses kleine Dorf vermissen, wenn es Zeit war, von hier fortzugehen.

Er öffnete die Augen und erblickte Dogherty oben auf dem Hügel.

Dogherty nahm die Mütze ab, wischte sich die Stirn und winkte. »Lassen Sie sich Zeit, Sean«, rief Neumann und deutete zur Sonne, um zu erklären, warum er es nicht eilig hatte. Dogherty stieg auf sein Rad und ließ es den Hang herunterrollen.

Neumann wandte den Blick von Dogherty ab und sah aufs Meer hinaus. Die Nachricht, die er am Morgen von Vogel erhalten hatte, beunruhigte ihn. Bisher hatte er es vermieden, darüber nachzudenken, doch nun ließ es sich nicht länger aufschieben. Der Funker in Hamburg hatte einen Code übermittelt, der bedeutete, daß Neumann bei Catherine Blake in London eine Gegenbeschattung durchführen sollte, und das wiederum hieß im Geheimdienstjargon, daß er Catherine Blake folgen sollte, um sich zu vergewissern, daß sie nicht von der Gegenseite observiert wurde. Das konnte alles mögliche bedeuten. Es konnte bedeuten, daß Vogel sich lediglich von der Zuverlässigkeit der Informationen überzeugen wollte, die Catherine lieferte. Es konnte aber auch bedeuten, daß Vogel den Verdacht hegte, sie werde von der anderen Seite manipuliert. War dies tatsächlich der Fall, konnte Neumannn in eine brenzlige Situation geraten. Wenn Catherine observiert wurde und er ihr folgte, operierte er sozusagen Seite an Seite mit MI5-Offizieren, die darin geschult waren, eine Gegenbeschattung zu erkennen. Er würde geradewegs in eine Falle laufen. Er dachte: Zur Hölle mit dir, Vogel, was für ein Spiel treibst du?

Und was, wenn sie tatsächlich von der Gegenseite beschattet wurde? In dem Fall hatte Neumann zwei Alternativen. Wenn irgend möglich, sollte er Funkkontakt zu Vogel aufnehmen und ihn um die Erlaubnis bitten, Catherine Blake aus England herauszuschaffen. Wenn dafür keine Zeit blieb, war er befugt, auf eigene Faust zu handeln.

Dogherty fuhr über die Brücke und hielte neben Neumann. Eine große Wolke schob sich vor die Sonne. Neumann fröstelte. Er stand auf und ging, das Fahrrad vor sich her schiebend, in Richtung Dorf. Der Wind frischte auf und pfiff über die schiefen Grabsteine auf dem Friedhof. Neumann schlug den Kragen seiner Jacke hoch.

»Hören Sie, Sean, es könnte sein, daß ich bald verschwinden muß, und zwar schnell.«

Dogherty sah Neumann verdutzt an und blickte wieder auf den Weg.

»Erzählen Sie mir von dem Boot«, sagte Neumann.

»Zu Beginn des Krieges erhielt ich aus Berlin den Auftrag, an der Küste von Lincolnshire einen Fluchtweg auszukundschaften und eine Möglichkeit zu finden, einen Agenten auf ein U-Boot zu bringen, das zehn Meilen vor der Küste liegt. Sein Name ist Jack Kincaid. Er hat in Cleethorpes, an der Mündung des Humber, ein kleines Fischerboot. Ich habe das Boot gesehen. Es ist ein halbes Wrack, andernfalls hätte es die Royal Navy beschlagnahmt. Aber es wird seinen Zweck erfüllen.«

»Und Kincaid? Wieviel weiß er?«

»Er hält mich für einen Schwarzhändler. Kincaid macht viele krumme Geschäfte, aber ich glaube, er steht in den Diensten der Abwehr. Ich habe ihm hundert Pfund gezahlt und gesagt, daß er sich kurzfristig bereithalten soll, zu jeder Tages- und Nachtzeit.«

»Benachrichtigen Sie ihn noch heute«, sagte Neumann. »Sagen Sie ihm, daß wir bald kommen.«

Dogherty nickte.

»Ich bin nicht befugt, Ihnen dieses Angebot zu machen«, sagte Neumann, »aber ich tue es trotzdem. Ich möchte, daß Sie und Mary mit mir kommen, wenn ich verschwinde.«

Dogherty lachte in sich hinein. »Was soll ich denn in dem beschissenen Berlin?«

»Auf jeden Fall werden Sie leben«, erwiderte Neumann. »Wir haben zu viele Spuren hinterlassen, und die Briten sind nicht dumm, auch wenn Sie das Gegenteil glauben wollen. Sie werden Sie finden. Und dann marschieren Sie geradewegs zum Galgen.«

»Darüber bin ich mir im klaren. Viele gute Männer haben ihr Leben für die Sache hingegeben. Mein Bruder zum Beispiel. Ich habe keine Angst davor, für die Sache zu sterben.«

»Schön gesagt, Sean. Aber seien Sie kein Narr. Ich würde sagen, Sie haben aufs falsche Pferd gesetzt. Sie würden nicht für Ihre Sache sterben, Sie würden sterben, weil Sie für den Feind, für Nazideutschland, spioniert haben. Hitler und Konsorten scheren sich einen Dreck um Irland. Und wer ihnen hilft, befreit Nordirland nicht von den britischen Unterdrückern – heute nicht, und morgen nicht. Verstehen Sie mich?«

Dogherty sagte nichts.

»Und da ist noch eine andere Frage, die Sie sich stellen sollten.

Sie mögen bereit sein, Ihr Leben zu opfern, aber was ist mit Mary?«

Dogherty sah ihn scharf an. »Was meinen Sie damit?«

»Mary weiß, daß Sie für die Abwehr spionieren, und sie weiß, daß ich ein Agent bin. Wenn die Briten das herausfinden, werden sie nicht sehr erfreut sein, um es gelinde auszudrücken. Sie wird für lange Zeit hinter Gitter wandern – wenn sie Glück hat. Wenn sie Pech hat, wird sie ebenfalls gehenkt.«

Dogherty winkte ab. »Sie werden Mary nicht anrühren. Sie hat nichts damit zu tun.«

»Sie hat sich in ihren Augen der Beihilfe schuldig gemacht. Sie war die Helfershelferin eines Spions.«

Dogherty ging schweigend weiter und dachte über Neumanns Worte nach. Schließlich sagte er: »Was zum Teufel soll ich in Deutschland? Ich will nicht nach Deutschland.«

»Vogel kann für Sie eine Reise in ein Drittland arrangieren, nach Portugal oder Spanien. Vielleicht kann er Sie sogar nach Irland zurückbringen.«

»Mary wird nicht mitkommen. Sie wird Hampton Sands niemals verlassen. Wenn ich Sie begleite, muß ich alleine gehen – und sie mit den verfluchten Briten allein lassen.«

Sie erreichten den Pub Hampton Arms. Neumann lehnte sein Fahrrad an die Mauer, und Dogherty folgte seinem Beispiel.

»Ich muß eine Nacht darüber schlafen«, sagte Dogherty. »Ich werde mit Mary reden und Ihnen morgen früh Bescheid geben.«

Sie betraten den Pub. Er war leer, nur der Wirt stand hinter der Theke und trocknete Gläser ab. Im Kamin prasselte ein Feuer. Neumann und Dogherty zogen ihre Jacken aus und setzten sich an den Tisch direkt neben dem Kamin. Auf der Tageskarte stand nur ein Gericht, Schweinefleischpastete. Sie bestellten zwei Portionen und dazu zwei Gläser Bier. Das Feuer war so heiß, daß Neumann seinen Pullover auszog. Ein paar Minuten später brachte der Wirt das Essen, und sie bestellten noch zwei Bier. Neumann hatte Sean am Morgen geholfen, den Zaun zu flicken, und war halb verhungert. Er sah nur ein einziges Mal von seinem Teller auf, und zwar als die Tür aufging und ein großer Mann eintrat. Neumann hatte ihn schon einmal im Dorf gesehen und wußte, wer er war. Jennys Vater, Martin Colville.

Er war ein großer, kräftiger Kerl mit schwarzem Haar, das ihm in die Stirn fiel, und einem graumelierten Bart. Seine fleckige

Jacke roch nach Motoröl. Seine riesigen Hände waren rissig und schmutzig. Colville trank den ersten Whisky in einem Zug aus und bestellte einen zweiten. Neumann aß jetzt den letzten Bissen und steckte sich eine Zigarette an.

Colville kippte den zweiten Whisky hinunter und starrte in Neumanns und Doghertys Richtung. »Ich will, daß du die Finger von meiner Tochter läßt«, sagte Colville. »Wie ich höre, hat man euch beide in der Nähe des Dorfes zusammen gesehen. Das gefällt mir nicht.«

»Nehmen Sie sich vor dem in acht, mein Junge«, stieß Dogherty leise zwischen den Zähnen hervor.

»Jenny und ich sind zusammen, weil wir Freunde sind«, sagte Neumann. »Nichts weiter.«

»Und das soll ich glauben! Du willst ihr nur unter den Rock fassen. Jenny gehört nicht zu dieser Sorte Mädchen.«

»Offen gesagt ist es mir scheißegal, was Sie glauben.«

»Von mir aus kann sie bei dem Iren und seiner Frau rumhängen, aber nicht mit Leuten wie dir. Du bist nicht gut genug für sie. Und wenn mir zu Ohren kommt, daß ihr euch wieder getroffen habt...« Colville drohte Neumann mit dem Zeigefinger. »... dann wirst du mich kennenlernen.«

Dogherty flüsterte: »Einfach nur nicken und lächeln, dann ist die Sache erledigt.«

»Sie geht zu Sean und Mary, weil sie sich um sie kümmern. Bei den Doghertys hat sie ein Zuhause und fühlt sich geborgen. Das kann man von Ihnen nicht behaupten.«

»Jennys Zuhause geht dich einen Dreck an. Steck deine Nase nicht in fremde Angelegenheiten. Und wenn du weißt, was gut für dich ist, läßt du die Finger von ihr.«

Neumann drückte seine Zigarette aus. Dogherty hatte recht. Er sollte einfach nur dasitzen und den Mund halten. Eine Schlägerei mit einem Dorfbewohner war das letzte, was er jetzt gebrauchen konnte. Er sah zu Colville auf. Er kannte den Typ. Der Dreckskerl hatte sein Leben lang alle terrorisiert, seine Tochter eingeschlossen. Die Gelegenheit, ihm einen Denkzettel zu verpassen, war verlockend. Neumann dachte: Wenn ich ihm zeige, wie das ist, wird er Jenny in Zukunft vielleicht in Ruhe lassen.

»Was wollen Sie denn tun?« fragte er. »Mich schlagen? Etwas anderes fällt Ihnen wohl nicht ein. Wenn Ihnen etwas nicht paßt, schlagen Sie einfach zu. Deshalb ist Jenny so oft bei den Doghertys. Deshalb kann sie Ihre Gegenwart nicht ertragen.«

Colvilles Miene verfinsterte sich. »Wer zum Teufel bist du?« fragte er. »Ich nehme dir deine Geschichte nicht ab.«

Er durchquerte den Pub mit wenigen Schritten, packte den Tisch und schleuderte ihn zur Seite.

»Jetzt bist du dran – und ich werde viel Spaß haben.«

Neumann stand auf. »Ich Glückspilz.«

Ein paar Dorfbewohner, die gehört hatten, daß es Ärger gab, versammelten sich vor dem Pub um die beiden Männer. Colville schlug einen kräftigen rechten Haken, dem Neumann mühelos auswich. Colville ließ zwei weitere Schläge folgen, doch Neumann entging ihnen, indem er leicht den Kopf zur Seite neigte. Er blieb in der Defensive, deckte sein Gesicht mit den Fäusten und ließ Colville keine Sekunde aus den Augen. Wenn er versuchte, nahe genug an den Gegner heranzukommen, um selbst einen Schlag zu landen, käme er in die gefährliche Reichweite dessen kräftiger Arme. Und wenn Colville ihn erst einmal gepackt hatte, würde er sich wohl kaum wieder von ihm losreißen können. Er mußte warten, bis Colville einen Fehler machte. Dann würde er angreifen und die Sache so schnell wie möglich zu Ende bringen.

Wieder schlug Colville mehrmals unkontrolliert zu. Er geriet bereits außer Atem und keuchte. Neumann sah die Enttäuschung in seinem Gesicht. Da streckte Colville die Arme aus und preschte wie ein Stier nach vorn. Neumann wich schnell einen Schritt zur Seite und stellte ihm ein Bein, als er an ihm vorüberstürmte. Colville fiel mit einem dumpfen Schlag zu Boden. Neumann schnellte vor, während Colville sich aufrappelte, und trat ihm zweimal schnell ins Gesicht. Colville hob den Unterarm, wehrte einen dritten Tritt ab und sprang auf die Füße.

Neumann hatte ihm das Nasenbein gebrochen. Blut lief aus beiden Nasenlöchern in den Mund.

»Du hast genug, Martin«, sagte Neumann. »Hören wir auf und gehen wieder rein.«

Colville sagte nichts. Er sprang vor, schlug eine linke Gerade und ließ einen rechten Schwinger folgen. Seine Faust traf Neumann an der Wange, und die Haut platzte auf. Neumann taumelte. Tränen schossen ihm in die Augen. Er schüttelte sich, um wieder einen klaren Kopf zu bekommen, und dachte an Paris – wie er in der schmutzigen Gasse hinter dem Café lag, wie sein Blut in die Regenpfütze lief, über ihm die SS-Männer, die ihn mit Stiefeln traten, ihn mit Fäusten, Pistolengriffen und Weinflaschen traktierten.

Wieder schlug Colville mit voller Wucht zu. Neumann duckte sich, wirbelte herum und trat von der Seite her kräftig gegen Colvilles rechte Kniescheibe. Der große Mann heulte vor Schmerz auf. Neumann versetzte ihm drei weitere schnelle Tritte. Colville war jetzt praktisch kampfunfähig und geriet sichtlich in Panik. Offensichtlich war er noch nie an einen Mann geraten, der so kämpfte wie Neumann.

Neumann glitt nach links und zwang Colville, sein Gewicht auf das lädierte Bein zu verlagern. Colville konnte kaum noch stehen. Er schien am Ende.

Neumann ging zurück zum Pub. Da verlagerte Colville sein Gewicht auf das unversehrte Bein und machte einen Satz nach vorn. Neumann, völlig überrascht, konnte nicht schnell genug ausweichen. Colville prallte gegen ihn und drückte ihn gegen die Mauer. Es war, als hätte ihn ein Lastwagen gerammt. Er rang nach Atem. Dann riß Colville den Kopf nach oben und erwischte ihn am Kinn. Neumann biß sich in die Zunge, Blut schoß ihm in den Mund.

Bevor Colville wieder zuschlagen konnte, stieß ihm Neumann das Knie in den Unterleib. Colville stöhnte laut auf und krümmte sich. Wieder hob Neumann das Knie und rammte es Colville ins Gesicht, daß die Knochen krachten. Dann trat er vor, hob den Arm und stieß den Ellbogen nach unten gegen Colvilles Schläfe.

Colville knickte in den Knien ein und brach halb bewußtlos zusammen.

»Steh nicht auf, Martin«, sagte Neumann. »Wenn du weißt, was gut für dich ist, bleibst du liegen.«

Dann hörte Neumann jemanden schreien. Er schaute auf und sah Jenny auf sich zu rennen.

Am Abend lag Neumann wach in seinem Bett. Er hatte eine Weile geschlafen, war aber von den Schmerzen wieder aufgewacht. Jetzt lag er ganz still da und lauschte dem Wind, der von der Seite her gegen das Cottage peitschte. In der Ferne hörte er die Wellen gegen das Ufer branden. Er hatte keine Ahnung, wie spät es war. Seine Armbanduhr lag auf dem kleinen Nachttisch neben dem Bett. Er stützte sich auf den Ellenbogen, beugte sich hinüber, wobei er vor Schmerzen stöhnte, und sah auf das Leuchtzifferblatt. Kurz vor Mitternacht.

Er ließ sich in das Kissen zurückfallen und starrte an die Decke. Der Kampf mit Colville war ein dummer Fehler gewesen. Er hatte seine Tarnung und damit die Operation gefährdet. Und er hatte Jenny weh getan. Sie hatte ihn vor dem Pub angeschrien und mit den Fäusten gegen seine Brust getrommelt. Sie war außer sich gewesen, weil er ihren Vater zusammengeschlagen hatte. Dabei hatte er dem Scheißkerl nur eine Lektion erteilen wollen. Doch der Schuß war nach hinten losgegangen. Nun, da er im Bett lag und dem an- und abschwellenden Brausen des Windes lauschte, fragte er sich, ob die Operation nicht zum Scheitern verurteilt war. Er dachte an Catherines Warnung in Hampstead Heath: *In letzter Zeit ist einiges schiefgelaufen. Ich glaube, daß meine Tarnung bald auffliegt.* Er dachte an Vogels Befehl, sich zu vergewissern, ob Catherine beschattet wurde. Und vor allem fragte er sich, ob einem von ihnen – Vogel, Catherine oder ihm selbst – nicht bereits verhängnisvolle Fehler unterlaufen waren.

Seine Verletzungen quälten ihn. Er hatte schwere Rippenprellungen – jeder Atemzug schmerzte –, doch gebrochen war allem Anschein nach nichts. Seine Zunge war geschwollen, und wenn er sie am Gaumen rieb, spürte er den Riß. Er hob die Hand und faßte sich an die Wange. Mary hatte versucht, die Platzwunde zu schließen, ein Arztbesuch kam nicht in Frage. Er vergewisserte sich, daß der Verband noch richtig saß. Bei der leisesten Berührung brannte sein Gesicht vor Schmerz.

Neumann schloß die Augen und versuchte zu schlafen. Er begann gerade einzudösen, da hörte er Schritte draußen auf dem Flur. Instinktiv griff er nach der Mauser. Wieder hörte er Schritte, dann das Knarren des Fußbodens unter dem Gewicht eines Körpers. Er hob die Mauser auf und richtete sie auf die Tür. Er hörte, wie jemand die Klinke drückte. Wenn der MI5 mich holt, dachte er, wird er bestimmt nicht versuchen, nachts in mein Zimmer zu schleichen. Aber wenn es nicht der MI5 oder die Polizei war, wer zum Teufel war es dann? Die Tür ging auf, und eine kleine Gestalt stand in der Öffnung. Neumann sah in dem schwachen Licht, das zum Fenster hereinfiel, daß es Jenny Colville war. Er legte die Mauser auf den Fußboden neben dem Bett und flüsterte: »Was um alles in der Welt willst du denn hier?«

»Ich wollte nur wissen, wie es Ihnen geht.«

»Wissen Sean und Mary, daß du hier bist?«

»Nein. Ich bin einfach reingegangen.« Sie setzte sich auf den Rand des schmalen Betts. »Wie fühlen Sie sich?«

»Das Schlimmste habe ich überstanden. Dein Vater hat einen harten Schlag. Aber das weißt du ja besser als jeder andere.«

Sie streckte im Dunkeln den Arm aus und berührte sein Gesicht. »Sie hätten zum Arzt gehen sollen. Das war eine böse Platzwunde in Ihrem Gesicht.«

»Mary hat sie gut versorgt.«

Jenny lächelte. »Sean hat ihr viel Gelegenheit zum Üben gegeben. Als Sean jung war, sagt sie, war ein Samstagabend kein Samstagabend, wenn er nicht mit einer zünftigen Schlägerei vor der Kneipe endete.«

»Wie geht es deinem Vater? Ich fürchte, ich habe einmal zuviel zugeschlagen.«

»Er kommt schon wieder in Ordnung. Na ja, sein Gesicht ist übel zugerichtet, aber eine Schönheit war er sowieso nie.«

»Tut mir leid, Jenny. Die ganze Sache war lächerlich. Es war meine Schuld. Ich hätte ihn einfach ignorieren sollen.«

»Der Wirt sagt, daß mein Vater angefangen hat. Er hat nur bekommen, was er verdient. Das war schon lange fällig.«

»Dann bist du mir nicht mehr böse?«

»Nein. So wie Sie hat sich noch nie jemand für mich eingesetzt. Das war sehr tapfer von Ihnen. Mein Vater ist bärenstark. Er hätte Sie umbringen können.« Sie nahm die Hand von seinem Gesicht und strich über seine Brust. »Wo haben Sie gelernt, so zu kämpfen?«

»In der Armee.«

»Es war schrecklich. Mein Gott, Ihr Körper ist ja mit Narben übersät.«

»Ja, ich hatte in meiner Vergangenheit ein sehr bewegtes Leben.«

Sie rückte näher. »Wer bist du, James Porter? Und was treibt dich nach Hampton Sands?«

»Ich bin hergekommen, um dich zu beschützen.«
»Bist du mein Ritter in einer glänzenden Rüstung?«
»So etwas Ähnliches.«
Jenny stand abrupt auf und zog sich den Pullover über den Kopf.
»Jenny, was fällt dir denn ein …«
»Psst, du weckst Mary.«
»Du kannst nicht hierbleiben.«
»Es ist schon nach Mitternacht. Du wirst mich doch nicht in die Nacht hinausjagen, oder?«
Sie hatte ihre Gummistiefel und ihre Hosen ausgezogen, bevor er antworten konnte. Sie kroch ins Bett, schlüpfte unter seinem Arm durch und kuschelte sich an ihn.
»Wenn Mary dich hier findet, bringt sie mich um.«
»Du wirst doch vor Mary keine Angst haben?«
»Mit deinem Vater werde ich fertig. Aber Mary ist ein anderes Kaliber.«
Sie küßte ihn auf die Wange und sagte: »Gute Nacht.« Nach ein paar Minuten ging ihr Atem ruhig und gleichmäßig. Neumann lehnte seinen Kopf an ihren, lauschte dem Wind, und Augenblicke später war auch er eingeschlafen.

45

Berlin

Die Lancaster-Bomber kamen um zwei Uhr morgens. Vogel, der auf dem Feldbett in seinem Büro schlief, stand auf und trat ans Fenster. Die Bomben ließen Berlin erbeben. Er schob den Verdunkelungsvorhang auseinander und blickte nach draußen. Der Wagen stand immer noch da – eine schwarze Limousine, die auf der anderen Straßenseite parkte. Sie hatte den ganzen Nachmittag und Abend dort gestanden. Vogel wußte, daß mindestens drei Männer darin saßen, denn er sah ihre glimmenden Zigaretten. Und er wußte, daß der Motor lief, denn er sah die Abgase aus dem Auspuff in die kalte Nachtluft entweichen. Als Profi wunderte er sich über diese stümperhafte Beschattung. Sie rauchten, obwohl klar war, daß die Glut im Dunkeln zu sehen war. Sie ließen den Motor laufen, damit sie es warm hatten, obwohl jeder Amateur die Abgase sehen konnte. Doch die Gestapo hielt nicht viel von den Feinheiten des Gewerbes. Sie setzte auf Terror und brutale Gewalt.

Vogel dachte über sein Gespräch mit Himmler im Haus seiner Schwiegereltern nach. Er mußte zugeben, daß an Himmlers Theorie einiges dran war. Die Tatsache, daß die meisten deutschen Agentennetze in Großbritannien noch operierten, war kein Beweis für Canaris' Loyalität gegenüber Hitler. Sie deutete vielmehr auf das Gegenteil hin – daß er ein Verräter war. Wenn der Chef der Abwehr aber ein Verräter war, wozu sich dann die Mühe machen, seine Spione in Großbritannien unter großem Trara zu verhaften und zu hängen? Warum diese Spione nicht benutzen und, im Verein mit Canaris, den Versuch unternehmen, Hitler mit irreführenden Informationen zu täuschen?

Vogel hielt dieses Szenario für plausibel. Aber ein Täuschungsmanöver dieser Größenordnung war kaum vorstellbar. Die Gegenseite hätte jeden deutschen Agenten in Gewahrsam nehmen oder umdrehen müssen. Hunderte von britischen Geheimdienstoffizieren müßten an dem Projekt mitwirken und stapelweise fingierte Berichte schreiben, die dann nach Hamburg gefunkt wurden. War so etwas denkbar? Es wäre ein gigantisches und riskantes Unternehmen, aber Vogel hielt es letztlich dennoch für möglich.

Das Konzept war brillant, doch Vogel entdeckte sofort den entscheidenden Schwachpunkt. Es erforderte die totale Manipulation aller deutschen Agentennetze in Großbritannien. Jeder einzelne Agent mußte enttarnt, umgedreht oder eingesperrt werden, damit er keinen Schaden anrichten konnte. Wenn dem MI5 auch nur ein einziger durch die Maschen schlüpfte, könnte er widersprüchliche Berichte schicken, und die Abwehr würde den Braten riechen. Aus den Berichten ihres einzigen echten Agenten könnte sie folgern, daß das gesamte andere nachrichtendienstliche Material, das sie erhielt, gefälscht war. Und wenn dieses Material darauf hindeutete, daß die Invasion bei Calais geplant sei, so konnte die Abwehr davon ausgehen, daß das Gegenteil stimmte – daß der Feind in der Normandie angreifen wollte.

Vogel würde bald die Antwort erfahren. Wenn Neumann feststellte, daß Catherine observiert wurde, so war das Material, das sie schickte, vom britischen Geheimdienst gefälscht – Teil des Täuschungsmanövers.

Er wandte sich vom Fenster ab und legte sich wieder auf das Feldbett. Ein Schauder befiel ihn. Möglicherweise hielt er bald den Beweis in Händen, daß der britische Geheimdienst eine gigantische Täuschungsoperation durchführte.

Aber was, wenn er den Beweis tatsächlich bekam? Die Wehrmacht könnte den Feind mit ihren Panzern am Hauptangriffspunkt erwarten. Sie würde unter den alliierten Truppen ein Blutbad anrichten. Deutschland würde den Krieg gewinnen, und die Herrschaft der Nazis in Deutschland und Europa wäre auf Jahrzehnte hinaus gefestigt.

In Deutschland gibt es kein Recht mehr, Trude. Es gibt nur noch Hitler.

Vogel schloß die Augen und versuchte zu schlafen, aber er kam nicht zur Ruhe. Die unvereinbaren Seiten seiner Persönlichkeit rangen miteinander: Vogel, der Meisterspion und Manipulator, und Vogel, der Anhänger des Rechtsstaats. Der Gedanke war verlockend, ein gigantisches britisches Täuschungsmanöver aufzudecken, seine Gegenspieler zu überlisten und ihnen einen

Strich durch die Rechnung zu machen. Gleichzeitig erschrak er vor den Folgen eines solchen Triumphs. Er würde seinen alten Freund Canaris ans Messer liefern, Deutschland im Krieg zum Sieg verhelfen und damit die Herrschaft der Nazis zementieren.

Er lag wach auf seiner Pritsche und lauschte dem Dröhnen der Bomber.

Sag mir, daß du nicht für ihn arbeitest.

Jetzt tue ich es, Trude, dachte Vogel. Jetzt tue ich es.

46

London

»Guten Tag, Alfred.«

»Guten Tag, Helen.«

Sie lächelte und küßte ihn auf die Wange. »Es ist schön, dich wiederzusehen.«

»Ja. Ich freue mich auch.«

Sie hakte sich bei ihm unter und schob ihre Hand in seine Manteltasche, so wie sie es immer getan hatte. Sie schlenderten eine Weile schweigend den Fußweg im St. James's Park entlang. Vicary empfand das Schweigen nicht als peinlich. Im Gegenteil, er genoß es sogar. Damals, vor vielen Jahren, hatte er nicht zuletzt deshalb gewußt, daß er sie wirklich liebte, weil sie auch gut zusammen schweigen konnten. Wortlos hatten sie oft auf der Veranda ihres Hauses gesessen, waren durch den Wald gestreift oder hatten am See gelegen. Es hatte ihm genügt, sie neben sich zu haben oder ihre Hand zu halten.

Die Mittagsluft war feucht und warm, ein Hauch von August im Februar. Dunkle Wolken türmten sich am Himmel. Der Wind rauschte in den Bäumen und kräuselte die Oberfläche des Teichs. Enten schaukelten auf dem Wasser wie eine kleine Flotte, die vor Anker liegt.

Zum ersten Mal betrachtete er sie genauer. Sie war älter geworden, aber nicht zu ihrem Nachteil. Sie war groß und hielt sich gerade, und die wenigen Pfunde, die sie im Lauf der Jahre zugenommen hatte, verbarg sie dezent unter ihrem tadellos sitzenden Kostüm. Das blonde Haar, das ihr früher offen über den Rücken gefallen war, hatte sie sorgfältig aufgesteckt, und auf ihrem Kopf saß ein kleiner grauer Damenhut.

Vicary gestattete sich eine gründliche Musterung ihres Gesichts. Ihre Nase, einst zu lang und aristokratisch, schien ihm nun gerade richtig. Ihr Gesicht war etwas schmaler geworden, so daß die Wangenknochen jetzt stärker hervortraten. Als sie bemerkte, daß Vicary sie betrachtete, lächelte sie, aber das Lächeln ergriff ihre Augen nicht. In ihrem Blick lag eine vage Traurigkeit, als sei kürzlich jemand gestorben, der ihr nahegestanden hatte.

Vicary brach das Schweigen als erster. Er wandte den Blick von ihr ab und sagte: »Tut mir leid wegen unserer Verabredung zum Lunch, Helen. Mir kam dienstlich was dazwischen. Ich konnte nicht weg und kam nicht einmal dazu, dich anzurufen.«

»Schon gut, Alfred. Ich habe eine Stunde lang allein am Tisch im *Connaught* gesessen und mich sinnlos betrunken.« Vicary sah sie scharf an. »Ich ziehe dich nur auf, Alfred, aber ich will nicht verhehlen, daß ich enttäuscht war. Ich habe sehr lange gebraucht, bis ich den Mut aufgebracht habe, mich bei dir zu melden. Ich habe dich so schrecklich …« Ihre Stimme erstarb, und der Satz blieb unvollendet.

Ja, das hast du, Helen, dachte Vicary und sagte: »Das ist lange her. Wie um alles in der Welt hast du mich gefunden?«

Sie hatte ihn zwanzig Minuten zuvor im Büro angerufen. Er hatte den Hörer abgenommen und mit allem gerechnet – daß Boothby ihn nach oben bestellte, um ihm wieder einmal zu demonstrieren, wie intelligent er war, oder daß Harry ihm mitteilte, Catherine Blake habe erneut jemandem ins Gesicht geschossen, oder daß Peter Jordan ihm eröffnete, er werde sich nicht mehr mit Catherine Blake treffen – mit allem, nur nicht damit, ihre Stimme zu hören. Es hatte ihm fast den Atem verschlagen. »Guten Tag, mein Lieber, ich bin es«, hatte sie gesagt, und wie ein guter Agent hatte sie nicht ihren Namen genannt. »Willst du mich immer noch sehen? Ich bin in einer Telefonzelle gegenüber deinem Büro. Ach bitte, Alfred …«

»Mein Vater ist mit dem Generaldirektor befreundet«, sagte sie jetzt. »Und David ist ein guter Freund von Basil Boothby. Ich weiß schon lange, daß du dort arbeitest.«

»Dein Vater, Boothby, David – alle meine Busenfreunde.«

»Keine Sorge, Alfred, sie sitzen nicht herum und ziehen über dich her.«

»Na, Gott sei Dank!«

Sie drückte seine Hand. »Wie um alles in der Welt bist du zu diesem Posten gekommen?«

Er erzählte ihr die Geschichte. Wie er sich vor dem Krieg mit Churchill angefreundet hatte. Wie er in den Beraterkreis Churchills aufgenommen worden war. Wie Churchill ihn an jenem Nachmittag im Mai 1940 in Chartwell geködert hatte.

»Im Badezimmer?« rief Helen.

Vicary nickte und lächelte bei der Erinnerung.

»Wie sieht der Premierminister nackt aus?«

»Sehr rosig. Und ehrfurchteinflößend. Ich habe für den Rest des Tages *Rule Britannia* gesummt.«

Helen lachte. »Deine Arbeit muß sehr aufregend sein.«

»Mitunter ja. Manchmal kann sie aber auch schrecklich langweilig und öde sein.«

»Hast du nie Lust, mit jemandem über all die Geheimnisse zu reden, die du kennst?«

»Helen!«

»Sag schon«, drängte sie.

»Nein, natürlich nicht.«

»Ich schon«, sagte sie und sah weg. Einen Moment später wandte sie ihm wieder den Blick zu. »Du siehst großartig aus, Alfred. Richtig gut. Der Krieg scheint dir gut zu bekommen.«

»Danke.«

»Ich muß allerdings zugeben, daß ich die Tweedanzüge vermisse. Jetzt trägst du Grau wie alle anderen.«

»In Whitehall ist das leider eine Art Uniform. Aber ich habe mich daran gewöhnt. Die Veränderung hat mir sogar gefallen. Trotzdem bin ich froh, wenn alles vorbei ist und ich wieder an die Universität zurückkehren kann, wo ich hingehöre.«

Er konnte gar nicht glauben, was er da eben gesagt hatte. Vor einiger Zeit hatte er noch gedacht, der MI5 sei seine Rettung. Doch inzwischen wußte er, daß er das keineswegs war. Er hatte die Zeit beim MI5 genossen, die Spannung, den Streß, sogar das schlechte Essen in der Kantine und die Schlachten mit Boothby, diese bunt zusammengewürfelte Crew begeisterter Amateure, die wie er selbst im Verborgenen wirkten. Einmal hatte er sogar mit dem Gedanken gespielt, nach dem Krieg um eine Verlängerung seiner Dienstzeit zu bitten. Aber es würde nicht mehr dasselbe sein, wenn das Damoklesschwert des nationalen Untergangs nicht mehr über einem hing.

Außerdem stellte die Geheimdienstarbeit für ihn zwar eine intellektuelle Herausforderung dar, doch im Grund verabscheute er sie. Er war Historiker. Seinem eigenen Wesen und seiner Ausbildung entsprach das Streben, die Wahrheit zu erforschen. Beim

Geheimdienst ging es um Lüge und Betrug. Um Verrat. Hier heiligte der Zweck die Mittel. Man stieß dem Feind den Dolch in den Rücken und, wenn nötig, vielleicht sogar einem Freund. Er war sich überhaupt nicht sicher, ob er den Menschen mochte, der aus ihm geworden war.

»Wie geht es übrigens David?« fragte er.

Helen stieß einen Seufzer aus. »David bleibt David«, sagte sie, als erübrige sich damit jede weitere Erklärung. »Er hat mich aufs Land abgeschoben und lebt hier in London. Er hat einen Ausschuß geleitet und arbeitet jetzt im Marineministerium. Ich besuche ihn alle paar Wochen einmal. Es gefällt ihm, wenn ich weg bin. So hat er mehr Zeit für seine anderen Interessen.«

Helens Aufrichtigkeit machte Vicary verlegen, und er sah weg. David Lindsay war nicht nur ein unverschämt reicher und gutaussehender Mann, er war auch ein notorischer Schürzenjäger. Kein Wunder, daß er mit Boothby befreundet war, dachte Vicary.

»Du brauchst nicht so zu tun, als wüßtest du nicht Bescheid, Alfred. Ich weiß, daß jeder Davids Lieblingsbeschäftigung kennt. Ich habe mich daran gewöhnt. David liebt die Frauen, und die Frauen lieben ihn. Das paßt gut zusammen.«

»Warum verläßt du ihn nicht?«

»Ach, Alfred«, sagte sie und winkte mit einer Hand ab.

»Gibt es jemanden anderen in deinem Leben?«

»Du meinst, andere Männer?«

Vicary nickte.

»Einmal habe ich es versucht, aber es war nicht der Richtige. Es war ein zweiter David. Außerdem habe ich vor fünfundzwanzig Jahren in einer Kirche auf dem Land ein Versprechen gegeben, und anscheinend bin ich nicht in der Lage, es zu brechen.«

»Schade, daß du das Versprechen, das du mir gegeben hast, nicht ebenso ernst genommen hast.« Vicary bedauerte sofort den bitteren Ton, der sich in seine Stimme geschlichen hatte. Aber Helen sah ihn nur an, blinzelte heftig und sagte: »Manchmal finde ich es auch schade, Alfred. So, jetzt ist es heraus. Mein Gott, wie absolut unenglisch von mir. Bitte, verzeih. Das muß an den vielen Amerikanern in der Stadt liegen.«

Vicary spürte, wie er rot wurde.

»Triffst du dich noch mit Alice Simpson?« fragte Helen.

Vicary sah sie überrascht an. »Woher weißt du denn von Alice Simpson?«

»Ich weiß alles über deine Frauen, Alfred. Sie ist sehr hübsch. Mir gefallen sogar die Schundromane, die sie schreibt.«

»Die Beziehung ist eingeschlafen. Ich dachte, der Krieg sei daran schuld, meine Arbeit. Aber in Wirklichkeit lag es daran, daß sie nicht du war, Helen. Deshalb habe ich die Beziehung einschlafen lassen. Genau wie alle anderen.«

»Verdammt noch mal, Alfred Vicary. Das hättest du nicht sagen dürfen.«

»Es ist die Wahrheit. Außerdem ist es doch das, was du hören wolltest. Aus keinem anderen Grund hast du mich ausfindig gemacht.«

»Nein. Ich wollte hören, daß du glücklich bist.« Ihre Augen wurden feucht. »Ich wollte nicht von dir hören, daß ich dein Leben ruiniert habe.«

»Sei nicht so eitel, Helen. Du hast mein Leben nicht ruiniert. Ich bin nicht unglücklich. In meinem Herzen ist einfach nie genug Platz für eine andere Frau. Ich habe kein allzu großes Vertrauen zu den Menschen. Wahrscheinlich habe ich das dir zu danken.«

»Schließen wir einen Waffenstillstand«, sagte sie. »Ich habe dich nicht getroffen, damit wir unser letztes Gespräch fortsetzen. Ich wollte einfach ein bißchen Zeit mit dir verbringen. Mein Gott, jetzt brauche ich etwas zu trinken. Kannst du mich in ein nettes Lokal bringen und mich mit einer Flasche Wein abfüllen?«

Sie gingen ins *Duke's*. Jetzt, am Nachmittag, war es dort ruhig. Sie bekamen einen Tisch in einer Ecke. Vicary fürchtete, einer von Helens und Davids Freunden könnte das Lokal betreten und sie erkennen, aber es kam keiner. Vicary ging kurz zum Telefon und informierte Harry, wo er war. Als er zurückkam, stand ein Eiskübel mit einer sündhaft teuren Flasche Champagner auf dem Tisch.

»Keine Sorge, mein Lieber«, sagte Helen. »Die geht auf Davids Rechnung.«

Er setzte sich, und sie tranken ziemlich schnell die halbe Flasche leer. Sie unterhielten sich über Vicarys Bücher und Helens Kinder. Sie sprachen sogar noch einmal über David. Er sah sie unablässig an, während sie sprach. In ihrem Blick lag etwas Entrücktes, eine durch ihre gescheiterte Ehe verursachte Verletzlichkeit, die sie für ihn noch attraktiver machte. Sie faßte über den Tisch und legte ihre Hand auf seine. Zum ersten Mal seit fünfundzwanzig Jahren spürte Vicary sein Herz in der Brust schlagen.

»Denkst du manchmal daran, Alfred?«

»Woran?«

»An jenen Morgen.«

»Helen, was meinst du …«

»Herrgott noch mal, Alfred, manchmal bist du wirklich schwer von Begriff. Ich meine den Morgen, an dem ich zu dir ins Bett gekommen und zum ersten Mal über dich hergefallen bin.«

Vicary trank aus und schenkte ihre Gläser wieder voll. »Nein«, sagte er, »eigentlich nicht.«

»Mein Gott, Alfred Vicary, was bist du nur für ein schrecklicher Lügner. Das kommt dir bei deiner neuen Arbeit sicher entgegen.«

»Na gut. Ja, ich denke tatsächlich manchmal daran.« Er dachte: Wann war das letzte Mal gewesen? An dem Morgen in Kent, als er für seinen falschen Agenten Rebhuhn einen fingierten Funkspruch verfaßt hatte. »Ich ertappe mich bei den unmöglichsten Gelegenheiten dabei.«

»Ich habe David belogen, weißt du das? Ich habe ihm immer erzählt, er sei der erste gewesen. Aber ich bin froh, daß du es warst, Alfred.« Sie spielte mit dem Stiel ihres Sektglases und blickte aus dem Fenster. »Es ging so schnell – nach ein paar Augenblicken war es vorbei. Aber wenn ich jetzt daran denke, dauert es Stunden.«

»Ja. Ich weiß, was du meinst.«

»Hast du noch das Haus in Chelsea?«

»Wie ich höre, soll es noch stehen«, sagte er im Scherz. »Ich war seit 1940 nicht mehr dort.«

Sie wandte sich vom Fenster ab und sah ihm direkt in die Augen. Dann beugte sie sich vor und flüsterte: »Ich möchte, daß du mich dort hinbringst und mich in deinem Bett liebst.«

»Das möchte ich auch, Helen. Aber du würdest mir nur wieder das Herz brechen. Und ich glaube nicht, daß ich in meinem Alter noch einmal darüber hinwegkommen würde.«

Helens Züge erstarrten, und als sie endlich wieder sprach, klang ihre Stimme müde und tonlos: »Mein Gott, Alfred, seit wann bist du so ein eiskalter Hund?«

Ihre Worte kamen ihm bekannt vor. Dann erinnerte er sich, daß Boothby ihn nach der Vernehmung Peter Jordans am Arm genommen und etwas Ähnliches gefragt hatte.

Ein Schatten fiel zwischen sie, huschte über ihr Gesicht, verfinsterte es und verflüchtigte sich wieder. Sie saß reglos da. Ihre Augen bekamen einen feuchten Schimmer. Sie blinzelte die Tränen weg und faßte sich wieder. Vicary kam sich wie ein Idiot vor. Sie waren zu weit gegangen. Es war töricht gewesen, sich mit ihr zu treffen. Dabei hatte nichts Gutes herauskommen können. Das Schweigen war jetzt quälend wie das Geräusch quietschenden Metalls. Zerstreut klopfte er seine Taschen nach der Lesebrille ab und suchte nach einer Ausrede, um fortzukommen. Helen spürte sein Unbehagen. Sie sah wieder zum Fenster hinaus und sagte: »Ich habe dich zu lange aufgehalten. Du mußt wieder an die Arbeit.«

»Ja, das muß ich wirklich. Tut mir leid.«

Helen sprach immer noch zum Fenster hin. »Laß dich nicht von ihnen verführen. Häng die gräßlichen grauen Anzüge in den Schrank, sobald der Krieg vorbei ist, und kehre zu deinen Büchern zurück. Früher hast du mir besser gefallen.« Vicary sagte nichts. Er sah sie nur an. Er beugte sich vor, um sie auf die Wange zu küssen, aber sie wandte ihm das Gesicht zu, faßte ihn sanft am Nacken und küßte ihn leicht auf den Mund. Dann lächelte sie und sagte: »Ich hoffe, du änderst deine Meinung, und zwar bald.«

»Vielleicht tue ich das wirklich.«

»Gut.«

»Auf Wiedersehen, Helen.«

»Auf Wiedersehen, Alfred.«

Sie nahm seine Hand. »Eines muß ich dir noch sagen. Was immer du tust, du darfst Basil Boothby nicht über den Weg trauen. Er ist das reine Gift. Du darfst ihm niemals den Rücken zuwenden.«

Und dann fiel ihm ein, was sie über ihren einzigen Liebhaber gesagt hatte: *Es war ein zweiter David*.

Nein, Helen, dachte er. Es war Boothby.

Er ging zu Fuß, und er wäre gerannt, wenn er gekonnt hätte. Er hatte kein bestimmtes Ziel. Er schritt kräftig aus, bis die Narbe an seinem Knie schmerzte, als sei sie brandig. Er marschierte, bis sein Raucherhusten wie der Husten eines Schwindsüchtigen klang. Die kahlen Bäume im Green Park bogen sich im Wind, und die Luft rauschte wie ein Wildbach. Eine Böe erfaßte ihn und riß ihm fast den offenen Regenmantel vom Leib. Vicary hielt ihn fest, und er flatterte wie ein Umhang hinter ihm her. Die Verdunkelung legte sich wie ein Schleier über die Stadt, und Vicary stieß in der Dunkelheit mit einem Amerikaner zusammen. »He, paß doch auf, Mac!« fuhr der ihn an. Vicary murmelte eine Entschuldigung. Dann bereute er es. *Schließlich ist es immer noch unser Land.*

Er kam sich vor wie auf einem Förderband, als bewege er sich nicht mehr aus eigener Kraft. Plötzlich mußte er an das Krankenhaus in Sussex denken, wo er sich von seiner Verwundung erholt hatte. An den Jungen mit der Kugel im Rückgrat, der seine Arme und Beine nicht mehr bewegen konnte und der ihm das taube Gefühl beschrieb, das er empfand, wenn die Ärzte seine abgestorbenen Gliedmaßen bewegten. *Mein Gott, Helen. Wie konntest du nur? Boothby, mein Gott!* Ekelhafte Bilder ihres Liebesspiels schossen ihm durch den Kopf. Er schloß die Augen und versuchte, sie zu verscheuchen. *Ausgerechnet Boothby, verdammt noch mal!* Unfaßbar, wie ein Teil seines Lebens plötzlich in den anderen eingebrochen war. Helen und Boothby – absurd. Zu absurd, um sich damit zu befassen. Aber es stimmte. Er wußte es.

Wo war er jetzt? Er roch den Fluß und ging dem Geruch nach. Das Victoria Embankment. Schlepper zogen Lastkähne ohne Positionslichter den Fluß hinauf. In der Ferne dröhnte ein Nebelhorn. Vicary vernahm das lustvolle Stöhnen eines Mannes und dachte schon, seine Phantasie spiele ihm wieder einen Streich. Er blickte nach links und machte im Dunkeln eine Hure und einen Soldaten aus. Sie hatte ihre Hand in seinem Hosenschlitz. »Ach herrje! Entschuldigen Sie.«

Er eilte weiter. Am liebsten wäre er jetzt in Boothbys Büro hinaufgegangen und hätte ihm die Faust ins Gesicht geschmettert. Er dachte an Boothbys Körpergröße und die Gerüchte über seine Qualitäten als Kampfsportler und kam zu dem Schluß, daß ein solches Unterfangen einem Selbstmordversuch gleichkäme. Im nächsten Moment hatte er das Bedürfnis, ins *Duke's* zurückzulaufen, Helen zu holen und sie mit nach Hause zu nehmen. Zum Teufel mit den Folgen. Dann mußte er wie immer an seine

Arbeit denken. An Vogels leere Akte. An Karl Becker in seiner feuchten Zelle – *Ich habe es Boothby gesagt.* An Rose Morelys zermalmtes Gesicht. An Grace Clarendons Flucht aus Boothbys Höhle. An den Pelikan. An Hawke, Boothbys jugendlichen Spion in Oxford. Er hatte das unangenehme Gefühl, daß er ebenfalls benutzt wurde. Bin ich ein zweiter Hawke? fragte er sich.

Wo war er jetzt? Auf der Northumberland Avenue. Er ging langsamer und lauschte dem angenehmen Rauschen des Feierabendverkehrs. Plötzlich sah er eine attraktive junge Frau, die ungeduldig die vorbeifahrenden Autos beobachtete. Es war Grace Clarendon – ihr weißblonder Haarschopf und ihre blutroten Lippen waren unverwechselbar. Ein großer blauer Humber hielt am Straßenrand. Boothbys Dienstwagen. Die Tür schwang auf, und Grace stieg ein. Der Wagen fuhr los und fädelte sich wieder in den Verkehr ein. Vicary wandte das Gesicht ab, als er an ihm vorüberglitt.

Vicary fuhr in die West Halkin Street. Mit Einbruch der Nacht hatte ein heftiger Wolkenbruch eingesetzt, wie im Frühling. Vicary rieb ein Guckloch in die beschlagene Scheibe und blickte hinaus. Eine dichte Menge wälzte sich über den Gehweg, als fliehe sie vor einer heranrückenden Armee. Die Menschen duckten sich unter ihre Schirme, von denen der Sturm manche umgestülpt hatte, und der schwache Schein ihrer Taschenlampen durchdrang kaum die Dunkelheit. Welcher seltsamen Fügung verdankte er es, daß er auf dem Rücksitz eines Regierungsfahrzeugs saß und nicht da draußen bei den anderen war? Er mußte wieder an Helen denken, und überlegte, wo sie jetzt wohl war. Hoffentlich an einem sicheren und trockenen Ort. Was zum Teufel hatte Grace Clarendon in Boothbys Auto verloren? Gab es darauf vielleicht eine ganz banale Antwort? Ging sie gleichzeitig mit Boothby und Harry ins Bett? Oder gab es dafür einen ernsteren Grund? Er erinnerte sich, was sie hinter der geschlossenen Tür von Boothbys Büro geschrien hatte: *Das lasse ich nicht mit mir machen! Schwein! Mieses Schwein!* Sie müssen mir sagen, wozu er Sie gezwungen hat, Grace, dachte Vicary. Ich kann es mir ums Verrecken nicht selbst zusammenreimen.

Er zwang sich, die Frage zurückzustellen und sich auf die Informationen zu konzentrieren, die ihm der Mann vom MI6 gegeben hatte – Kim Philby. Es war genau das, worauf er gewartet hatte. Kurt Vogels Adjutant Werner Ulbricht war regelmäßig in Lissabon gewesen und hatte sich mit einem Beamten vom portugiesischen Außenministerium namens Suarez getroffen. Der MI6 ging davon aus, daß Suarez etwas übergab – Informationen, Dokumente, Filme – und Ulbricht es nach Berlin mitnahm. Vicary wußte jetzt, wie Catherine Blake und »Rudolf« mit Berlin in Kontakt standen – über einen portugiesischen Diplomatenkoffer.

Der Wagen hielt vor dem Haus. Vicary stieg aus, hielt sich schützend die Aktentasche über den Kopf und eilte durch den Regen zur Tür. Im Haus herrschte eine ähnliche Atmosphäre wie in einem Theater im West End vor einer riskanten Premiere. Mittlerweile genoß er dies alles – die geräuschvolle Unterhaltung der Watchers, wenn sie sich ihre Regensachen für einen Nachteinsatz anzogen, die Geschäftigkeit des Technikers, der seine Anlage überprüfte, um einen tadellosen Empfang aus Jordans Haus zu gewährleisten, den Essensgeruch, der aus der Küche drang.

Vicary mußte wohl sehr angespannt wirken, denn niemand sprach ihn an, als er sich einen Weg durch das Durcheinander im Konferenzraum bahnte und die Treppe zur Bibliothek hinaufstieg. Er zog den Regenmantel aus und hängte ihn an den Haken hinter der Tür. Er stellte die Aktentasche auf den Schreibtisch. Dann durchquerte er die Diele. Peter Jordan stand gerade vor dem Spiegel und zog seine Marineuniform an.

Wenn die Watchers meine Bühnenarbeiter sind, dachte Vicary, dann ist Jordan mein Star, und die Uniform ist sein Kostüm.

Vicary musterte ihn. Er schien sich beim Anlegen der Uniform genauso unbehaglich zu fühlen wie Vicary früher, wenn er alle zehn Jahre seinen Abendanzug hervorgekramt hatte und sich zu erinnern versuchte, wo was hingehörte. Vicary machte sich durch ein leises Räuspern bemerkbar. Jordan wandte den Kopf, starrte Vicary einen Augenblick an und blickte dann wieder in den Spiegel.

»Wie lange noch?« fragte Jordan.

Es war zu einer Art Ritual geworden. Jeden Abend, bevor er von Vicary mit einem neuen Stoß *Kesselpauke*-Material zu Catherine Blake geschickt wurde, stellte er dieselbe Frage. Bisher war ihm Vicary immer ausgewichen. Doch heute sagte er: »Vielleicht ist es schon sehr bald vorbei.«

Jordan warf ihm einen scharfen Blick zu, dann deutete er mit dem Kopf auf einen leeren Sessel und sagte: »Setzen Sie sich. Sie sehen ziemlich mitgenommen aus. Wann haben Sie das letzte Mal geschlafen?«

»Ich glaube, im Mai 1940«, sagte Vicary und ließ sich in den Sessel sinken.

»Ich vermute, Sie können mir nicht sagen, warum die Sache vielleicht bald zu Ende ist.«

Vicary schüttelte langsam den Kopf. »Bedauere.«

»Das dachte ich mir.«

»Würde es für Sie einen Unterschied machen?«

»Nein. Vermutlich nicht.«

Jordan war jetzt angekleidet. Er zündete sich eine Zigarette an und setzte sich Vicary gegenüber.

»Darf ich Sie etwas fragen?«

»Kommt darauf an.«

Jordan setzte ein freundliches Lächeln auf. »Man merkt Ihnen an, daß Sie nicht Ihr Leben lang beim Geheimdienst waren. Was haben Sie vor dem Krieg getan?«

»Ich war Professor für europäische Geschichte am University College in London.« Vicary hatte bei diesen Worten das seltsame Gefühl, er lese aus einem fremden Lebenslauf vor. Das alles lag schon so lange zurück. Eine halbe Ewigkeit.

»Wie sind Sie beim MI5 gelandet?«

Vicary zögerte, kam aber zu dem Schluß, daß er keine Sicherheitsvorschriften verletzte, wenn er die Frage beantwortete, und erzählte die Geschichte.

»Gefällt Ihnen die Arbeit?«

»Manchmal. Aber es gibt auch Zeiten, wo ich sie verabscheue und es nicht erwarten kann, in meinen Elfenbeinturm zurückzukehren und die Tür hinter mir zu verriegeln.«

»Wann zum Beispiel?«

»Jetzt«, sagte Vicary geradeheraus.

Jordan reagierte nicht. Offensichtlich verstand er, daß ein Geheimdienstoffizier, und sei er auch noch so abgebrüht, an einer solchen Operation keinen Gefallen finden konnte.

»Verheiratet?«

»Nein.«

»Früher mal?«
»Auch nicht.«
»Warum nicht?«

Manchmal, so dachte Vicary, waren Gottes Fügungen doch seltsam. Drei Stunden zuvor hatte er die Frage einer Frau beantwortet, die die Antwort kannte. Und jetzt kam sein Agent mit derselben leidigen Sache daher. Er lächelte schwach und sagte: »Vermutlich habe ich nicht die richtige Frau gefunden.«

Jordan musterte ihn. Vicary spürte es, und es gefiel ihm nicht. Normalerweise war es gerade umgekehrt – bei Jordan wie bei den deutschen Spionen, mit denen er zu tun gehabt hatte. Er war es, der den anderen auf den Zahn fühlte, verdrängte Gefühle ans Tageslicht zerrte und an alten Wunden rührte, bis sie bluteten, er war es, der sensible Stellen aufspürte und den Dolch hineinstieß. Vermutlich war er nicht zuletzt deshalb ein guter Double-Cross-Offizier. Seine Arbeit erlaubte es ihm, Einblick in das Leben von Fremden zu nehmen und ihre persönlichen Schwächen auszunutzen, ohne sich seinen eigenen stellen zu müssen. Er dachte an Karl Becker, wie er im Sträflingsanzug in seiner Zelle saß. Vicary erkannte, daß er alles unter Kontrolle haben mußte – er wollte derjenige sein, der manipulierte und täuschte. Er wollte die Fäden in der Hand haben. Bin ich deshalb so, dachte er, weil Helen mir vor fünfundzwanzig Jahren den Laufpaß gegeben hat? Er zog ein Päckchen Players aus dem Jackett und zündete sich geistesabwesend eine Zigarette an.

Jordan legte den Ellenbogen auf die Sessellehne und stützte das Kinn auf die Faust. Er runzelte die Stirn und sah Vicary an, als sei er eine Brücke, die jeden Augenblick zusammenbrechen konnte.

»Ich glaube, Sie haben irgendwann die richtige Frau gefunden, aber sie hat Ihre Zuneigung nicht erwidert.«

»Ich …«

»Aha, dann habe ich also recht?«

Vicary blies Rauch gegen die Decke. »Sie sind ein kluger Mann. Das habe ich immer gewußt.«

»Wie hieß sie?«

»Ihr Name war Helen.«

»Was ist passiert?«

»Tut mir leid, Peter.«

»Haben Sie sie in letzter Zeit getroffen?«

Vicary schüttelte den Kopf und verneinte.

»Bedauern Sie etwas?«

Vicary dachte an Helens Worte. *»Ich wollte nicht von dir hören, daß ich dein Leben ruiniert habe.«* Hatte sie sein Leben ruiniert? Er wollte das Gegenteil glauben. Wie die meisten Junggesellen redete er sich ein, daß er sich glücklich schätzen könne, keine Frau und keine Familie zu haben. Er hatte seine Ruhe und seine Arbeit, und es gefiel ihm, daß er keinem Menschen verpflichtet war. Er konnte tun und lassen, was er wollte. Geld genug hatte er. Sein Haus war ganz nach seinem Geschmack eingerichtet, und er brauchte nicht zu fürchten, daß jemand in seinen persönlichen Sachen oder Papieren wühlte. Aber in Wirklichkeit war er einsam – furchtbar einsam mitunter. In Wirklichkeit hätte er gern einen Menschen gehabt, mit dem er seine Triumphe und Enttäuschungen teilen konnte und der seine mit ihm teilte. Objektiv betrachtet, fehlte etwas in seinem Leben: Lachen, Zärtlichkeit, und manchmal auch ein bißchen Lärm und Unordnung. Er lebte nur ein halbes Leben, das war ihm jetzt klar. Ein halbes Leben und ein halbes Zuhause, das ergab letztlich einen halben Mann.

Bedauern Sie etwas? »Ja, etwas bedaure ich«, sagte Vicary, selbst überrascht, diese Worte aus seinem Mund zu hören. »Ich bedaure, daß ich keine Kinder habe. Ich habe mir es immer wunderbar vorgestellt, Vater zu sein. Ich glaube, ich wäre ein guter Vater, trotz aller Marotten und Schwächen.«

Ein Lächeln huschte über Jordans Gesicht. »Mein Sohn ist mein ein und alles. Er ist meine Verbindung zur Vergangenheit und meine Perspektive für die Zukunft. Er ist alles, was mir geblieben ist. Margaret ist tot. Catherine war eine Lüge.« Er machte eine Pause und starrte auf die verlöschende Glut seiner Zigarette. »Ich kann es nicht erwarten, zu ihm zurückzukehren, wenn die Sache hier zu Ende ist. Ich muß immer daran denken, was ich ihm sagen soll, wenn er mich fragt, was ich im Krieg getan habe. Was zum Teufel soll ich ihm antworten?«

»Die Wahrheit. Sagen Sie ihm, Sie seien ein begabter Ingenieur und hätten eine Anlage gebaut, die uns geholfen hat, den Krieg zu gewinnen.«

»Aber das ist nicht die Wahrheit.«

Etwas in Jordans Stimme veranlaßte Vicary, ihm einen scharfen Blick zuzuwerfen. Er dachte: Welcher Teil ist nicht die Wahrheit?

»Hätten Sie etwas dagegen, wenn *ich* Ihnen jetzt ein paar Fragen stelle?« fragte er.

»Ich dachte, Sie könnten fragen, was Sie wollen, auch ohne meine Zustimmung.«

»Die Lage hat sich verändert, und ich habe andere Gründe für meine Fragen.«

»Schießen Sie los.«

»Haben Sie Catherine Blake geliebt?«

»Haben Sie sie je gesehen?«

Vicary wurde sich bewußt, daß er sie nie persönlich gesehen hatte, nur auf Observierungsfotos.

»Ja, ich habe sie geliebt. Sie ist schön, sie ist intelligent, sie ist charmant und offensichtlich auch eine unglaublich talentierte Schauspielerin. Und ob Sie es glauben oder nicht, sie wäre meinem Sohn eine gute Mutter gewesen.«

»Lieben Sie sie immer noch?«

Jordan sah zur Seite. »Ich liebe den Menschen, für den ich sie hielt, nicht die Frau, die Sie mir geschildert haben. Ein Teil von mir hält die ganze Geschichte für einen schlechten Scherz. Ich schätze, wir beide haben eines gemeinsam.«

»Was?« fragte Vicary.

»Wir haben uns beide in die falsche Frau verliebt.«

Vicary lachte. Er warf einen Blick auf seine Armbanduhr. »Es wird spät.«

»Ja«, sagte Jordan.

Vicary stand auf und führte Jordan durch die Diele in die Bibliothek. Er schloß seine Tasche auf, entnahm ihr einen Stapel Papiere und übergab sie Jordan, der sie in seinen Aktenkoffer legte. Für einen Augenblick herrschte bedrücktes Schweigen, dann sagte Vicary: »Tut mir leid. Ich würde darauf verzichten, wenn es eine andere Möglichkeit gäbe. Aber es gibt keine. Zumindest noch nicht.«

Jordan sagte nichts.

»Da ist ein Punkt, der mir seit Ihrer Vernehmung keine Ruhe läßt. Warum konnten Sie sich nicht an die Namen der Männer erinnern, die Sie aufgefordert haben, an der *Operation Mulberry* mitzuwirken?«

»Ich kam jede Woche mit Dutzenden von Leuten zusammen. Ich kann mich an jeden zweiten nicht mehr erinnern.«

»Sie sagten, einer von ihnen sei Engländer gewesen.«

»Ja.«

»Hieß er zufällig Broome?«

»Nein, er hieß nicht Broome«, sagte Jordan ohne Zögern. »Daran würde ich mich wahrscheinlich erinnern. Jetzt muß ich aber gehen.«

Jordan wandte sich zur Tür.

»Ich habe nur noch eine Frage.«

Jordan drehte sich um und fragte: »Und die wäre?«

»Sie sind doch Peter Jordan?«

»Was zum Teufel ist das für eine Frage?«

»Eine ziemlich einfache. Sind Sie Peter Jordan?«

»Natürlich bin ich Peter Jordan. Ich finde, Sie sollten sich wirklich mal ausschlafen, Professor.«

47

London

Clive Roach saß an einem Fensterplatz in dem Café gegenüber Catherine Blakes Wohnung. Die Kellnerin brachte ihm Tee und ein Stück Kuchen. Er legte sofort ein paar Münzen auf den Tisch, eine Gewohnheit, die er bei seiner Arbeit angenommen hatte. Roach mußte Lokale in der Regel sehr plötzlich und überstürzt verlassen. Und er durfte unter keinen Umständen Aufsehen erregen. Er nippte an seinem Tee und blätterte halbherzig in einer Morgenzeitung. Sie interessierte ihn nicht wirklich. Sein eigentliches Interesse galt dem Hauseingang auf der anderen Straßenseite. Der Regen wurde stärker. Er war nicht darauf erpicht, wieder auf die Straße zu gehen. Daß er sich Wind und Wetter aussetzen mußte, gehörte zu den unangenehmen Seiten seines Jobs. Wie oft hatte er sich dabei schon eine Erkältung oder Bronchitis zugezogen.

Er hatte als Lehrer an einer drittklassigen Knabenschule unterrichtet, bevor er sich im September 1939 zur Armee gemeldet hatte. Er war alles andere als der geborene Soldat, ziemlich mager und schwächlich, mit durchscheinender Haut, schütterem Haar und dünner Stimme. Nicht gerade das Holz, aus dem Offiziere geschnitzt sind. Bei der Musterung fielen ihm zwei Männer in schicken Anzügen auf, die ihn neugierig beäugten. Außerdem bemerkte er, daß sie sich seine Akte geben ließen und sie mit großem Interesse studierten. Ein paar Minuten später hatten sie ihn aus der Schlange geholt, ihm erklärt, daß sie vom militärischen Nachrichtendienst seien, und ihm einen Job angeboten.

Roach observierte gern. Er war ausgesprochen talentiert, Leute zu beobachten, und er hatte einen ausgeprägten Sinn für Gesichter und Namen. Gewiß, bei dem Job konnte man nicht durch Heldentaten glänzen oder sich einen Orden verdienen, und man erlebte keine Geschichten, die man nach dem Krieg im Pub erzählen konnte. Aber die Arbeit war wichtig, und Roach machte sie gut. Er aß ein Stück Kuchen und dachte über

Catherine Blake nach. Seit 1939 hatte er viele deutsche Spione beschattet, aber sie war die beste. Ein echter Profi. Sie hatte ihn einmal blamiert, aber er hatte sich geschworen, daß ihm das kein zweites Mal passieren würde.

Er aß zu Ende und trank seinen Tee aus. Als er wieder hinausblickte, sah er sie aus dem Mietshaus treten. Es war wirklich beeindruckend, wie gut sie ihr Handwerk verstand. Sie blieb jedesmal einen Augenblick stehen und tat irgend etwas Belangloses, während sie die Straße nach verdächtigen Personen absuchte. Heute fummelte sie an ihrem Schirm herum, als ob er kaputt sei. Sie sind wirklich gut, Miss Blake, dachte Roach. Aber ich bin besser.

Er wartete, bis sie den Schirm endlich aufgespannt hatte und losging. Dann stand er auf, zog den Mantel an, trat aus der Tür und folgte ihr.

Das Taxi mit Carlos Hernandez hielt fünfzehn Minuten, nachdem es von der Botschaft weggefahren war, vor einem Hauseingang am Cavendish Square. Harry Dalton parkte auf der anderen Seite des Platzes und beobachtete. Der pummelige Diplomat stieg aus und bezahlte. Einen Augenblick später verschwand er in dem Haus. Harry zündete sich eine Zigarette an und richtete sich auf eine längere Wartezeit ein.

Horst Neumann erwachte, als der Zug durch die Vorstädte im Nordosten Londons ratterte. Er warf einen Blick auf seine Armbanduhr. Es war halb elf. Planmäßige Ankunftszeit in der Liverpool Street war 10.23 Uhr. Wie durch ein Wunder hatte der Zug nur ein paar Minuten Verspätung. Neumann setzte sich gähnend auf und streckte sich. Er blickte auf die tristen Mietskasernen, die vor dem Fenster vorüberglitten. Schmutzige Kinder winkten dem Zug. Neumann winkte zurück und kam sich lächerlich englisch dabei vor. Im Abteil saßen drei weitere Fahrgäste, zwei Soldaten und eine junge Frau im Overall einer Fabrikarbeiterin, die besorgt die Stirn gerunzelt hatte, als sie das dicke Pflaster in Neumanns Gesicht sah. Jetzt streifte er alle drei mit einem kurzen, prüfenden Blick. Er hatte immer noch Sorge, daß er im Schlaf reden könnte, obwohl er in den letzten Nächten auf englisch geträumt hatte. Er lehnte den Kopf zurück und schloß wieder die Augen. Oh Gott, war er müde. Er war um fünf aufgestanden und hatte das Cottage um sechs verlassen, damit Sean ihn nach Hunstanton mitnehmen konnte. Und dort hatte er um 7.12 Uhr den Zug nach London genommen.

Er hatte letzte Nacht nicht gut geschlafen. Seine Wunden schmerzten, und außerdem hatte es ihn irritiert, daß Jenny Colville neben ihm lag. Sie war vor Morgengrauen mit ihm aufgestanden, leise aus dem Cottage geschlüpft und durch die Dunkelheit und den Regen nach Hause geradelt. Neumann hoffte, daß sie heil angekommen war und daß Martin nicht auf sie gewartet hatte. Es war dumm von ihm gewesen, ihr zu erlauben, die Nacht mit ihm zu verbringen. Er fragte sich, wie es ihr wohl gehen würde, wenn er nicht mehr da war, wenn er nie schrieb und sie nie wieder von ihm hörte. Was würde sie empfinden, wenn sie eines Tages vielleicht die Wahrheit erfuhr – daß er nicht James Porter war, kein verwundeter britischer Soldat, der in einem Dorf in Norfolk Ruhe und Frieden suchte, sondern Horst Neumann, ein hochdekorierter deutscher Fallschirmspringer, der als Spion nach England gekommen war und sie in schändlichster Weise betrogen hatte. Nur in einer Hinsicht hatte er sie nicht betrogen: Er mochte sie wirklich. Nicht so, wie sie es gern hätte, aber es lag ihm am Herzen, was aus ihr wurde.

Der Zug drosselte das Tempo, als er sich dem Bahnhof in der Liverpool Street näherte. Neumann stand auf, zog seine Seemannsjacke an und verließ das Abteil. Der Korridor war überfüllt. Er schlurfte zwischen den anderen Fahrgästen zur Tür. Irgend jemand vor ihm öffnete sie, und Neumann sprang aus dem noch fahrenden Zug. Er gab seine Fahrkarte am Ausgang ab und ging durch eine feuchte Unterführung zur U-Bahnstation. Dort löste er eine Fahrkarte bis Temple und nahm die nächste Bahn. Ein paar Minuten später stieg er die Treppe hinauf und ging in Richtung *Strand*.

Catherine Blake fuhr mit dem Taxi bis Charing Cross. Der Treffpunkt lag ganz in der Nähe, vor einem Laden am *Strand*. Catherine bezahlte den Fahrer und spannte ihren Regenschirm auf. Sie ging in eine Telefonzelle, nahm den Hörer ab und tat so, als tätige sie einen Anruf. Dabei sah sie sich um. Wegen des heftigen Regens war die Sicht schlecht, doch sie entdeckte nichts Verdächtiges. Sie legte wieder auf, trat aus der Zelle und folgte dem *Strand* in östlicher Richtung.

Clive Roach sprang aus dem Laderaum eines Observationsfahrzeugs und folgte ihr. Auf der kurzen Fahrt hatte er seinen Regenmantel und seinen breitkrempigen Hut gegen eine dunkelgrüne Öljacke und eine Wollmütze eingetauscht. Die Verwandlung war bemerkenswert. Aus dem Büroangestellten war ein Arbeiter geworden. Roach beobachtete, wie Catherine Blake die Telefonzelle betrat und den fingierten Anruf tätigte. Er blieb bei einem Zeitungsverkäufer stehen. Während er die Schlagzeilen überflog, rief er sich das Gesicht des Agenten ins Gedächtnis, den Vicary Rudolf getauft hatte. Roachs Aufgabe war einfach: Er sollte Catherine Blake beschatten, bis sie Rudolf ihr Material übergab. Dann sollte er ihm folgen. Er blickte rechtzeitig auf, um zu sehen, wie sie den Hörer wieder in die Gabel hängte und die Telefonzelle verließ. Roach mischte sich unter die anderen Passanten und folgte ihr.

Neumann sah Catherine Blake auf sich zukommen. Er blieb vor einem Geschäft stehen und musterte aus dem Augenwinkel die Gesichter und die Kleidung der Passanten hinter ihr. Als sie näher kam, wandte er sich von dem Schaufenster ab und ging ihr entgegen. Der Kontakt war kurz und dauerte nur ein oder zwei Sekunden. Doch hinterher hatte Neumann eine Filmdose in der Hand und steckte sie in die Tasche. Catherine Blake entfernte sich rasch und verschwand in der Menge. Neumann ging noch ein paar Schritte weiter und studierte dabei die Gesichter der entgegenkommenden Passanten. Dann blieb er plötzlich vor einem anderen Schaufenster stehen, wandte sich um und ging ihr langsam nach.

Clive Roach erkannte Rudolf und sah die Übergabe. Raffinierte Bastarde, dachte er. Er beobachtete, wie Rudolf stehenblieb, sich dann umdrehte und die gleiche Richtung wie Catherine Blake einschlug. Roach hatte seit 1939 viele Treffs zwischen deutschen Agenten beobachtet, doch er hatte noch nie gesehen, daß ein Agent kehrtmachte und dem anderen folgte. Normalerweise ging jeder seiner Wege. Roach schlug den Kragen seiner Öljacke hoch und heftete sich vorsichtig an ihre Fersen.

Catherine Blake ging auf dem *Strand* nach Osten und dann zum Victoria Embankment hinunter. Da bemerkte sie, daß Neumann ihr folgte. Im ersten Moment wurde sie ärgerlich. Es gehörte zu den festen Regeln, sich nach einer Übergabe zu trennen, und zwar so schnell wie möglich. Neumann kannte das Verfahren und hatte es jedesmal fehlerfrei durchgeführt. Warum folgt er mir jetzt? fragte sie sich.

Vogel mußte es ihm befohlen haben.

Aber warum? Ihr fielen mehrere mögliche Erklärungen ein. Vielleicht traute er ihr nicht mehr und wollte sehen, wohin sie ging. Oder er wollte feststellen, ob sie beschattet wurde. Sie blickte hinaus auf die Themse, dann wandte sie sich um und sah am Ufer entlang. Neumann machte keinen Versuch, sich vor ihr zu verbergen. Catherine ging weiter.

Sie dachte an die endlosen Übungslektionen in Vogels geheimem Lager in Bayern. Er hatte es Gegenbeschattung genannt: Ein Agent folgte einem anderen, um festzustellen, ob dieser von der Gegenseite observiert wurde. Sie überlegte, warum Vogel sich ausgerechnet jetzt zu dieser Maßnahme entschlossen hatte. Vielleicht wollte er verifizieren, daß das Material, das sie lieferte, echt war, indem er sich vergewisserte, daß sie nicht vom Gegner überwacht wurde. Schon beim bloßen Gedanken daran krampfte sich ihr Magen vor Angst zusammen. Neumann folgte ihr, weil Vogel den Verdacht hatte, daß der MI5 sie observierte!

Sie blieb abermals stehen und starrte hinaus auf den Fluß. Sie zwang sich, ruhig zu bleiben. Sie mußte einen klaren Kopf bewahren. Sie drehte sich um und blickte wieder am Ufer entlang. Neumann war noch da. Er wich bewußt ihrem Blick aus, das entging ihr nicht. Er sah aufs Wasser oder nach hinten, überallhin, nur nicht in ihre Richtung.

Sie setzte sich wieder in Bewegung. Ihr Herz hämmerte. Sie ging zur U-Bahnstation Blackfriars und kaufte eine Fahrkarte bis Victoria. Neumann folgte ihrem Beispiel, nur daß er eine Fahrkarte bis South Kensington, der Station danach, löste.

Sie ging schnell zum Bahnsteig. Neumann kaufte eine Zeitung und folgte ihr. Sie wartete auf die Bahn. Neumann stand fünf Meter neben ihr und las Zeitung. Der Zug kam und Catherine stieg ein. Neumann sprang in denselben Wagen, nur durch die andere Tür.

Sie setzte sich. Neumann blieb im hinteren Teil des Wagens stehen. Der Ausdruck auf seinem Gesicht gefiel Catherine überhaupt nicht. Sie öffnete ihre Handtasche und sah hinein: eine Brieftasche voller Bargeld, ein Stilett und eine geladene Mauserpistole mit Schalldämpfer und Reservemagazinen. Sie schloß die Tasche und wartete auf Neumanns nächsten Schritt.

Zwei Stunden lang folgte ihr Neumann durch das West End – von Kensington nach Chelsea, von Chelsea nach Brompton, von Brompton nach Belgravia, von Belgravia nach Mayfair. Als sie den Berkeley Square erreichten, hatte er keine Zweifel mehr. Sie waren gut, verdammt gut, aber mit viel Zeit und Geduld hatte er schließlich ihre Mittel erschöpft und sie zu einem Fehler gezwungen. Es war der Mann im Regenmantel, fünfzehn Meter hinter ihm. Vor fünf Minuten hatte Neumann einen Blick von seinem Gesicht erhascht. Dasselbe Gesicht hatte er vor fast drei Stunden am *Strand* gesehen, als er von Catherine den Film übernommen hatte, nur hatte der Mann zu diesem Zeitpunkt noch eine grüne Öljacke und eine Wollmütze getragen.

Neumann fühlte sich schrecklich einsam. Er hatte den schlimmsten Teil des Krieges überlebt, aber keine der Fertigkeiten, die ihm auf Kreta oder in Rußland geholfen hatten, konnte er hier ins Spiel bringen. Der Mann hinter ihm war dünn und käsig, und wahrscheinlich auch ziemlich schwach. Neumann hätte ihn in Sekundenschnelle töten können. Aber die alten Regeln galten in diesem Spiel nicht mehr. Er konnte keine Verstärkung über Funk anfordern, konnte nicht auf die Unterstützung seiner Kameraden bauen. Er ging weiter, überrascht, wie ruhig er war. Sie folgen uns schon seit Stunden, dachte er. Warum haben sie uns nicht schon längst verhaftet? Er glaubte die Antwort zu kennen. Offenbar wollten sie mehr erfahren. Wo der Film deponiert wurde. Wo Neumann wohnte. Ob noch andere Agenten beteiligt waren. So lange er ihnen nicht die Antworten auf diese Fragen lieferte, waren Catherine und er sicher. Es war ein sehr schwaches Blatt, aber wenn er es klug ausspielte, hatten sie vielleicht eine Chance zu entkommen.

Neumann beschleunigte seine Schritte. Catherine, die mehrere Meter vor ihm ging, bog in die Bond Street ein. Sie blieb stehen, um ein Taxi anzuhalten. Neumann ging schneller, dann fiel er in einen leichten Trab. Er rief: »Catherine! Mein Gott, das ist ja eine Ewigkeit her. Wie ist es Ihnen denn ergangen?«

Sie blickte ihn entgeistert an. Neumann nahm sie am Arm.

»Wir müssen miteinander reden«, sagte er. »Lassen Sie uns irgendwo einen Tee trinken und Versäumtes nachholen.«

Neumanns plötzlicher Schachzug schlug in der Kommandostelle in der West Halkin Street wie eine Zehn-Zentner-Bombe ein. Basil Boothby ging nervös auf und ab und telefonierte angespannt mit dem Generaldirektor. Der Direktor stand in ständigem Kontakt mit dem Zwanziger-Komitee und dem Stab des Premierministers in dessen unterirdischem Hauptquartier. Vicary hatte sich in eine ruhige Ecke zurückgezogen und starrte, die Hände unter dem Kinn gefaltet, die Wand an. Boothby knallte den Hörer auf die Gabel und sagte: »Das Zwanziger-Komitee sagt, nicht festnehmen.«

»Das gefällt mir gar nicht«, sagte Vicary, noch immer die Wand anstarrend. »Sie haben offensichtlich bemerkt, daß sie beschattet werden. Jetzt sitzen sie da und überlegen, was sie tun sollen.«

»Woher wollen Sie das so genau wissen?«

Vicary sah auf. »Wir haben nie beobachtet, daß sie sich mit einem anderen Agenten getroffen hat. Und jetzt plötzlich sitzt sie mit Rudolf in einem Café in Mayfair bei Tee und Toast.«

»Wir observieren sie doch erst seit drei Wochen. Wer sagt uns denn, daß sie sich nicht schon vorher mit Rudolf getroffen hat.«

»Da stimmt doch etwas nicht. Ich glaube, daß sie unsere Leute entdeckt haben. Außerdem glaube ich, daß Rudolf nach ihnen Ausschau gehalten hat. Deshalb ist er ihr nach dem Treff gefolgt.«

»Das Zwanziger-Komitee hat seine Entscheidung getroffen. Es sagt, nicht festnehmen, also nehmen wir sie nicht fest.«

»Wenn sie bemerkt haben, daß sie observiert werden, ist das sinnlos. Rudolf wird den Film nicht deponieren, und er wird sich von anderen Agenten des Netzes fernhalten. Es bringt überhaupt nichts, wenn wir sie weiter beschatten. Es ist aus, Sir Basil.«

»Was schlagen Sie vor, Alfred?«

»Sofort zuschlagen. Festnehmen, sobald sie das Café verlassen.«

Boothby starrte Vicary an, als habe er etwas Ketzerisches gesagt. »Plötzlich kalte Füße bekommen, Alfred?«

»Was wollen Sie damit sagen?«

»Die Sache war doch Ihre Idee, oder nicht? Sie haben sie sich ausgedacht und dem Premierminister schmackhaft gemacht. Der

Generaldirektor hat seinen Segen gegeben, und das Zwanziger-Komitee hat zugestimmt. Seit Wochen plagt sich eine Gruppe von Offizieren Tag und Nacht damit ab, das Material für diesen Koffer zu liefern. Und jetzt wollen Sie alles abblasen, einfach so…« Sir Basil schnippte so laut mit den Fingern, daß es wie ein Gewehrschuß klang. »…nur weil Sie ein ungutes Gefühl haben.«

»Es ist mehr als ein ungutes Gefühl, Sir Basil. Herrgott noch mal, lesen Sie die Observierungsberichte. Da steht alles drin.«

Boothby ging wieder auf und ab, die Hände hinter dem Rükken verschränkt und den Kopf leicht gehoben, als ob er angestrengt einem störenden Geräusch in der Ferne lausche. »Sie werden sagen, er war gut, solange es nur um Funkspiele ging, aber für das Manöver mit Agenten aus Fleisch und Blut hatte er nicht die nötigen Nerven. So wird man Sie beurteilen, wenn alles vorbei ist. Eigentlich nicht weiter verwunderlich, schließlich war er nur ein Amateur. Ein kluger Junge von der Universität, der im Krieg seinen Beitrag leistete und dann den Schwanz einkniff, als es darauf ankam. Er war gut, sehr gut, aber er hatte nicht den Mumm, mit hohen Einsätzen zu spielen. Wollen Sie so beurteilt werden? Wenn ja, dann greifen Sie zum Telefon, und sagen Sie dem Generaldirektor, daß wir die Sache jetzt abbrechen sollten.«

Vicary starrte Boothby an. Boothby, den Agentenführer. Boothby, den Aristokraten, der unter Beschuß die Ruhe bewahrte. Er überlegte, warum Boothby versuchte, ihn durch seinen Hohn zum Weitermachen zu verleiten, obwohl ein Blinder sehen konnte, daß sie am Ende waren.

»Es ist vorbei«, sagte Vicary matt. »Sie haben gemerkt, daß sie beschattet werden. Und jetzt sitzen sie im Café und planen ihre nächsten Schritte. Catherine Blake weiß, daß sie getäuscht worden ist, und sie wird Kurt Vogel informieren. Vogel wird den Schluß ziehen, daß *Mulberry* genau das Gegenteil von dem ist, was wir ihm vorgemacht haben. Und dann sind wir geliefert.«

»Sie sind überall«, sagte Neumann. »Der Mann im Regenmantel, die junge Frau an der Bushaltestelle, der Mann, der den Platz überquerte und in die Drogerie ging. Sie setzen verschiedene Leute in unterschiedlichen Kombinationen und Verkleidungen ein. Aber sie verfolgen uns seit unserem Treff.«

Eine Kellnerin brachte den Tee. Catherine wartete, bis sie weg war. »Hat Vogel Ihnen befohlen, mir zu folgen?« fragte sie.

»Ja.«

»Und er hat nicht gesagt, warum?«

Neumann schüttelte den Kopf.

Catherine hob mit zitternder Hand ihre Tasse. Sie nahm die andere Hand zu Hilfe, um sie ruhig zu halten, und zwang sich zu trinken.

»Was ist mit Ihrem Gesicht passiert?«

»Ich hatte im Dorf eine kleine Auseinandersetzung. Nichts Ernstes.«

Catherine sah ihn zweifelnd an und sagte: »Warum haben sie uns nicht festgenommen?«

»Aus mehreren Gründen. Sie wissen wahrscheinlich schon sehr lange über Sie Bescheid. Wahrscheinlich stehen Sie schon sehr lange unter Beobachtung. Wenn das stimmt, dann sind alle Informationen falsch, die Sie von Commander Jordan erhalten haben – irreführendes Material, das die Briten fabriziert haben. Und wir haben alles brav nach Berlin geschickt.«

Sie setzte ihre Tasse ab und sah auf die Straße hinaus. Dann zwang sie sich, den Blick von den Beschattern abzuwenden, und wandte sich wieder Neumann zu. »Wenn Jordan mit dem britischen Geheimdienst zusammenarbeitet, können wir davon ausgehen, daß alles in seinem Koffer gefälscht ist. Sie haben mir die Informationen untergeschoben, um die Abwehr über die Invasionspläne der Alliierten zu täuschen. Vogel muß das unbedingt erfahren.« Sie rang sich ein Lächeln ab. »Möglicherweise haben uns diese Mistkerle gerade das Geheimnis der Invasion verraten.«

»Ich schätze, Sie haben recht. Wir haben nur ein Problem. Wir müssen Vogel persönlich unterrichten. Wir müssen davon ausgehen, daß der Weg über die portugiesische Botschaft nicht mehr gangbar ist. Und wir müssen davon ausgehen, daß wir unsere Funkgeräte nicht benutzen können. Vogel glaubt, daß die Briten alle alten Codes der Abwehr geknackt haben. Deshalb benutzt er das Funkgerät so selten. Wenn wir Vogel über Funk mitteilen, was wir wissen, erfahren es auch die Briten.«

Catherine zündete sich eine Zigarette an. Ihre Hände zitterten noch immer. »Wie um alles in der Welt sollen wir aus London herauskommen?«

»Es gibt mehrere Umstände, die wir zu unserem Vorteil nutzen können. Zunächst einmal haben wir das hier.« Neumann tippte auf die Tasche mit der Filmdose. »Ich kann mich täuschen, aber ich glaube nicht, daß man mich bisher beschattet hat. Vogel hat mich gut ausgebildet, und ich bin sehr vorsichtig. Ich glaube nicht, daß sie wissen, wie ich den Film an den Portugiesen übergebe – wo die Übergabe stattfindet, wie sie abläuft oder ob es irgendeine Parole gibt. Außerdem bin ich sicher, daß mir niemand nach Hampton Sands gefolgt ist. Das Dorf ist so klein, daß ich es merken würde, wenn man mich observiert. Sie wissen nicht, wo ich wohne oder ob ich mit anderen Agenten zusammenarbeite. Normalerweise wartet man, bis man alle Agenten eines Netzes kennt, und dann verhaftet man sie alle gleichzeitig. So verfährt die Gestapo mit der Résistance in Frankreich, und so wird es auch der MI5 in London machen.«

»Das klingt alles ganz logisch. Was schlagen Sie vor?«

»Sehen Sie Jordan heute abend?«

»Ja.«

»Wann?«

»Wir treffen uns um sieben zum Essen.«

»Großartig«, sagte Neumann. »Also, Sie tun folgendes.«

In den nächsten fünf Minuten entwickelte Neumann einen detaillierten Fluchtplan. Catherine hörte genau zu. Sie ließ ihn keinen Moment aus den Augen und widerstand der Versuchung, nach den Beschattern vor dem Café zu sehen. Als Neumann fertig war, sagte er: »Verhalten Sie sich so wie sonst auch. Tun Sie nichts, was sie vermuten läßt, daß Sie die Beschattung bemerkt haben. Bleiben Sie in Bewegung, bis es Zeit ist. Machen Sie Einkäufe, gehen Sie ins Kino, bewegen Sie sich ganz offen. Solange ich den Film nicht abgeliefert habe, sind Sie sicher. Wenn es an der Zeit ist, gehen Sie in Ihre Wohnung und holen Ihr Funkgerät. Ich werde um fünf Uhr dort sein, Punkt fünf, und ich komme durch den Hintereingang. Verstanden?«

Catherine nickte.

»Jetzt haben wir nur noch ein Problem«, sagte Neumann. »Wissen Sie, wo ich ein Auto und Benzin herkriege?«

Catherine mußte gegen ihren Willen lachen. »Zufällig ja, aber ich rate Ihnen, meinen Namen nicht zu erwähnen.«

Neumann verließ das Café als erster. Er streifte eine halbe Stunde durch Mayfair, verfolgt von mindestens zwei Männern – der

Öljacke und dem Regenmantel. Dann ging er Richtung Portman Square. Er hatte ein schlechtes Gewissen, weil er Sarah mit in die Sache hineinzog, aber wenn der MI5 sie hinterher vernahm, würde er feststellen, daß sie nichts wußte.

Er blieb vor der Buchhandlung stehen und spähte durch das Schaufenster hinein. Sarah stand auf der Leiter, das dunkle Haar zu einem strengen Knoten aufgesteckt. Er klopfte sanft an die Scheibe, damit sie nicht erschrak. Sie drehte sich herum, und ein Lächeln erhellte ihr Gesicht. Sie setzte ihre Bücher ab und winkte ihn begeistert herein. »Mein Gott, Sie sehen ja furchtbar aus«, rief sie, als er vor ihr stand. »Was ist denn passiert?«

Neumann zögerte. Er merkte, daß er keine Erklärung für das große Pflaster auf seiner Wange hatte. Er murmelte etwas von einem Sturz während der Verdunkelung, und sie schien ihm die Geschichte abzunehmen. Sie half ihm aus der Jacke und hängte sie zum Trocknen über den Heizkörper. Er leistete ihr zwei Stunden lang Gesellschaft, half ihr, neue Bücher in die Regale zu stellen, und trank in ihrer Pause im Café nebenan mir ihr Tee. Er bemerkte, wie seine bisherigen Beschatter durch neue abgelöst wurden. Und er bemerkte einen schwarzen Lieferwagen, der an der Ecke parkte, und nahm an, daß auch die Männer auf den Vordersitzen zur anderen Seite gehörten.

Um halb fünf, als es dämmerte und die ersten Fenster verdunkelt wurden, nahm er seine Jacke vom Heizkörper und zog sie an. Sarah schnitt aus Spaß ein trauriges Gesicht, dann nahm sie ihn bei der Hand und führte ihn ins Lager. Sie lehnte sich gegen eine Wand, zog ihn an sich und küßte ihn. »Ich weiß nicht das geringste über Sie, James Porter. Aber ich mag Sie sehr gern. Sie sind über irgend etwas traurig. Das gefällt mir.«

Neumann verließ den Laden und ging nach Norden zur U-Bahnstation Baker Street. Er wurde von mindestens zwei Personen zu Fuß und dem schwarzen Lieferwagen verfolgt. Er betrat die Station und löste eine Fahrkarte bis Charing Cross. Dort stieg er um und fuhr weiter bis Euston. Zwei Verfolger im Schlepptau, ging er durch den Tunnel, der die U-Bahnstation mit dem Sackbahnhof verband. Er wartete fünfzehn Minuten an einem Fahrkartenschalter, dann löste er eine Fahrkarte nach Liverpool. Die Leute stiegen bereits in den Zug, als er den Bahnsteig betrat. Viele Waggons waren voll. Er suchte nach einem Abteil mit einem freien Sitzplatz. Schließlich fand er eines, öffnete die Tür, ging hinein und setzte sich.

Er sah auf die Armbanduhr: drei Minuten bis zur Abfahrt. Vor seinem Abteil füllte sich der Gang rasch mit Fahrgästen. Es kam nicht selten vor, daß Reisende die ganze Fahrt über stehen oder auf dem Gang sitzen mußten. Neumann stand auf, murmelte etwas von einer Magenverstimmung und quetschte sich aus dem Abteil. Er ging zur Toilette am Ende des Wagens. Er klopfte an die Tür. Keine Antwort. Er klopfte noch einmal und spähte dabei über die Schulter. Der Mann, der ihm in den Zug gefolgt war, konnte ihn jetzt nicht sehen, weil ihm die anderen Fahrgäste, die auf dem Gang standen, die Sicht versperrten.

Perfekt. Der Zug setzte sich in Bewegung. Neumann stand noch immer vor der Toilette. Jetzt fuhr der Zug so schnell, daß die meisten Leute es nicht mehr gewagt hätten abzuspringen. Neumann wartete noch ein paar Sekunden, dann ging er zur Zugtür, riß sie auf und sprang auf den Bahnsteig hinunter.

Er kam gut auf, und als er aufblickte, sah er gerade noch, wie ein entrüsteter Schaffner die Tür zuzog. Er eilte zum Ausgang und trat hinaus auf die Euston Road.

Auf der Straße herrschte dichter Feierabendverkehr. Neumann hielt ein Taxi an und stieg ein. Er nannte dem Fahrer eine Adresse im East End und lehnte sich zurück.

48

Hampton Sands, Norfolk

Mary Dogherty wartete allein im Cottage. Sie hatte es immer als ein hübsches kleines Häuschen empfunden, warm, hell und luftig. Jetzt aber erschien es ihr plötzlich viel zu eng, und sie kam sich vor wie in einem Gefängnis. Ruhelos ging sie auf und ab. Das angekündigte Unwetter hatte die Küste von Norfolk erreicht. Regen schlug gegen die Scheiben, und die Fensterläden klapperten. Böen fuhren stöhnend in die Dachrinnen, und Mary hörte, wie sich knirschend ein Dachziegel löste.

Sean war fort. Er war nach Hunstanton gefahren, um Neumann vom Zug abzuholen. Bruchstücke des Gesprächs, das sie am Morgen geführt hatten, hallten unablässig in ihrem Kopf wider wie die Melodiefetzen einer zerkratzten Schallplatte: *U-Boot nach Frankreich… eine Weile in Berlin bleiben… in ein Drittland ausreisen… dann zurück nach Irland… komm nach, wenn der Krieg vorbei ist…*

Es war wie ein Alptraum. Als hätte sie ein fremdes Gespräch belauscht, als hätte sie es in einem Film gesehen oder in einem Buch gelesen. Der Gedanke kam ihr einfach lächerlich vor: Sean Dogherty, ein kleiner Farmer an der Küste von Norfolk und IRA-Sympathisant, wollte mit einem U-Boot nach Deutschland fliehen. Wahrscheinlich war das der logische Höhepunkt seiner Spionagetätigkeit. Sie war eine Närrin gewesen, daß sie gehofft hatte, nach dem Krieg werde schon wieder alles in Ordnung kommen. Sie hatte sich etwas vorgemacht. Sean würde fliehen und sie zurücklassen, und sie würde die Folgen ausbaden müssen. Was würde die Polizei tun? *Sag ihnen einfach, daß du nichts davon gewußt hast, Mary…* Und wenn die Polizei ihr nicht glaubte, was dann? Wie konnte sie hier im Dorf weiterleben, wenn alle wußten, daß Sean ein Spion gewesen war? Man würde sie aus der Gegend vertreiben. Man würde sie aus jedem englischen Dorf vertreiben, in dem sie sich niederlassen wollte. Sie würde Hampton Sands verlassen müssen. Sie würde Jenny Colville verlassen müssen. Sie würde nach Irland zurückkehren müssen, in das öde Dorf Carrick-on-Shannon, dem sie vor dreißig Jahren entflohen war. Der Gedanke war ihr absolut zuwider, aber sie würde keine Wahl haben – nicht wenn alle erfuhren, daß Sean für die Deutschen spioniert hatte.

Sie begann zu weinen. Zum Teufel mit dir, Sean Dogherty! dachte sie. Warum warst du so ein verdammter Idiot?

Mary trat ans Fenster. Auf dem Weg, der ins Dorf führte, tanzte ein kleiner Lichtpunkt im Regen. Einen Augenblick später sah die den Widerschein nassen Ölzeugs und die schwachen Umrisse einer Gestalt auf einem Fahrrad, die, tief über die Lenkstange gebeugt, mit abgespreizten Ellenbogen gegen den Wind strampelte. Es war Jenny Colville. Am Tor stieg sie ab und schob das Fahrrad den Weg herauf. Mary öffnete ihr die Tür. Eine Windböe trieb einen Regenschwall herein. Mary zog Jenny ins Haus und nahm ihr den nassen Mantel und den Hut ab.

»Mein Gott, Jenny, was machst du denn bei dem Wetter im Freien?«

»Oh Mary, es ist wundervoll. So ein Sturm. Einfach herrlich.«

»Du hast offensichtlich den Verstand verloren, mein Kind. Setz dich an den Kamin. Ich mache dir einen heißen Tee.«

Jenny wärmte sich an dem Holzfeuer. »Wo ist James?« fragte sie.

»Er ist nicht da«, rief Mary aus der Küche. »Er ist mit Sean unterwegs.«

»Oh«, sagte Jenny. Mary hörte an ihrer Stimme, daß sie enttäuscht war. »Kommt er bald zurück?«

Mary unterbrach ihre Tätigkeit und ging zurück ins Wohnzimmer. Sie sah Jenny an und sagte: »Warum interessierst du dich plötzlich so für James?«

»Ich wollte ihn nur besuchen. Hallo sagen. Ihm ein bißchen Gesellschaft leisten. Das ist alles.«

»Das ist alles? Was ist bloß in dich gefahren, Jenny?«

»Ich hab ihn einfach gern. Sehr sogar. Und er mag mich.«

»Du magst ihn, und er mag dich? Wie kommst du denn darauf?«

»Ich weiß es, Mary. Bitte glaube mir. Frag nicht, warum ich es weiß. Ich weiß es eben.«

Mary packte sie fest bei den Schultern. »Hör mir gut zu, Jenny.« Sie schüttelte sie. »Hörst du mir zu?«

»Ja, Mary. Du tust mir weh!«

»Halt dich von ihm fern. Vergiß ihn.«

Jenny begann zu weinen. »Ich kann ihn nicht vergessen, Mary. Ich liebe ihn. Und er liebt mich. Ich weiß, daß er mich liebt.«

»Er liebt dich nicht, Jenny. Frag mich nicht, warum. Ich kann dir das jetzt nicht erklären, Liebes. Er ist ein netter Mann, aber er ist nicht der, für den du ihn hältst, Jenny! Vergiß das Ganze, Jenny. Schlag ihn dir aus dem Kopf. Du mußt mir vertrauen, Kleines. Er ist nicht der richtige Mann für dich.«

Jenny riß sich von Mary los, trat einen Schritt zurück und wischte sich die Tränen aus dem Gesicht. »Doch, er ist der Richtige, Mary. Ich liebe ihn. Du empfindest deine Ehe mit Sean schon so lange wie ein Gefängnis, daß du ganz vergessen hast, was Liebe ist.«

Dann schnappte sie ihren Mantel, schoß zur Haustür hinaus und knallte sie hinter sich zu. Mary eilte zum Fenster und sah ihr nach, wie sie im Sturm davonradelte.

Regen klatschte Jenny ins Gesicht, als sie durch das hügelige Gelände zurück ins Dorf fuhr. Sie hatte sich vorgenommen, nicht zu weinen, aber sie konnte an ihrem Vorsatz nicht festhalten. Tränen vermischten sich mit den Regentropfen und liefen ihr über das Gesicht. Der Dorfladen und der Pub hatten bereits geschlossen, und alle Häuser waren verdunkelt. Jennys Taschenlampe, die vorn im Korb lag, warf einen blaßgelben Strahl in die tiefschwarze Nacht. Das Licht reichte kaum aus, um den Weg zu erkennen. Sie radelte durch das Dorf und fuhr in Richtung ihres Cottages.

Sie war wütend auf Mary. Wie konnte sie es wagen, sich zwischen sie und James zu stellen? Und was hatte sie gemeint, als sie gesagt hatte: *Er ist nicht der, für den du ihn hältst ...* Sie war aber auch auf sich selber wütend. Sie fühlte sich schrecklich wegen der Beleidigung, die sie Mary an den Kopf geworfen hatte, bevor sie aus dem Haus gerannt war. Sie hatten noch nie gestritten. Morgen früh, wenn sich die Lage beruhigt hatte, würde sie wieder hingehen und sich entschuldigen.

Endlich zeichnete sich das Cottage gegen den Himmel ab. Sie stieg am Tor ab, schob das Fahrrad den Fußweg hinauf und lehnte es an die Hauswand. Ihr Vater trat heraus und blieb, sich die Hände an einem Lumpen abwischend, in der Tür stehen.

Sein Gesicht war immer noch übel zugerichtet von dem Kampf. Jenny wollte an ihm vorbeihuschen, doch seine Hand schloß sich mit eisernem Griff um ihren Arm.

»Bist du wieder bei ihm gewesen?«

»Nein, Papa.« Sie schrie vor Schmerz. »Bitte, laß los, du tust mir weh!«

Er hob die andere Hand, um sie zu schlagen, und sein häßliches, verschwollenes Gesicht verzerrte sich vor Wut. »Sag mir die Wahrheit, Jenny! Bist du wieder bei ihm gewesen?«

»Nein, ich schwöre es«, schrie sie und hob den Arm, um sich vor dem Schlag zu schützen, den sie jede Sekunde erwartete. »Bitte, Papa, schlag mich nicht! Ich sage die Wahrheit!«

Martin Colville lockerte seinen Griff. »Geh rein, und mach mir etwas zu essen.«

Sie wollte schreien: Mach dir dein Abendessen doch zur Abwechslung mal selbst! Aber sie wußte, wohin das geführt hätte. Sie sah ihm ins Gesicht, und für einen Moment wünschte sie sich, James hätte ihn getötet. Sie ging ins Haus, zog den triefenden Mantel aus und machte sich in der Küche an die Arbeit.

49

London

Clive Roach wußte sofort, daß er Probleme bekommen würde, als Rudolf den überfüllten Wagen bestieg. Alles war in Ordnung, solange Rudolf in seinem Abteil sitzenblieb. Wenn er jedoch die Toilette, den Speisewagen oder einen anderen Wagen aufsuchte, würde es schwierig werden. Die Korridore waren mit Reisenden verstopft – manche standen, andere saßen und versuchten vergeblich, ein Nickerchen zu machen. Es war eine Qual, durch den Zug zu gehen. Um sich einen Weg durch das Gedränge zu bahnen, mußte man sich mühsam an den Leuten vorbeiquetschen und unentwegt Entschuldigungen murmeln. Jemandem unbemerkt zu folgen, war unter diesen Bedingungen schwierig, wahrscheinlich sogar unmöglich, wenn der Agent gut war. Und nach Roachs bisherigen Erfahrungen war Rudolf gut.

Er schöpfte Verdacht, als Rudolf eine Hand gegen den Magen preßte, das Abteil verließ und sich, während der Zug noch in der Euston Station auf dem Bahnsteig stand, durch den überfüllten Gang zwängte. Rudolf war klein, höchstens einsfünfundsechzig, und bald verschwand sein Kopf in der Menge. Roach folgte ihm ein paar Schritte, was ihm Proteste und entnervtes Stöhnen anderer Fahrgäste eintrug. Er wollte einen Sicherheitsabstand wahren. Rudolf hatte heute schon mehrmals kehrtgemacht, und Roach fürchtete, daß er sein Gesicht gesehen hatte. Der Gang war wegen der Verdunkelungsvorschriften nur schwach beleuchtet und schon jetzt mit einem Nebel aus Zigarettenqualm erfüllt. Roach blieb in Deckung und sah, wie Rudolf zweimal an die Toilettentür klopfte. Ein anderer Fahrgast schob sich an Roach vorbei und versperrte ihm für ein paar Sekunden die Sicht. Als er wieder etwas sah, war Rudolf verschwunden.

Roach blieb noch drei Minuten an seinem Platz und behielt die Toilettentür im Auge. Ein anderer Mann kam heran und klopfte. Dann ging er hinein und schloß die Tür hinter sich.

In Roachs Kopf schrillten die Alarmglocken.

Er drängte sich durch den Pulk von Fahrgästen, der den Gang blockierte, blieb vor der Toilettentür stehen und hämmerte mit der Faust dagegen.

»Warten Sie, bis Sie dran sind, wie jeder andere auch«, rief die Stimme hinter der Tür.

»Polizei! Dies ist ein Notfall. Machen Sie sofort auf!«

Der Mann öffnete ein paar Sekunden später, noch damit beschäftigt, seine Hose zuzuknöpfen. Roach warf einen Blick in die Toilette, um sicherzugehen, daß Rudolf nicht darin war. *Verdammt!* Er öffnete die Tür am Ende des Wagens, ging durch die gedeckte Verbindung und betrat den nächsten Wagen. Auch dieser war dunkel und verraucht und hoffnungslos mit Fahrgästen verstopft. Er konnte Rudolf unmöglich finden, ohne den ganzen Zug zu durchsuchen, Wagen für Wagen, Abteil für Abteil.

Wohin ist er so schnell verschwunden? dachte Roach.

Er eilte zurück in den anderen Wagen und fand dort den Schaffner, einen alten Mann mit Nickelbrille und Klumpfuß. Neumann zog ein Foto hervor, das man bei der Observierung von Rudolf gemacht hatte, und hielt es dem Schaffner vor die Nase.

»Haben Sie diesen Mann gesehen?«

»Ein kleiner Bursche?«

»Ja«, sagte Roach. Verdammt! dachte er mit wachsender Verzweiflung.

»Er sprang kurz nach der Abfahrt aus dem Zug. Hatte Glück, daß er sich nicht die Beine brach.«

»Herrgott noch mal, warum haben Sie mir nicht Bescheid gesagt?« Er merkte, daß er sich lächerlich machte und zwang sich zur Ruhe. »Wo hält der Zug als nächstes?«

»In Watford.«

»Wann?«

»Etwa in einer halben Stunde.«

»Das dauert mir zu lang. Ich muß sofort raus.«

Clive Roach faßte nach oben und zog die Notbremse. Der Zug wurde sofort langsamer, als die Bremseinrichtung ausgelöst wurde.

Der alte Schaffner sah mit blinzelnden Augen zu Roach auf und sagte: »Sie sind kein normaler Polizeibeamter, habe ich recht?«

Der Zug kam zum Stehen. Roach antwortete nicht. Er riß die Tür auf, sprang auf den Bahndamm und verschwand in der Dunkelheit.

Neumann bezahlte das Taxi in der Nähe von Popes Lagerhaus und ging den Rest des Weges zu Fuß. Er schlug den Kragen seiner Seemannsjacke hoch, um sich gegen den Regen zu schützen, zog die Mauser aus dem Hosenbund und steckte sie in die Vordertasche der Jacke. Der erste Akt war glatt über die Bühne gegangen. Das Täuschungsmanöver im Zug hatte geklappt. Neumann war sicher, daß ihm nun niemand mehr folgte. Der Mann im Regenmantel, der ihn beschattet hatte, war höchstwahrscheinlich noch im Zug und fuhr in Richtung Liverpool. Der Mann war allerdings kein Idiot. Er hatte sicher bald bemerkt, daß Neumann nicht in sein Abteil zurückgekehrt war, und suchte ihn inzwischen. Vielleicht stellte er auch Fragen. Neumanns Flucht war nicht unbemerkt geblieben. Der Schaffner hatte ihn vom Zug springen sehen. Wenn der Mann im Regenmantel dahinter kam, daß er nicht mehr im Zug war, würde er seine Vorgesetzten in London anrufen. Neumann war klar, daß er sich nur für sehr kurze Zeit Luft verschafft hatte. Er mußte sich beeilen.

Das Lagerhaus war dunkel und wirkte verlassen. Neumann klingelte und wartete. Nichts regte sich. Er klingelte noch einmal, und diesmal hörte er drinnen Schritte. Einen Augenblick später ging die Tür auf, und ein schwarzhaariger Riese in einem Ledermantel stand vor ihm.

»Was wollen Sie?«

»Ich würde gern Mr. Pope sprechen«, sagte Neumann höflich. »Ich brauche ein paar Dinge, und man hat mir gesagt, hier sei ich an der richtigen Adresse.«

»Mr. Pope ist nicht da, und wir sind nicht mehr im Geschäft. Also hauen Sie ab.«

Der Riese machte Anstalten, die Tür zu schließen. Neumann blockierte sie mit dem Fuß.

»Tut mir leid, es ist ziemlich dringend. Vielleicht können auch Sie mir helfen.«

Der Riese sah Neumann verwirrt an. Neumanns Oxford-Akzent wollte nicht so recht zu der Seemannsjacke und dem Pflaster im Gesicht passen. »Sie haben wohl nicht gehört, was ich gesagt habe«, brummte er. »Wir sind nicht mehr im Geschäft. Der Laden ist dicht.« Er packte Neumann an der Schulter. »Und jetzt verpiß dich.«

Neumann versetzte ihm einen Hieb gegen den Adamsapfel, dann zog er die Mauser und schoß ihm in den Fuß. Der Mann brach zusammen, abwechselnd vor Schmerz brüllend und nach Luft schnappend. Neumann ging hinein und schloß die Tür. Das Lagerhaus war genau so, wie Catherine es beschrieben hatte – Lieferwagen, PKW, Motorräder, Paletten mit Schwarzmarktwaren und zahlreiche Kanister mit Benzin.

Neumann beugte sich zu dem Mann hinunter und sagte: »Eine falsche Bewegung, und ich schieße nochmal, aber diesmal nicht in den Fuß. Verstanden?«

Der Riese grunzte.

Neumann entschied sich für einen schwarzen Lieferwagen, öffnete die Fahrertür und ließ den Motor an. Er schleppte zwei Benzinkanister herbei und stellte sie hinten auf die Ladefläche. Er überlegte, daß sie eine lange Fahrt vor sich hatten, und holte noch zwei Kanister. Dann stieg er in den Wagen, fuhr zum Tor und schob es auf.

Bevor er wegfuhr, kniete er sich neben den verletzten Mann und sagte: »An deiner Stelle würde ich sofort in ein Krankenhaus gehen.«

Der Mann war jetzt vollends verwirrt. »Wer zum Teufel bist du, Mann?«

Neumann lächelte. Er wußte, daß die Wahrheit so unwahrscheinlich klang, daß der Mann sie niemals glauben würde.

»Ich bin ein deutscher Spion und auf der Flucht vor dem MI5.«

»Klar, und ich bin Adolf Hitler.«

Neumann stieg in den Wagen und raste davon.

Harry Dalton riß die Verdunkelungsblenden von den Scheinwerfern und fuhr in halsbrecherischem Tempo westwärts durch London. Er wechselte ständig die Spur und drückte mit einer Hand permanent auf die Hupe. Vicary, der neben ihm auf dem Beifahrersitz saß, klammerte sich an die Armstütze. Die Scheibenwischer kämpften vergeblich gegen den Regen an. Harry bog in die Cromwell Road ein und beschleunigte so stark, daß das Heck des Wagens über den feuchten Asphalt schleuderte.

Harry drängelte und schlängelte sich durch den dichten Verkehr, dann bog er in eine schmale Gasse ein. Er gab Vollgas und machte zwei halsbrecherische Manöver, um einer Mülltonne und einer Katze auszuweichen. Hinter einem Wohnblock trat er voll auf die Bremse, und sie kamen quietschend zum Stehen.

Der Wagen der Special Branch stand schon da. Harry und Vicary stiegen aus, betraten das Gebäude durch den Hintereingang und stapften zum fünften Stock hinauf, wo sich der Observationsposten befand. Vicary ignorierte den Schmerz, der wie ein Messer in sein Knie schnitt, und hielt mit Harry Schritt.

Wenn mir Boothby vor ein paar Stunden die Erlaubnis zur Festnahme gegeben hätte, dachte er, säßen wir jetzt nicht so in der Patsche.

Die Katastrophe war fast perfekt.

Der Agent Rudolf war in der Euston Station aus einem Zug gesprungen und in der Stadt untergetaucht. Vicary mußte davon ausgehen, daß er nun aus dem Land fliehen wollte. Er hatte keine andere Wahl, als Catherine Blake zu verhaften. Er mußte sie in Gewahrsam nehmen und ihr eine Todesangst einjagen. Vielleicht verriet sie ihm dann, wo Rudolf hinwollte und wie er zu fliehen gedachte, ob noch andere Agenten beteiligt waren und wo er sein Funkgerät aufbewahrte.

Vicary war alles andere als zuversichtlich. Er hatte das sichere Gefühl, daß diese Frau nicht einmal angesichts ihrer drohenden Hinrichtung kooperieren würde. Sie brauchte nur so lange dicht zu halten, bis Rudolf außer Landes geflohen war. Rudolf würde die Abwehr in den Besitz von Informationen bringen, die es ihr ermöglichten, das Täuschungsmanöver des britischen Geheimdienstes zu durchschauen. Die Folgen waren kaum auszudenken. Die gesamte Arbeit, die sie in *Fortitude* investiert hatten, wäre umsonst gewesen. Die Deutschen würden erkennen, daß die Alliierten in der Normandie angreifen wollten. Die Invasion müßte verschoben und neu geplant werden, andernfalls würde sie in einem Blutbad enden. Hitler würde Westeuropa weiterhin besetzt halten und mit eiserner Hand beherrschen. Der Krieg würde zahllose weitere Opfer fordern. Und all das, weil Vicarys Operation gescheitert war. Sie hatten nur noch eine Chance: Sie mußten Catherine Blake verhaften und Rudolf aufhalten, bevor er das Land verlassen oder sein Funkgerät benützen konnte.

Harry öffnete die Tür der Wohnung und trat ein. Vicary

folgte ihm in das Zimmer, das zur Straße hinausging. Die Vorhänge waren aufgezogen, das Licht war gelöscht. Vicary versuchte angestrengt, die Gestalten auszumachen, die überall im Zimmer verteilt waren und mit ihren unterschiedlichen Posen wie Statuen in einem nächtlichen Garten wirkten. Zwei Beschatter standen mit müden Augen reglos am Fenster, und ein halbes Dutzend Männer von der Special Branch lehnten an einer Wand. Ihr ranghöchster Offizier hieß Carter. Er war groß und kantig mit dickem Hals und pockennarbiger Haut. Eine aus Sicherheitsgründen gelöschte Zigarette hing im Winkel seines breiten Munds. Harry stellte ihn Vicary vor. Er quetschte einmal kurz Vicarys Hand, dann trat er mit ihm ans Fenster und erklärte ihm, wie er seine Leute verteilt hatte. Ascheflocken fielen von der kalten Zigarette, während er sprach.

»Wir gehen durch den Vordereingang rein«, sagte Carter mit einem leichten nordenglischen Akzent. »Gleichzeitig sperren wir die Straße an beiden Enden ab, und zwei Männer werden die Rückseite des Hauses bewachen. Sobald wir drin sind, hat sie keine Fluchtmöglichkeit mehr.«

»Es ist extrem wichtig, daß wir sie lebend kriegen«, sagte Vicary. »Tot ist sie für uns absolut nutzlos.«

»Harry sagt, daß sie gut mit Waffen umgehen kann.«

»Das stimmt. Wir haben Grund zu der Annahme, daß sie eine Pistole hat und auch rücksichtslos von ihr Gebrauch macht.«

»Wir werden sie so schnell festnehmen, daß sie gar nicht weiß, wie ihr geschieht. Ein Wort von Ihnen, und wir schlagen zu.«

Vicary wandte sich vom Fenster ab und schritt durch den Raum zum Telefon. Er wählte die Nummer des Departments und wartete, bis die Telefonistin ihn mit Boothbys Büro verband.

»Die Männer von der Special Branch warten nur noch auf unseren Befehl«, sagte er, als er Boothby in der Leitung hatte. »Liegt die Genehmigung schon vor?«

»Nein. Das Zwanziger-Komitee berät noch. Wir können erst zuschlagen, wenn es grünes Licht gibt. Im Moment sind die am Ball.«

»Herrgott noch mal! Vielleicht sollte jemand dem Komitee klarmachen, daß wir nicht ewig Zeit haben. Wenn wir überhaupt noch eine winzige Chance haben wollen, Rudolf zu schnappen, müssen wir wissen, wohin er flieht.«

»Ich sehe Ihr Problem«, sagte Boothby.

Vicary dachte: Ihr Problem oder mein Problem, Sir Basil?

Und er sagte: »Wann wird die Entscheidung fallen?«

»Jeden Moment. Ich rufe Sie dann sofort zurück.«

Vicary legte auf und ging unruhig auf und ab. Er wandte sich an einen der Beschatter und fragte: »Wie lange ist sie schon drin?«

»Etwa fünfzehn Minuten.«

»Fünfzehn Minuten? Warum ist sie so lange unterwegs gewesen? Das gefällt mir nicht.«

Das Telefon klingelte. Vicary stürzte hin und riß den Hörer von der Gabel. »Wir haben die Genehmigung des Komitees«, sagte Boothby. »Bringen Sie sie her, Alfred. Und viel Glück.«

Vicary knallte den Hörer auf.

»Los geht's, Gentlemen.« Er wandte sich an Harry: »Wir brauchen sie lebend.«

Harry nickte grimmig und verließ mit den Männern das Zimmer. Vicary lauschte, wie ihre Schritte im Treppenhaus allmählich verklangen. Dann, einen Moment später, sah er ihre Köpfe, als sie aus dem Haus traten und über die Straße auf Catherine Blakes Wohnung zusteuerten.

Vicary flüsterte: »Um Gottes willen, Harry, seien Sie vorsichtig.«

Horst Neumann parkte den Lieferwagen um die Ecke in einer kleinen ruhigen Seitenstraße. Er stieg aus und schloß leise die Tür. Dann ging er rasch die Straße entlang, die Hände tief in den Taschen vergraben, eine Hand am Griff der Mauser.

Die Straße war stockfinster. Er gelangte zu einem Schuttberg, der einmal das Haus hinter Catherines Wohnung gewesen war. Er tastete sich vorwärts, vorbei an zersplitterten Balken, zertrümmerten Ziegeln und verbogenen Rohren. Der Schutt endete an einer Mauer, die etwa einen Meter achtzig hoch war. Hinter ihr lag der Garten auf der Rückseite des Hauses. Neumann hatte ihn von Catherines Fenster aus gesehen. Er drückte die Klinke am Gartentor. Das Tor war verschlossen. Er würde es von der anderen Seite her öffnen müssen.

Er legte die Hände oben auf die Mauer, stieß sich mit den Füßen ab und zog sich hinauf. Oben angekommen, schwang er ein Bein auf die andere Seite und ließ sich langsam hinab. So hing er ein paar Sekunden lang da und blickte nach unten. Er konnte den Boden im Dunkeln nicht sehen. Wenn er jetzt losließ, landete er vielleicht auf einem schlafenden Hund oder einem Mülleimer und verursachte einen Höllenlärm. Er überlegte, ob er kurz seine Taschenlampe anknipsen sollte, aber das konnte Aufmerksamkeit erregen. Er stieß sich oben an der Mauer ab und ließ sich fallen. Er landete weder auf einem Hund noch auf einem Mülleimer, sondern in einem dornigen Strauch, der sich in seiner Jacke verhakte und ihm das Gesicht zerkratzte.

Neumann riß sich los und entriegelte das Gartentor. Er schlich durch den Garten zum Hintereingang. Er drückte die Klinke. Die Tür war verschlossen, aber sie hatte ein unterteiltes Fenster. Er zog die Mauser aus der Tasche und zerschlug mit ihr die linke untere Scheibe. Das Geräusch war überraschend laut. Er griff durch das zerbrochene Fenster und schloß die Tür auf. Dann huschte er durch den Flur und stieg die Treppe hinauf.

Er gelangte zu Catherines Tür und klopfte leise.

»Wer ist da?« fragte ihre Stimme.

»Ich bin's.«

Sie öffnete. Neumann ging hinein und schloß die Tür. Catherine trug Hosen, einen Pullover und eine Lederjacke. Das tragbare Funkgerät stand neben der Tür. Neumann sah ihr ins Gesicht. Es war aschfahl.

»Vielleicht bilde ich es mir nur ein«, sagte sie. »Aber ich glaube, unten ist etwas im Gange. Ich habe Männer auf der Straße herumlaufen sehen, und ein paar sitzen in parkenden Autos.«

In der Wohnung war es dunkel, nur im Wohnzimmer brannte eine Lampe. Neumann durchquerte mit ein paar schnellen Schritten den Raum und löschte sie. Er trat ans Fenster, hob den Verdunkelungsrollo an einer Ecke und spähte auf die Straße hinunter. Im spärlichen Licht des Abendverkehrs konnte er sehen, wie vier Männer das Wohnhaus gegenüber verließen und über die Straße rannten.

Neumann wirbelte herum und riß die Mauser aus der Tasche.

»Sie kommen! Schnappen Sie sich das Funkgerät, und folgen Sie mir. Los!«

Harry Dalton stieß die Vordertür auf und ging hinein, gefolgt von den Männern von der Special Branch. Er machte gerade noch rechtzeitig Licht, um zu sehen, wie Catherine Blake durch die Hintertür schlüpfte, ein Funkgerät in der Hand.

Horst Neumann hatte die Hintertür mit einem Tritt aufgestoßen und rannte gerade durch den Garten, als er im Haus einen Schrei hörte. Er hastete weiter durch die Dunkelheit, die Mauser in der ausgestreckten Hand. Das Gartentor flog auf, und ein Mann mit erhobener Waffe erschien in der Öffnung. Er schrie: »Halt, stehenbleiben!«, doch Neumann rannte weiter und feuerte zweimal. Der erste Schuß traf den Mann in die Schulter und wirbelte ihn herum. Der zweite zerschmetterte ihm das Rückgrat und tötete ihn sofort.

Ein zweiter Mann trat an seine Stelle und versuchte zu feuern. Neumann drückte den Abzug. Die Mauser hüpfte in seiner Hand – fast lautlos, nur das dumpfe Klicken des Schlagbolzens war zu hören. Der Kopf des Mannes explodierte.

Neumann stürmte durch das Tor, sprang über die Leichen und spähte in die Dunkelheit. Es war niemand mehr hinter dem Haus. Er wandte sich um und sah nach Catherine. Sie rannte ein paar Meter hinter ihm, in der Hand das Funkgerät. Drei Männer verfolgten sie. Er hob die Pistole und feuerte in die Dunkelheit. Er hörte zwei Schreie. Catherine rannte weiter.

Neumann drehte sich wieder um und begann, über den Schutt zu klettern.

Harry spürte, wie die Kugeln an seinem Kopf vorbeipfiffen, und er hörte die Schreie der beiden Männer hinter ihm. Catherine Blake war direkt vor ihm. Er rannte mit ausgestreckten Armen durch die Dunkelheit. Er begriff, daß er entschieden im Nachteil war. Er war unbewaffnet und allein. Er konnte stehenbleiben und nach der Waffe eines der getroffenen Männer suchen, dann die Verfolgung wieder aufnehmen und beide Spione erschießen. Doch die Wahrscheinlichkeit war groß, daß er dabei von Rudolf getötet wurde. Er konnte auch ins Haus zurückkehren und die Männer in der Wohnung gegenüber alarmieren. Aber dann wären Catherine Blake und Rudolf längst über alle Berge. Die Suche würde wieder ganz von vorn beginnen, die Spione würden ihr Funkgerät benützen und Berlin über ihre Entdeckung informieren, und der Krieg wäre verloren. Verdammt!

Das Funkgerät!

Ich kann sie vielleicht nicht aufhalten, dachte er, aber ich kann sie eine Weile von Berlin abschneiden.

Harry stieß einen kehligen Schrei aus, hechtete in die Dunkelheit und bekam das Funkgerät mit beiden Händen zu fassen. Er versuchte, es ihrem Griff zu entwinden, aber sie fuhr herum und hielt es mit überraschender Kraft fest. Er blickte nach oben und sah zum ersten Mal ihr Gesicht – rot und häßlich vor Wut. Wieder versuchte er, ihr das Gerät zu entreißen, aber es gelang ihm nicht. Ihre Finger umklammerten den Griff wie ein Schraubstock. Catherine schrie Rudolfs richtigen Namen. Er klang wie »Wurst«.

Dann hörte Harry ein Klicken. Er hatte das Geräusch schon gehört, vor dem Krieg in den Straßen Ost-Londons – die herausschnappende Klinge eines Stiletts. Er sah, wie Catherine den Arm hob und die Klinge in einem tückischen Bogen auf seine Kehle zusausen ließ. Wenn er den Arm hob, konnte er den Hieb abwehren. Aber dann würde sie ihm das Funkgerät entreißen. Er hielt das Gerät weiter mit beiden Händen fest und versuchte, dem Stilett zu entgehen, indem er den Kopf drehte. Die Klinge traf ihn seitlich am Gesicht. Er spürte, wie sie in sein Fleisch schnitt. Der Schmerz folgte einen Sekundenbruchteil später – ein Brennen, als habe ihm jemand geschmolzenes Metall ins Gesicht gegossen. Harry brüllte auf, ließ aber nicht los. Sie holte abermals aus, und diesmal stieß sie ihm die Klinge in den Unterarm. Wieder schrie Harry vor Schmerz, aber er biß die Zähne zusammen. Seine Hände ließen die Tasche nicht los. Sie schienen sich selbständig gemacht zu haben. Nichts, kein noch so schlimmer Schmerz, konnte sie zum Loslassen bewegen.

Catherine Blake gab das Gerät frei und keuchte: »Sie müssen ein sehr mutiger Mann sein, wenn Sie Ihr Leben für ein Funkgerät riskieren.«

Dann drehte sie sich um und verschwand in der Dunkelheit.

Harry lag auf dem nassen Boden und betastete sein Gesicht. Ihm wurde übel, als er den warmen Knochen seines Unterkiefers spürte. Der Schmerz ließ nach, und er merkte, daß er langsam das Bewußtsein verlor. Er hörte das Stöhnen der verwundeten Männer von der Special Branch. Der Regen klatschte gegen sein Gesicht. Er schloß die Augen. Da spürte er, wie etwas gegen sein Gesicht drückte. Er schlug die Augen auf und erblickte Alfred Vicary, der sich über ihn beugte.

»Ich habe Ihnen doch gesagt, Sie sollen vorsichtig sein, Harry.«

»Hat sie das Funkgerät mitgenommen?«

»Nein. Sie haben es verhindert.«

»Sind sie entkommen?«

»Ja, aber wir jagen sie.«

Ein jäher Schmerz durchzuckte Harry. Er zitterte und hatte das Gefühl, sich erbrechen zu müssen. Vicarys Gesicht verschwamm, dann wurde ihm schwarz vor Augen.

50

London

Innerhalb einer Stunde nach dem Fiasko in Earl's Court hatte Vicary die größte Menschenjagd in der Geschichte Großbritanniens organisiert. Alle Polizeiwachen im Land – von Penzance bis Dover, von Portsmouth bis Inverness – erhielten eine Beschreibung der flüchtigen Spione. Vicary ließ durch Motorradkuriere in allen Städten und Dörfern in der Umgebung Londons Fahndungsfotos verteilen. Den meisten an der Suche beteiligten Beamten wurde mitgeteilt, die Flüchtigen seien verdächtig, 1938 vier Morde begangen zu haben. Nur eine Handvoll ranghoher Polizeibeamter wurde diskret informiert, daß es sich um eine Sicherheitsangelegenheit von größter Wichtigkeit handelte – von solcher Wichtigkeit, daß der Premierminister den Verlauf der Fahndung persönlich verfolge.

Die Londoner Polizei reagierte ungewöhnlich schnell und hatte schon fünfzehn Minuten nach Vicarys Anruf an allen wichtigen Ausfallstraßen Sperren errichtet. Vicary versuchte, alle in Frage kommenden Fluchtwege abzuschneiden. MI5-Leute und Polizeibeamte patrouillierten auf sämtlichen Londoner Bahnhöfen. Und auch das Personal auf den Fähren nach Irland erhielt eine Personenbeschreibung der Verdächtigen.

Danach kontaktierte Vicary die BBC und verlangte den verantwortlichen Redakteur. Die Hauptnachrichten um neun Uhr abends wurden mit der Meldung von der Schießerei in Earl's Court eröffnet, bei der zwei Polizeibeamte getötet und drei weitere verletzt worden seien. Der Sprecher verlas eine Beschreibung von Catherine Blake und Rudolf und nannte eine Telefonnummer für Hinweise aus der Bevölkerung. Schon fünf Minuten später setzte das Geklingel ein. Die Telefonistinnen protokollierten jeden wohlmeinenden Anruf und gaben ihre Notizen an Vicary weiter. Die meisten warf er sofort in den Papierkorb. Einigen ging er nach. Kein Anruf lieferte einen Anhaltspunkt.

Dann wandte er seine Aufmerksamkeit den Fluchtwegen zu, die einem Normalsterblichen nicht zugänglich wären. Er rief bei der Royal Air Force an und bat sie, nach kleineren Flugzeugen Ausschau zu halten. Er nahm mit den Leuten im Marineministerium Kontakt auf und schärfte ihnen ein, auf U-Boote zu achten, die sich der Küste näherten. Die Küstenwache wurde angehalten, ihr Augenmerk auf kleinere Boote zu richten, die aufs Meer hinausfuhren. Schließlich rief er die Horchposten des Y-Dienstes an und ersuchte sie, verstärkt auf verdächtige Funksprüche zu achten.

Nach zwei Stunden stand er zum ersten Mal von seinem Schreibtisch auf und verließ sein Büro. Die Kommandostelle in der West Halkin Street war geräumt worden, und die Mitglieder seines Teams hatten sich nach und nach wieder in der MI5-Zentrale in der St. James's Street eingefunden. Sie saßen in dem Gemeinschaftsbüro wie Überlebende einer Naturkatastrophe – deprimiert, durchnäßt, erschöpft. Clive Roach hielt sich etwas abseits, den Kopf gesenkt, die Hände im Schoß gefaltet. Alle paar Augenblicke ging einer der Kollegen zu ihm hinüber, legte ihm die Hand auf die Schulter und flüsterte ihm ein paar ermutigende Worte ins Ohr. Peter Jordan ging auf und ab. Tony Blair verfolgte ihn mit wütendem Blick. Die einzigen Geräusche waren das Rattern der Fernschreiber und das Gezwitscher der Telefonistinnen.

Das Schweigen wurde für eine Weile gebrochen, als Harry Dalton kurz nach neun mit verbundenem Arm und Gesicht den Raum betrat. Alle standen auf und drängten sich um ihn. »Gut gemacht, Harry, alter Junge ... Du hast dir einen Orden verdient ... Dir haben wir es zu verdanken, daß wir noch eine Chance haben, Harry ... Ohne dich wäre es aus ...«

Vicary zog ihn in sein Büro: »Sollten Sie sich nicht lieber hinlegen und ausruhen?«

»Ja. Aber ich wollte lieber hier sein.«

»Sind die Schmerzen schlimm?«

»Es geht. Sie haben mir was dagegen gegeben.«

»Haben Sie immer noch Zweifel, wie Sie reagieren würden, wenn Sie auf dem Schlachtfeld unter Beschuß gerieten?«

Harry rang sich ein schwaches Lächeln ab. Er senkte den Blick, schüttelte den Kopf und wechselte schnell das Thema. »Schon einen Schritt weiter?« fragte er.

Vicary schüttelte den Kopf.
»Was haben Sie unternommen?«
Vicary setzte ihn ins Bild.
»Ganz schön verwegen, dieser Rudolf. Kommt zurück und schnappt sie uns vor der Nase weg. Hat Mut, der Bursche, das muß ich ihm lassen. Wie hat Boothby es aufgenommen?«
»Nicht schlimmer als erwartet. Er ist jetzt oben beim Generaldirektor. Wahrscheinlich planen sie meine Hinrichtung. Wir haben einen heißen Draht zum unterirdischen Hauptquartier und zum Premierminister. Der Alte wird ständig auf dem laufenden gehalten. Ich wünschte, ich hätte ihm etwas zu berichten.«
»Wir haben alle notwendigen Vorkehrungen getroffen. Jetzt können wir nur herumsitzen und darauf warten, daß etwas passiert. Irgendwas müssen sie schließlich tun. Und wenn, dann kriegen wir sie.«
»Ihren Optimismus möchte ich haben, Harry.«
Harry schnitt eine Grimasse und wirkte plötzlich sehr müde. »Ich werde mich eine Weile aufs Ohr legen.« Er ging langsam zur Tür.
»Hat Grace Clarendon heute Dienst?« fragte Vicary.
»Ja, ich glaube.«
Das Telefon klingelte. Basil Boothby war am Apparat. »Kommen Sie sofort herauf, Alfred.«
Über Boothbys Tür brannte die grüne Lampe. Vicary ging hinein. Sir Basil ging nervös auf und ab und rauchte. Er hatte das Jackett ausgezogen und die Krawatte gelockert, und seine Weste war nicht zugeknöpft. Wütend deutete er auf einen Stuhl und sagte: »Setzen Sie sich, Alfred. Tja, heute nacht brennt überall in London noch Licht: am Grosvenor Square, in Eisenhowers Hauptquartier in Hayes Lodge, im unterirdischen Bunker des Premierministers. Und alle wollen nur eines wissen: Weiß Hitler, daß es in der Normandie passieren wird? Ist die Invasion gestorben, bevor sie überhaupt begonnen hat?«
»Das können wir zum jetzigen Zeitpunkt unmöglich sagen.«
»Zum Donnerwetter!« Boothby drückte seine Zigarette aus und zündete sich sofort die nächste an. »Zwei Beamte von der Special Branch tot, zwei weitere verwundet. Gott sei Dank, daß Harry dabei war!«
»Er ist unten. Ich bin sicher, daß er das gerne von Ihnen persönlich hören würde.«

»Wir haben jetzt keine Zeit für Bauchpinseleien, Alfred. Wir müssen sie aufhalten, und zwar schnell. Ich muß Ihnen ja wohl nicht erklären, was auf dem Spiel steht.«

»Nein, Sir Basil.«

»Der Premierminister möchte alle paar Minuten über den aktuellen Stand unterrichtet werden. Kann ich ihm irgendwas berichten?«

»Leider nein. Wir lassen jeden denkbaren Fluchtweg überwachen. Ich wünschte, ich könnte sagen, daß wir sie mit Sicherheit kriegen, aber ich denke, es wäre unklug, sie zu unterschätzen. Das haben sie uns oft genug bewiesen.«

Boothby nahm wieder seine ruhelose Wanderung auf. »Zwei Tote, drei Verwundete und zwei Spione, die frei herumlaufen und genug wissen, um unser gesamtes Täuschungsmanöver zunichte zu machen. Das ist zweifellos die größte Katastrophe in der Geschichte des Departments.«

»Die Special Branch hat so viele Leute aufgeboten, wie sie für die Festnahme für erforderlich hielt. Offensichtlich hat sie sich verrechnet.«

Boothby unterbrach seine Wanderung und maß Vicary mit einem kalten Blick. »Versuchen Sie nicht, die Schuld auf die Special Branch abzuwälzen, Alfred. Sie haben den Einsatz geleitet. Für diesen Teil der *Operation Kesselpauke* waren Sie verantwortlich.«

»Das ist mir klar, Sir Basil.«

»Gut. Wenn die ganze Sache vorbei ist, gibt es nämlich eine interne Untersuchung, und ich bezweifle, daß Ihre Leistungen dabei in einem günstigen Licht erscheinen.«

Vicary erhob sich. »Ist das alles, Sir Basil?«

»Ja.«

Vicary wandte sich um und ging zur Tür.

Fernes Sirenengeheul kündigte einen Luftangriff an, als Vicary in die Registratur hinunterging. Die Räume lagen im Halbdunkel, nur ein paar Lichter brannten. Vicary stach wie immer der Geruch nach verrottendem Papier, Staub, Feuchtigkeit und Nicholas Jagos stinkender Pfeife in die Nase. Er warf einen Blick auf Jagos Glaskasten. Das Licht war aus, die Tür verschlossen. Er hörte das wütende Trommeln hoher Absätze und erkannte Grace Clarendons energischen Gang. Ihr blonder Haarschopf tauchte kurz hinter den Regalen auf und war gleich wieder verschwunden. Er folgte ihr in einen Nebenraum und rief schon von weitem ihren Namen, um sie nicht zu erschrecken. Sie fuhr herum und blitzte ihn aus ihren grünen Augen feindselig an, dann wandte sie sich wieder ab und fuhr fort, Akten einzuordnen.

»Kommen Sie mit einem dienstlichen Anliegen, Mr. Vicary? Wenn nicht, können Sie gleich wieder gehen. Ihretwegen habe ich schon genug Scherereien. Wenn man mich wieder dabei erwischt, wie ich mit Ihnen spreche, kann ich von Glück sagen, wenn ich noch einen Job als Luftschutzhelferin bekomme. Bitte gehen Sie, Professor.«

»Ich muß eine Akte einsehen, Grace.«

»Bringen Sie mir eine Genehmigung von Boothby, und Sie können einsehen, was Sie wollen, Professor.«

»Er würde mir für die Akte, die ich einsehen will, keine Genehmigung geben.«

»Dann können Sie sie nicht einsehen«, sagte sie kühl. »So sind nun mal die Vorschriften.«

Die ersten Bomben fielen, vermutlich auf der anderen Flußseite. Dann eröffneten die Flakbatterien in den Parks das Feuer. Vicary hörte das Dröhnen der Heinkel-Bomber. Grace unterbrach ihre Arbeit und warf einen Blick zur Decke. Mehrere Bomben schlugen ganz in der Nähe ein. Das ganze Gebäude erzitterte, und Akten fielen aus den Regalen. Grace warf einen Blick auf das Durcheinander und murmelte: »Verdammter Mist.«

»Ich weiß, daß Boothby Sie zwingt, Dinge zu tun, die Sie nicht wollen. Ich habe gehört, wie Sie in seinem Büro mit ihm gestritten haben, und gestern abend habe ich gesehen, wie Sie in der Northumberland Avenue in sein Auto gestiegen sind. Und erzählen Sie mir nicht, Sie hätten ein Verhältnis mit ihm. Ich weiß nämlich, daß Sie Harry lieben.«

Vicary bemerkte, daß ihre grünen Augen feucht wurden und die Akte in ihrer Hand zitterte.

»Das alles ist allein Ihre Schuld!« schimpfte sie. »Wenn Sie ihm nicht von der Akte Vogel erzählt hätten, würde ich jetzt nicht in der Patsche sitzen.«

»Was verlangt er von Ihnen?«

Sie zögerte. »Bitte gehen Sie, Professor. Bitte.«

»Ich werde nicht gehen, bevor Sie mir nicht gesagt haben, was Boothby von Ihnen will.«

»Verdammt nochmal, Professor Vicary! Er wollte, daß ich Ihnen nachspioniere. Ihnen und Harry.« Sie zwang sich, ihre Stimme zu senken. »Ich sollte ihm alles erzählen, was Harry mir erzählte, im Bett und anderswo.«

»Was haben Sie ihm erzählt?«

»Alles, was Harry mir gegenüber über den Fall und den Gang der Ermittlungen erwähnt hat. Ich habe ihm auch erzählt, was ich in den Karteien für Sie nachsehen sollte.« Sie nahm eine neue Handvoll Akten von ihrem Karren und stellte sie in die Regale. »Wie ich höre, war Harry bei der Schweinerei in Earl's Court mit dabei.«

»Und ob. Er ist der Mann der Stunde.«

»Wurde er verletzt?«

Vicary nickte. »Er ist oben. Die Ärzte konnten ihn nicht im Bett halten.«

»Wahrscheinlich hat er eine Dummheit begangen, nicht wahr? Sich beweisen wollen, was für ein Kerl er ist. Oh Gott, manchmal kann er so ein dummer, starrköpfiger Idiot sein.«

»Grace, ich muß die Akte sehen. Boothby wird mich feuern, wenn diese Sache vorbei ist. Und ich muß einfach wissen, warum.«

Ihr Gesicht wurde ernst. »Stimmt das, Professor?«

»Leider ja.«

Sie sah ihn einen Augenblick schweigend an, während das Gebäude von einer erneuten Bombenexplosion erschüttert wurde.

»Welche Akte?« fragte sie.

»Über eine Operation namens *Kesselpauke.*«

Grace runzelte verwirrt die Stirn. »Ist das nicht der Deckname der Operation, an der Sie selbst beteiligt sind?«

»Ja.«

»Einen Augenblick mal. Sie wollen, daß ich meinen Hals riskiere, um Ihnen die Akte über Ihren eigenen Fall zu zeigen?«

»So ähnlich«, sagte Vicary. »Nur daß ich sie mit der Akte eines anderen Offiziers vergleichen will.«

»Mit wessen Akte?«

Vicary sah ihr direkt in die grünen Augen und formte mit den Lippen die Initialen *BB*.

Fünf Minuten später kam sie zurück. Sie hatte einen leeren Aktenordner in der Hand.

»*Operation Kesselpauke* ist abgeschlossen«, sagte sie.

»Wo ist der Inhalt?«

»Entweder vernichtet oder bei dem zuständigen Offizier.«

»Wann wurde die Akte angelegt?«

Grace blickte auf den Deckel, dann sah sie Vicary an.

»Merkwürdig«, sagte sie. »Nach dem, was hier steht, endete *Operation Kesselpauke* im Oktober 1943.«

51

Cambridgeshire, England

Zu dem Zeitpunkt, als Scotland Yard die von Alfred Vicary geforderten Straßensperren errichtete, hatten Horst Neumann und Catherine Blake London bereits hinter sich gelassen und rasten auf der A 10 nach Norden. Der Lieferwagen war offensichtlich gut gewartet worden. Er würde mindestens hundert Kilometer pro Stunde machen, und der Motor lief ruhig. Die Reifen hatten noch ein ordentliches Profil und hafteten überraschend gut auf der regennassen Straße. Und das Fahrzeug hatte noch einen entscheidenden Vorteil: Ein schwarzer Lieferwagen fiel unter den anderen Nutzfahrzeugen auf den Straßen nicht auf. Da der Privatverkehr seit der Benzinrationierung praktisch zum Erliegen gekommen war, hätte die Polizei vermutlich jede normale Limousine, die um diese späte Uhrzeit noch unterwegs war, gestoppt und ihre Insassen überprüft.

Die Straße führte schnurgerade durch die größtenteils flache Landschaft. Neumann saß zusammengekrümmt hinter dem Steuer und starrte angestrengt auf das kurze Stück Straße, das von den verdunkelten Scheinwerfern beleuchtet wurde. Einen Augenblick lang erwog er, die Verdunkelungsblenden zu entfernen, verwarf den Gedanken aber wieder als zu riskant. Er raste durch verlassen wirkende Dörfer, nirgends brannte ein Licht, und kein Mensch war auf der Straße. Es war, als sei das Rad der Zeit um zweitausend Jahre zurückgedreht worden. Neumann wäre kaum überrascht gewesen, wenn am Ufer des Cam eine römische Legion gelagert hätte.

Weitere Dörfer folgten – Melbourne, Foxton, Newton, Hauxton … Bei der Vorbereitung auf seinen Einsatz in Vogels Bauernhaus bei Berlin hatte Neumann stundenlang alte Generalstabskarten von Großbritannien studiert. Er kannte die Straßen und Wege in East Anglia vermutlich so gut wie die meisten Engländer – oder besser.

Melbourne, Foxton, Newton, Hauxton …

Jetzt mußte gleich Cambridge kommen.

Cambridge bedeutete Gefahr. Bestimmt hatte der MI5 die Polizeikräfte in den größeren Städten alarmiert. Die Polizisten in den Dörfern und Weilern stellten keine große Bedrohung dar. Sie drehten ihre Runden zu Fuß oder mit dem Fahrrad, und die Nachrichtenverbindungen waren so schlecht, daß sie die Fahndungsmeldung möglicherweise noch gar nicht erhalten hatten. Neumann fuhr so schnell durch die verdunkelten Dörfer, daß ihn die Polizisten kaum sahen. Mit Städten wie Cambridge war es etwas anderes. Die hiesige Polizei war höchstwahrscheinlich in Bereitschaft und hatte genügend Leute, um an einer großen Straße wie der A 10 eine Straßensperre zu errichten. Und sie verfügte über Autos und konnte die Verfolgung aufnehmen. Neumann kannte die Straßen und war ein guter Fahrer, aber mit einem hier ansässigen erfahrenen Polizeibeamten konnte er nicht konkurrieren.

Bevor sie Cambridge erreichten, bog er in eine kleine Nebenstraße ein. Er passierte die Ausläufer der Gog Magog Hills und fuhr am Ostrand der Stadt entlang nach Norden. Sie kamen durch ein Dorf namens Horningsea, überquerten den Cam und gelangten in das Dorf Waterbeach, das sich längs der A 10 erstreckte. Er fuhr langsam durch die verdunkelten Straßen, bis er die größte gefunden hatte. Er sah kein Schild, das sie als die A 10 ausgewiesen hätte, ging jedoch davon aus, daß sie es war. Er bog rechts auf sie ein und fuhr wieder nach Norden. Kurz darauf raste er über die einsamen Ebenen der Fens.

Sie legten schnell viele Kilometer zurück. Der Regen hörte auf, aber der Wind, der ohne Widerstand von der Nordsee her über das Marschland brauste, warf den Lieferwagen wie ein Spielzeug hin und her. Die Straße verlief eine Zeitlang parallel zu dem Fluß Great Ouse und führte dann durch die südlichen Fens. Sie kamen durch die Dörfer Southery und Hilgay. Die nächste größere Stadt war Downham Market. Sie war kleiner als Cambridge, aber Neumann nahm an, daß auch sie über eigene Polizeikräfte verfügte, die ihnen gefährlich werden konnten. Wie schon vor Cambridge wich Neumann wieder auf eine kleinere Nebenstraße aus, umfuhr die Stadt und bog erst im Norden wieder auf die A 10 ein.

Nach weiteren fünfzehn Kilometern erreichten sie die Hafenstadt King's Lynn. Sie lag am Südostende des Wash und war die größte Stadt an der Norfolker Küste. Auch diesmal verließ Neumann die A 10 und wählte eine kleine Umgehungsstraße östlich der Stadt.

Die Straße war schlecht, an vielen Stellen nur ein ungeteerter einspuriger Weg, und das Gelände wurde zunehmend hügelig und bewaldet. Neumann hielt an und leerte zwei Kanister Benzin in den Tank. Je näher sie der Küste kamen, um so schlechter wurde das Wetter. Manchmal ging es nur noch im Schrittempo voran. Neumann fürchtete schon, er sei zu vorsichtig gewesen und habe einen Fehler gemacht, als er von der größeren Straße abgewichen war. Doch nach einer weiteren Stunde schwieriger Fahrt erreichten sie endlich die Küste.

Neumann fuhr durch Hampton Sands, überquerte die Brücke, und beschleunigte hinter dem Dorf. Er war erleichtert. Endlich eine vertraute Straße. In der Ferne tauchte das Cottage der Doghertys auf. Neumann bog in die Auffahrt ein. Die Haustür ging auf, und im Schein einer Petroleumlampe näherte sich eine Gestalt. Es war Sean Dogherty in Ölzeug und Südwester, mit einer Schrotflinte in der Armbeuge.

Sean Dogherty war nicht weiter beunruhigt gewesen, als Neumann nicht mit dem Nachmittagszug nach Hunstanton zurückkehrte. Neumann hatte ihn gewarnt, daß er vielleicht länger als sonst in London bleiben würde. Dogherty beschloß, auf den Abendzug zu warten. Er verließ den Bahnhof und ging in einen nahegelegenen Pub. Dort bestellte er eine Kartoffel-Mohrrüben-Pastete und spülte sie mit zwei Gläsern Bier hinunter. Dann verließ er den Pub und schlenderte am Hafen entlang. Vor dem Krieg war Hunstanton wegen der malerischen Sonnenuntergänge an der Ostküste des Wash ein berühmter Ferienort gewesen. Jetzt waren die um die Jahrhundertwende erbauten Hotels jedoch größtenteils leer und boten in dem strömenden Regen einen traurigen Anblick. Der Sonnenuntergang bestand nur mehr aus ein paar diffusen Lichtstrahlen, die hier und da durch die Wolken drangen. Dogherty verließ den Hafen, ging zurück zum Bahnhof und wartete auf den Abendzug. Er stand rauchend auf dem Bahnsteig und musterte die wenigen Passagiere, die dem Zug entstiegen. Erst als er feststellte, daß Neumann wieder nicht unter ihnen war, machte er sich Sorgen.

Auf der Rückfahrt nach Hampton Sands dachte er darüber

nach, was Neumann vor ein paar Tagen zu ihm gesagt hatte. Er hatte angekündigt, daß die Operation vielleicht schon bald beendet sei und daß er dann England verlassen und nach Berlin zurückkehren werde. Aber warum zum Teufel war er dann nicht in dem Zug? dachte Dogherty.

Als er zu Hause ankam, saß Mary neben dem Kamin. Sie warf ihm einen giftigen Blick zu und stieg dann die Treppe hinauf. Dogherty schaltete das Radio ein. Die Nachrichten ließen ihn aufhorchen. Die Sicherheitsbehörden hatten eine landesweite Fahndung nach zwei Mördern eingeleitet, die sich am frühen Abend in dem Londoner Stadtteil Earl's Court eine Schießerei mit der Polizei geliefert hatten.

Dogherty drehte das Radio lauter, als der Sprecher eine Beschreibung der beiden Verdächtigen verlas. Der erste war überraschenderweise eine Frau. Der zweite war ein Mann, und seine Beschreibung paßte haargenau auf Horst Neumann.

Dogherty stellte das Radio ab. Waren die beiden Gesuchten womöglich Neumann und der andere Agent? Waren sie jetzt auf der Flucht vor dem MI5 und der Polizei von halb England? Waren sie auf dem Weg nach Hampton Sands, oder würden sie ihn zurücklassen? Dann dachte er: Wissen die Briten, daß ich ebenfalls ein Spion bin?

Er ging nach oben, stopfte Kleider zum Wechseln in eine kleine Segeltuchtasche und kehrte wieder ins Wohnzimmer zurück. Dann ging er hinaus in die Scheune, holte seine Schrotflinte und schob zwei Patronen in die Läufe.

Er kehrte ins Cottage zurück, setzte sich ans Fenster und wartete. Er wollte die Hoffnung schon aufgeben, da sah er die abgedunkelten Scheinwerfer auf das Haus zukommen. Das Auto bog auf den Hof ein. Der Mann am Steuer war Neumann. Neben ihm saß eine Frau.

Dogherty stand auf, zog sein Ölzeug an und setzte den Südwester auf. Er entzündete die Petroleumlampe, ergriff die Schrotflinte und trat hinaus in den Regen.

Martin Colville betrachtete sein Gesicht im Spiegel – gebrochene Nase, zwei blaugeschlagene Augen, geschwollene Lippen und eine Quetschung auf der rechten Wange.

Er ging in die Küche und goß sich die letzten kostbaren Tropfen Whisky aus der Flasche ein. Sein Instinkt sagte ihm, daß mit diesem James Porter etwas nicht stimmte. Er glaubte nicht, daß er ein britischer Soldat war. Er glaubte nicht, daß er ein alter Bekannter von Sean Dogherty war. Und er glaubte nicht, daß er sich wegen der Seeluft in Hampton Sands aufhielt.

Er betastete sein ruiniertes Gesicht und dachte: So hat mich noch nie jemand zugerichtet, das wird mir der kleine Scheißkerl büßen.

Colville kippte den Whisky hinunter und stellte die leere Flasche und das Glas ins Spülbecken. Draußen hörte er das Brummen eines Motors. Er ging zur Tür und sah hinaus. Ein Lieferwagen raste vorbei. Colville konnte James Porter hinter dem Steuer erkennen, und auf dem Beifahrersitz saß eine Frau. Er schloß die Tür und dachte: Was zum Teufel fährt er mitten in der Nacht herum? Und wo hat er den Wagen her?

Er beschloß, der Sache auf den Grund zu gehen. Er eilte ins Wohnzimmer und nahm seine alte 12er Schrotflinte von der Wand über dem Kamin. Die Patronen waren in einer Schublade in der Küche. Er öffnete sie und kramte in dem Durcheinander, bis er eine volle Schachtel fand. Er verließ das Haus und stieg auf sein Fahrrad.

Einen Moment später radelte er, die Schrotflinte quer über der Lenkstange, zum Cottage der Doghertys.

Jenny Colville hatte oben in ihrem Schlafzimmer gehört, wie die Haustür geöffnet wurde. Dann fuhr ein Auto vorbei – sehr ungewöhnlich um diese Nachtzeit –, und die Tür wurde wieder geschlossen. Kurz darauf hörte sie die Tür erneut auf und zu gehen, und das beunruhigte sie. Sie glitt aus dem Bett und trat ans Fenster. Sie sah gerade noch, wie ihr Vater durch die Dunkelheit davonradelte.

Sie klopfte ans Fenster, aber vergeblich. Sekunden später war er verschwunden.

Hastig zog Jenny ihr Nachthemd aus, schlüpfte in eine Hose und einen Pullover und ging die Treppe hinunter. Ihre Gummistiefel standen an der Tür. Während sie sie anzog, fiel ihr auf, daß die Schrotflinte über dem Kamin fehlte. Sie warf einen Blick in die Küche und sah, daß die Schublade, in der die Patronen aufbewahrt wurden, offenstand. Schnell zog sie den Mantel an und ging hinaus.

Sie tastete sich an der Wand des Cottages entlang, bis sie ihr

Fahrrad gefunden hatte, schob es die Auffahrt hinunter, schwang sich in den Sattel und fuhr ihrem Vater nach zum Cottage der Doghertys. Lieber Gott, dachte sie, mach, daß ich ihn aufhalten kann, sonst gibt es heute nacht noch ein Unglück.

Sean Dogherty zog das Tor auf und führte Neumann und die Frau in die Scheune. Er stellte die Petroleumlampe ab, zog sich den Südwester vom Kopf und knöpfte seinen Ölmantel auf, dann sah er die beiden an.

»Sean Dogherty – Catherine Blake«, stellte Neumann vor. »Sean gehört eigentlich zur IRA, aber sie hat ihn für die Dauer des Krieges an uns ausgeliehen. Catherine arbeitet ebenfalls für Kurt Vogel. Sie lebt schon seit 1938 unter falscher Identität in England.«

Catherine überkam ein seltsames Gefühl, als so offen über ihre Vergangenheit und Arbeit gesprochen wurde. Nach all den Jahren des Versteckspielens und der Angst, nach all den Vorsichtsmaßnahmen konnte sie es kaum fassen, daß alles nun zu Ende sein sollte.

Dogherty sah zuerst sie an, dann Neumann. »Die BBC bringt schon die ganze Nacht Meldungen über eine Schießerei in Earl's Court. Ich nehme an, Sie waren in die Sache verwickelt.«

Neumann nickte. »Das waren keine normalen Londoner Polizisten, sondern Leute vom MI5 und von der Special Branch, würde ich sagen. Was sagen sie im Radio?«

»Daß zwei Beamte getötet und drei weitere verletzt wurden. Man hat eine landesweite Fahndung nach Ihnen eingeleitet und die Bevölkerung um Mithilfe gebeten. Vermutlich ist das halbe Land auf den Beinen und sucht hinter jedem Busch nach Ihnen. Ich bin überrascht, daß Sie es überhaupt bis hierher geschafft haben.«

»Wir haben größere Städte gemieden. Und das war anscheinend gut so. Bis jetzt haben wir jedenfalls keine Polizei auf den Straßen gesehen.«

»Naja, das wird nicht so bleiben. Da können Sie sicher sein.«

Neumann sah auf seine Armbanduhr. Es war ein paar Minuten nach Mitternacht. Er hob Seans Petroleumlampe auf und stellte sie auf den Arbeitstisch. Dann nahm er das Funkgerät aus dem Schrank und schaltete es ein.

»Das U-Boot kreuzt in der Nordsee. Wenn es unser Signal

erhält, wird es bis sechs Uhr morgens exakt fünfzehn Kilometer östlich von Spurn Head auf uns warten. Wenn wir nicht auftauchen, fährt es wieder aufs Meer hinaus und wartet auf weitere Nachrichten von uns.«

»Und wie sollen wir da hinkommen, zu diesem Treffpunkt fünfzehn Kilometer östlich von Spurn Head?« fragte Catherine.

Dogherty trat einen Schritt vor. »Ein gewisser Jack Kincaid wird uns helfen. Er hat ein kleines Fischerboot. Es liegt an einem Kai im Humber.« Dogherty kramte eine alte Generalstabskarte aus der Vorkriegszeit hervor. »Das Boot liegt hier«, sagte er und deutete auf die Karte. »Die Stadt heißt Cleethorpes. Sie liegt etwa 150 Kilometer die Küste rauf. Es wird eine anstrengende Fahrt bei dem Wetter, und die Verdunkelung macht die Sache nicht gerade leichter. Kincaid wohnt über einer Werkstatt am Hafen. Ich habe gestern mit ihm gesprochen. Er weiß, daß wir vielleicht kommen.«

Neumann nickte. »Wenn wir gleich aufbrechen, haben wir etwa sechs Stunden für die Fahrt. Ich glaube, das müßte reichen. Die nächste Gelegenheit, auf das U-Boot zu kommen, ist erst in drei Tagen. Ich bin nicht darauf erpicht, mich drei Tage lang zu verstecken, während jeder Polizist in England nach uns sucht. Ich würde sagen, wir versuchen es heute nacht.«

Catherine nickte. Neumann setzte den Kopfhörer auf und stellte die richtige Frequenz ein. Er funkte ein Erkennungssignal und wartete auf die Antwort. Wenige Minuten später forderte der Funker des U-Boots Neumann zum Fortfahren auf. Neumann holte tief Luft und morste sorgfältig seine Nachricht, dann meldete er sich ab und schaltete das Funkgerät aus.

»Damit hätten wir nur noch eine Sache zu klären«, sagte er und wandte sich an Dogherty. »Kommen Sie mit uns?«

Dogherty nickte. »Ich habe es mit Mary besprochen. Sie sieht es wie ich. Ich begleite Sie nach Deutschland, und dann können Vogel und seine Freunde mir helfen, zurück nach Irland zu kommen. Mary kommt nach, wenn ich dort bin. Wir haben Freunde und Angehörige in Irland, die uns helfen werden, bis wir uns eingelebt haben. Wir kommen schon zurecht.«

»Und wie hat Mary es aufgenommen?«

Dogherty machte ein finsteres Gesicht und schwieg. Neumann wußte, daß er und Mary sich wahrscheinlich nie wiedersehen würden. Er ergriff die Petroleumlampe, legte Dogherty eine Hand auf die Schulter und sagte: »Gehen wir.«

Martin Colville stand keuchend neben seinem Fahrrad. In Doghertys Scheune brannte Licht. Er legte das Fahrrad neben den Weg, dann schlich er leise über die Wiese und kauerte sich im Regen neben der Scheune nieder. Er horchte angestrengt, was in der Scheune gesprochen wurde.

Es war unglaublich.

Sean Dogherty arbeitete für die Nazis. Und der Mann, der sich James Porter nannte, war ein deutscher Agent. Ein deutsches Agentennest, hier in Hampton Sands!

Colville bemühte sich, noch mehr von dem Gespräch zu verstehen. Sie wollten die Küste von Lincolnshire hinauffahren, sich mit einem Boot aufs Meer hinausbringen lassen und in ein U-Boot umsteigen. Colville schlug das Herz bis zum Hals, und sein Atem ging schneller. Er zwang sich, ruhig zu bleiben und klar zu denken.

Er hatte zwei Möglichkeiten: Er konnte ins Dorf zurückfahren und die Polizei alarmieren oder allein in die Scheune gehen und die Spione selbst gefangennehmen. Beide Möglichkeiten hatten ihre Nachteile. Wenn er wegging und Hilfe holte, waren Dogherty und die anderen wahrscheinlich schon weg, bis er zurückkam. An der Küste von Norfolk gab es nur wenige Polizisten, kaum genug für eine Suchaktion. Wenn er dagegen alleine hineinging, waren die anderen in der Überzahl. Er konnte sehen, daß Sean seine Schrotflinte dabeihatte, und die beiden anderen waren wahrscheinlich ebenfalls bewaffnet. Dafür hätte er das Überraschungsmoment auf seiner Seite.

Und es gab noch einen zweiten Grund, warum ihm die zweite Möglichkeit gefiel: Es würde ihm ein besonderes Vergnügen sein, mit dem Deutschen abzurechnen, der sich James Porter nannte. Colville wußte, daß er handeln mußte, und zwar schnell. Er riß die Patronenschachtel auf und schob zwei Patronen in die Läufe seiner Flinte. Noch nie hatte er sie auf etwas anderes gerichtet als auf ein Rebhuhn oder einen Fasan, und er fragte sich, ob er die Nerven haben würde, auf einen Menschen zu schießen.

Er stand auf und machte einen Schritt auf das Tor zu.

Jenny trat in die Pedale, daß ihr die Beine schmerzten. Sie fuhr durch das Dorf, an der Kirche und dem Friedhof vorbei, dann über die kleine Brücke. Das Heulen des Sturms und das Donnern der See erfüllten die Luft. Der Regen peitschte ihr ins Gesicht, und der Wind warf sie fast um.

Sie sah das Fahrrad ihres Vaters im Gras neben dem Weg liegen und hielt an. Warum hatte er es hier zurückgelassen? Warum war er nicht den ganzen Weg zum Cottage gefahren?

Sie glaubte, die Antwort zu kennen: Er hatte zum Cottage hinaufschleichen wollen, ohne gesehen zu werden.

In diesem Augenblick hörte sie einen Schuß. Er kam aus Seans Scheune. Sie stieß einen Schrei aus, sprang vom Rad und ließ es neben das ihres Vaters fallen. Sie rannte über die Wiese und dachte: Lieber Gott, mach, daß er nicht tot ist. Mach, daß er nicht tot ist.

52

Scarborough, England

Etwa hundertfünfzig Kilometer nördlich von Hampton Sands fuhr Charlotte Endicott mit ihrem Fahrrad in den kleinen kiesbedeckten Hof vor dem Horchposten des Y-Dienstes in Scarborough. Die Fahrt von ihrer Unterkunft in einem überfüllten Gästehaus in der Stadt war mühsam gewesen – Wind und Regen auf dem ganzen Weg. Durchgefroren und naß bis auf die Haut, stieg sie ab und stellte ihr Fahrrad neben mehreren anderen in den Ständer.

Eine heftige Böe rüttelte an den drei riesigen Antennen, die oben auf den Klippen in die Höhe ragten. Charlotte Endicott blickte zu ihnen empor, als sie über den Hof eilte. Sie riß die Tür der Hütte auf und ging hinein. Hinter ihr schlug der Wind die Tür zu.

Ihre Schicht begann erst in ein paar Minuten. Sie zog ihren triefenden Regenmantel aus, band ihren Hut los und hängte beides an einen klapprigen Kleiderständer in der Ecke. Die Hütte war kalt und zugig, die Einrichtung auf das Nötigste beschränkt. Gleichwohl gab es eine kleine Kantine. Charlotte ging hinein und goß sich eine Tasse heißen Tee ein. Dann setzte sie sich an einen der kleinen Tische und zündete sich eine Zigarette an. Eine schlechte Angewohnheit, das wußte sie, aber sie machte den Job eines Mannes, also durfte sie auch rauchen wie ein Mann. Und sie gefiel sich mit einer Zigarette in der Hand. Rauchen war sexy und hatte Stil und ließ sie etwas älter als dreiundzwanzig wirken. Außerdem war sie inzwischen süchtig danach. Die Arbeit war anstrengend, die Dienstzeiten grausam und das Leben in Scarborough todlangweilig. Und doch genoß sie jeden Moment.

Nur einmal hatte sie ihre Arbeit wirklich gehaßt, während der schrecklichen Luftschlacht um England. Die Marinehelferinnen in Scarborough konnten damals mithören, was die deutschen und britischen Piloten in ihren Cockpits sprachen. Einmal schrie ein junger Engländer und rief weinend nach seiner Mutter, als seine angeschossene Spitfire dem Meer entgegenstürzte. Dann war der Funkkontakt abgerissen, und sie war hinausgerannt und hatte sich übergeben. Sie war froh, daß diese Tage vorbei waren.

Charlotte sah zur Wanduhr hinauf – fast Mitternacht. Zeit, den Dienst anzutreten. Sie stand auf und glättete ihre feuchte Uniform. Sie nahm einen letzten Zug – Rauchen war am Arbeitsplatz nicht erlaubt – und drückte die Kippe in dem randvollen kleinen Aschenbecher aus. Sie verließ die Kantine und ging hinüber zum Arbeitsraum. Der Wachposten studierte ihren Ausweis überaus sorgfältig, obwohl er sie schon hundert Mal gesehen hatte, und gab ihn mit einem etwas übertriebenen Lächeln zurück. Charlotte wußte, daß sie eine attraktive junge Frau war, aber hier war nicht der passende Ort für einen Flirt. Sie drückte die Schwingtüren auf und setzte sich an ihren Platz.

Wie immer überlief sie dabei ein kurzer Schauer der Erregung.

Sie starrte einen Augenblick auf die Leuchtskalen ihres RCA-AR-88-Superheterodynempfängers, dann setzte sie den Kopfhörer auf. Der spezielle Störschutzfilter des RCA erlaubte ihr, deutsche Morsesignale aus ganz Nordeuropa aufzufangen. Sie stellte ihren Empfänger auf die Frequenzen ein, die sie in dieser Nacht zu überwachen hatte, und lauschte.

Die deutschen Funker waren die schnellsten der Welt. Charlotte konnte viele sofort an ihrer »Handschrift« identifizieren – der Morsestil jedes Funkers war so individuell wie Fingerabdrücke. Sie und ihre Kolleginnen hatten den Funkern Spitznamen wie Wagner, Beethoven oder Zeppelin gegeben.

Charlotte mußte heute nicht lange warten, bis sich etwas regte.

Ein paar Minuten nach Mitternacht hörte sie das erste Signal in einer Handschrift, die sie nicht kannte. Die Morsezeichen kamen langsam und unsicher, und der Rhythmus war schlecht. Ein Amateur, dachte sie, jemand, der sein Funkgerät nur selten benutzt. Mit Sicherheit keiner der Profis vom Hauptquartier des BdU, des Befehlshabers der U-Boote. Schnell machte sie eine Aufnahme des Funkspruchs auf dem Oszillographen – einem Apparat, der eine Art Fingerabdruck des Signals aufzeichnete, den man *Tina* nannte – und kritzelte die Nachricht fieberhaft auf ein Blatt Papier. Als der Amateur fertig war, hörte Charlotte weitere Morsezeichen auf derselben Frequenz. Dies war kein Amateur. Charlotte und ihre Kolleginnen hatten ihn schon öfter gehört und ihm den Spitznamen *Fritz* verpaßt. Es war Funker auf einem U-Boot, das in der Nordsee kreuzte. Hastig notierte Charlotte auch seine Nachricht.

Dem Funkspruch von Fritz folgte eine weitere holperige Zeichenfolge des Amateurs, dann trat Funkstille ein. Charlotte nahm den Kopfhörer ab, riß den Ausdruck des Oszillographen ab und marschierte quer durch den Raum. Normalerweise gab sie die Abschriften der Funksprüche einfach an den Motorradkurier, der sie zur Entschlüsselung nach Bletchley Park brachte. Doch an diesem Nachrichtenaustausch war etwas Besonderes, das spürte sie an den Handschriften der beteiligten Funker. Sie ahnte, was es war, aber sie würde ihre Sache verdammt überzeugend vortragen müssen. Sie meldete sich beim Leiter der Nachtschicht, einem blassen, erschöpft wirkenden Mann namens Lowe, und warf die Abschriften und den Ausdruck des Oszillographen auf seinen Schreibtisch. Er sah mit spöttischer Miene zu ihr auf.

»Ich kann natürlich völlig falsch liegen, Sir«, sagte Charlotte. »Aber ich glaube, ich habe gerade den Funkverkehr zwischen einem deutschen Spion und einem vor der Küste liegenden U-Boot mitgehört.«

Kapitänleutnant Max Hoffmann würde sich nie an den Gestank in einem U-Boot gewöhnen, das zu lange getaucht hatte. Es roch nach Schweiß, Urin, Diesel, Kartoffeln und Sperma. Diesmal war die Attacke auf seinen Geruchssinn so schlimm, daß er lieber im Sturm auf dem Kommandoturm Wache gestanden hätte, als im Boot zu bleiben.

Auf der Brücke von U-509 stehend, spürte er unter seinen Füßen das Hämmern der Elektromotoren, die das Boot dreißig Kilometer vor der britischen Küste seine eintönigen Kreise ziehen ließen. Ein feiner Dunst hing im Boot und legte einen Kranz um jede Lampe. Alle Oberflächen fühlten sich kühl und naß an, wenn man sie berührte. Hoffmann stellte sich gern vor, die Feuchtigkeit sei Tau an einem Frühlingsmorgen, aber ein Blick auf die klaustrophobisch enge Welt, die er bewohnte, ernüchterte ihn sehr schnell.

Es war ein langweiliger Auftrag, wochenlang vor der britischen Küste zu liegen und auf einen von Canaris' Spionen zu warten. Von der Besatzung kannte nur der Erste Offizier den wahren Zweck ihrer Mission. Aber auch die übrigen Männer ahnten wohl, warum sie nicht auf Patrouille waren. Und doch, es hätte schlimmer kommen können. Angesichts der gewaltigen Verluste der U-Bootwaffe – fast neunzig Prozent – konnten Hoffmann und seine Mannschaft von Glück sagen, daß sie so lange überlebt hatten.

Der Erste Offizier erschien mit ernstem Gesicht auf der Brücke, ein Blatt Papier in der Hand. Bei seinem Anblick kam Hoffmann der deprimierende Gedanke, daß er selbst wohl genauso schlecht aussah – eingesunkene Augen und hohle Wangen, dazu die graue Blässe eines U-Bootfahrers und ein wilder Bart, denn das Trinkwasser war zu knapp, um es fürs Rasieren zu verschwenden.

»Unser Mann in Großbritannien hat sich endlich gemeldet«, sagte der Erste Offizier. »Er möchte heute nacht die Heimreise antreten.«

Hoffmann lächelte. Endlich! dachte er. Wir nehmen ihn auf und fahren zurück nach Frankreich, wo uns gutes Essen und frische Leintücher erwarten.

»Wie ist das Wetter?« fragte er.

»Nicht gut, Herr Kaleu«, antwortete der Erste Offizier. »Starker Regen, Nordostwind, fünfzig Kilometer pro Stunde, drei bis vier Meter hohe Wellen.«

»Großer Gott! Und er kommt wahrscheinlich mit einem Ruderboot. Wenn wir Glück haben. Bereiten Sie den Empfang vor, und machen Sie klar zum Auftauchen. Der Funker soll den Befehlshaber der U-Boote informieren. Ich gehe mit den Beobachtungsposten nach oben. Das schlechte Wetter stört mich nicht.« Hoffmann schnitt ein Gesicht. »Ich kann den Gestank hier drin nicht mehr ertragen.«

»Jawohl, Herr Kaleu.«

Der Erste Offizier brüllte eine Reihe von Befehlen, die von der Mannschaft wiederholt wurden. Zwei Minuten später durchbrach U-509 die sturmgepeitschte Oberfläche der Nordsee.

Das System hieß High Frequency Direction Finding (HF/DF), wurde jedoch von fast allen Insidern Huff Duff genannt. Es arbeitete nach dem Prinzip der Triangulierung. Anhand des von dem Oszillographen in Scarborough aufgezeichneten »Fingerabdrucks« konnte die Art des Senders und seiner Energieversorgung festgestellt werden. Wenn die Oszillographen der Y-Dienst-Stationen in Flowerdown und auf Island den Funkspruch ebenfalls aufgefangen hatten, konnten die Peilwinkel ermittelt und der Sender lokalisiert werden. Mit Hilfe von Huff Duff konnte man den geographischen Standort eines Funkgeräts manchmal mit einer Präzision von fünfzehn Kilometern lokalisieren. Normalerweise war das System jedoch sehr viel ungenauer, die Abweichung lag bei fünfzig bis achtzig Kilometern.

Commander Lowe war keineswegs der Ansicht, daß Charlotte Endicott völlig falsch lag. Vor einigen Stunden war der Y-Dienst von einem MI5-Major namens Vicary aufgefordert worden, auf genau solche Funksprüche besonders zu achten. Zehn Minuten nach seinem Gespräch mit Charlotte Endicott gelangte Lowe zu dem Schluß, daß es sich bei dem Sender wahrscheinlich um ein tragbares AFU-Funkgerät handelte, wie es häufig von deutschen Spionen benutzt wurde, die in Großbritannien operierten. Er setzte sich mit den Horchposten in Flowerdown und Island in Verbindung und fragte an, ob ihre Oszillographen die Funksprüche ebenfalls aufgezeichnet hatten. Beide bejahten.

In den folgenden Minuten sprach Lowe mit seinen Kollegen in Flowerdown und Island und versuchte, die Position des Senders zu bestimmen. Leider war der Funkkontakt nur kurz gewesen, so daß keine genaue Lokalisierung möglich war. Tatsächlich konnte Lowe die Position des Senders nur auf ein großes Gebiet in Ostengland festlegen, das ganz Norfolk und weite Teile von Suffolk, Cambridgeshire und Lincolnshire umfaßte. Wahrscheinlich war damit nicht viel anzufangen, aber es war immerhin besser als nichts.

Lowe wühlte in den Papieren auf seinem Schreibtisch, bis er Vicarys Nummer gefunden hatte, und griff nach dem abhörsicheren Telefon.

Aufgrund der atmosphärischen Bedingungen über Nordeuropa war ein Funkverkehr auf Kurzwelle zwischen den Britischen Inseln und Berlin praktisch unmöglich. Aus diesem Grund befand sich die Funkzentrale der Abwehr im Keller einer großen Villa im Hamburger Vorort Wohldorf, 240 Kilometer nordwestlich der deutschen Hauptstadt.

Fünf Minuten nachdem der Funker von U-509 seine Nachricht an den Befehlshaber der U-Boote in Nordfrankreich durchgegeben hatte, funkte der diensthabende Offizier beim BdU eine kurze Meldung nach Hamburg. Der diensthabende Offizier in Hamburg war Hauptmann Schmidt, ein altgedienter Abwehr-Offizier. Er notierte den Funkspruch, dann meldete er ein dringendes Gespräch mit der Berliner Abwehr-Zentrale auf der Sicherheitsleitung an und informierte Leutnant Werner Ulbricht über die Entwicklung. Kurz darauf verließ Schmidt die Villa und ging die Straße hinunter zu einem Hotel, wo er sich erneut mit Berlin verbinden ließ. Diesen Anruf wollte er nicht von der Funkzentrale der Abwehr aus tätigen, denn die Nummer, die er der Telefonistin nannte, war die von Brigadeführer Walter Schellenbergs Büro in der Prinz-Albrecht-Straße. Zu Schmidts Leidwesen hatte Schellenberg entdeckt, daß er eine ziemlich peinliche Affäre mit einem sechzehnjährigen Hamburger Knaben hatte, und so hatte er sich gerne bereit erklärt, für Schellenberg zu arbeiten, wenn die Sache nicht aufgedeckt wurde. Als die Verbindung hergestellt war, sprach er mit einem von Schellenbergs zahlreichen Adjutanten – der General speiste gerade zu Abend – und teilte ihm die Neuigkeiten mit.

Kurt Vogel verbrachte einen seiner seltenen freien Abende in der kleinen Wohnung ein paar Straßenzüge vom Tirpitz-Ufer entfernt. Ulbricht erreichte ihn dort telefonisch und berichtete, daß Horst Neumann Kontakt mit dem U-Boot aufgenommen habe und Großbritannien verlassen wolle. Fünf Minuten später trat Vogel aus der Tür seines Hauses und eilte durch den Regen zum Tirpitz-Ufer.

Im selben Augenblick kontaktierte Walter Schellenberg sein Büro und erfuhr von der Entwicklung in Großbritannien. Er rief Himmler an und setzte ihn ins Bild. Himmler bestellte Schellenberg zu sich in die Prinz-Albrecht-Straße. Er hatte eine lange Nacht vor sich und wollte Gesellschaft. Schellenberg und Vogel kamen gleichzeitig in ihren jeweiligen Büros an und richteten sich auf eine längere Wartezeit ein.

Die Invasion der Alliierten in Frankreich.

Das Leben von Admiral Canaris.

Beides hing von den Informationen zweier Spione ab, die sich auf der Flucht vor dem MI5 befanden.

53

Hampton Sands, Norfolk

Martin Colville stieß mit dem Lauf seiner Schrotflinte das Scheunentor auf. Neumann, der noch vor dem Funkgerät stand, hörte das Geräusch und griff nach der Mauser, als Colville hereintrat. Colville sah, daß Neumann die Waffe zücken wollte. Er machte eine Drehung, legte an und schoß. Neumann hechtete zur Seite, landete auf dem Boden und rollte sich ab. Ein ohrenbetäubendes Krachen erfüllte den Raum. Das Funkgerät löste sich in seine Bestandteile auf.

Colville richtete seine Flinte ein zweites Mal auf Neumann. Neumann stützte sich, die Mauser in beiden Händen, auf die Ellbogen. Sean Dogherty trat einen Schritt vor und schrie, Colville solle aufhören. Colville schwenkte die Flinte in Doghertys Richtung und drückte ab. Der Schuß traf Dogherty in die Brust und riß ihn von den Füßen, so daß er wie eine Stoffpuppe nach hinten flog. Er landete auf dem Rücken. Blut spritzte stoßweise aus der klaffenden Wunde in seiner Brust, und er starb innerhalb weniger Sekunden.

Neumanns Schuß traf Colville in die Schulter und riß ihn herum. Inzwischen hatte auch Catherine ihre Mauser gezogen und zielte beidhändig auf Colvilles Kopf. Sie feuerte zweimal schnell hintereinander. Wegen des Schalldämpfers waren die Schüsse nur ein dumpfes Pochen. Colvilles Kopf explodierte. Er war tot, bevor sein Körper auf dem Boden aufschlug.

Mary Dogherty lag in einem unruhigen Halbschlaf im Obergeschoß, als sie den ersten Schuß aus der Schrotflinte hörte. Sie fuhr im Bett hoch und setzte gerade die Füße auf den Boden, als der zweite Schuß die nächtliche Stille zerriß. Sie warf die Decke zur Seite und rannte die Treppe hinunter.

Im Haus war es dunkel, Wohnzimmer und Küche waren verlassen. Sie trat ins Freie. Regen schlug ihr ins Gesicht. Da bemerkte sie, daß sie nur ihr Nachthemd trug. Es war jetzt still, nur das Rauschen des Windes war zu hören. Sie blickte in den Garten und sah einen fremden Lieferwagen in der Auffahrt stehen. Dann bemerkte sie, daß in der Scheune Licht brannte. Sie rief »Sean!« und rannte zur Scheune hinüber.

Der Boden unter Marys nackten Füßen war kalt und morastig. Sie rief noch mehrmals Seans Namen. Ein schwacher Lichtstrahl drang aus dem offenen Scheunentor und fiel auf eine Schachtel Schrotpatronen, die auf dem Boden lag.

Mary betrat keuchend die Scheune. Sie wollte schreien, doch der Schrei blieb ihr im Hals stecken. Zuerst sah sie die Leiche Martin Colvilles, nur ein paar Schritte entfernt. Ein Teil des Kopfes fehlte, und überall waren Blut und Gewebe verspritzt. Sie spürte, wie sich ihr Magen zusammenkrampfte.

Dann fiel ihr Blick auf den zweiten Toten. Er lag mit weit ausgebreiteten Armen auf dem Rücken. Irgendwie hatte er im Sterben die Beine übereinandergeschlagen, und es sah fast so aus, als schlafe er. Das blutverschmierte Gesicht war nicht zu erkennen. Einen kurzen Augenblick hoffte Mary, daß es vielleicht doch nicht Sean war, der da tot auf dem Boden lag. Dann sah sie die alten Gummistiefel und das Ölzeug und wußte, daß er es war.

Der Schrei, der ihr eben noch im Hals steckengeblieben war, brach hervor.

»Oh, Sean!« schrie sie. »Oh mein Gott, Sean! Was hast du getan?«

Sie hob den Blick und sah Horst Neumann mit der Pistole in der Hand über Seans Leiche stehen. Ein paar Schritte von ihm entfernt stand eine Frau. Sie hielt ebenfalls eine Pistole in der Hand und zielte damit auf Marys Kopf.

Mary sah wieder Neumann an und schrie: »Wart ihr das? Habt ihr das getan?«

»Colville war es«, sagte Neumann. »Er kam hier rein und schoß wild um sich. Sean geriet dazwischen. Tut mir leid, Mary.«

»Nein, Horst. Martin hat vielleicht den Abzug betätigt, aber Schuld haben Sie! Machen Sie sich nichts vor! Sie und Ihre Freunde in Berlin – Sie haben ihm das angetan.«

Neumann sagte nichts. Catherine hatte ihre Mauser noch immer auf Marys Kopf gerichtet. Neumann trat vor, ergriff die Waffe und drückte sie sanft nach unten.

Jenny Colville schlich über die Wiese und näherte sich der Scheune von der Seite, damit sie nicht gesehen werden konnte. Sie drückte sich an die Außenwand und lauschte dem Gespräch, während der Regen gegen ihr Ölzeug klatschte.

Gerade sprach der Mann, den sie als James Porter kannte, aber Mary hatte ihn anders genannt. *Colville war es… Sean geriet dazwischen… Tut mir leid, Mary…*

Dann hörte sie Marys Stimme. Sie klang höher als sonst und zitterte vor Wut und Schmerz.

Schuld haben Sie… Sie und Ihre Freunde in Berlin…

Sie wartete darauf, die Stimme ihres Vaters zu hören, Seans Stimme zu hören. Nichts. Da wußte sie, daß beide tot waren.

Sie und Ihre Freunde in Berlin…

Was meinte Mary damit?

Und dann fügte sich in ihrem Kopf alles zusammen, wie ein Puzzle, das sich plötzlich von selbst zusammensetzt – Sean in jener Nacht am Strand, das unvermittelte Auftauchen von James Porter, Marys Warnung heute nachmittag: *Er ist nicht der, für den du ihn hältst… Schlag ihn dir aus dem Kopf.*

Jenny hatte nicht verstanden, was Mary damit sagen wollte, aber jetzt verstand sie es. Dieser James Porter war ein deutscher Spion. Und das bedeutete, daß auch Sean für die Deutschen spioniert hatte. Ihr Vater mußte die Wahrheit entdeckt und sich ihnen entgegengestellt haben. Und jetzt lag er tot in Sean Doghertys Scheune.

Jenny wollte schreien. Sie spürte heiße Tränen über ihre Wangen rollen. Sie preßte sich beide Hände gegen den Mund, um ihre Schluchzer zu ersticken. Sie hatte sich in James Porter verliebt, aber er hatte sie belogen. Er war ein deutscher Spion, und wahrscheinlich hatte er gerade ihren Vater getötet.

Sie hörte Bewegungen in der Scheune – Bewegungen und ein paar leise Anweisungen, die sie nicht verstand. Sie hörte die Stimme des deutschen Spions und eine fremde Frauenstimme. Dann sah sie den Spion aus der Scheune treten und mit einer Taschenlampe die Auffahrt hinuntergehen. Er hielt auf die Fahrräder zu. Wenn er sie entdeckte, würde er wissen, daß sie ebenfalls hier war.

Und dann würde er nach ihr suchen.

Jenny zwang sich, ruhig und gleichmäßig zu atmen und klar zu denken.

Ihre Gefühle waren in Aufruhr. Sie hatte Angst, und sie war außer sich bei dem Gedanken, daß ihr Vater und Sean tot waren. Vor allem aber war sie wütend. Sie war belogen und verraten worden. Und jetzt hatte sie nur den einen brennenden Wunsch: Sie wollte, daß die Deutschen gefaßt und bestraft wurden.

Sie wußte, daß sie nichts mehr unternehmen konnte, wenn der Deutsche sie fand.

Aber was sollte sie tun? Sie konnte versuchen, ins Dorf zu laufen. Im Gasthof und im Pub gab es Telefon. Sie konnte die Polizei verständigen, und die Polizei würde kommen und die Spione festnehmen.

Doch im Dorf würden die Spione zuallererst nach ihr suchen. Vom Cottage der Doghertys führte nur ein Weg nach Hampton Sands, über die Brücke an der Kirche. Jenny wußte, daß sie auf dem Weg sehr leicht gefaßt werden konnte.

Eine zweite Möglichkeit fiel ihr ein. Die Spione würden sich bestimmt bald aus dem Staub machen. Schließlich hatten sie gerade zwei Menschen getötet. Jenny konnte sich verstecken, bis sie weg waren, und dann die Polizei alarmieren.

Was aber, wenn sie Mary mitnahmen?

Doch für Mary war es in jedem Fall besser, wenn Jenny frei war und versuchte, Hilfe zu holen.

Jenny beobachtete, wie der Spion sich der Straße näherte. Sie sah, wie er mit der Taschenlampe den Boden ableuchtete. Sie sah, wie der Strahl einen Augenblick auf einem Gegenstand am Boden verweilte. Dann schwenkte er plötzlich in ihre Richtung.

Jenny hielt den Atem an. Er hatte das Fahrrad gefunden. Sie sprang auf und rannte davon.

Horst Neumann sah die beiden Fahrräder nebeneinander am Straßenrand liegen. Er richtete die Taschenlampe auf die Wiese, aber der schwache Strahl reichte nur ein paar Meter weit. Er hob die Räder auf, nahm sie bei den Lenkstangen und schob sie die Einfahrt hinauf. Er lehnte sie an die hintere Wand der Scheune, damit sie außer Sichtweite waren.

Sie war irgendwo da draußen. Er versuchte, sich vorzustellen, was geschehen war: Ihr Vater stürmt mit seinem Gewehr aus dem Haus, Jenny folgt ihm, kommt zu Doghertys Farm und belauscht das Gespräch in der Scheune. Vermutlich wollte sie sich jetzt verstecken und warten, bis sie weg waren. Und Neumann glaubte auch zu wissen, wo.

Er spielte kurz mit dem Gedanken, Jenny laufenzulassen. Aber sie war ein kluges Mädchen. Sie würde einen Weg finden, die Polizei zu alarmieren, und dann würde man rund um Hampton Sands Straßensperren errichten. Es war so schon schwer genug, rechtzeitig das U-Boot in Lincolnshire zu erreichen. Wenn er Jenny laufenließ, würde es noch viel riskanter werden.

Neumann ging zurück in die Scheune. Catherine hatte die Leichen mit altem Sackleinen bedeckt. Mary saß auf einem Stuhl und zitterte heftig. Neumann wich ihrem Blick aus.

»Wir haben ein Problem«, sagte er und deutete mit dem Kinn auf den zugedeckten Leichnam Martin Colvilles. »Ich habe das Fahrrad seiner Tochter gefunden. Wir müssen davon ausgehen, daß sie irgendwo da draußen ist und weiß, was hier geschehen ist. Und wir müssen damit rechnen, daß sie Hilfe holen will.«

»Dann suchen Sie sie«, sagte Catherine.

Neumann nickte. »Bringen Sie Mary ins Haus. Fesseln und knebeln Sie sie. Ich kann mir schon denken, wo Jenny Colville hinläuft.«

Neumann eilte hinaus und rannte durch den Regen zum Lieferwagen. Er ließ den Motor an, stieß rückwärts in die Einfahrt und fuhr Richtung Strand.

Catherine fesselte Mary in der Küche an einen Holzstuhl. Dann riß sie ein Geschirrtuch entzwei. Die eine Hälfte ballte sie zusammen und stopfte sie Mary in den Mund, mit der anderen band sie ihr den Mund zu. Wenn es nach ihr gegangen wäre, hätte sie Mary sofort getötet – es widerstrebte ihr, der Polizei eine Zeugin zu hinterlassen. Aber Neumann hatte die Frau irgendwie gern. Außerdem würde es viele Stunden dauern, bis jemand sie fand, vielleicht sogar länger. Das Cottage lag über einen Kilometer vom Dorf entfernt. Es konnten ein oder zwei Tage vergehen, bis Sean, Mary, Colville und das Mädchen vermißt wurden. Und doch, ihr Instinkt sagte ihr, daß es besser wäre, die Frau zu töten. Neumann würde es nie erfahren. Sie würde ihn belügen, ihm sagen, daß Mary unverletzt sei, und er würde nie dahinterkommen.

Catherine überprüfte ein letztes Mal die Knoten. Dann zog sie die Mauser aus der Manteltasche. Sie legte den Zeigefinger an den Abzug und hielt Mary den Lauf an die Schläfe. Mary saß ganz still und sah Catherine herausfordernd an.

»Denken Sie daran, daß Jenny mit uns kommt«, sagte Catherine. »Wenn Sie die Polizei verständigen, erfahren wir es. Und dann töten wir sie. Verstehen Sie, was ich Ihnen sage, Mary?«

Mary nickte einmal. Catherine packte die Mauser am Lauf, holte aus und schmetterte sie auf Marys Schädeldach. Mary sank bewußtlos vornüber. Blut rann aus ihren Haaren zu ihren Augen herab. Catherine ging ins Wohnzimmer, stellte sich vor das verglimmende Kaminfeuer und wartete auf Neumann und das Mädchen, wartete darauf, nach Hause zu fahren.

54

London

Zur selben Zeit hielt ein Taxi im strömenden Regen vor einem efeubewachsenen Bau unterhalb des Marineministeriums. Die Wagentür öffnete sich, und ein kleiner, ziemlich häßlicher Mann stieg aus. Sich schwer auf einen Stock stützend, legte er die wenigen Meter bis zum Eingang ohne Schirm zurück. Die Wache salutierte schneidig, doch der häßliche Mann erwiderte den Gruß nicht. Er hätte sich dafür der Anstrengung unterziehen müssen, den Stock von der rechten in die linke Hand zu nehmen. Außerdem hatte sich Arthur Braithwaite auch nach fünf Jahren als Offizier bei der Royal Navy noch nicht mit den Sitten und Traditionen des Militärs anfreunden können.

Offiziell begann sein Dienst erst in einer Stunde. Doch er kam wie jeden Tag eine Stunde früher in die Zitadelle, um mehr Zeit für seine Vorbereitungen zu haben. Er hatte seit seiner Kindheit ein verkrüppeltes Bein und wußte aus Erfahrung, daß er nur Erfolg hatte, wenn er besser vorbereitet war als die Leute in seinem Umfeld. Dieser Eifer hatte sich ausgezahlt.

Die U-Boot-Aufklärungszentrale war für einen stark gehbehinderten Mann nicht leicht zu erreichen, denn der Weg führte durch ein Labyrinth von engen, gewundenen Treppen nach unten. Braithwaite durchquerte den Hauptoperationsraum und betrat die U-Boot-Aufklärungszentrale durch eine weitere bewachte Tür.

Wie jede Nacht zog ihn die pulsierende Geschäftigkeit in diesem Raum sofort in ihren Bann. Die fensterlosen Wände waren mit Karten, Schaubildern und den Fotos von U-Booten und ihren Besatzungen bedeckt. Mehrere Dutzend Offiziere und Schreibkräfte arbeiteten an großen Tischen in den Ecken des Raumes. In der Mitte stand der große Auswertetisch mit der Nordatlantik-Karte, auf der die Positionen sämtlicher Kriegsschiffe, Frachter und U-Boote vom Baltischen Meer bis Cape Cod mit farbigen Fähnchen markiert waren.

An einer Wand hing ein großes Foto von Admiral Karl Dönitz, dem Oberbefehlshaber der deutschen Kriegsmarine. Braithwaite zwinkerte ihm wie immer zu und sagte: »Guten Morgen, Herr Admiral.« Dann öffnete er die Tür seiner Glaskabine, zog den Mantel aus und setzte sich an den Schreibtisch.

Er griff nach dem Stapel mit den entschlüsselten Funksprüchen, der ihn jeden Morgen erwartete, und dachte: Kein Vergleich zu 1939, alter Junge.

Damals hatte er gerade sein Jura- und Psychologiestudium in Cambridge und Yale beendet und überlegt, was er damit anfangen sollte. Nach Ausbruch des Krieges wollte er sich nützlich machen, und da er fließend Deutsch sprach, verhörte er deutsche Kriegsgefangene. Seine Vorgesetzten waren so beeindruckt, daß sie seine Versetzung in die Zitadelle empfahlen, und so kam er auf dem Höhepunkt der Atlantikschlacht als ziviler Freiwilliger zur U-Boot-Aufklärung. Durch seine Intelligenz und seinen Elan fiel er sofort auf. Er stürzte sich in die Arbeit, meldete sich freiwillig für Sonderaufgaben und las jedes Buch, das er über die Geschichte und Strategie der deutschen Kriegsmarine finden konnte. Da er über ein hervorragendes Gedächtnis verfügte, hatte er bald die Biographie jedes Kapitänleutnants der deutschen U-Bootwaffe im Kopf. Schon nach wenigen Monaten konnte er die Bewegungen von U-Booten mit bemerkenswerter Genauigkeit voraussagen. Auch dies blieb nicht unbemerkt, und so hatte man ihn in den Rang eines Fregattenkapitäns auf Zeit erhoben und mit der U-Boot-Aufklärung betraut, ein erstaunlicher Aufstieg für jemanden, der nicht das Naval College in Dartmouth besucht hatte.

Sein Adjutant klopfte an die Glastür, wartete auf Braithwaites Nicken und trat ein. »Guten Morgen, Sir«, sagte er und stellte ein Tablett mit Tee und Biskuits auf den Schreibtisch.

»Morgen, Patrick.«

»Wegen des Wetters war es ziemlich ruhig letzte Nacht, Sir. Es wurde nicht ein einziges aufgetauchtes U-Boot gesichtet. In den westlichen Revieren hat sich der Sturm gelegt. Er tobt jetzt vor allem an der Ostküste von Yorkshire bis Suffolk.«

Braithwaite nickte, und der Adjutant ging wieder hinaus. Die ersten Papiere auf dem Stapel waren Routinesachen und betrafen den abgehörten Funkverkehr zwischen U-Booten und dem BdU. Doch das fünfte Blatt erregte Braithwaites Aufmerksamkeit. Es war eine Alarmmeldung von einem Major Alfred Vicary aus dem Kriegsministerium. Danach fahndeten die Behörden nach zwei Personen, einem Mann und einer Frau, die möglicherweise versuchten, das Land zu verlassen. Braithwaite mußte über Vicarys vorsichtige Untertreibung lächeln. Vicary war offensichtlich vom MI5. Bei den beiden Gesuchten handelte es sich anscheinend um deutsche Agenten, und was immer sie auch im Schilde führten, es mußte verdammt wichtig sein, sonst wäre die Meldung nicht auf seinem Schreibtisch gelandet. Braithwaite legte sie beiseite und ging den Rest des Stapels durch.

Nach einigen weiteren Routineberichten stieß er wieder auf etwas Interessantes. Eine Marinehelferin vom Y-Dienst in Scarborough hatte Funksprüche aufgefangen, die, wie sie glaubte, zwischen einem U-Boot und einem Funkgerät an der Küste ausgetauscht worden waren. Mit Hilfe von Huff Duff hatte man den Sender lokalisiert. Sein Standort war irgendwo an der Ostküste zwischen Lincolnshire und Suffolk. Braithwaite nahm den Bericht vom Stapel und legte ihn neben Vicarys Meldung.

Er stand auf und hinkte aus seiner Kabine in den Hauptraum, wo er vor dem Auswertetisch mit der Nordatlantikkarte stehenblieb. Zwei Mitglieder seines Stabs steckten gerade die farbigen Fähnchen um, um die nächtlichen Bewegungen festzuhalten. Braithwaite schien die Männer nicht zu bemerken. Er heftete seinen Blick mit ernstem Gesicht auf die Gewässer vor der britischen Ostküste.

Einen Augenblick später sagte er ruhig: »Patrick, bringen Sie mir die Akte von U-509.«

55

Hampton Sands, Norfolk

Jenny war völlig erschöpft, als sie das Kiefernwäldchen am Fuß der Dünen erreichte. Sie hatte sich auf der Flucht von ihrem Instinkt leiten lassen, wie ein verängstigtes Tier. Sie hatte sich abseits der Straße gehalten und war über die vom Regen überfluteten Wiesen und Felder gerannt. Sie wußte nicht mehr, wie oft sie hingefallen war. Sie war über und über mit Schlamm bedeckt und roch nach fauliger Erde und Meer. Ihr Gesicht, von Wind und Regen gepeitscht, schmerzte, als sei sie geschlagen worden. Und ihr war kalt – kälter als je zuvor in ihrem Leben. Ihr Ölzeug fühlte sich zentnerschwer an. In ihren Gummistiefeln stand das Wasser, und ihre Füße waren eiskalt. Jetzt erst fiel ihr auf, daß sie ohne Socken weggerannt war. Sie ließ sich auf Hände und Knie fallen und rang nach Atem. Ihre Kehle war wund, und sie hatte den Geschmack von Rost im Mund.

Sie verharrte eine Weile auf allen vieren, bis sie wieder zu Atem kam, dann rappelte sie sich auf und trat unter die Bäume. Es war so finster, daß sie sich wie eine Blinde in fremder Umgebung mit ausgestreckten Händen vorantasten mußte. Sie war wütend auf sich selbst, weil sie ihre Taschenlampe nicht mitgenommen hatte.

Die Luft war erfüllt vom Heulen des Sturms, vom Donnern der Brandung am Strand und von den schrillen Schreien der Seevögel. Die Bäume schienen jetzt ein vertrautes Muster anzunehmen. Jenny ließ sich ganz von ihrem Gedächtnis leiten wie jemand, der im Dunkeln durch seine Wohnung tappt.

Die Bäume traten etwas zurück. Sie hatte ihr Versteck erreicht.

Sie glitt in die Senke hinunter, setzte sich und lehnte sich mit dem Rücken an den großen Felsblock. Über ihrem Kopf krümmten sich die Kiefern im Sturm, aber Jenny war vor dem Schlimmsten geschützt. Sie holte ihre Kiste aus dem Versteck unter den Kiefernnadeln hervor, entnahm ihr die alte Wolldecke und wickelte sich fest darin ein.

Allmählich wurde ihr wärmer. Tränen rannen ihr über das Gesicht, während sie überlegte, wie lange sie warten mußte, bis sie Hilfe holen konnte. Zehn Minuten? Eine halbe Stunde? Ob Mary wohl noch im Cottage war, wenn sie zurückkehrte? Ob sie verletzt war? Ein schreckliches Bild von ihrem toten Vater erschien vor ihren Augen. Sie schüttelte den Kopf, um es zu verscheuchen. Sie schauderte und zog die Decke noch fester um ihren Körper.

Dreißig Minuten. So lange wollte sie warten. Bis dahin waren die Deutschen bestimmt fort, und sie konnte gefahrlos zurückkehren.

Neumann parkte am Ende des Weges, nahm die Taschenlampe vom Beifahrersitz und stieg aus. Er knipste die Lampe an und ging schnell zwischen den Bäumen hindurch. Er erklomm die Dünen und glitt auf der anderen Seite wieder hinunter. Dann löschte er die Taschenlampe und ging quer über den Strand zum Wasser. Als er den flachen, harten Sandstreifen erreichte, auf dem die Brecher ausliefen, fiel er in Trab und kämpfte mit gesenktem Kopf gegen den Wind an.

Er dachte an den Morgen, als er am Strand gelaufen war und Jenny aus den Dünen aufgetaucht war. Sie hatte so ausgesehen, als habe sie in jener Nacht am Strand geschlafen. Er war überzeugt, daß sie irgendwo in der Nähe eine Art Versteck hatte, das sie immer aufsuchte, wenn es zu Hause Ärger gab. Sie hatte Angst, sie war auf der Flucht, und sie war allein. Sie würde zu dem Platz fliehen, der ihr am vertrautesten war, wie es Kinder häufig tun. Neumann rannte zu der Stelle am Strand, der ihm als imaginäre Ziellinie gedient hatte, und blieb einen Augenblick stehen. Dann ging er durch die Dünen.

Auf der anderen Seite knipste er die Taschenlampe an, entdeckte einen Trampelpfad und folgte ihm. Er gelangte zu einer kleinen Senke, die durch die Bäume und zwei große Felsblöcke vor dem Wind geschützt war. Er leuchtete in die Senke.

Der Strahl erfaßte Jenny Colvilles Gesicht.

»Wie heißt du wirklich?« fragte Jenny auf der Fahrt zum Cottage der Doghertys.

»Mein richtiger Name ist Horst Neumann.«

»Wie kommt es, daß du so gut Englisch sprichst?«

»Mein Vater war Engländer, und ich selbst wurde in London geboren. Meine Mutter und ich zogen nach Deutschland, als er starb.«

»Bist du ein deutscher Spion?«

»So was Ähnliches.«

»Was geschah mit Sean und meinem Vater?«

»Wir benutzten gerade das Funkgerät in Seans Scheune, da kam dein Vater hereingestürmt. Als Sean ihn aufhalten wollte, hat ihn dein Vater erschossen. Catherine und ich haben deinen Vater erschossen. Es tut mir leid, Jenny. Es ging alles sehr schnell.«

»Halt den Mund! Du sollst nicht sagen, daß es dir leid tut!«

Neumann schwieg. Jenny sagte: »Was geschieht jetzt?«

»Wir machen einen Ausflug die Küste hinauf zur Humber-Mündung. Dort fahren wir mit einem kleinen Boot aufs Meer hinaus zu einem U-Boot.«

»Ich hoffe, du wirst erwischt. Und ich hoffe, du wirst getötet.«

»Die Wahrscheinlichkeit ist nicht sehr groß, würde ich sagen.«

»Du bist ein Schwein! Warum hast du dich meinetwegen mit meinem Vater geschlagen?«

»Weil ich dich sehr mag, Jenny Colville. Ich habe dir lauter Lügen erzählt, aber das ist die Wahrheit. Und jetzt solltest du alles tun, was ich dir sage, dann geschieht dir nichts. Hast du verstanden?«

Jenny nickte. Neumann hielt vor dem Cottage. Die Haustür ging auf, und Catherine trat heraus. Sie kam zum Lieferwagen herüber und musterte Jenny durch das Seitenfenster. Dann sah sie Neumann an und sagte auf deutsch. »Fesseln Sie sie, und dann nach hinten mit ihr. Wir nehmen sie mit. Vielleicht können wir eine Geisel brauchen.«

Neumann schüttelte den Kopf und antwortete in derselben Sprache. »Wir sollten sie besser hier lassen. Sie ist ohne Nutzen für uns, und sie könnte verletzt werden.«

»Haben Sie vergessen, daß ich rangmäßig über Ihnen stehe, Herr Leutnant?«

»Nein, Major«, antwortete Neumann mit sarkastischer Stimme.

»Gut. Dann fesseln Sie sie, damit wir endlich von diesem gottverlassenen Ort verschwinden können.«

Neumann ging in die Scheune und suchte nach Schnur. Er fand ein längeres Stück, hob die Lampe auf und wandte sich zum Gehen. Er warf einen letzten Blick auf Sean Doghertys Leiche, die, mit altem Sackleinen bedeckt, auf dem Boden lag. Er fühlte sich für die Kette von Ereignissen verantwortlich, die zu Seans Tod geführt hatte. Hätte er nicht mit Martin gekämpft, wäre Martin nicht mit einer Schrotflinte in der Scheune aufgetaucht. Sean hätte sie nach Deutschland begleitet und läge jetzt nicht mit einem Loch in der Brust in seiner eigenen Scheune. Er löschte die Lampe, und die Leichen verschwanden in der Dunkelheit. Dann ging er hinaus und schloß das Tor hinter sich.

Jenny wehrte sich nicht und sprach kein einziges Wort mit ihm. Neumann band ihr die Hände vor dem Körper zusammen, damit sie bequemer sitzen konnte. Er achtete darauf, daß die Fesseln nicht zu stramm saßen. Dann band er ihr die Füße. Als er fertig war, trug er sie zum Heck des Lieferwagens, öffnete die Tür und hob sie hinein.

Er leerte einen weiteren Kanister Benzin in den Tank und schleuderte den leeren Behälter in die Wiese.

Auf der Straße ins Dorf rührte sich nichts. Offensichtlich waren die Schüsse in Hampton Sands nicht gehört worden. Sie überquerten die Brücke, passierten den Turm der St.-John's-Kirche und fuhren auf der verdunkelten Straße durchs Dorf. Der Ort war so still, als sei er evakuiert worden.

Catherine saß schweigend neben ihm und lud ihre Mauser.

Neumann gab Gas, und Hampton Sands verschwand hinter ihnen.

56

London

Arthur Braithwaites Blick ruhte auf dem Kartentisch, während er auf die Akte über U-509 wartete. Nicht daß er sie dringend gebraucht hätte. Er glaubte, über den Kommandanten des Bootes alles zu wissen, was es zu wissen gab, und er konnte vermutlich sämtliche Fahrten aufzählen, die das Boot je unternommen hatte. Er wollte sich nur ein paar Dinge bestätigen lassen, bevor er beim MI5 anrief.

Die Bewegungen von U-509 verwirrten ihn schon seit Wochen. Das Boot schien ziellos in der Nordsee zu kreuzen und hatte lange keinen Kontakt mehr mit dem BdU aufgenommen. Als es sich schließlich wieder meldete, gab es eine Position vor der britischen Küste in der Nähe der Landspitze Spurn Head durch. Außerdem war es auf Luftaufnahmen in der Nähe eines U-Boot-Bunkers in Südnorwegen entdeckt worden. Doch seitdem war es nie an der Oberfläche gesichtet worden und hatte kein einziges alliiertes Kriegs- oder Handelsschiff angegriffen.

Braithwaite dachte: Du lungerst also nur da draußen rum und hast überhaupt nichts vor. Das kauf' ich dir nicht ab, Kapitänleutnant Hoffmann.

Er blickte zu dem mürrischen Dönitz an der Wand hinauf und murmelte: »Warum solltest du ein absolut einsatzfähiges Boot und seine Besatzung so nutzlos in der Gegend herumfahren lassen?«

Einen Augenblick später kam der Adjutant mit der Akte zurück.

»Bitte, Sir.«

Braithwaite nahm ihm die Akte nicht aus der Hand, sondern begann, ihren Inhalt herzusagen.

»Der Kapitän heißt Max Hoffmann, wenn ich mich recht erinnere.«

»Stimmt, Sir.«

»Ritterkreuz 1942, Eichenlaub ein Jahr später.«

»Von Hitler höchstpersönlich überreicht.«

»Jetzt kommt das Wichtigste. Ich glaube, er hat vor dem Krieg kurze Zeit in Canaris' Stab bei der Abwehr gedient.«

Der Adjutant blätterte in der Akte. »Ja, Sir. Da haben wir es. Hoffmann war von 1938 bis 1939 an der Abwehr-Zentrale in Berlin tätig. Nach Ausbruch des Krieges kehrte er zur Kriegsmarine zurück und erhielt das Kommando über U-509.«

Braithwaite starrte wieder auf den Kartentisch. »Patrick, wenn Sie einen wichtigen deutschen Spion aus Großbritannien herausholen müßten, dann wäre es Ihnen doch lieb, wenn ein alter Freund den Chauffeur spielt?«

»In der Tat, Sir.«

»Verbinden Sie mich bitte mit Vicary vom MI5. Ich glaube, wir sollten mal miteinander plaudern.«

57

London

Alfred Vicary stand vor einer zwei Meter fünfzig hohen Karte der Britischen Inseln, rauchte, trank schlechten Tee und dachte: Jetzt weiß ich, wie Adolf Hitler sich fühlen muß. Nach dem Telefonanruf von Commander Lowe vom Horchposten des Y-Dienstes in Scarborough konnte man davon ausgehen, daß die Spione versuchen wollten, mit Hilfe eines U-Boots aus England zu entwischen. Allerdings gab es da noch ein Problem: Vicary hatte nur eine vage Ahnung, wann, und eine noch vagere, wo.

Er nahm an, daß die Spione vor der Morgendämmerung an Bord des U-Boots gehen mußten. Nach Tagesanbruch wurde es für ein U-Boot zu gefährlich, in Küstennähe an der Oberfläche zu bleiben. Vielleicht schickte das U-Boot auch ein Schlauchboot – auf diese Weise schleuste die Abwehr ja viele Spione nach England –, doch Vicary bezweifelte, daß es bei der schweren See einen solchen Versuch wagen würde. Ein Boot zu stehlen war nicht so einfach, wie es sich anhörte. Die Royal Navy hatte fast alle seetüchtigen Wasserfahrzeuge beschlagnahmt. Und die Fischerei in der Nordsee war stark zurückgegangen, weil ein Großteil der Küstengewässer vermint war. Das flüchtige Agentenpärchen würde Mühe haben, in dieser stürmischen Nacht auf die schnelle ein seetüchtiges Boot zu finden.

Aber vielleicht haben sie schon ein Boot, dachte er.

Noch schwieriger war die Frage, an welchem Punkt der Küste die Spione in See stechen würden. Vicary betrachtete die Karte. Der Y-Dienst hatte den Standort des Senders nicht exakt ermitteln können. Um überhaupt einen Anhaltspunkt zu haben, entschied sich Vicary einfach für den Mittelpunkt des riesigen Gebiets, das man ihm genannt hatte. Er fuhr mit dem Finger über die Karte, bis er bei der Küste von Norfolk angelangt war.

Ja, das paßte zusammen. Vicary kannte die Zugfahrpläne. Ein Spion konnte sich in einem Dorf an der Küste verstecken und dank der direkten Zugverbindung zwischen Hunstanton und London trotzdem innerhalb von drei Stunden in die Hauptstadt gelangen.

Vicary ging davon aus, daß die Flüchtigen über ein gutes Fahrzeug und jede Menge Benzin verfügten. Sie waren schon ein gutes Stück von London entfernt, und aufgrund der starken Polizeipräsenz in den Zügen war es so gut wie sicher, daß sie nicht die Bahn benutzt hatten.

Wie weit konnten sie von der Norfolker Küste aus gelangen, bevor sie in ein Boot stiegen und aufs Meer hinausfuhren?

Das U-Boot würde sich der Küste wahrscheinlich nur bis auf zehn Meilen nähern. Die Spione brauchten mindestens eine Stunde, um so weit aufs Meer hinauszufahren. Wenn das U-Boot bei Tagesanbruch tauchte, dann mußten sie spätestens um sechs Uhr morgens in See stechen, wenn sie es rechtzeitig erreichen wollten. Der Funkspruch war um zehn Uhr abends gesendet worden. Damit hatten sie maximal acht Stunden für die Fahrt mit dem Auto. Wie weit konnten sie kommen? In Anbetracht des Wetters, der Verdunkelung und der schlechten Straßen etwa hundertfünfzig bis zweihundertfünfzig Kilometer weit.

Vicary warf einen deprimierten Blick auf die Karte. Der in Frage kommende Küstenstreifen reichte von der Mündung der Themse im Süden bis zum Humber im Norden. Es war fast unmöglich, dieses riesige Gebiet zu überwachen. Die Küste war mit kleinen Häfen, Fischerdörfern und Anlegestellen übersät. Vicary hatte die örtlichen Polizeireviere ersucht, jeden verfügbaren Mann aufzubieten. Das Küstenkommando der Royal Air Force hatte zugesagt, gleich nach Tagesanbruch Suchflüge durchzuführen, aber Vicary fürchtete, dann könnte es bereits zu spät sein. Korvetten der Royal Navy hielten nach kleinen Booten Ausschau, obwohl in einer verregneten, mondlosen Nacht wie dieser auf See praktisch nichts zu erkennen war. Ohne einen weiteren brauchbaren Hinweis bestand nur wenig Hoffnung, die Spione zu fassen.

Das Telefon klingelte.

»Vicary.«

»Hier Commander Arthur Braithwaite von der U-Boot-Aufklärung. Ich fand Ihre Meldung vor, als ich zum Dienst kam, und ich glaube, ich kann Ihnen ein gutes Stück weiterhelfen.«

»Bei der U-Boot-Aufklärung sagen sie, daß U-509 jetzt schon

seit Wochen immer wieder in den Gewässern vor der Küste von Lincolnshire auftaucht«, sagte Vicary zu Boothby, der heruntergekommen war und ihm bei seiner Nachtwache vor der Karte Gesellschaft leistete. »Wenn wir alle unsere Kräfte auf Lincolnshire konzentrieren, haben wir eine gute Chance, sie zu schnappen.«

»Es ist immer noch ein langer Küstenstreifen, den wir überwachen müssen.«

Vicary sah wieder auf die Karte.

»Was ist die größte Stadt da oben?«

»Grimsby, würde ich sagen.«

»Wie lange, glauben Sie, würde ich brauchen, um dort hinzukommen?«

»Die Fahrbereitschaft könnte Ihnen einen Wagen zur Verfügung stellen. Aber Sie würden Stunden brauchen.«

Vicary verzog das Gesicht. Die Fahrbereitschaft hielt für solche Fälle immer ein paar schnelle Wagen bereit. Und sie verfügte über hervorragende Fahrer, die auf Verfolgungsjagden spezialisiert waren. Einige hatten vor dem Krieg sogar Rennen gefahren. Doch für Vicarys Geschmack waren sie zu leichtsinnig. Er erinnerte sich noch an jene Nacht, als er den Spion in Cornwall verhaftet hatte. Sie waren mit einem hochfrisierten Rover durch die Nacht gerast, und er hatte auf dem Rücksitz um sein Leben gebetet.

»Wie wäre es mit einem Flugzeug?« fragte Vicary.

»Ich könnte arrangieren, daß die Royal Air Force Sie hinfliegt. Bei Grimsby ist ein Jagdbombergeschwader stationiert. Sie könnten in einer Stunde dort sein und die Luftwaffenbasis als Befehlsstand benutzen. Aber haben Sie in letzter Zeit mal aus dem Fenster geschaut? Es ist eine verdammt unangenehme Nacht zum Fliegen.«

»Das ist mir klar. Aber wenn ich vor Ort wäre, könnte ich die Suche viel besser koordinieren.« Vicary wandte sich von der Karte ab und sah Boothby an. »Mir ist noch etwas aufgefallen. Sie haben ihr Funkgerät nicht benutzt, um Berlin zu melden, was heute in London vorgefallen ist. Wenn wir sie schnappen, bevor sie Berlin informieren, kann ich das vielleicht selber übernehmen.«

»Mit einer Erklärung für ihre Flucht, die die Deutschen in ihrem Glauben an *Kesselpauke* bestärkt?«

»Genau.«

»Gute Idee, Alfred.«

»Ich würde gern zwei Männer mitnehmen. Roach – und Dalton, wenn er dazu in der Lage ist.«

Boothby zögerte einen Moment. »Ich finde, Sie sollten noch jemanden mitnehmen.«

»Wen?«

»Peter Jordan.«

»Jordan!«

»Betrachten Sie's von seiner Seite. Wenn Jordan getäuscht und verraten worden ist, dann will er doch sicher dabei sein, wenn Catherine Blake zur Strecke gebracht wird. Bestimmt will er das. Mir wäre jedenfalls viel daran gelegen. Ich an seiner Stelle hätte gern den Finger am Abzug. Und die Deutschen sollen das auch denken. Wir müssen alles tun, damit sie an *Kesselpauke* glauben.«

Vicary dachte an die leere Akte in der Registratur.

»Und wie weit sollen wir gehen, Sir Basil?«

»Wenn nötig, bis ans Ende der Welt.«

Wieder klingelte das Telefon.

»Vicary.«

Eine Telefonistin des Departments war am Apparat.

»Professor Vicary, ein Ferngespräch für Sie. Ein Chief Superintendent Perkin von der Polizei in King's Lynn in Norfolk. Er sagt, es sei ziemlich dringend.«

»Stellen Sie durch.«

Hampton Sands war so klein, so abgelegen und ruhig, daß es keinen eigenen Polizisten brauchte. Es teilte sich einen Beamten mit den vier Küstendörfern Holme, Thornton, Titchwell und Brancaster. Er hieß Thomasson, war ein erfahrener Polizist und versah schon seit dem letzten Krieg seinen Dienst an der Küste. Thomasson wohnte in einem Haus in Brancaster und hatte, da es seine Pflichten erforderten, ein eigenes Telefon.

Eine Stunde zuvor hatte das Telefon geklingelt und Thomasson, seine Frau Judith und seinen Setter Rags geweckt. Superintendent Perkin aus King's Lynn war am Apparat. Er informierte Thomasson, daß er einen Anruf aus dem Kriegsministerium in London erhalten habe und aufgefordert worden sei, mit den örtlichen Polizeikräften bei der Suche nach zwei flüchtigen Mordverdächtigen zu helfen.

Zehn Minuten später trat Thomasson aus der Tür. Er trug eine blaue Öljacke und einen unter dem Kinn verknoteten Südwester und hatte eine Thermosflasche Tee bei sich, den ihm seine Frau rasch bereitet hatte. Er holte sein Fahrrad aus dem Schuppen hinter dem Haus und fuhr in Richtung Brancaster davon. Rags, der Thomasson auf seinen Runden stets begleitete, trabte leichtfüßig neben ihm her.

Thomasson war Mitte Fünfzig. Er rauchte nicht, trank selten Alkohol und war topfit, da er seit dreißig Jahren an der hügeligen Küste von Norfolk mit dem Fahrrad unterwegs war. Seine dikken, muskelbepackten Beine traten kräftig in die Pedale und trieben das schwere Rad schnell nach Brancaster. Wie erwartet, war es totenstill im Dorf. Er hätte an ein paar Türen klopfen und ein paar Leute wecken können, aber er kannte alle Bewohner und wußte, daß keiner flüchtige Mörder beherbergen würde. Er drehte eine Runde durch die leeren Gassen, dann bog er in die Küstenstraße ein und fuhr zum nächsten Ort, Hampton Sands.

Ein paar hundert Meter außerhalb des Dorfes lag das Cottage Martin Colvilles. Jeder in der Gegend kannte Colville. Seine Frau hatte ihn verlassen. Er trank zu viel und verdiente sich mit seiner kleinen Farm nur einen kümmerlichen Lebensunterhalt. Thomasson wußte, daß Colville häufig seine Tochter Jenny schlug. Und er wußte, daß Jenny ziemlich viel Zeit in den Dünen verbrachte. Er hatte ihre Sachen gefunden, nachdem einer der Dorfbewohner behauptet hatte, am Strand treibe sich Gesindel herum. Thomasson ließ das Fahrrad ausrollen und blickte zu Colvilles Cottage hinüber. Es lag im Dunkeln, und kein Rauch stieg aus dem Kamin.

Thomasson schob das Rad die Einfahrt hinauf und klopfte an die Haustür. Keine Antwort. Möglicherweise war Colville betrunken oder schlief einen Rausch aus. Er klopfte noch einmal, lauter. Wieder keine Antwort. Er öffnete die Tür und spähte hinein. Drinnen war alles dunkel. Er rief Colvilles Namen. Da er keine Antwort erhielt, schloß er die Tür wieder und fuhr weiter nach Hampton Sands.

Der Ort war wie Brancaster still und verdunkelt. Thomasson radelte durch das Dorf, vorbei am Pub, am Dorfladen, an der Kirche und überquerte die Brücke. Sean und Mary Dogherty lebten etwa eine Meile außerhalb des Dorfes. Thomasson wußte, daß Jenny Colville praktisch bei den Doghertys wohnte. Es war sehr wahrscheinlich, daß sie die Nacht dort verbrachte. Wo aber war Martin?

Es war eine schwierige Meile, denn der Weg führte ständig bergauf und bergab. Vor sich, in der Dunkelheit, hörte Thomasson Rags gleichmäßigen Atem und das Kratzen seiner Pfoten auf dem Boden. Dann tauchte das Cottage der Doghertys vor ihm auf. Er fuhr die Einfahrt hinauf, hielt an und leuchtete mit seiner Taschenlampe die Umgebung ab.

Irgend etwas in der Wiese erregte seine Aufmerksamkeit. Er ließ den Lichtstrahl über das Gras hüpfen, und – *halt* – da war es wieder. Er watete in die nasse Wiese hinein und bückte sich nach dem Gegenstand. Es war ein leerer Kanister. Er roch daran – Benzin. Er drehte ihn um. Ein paar Tropfen fielen heraus.

Rags lief ihm voraus zum Cottage. Auf dem Hof stand Seans klappriger alter Lieferwagen, und neben der Scheune lagen zwei Fahrräder im Gras. Thomasson ging hinüber zum Cottage und klopfte an die Haustür. Wie bei Colville rührte sich nichts.

Thomasson machte sich nicht die Mühe, ein zweites Mal zu klopfen. Er war inzwischen sehr beunruhigt. Er stieß die Tür auf und rief »Hallo«. Er hörte ein seltsames Geräusch. Es klang wie ein gedämpftes Stöhnen. Er leuchtete mit der Taschenlampe in den Raum und erblickte Mary Dogherty, an einen Stuhl gefesselt, einen Knebel im Mund.

Rags bellte wild, und Thomasson stürzte zu Mary hinüber und befreite sie von dem Knebel.

»Um Gottes willen, Mary! Was ist hier passiert?«

Mary rang nach Luft und rief hysterisch: »Sean – Martin – tot – Scheune – Spione – U-Boot – Jenny!«

»Hier Vicary.«

»Chief Superintendent Perkin von der Polizei in King's Lynn.«

»Was haben Sie für mich?«

»Zwei Leichen, eine Frau unter Schock und ein vermißtes Mädchen.«

»Heiliger Strohsack! Erzählen Sie bitte der Reihe nach.«

»Nach Ihrem Anruf habe ich alle meine Beamten auf Streife geschickt. Constable Thomasson ist für eine Handvoll kleiner Dörfer an der Küste von Norfolk zuständig. Er hat die Schweinerei entdeckt.«

»Weiter.«

»Der Ort heißt Hampton Sands. Wenn Sie keine große Karte haben, werden Sie ihn wahrscheinlich nicht finden. Wenn Sie eine haben, suchen Sie zuerst Hunstanton am Wash und fahren dann mit dem Finger die Küste entlang nach Westen. Dann stoßen Sie auf Hampton Sands.«

»Ich habe es.« Der Ort lag fast genau an der Stelle, wo Vicary den Sender vermutet hatte.

»Thomasson fand zwei Leichen in der Scheune einer Farm etwas außerhalb von Hampton Sands. Bei den Opfern handelt es sich um zwei Männer aus dem Dorf, Martin Colville und Sean Dogherty. Dogherty ist Ire. Thomasson fand Doghertys Frau Mary gefesselt und geknebelt im Cottage. Sie hatte einen Schlag auf den Kopf erhalten, als Thomasson sie fand. Sie hat ihm eine schöne Geschichte erzählt.«

»Mich kann nichts mehr überraschen, Superintendent. Bitte, fahren Sie fort.«

»Mrs. Dogherty sagt, ihr Mann habe seit Kriegsbeginn für die Deutschen spioniert – er sei nie ein richtiger IRA-Kämpfer gewesen, hätte aber Verbindungen zu der Gruppe gehabt. Sie sagt, vor einigen Wochen hätten die Deutschen einen weiteren Agenten namens Horst Neumann am Strand abgesetzt und Dogherty habe ihn aufgenommen. Der Agent habe seitdem bei ihnen gewohnt und sei regelmäßig nach London gefahren.«

»Was geschah heute nacht?«

»Sie weiß es nicht genau. Sie hörte Gewehrschüsse, rannte rüber in die Scheune und sah die Leichen. Der Deutsche sagte ihr, Colville sei hereingestürmt, und dann habe es eine Schießerei gegeben.«

»War eine Frau bei Neumann?«

»Ja.«

»Und was ist mit dem vermißten Mädchen?«

»Colvilles Tochter Jenny. Sie ist nicht in Colvilles Cottage, und ihr Fahrrad liegt auf Doghertys Hof. Thomasson vermutet, daß sie ihrem Vater folgte, die Schießerei oder die Toten sah und floh. Mary fürchtet, daß der Deutsche das Mädchen gefunden und mitgenommen hat.«

»Weiß Mary, wohin die Spione gefahren sind?«

»Nein.«

»Wo ist sie jetzt?«

»Noch im Cottage.«

»Wo ist Constable Thomasson?«

»Ich habe ihn noch in der Leitung. Er hat aus einem Pub in Hampton Sands angerufen.«

»Gibt es irgendwelche Anzeichen dafür, daß sich im Cottage oder in der Scheune ein Funkgerät befunden hat?«

»Einen Moment, ich frage ihn.«

Vicary konnte hören, wie Perkin die Frage an Thomasson weitergab.

»Er sagt, in der Scheune steht ein Apparat, der ein Funkgerät sein könnte.«

»Wie sieht er aus?«

»Er befindet sich in einem Koffer, ist aber durch einen Schuß aus einer Schrotflinte zerstört worden.«

»Wer weiß sonst noch von der Sache?«

»Ich, Thomasson und wahrscheinlich der Wirt des Pubs. Ich vermute, er steht im Moment neben Thomasson.«

»Ich will, daß Sie keinem Menschen erzählen, was heute nacht in Doghertys Cottage passiert ist. In den Berichten über den Vorfall darf auf keinen Fall von deutschen Spionen die Rede sein. Es handelt sich um eine Geheimsache von größter Wichtigkeit. Ist das klar, Superintendent?«

»Ich verstehe.«

»Ich schicke zu Ihrer Unterstützung ein paar Männer nach Norfolk. Mary Dogherty soll in ihrem Haus bleiben, und lassen Sie die Leichen dort, wo Sie sie gefunden haben.«

»Ja, Sir.«

Vicary warf einen zweiten Blick auf die Karte. »Superintendent, ich habe Informationen, die darauf hindeuten, daß die Verdächtigen in Ihre Richtung fahren. Wir vermuten, daß sie auf dem Weg an die Küste von Lincolnshire sind.«

»Ich habe meine Männer alarmiert. Wir sperren alle wichtigen Straßen ab.«

»Halten Sie mein Büro über jede Entwicklung auf dem laufenden. Und viel Glück.«

Vicary legte auf und wandte sich Boothby zu.

»Sie haben zwei Menschen umgebracht. Und wahrscheinlich haben sie eine Geisel. Sie sind auf dem Weg an die Küste von Lincolnshire.« Vicary setzte ein hämisches Grinsen auf. »Und wie es aussieht, haben sie ihr zweites Funkgerät verloren.«

58

Lincolnshire, England

Zwei Stunden, nachdem Horst Neumann und Catherine Blake Hampton Sands verlassen hatten, kamen ihnen erste schwere Zweifel, ob sie das U-Boot noch rechtzeitig erreichen würden. Um die Küste zu meiden, hatte Neumann eine neue Route durch die Hügel im Herzen Norfolks gewählt. Er folgte der gewundenen Straße durch die Heide und die verdunkelten Dörfer. Er umfuhr King's Lynn, kam durch eine Reihe von Weilern und überquerte den Fluß Great Ouse bei einem Dorf namens Wiggenhall St. Germans.

Die Fahrt am Südufer des Wash war ein Alptraum. Der Wind blies von der Nordsee her über die Marschen und Deiche. Der Regen wurde stärker. Manchmal kam er in Böen, wirbelnd und wütend, und verdeckte die Sicht auf den Straßenrand. Neumann saß weit nach vorn gebeugt, hielt das Steuer mit beiden Händen umklammert und kämpfte sich Kilometer um Kilometer voran. Manchmal hatte er trotz des flachen Geländes das Gefühl, durch einen Abgrund zu treiben.

Catherine saß neben ihm und las im Licht ihrer Taschenlampe Doghertys alte Generalstabskarte. Sie sprachen deutsch, damit Jenny sie nicht verstehen konnte. Neumann kam Catherines Deutsch seltsam vor. Sie sprach ohne Ausdruck, ohne Melodie, ohne regionalen Akzent, als habe sie es als Zweit- oder Drittsprache gelernt.

Neumann legte die Route fest, und Catherine dirigierte ihn.

Cleethorpes, wo das Boot auf sie wartete, lag neben dem Hafen von Grimsby an der Mündung des Humber. Hatten sie den Wash erst einmal hinter sich gelassen, würden sie durch keine größeren Städte mehr kommen. Auf der Karte war die A 16 eingezeichnet, eine ausgebaute Straße, die mehrere Kilometer landeinwärts am Fuße der Lincolnshire Wolds verlief und dann hinunter zum Humber führte. Bei der Planung der Route ging Neumann vom schlimmsten Fall aus: Mary wurde gefunden, der MI5 verständigt, jede wichtige Straße in Küstennähe gesperrt. Aus diesem Grund wollte Neumann nur die halbe Strecke bis Cleethorpes der A 16 folgen und dann eine kleinere Straße nehmen, die näher an der Küste verlief.

Boston lag nahe dem Westufer des Wash. Es war die letzte größere Stadt zwischen ihnen und dem Humber. Neumann verließ die Hauptstraße, fuhr langsam durch ruhige Seitenstraßen und bog erst im Norden der Stadt wieder auf die A 16 ein. Er gab Vollgas und jagte durch den Sturm.

Catherine knipste die Taschenlampe aus und sah zu, wie der Regen im schwachen Licht der Scheinwerfer wirbelte.

»Wie ist es zur Zeit in Berlin?«

Neumann wandte die Augen nicht von der Straße. »Einfach paradiesisch. Wir sind alle glücklich, wir arbeiten fleißig in den Fabriken, wir drohen den amerikanischen und britischen Bombern mit der Faust, und alle lieben den Führer.«

»Klingt wie aus einem Propagandafilm von Goebbels.«

»In Wirklichkeit ist es nicht ganz so lustig. Um Berlin steht es inzwischen sehr schlimm. Am Tag kommen die Amerikaner mit ihren B-29-Bombern und in der Nacht die Briten mit ihren Lancaster- und Halifax-Maschinen. An manchen Tagen hat man den Eindruck, daß die Stadt pausenlos bombardiert wird. Die Innenstadt ist fast völlig zerstört.«

»Ich habe die deutschen Luftangriffe auf London erlebt und fürchte, daß die Deutschen nichts anderes verdient haben. Sie haben als erste Krieg gegen die Zivilbevölkerung geführt. Ich kann nicht in Tränen ausbrechen, wenn Amerikaner und Briten Berlin jetzt in Schutt und Asche legen.«

»Sie reden ja wie eine Britin.«

»Ich *bin* halbe Britin. Meine Mutter war Engländerin. Und ich habe sechs Jahre unter Engländern gelebt. Da kann man leicht vergessen, auf welcher Seite man steht. Aber erzählen Sie mir mehr von Berlin.«

»Wer Geld oder Beziehungen hat, bekommt auch genug zu essen. Die anderen nicht. Die Russen haben im Osten den Spieß umgedreht. Ich vermute, halb Berlin hofft, daß die Invasion gelingt, damit die Amerikaner noch vor dem Iwan in Berlin einmarschieren.«

»Typisch deutsch. Erst wählen sie einen Psychopathen und statten ihn mit unumschränkter Macht aus, und dann jammern sie, wenn er sie an den Rand des Abgrunds geführt hat. Jeder, der halbwegs bei Verstand war, hat das schon 1938 kommen sehen.«

Neumann lachte. »Wenn Sie mit solchem Weitblick gesegnet waren, warum haben Sie sich dann freiwillig als Spionin gemeldet?«

»Wer sagt denn, daß ich mich freiwillig gemeldet habe?«

Sie rasten durch zwei Dörfer, Stickney und Stickford. Der Geruch der Holzfeuer in den Häusern drang bis ins Innere des Wagens.

Neumann hörte einen Hund bellen, dann einen zweiten. Er zog ein Päckchen Zigaretten aus der Tasche und reichte es Catherine. Sie zündete zwei an und gab ihm eine.

»Würden Sie mir Ihre letzte Bemerkung erklären?«

Soll ich? fragte sie sich. Es war nach all der Zeit schon seltsam genug, deutsch zu sprechen. Sechs Jahre lang hatte sie jedes Quentchen Wahrheit über sich verborgen. Sie war eine andere geworden und hatte jeden Aspekt ihrer Persönlichkeit und Vergangenheit ausgelöscht. Wenn sie an die Person dachte, die sie vor dem Krieg gewesen war, dann war das, als denke sie an jemand anderes.

Anna Katarina von Steiner kam bei einem tragischen Autounfall in der Nähe von Berlin ums Leben.

»Jedenfalls bin ich nicht einfach zum örtlichen Büro der Abwehr gegangen und habe als Spionin angeheuert«, sagte sie. »Aber soweit ich weiß, läuft das in unserer Branche ohnehin nicht so. Der Geheimdienst kommt zu den Leuten, und nie umgekehrt. In meinem Fall kam er in der Gestalt Kurt Vogels.«

Sie erzählte ihm die Geschichte, die sie noch keinem anderen Menschen erzählt hatte. Von jenem Sommer in Spanien, als der Bürgerkrieg ausbrach. Von dem Sommer auf Marias Estancia. Von ihrem Verhältnis mit Marias Vater. »Mein Pech, daß er sich als Faschist und Talentspäher der Abwehr entpuppte. Er verkaufte mich an Vogel, und Vogel kam mich begutachten.«

»Warum haben Sie nicht einfach nein gesagt?«

»Warum hat keiner von uns einfach nein gesagt? Vogel drohte, mir den einzigen Menschen zu nehmen, der mir etwas bedeutet, meinen Vater. So arbeitet ein guter Führungsoffizier. Er weiß, was in dir vorgeht. Er weiß, was du denkst und was du fühlst, was du liebst und was du fürchtest. Und er benutzt dieses Wissen, damit du tust, was er von dir verlangt.«

Sie rauchte eine Weile schweigend und sah aus dem Fenster, während sie durch ein weiteres Dorf fuhren.

»Er wußte, daß ich als Kind in London gelebt hatte, daß ich perfekt Englisch sprach, daß ich bereits mit einer Waffe umgehen konnte und daß …«

Sie schwieg einen Moment. Neumann drängte sie nicht. Er wartete nur gespannt.

»Er wußte, daß ich für den Auftrag, der ihm vorschwebte, die richtige Persönlichkeit hatte. Ich lebe jetzt seit fast sechs Jahren in Großbritannien und hatte in dieser Zeit so gut wie keinen Kontakt zur deutschen Seite. Keine Freunde, keine Angehörigen, keinerlei Kontakt mit anderen Agenten, nichts. Mein Auftrag glich eher einem Gefängnisaufenthalt. Ich kann Ihnen gar nicht sagen, wie oft ich davon geträumt habe, nach Berlin zurückzukehren und Vogel mit einer jener wundervollen Methoden umzubringen, die er und seine Freunde mir beigebracht haben.«

»Wie sind Sie nach England gekommen?«

Sie erzählte es ihm, erzählte, was sie auf Befehl Vogels getan hatte.

»Mein Gott«, murmelte Neumann.

»So was tut die Gestapo auch, nicht wahr? Im ersten Monat machte ich mich mit meiner neuen Identität vertraut. Dann ließ ich mich nieder und wartete. Vogel und ich konnten über Funk kommunizieren, ohne Decknamen zu verwenden. Deshalb suchten die Briten nie nach mir. Vogel wußte, daß meine Tarnung perfekt war. Und dann gibt mir der Idiot einen Auftrag, der mich geradewegs dem MI5 in die Arme führt.« Sie schwieg einen Augenblick. »Mein Gott, ich kann es noch gar nicht glauben, daß ich nach all der Zeit tatsächlich zurückkehre. Ich hätte nicht gedacht, daß ich Deutschland jemals wiedersehe.«

»Sie scheinen sich ja sehr darauf zu freuen, in die Heimat zurückzukehren.«

»Heimat? Ich empfinde Deutschland nicht mehr als meine Heimat. Ich bin eigentlich keine Deutsche mehr. Vogel hat diesen Teil von mir in seinem hübschen Schlupfwinkel in Bayern ausgelöscht.«

»Was werden Sie tun?«

»Vogel treffen, mich vergewissern, daß mein Vater noch am Leben ist, mein Geld kassieren und verschwinden. Vogel kann mir noch einmal eine falsche Identität verpassen. Ich komme für fünf verschiedene Nationalitäten in Frage. Das hat mich überhaupt erst ins Spiel gebracht. Es ist doch alles ein großes Spiel, nicht wahr? Ein einziges großes Spiel.«

»Wo gehen Sie hin?«

»Zurück nach Spanien«, sagte sie. »Dort hat alles angefangen.«

»Erzählen Sie mir davon«, sagte Neumann. »Ich muß an etwas anderes denken als nur an diese verdammte Straße.«

»Die Estancia liegt in den Ausläufern der Pyrenäen. Morgens gehen wir auf die Jagd, und nachmittags reiten wir in die Berge. Es gibt dort ein herrliches Flüßchen mit tiefen Stellen, wo man baden kann. Wir verbringen dort den ganzen Nachmittag, trinken eiskalten Weißwein und genießen den Duft der Eukalyptusbäume. Ich erinnerte mich immer daran, wenn ich mich einsam fühlte. Manchmal dachte ich, ich werde verrückt.«

»Klingt wundervoll. Wenn Sie einen starken männlichen Arm brauchen, lassen Sie's mich wissen.«

Sie sah ihn an und lächelte. »Sie waren großartig. Wenn Sie nicht gewesen wären …« Sie zögerte. »Ach, ich wage gar nicht, daran zu denken.«

»Nicht der Rede wert. Es freut mich, daß ich Ihnen helfen konnte. Ich will Ihnen nicht die Laune verderben, aber wir sind noch nicht außer Gefahr.«

»Ich weiß. Das können Sie mir glauben.«

Sie zog ein letztes Mal an ihrer Zigarette, öffnete das Fenster einen Spalt und schnippte sie in die Nacht hinaus. Dann lehnte sie sich zurück und schloß die Augen. Sie hatte während ihrer panischen Flucht zu lange unter Adrenalin gestanden und war völlig erschöpft. Das sanfte Schaukeln des Lieferwagens wiegte sie in einen leichten Halbschlaf.

»Vogel hat mir nie Ihren richtigen Namen mitgeteilt«, sagte Neumann. »Wie lautet er?«

»Mein richtiger Name war Anna Katarina von Steiner«, sagte sie mit schläfriger Stimme. »Aber es ist mir lieber, wenn Sie weiter Catherine zu mir sagen. Kurt Vogel hat Anna nämlich getötet, bevor er sie nach England geschickt hat. Anna existiert leider nicht mehr. Anna ist tot.«

Als Neumann wieder sprach, kam seine Stimme aus weiter Ferne, wie vom anderen Ende eines langen Tunnels.

»Wie konnte es mit einer schönen und intelligenten Frau wie Anna Katarina von Steiner so weit kommen?«

»Das ist eine sehr gute Frage«, sagte sie, und dann gewann die Erschöpfung die Oberhand, und sie schlief ein.

Der Traum ist ihre einzige Erinnerung daran. Aus ihrem bewußten Denken ist es gnädigerweise schon lange verdrängt. Mal sieht sie es im Traum aus ihrer eigenen Perspektive, als duchlebte sie es noch einmal, mal beobachtet sie es von ferne wie eine Zuschauerin auf der Tribüne.

Heute durchlebt sie es.

Sie liegt am Ufer des Sees. Papa hat sie alleine gehen lassen. Er weiß, daß sie nicht ins Wasser gehen wird, denn es ist zu kalt zum Schwimmen. Und er weiß, daß sie gerne allein ist, um an ihre Mutter zu denken.

Es ist Herbst. Sie hat eine Decke mitgebracht. Am Morgen hat es geregnet, und das hohe Gras am Ufer des Sees ist noch feucht. Der Wind streicht durch die Bäume. Ein Schwarm Krähen stiebt auseinander und kreist krächzend über ihrem Kopf. Flammend rote und orangefarbene Blätter fallen von den Bäumen, schweben sanft wie kleine Heißluftballons herab und landen auf der gekräuselten Wasseroberfläche.

In diesem Augenblick, als sie den Blättern mit den Augen folgt, entdeckt sie den Mann. Er steht unter den Bäumen am anderen Seeufer.

Er steht lange Zeit reglos da und beobachtet sie, dann kommt er zu ihr herüber. Er trägt kniehohe Stiefel und eine Jacke, die ihm bis zu den Oberschenkeln reicht. Und in seiner Armbeuge liegt eine aufgeklappte Schrotflinte. Seine Haare und sein Bart sind zu lang, seine Augen rot und feucht. Als er näher kommt, kann sie etwas an seinem Gürtel hängen sehen. Es sind zwei blutige Kaninchen. Im Tod sind sie schlaff und wirken unnatürlich lang und dünn.

Papa hat ein Wort für solche Männer, Wilddiebe. Sie kommen auf das Land anderer Leute und töten die Tiere – Hirsche, Kaninchen und Fasanen.

Der Wilddieb fragt, ob er sich neben sie setzen darf, und sie sagt ja.

Er hockt sich hin und legt die Flinte ins Gras.

»Bist du allein hier?« fragt er.

»Ja, mein Vater hat es erlaubt.«

»Wo ist dein Vater jetzt?«

»Er ist im Haus.«

»Und er kommt nicht hierher?«

»Nein.«

»Ich will dir etwas zeigen«, sagt er. »Es wird dir Spaß machen.«

Seine Augen sind jetzt sehr feucht. Er lächelt. Seine Zähne sind schwarz und verfault. Zum ersten Mal fürchtet sie sich vor ihm. Sie will aufstehen, aber er packt sie an den Schultern und drückt sie zurück auf die Decke. Sie will schreien, aber er erstickt den Schrei mit einer großen behaarten Hand. Plötzlich liegt er auf ihr, so schwer, daß sie sich nicht rühren kann. Er greift ihr unter das Kleid und zerrt an ihrer Unterwäsche.

Nie zuvor hat sie solche Schmerzen empfunden. Ihr ist, als werde sie entzweigerissen. Mit der einen Hand hält er ihr die Arme hinter dem Kopf fest, die andere preßt er ihr auf den Mund, damit niemand sie schreien hört. Die toten Kaninchen werden gegen ihren Schenkel gedrückt. Sie sind noch warm. Dann verzerrt sich das Gesicht des Wilddiebs, als habe er Schmerzen, und es ist vorbei, so plötzlich, wie es begonnen hat.

Er redet wieder mit ihr.

»Hast du die Kaninchen gesehen? Hast du gesehen, was ich mit ihnen gemacht habe?«

Sie will nicken, aber er preßt ihr die Hand so fest auf den Mund, daß sie den Kopf nicht bewegen kann.

»Wenn du irgend jemand erzählst, was heute passiert ist, mache ich mit dir dasselbe. Und mit deinem Vater. Ich erschieße euch beide, und dann hänge ich euch an meinen Gürtel. Hast du das verstanden, mein Kind?«

Sie beginnt zu weinen.

»Du bist ein sehr ungezogenes Mädchen«, sagt er. »Oh ja, das sehe ich. Ich glaube, es hat dir tatsächlich Spaß gemacht.«

Dann tut er es noch einmal.

Jemand schüttelt sie. So hat sie es noch nie geträumt. Jemand ruft ihren Namen. Catherine … Catherine … wachen Sie auf … Warum nennt er mich Catherine? Ich heiße doch Anna.

Horst Neumann schüttelte sie mit aller Gewalt und schrie: »Catherine, wachen Sie auf! Wachen Sie auf, verdammt noch mal! Wir sind in Schwierigkeiten!«

59

Lincolnshire, England

Es war drei Uhr morgens, als die Lysander die dichte Wolkendecke durchbrach und hart auf dem kleinen Luftwaffenstützpunkt der Royal Air Force drei Kilometer außerhalb der Stadt Grimsby landete. Alfred Vicary war noch nie geflogen, und es war eine Erfahrung, die er nicht so schnell noch einmal machen wollte. Der Sturm hatte das Flugzeug auf dem ganzen Flug hin und her geworfen, und als es schließlich auf die kleine Militärbaracke am Rand des Flugfelds zurollte, war Vicary unendlich froh.

Der Pilot stellte den Motor ab, und ein Mitglied der Besatzung öffnete die Kabinentür. Vicary, Harry Dalton, Clive Roach und Peter Jordan stiegen rasch aus. Sie wurden von zwei Männern erwartet, einem jüngeren, breitschultrigen RAF-Offizier und einem gutmütig-derben, pockennarbigen Mann in einem abgetragenen Regenmantel.

Der Offizier reichte den Gästen die Hand. »Ich bin Major Edmund Hughes. Und das ist Chief Superintendent Roger Lockwood von der Polizei in Lincolnshire. Kommen Sie herein. Die Baracke ist primitiv, aber trocken, und wir haben Ihnen einen behelfsmäßigen Befehlsstand eingerichtet.«

Sie gingen hinein. »Vermutlich nicht ganz so hübsch wie Ihre Büros in London«, sagte der Major.

»Sie wären überrascht«, sagte Vicary. Der Raum war klein und hatte ein Fenster, das aufs Rollfeld hinausging. An einer Wand hing eine Karte in großem Maßstab von Lincolnshire, an der gegenüberliegenden stand ein Schreibtisch mit zwei abgenutzten Telefonen. »Das wird genügen«, sagte Vicary.

»Wir haben ein Funkgerät und einen Telegrafen«, sagte Hughes. »Und wir können sogar Tee und Käse-Sandwiches besorgen. Sie sehen aus, als ob Sie einen Happen vertragen könnten.«

»Vielen Dank«, sagte Vicary. »Es war ein langer Tag.«

Hughes ging hinaus, und Chief Superintendent Lockwood erstattete Bericht.

»Wir haben an jeder größeren Straße zwischen hier und dem Wash Männer postiert«, sagte er und deutete mit seinem dicken Finger auf die Karte. »In den kleinsten Dörfern haben wir nur Polizisten mit Fahrrädern. Ich fürchte, sie können nicht viel tun, falls sie die Spione entdecken. Wenn sie sich jedoch der Küste nähern, geraten sie in Schwierigkeiten. Hier, hier, hier und hier haben wir Straßensperren errichtet. Meine besten Leute, mit Streifenwagen, Transportern und Schußwaffen.«

»Sehr gut. Was haben Sie direkt an der Küste?«

»Jeder Hafen, jede Anlegestelle an der Küste von Lincolnshire und in der Humber-Mündung wird von einem meiner Leute überwacht. Wenn die Spione versuchen, ein Boot zu stehlen, erfahre ich es.«

»Was ist mit den Stränden?«

»Da sieht es weniger gut aus. Meine Mittel sind nicht unbegrenzt. Ich habe viele gute Leute an die Armee verloren, wie jeder andere auch. Aber ich kenne diese Gewässer. In meiner Freizeit fahre ich selber hinaus. Und ich würde heute nacht nicht in einem Boot aufs Meer fahren, das man von einem Strand aus zu Wasser lassen kann.«

»Das Wetter ist vielleicht unser bester Verbündeter.«

»Ja, das ist möglich. Noch eins, Major Vicary. Müssen wir immer noch so tun, als seien wir hinter zwei gewöhnlichen Kriminellen her?«

»Ja, Chief Superintendent. Unbedingt.«

Eine kleine Landstraße kreuzte die A 16 unmittelbar vor der Stadt Louth. Genau dort hatte Neumann geplant, die A 16 zu verlassen, um auf der Landstraße zur Küste und dann auf einer anderen kleinen Straße in nördlicher Richtung nach Cleethorpes zu fahren. Die Sache hatte allerdings einen Haken: Die halbe Polizei von Louth stand an der Kreuzung. Neumann konnte mindestens vier Männer ausmachen. Als er näher kam, leuchteten sie mit Taschenlampen in seine Richtung und winkten ihn auf die Seite.

Catherine war jetzt hellwach. »Was ist los?« fragte sie erschreckt.

»Ende der Fahnenstange, fürchte ich«, sagte Neumann und brachte den Lieferwagen zum Stehen. »Die warten offensichtlich auf uns. Mit Reden kommen wir da nicht mehr heraus.«

Catherine zog ihre Mauser. »Wer hat was von Reden gesagt?«

Einer der Polizisten trat einen Schritt vor und klopfte an Neumanns Fenster. Er trug eine Schrotflinte.

Neumann kurbelte das Fenster herunter und sagte: »Guten Abend. Was gibt es?«

»Würden Sie bitte aus dem Wagen steigen, Sir?«

»Ungern«, sagte Neumann. »Es ist spät, ich bin müde, das Wetter ist scheußlich, und ich möchte möglichst schnell ans Ziel kommen.«

»Und wohin fahren Sie, wenn ich fragen darf, Sir?«

»Kingston«, sagte Neumann, obwohl er wußte, daß er damit nicht durchkommen würde. Ein anderer Polizist tauchte an Catherines Fenster auf. Zwei weitere gingen hinter dem Lieferwagen in Stellung. Der Polizist riß Neumanns Tür auf, richtete die Flinte auf seinen Kopf und sagte: »Okay, nehmen Sie die Hände hoch, damit ich sie sehen kann, und steigen Sie schön langsam aus.«

Jenny Colville saß, an Händen und Füßen gefesselt und geknebelt, auf der dunklen Ladefläche. Ihre Handgelenke schmerzten, und auch der Rücken und das Genick taten ihr weh. Wie lange sie wohl schon gefahren waren? Zwei Stunden? Drei Stunden? Vielleicht vier? Als der Wagen langsamer wurde, schöpfte sie kurz Hoffnung. Sie dachte: Vielleicht ist das alles bald vorbei, und ich kann zurück nach Hampton Sands. Mary und Sean und mein Vater werden dort sein. Alles war nur ein böser Traum und … Sie riß sich zusammen. Sie mußte realistisch bleiben.

Sie hatte die beiden Spione auf dem Vordersitz beobachtet. Sie hatten lange Zeit leise auf deutsch miteinander gesprochen, und dann war die Frau eingeschlafen. Aber jetzt schüttelte Neumann sie, um sie zu wecken. Durch die Windschutzscheibe sah Jenny Lichter – Lichtstrahlen, die hin- und herwanderten, wie von Taschenlampen. Polizisten an Straßensperren haben solche Lampen, dachte sie. War das möglich? Wußten sie, daß die beiden deutsche Spione waren und sie entführt hatten? Suchten sie nach ihr?

Sie hielten an. Sie sah zwei Polizisten vorne am Wagen stehen und hinten hörte sie die Schritte und Stimmen von mindestens zwei weiteren. Einer der Polizisten klopfte an die Scheibe. Neumann kurbelte das Fenster herunter. Er hatte seine Pistole gezogen. Jenny warf einen Blick auf die Frau. Sie hielt auch eine Pistole in der Hand.

Dann kam ihr wieder zu Bewußtsein, was in der Scheune passiert war. Zwei Menschen – ihr Vater und Sean Dogherty – hatten den Spionen im Weg gestanden, und sie hatten sie beide umgebracht. Vielleicht hatten sie Mary auch ermordet. Sie würden sich nicht ergeben, nur weil ein paar Dorfpolizisten sie dazu aufforderten. Sie würden die Polizisten ebenfalls töten, genau wie sie ihren Vater und Sean getötet hatten.

Jenny hörte, wie die Tür aufging und der Polizeibeamte sagte, sie sollten aussteigen. Sie wußte, was geschehen würde. Sie würden nicht aussteigen, sondern schießen. Dann wären die Polizisten tot, und Jenny wäre wieder allein mit ihnen.

Sie mußte die Polizisten warnen.

Aber wie?

Sie konnte nicht rufen, weil Neumann sie so fest geknebelt hatte.

Sie konnte nur eines tun.

Sie hob die Beine und trat mit aller Kraft gegen die Seitenwand des Lieferwagens.

Jennys Tat hatte zwar nicht die erhoffte Wirkung, doch sie verschaffte zumindest einem der Beamten einen gnädigeren Tod. Als der Mann neben Catherine Blakes Tür sich nach dem Geräusch umdrehte, hob Catherine ihre Mauser und schoß. Die Kugel durchschlug das Fenster, traf den Polizisten am Kinn, wurde abgelenkt und drang ihm ins Gehirn. Er brach tot am Straßenrand zusammen.

Das zweite Opfer war der Polizist an Neumanns Tür, auch wenn der tödliche Schuß nicht von Neumann abgegeben wurde. Neumann schlug mit einer schnellen Bewegung seiner rechten Hand die Schrotflinte beiseite, und Catherine drehte sich um und feuerte durch die offene Tür. Die Kugel fuhr dem Beamten in die Stirn und trat hinten wieder aus. Er stürzte rückwärts auf die Straße.

Neumann ließ sich aus dem Wagen fallen und landete auf dem Boden. Einer der Beamten an der Rückseite des Wagens feuerte. Das Geschoß flog über Neumanns Kopf hinweg und zerschmetterte das halboffene Fenster. Neumann drückte zweimal kurz hintereinander ab. Die erste Kugel traf den Polizisten in die Schulter, die zweite durchbohrte das Herz.

Catherine sprang aus dem Wagen und zielte mit ausgestreckten Armen in die Dunkelheit. Neumann tat dasselbe, nur daß er noch immer auf dem Bauch lag. Beide warteten und horchten in die Stille.

Der vierte Beamte hielt es für das beste, zu fliehen und Hilfe zu holen. Er machte kehrt und rannte in die Dunkelheit. Nach wenigen Schritten geriet er in Neumanns Schußfeld. Neumann zielte sorgfältig und feuerte zweimal. Das Geräusch der Schritte verstummte, die Schrotflinte glitt über die Straße, und dann fiel auch der letzte der vier Polizisten tot auf den regennassen Asphalt.

Neumann zerrte die Leichen zum Wagen. Unterdessen öffnete Catherine die Türen des Laderaums. Jenny sah sie entsetzt an und hob die Hände, um ihren Kopf zu schützen. Catherine holte aus, schlug ihr mit der Waffe ins Gesicht und brachte ihr eine klaffende Wunde über dem rechten Auge bei. »Tu das nie wieder, sonst ergeht es dir wie den Bullen hier«, sagte Catherine.

Neumann hob Jenny aus dem Wagen und setzte sie am Straßenrand ab. Dann legte er mit Catherines Hilfe die toten Polizeibeamten in den Wagen. Neumann hatte sofort gewußt, was zu tun war. Die Polizisten waren in einem Kastenwagen gekommen. Er stand ein paar Meter entfernt am Straßenrand. Neumann würde den gestohlenen Wagen mit den Leichen neben der Straße zwischen den Bäumen verstecken und mit dem Polizeifahrzeug weiterfahren. Es konnte Stunden dauern, bis ein anderer Beamter vorbeikam und das Verschwinden seiner Kollegen bemerkte. Bis dahin waren er und Catherine längst auf dem U-Boot und unterwegs nach Deutschland.

Neumann trug Jenny zu dem Polizeifahrzeug und legte sie in den Laderaum. Catherine kletterte auf den Fahrersitz und ließ den Motor an. Neumann ging zu dem anderen Wagen zurück und stieg ein. Der Motor lief noch. Er stieß zurück und wendete, dann raste er die Straße hinunter. Catherine fuhr ihm nach. Neumann versuchte, nicht an die vier Leichen zu denken, die hinter ihm lagen.

Zwei Minuten später bog er in einen schmalen Feldweg ein,

der von der Straße wegführte. Er fuhr noch etwa zweihundert Meter, dann hielt er an und stellte den Motor ab. Er stieg aus und rannte zurück zur Straße. Catherine hatte gewendet und saß auf dem Beifahrersitz, als Neumann zurückkehrte. Er stieg ein, knallte die Tür zu und gab Gas.

Sie gelangten zu der Stelle, wo die Straßensperre gewesen war, und bogen in die kleinere Landstraße ein. Nach der Karte waren es noch etwa fünfzehn Kilometer bis zur Küstenstraße und dann weitere dreißig Kilometer nach Cleethorpes. Neumann fuhr, so schnell er konnte. Zum ersten Mal, seit er in London die Männer vom MI5 entdeckt hatte, glaubte er daran, daß sie es schaffen konnten.

Alfred Vicary ging unruhig in seinem Raum in der Luftwaffenbasis bei Grimsby auf und ab. Harry Dalton und Peter Jordan saßen vor seinem Schreibtisch und rauchten. Superintendent Lockwood saß neben ihnen und legte mit Streichhölzern geometrische Muster.

»Das gefällt mir gar nicht«, sagte Vicary. »Sie hätten längst irgendwo auftauchen müssen.«

»Alle wichtigen Straßen sind gesperrt«, sagte Harry. »Irgendwann müssen sie an eine Straßensperre kommen.«

»Vielleicht fahren sie gar nicht in unsere Richtung. Vielleicht haben wir uns verrechnet und sie sind von Hampton Sands aus nach Süden gefahren. Vielleicht war der Funkspruch an das U-Boot nur ein Ablenkungsmanöver, und sie sind schon auf einer Fähre nach Irland.«

»Sie fahren in unsere Richtung.«

»Vielleicht haben sie die Flucht abgebrochen und sind untergetaucht. Vielleicht verstecken sie sich in einem anderen kleinen Dorf und warten, bis sich die Aufregung gelegt hat.«

»Sie haben das U-Boot alarmiert. Sie müssen fahren.«

»Sie müssen überhaupt nichts. Vielleicht haben sie die Straßensperren und die zusätzlich aufgebotenen Polizeikräfte entdeckt und beschlossen zu warten. Sie können das U-Boot bei nächster Gelegenheit informieren und es noch einmal versuchen, wenn sich die Lage beruhigt hat.«

»Sie vergessen, daß sie kein Funkgerät haben.«

»Wir *glauben,* daß sie kein Funkgerät haben. Sie haben ihnen eins abgenommen, und Thomasson hat ein zerstörtes Funkgerät in Hampton Sands gefunden. Aber wir wissen nicht sicher, ob sie nicht noch ein drittes haben.«

»Sicher wissen wir überhaupt nichts, Alfred. Wir haben nur begründete Vermutungen.«

Vicary ging noch immer auf und ab. Er starrte das Telefon an und dachte: Klingle, verdammt nochmal, klingle!

Nur um irgend etwas zu tun, nahm er den Hörer ab und ließ sich mit der U-Boot-Aufklärung in London verbinden. Als Arthur Braithwaite endlich in die Leitung kam, klang seine Stimme so, als spreche er durch ein Torpedorohr.

»Gibt's was Neues, Commander?« fragte Vicary.

»Ich habe mit der Royal Navy und der lokalen Küstenwache gesprochen. Die Royal Navy schickt zwei Korvetten in das Gebiet – Nummer 745 und Nummer 128. Sie werden Spurn Head in der nächsten Stunde verlassen und sofort die Suche aufnehmen. Die Küstenwache überwacht die küstennäheren Gewässer. Die RAF läßt Suchmaschinen aufsteigen, sobald es hell wird.«

»Wann wird das sein?«

»Gegen sieben Uhr. Vielleicht ein bißchen später, wegen der dichten Bewölkung.«

»Das könnte zu spät sein.«

»Vorher bringt es nichts. Sie brauchen Licht, um etwas zu sehen. Sie wären so gut wie blind, wenn sie jetzt starten würden. Ich habe allerdings auch eine gute Nachricht. Wir erwarten, daß sich das Wetter gegen Morgen etwas beruhigt. Es bleibt zwar bewölkt, aber wahrscheinlich hört der Regen auf, und der Sturm flaut ab. Das wird die Suche erleichtern.«

»Ich bin mir nicht so sicher, ob das wirklich eine gute Nachricht ist. Wir hatten gehofft, daß der Sturm die Agenten am Rausfahren hindert. Bei besserem Wetter können auch sie und das U-Boot leichter operieren.«

»Da haben Sie recht.«

»Instruieren Sie die Royal Navy und die Air Force, so unauffällig wie möglich vorzugehen. Ich weiß, es klingt abwegig, aber es sollte alles nach Routine aussehen. Und sie sollen aufpassen, was sie über Funk durchgeben. Die Deutschen hören mit. Tut mir leid, daß ich nicht mitteilsamer sein kann, Commander Braithwaite.«

»Dafür habe ich Verständnis. Ich leite die Sache nach oben weiter.«

»Danke.«

»Und keine Sorge, Major Vicary. Wenn Ihre Spione heute nacht versuchen, das U-Boot zu erreichen, halten wir sie auf.«

Die Polizeibeamten Gardner und Sullivan radelten Seite an Seite durch die dunklen Straßen von Louth. Gardner war ein großer, schwerer Mann mittleren Alters, Sullivan schmal und kaum zwanzig. Chief Superintendent Lockwood hatte ihnen befohlen, zu der Straßensperre im Süden des Dorfes zu fahren, um zwei Polizisten abzulösen. »Warum müssen die Londoner Kriminellen immer dann hier auftauchen, wenn es gerade stürmt und regnet, kannst du mir das sagen?« beschwerte sich Gardner. Sullivan war ganz aufgeregt. Dies war seine erste Großfahndung. Und es war der erste Einsatz, bei dem er eine Waffe trug – ein dreißig Jahre altes Repetiergewehr aus der Waffenkammer des Reviers. Es hing an einem Riemen über seiner Schulter.

Fünf Minuten später gelangten sie an die Kreuzung, wo sich die Straßensperre hätte befinden sollen. Kein Mensch war zu sehen. Gardner hielt an, blieb aber auf dem Fahrrad sitzen. Sullivan legte sein Rad auf den Boden und leuchtete die Umgebung mit der Taschenlampe ab. Zuerst entdeckte er die Reifenspuren, dann die Glasscherben.

»Hier herüber, schnell!«

Gardner stieg ab und schob sein Fahrrad zu Sullivan hinüber.

»Allmächtiger!«

»Sieh dir die Reifenspuren an. Zwei Fahrzeuge. Eines davon war unseres. Beim Wenden sind die Reifen am Straßenrand dreckig geworden. Sie haben uns eine schöne Spur hinterlassen.«

»Ja. Sieh nach, wohin die Spur führt. Ich fahre inzwischen zurück zur Wache und alarmiere Lockwood. Und sei um Himmels willen vorsichtig.«

Sullivan hielt beim Fahren seine Taschenlampe in der Hand und leuchtete auf die Straße. Die Spur wurde immer schwächer. Nach hundert Metern war sie nicht mehr zu sehen. Sullivan fuhr noch einen halben Kilometer weiter und hielt nach dem Polizeifahrzeug Ausschau.

Schließlich stieß er auf eine neue Reifenspur. Sie war anders – sie wurde immer deutlicher, je weiter er fuhr. Das Fahrzeug, das sie hinterlassen hatte, war offensichtlich aus der anderen Richtung gekommen.

Er folgte der Spur bis zu einem kleinen Feldweg, der in den Wald führte. Er leuchtete mit der Taschenlampe den Weg ab. Auch hier war eine Reifenspur. Er richtete die Lampe in den dunklen Tunnel zwischen den Bäumen, aber der Lichtstrahl reichte nicht weit. Der Weg war zu ausgefahren und schlammig für sein Fahrrad. Er stieg ab, lehnte das Rad an einen Baum und ging los.

Zwei Minuten später sah er das Heck eines Transporters. Er rief, aber niemand antwortete. Er sah sich den Wagen genauer an. Es war nicht das Polizeifahrzeug. Es hatte eine Londoner Nummer und war ein anderes Modell. Sullivan ging langsam weiter. Er trat an die Beifahrertür und leuchtete hinein. Die Vordersitze waren leer. Er richtete die Taschenlampe in den Laderaum.

Da entdeckte er die Leichen.

Sullivan ließ den Lieferwagen zwischen den Bäumen zurück und fuhr, so schnell er konnte, nach Louth. Auf der Polizeiwache angekommen, rief er sofort Superintendent Lockwood auf dem Luftwaffenstützpunkt an.

»Sie sind tot, alle vier«, keuchte er, von der Fahrt noch ganz außer Atem. »Sie liegen hinten in einem fremden Lieferwagen. Das Polizeifahrzeug fehlt. Anscheinend haben es die Flüchtigen mitgenommen. Nach den Spuren auf der Straße zu urteilen, sind sie zurück nach Louth gefahren.«

»Wo sind die Leichen jetzt?« fragte Lockwood.

»Noch im Wald, Sir.«

»Fahren Sie zurück, und bleiben Sie dort, bis Hilfe kommt.«

»Jawohl, Sir.«

Lockwood legte auf. »Vier Tote. Mein Gott!«

»Tut mir leid, Superintendent. War wohl nichts mit meiner Theorie, daß sie sich verkrochen haben. Sie sind offensichtlich hier, und sie tun alles, um zu entkommen. Sogar vier Ihrer Männer haben sie kaltblütig umgebracht.«

»Wir haben noch ein Problem: Sie fahren ein Polizeifahrzeug. Es wird einige Zeit dauern, bis wir die Männer an den Straßensperren informiert haben. Und bis dahin sind unsere Spione der Küste gefährlich nahe.« Lockwood trat vor die Karte. »Louth ist hier, genau südlich von uns. Sie können jetzt eine beliebige Anzahl von Nebenstraßen zur Küste nehmen.«

»Gruppieren Sie Ihre Männer um. Werfen Sie alles in das Gebiet zwischen Louth und der Küste.«

»Gut, aber das erfordert Zeit. Und Ihre Spione haben einen Vorsprung.«

»Noch etwas anderes«, sagte Vicary. »Bergen Sie die Toten so unauffällig wie möglich. Wenn alles vorbei ist, müssen wir uns vielleicht eine andere Erklärung für ihren Tod ausdenken.«

»Und was soll ich den Angehörigen erzählen?« fragte Lockwood gereizt und stürmte hinaus.

Vicary griff zum Telefon und ließ sich mit der MI5-Zentrale in London verbinden. Eine Telefonistin des Departments war am Apparat. Vicary fragte nach Boothby und wartete, bis er ihn an der Strippe hatte.

»Hallo, Sir Basil, ich fürchte, hier ist einiges schiefgegangen.«

Der Sturm trieb den Regen durch das Hafenviertel von Cleethorpes, als Neumann den Fuß vom Gas nahm und in eine Straße mit Lagerhäusern und Werkstätten einbog. Er parkte und stellte den Motor ab. Die Dämmerung war nicht mehr weit. In dem schwachen Licht konnte er eine kleine Anlegestelle mit mehreren Fischerbooten erkennen, weitere Boote tanzten an ihren Tauen im schwarzen Wasser. Sie hatten die Küste schneller erreicht als erwartet. Zweimal waren sie an Straßensperren gekommen, aber wegen ihres Fahrzeugs anstandslos durchgewinkt worden.

Jack Kincaids Wohnung lag über einer der Werkstätten und war über eine hölzerne Außentreppe zu erreichen. Neumann sprang hinaus, stieg die Treppe hinauf und zog automatisch die Mauser, als er sich der Tür näherte. Er klopfte leise, aber niemand öffnete. Er drückte die Klinke herunter. Die Tür war nicht verschlossen. Er öffnete sie und ging hinein.

Ein widerlicher Gestank schlug ihm entgegen, von verrottendem Müll, kaltem Rauch, Schweiß und vor allem von Alkohol. Er bediente den Lichtschalter, aber es passierte nichts. Er zog die Taschenlampe heraus und knipste sie an. Der Strahl fiel auf die Gestalt eines großen Mannes, der auf einer unbezogenen Matratze schlief. Neumann bahnte sich einen Weg durch den verdreckten Raum und stieß den Mann mit der Fußspitze an.

»Sind Sie Jack Kincaid?«

»Ja. Wer sind Sie?«

»Ich heiße James Porter. Sie sollen mich in Ihrem Boot mitnehmen.«

»Ach so, ja.« Kincaid versuchte, sich aufzusetzen, schaffte es aber nicht. Neumann leuchtete ihm direkt ins Gesicht. Der Mann war mindestens sechzig, und sein zerfurchtes Gesicht war von einem schweren Saufgelage gezeichnet.

»Gestern abend ein paar Bierchen getrunken, Jack?« sagte Neumann.

»Ein paar.«

»Welches ist Ihr Boot, Jack?«

»Die *Camilla.*«

»Wo liegt sie genau?«

»Unten am Kai. Sie können sie nicht verfehlen.«

Kincaid hatte die Augen wieder geschlossen.

»Es macht Ihnen doch nichts aus, wenn wir sie kurz mal ausleihen?«

Kincaid gab keine Antwort, sondern begann, heftig zu schnarchen.

»Vielen herzlichen Dank, Jack.«

Neumann ging hinaus und setzte sich wieder hinters Steuer.

»Unser Kapitän ist nicht fahrtüchtig. Stockbesoffen.«

»Das Boot?«

»Die *Camilla.* Er sagt, sie liegt unten am Kai.«

»Da ist noch etwas, da unten.«

»Was denn?«

»Das werden Sie gleich sehen.«

Ein Polizist trat in Neumanns Blickfeld.

»Anscheinend lassen sie die gesamte Küste überwachen«, sagte Neumann.

»Was für eine Schande. Schon wieder ein sinnloses Opfer.«

»Bringen wir's hinter uns. Ich habe heute nacht mehr Menschen umgebracht als in meiner gesamten Zeit als Fallschirmjäger.«

»Was glauben Sie denn, warum Vogel Sie hergeschickt hat?«

Neumann ging nicht darauf ein. »Was ist mit Jenny?«

»Sie kommt mit uns.«

»Ich würde sie gern hierlassen. Sie ist uns jetzt nicht mehr von Nutzen.«

»Das sehe ich anders. Wenn sie gefunden wird, kann sie eine Menge erzählen. Und außerdem, wenn sie wissen, daß wir eine Geisel an Bord haben, überlegen sie sich vielleicht zweimal, mit welchen Mitteln sie uns aufhalten wollen.«

»Wenn Sie glauben, die hätten Hemmungen, auf uns zu schießen, weil wir eine britische Zivilistin an Bord haben, dann täuschen Sie sich. Dafür steht zuviel auf dem Spiel. Die töten uns alle, wenn's sein muß.«

»Dann töten sie uns eben. Sie kommt mit uns. Wenn wir das U-Boot erreichen, lassen wir sie im Boot zurück. Die Briten werden sie retten, und es wird ihr nichts geschehen.«

Neumann begriff, daß weiterer Widerspruch Zeitverschwendung wäre. Catherine wandte sich um und sagte auf englisch zu Jenny: »Spiel nicht mehr die Heldin. Eine falsche Bewegung, und ich schieße dir eine Kugel ins Gesicht.«

Neumann schüttelte den Kopf. Er ließ den Motor an, legte den ersten Gang ein und fuhr zur Bootsanlegestelle hinunter.

Der Polizist im Hafen hörte das Brummen eines Motors, blieb stehen und blickte sich um. Er sah den Polizeiwagen auf sich zukommen. Seltsam, dachte er. Seine Ablösung war erst um acht Uhr fällig. Er sah, wie der Lieferwagen anhielt und zwei Leute ausstiegen. Er spähte angestrengt in die Dunkelheit, und einen Augenblick später hatte er erkannt, daß die zwei Personen keine Polizisten waren. Es waren ein Mann und eine Frau, sehr wahrscheinlich die Flüchtigen!

Ein entsetzliches Gefühl der Hilflosigkeit ergriff ihn. Er war nur mit einem alten Vorkriegsrevolver bewaffnet, der häufig klemmte. Die Frau kam auf ihn zu. Sie hob den Arm, und er sah einen Blitz, hörte aber fast nichts, nur ein gedämpftes Husten. Er spürte, wie die Kugel in seine Brust drang, und verlor das Gleichgewicht.

Dann kam das schmutzige Wasser des Humber auf ihn zu. Es war das letzte, was er sah.

Ian McMann war Fischer und glaubte, daß das reine keltische Blut in seinen Adern ihm Kräfte verleihe, die normale Sterbliche nicht besaßen. So behauptete er, daß er in den sechzig Jahren, die er an der Nordsee lebte, Notsignale empfangen habe, noch bevor sie abgesetzt worden seien. Er behauptete, er sehe die Geister Ertrunkener über den Kais und Docks schweben. Und er behauptete, manche Schiffe seien verwünscht und ging nie in ihre Nähe. In Cleethorpes stimmte ihm jedermann zu, aber hinter seinem Rücken sagten die Leute, Ian McMann habe einige Nächte zuviel auf See verbracht.

McMann war wie immer um fünf aufgestanden, auch wenn der Wetterbericht so schlecht war, daß an diesem Tag kein Boot hinausfahren würde. Er aß gerade in der Küche seinen Haferbrei, als er draußen am Kai etwas hörte.

Das Trommeln des Regens überdeckte fast jedes andere Geräusch, aber McMann hätte schwören können, daß eben etwas ins Wasser geplumpst war. Er wußte, daß da draußen ein Polizist war – er hatte ihm gestern abend Tee und ein Stück Kuchen gebracht –, und er wußte, warum der Polizist da war. Die Polizei suchte nach zwei Mordverdächtigen aus London. McMann vermutete, daß es sich um keine gewöhnlichen Verbrecher handelte. Er lebte nun schon seit zwanzig Jahren in Cleethorpes, und in all der Zeit hatte die Polizei nie den Hafen bewacht.

Von seinem Küchenfenster aus hatte McMann einen ausgezeichneten Blick auf den Kai und die dahinterliegende Humber-Mündung. Er stand auf, teilte die Vorhänge und schaute hinaus. Keine Spur von dem Polizisten. McMann zog eine Öljacke an, setzte einen Südwester auf, nahm die Taschenlampe vom Tisch neben der Tür und trat hinaus.

Er knipste die Lampe an und setzte sich in Bewegung. Nach ein paar Schritten hörte er, wie der Dieselmotor eines Bootes stotternd und spuckend zum Leben erwachte. Er ging schneller, bis er sehen konnte, welches Boot es war: die *Camilla,* Jack Kincaids Boot.

Ist der bekloppt, bei dem Wetter rauszufahren? dachte McMann.

Er begann zu rennen und schrie: »Jack, Jack! Halt! Wo zum Teufel willst du hin?«

Dann erkannte er, daß der Mann, der die *Camilla* vom Kai losmachte und aufs Achterdeck sprang, gar nicht Jack Kincaid war. Jemand stahl Jacks Boot! Er hielt nach dem Polizisten Ausschau, aber der war weg. Der unbekannte Mann ging ins Ruderhaus, der Dieselmotor heulte auf, und die *Camilla* entfernte sich langsam vom Kai.

McMann rannte dem Schiff hinterher und schrie: »He, kommt zurück!«

Dann trat eine zweite Person aus dem Ruderhaus. McMann sah das Mündungsfeuer, hörte aber nichts. Die Kugel zischte gefährlich nahe an seinem Kopf vorbei. Er warf sich hinter ein paar leere Fässer. Zwei weitere Schüsse schlugen im Holz ein, dann hörte das Schießen auf.

McMann stand auf und sah nur noch das Heck der auslaufenden *Camilla.*

Erst da entdeckte er, daß in der öligen Brühe neben dem Kai etwas trieb.

»Ich glaube, das sollten Sie sich selbst anhören, Major Vicary«, sagte Lockwood. Er hatte Ian McMann am Apparat. »Bitte erzählen Sie alles noch mal von Anfang an, Ian«, sagte er und reichte Vicary den Hörer.

»Zwei Leute haben gerade Jack Kincaids Boot gestohlen und fahren aufs Meers raus.«

»Mein Gott!« entfuhr es Vicary. »Von wo aus rufen Sie an?«

»Cleethorpes.«

Vicary blickte mit zusammengekniffenen Augen zur Karte hinüber. »Cleethorpes? Haben wir dort nicht einen Mann?«

»Sie *hatten* einen«, sagte McMann. »Er treibt mit einer Kugel in der Brust im Wasser.«

Vicary fluchte leise. »Wie viele waren es?«

»Ich habe mindestens zwei gesehen.«

»Einen Mann und eine Frau?«

»Zu weit weg und zu dunkel. Außerdem habe ich mich in den Dreck geworfen, weil sie auf mich geschossen haben.«

»Haben Sie kein junges Mädchen gesehen?«

»Nein.«

Vicary legte die Hand auf die Sprechmuschel. »Vielleicht ist sie noch im Wagen. Schicken Sie so schnell wie möglich einen Mann hin.«

Lockwood nickte.

Vicary nahm die Hand wieder weg und sagte: »Beschreiben Sie mir das gestohlene Boot.«

»Die *Camilla,* ein Fischerboot. Sie ist in schlechtem Zustand. Bei dem Sturm wollte ich nicht mit ihr rausfahren.«

»Noch eine Frage. Hat die *Camilla* ein Funkgerät?«

»Nicht, daß ich wüßte.«

Gott sei Dank! dachte Vicary. »Vielen Dank für Ihre Hilfe«, sagte er und legte auf.

Lockwood stand vor der Karte. »Das Gute daran ist, daß wir jetzt genau wissen, wo sie sind. Sie müssen hier aus der Humber-Mündung schlüpfen, um das offene Meer zu erreichen. Vom Kai bis dorthin ist es nur etwa eine Meile. Das schaffen sie auf jeden Fall. Aber wenn ihnen die beiden Korvetten von Spurn Head aus den Weg abschneiden, kommen sie niemals durch. Mit denen kann ihr Fischerboot nicht konkurrieren.«

»Mit wäre wohler, wenn wir selbst ein Boot auf dem Wasser hätten.«

»Oh, das läßt sich machen.«

»Wirklich?«

»Die Polizei von Lincolnshire hat ein kleines Boot auf dem Fluß im Einsatz, die *Rebecca.* Sie liegt gerade in Grimsby. Sie ist zwar nicht hochseetüchtig, aber zur Not kann man sie nehmen. Außerdem ist sie um einiges schneller als ein Fischerboot. Wenn wir sofort aufbrechen, dürften wir die *Camilla* bald eingeholt haben.«

»Hat die *Rebecca* ein Funkgerät?«

»Ja. Wir können in ständigem Kontakt bleiben.«

»Wie steht es mit Waffen?«

»Ich kann ein paar alte Gewehre aus dem Waffenschrank in der Polizeiwache von Grimsby holen. Das wird genügen.«

»Jetzt brauchen Sie nur noch eine Mannschaft. Nehmen Sie meine Leute mit. Ich bleibe hier, damit ich mit London in Kontakt bleiben kann. Außerdem wäre ich der letzte, den Sie bei einem solchen Seegang an Bord gebrauchen könnten.«

Lockwood rang sich ein Lächeln ab, klopfte Vicary auf den Rücken und ging. Clive Roach, Harry Dalton und Peter Jordan folgten ihm. Vicary nahm den Hörer ab, um Boothby in London über die jüngste Entwicklung zu unterrichten.

Neumann hielt sich zwischen den Bojen, die die Fahrrinne markierten, während die *Camilla* die kabbelige See der Humber-Mündung durchpflügte. Das Boot war etwa zwölf Meter lang und relativ breit, und es brauchte dringend einen Anstrich. Achtern gab es eine kleine Kabine, in der Neumann Jenny untergebracht hatte. Catherine stand neben ihm im Ruderhaus. Im

Osten begann sich der Himmel leicht aufzuhellen. Regen trommelte gegen das Fenster. An Backbord konnte Neumann sehen, wie sich die Wellen an der Landspitze Spurn Head brachen. Der Leuchtturm war wegen der Verdunkelung außer Betrieb. Im Armaturenbrett neben dem Steuerrad war ein Kompaß eingelassen. Neumann nahm Kurs nach Osten, dann gab er volle Kraft voraus und fuhr aufs offene Meer hinaus.

60

Die Nordsee vor Spurn Head

U-509 trieb dicht unter der Wasseroberfläche. Es war 5.30 Uhr. Kapitänleutnant Max Hoffmann stand auf der Brücke, schaute durch das Sehrohr und trank Kaffee. Seine Augen schmerzten, weil er die ganze Nacht auf die schwarzen Wellenberge gestarrt hatte, und er hatte Kopfweh. Er brauchte dringend ein paar Stunden Schlaf.

Der Erste Offizier kam auf die Brücke. »Das Fenster schließt in dreißig Minuten, Herr Kaleu«, sagte er.

»Ich weiß, wieviel Uhr es ist, Nummer Eins.«

»Wir hatten keinen weiteren Kontakt mit den Agenten der Abwehr. Wir sollten die Möglichkeit in Betracht ziehen, daß sie geschnappt oder getötet worden sind.«

»Diese Möglichkeit habe ich in Betracht gezogen, Nummer Eins.«

»Es wird bald hell, Herr Kaleu.«

»Ja. Das tut es jeden Tag um diese Zeit. Selbst in Großbritannien, Nummer Eins.«

»Ich will damit sagen, daß es für uns gefährlich wird, wenn wir noch viel länger so nahe an der englischen Küste bleiben. Die See ist hier nicht tief genug, daß wir den englischen Wasserbomben entkommen könnten.«

»Ich bin mir der Risiken unserer Lage vollkommen bewußt, Nummer Eins. Aber wir bleiben hier am Treffpunkt, bis das Fenster schließt. Und sogar noch etwas länger, wenn meiner Meinung nach keine Gefahr besteht.«

»Aber, Herr Kaleu ...«

»Sie haben uns ordnungsgemäß über Funk informiert, daß sie kommen. Wir müssen davon ausgehen, daß sie in einem gestohlenen Boot unterwegs sind, das nicht besonders seetüchtig ist, und daß sie erschöpft oder vielleicht sogar verletzt sind. Wir bleiben hier, bis sie kommen oder bis ich sicher weiß, daß sie nicht kommen. Ist das klar?«

»Ja, Herr Kaleu.«

Der Erste Offizier verließ die Brücke. Was für eine Nervensäge, dachte Hoffmann.

Die *Rebecca* war ungefähr zehn Meter lang, ein Boot mit geringem Tiefgang und einem Innenbordmotor. Mittschiffs befand sich ein kleines offenes Ruderhaus, in dem zwei Männer Platz hatten, wenn sie Schulter an Schulter standen. Lockwood hatte den Hafen bereits telefonisch verständigt, und die *Rebecca* wartete mit laufendem Motor, als die vier Männer eintrafen.

Sie kletterten an Bord – Lockwood, Harry, Peter und Roach. Ein junger Mann von der Hafenbehörde machte die letzte Leine los, und Lockwood steuerte das Boot in den Kanal.

Er gab volle Kraft voraus. Der Motor heulte auf, und der schlanke Bug der *Rebecca* schnitt durch das windgepeitschte Wasser der Humber-Mündung. Im Osten wurde der Himmel schon heller. An Backbord war die Silhouette des Leuchtturms von Spurn Head zu sehen. Vor ihnen lag die leere See.

Harry griff zum Mikrofon des Funkgeräts, rief Vicary in Grimsby und erstattete ihm kurz Bericht.

Fünf Meilen östlich der *Rebecca* steuerte die Korvette Nr. 745 im Zick-Zack-Kurs durch die rauhe See. Der Kapitän und der Erste Offizier standen auf der Brücke und starrten mit ihren Ferngläsern in die Regenwand. Es war sinnlos. Zusätzlich zu der Dunkelheit und dem Regen kam nun auch noch Nebel auf und schränkte die Sicht weiter ein. Unter solchen Bedingungen konnten sie im Abstand von hundert Metern an einem U-Boot vorbeifahren, ohne es zu bemerken. Der Kapitän trat an den Kartentisch, wo der Navigator die nächste Kursänderung plante. Auf Befehl des Kapitäns drehte die Korvette auf neunzig Grad Steuerbord und lief weiter auf das Meer hinaus. Der Kapitän befahl dem Funker, die U-Boot-Aufklärung über den neuen Kurs zu informieren.

In London stand Arthur Braithwaite, sich schwer auf seinen Stock stützend, vor dem Kartentisch. Er hatte veranlaßt, daß alle Meldungen der Royal Navy und der Royal Air Force sofort auf seinem Schreibtisch landeten. Er wußte, daß die Chancen, bei diesem Wetter und diesen Sichtverhältnissen ein U-Boot zu finden, nur gering waren, selbst wenn das Boot aufgetaucht war. Wenn es dicht unter der Wasseroberfläche lauerte, waren die Chancen gleich Null.

Sein Adjutant reichte ihm die Kopie eines Funkspruchs. Korvette Nr. 745 hatte gerade den Kurs geändert und fuhr jetzt nach Osten. Eine zweite Korvette, Nr. 128, war zwei Meilen von ihr entfernt und fuhr nach Süden. Braithwaite lehnte sich über den Tisch, schloß die Augen und versuchte, sich die Jagd bildhaft vorzustellen. Max Hoffmann! dachte er. Wo zum Teufel steckst du?

Die *Camilla* befand sich nun sieben Meilen östlich von Spurn Head. Die Wetterverhältnisse wurden mit jeder Minute schlechter. Dichter Regen trommelte gegen das Fenster des Ruderhauses und nahm Horst Neumann die Sicht. Wind und Wellen kamen aus nördlicher Richtung und brachten das Boot ständig vom Kurs ab. Neumann orientierte sich an dem Kompaß auf dem Armaturenbrett und versuchte, den östlichen Kurs zu halten.

Das größte Problem war der Seegang. Seit einer halben Stunde wiederholte sich immer wieder derselbe ermüdende Vorgang. Das Boot erklomm einen Brecher, schwankte einen Moment auf seinem Kamm und schoß dann in das nächste Wellental hinab. Unten schien es jedesmal von einem graugrünen Schlund verschluckt zu werden. Neumann hatte kein Gefühl mehr in den Füßen. Er blickte hinab und bemerkte zum ersten Mal, daß er bis zu den Knöcheln im eiskalten Wasser stand.

Trotzdem glaubte er daran, daß sie es auf wunderbare Weise doch noch schaffen konnten. Das Boot schien allen Widrigkeiten des Meeres zu trotzen. Es war 5.30 Uhr. Sie hatten noch dreißig Minuten, bevor das Fenster sich schloß und das U-Boot abdrehte. Es war ihm gelungen, das Boot auf Kurs zu halten, und er war zuversichtlich, daß sie sich dem richtigen Punkt näherten. Und von der Gegenseite war keine Spur zu sehen.

Das Problem war nur, daß sie kein Funkgerät hatten. Catherines Gerät hatten sie ja in London verloren, und das zweite hatte Martin Colville mit seiner Schrotflinte zerschossen. Neumanns Hoffnung, auf dem Boot ein Funkgerät vorzufinden, war enttäuscht worden. Somit hatten sie keine Möglichkeit, sich dem U-Boot bemerkbar zu machen.

Es gab nur einen Weg. Neumann mußte die Positionslichter anschalten. Das war riskant, aber notwendig. Das U-Boot mußte sie sehen können, wenn sie den vereinbarten Treffpunkt erreichten. Und das war unter den gegebenen Bedingungen nur möglich, wenn die *Camilla* beleuchtet war. Doch wenn das U-Boot sie sehen konnte, dann waren sie auch für jedes in der Nähe kreuzende britische Kriegsschiff oder Fahrzeug der Küstenwache auszumachen.

Nach Neumanns Schätzung waren sie nur noch wenige Kilometer vom Treffpunkt entfernt. Er wartete noch fünf Minuten, dann legte er einen Schalter um, und die *Camilla* erstrahlte im Licht ihrer Positionslampen.

Jenny Colville beugte sich über den Eimer und erbrach sich zum dritten Mal. Sie wunderte sich, daß sie überhaupt noch etwas im Magen hatte. Wann hatte sie das letzte Mal etwas gegessen? Gestern abend hatte sie aus Wut auf ihren Vater keinen Appetit gehabt. Zu Mittag hatte sie auch nicht gegessen, und ihr Frühstück hatte nur aus Tee und einem Brötchen bestanden.

Wieder krampfte sich ihr Magen zusammen, doch diesmal kam wirklich nichts mehr. Sie hatte ihr ganzes Leben an der Küste verbracht, aber auf einem Boot war sie nur einmal gewesen, damals, als sie mit dem Vater einer Freundin einen Tag auf dem Wash gesegelt war. So etwas wie jetzt hatte sie noch nie erlebt.

Sie war wie gelähmt von der Seekrankheit. Sie wollte sterben. Sie lechzte nach frischer Luft und war hilflos dem unablässigen Stampfen und Schaukeln des Bootes ausgeliefert. Ihre Arme und Beine hatten blaue Flecken, weil sie überall anstieß. Und dann dieser Lärm, das ständige ohrenbetäubende Dröhnen und Scheppern des Dieselmotors.

Sie wünschte sich nichts sehnlicher, als von dem Boot herunterzukommen und wieder an Land zu gehen. Wenn sie diese Nacht überlebte, so schwor sie sich immer wieder, würde sie nie wieder in ein Boot steigen. Aber was passierte, wenn die Spione das Boot verließen? Was würde dann aus ihr? Sie würden das Boot doch bestimmt nicht nach Deutschland mitnehmen. Wahrscheinlich trafen sie sich mit einem anderen Schiff. Aber was dann? Würden sie sie mitnehmen oder allein auf dem Boot zurücklassen? Wenn sie sie zurückließen, würde sie vielleicht nie gefunden werden. Sie könnte ums Leben kommen, hier draußen auf der Nordsee, bei einem solchen Sturm.

Wieder schoß das Boot den Rücken einer gewaltigen Welle hinunter. Jenny flog nach vorn und schlug sich den Kopf an.

Auf beiden Seiten der Kabine waren zwei Bullaugen angebracht. Sie wischte eines der beschlagenen Backbordfenster frei und schaute hinaus. Die See tobte, grüne Berge aus Meerwasser wälzten sich rings umher.

Doch dann sah sie noch etwas anderes. Das Wasser brodelte, und etwas Dunkles, Glänzendes stieß von unten durch die Wellen. Nun schien das ganze Meer in Aufruhr, und ein riesiges graues Ding glitt, wie ein Seeungeheuer im Märchen, an die Oberfläche. Wasser strömte an seiner Haut herab.

Kapitänleutnant Max Hoffmann hatte es satt gehabt, fünfzehn Kilometer vor der Küste zu verweilen, und beschlossen, sich etwas weiter vorzuwagen. Er wartete nun zwölf Kilometer vor der Küste und starrte in die Finsternis, als er plötzlich die Positionslampen eines kleinen Fischerboots erspähte. Hoffmann brüllte den Befehl zum Auftauchen, und zwei Minuten später stand er im strömenden Regen auf dem Kommandoturm, sog gierig die frische kalte Luft ein und drückte das Fernglas fest an die Augen.

Neumann dachte zuerst, es sei eine Halluzination. Er erhaschte von dem Ding nur einen kurzen Blick, dann stürzte die *Camilla* in ein weiteres Wellental, und es war wieder verschwunden.

Der Bug bohrte sich wie eine Schaufel in die See, und ein paar Sekunden später war das ganze Vordeck überschwemmt. Aber irgendwie schraubte sich das Boot wieder aus dem Tal nach oben und überquerte die nächste Welle. Auf ihrem Kamm versperrte ein Vorhang aus Gischt und Regen die Sicht.

Erneut stürzte das Boot hinab und kletterte in die Höhe. Und dann, als die *Camilla* über den Wellenkamm kippte, konnte Neumann die unverwechselbare Silhouette eines deutschen U-Boots erkennen.

Peter Jordan, der auf dem stampfenden Achterdeck der *Rebecca* stand, entdeckte das U-Boot als erster. Lockwood sah es ein paar Sekunden später, und dann machte er auch die Positionslampen der *Camilla* aus, etwa vierhundert Meter von der Steuerbordseite des U-Boots entfernt. Sie kam dem U-Boot rasch näher. Lockwood steuerte die *Rebecca* hart nach Backbord und ging auf Kollisionskurs mit der *Camilla*. Dann nahm er über Funk Kontakt mit Alfred Vicary auf.

Vicary ergriff den Hörer des Telefons, das ihn direkt mit der U-Boot-Aufklärung verband.

»Commander Braithwaite, sind Sie noch dran?«

»Ja. Ich habe alles mitbekommen, was sich bei Ihnen getan hat.«

»Und?«

»Ich fürchte, wir haben ein ernstes Problem. Korvette 745 ist eine Meile von der Position des U-Boots entfernt. Ich habe den Kapitän über Funk verständigt, und er ist unterwegs. Doch wenn die *Camilla* tatsächlich nur noch vierhundert Meter von dem U-Boot entfernt ist, erreicht sie es zuerst.«

»Verflucht!«

»Die *Rebecca* ist Ihre letzte Chance, Major Vicary, und ich schlage vor, daß Sie sie nutzen. Ihre Männer müssen versuchen, die *Camilla* aufzuhalten, bis die Korvette eingreifen kann.«

Vicary legte den Hörer wieder auf den Tisch und griff nach dem Mikrofon des Funkgeräts.

»Superintendent Lockwood, hier Grimsby, over.«

»Hier Lockwood, over.«

»Hören Sie genau zu, Superintendent. Hilfe ist unterwegs, aber bis sie eintrifft, möchte ich, daß Sie das Fischerboot rammen.«

Alle hörten es, Lockwood, Harry, Roach und Jordan, denn sie hatten sich alle in die Kabine gedrängt, wo sie vor dem Wetter geschützt waren.

»Ist der verrückt?« brüllte Lockwood gegen das Heulen des Sturms und das Motorengeräusch der *Rebecca* an.

»Nein«, schrie Harry. »Nur verzweifelt. Können Sie es rechtzeitig schaffen?«

»Natürlich, aber dann blicken wir direkt in die Mündung der Bordkanone des U-Boots.«

Sie sahen einander wortlos an. Schließlich sagte Lockwood: »In dem Schrank hinter Ihnen sind Schwimmwesten. Und holen

Sie auch die Gewehre heraus. Ich habe das Gefühl, wir könnten sie brauchen.«

Lockwood blickte wieder aufs Meer und faßte die *Camilla* ins Auge. Er nahm eine kleine Kurskorrektur vor und ging auf volle Fahrt voraus.

Max Hoffmann, der auf dem Kommandoturm von U-509 stand, erspähte die *Rebecca*, die sich rasch näherte.

»Wir bekommen Besuch, Nummer Eins. Ein ziviles Boot mit drei oder vier Mann an Bord.«

»Ich sehe sie, Herr Kaleu.«

»Nach ihrer Geschwindigkeit und ihrem Kurs zu urteilen, gehören sie zur anderen Seite.«

»Sie sind anscheinend nicht bewaffnet, Herr Kaleu.«

»Ja. Geben Sie mit dem Geschütz auf dem Vordeck einen Warnschuß ab. Über ihren Bug hinweg. Ich will kein unnötiges Blutvergießen. Wenn sie weiterfahren, schießen Sie direkt auf das Boot. Aber unter die Wasserlinie, Nummer Eins, nicht auf die Kabine.«

»Jawohl, Herr Kaleu«, sagte der Erste Offizier. Er brüllte einen Befehl, und dreißig Sekunden später pfiff das erste Geschoß von U-509 über die *Rebecca* hinweg und ließ das Wasser vor ihrem Bug aufspritzen.

Obwohl U-Boote sich nur selten auf Artilleriegefechte an der Wasseroberfläche einließen, war eine 10,5-Zentimeter Granate aus der Bordkanone eines deutschen U-Boots durchaus in der Lage, verheerende Schäden anzurichten, selbst bei größeren Schiffen. Das erste Geschoß tauchte weit vor dem Bug der *Rebecca* ins Wasser. Das zweite, das zehn Sekunden später abgefeuert wurde, schlug schon viel näher ein.

Lockwood wandte sich an Harry und schrie: »Schätze, das war die letzte Warnung. Der nächste Schuß bläst uns glatt aus dem Wasser. Es ist Ihre Entscheidung, aber tot sind wir niemandem von Nutzen.«

»Abdrehen!« schrie Harry.

Lockwood steuerte hart nach Backbord und begann, im Kreis herumzufahren. Harry blickte über die Schulter zu dem U-Boot. Die *Camilla* war nur noch zweihundert Meter von ihm entfernt und kam rasch näher. Wo blieb die Korvette, zum Teufel!

Dann ergriff er das Mikro und teilte Vicary mit, daß sie nichts tun konnten, um die *Camilla* aufzuhalten.

Jenny hörte das Donnern der Bordkanone und sah die Granate vor einem zweiten Boot einschlagen. Gott sei Dank, dachte sie, ich bin doch nicht allein! Aber das U-Boot feuerte noch einmal, und ein paar Sekunden später drehte das kleine Boot bei. Jennys Mut sank.

Doch dann riß sie sich zusammen und dachte: Das sind deutsche Agenten. Sie haben heute nacht meinen Vater und sechs weitere Menschen umgebracht, und wenn ich nichts tue, kommen sie ungestraft davon. Ich muß sie aufhalten.

Aber was konnte sie tun? Sie war allein und an Händen und Füßen gefesselt. Vielleicht konnte sie sich befreien, an Deck schleichen und mit irgendeinem Gegenstand auf die Spione einschlagen. Aber sie würden sie ohne Zögern umbringen, wenn sie versuchen würde, sie anzugreifen. Vielleicht konnte sie einen Brand legen, aber dann säße sie hier unten in der Falle und würde als einzige im Rauch und in den Flammen umkommen …

Denk nach, Jenny. Denk nach!

Das Dröhnen des Schiffsmotors machte es unmöglich, einen klaren Gedanken zu fassen. Es trieb sie schier in den Wahnsinn.

Und dann hatte sie es.

Wenn sie irgendwie den Motor lahmlegen könnte, und sei es nur für kurze Zeit, vielleicht wäre das die Rettung. Wenn ein Boot sie verfolgte, dann waren da draußen vielleicht auch noch andere, größere Schiffe, die selbst das U-Boot beschießen konnten.

Nach der Lautstärke des Motorengeräusches zu schließen, befand er sich direkt unter ihr. Sie rappelte sich auf und schob die zusammengerollten Taue und Planen beiseite, auf denen sie gesessen hatte. Tatsächlich – im Boden des Laderaums war eine Luke. Sie öffnete sie mühsam, und das Dröhnen und die Hitze des Dieselmotors schlugen ihr entgegen.

Sie sah ihn sich an. Sie hatte keine Ahnung von Motoren. Einmal hatte Sean versucht, ihr zu erklären, was er an seiner alten Klapperkiste von Lieferwagen reparierte. An dem verflixten Ding ging ständig etwas kaputt, aber was genau hatte er damals gemacht? Irgend etwas mit der Benzinleitung und der Benzinpumpe. Aber natürlich war dieser Motor ganz anders als der von Seans Lieferwagen. Zunächst einmal war es ein Dieselmotor. Seans Wagen lief mit Benzin. Aber eines wußte sie ganz genau: Jeder Motor brauchte Treibstoff, damit er lief. Und wenn man die Treibstoffzufuhr unterbrach, ging er aus.

Aber wie machte man das? Sie sah sich den Motor genauer an. Mehrere schwarze Leitungen führten zu dem Motor und liefen an einer Seite zusammen. Waren das die Treibstoffleitungen? War das die Treibstoffpumpe?

Sie sah sich um. Sie brauchte Werkzeug. Seeleute hatten immer Werkzeug dabei. Schließlich konnte jederzeit auf hoher See der Motor ausfallen. Sie entdeckte an der hinteren Kabinenwand eine Metallkiste und kroch zu ihr hinüber. Sie blickte aus dem Bullauge. Das U-Boot nahm ihr ganzes Blickfeld ein. Es war schon sehr nah. Durch das andere Bullauge sah sie das andere Boot. Es hatte sich entfernt. Sie öffnete die Metallkiste. Sie war mit öligen, schmutzigen Werkzeugen gefüllt.

Sie nahm eine scharfe Zange und einen großen Hammer heraus.

Sie ergriff die Zange mit beiden Händen, drehte sie in Richtung ihrer Handgelenke und schob die Schnur zwischen ihre Backen. Es dauerte etwa eine Minute, bis sie die Schnur durchgezwickt hatte. Dann kniff sie auch ihre Fußfesseln durch.

Sie kroch zurück zum Motor.

Sie legte die Zange auf den Boden und versteckte sie unter einer Taurolle. Dann nahm sie den Hammer und schlug die erste Treibstoffleitung ab. Diesel rann heraus. Schnell ließ sie den Hammer noch ein paarmal niedersausen, bis alle Leitungen unterbrochen waren.

Der Motor ging aus.

Erst jetzt hörte Jenny das Brüllen der See und das Heulen des Sturms. Sie schloß die Luke über dem Motor und setzte sich. Der Hammer lag neben ihrer rechten Hand.

Sie wußte, daß in wenigen Sekunden Neumann oder die Frau herunterkommen würden, um nachzusehen, was passiert war. Und sie würden sofort wissen, daß sie den Motor lahmgelegt hatte.

Die Tür flog auf, und Neumann stürmte den Niedergang herab. Sein Gesicht war verzerrt, wie an dem Morgen, als sie ihn am Strand hatte laufen sehen. Er bemerkte, daß sie sich von ihren Fesseln befreit hatte. Er blickte auf den Boden und sah, daß die Taue und Planen beiseite geschoben waren.

»Jenny«, schrie er, »was hast du getan?«

Das antriebslose Boot glitt einen Wellenberg hinunter.

Neumann bückte sich und öffnete die Luke.

Jenny ergriff den Hammer und kniete sich hin. Sie holte weit aus und schmetterte ihn mit aller Kraft auf Neumanns Hinterkopf. Neumann stürzte zu Boden. Blut strömte aus seiner aufgeplatzten Kopfhaut.

Jenny wandte sich ab und würgte.

Kapitänleutnant Max Hoffmann sah, wie die *Camilla* bedrohlich zu schlingern begann, und wußte sofort, daß der Motor ausgefallen war. Jetzt galt es, schnell zu handeln. Ohne Antrieb würde das Boot kentern und sinken. Wenn die Agenten in das eiskalte Wasser fielen, wären sie nach wenigen Minuten tot.

»Nummer Eins! Gehen Sie längsseits des Bootes, und machen Sie klar zum Entern.«

»Jawohl, Herr Kaleu.«

Hoffmann spürte das Pochen des Dieselmotors unter seinen Füßen, als das U-Boot langsam auf die *Camilla* zukroch.

Jenny befürchtete schon, sie hätte Neumann getötet, denn er lag einen Augenblick ganz still da. Dann kam wieder Leben in ihn, und irgendwie schaffte er es, auf die Beine zu kommen. Er schwankte. Sie hätte leicht noch einmal mit dem Hammer zuschlagen können, aber sie brachte weder den Mut dazu auf, noch wollte sie es. Er hielt sich an der Kabinenwand fest. Blut lief ihm über das Gesicht und den Hals. Er hob den Arm und wischte sich das Blut aus den Augen. »Bleib hier unten«, sagte er. »Wenn du an Deck kommst, bringt sie dich um. Tu, was ich sage, Jenny.«

Neumann stolperte den Niedergang hinauf. Catherine starrte ihn entsetzt an.

»Ich bin gestürzt und habe mir den Kopf angeschlagen, als das Boot sich zur Seite neigte. Der Motor ist hinüber.«

Er nahm die Taschenlampe, die neben dem Steuerrad lag, ging hinaus auf Deck, richtete sie auf den Kommandoturm des U-Boots und blinkte SOS. Das U-Boot kam quälend langsam auf sie zu. Er drehte sich herum und winkte Catherine, zu ihm aufs Vordeck zu kommen. Er blickte nach oben und spürte, wie der Regen auf ihn niederprasselte und ihm das Blut aus dem Gesicht wusch. Dann winkte er mit beiden Armen zu dem U-Boot hinüber.

Catherine trat neben ihn auf das Deck. Sie konnte es noch immer nicht fassen. Noch am gestrigen Nachmittag hatten sie, umzingelt von MI5-Leuten, in einem Café in Mayfair gesessen, und jetzt würden sie gleich an Bord eines U-Boots gehen und nach Hause fahren. Es war wie ein Wunder. Sechs lange, schrecklich einsame Jahre, endlich vorüber. Sie hätte nie geglaubt, daß sie diesen Tag erleben würde. Das Gefühl überwältigte sie. Sie stieß einen lauten, kindlichen Schrei aus, hielt wie Neumann ihr Gesicht in den Regen und winkte mit beiden Armen.

Die stählerne Nase des U-Boots stieß sanft an den Bug der *Camilla.* Ein Enterkommando hastete über den Rumpf des U-Boots auf sie zu. Sie legte die Arme um Neumann und drückte ihn.

»Wir sind durchgekommen«, sagte sie. »Wir haben es geschafft. Wir fahren nach Hause.«

Harry Dalton stand im Ruderhaus der *Rebecca.* Er beschrieb Vicary in Grimsby die Szene, und Vicary beschrieb sie Arthur Braithwaite bei der U-Boot-Aufklärung.

»Zum Teufel nochmal, Commander! Wo bleibt die Korvette?«

»Sie ist da. Sie kann sie bei dem Wetter nur nicht sehen.«

»Sagen Sie Ihrem Kapitän, er soll etwas unternehmen, verdammt nochmal! Meine Männer haben keine Möglichkeit, sie aufzuhalten.«

»Was soll ich dem Kapitän sagen?«

»Er soll auf das Boot feuern und die Spione töten.«

»Mr. Vicary, darf ich Sie daran erinnern, daß sich ein unschuldiges Mädchen an Bord befindet?«

»Gott möge mir verzeihen, aber unter den gegebenen Umständen können wir leider keine Rücksicht auf sie nehmen, Commander Braithwaite. Befehlen Sie dem Kapitän der Korvette, aus allen Rohren auf die *Camilla* zu feuern.«

»Verstanden.«

Vicary legte den Hörer aus der Hand und dachte: Mein Gott, was bin ich nur für ein Schwein geworden.

Der Wind riß für einen Moment ein Loch in die Wand aus Nebel und Regen. Der Kapitän der Korvette 745 erspähte das U-Boot und die *Camilla* hundertfünfzig Meter vor seinem Bug. Durch sein Fernglas konnte er zwei Gestalten auf dem Vordeck der *Camilla* und einen Rettungstrupp auf dem Deck des deutschen U-Boots erkennen. Er gab sofort Feuerbefehl. Sekunden später eröffnete die Bordkanone der Korvette das Feuer.

Neumann hörte die Schüsse. Die erste Salve pfiff über sie hinweg. Die zweite prasselte gegen den Rumpf des U-Boots. Die Männer des Rettungstrupps warfen sich flach auf das Deck. Die Geschosse schlugen jetzt im Rumpf der *Camilla* ein. Das Vordeck bot keine Deckung. Catherine wurde als erste getroffen. Ihr Körper wurde zerfetzt, und ihr Kopf zerbarst in einer Explosion von Blut und Gehirnmasse.

Neumann kämpfte sich nach vorn und versuchte, das U-Boot zu erreichen. Die erste Geschoßgarbe trennte ihm das Bein unter dem Knie ab. Er schrie und kroch weiter. Eine zweite Geschoßgarbe zerschmetterte sein Rückgrat. Er spürte nichts mehr. Der letzte Schuß traf ihn in den Kopf, und es wurde dunkel um ihn.

Max Hoffmann hatte vom Kommandoturm alles mit angesehen und befahl seinem Ersten Offizier, auf volle Kraft voraus zu gehen und so schnell wie möglich zu tauchen. Nach wenigen Sekunden schon entfernte sich das U-Boot vom Schauplatz. Zwei Minuten später glitt es unter die Oberfläche der Nordsee und war verschwunden.

Die *Camilla* lag allein auf dem Wasser. Ihr Deck war blutverschmiert, und sie begann zu sinken.

An Bord der *Rebecca* herrschte eine ausgelassene Stimmung. Die vier Männer umarmten sich, als das U-Boot davonfuhr. Harry Dalton nahm mit Vicary Kontakt auf und teilte ihm die Neuigkeit mit. Vicary führte zwei Telefonate – das erste mit Arthur Braithwaite, um ihm zu danken, das zweite mit Sir Basil Boothby, um ihm mitzuteilen, daß alles vorbei war.

Jenny Colville spürte, wie die *Camilla* erzitterte. Sie hatte sich flach auf den Bauch geworfen und sich schützend die Hände über den Kopf gehalten. Das Schießen hörte so plötzlich auf, wie es begonnen hatte. Sie hörte das Aufheulen der Motoren, als sich das U-Boot entfernte, und dann nur noch das Tosen der See. Sie wagte nicht, sich zu bewegen. Das Boot wurde wild hin und her geworfen. Sie vermutete, daß das etwas mit dem kaputten Motor zu tun hatte. Ohne Antrieb war das Boot dem Ansturm der Wellen hilflos ausgeliefert. Sie mußte aufstehen und den anderen Schiffen vom Deck aus signalisieren, daß sie an Bord war und noch lebte.

Sie zwang sich zum Aufstehen, wurde aber sofort wieder zu Boden geworfen, als das Boot einen Satz machte. Sie rappelte sich wieder auf. Nur unter größter Anstrengung konnte sie den Niedergang hinaufklettern. Schließlich erreichte sie das Deck. Der Sturm peitschte den Regen waagrecht durch die Luft. Das Boot schien sich in mehrere Richtungen gleichzeitig zu bewegen, aufwärts und abwärts, vor und zurück, von einer Seite zur anderen. Stehen war unmöglich. Sie blickte zum Bug und sah die Leichen. Die Geschosse hatten sie verstümmelt und zerfetzt, und das Deck glänzte rosa von ihrem Blut. Jenny wandte den Blick ab und sah gerade noch, wie das U-Boot in der Ferne unter der Wasseroberfläche verschwand. Auf der anderen Seite erspähte sie ein Kriegsschiff, grau, nicht besonders groß. Es hielt auf sie zu. Das zweite Boot, das sie schon durch das Bullauge gesehen hatte, kam ebenfalls schnell näher.

Jenny winkte und schrie und begann zu weinen. Sie wollte ihnen sagen, daß *sie* es getan hatte. *Sie* hatte den Motor lahmgelegt, damit das Boot nicht mehr weiterfahren konnte und die Spione es nicht mehr bis zum U-Boot schafften. Ein unbändiger Stolz erfüllte sie.

Die *Camilla* wurde von einer riesigen Welle emporgerissen. Auf ihrem Kamm neigte sie sich stark nach Backbord. Sie schoß in das Wellental hinab und richtete sich wieder auf, nur um sofort nach Steuerbord zu kippen. Jenny konnte sich nicht mehr im Niedergang halten und wurde über das Deck ins Meer geschleudert.

Die Kälte versetzte ihr einen Schock. Sie war zunächst wie gelähmt. Dann kämpfte sie sich an die Wasseroberfläche und wollte Luft holen, bekam jedoch nur einen Schwall Wasser in den Mund. Sie ging wieder unter, würgte, hustete und bekam noch mehr Wasser in Magen und Lunge. Sie strampelte sich nach oben und bekam etwas Luft, bevor sie wieder unter Wasser gezogen wurde. Dann fiel sie. Es war ein langsames, angenehmes, schwereloses Fallen. Sie fror nicht mehr. Sie spürte nichts mehr, sah nichts mehr. Nur noch eine undurchdringliche Dunkelheit.

Die *Rebecca* war als erste zur Stelle. Lockwood und Roach standen im Ruderhaus, Harry und Jordan auf dem Vordeck. Harry knüpfte eine Leine an den Rettungsring, befestigte das andere Ende an einer Klampe im Bug und warf den Ring über Bord. Sie hatten gesehen, wie Jenny das zweite Mal aufgetaucht und wieder versunken war. Seitdem war sie spurlos verschwunden. Lockwood hielt mit der *Rebecca* voll auf die *Camilla* zu, dann, wenige Meter entfernt, ging er auf volle Fahrt zurück und brachte das erzitternde Boot zum Stehen.

Jordan beugte sich über den Bug und hielt nach dem Mädchen Ausschau. Dann stand er plötzlich auf und sprang ohne jede Vorwarnung in die See. Harry drehte sich um. »Jordan ist im Wasser«, schrie er nach hinten zu Lockwood. »Fahren Sie nicht näher heran!«

Jordan tauchte wieder auf und zog die Schwimmweste aus. »Was zum Teufel tun Sie da?« brüllte Harry.

»Ich komme nicht weit genug runter mit diesem verdammten Ding am Leib!«

Jordan holte tief Luft und blieb, wie Harry schätzte, etwa eine Minute verschwunden. Die Wellen schlugen gegen die Backbordseite der *Camilla*. Sie rollte von einer Seite auf die andere und trieb immer weiter auf die *Rebecca* zu. Harry wandte sich wieder um und winkte Lockwood im Ruderhaus mit den Armen.

»Ein paar Meter zurück! Die *Camilla* kommt uns zu nahe.«

Endlich tauchte Jordan wieder auf. Er hielt Jenny in den Armen. Sie war bewußtlos, und ihr Kopf hing schlaff zur Seite. Jordan löste die Leine vom Rettungsring, zog sie unter Jennys Armen durch und schlang sie ihr um den Leib. Dann reckte er den Daumen in die Höhe, und Harry zog Jenny durch das Wasser zur *Rebecca*. Clive Roach half, sie an Deck zu hieven.

Jordan strampelte wild mit den Beinen. Wellen schwappten über seinen Kopf, und er war völlig erschöpft von der Kälte. Harry band Jenny rasch los und warf ihm die Leine zu. In diesem Augenblick kenterte die *Camilla* und riß Jordan in die Tiefe.

61

Berlin, April 1944

Kurt Vogel saß geduldig in Walter Schellenbergs luxuriös eingerichtetem Vorzimmer und wartete. Eine Schar junger Adjutanten ging geschäftig im Büro des Brigadeführers ein und aus. Sie waren blond und blauäugig und sahen alle aus, als seien sie einem Propagandaplakat der Nazis entsprungen. Vor drei Stunden schon hatte ihn Brigadeführer Walter Schellenberg zu einer dringenden Unterredung über »diese leidige Geschichte in Großbritannien«, wie er Vogels gescheiterte Operation nannte, in sein Büro beordert. Vogel machte es nichts aus, daß er warten mußte. Er hatte ohnehin nichts Besseres zu tun. Seit Canaris entlassen war und die SS die Abwehr übernommen hatte, war der deutsche Nachrichtendienst ein steuerloses Schiff. Die Stimmung war so schlecht, daß viele Offiziere sich sogar lieber freiwillig an die Ostfront gemeldet hatten, als noch länger am Tirpitz-Ufer zu bleiben.

Vogel hatte andere Pläne.

Einer von Schellenbergs Adjutanten kam heraus, richtete in einer anklagenden Geste den Finger auf Vogel und winkte ihn herein. Es war Vogels erster Besuch im Reich seines neuen Chefs. Schellenbergs Büro unterschied sich radikal von dem geschmackvollen Understatement, das Canaris' Büro am Tirpitz-Ufer geprägt hatte. Es war groß wie eine gotische Kathedrale, und die Wände waren mit Gemälden und Wandteppichen geschmückt. Die Aprilsonne schien schräg durch die hohen Fenster herein. Unter den Linden schwelten noch die Brände von dem Luftangriff am Morgen. Feiner Ruß wehte über den Tiergarten wie schwarzer Schnee.

Schellenberg lächelte freundlich, drückte Vogels knochige Hand und bedeutete ihm, sich zu setzen. Vogel wußte von den Maschinengewehren in Schellenbergs Schreibtisch, und so saß er ganz still und legte seine Hände gut sichtbar auf die Armlehnen des Stuhls. Die Türflügel schlossen sich, und sie waren allein in

Schellenbergs Palast. Vogel merkte, daß Schellenberg sich an seinem Anblick weidete.

Schellenberg und Himmler hatten zwar schon seit Jahren gegen Canaris intrigiert, doch am Ende hatte eine Kette unglücklicher Ereignisse den alten Fuchs zu Fall gebracht. Zunächst hatte Argentinien ganz plötzlich alle Verbindungen mit dem Dritten Reich abgebrochen, nachdem es jahrelang ein zuverlässiger und nützlicher Verbündeter gewesen war, und Hitler beschuldigte Canaris, versagt zu haben, weil er ihn nicht rechtzeitig gewarnt hatte. Dann verlor die Abwehr einen wichtigen Horchposten in Spanisch-Marokko, und mehrere wichtige Abwehr-Offiziere in der Türkei, in Casablanca, Lissabon und Stockholm liefen zum Feind über. Doch der Tropfen, der das Faß zum Überlaufen brachte, war der katastrophale Ausgang von Vogels Londoner Operation. Zwei Top-Agenten der Abwehr, Horst Neumann und Catherine Blake, wurden in Sichtweite eines deutschen U-Boots erschossen. Das Ausmaß der Katastrophe wurde dadurch noch erhöht, daß sie nicht in der Lage gewesen waren, eine letzte Botschaft nach Berlin zu senden und zu erklären, warum sie aus England fliehen mußten. Vogel hatte somit keine Möglichkeit, die Echtheit des Materials zu beurteilen, das Catherine Blake über die *Operation Mulberry* beschafft hatte. Hitler war außer sich, als er von der Sache erfuhr. Er hatte Canaris sofort entlassen und die Abwehr und ihre 16000 Agenten Schellenberg unterstellt.

Vogel hatte irgendwie überlebt. Schellenberg und Himmler vermuteten, daß Canaris die Operation sabotiert habe, und hielten Vogel – wie Catherine Blake und Horst Neumann – für ein unschuldiges Opfer dieses Verrats.

Vogel hatte eine andere Theorie. Er vermutete, daß der britische Geheimdienst Catherine Blake das Material untergeschoben hatte. Er vermutete, daß sie und Neumann geflohen waren, weil Neumann entdeckt hatte, daß Catherine Blake von der Gegenseite beschattet wurde. Er vermutete, daß es bei *Operation Mulberry* nicht um einen Luftabwehrkomplex ging, der in der Straße von Dover stationiert werden sollte, sondern, wie Hitler einmal selbst geäußert hatte, um künstliche Häfen für die Küste der Normandie. Und er nahm an, daß alle anderen Agenten in Großbritannien ausgeschaltet waren – daß man sie entweder geschnappt oder zur Zusammenarbeit mit dem britischen Geheimdienst gezwungen hatte, wahrscheinlich schon zu Beginn des Krieges.

Vogel hatte jedoch für keine dieser Spekulationen einen Beweis, und als gelernter Jurist hatte er nicht die Absicht, unbewiesene Vermutungen zu äußern. Und selbst wenn er solche Beweise hätte, so würde er sie nicht unbedingt an Leute wie Schellenberg und Himmler weitergeben.

Eines der Telefone auf Schellenbergs Schreibtisch klingelte. Es war ein Anruf, den er annehmen mußte. Mit einem Seufzer ließ er sich verbinden und sprach fünf Minuten. Dabei achtete er sorgfältig darauf, daß Vogel vom Inhalt des Gesprächs nicht allzuviel mitbekam. Der Wind, der die Rußflocken mit sich getragen hatte, hatte sich gelegt. Die Ruinen Berlins glänzten in der Aprilsonne. Zerbrochenes Glas funkelte wie Eiskristalle.

Es hatte seine Vorteile, bei der Abwehr zu bleiben und mit ihrer neuen Führung zu kooperieren. Vogel hatte Gertrude und seine beiden Töchter heimlich in die Schweiz bringen lassen, und als guter Agentenführer hatte er die Operation durch ein raffiniertes Täuschungsmanöver finanziert. Er hatte Mittel von Konten der Abwehr auf Gertrudes Privatkonto in der Schweiz überwiesen und den Transfer vertuscht, indem er persönliche Mittel aus Deutschland auf die Schweizer Konten der Abwehr überwies. Auf diese Weise hatte er in aller Stille soviel Geld ins Ausland geschmuggelt, daß sie nach dem Krieg einige Jahre bequem leben konnten. Und er hatte noch mehr Kapital – die Informationen, die er in seinem Kopf gespeichert hatte. Vogel war überzeugt, daß ihn Briten und Amerikaner für diese Informationen gut bezahlen und unter Schutz stellen würden.

Schellenberg legte auf und machte ein Gesicht, als habe er Sodbrennen.

»So«, sagte er. »Kapitän Vogel, ich habe Sie heute zu mir gebeten, weil ich aufregende Neuigkeiten aus London habe.«

»Oh?« Vogel zog eine Augenbraue hoch.

»Ja, unsere Quelle im MI5 hat ein paar sehr interessante Informationen geliefert.«

Schellenberg zog mit großer Geste die Kopie eines Funkspruchs hervor und reichte sie Vogel. Äußerst raffinierte Manipulation, dachte Vogel, als er den Funkspruch las. Er gab Schellenberg die Kopie zurück.

»Daß sie so drastische Maßnahmen gegen einen persönlichen

Freund und Vertrauten Churchills ergreifen, ist wirklich bemerkenswert«, sagte Schellenberg. »Und die Quelle ist über jeden Zweifel erhaben. Ich habe den Mann persönlich angeworben. Er ist keiner von Canaris' Versagern. Ich glaube, das britische Verhalten beweist, daß die von Ihren Agenten beschafften Informationen echt waren.«

»Ja. Ich glaube, da haben Sie recht, Herr Brigadeführer.«

»Der Führer muß davon sofort in Kenntnis gesetzt werden. Er wird heute abend den japanischen Botschafter über die Vorbereitungen für die Invasion informieren. Ich bin sicher, daß er dies gerne weitergeben wird.«

Vogel nickte.

»Ich fliege in einer Stunde in Tempelhof ab. Es wäre mir recht, wenn Sie mich begleiten und den Führer persönlich informieren. Schließlich war es ja Ihre Operation. Außerdem hat der Führer einen Narren an Ihnen gefressen. Ihnen winkt eine rosige Zukunft, Kapitän Vogel.«

»Vielen Dank für das Angebot, Herr Brigadeführer. Aber ich glaube, *Sie* sollten dem Führer die Nachricht überbringen.«

»Sind Sie sicher, Kapitän Vogel?«

»Jawohl, Herr Brigadeführer, ganz sicher.«

62

Oyster Bay, Long Island

Es war der erste warme Frühlingstag. Die Sonne schien, und ein warmer Wind wehte vom Sund herein. Noch am Tag zuvor war es kalt und regnerisch gewesen, und Dorothy Lauterbach hatte befürchtet, das Wetter könnte die Beerdigungsfeier und den Empfang verderben. Sie hatte sich vergewissert, daß an allen offenen Kaminen im Haus genügend Holz gestapelt war, und das Personal angewiesen, für die Ankunft der Gäste ausreichend heißen Kaffee bereitzuhalten. Einige Stunden nach Tagesanbruch hatte die Sonne jedoch die letzten Wolken vertrieben, und die Insel erstrahlte in frühlingshaftem Glanz. Dorothy verlegte den Empfang rasch vom Haus nach draußen auf den Rasen mit Blick über den Sund.

Shepherd Ramsey brachte Jordans Sachen aus London: Kleider, Bücher, Briefe und persönliche Papiere, die die Sicherheitsleute nicht beschlagnahmt hatten. Auf dem Flug von London in die Vereinigten Staaten hatte Ramsey die Briefe durchgeblättert, um sicherzugehen, daß in keinem die Frau erwähnt wurde, mit der sich Peter vor seinem Tod getroffen hatte.

Am Grab drängten sich die Trauergäste. Es gab zwar keinen Leichnam, den man hätte beisetzen können, doch neben Margarets Grabstein wurde ein kleiner für Jordan aufgestellt. Alle Mitarbeiter von Brattons Bank waren erschienen, und auch die Belegschaft der Northeast Bridge Company war fast vollzählig vertreten. Auch die Freunde von der Nordküste waren gekommen – die Blakemores und die Brandenbergs, die Carlisles und die Duttons, die Robinsons und die Tetlingers. Billy stand neben Jane, und Jane lehnte sich an Walker Hardegen. Bratton nahm von einem Vertreter der US-Navy die amerikanische Flagge entgegen. Der Wind riß Blüten von den Bäumen, und sie regneten wie Konfetti auf die Trauergemeinde herab.

Ein Mann stand etwas abseits von den anderen, die Hände hinter dem Rücken verschränkt, den Kopf respektvoll gebeugt.

Er war groß und dünn, und sein grauer Zweireiher aus Wolle war etwas zu warm für den schönen Frühlingstag.

Walker Hardegen war der einzige Anwesende, der ihn kannte. Er wußte nicht, wie er richtig hieß. Der Mann bediente sich eines Pseudonyms, das so lächerlich war, daß Hardegen es kaum aussprechen konnte, ohne zu schmunzeln.

Der Mann war Hardegens Führungsoffizier und nannte sich Broome.

Shepherd Ramsey hatte den Brief von Jordans Londoner Vorgesetztem dabei. Dorothy und Bratton zogen sich während des Empfangs in die Bibliothek zurück und lasen ihn. Dorothy war älter geworden, älter und grauer. Bei einem Sturz auf der vereisten Treppe des Hauses in Manhattan hatte sie sich das Hüftgelenk gebrochen. Seitdem hinkte sie und hatte etwas von ihrer alten Ausstrahlung verloren. Sie las den Brief zuerst. Ihre Hände zitterten, und ihre Augen wurden feucht. Aber sie hatte noch nie zu Gefühlsausbrüchen geneigt und weinte nicht. Sie reichte den Brief an Bratton weiter. Er weinte, als er ihn las.

Lieber Billy,

Ich bin sehr traurig, während ich diesen Brief schreibe. Ich hatte nur kurze Zeit das Vergnügen, mit Deinem Vater zusammenzuarbeiten, aber er war einer der bemerkenswertesten Männer, denen ich jemals begegnet bin. Er war an einem der wichtigsten Projekte des Krieges beteiligt. Aber aus Sicherheitsgründen wirst Du vielleicht nie genau erfahren, was Dein Vater getan hat.

Ich kann Dir nur soviel sagen, daß die Arbeit Deines Vaters zahllose Menschenleben retten und den Völkern Europas die Möglichkeit geben wird, sich ein für allemal von Hitler und den Nazis zu befreien. Dein Vater hat sein Leben geopfert, damit andere leben können. Er war ein Held.

Aber nichts, was Dein Vater vollbracht hat, hat ihn so mit Freude und Stolz erfüllt wie Du, Billy. Wenn Dein Vater von Dir sprach, veränderte sich sein Gesicht. Seine Augen leuchteten, und er lächelte, einerlei, wie müde er war. Ich hatte nie das Glück, einen Sohn zu haben. Wenn ich Deinen Vater über

Dich sprechen hörte, wurde mir das Ausmaß dieses Unglücks bewußt.

Herzlichst,
Alfred Vicary

Bratton gab Dorothy den Brief zurück. Sie faltete ihn, steckte ihn zurück in den Umschlag und legte ihn auf Brattons Schreibtisch. Dann trat sie ans Fenster und sah hinaus.

Alle aßen und tranken und schienen es sich gutgehen zu lassen. Etwas abseits von den Gästen, unten neben der Anlegestelle, konnte sie Billy, Jane und Walker im Gras sitzen sehen. Jane und Walker waren mehr als nur Freunde geworden. Sie hatten eine Romanze, und Jane sprach bereits vom Heiraten. Das wäre großartig, dachte Dorothy. Billy würde wieder eine richtige Familie bekommen.

Irgendwie hatte all dies seine Richtigkeit. Die ganze Sache war zu einem Abschluß gekommen, den Dorothy als tröstlich empfand. Es war wieder warm geworden, und der Sommer stand vor der Tür. Bald würde die Theatersaison beginnen, und es würde wieder Partys geben. Das Leben geht weiter, dachte Dorothy. Margaret und Peter sind tot, aber das Leben geht weiter.

63

Gloucestershire, England: September 1944

Selbst Alfred Vicary war überrascht, wie schnell er aus dem aktiven Dienst ausscheiden konnte. Offiziell war er nur beurlaubt, bis das Ergebnis der internen Untersuchung vorlag. Doch er wußte, daß er in Wahrheit gefeuert war.

Er hörte ausgerechnet auf Boothbys Rat und floh in Tante Matildas Haus – er würde sich nie daran gewöhnen, daß es nun ihm gehörte –, um sein inneres Gleichgewicht wiederzugewinnen. Die ersten Tage seines Exils waren fürchterlich. Er vermißte die Kameraden vom MI5. Er vermißte sein schäbiges kleines Büro. Ja, er stellte sogar fest, daß er sein Feldbett herbeisehnte, denn er hatte die Fähigkeit verloren, ruhig und fest zu schlafen. Er machte Matildas durchgelegenes Doppelbett dafür verantwortlich. Es war zu weich und bot ihm zuviel Platz, sich mit seinen quälenden Gedanken von einer Seite auf die andere zu wälzen. Einer Eingebung folgend, ging er in den Gemischtwarenladen im Dorf, erstand ein neues Feldbett und stellte es im Wohnzimmer neben dem Kamin auf. Ein merkwürdiger Platz, das war ihm klar, aber er hatte ohnehin nicht die Absicht, Gäste zu empfangen. Von da an schlief er wieder so gut, wie er in seiner Situation erwarten konnte.

Er durchlebte eine lange, deprimierende Zeit der Untätigkeit und des Grübelns.

Als jedoch der Frühling kam und mit ihm die Wärme wiederkehrte, konzentrierte er seine unbegrenzten, brachliegenden Kräfte auf sein neues Heim. Die Aufpasser, die ihn gelegentlich besuchten, sahen mit Schrecken, wie er mit seiner Lesebrille auf der Nase dem Garten mit einer Baumschere und einer Sichel zu Leibe rückte, und mit Verwunderung, wie er das Innere des Cottages neu strich. Die gewählte Farbe, ein strahlendes, anstaltsmäßiges Weiß, wurde eingehend kommentiert. Bedeutete sie, daß sich seine Stimmung gebessert hatte, oder verwandelte er sein

Heim in ein Krankenhaus und richtete sich auf einen längeren Aufenthalt ein?

Auch im Dorf war man besorgt. Poole, der Inhaber des Gemischtwarenladens, meinte, Vicary sei wegen eines Todesfalls verstört. »Unmöglich«, sagte Plenderleith, der Mann von der Gärtnerei, der Vicary bei der Gestaltung des Gartens beriet. »Er war offensichtlich nie verheiratet oder verliebt.« Miss Lazenby aus dem Bekleidungsgeschäft erklärte beide Ansichten für irrig. »Der arme Mann ist verliebt, das sieht doch jeder Narr. Aber nach seinem Aussehen zu urteilen, wird die Liebe von der Angebeteten nicht erwidert.«

Vicary hätte diese Debatte nicht entscheiden können, auch wenn er von ihr gewußt hätte. Seine Gefühle waren ihm ebenso fremd wie den Leuten, die sie registrierten. Er bekam einen Brief vom Dekan seines Fachbereichs an der Universität. Der Dekan hatte gehört, daß Vicary nicht mehr für das Kriegsministerium arbeitete, und fragte nach, wann er zurückkomme. Vicary zerriß den Brief und verbrannte ihn im offenen Kamin.

London hatte ihm nichts zu bieten außer schlechten Erinnerungen, also blieb er der Stadt fern. Nur einmal, an einem Morgen in der ersten Juniwoche, mußte er hinfahren, weil Sir Basil ihn zu sich bestellt hatte, um ihm das Ergebnis der internen Untersuchung mitzuteilen.

»Hallo, Alfred«, rief er, als Vicary in sein Büro geführt wurde. Der Raum erstrahlte in einem angenehmen orangefarbenen Licht. Boothby hatte sich genau in der Mitte plaziert, als wolle er genügend Bewegungsfreiheit haben, um in alle Richtungen manövrieren zu können. Er trug einen tadellos geschnittenen grauen Anzug und wirkte größer, als Vicary ihn in Erinnerung hatte. Auf dem Sofa saß der Generaldirektor, die Finger wie zum Gebet aneinandergelegt und den Blick auf einen bestimmten Punkt des Perserteppichs geheftet. Boothby stieß die rechte Hand vor wie ein Bajonett und kam auf Vicary zu. Das Lächeln auf seinem Gesicht war so verwirrend, daß Vicary nicht wußte, ob er ihn umarmen oder anfallen würde. Und er war sich nicht sicher, was er mehr fürchtete.

Tatsächlich schüttelte Boothby ihm etwas zu herzlich die Hand und legte ihm eine seiner großen Pranken auf die Schulter. Sie war heiß und feucht, als habe er gerade ein Tennis-Match beendet. Er servierte Vicary persönlich den Tee und sprach über Nebensächlichkeiten, während Vicary eine letzte Zigarette rauchte. Dann zog er feierlich den Abschlußbericht der Untersuchungskommission aus einer Schublade und legte ihn auf den Schreibtisch. Vicary vermied es, den Bericht direkt anzuschauen.

Allzu genüßlich erklärte Boothby, daß Vicary die Akte über seine eigene Operation nicht lesen dürfe. Statt dessen reichte er ihm ein einzelnes Blatt, das angeblich eine »komprimierte Zusammenfassung« seines Inhalts darstellte. Vicary hielt das Papier beim Lesen fest in beiden Händen, damit es nicht zitterte. Es war ein niederträchtiges, obszönes Dokument, aber jeder Widerspruch wäre zwecklos gewesen. Er gab es Boothby zurück, reichte zuerst ihm und dann dem Generaldirektor die Hand und verließ den Raum.

Vicary ging die Treppe hinunter. Harry war in seinem früheren Büro. Eine häßliche Narbe zog sich über sein Kinn. Vicary war kein Freund von großen Abschiedsszenen. Er sagte Harry, daß man ihn gefeuert hatte, dankte ihm für alles und verabschiedete sich.

Es regnete wieder, und für Juni war es zu kalt. Der Chef der Fahrbereitschaft bot Vicary einen Wagen an. Vicary lehnte höflich ab. Er öffnete seinen Schirm und ging durch den strömenden Regen zu seinem Haus in Chelsea.

Er verbrachte die Nacht in London und erwachte im Morgengrauen, als der Regen gegen die Fensterscheiben trommelte. Es war der 6. Juni. Er schaltete das Radio ein und hörte die BBC-Nachrichten. Die Invasion hatte begonnen.

Gegen Mittag verließ Vicary das Haus. Er hatte erwartet, allerorten auf besorgte Menschen zu treffen, die in Gruppen zusammenstanden und aufgeregt diskutierten, doch es war totenstill in London. Einige Leute tätigten Einkäufe, andere suchten Kirchen auf, um zu beten. Leere Taxis fuhren auf der Suche nach Kunden durch die Straßen.

Vicary beobachtete die Londoner bei ihren Alltagsgeschäften. Er wollte auf sie zurennen, sie schütteln und rufen: Wißt ihr denn nicht, was gerade geschieht? Begreift ihr überhaupt, was uns das abverlangt hat? Wißt ihr nicht, wie gewieft und kaltblütig wir sein mußten, um den Feind zu täuschen? *Wißt ihr nicht, was sie mir angetan haben?*

Doch er tat es nicht. Er nahm in einer Eckkneipe einen Imbiß zu sich und lauschte den optimistischen Meldungen im Radio. Am Abend, als er wieder allein war, hörte er die Ansprache des Königs an das Volk, dann ging er zu Bett.

Am nächsten Morgen nahm er den ersten Zug nach Gloucestershire.

Im Sommer fand Vicary allmählich zu einem regelmäßigen Tagesablauf zurück.

Er stand früh auf und las bis zum Mittagessen, das er jeden Tag in den *Eight Bells* im Dorf einnahm – Gemüsepastete, Bier und manchmal auch Fleisch, wenn es auf der Speisekarte stand. Nach dem Essen unternahm er seinen täglichen Gewaltmarsch in der Umgebung des Dorfes. Jeden Tag dauerte es etwas weniger lang, bis die Schmerzen in seinem Knie verschwanden, und seit August schaffte er jeden Nachmittag fünfzehn Kilometer. Er gab die Zigaretten auf und begann, Pfeife zu rauchen. Das Ritual des Stopfens, Reinigens, Anzündens und Wiederanzündens war seinem neuen Leben gemäßer.

Er wußte nicht mehr genau, an welchem Tag es passiert war, doch irgendwann wich alles aus seinem Bewußtsein, das enge Büro, das Ticken der Fernschreiber, der Kantinenfraß, die lächerlichen Decknamen: *Double Cross … Mulberry … Phönix … Kesselpauke …*

Selbst Helen verschwand in einem versiegelten Bereich seines Gedächtnisses, wo sie keinen Schaden mehr anrichten konnte. An den Wochenenden begann ihn Alice Simpson zu besuchen, und Anfang August blieb sie eine ganze Woche lang.

Am letzten Tag des Sommers befiel ihn die leichte Melancholie, die einen auf dem Land ergreift, wenn das warme Wetter zu Ende geht. Der herrliche Sonnenuntergang malte purpurrote und orangefarbene Streifen an den Horizont, und die erste Herbstkühle lag in der Luft. Löwenzahn und Glockenblumen waren schon lange verblüht. Er erinnerte sich, wie ihm Brendan an einem ähnlichen Abend, der ein halbes Leben zurücklag, auf den Feldwegen in den Fens das Motorradfahren beigebracht hatte. Es war eigentlich noch nicht kalt genug für Kaminfeuer, aber von seinem Aussichtspunkt auf dem Hügel aus konnte er sehen, daß aus den Häusern im Dorf Rauch aufstieg, und der scharfe Geruch brennenden grünen Holzes lag in der Luft.

Da sah er es, ausgebreitet auf den Abhängen der Hügel, wie die Lösung eines Schachproblems. Er sah die Angriffslinien, die Vorbereitung, das Täuschungsmanöver. Nichts war so gewesen, wie es geschienen hatte.

Vicary eilte zurück zu seinem Cottage und rief im Kriegsministerium an. Er verlangte nach Boothby. Dann wurde ihm bewußt, daß es schon spät war und Freitag – die Wochentage hatten für ihn ihre Bedeutung verloren. Doch wie durch ein Wunder war Boothby da und nahm sogar selbst den Hörer ab.

Vicary nannte seinen Namen. Boothby sagte, er sei wirklich erfreut, seine Stimme zu hören. Vicary versicherte ihm, daß es ihm gutgehe.

»Ich würde gern mit Ihnen reden«, sagte Vicary, »Es geht um *Kesselpauke*.«

Am andern Ende der Leitung herrschte Schweigen. Aber Vicary wußte, daß Boothby nicht aufgelegt hatte, denn er hörte ihn unruhig auf seinem Stuhl hin und her rutschen.

»Sie sind eine *persona non grata* und dürfen sich hier nicht mehr blicken lassen, Alfred. Also muß ich wohl zu Ihnen kommen.«

»Fein, Sir Basil. Und tun Sie nicht so, als wüßten Sie nicht, wo ich wohne. Es entgeht mir nämlich nicht, daß Ihre Aufpasser hinter mir herspionieren.«

»Morgen mittag«, sagte Boothby und legte auf.

Boothby kam pünktlich um zwölf Uhr in einem Dienst-Humber. Er war wie für eine Landpartie gekleidet, in Tweed mit einem offenen Hemd und einer bequemen Strickjacke. In der Nacht hatte es geregnet. Vicary grub für Boothby im Keller ein Paar extra große Gummistiefel aus, und sie stapften wie alte Kameraden über die Wiese, auf der einige geschorene Schafe weideten. Boothby erzählte den neuesten Klatsch aus dem Department, und Vicary heuchelte angestrengt Interesse.

Nach einer Weile blieb Vicary stehen und sagte, den Blick in die Ferne gerichtet: »Nichts davon war echt, nicht wahr? Jordan, Catherine Blake, alles war von Anfang an inszeniert.«

Boothby lächelte hintergründig. »Nicht ganz, Alfred. Aber so ähnlich.«

Sir Basil setzte sich wieder in Bewegung und ging voraus, so daß sich sein langer Körper wie eine vertikale Linie vor dem Horizont abzeichnete. Dann blieb er stehen und bedeutete Vicary, ihm zu folgen. Vicary eilte mit seinem mechanischen

Hinken hinter ihm her und klopfte seine Taschen nach der Lesebrille ab.

»Es war die *Operation Mulberry* als solche, die das Problem darstellte«, begann Boothby ohne Einleitung. »Zehntausend Menschen waren an dem Projekt beteiligt. Natürlich hatte die große Mehrheit keine Ahnung, woran sie arbeitete. Trotzdem war die Gefahr, daß etwas durchsickerte, sehr hoch. Die Bauteile waren so groß, daß sie nicht im Verborgenen gebaut werden konnten. Die Baustellen waren über das ganze Land verstreut, aber ein Teil wurde in den Londoner Docks gebaut. Als wir von dem Projekt erfuhren, wußten wir sofort, daß wir Probleme bekommen würden. Wir wußten, daß die Deutschen Luftaufnahmen von den Baustellen machen konnten. Wir wußten, daß ein einziger tüchtiger Spion, der in der Nähe der Baustellen herumschnüffelte, herausfinden konnte, was wir vorhatten. Wir schickten einen unserer Männer nach Selsey, um zu testen, wie gut die Sicherheitsvorkehrungen waren. Er trank in der Kantine Tee und plauderte mit den Arbeitern, bevor er auch nur aufgefordert wurde, sich auszuweisen.«

Boothby lächelte schwach. Vicary beobachtete ihn, während er sprach. Alles Aufgesetzte, alles Fahrige war von ihm abgefallen. Sir Basil war ruhig, konzentriert und angenehm. Vicary dachte, daß er ihn unter anderen Umständen vielleicht gemocht hätte. Er gelangte zu der unangenehmen Einsicht, daß er Boothbys Intelligenz von Anfang an unterschätzt hatte. Und er war verblüfft, wie er die Wörter »wir« und »uns« verwendete. Boothby war Mitglied im Club. Vicary hatte nur eine Weile seine Nase gegen die Scheibe drücken dürfen.

»Das größte Problem war, daß *Mulberry* unsere Absichten verriet«, fuhr Boothby fort. »Wären die Deutschen dahintergekommen, daß wir künstliche Häfen bauten, hätten sie daraus sehr leicht den Schluß ziehen können, daß wir nicht bei Calais, sondern in der Normandie zuschlagen wollten. Da das Projekt so groß und so schwer zu verheimlichen war, mußten wir davon ausgehen, daß die Deutschen irgendwann herausfinden würden, was wir planten. Unsere Lösung bestand darin, das Geheimnis von *Mulberry* für sie zu stehlen und so das Spiel zu kontrollieren.« Boothby sah Vicary an. »Jetzt sind Sie dran, Alfred. Ich möchte wissen, wieviel Sie sich selbst zusammengereimt haben.«

»Walker Hardegen. Ich würde sagen, alles begann mit Walker Hardegen.«

»Sehr gut, Alfred. Aber wie?«

»Walker Hardegen war ein reicher Bankier und Geschäftsmann, stockkonservativ, antikommunistisch und wahrscheinlich ein bißchen antisemitisch. Er hatte an einer Eliteuniversität studiert und kannte somit halb Washington. Die Amerikaner sind in diesem Punkt nicht viel anders als wir. Seine Geschäfte führten ihn regelmäßig nach Berlin. Männer wie Hardegen besuchten dort Botschaftsempfänge und Partys. Sie speisten mit den Chefs der größten deutschen Konzerne und mit Nazigrößen aus der Partei und den Ministerien. Hardegen sprach perfekt Deutsch. Vermutlich bewunderte er die Nazis sogar in mancher Hinsicht. Er hielt Hitlerdeutschland für einen wichtigen Puffer zwischen den Bolschewiken und dem übrigen Europa. Ich würde sagen, daß bei einem seiner Besuche die Abwehr oder der SD auf ihn aufmerksam wurden.«

»Bravo, Alfred. Tatsächlich war es die Abwehr. Der Mann, der auf ihn aufmerksam wurde, war Paul Müller. Müller leitete die Operationen der Abwehr in Amerika.«

»Okay, Müller warb ihn ab. Oh, er spielte die Sache wahrscheinlich ein bißchen herunter und sagte zu Hardegen, daß er genaugenommen nicht für die Nazis arbeite, sondern beim Kampf gegen den internationalen Kommunismus helfe. Er bat Hardegen um Informationen über die amerikanische Industrieproduktion, die Stimmung in Washington und ähnliches. Hardegen willigte ein und wurde ein Agent. Ich habe eine Frage. War Hardegen zu diesem Zeitpunkt bereits amerikanischer Agent?«

»Nein«, sagte Boothby und lächelte. »Vergessen Sie nicht, 1937 hatte das Spiel gerade erst begonnen, und die Amerikaner waren damals noch nicht so furchtbar schlau. Sie wußten allerdings, daß die Abwehr in den Staaten aktiv war, insbesondere in New York. Im Jahr zuvor hatten die Pläne für das Norden-Bombenzielgerät im Koffer eines Agenten der Abwehr namens Nikolaus Ritter das Land verlassen. Roosevelt hatte Hoover vom FBI beauftragt, hart durchzugreifen. 1939 wurde Hardegen in New York bei einem Treff mit einem bekannten Abwehragenten fotografiert. Zwei Monate später wurde er mit einem anderen Abwehragenten in Panama-Stadt beobachtet. Hoover wollte ihn verhaften und vor Gericht stellen lassen. Mein Gott, wie dumm sich die Amerikaner damals anstellten! Zum Glück hatte der MI6 inzwischen sein Büro in New York eingerichtet. Wir intervenierten und überzeugten Hoover, daß uns Hardegen nichts mehr nutzen konnte, wenn er in einer Gefängniszelle schmorte. Er mußte im Spiel bleiben.«

»Und wer hat ihn dann geführt und kontrolliert, wir oder die Amerikaner?«

»Eigentlich war es ein gemeinsames Projekt. Durch Hardegen lieferten wir den Deutschen regelmäßig exzellentes Material, wirklich erstklassige Ware. Hardegens Kurs in Berlin stieg rapide. In der Zwischenzeit nahmen wir jeden Aspekt von Hardegens Leben genauestens unter die Lupe, auch seine Beziehung zu den Lauterbachs und zu einem brillanten Ingenieur namens Peter Jordan.«

»Und als 1943 die Entscheidung fiel, künstliche Häfen zu bauen und in der Normandie anzugreifen, traten der britische und der amerikanische Geheimdienst an Peter Jordan heran und baten ihn, für uns zu arbeiten.«

»Ja. Im Oktober 1943, um genau zu sein.«

»Er war der ideale Mann«, sagte Vicary. »Er war genau der Typ von Ingenieur, der für das Projekt gebraucht wurde, und außerdem sehr bekannt und angesehen in seiner Branche. Die Nazis brauchten nur in eine Bibliothek zu gehen und nachzulesen, was er geleistet hatte. Außerdem war er durch den Tod seiner Frau persönlich verwundbar geworden. Also erteilten Sie 1943 Hardegen den Auftrag, sich mit seinem Führungsoffizier von der Abwehr zu treffen und ihm von Jordan zu erzählen. Was ließen Sie die Deutschen damals wissen?«

»Nur daß Jordan an einem großen Bauprojekt arbeitete, das mit der Invasion zu tun hatte. Außerdem machten wir Andeutungen über seine Verwundbarkeit, wie Sie es nannten. Die Abwehr biß an. Müller informierte Canaris, und der wiederum Vogel.«

»Dann war das Ganze also ein raffiniert eingefädeltes Täuschungsmanöver mit dem Ziel, der Abwehr falsche Dokumente anzudrehen. Und Peter Jordan war der sprichwörtliche Lockvogel.«

»Genau. Die ersten Dokumente waren bewußt doppeldeutig. Sie ließen sich unterschiedlich interpretieren. Die *Phönix*-Elemente konnten Teile eines künstlichen Hafens oder eines Luftabwehrkomplexes sein. Wir wollten, daß sie sich stritten, sich zerfleischten, sich gegenseitig in Stücke rissen. Erinnern Sie sich an unser Gespräch über Sun-Tsu?«

»Schwäche den Feind, untergrabe seine Moral, säe Zwietracht unter seinen Führern.«

»Genau. Wir wollten die Spannungen zwischen dem SD und der Abwehr verstärken. Und wir wollten es ihnen nicht zu leicht machen. Allmählich ergaben die *Kesselpauke*-Dokumente ein klares Bild, und dieses Bild wurde direkt an Hitler weitergegeben.«

»Aber warum haben Sie sich soviel Mühe gemacht? Warum haben Sie keinen von den bereits umgedrehten Agenten benutzt? Warum mußte es ein richtiger Ingenieur sein? Warum haben Sie nicht einfach einen erfunden?«

»Aus zwei Gründen«, sagte Boothby. »Erstens wäre das zu einfach gewesen. Die Deutschen sollten selbst etwas dafür tun. Wir wollten einen subtilen Einfluß auf ihr Denken gewinnen. Sie sollten glaubten, sie selbst hätten beschlossen, Jordan ins Visier zu nehmen. Denken Sie an die Grundregel jedes Double-Cross-Offiziers: Informationen, an die man zu leicht herankommt, werden leicht verworfen. Es gab eine lange Beweiskette: von Hardegen zu Müller, von Müller zu Canaris, von Canaris zu Vogel, von Vogel zu Catherine Blake.«

»Ich bin beeindruckt«, sagte Vicary. »Und der zweite Grund?«

»Der zweite Grund ist, daß wir Ende 1943 bemerkten, daß wir nicht alle deutschen Spione in Großbritannien aus dem Verkehr gezogen hatten. Wir erfuhren von Kurt Vogel und seinem Netz, und wir erfuhren, daß einer seiner Agenten eine Frau war. Doch wir hatten ein ernstes Problem. Vogels Agenten in Großbritannien waren so gut getarnt, daß wir sie nur aufspüren konnten, wenn wir sie herauslockten. Wie Sie wissen, kam damals gerade *Bodyguard* so richtig auf Touren. Wir wollten die Deutschen mit falschen Informationen bombardieren. Aber uns war nicht wohl dabei, solange aktive Agenten im Land operierten. Wir mußten sie alle zur Strecke bringen. Sonst bestand jederzeit die Gefahr, daß die Deutschen Informationen erhielten, die im Widerspruch zu *Bodyguard* standen.«

»Woher wußten Sie von Vogels Netz?«

»Wir wurden darüber informiert.«

»Von wem?«

Boothby ging schweigend ein paar Schritte und betrachtete die schmutzigen Spitzen seiner Gummistiefel. »Die Informationen über das Netz erhielten wir von Wilhelm Canaris«, sagte er schließlich.

»Von Canaris?«

»Von einem seiner Abgesandten, genauer gesagt. Im Spätsommer 1943. Das wird Sie wahrscheinlich überraschen, Alfred, aber Canaris war der Chef der *Schwarzen Kapelle*. Er wollte, daß Menzies und unser Auslandsnachrichtendienst ihm halfen, Hitler zu stürzen und den Krieg zu beenden. Und als Geste des guten Willens erzählte er Menzies von Vogels Netz. Menzies informierte den Auslandsnachrichtendienst, und gemeinsam entwickelten wir den Plan für *Kesselpauke*.«

»Hitlers Spionagechef ein Verräter. Unglaublich. Und Sie waren natürlich über alles im Bilde. Sie wußten es an jenem Abend, als Sie mir den Fall übergaben und mich über die Invasion und die Täuschungspläne informierten. Damit wollten Sie sich meiner absoluten Loyalität versichern. Mich motivieren und benutzen.«

»Ich fürchte, ja.«

»Dann hatte die Operation also zwei Ziele. Sie sollte den Feind über *Mulberry* täuschen und gleichzeitig Vogels Agenten herauslocken, damit wir sie unschädlich machen konnten.«

»Ja«, sagte Boothby. »Und noch eins. Canaris sollte einen letzten Coup landen, der ihn bis zur Invasion vor der Entlassung bewahrte. Wir wollten auf keinen Fall, daß Schellenberg und Himmler das Ruder übernahmen. Die Abwehr war völlig neutralisiert und manipuliert. Wir wußten: Wenn Schellenberg die Führung übernahm, würde er alles in Frage stellen, was Canaris getan hatte. Natürlich hatten wir in dieser Beziehung keinen Erfolg. Canaris wurde gefeuert, und Schellenberg übernahm die Abwehr.«

»Aber warum sind *Double Cross* und *Bodyguard* nach der Entlassung Canaris' nicht aufgeflogen?«

»Weil Schellenberg mehr daran interessiert war, sein Reich zu festigen, als neue Agenten nach England zu schleusen. Er krempelte die gesamte Behörde um. Die Abteilungen wurden neu organisiert, Akten wurden herumgereicht und so weiter. Im Ausland entließ er erfahrene Geheimdienstoffiziere, die Canaris treu ergeben waren, und ersetzte sie durch unerprobte Schnüffler aus den Reihen der SS und der Partei. Gleichzeitig taten die Führungsoffiziere in der Berliner Abwehr-Zentrale alles, um zu beweisen, daß ihre Agenten in Großbritannien gute Arbeit leisteten. Verständlich, denn es ging um ihren Hals. Hätten sie zugegeben, daß ihre Agenten in Wahrheit für die Briten arbeiteten, hätte man sie in den nächsten Zug nach Osten gesetzt. Oder schlimmeres.«

Sie gingen eine Weile schweigend nebeneinander her. Vicarys Gedanken überstürzten sich. Er hatte tausend Fragen. Da er fürchtete, Boothby könnte jederzeit aufhören, sortierte er seine Fragen nach ihrer Wichtigkeit und versuchte, sich dabei nicht von seiner Erregung leiten zu lassen. Die Sonne verschwand hinter einer Wolke, und es wurde kühl.

»Hat alles funktioniert?« fragte Vicary.

»Ja, reibungslos.«

»Und was war mit der Rundfunksendung von Lord Haw Haw?« Vicary hatte sie selbst gehört. Er hatte im Wohnzimmer in Matildas Haus gesessen, und ein Schauder war ihm über den Rücken gelaufen: *Wir wissen genau, was ihr mit den Beton-Elementen vorhabt. Ihr wollt sie bei dem Angriff vor unserer Küste versenken. Gut, Jungs, wir werden euch dabei helfen.*

»Das Oberkommando der Alliierten geriet in Panik, zumindest nach außen hin«, sagte Boothby süffisant. »Eine sehr kleine Gruppe von Offizieren wußte von *Kesselpauke* und begriff, daß dies nur der letzte Akt war. Eisenhower kabelte nach Washington und forderte fünfzig Patrouillenboote für die Rettung der Besatzungen an, falls die Mulberries bei der Fahrt über den Kanal versenkt werden sollten. Wir sorgten dafür, daß die Deutschen davon erfuhren. Tate, unser Doppelagent mit einer fiktiven Quelle im SHAEF, übermittelte einen Bericht über Eisenhowers Ersuchen an seinen Führungsoffizier bei der Abwehr. Einige Tage später besichtigte der japanische Botschafter die Befestigungsanlagen an der Küste und wurde von Rundstedt informiert. Rundstedt erzählte ihm von den Mulberries und erklärte, ein Agent der Abwehr habe herausgefunden, daß es sich um einen Luftverteidigungskomplex handele. Der Botschafter kabelte diese Information an seine Vorgesetzten in Tokio. Die Nachricht wurde wie alle anderen abgehört und entschlüsselt. In dem Moment wußten wir, daß *Kesselpauke* funktioniert hatte.«

»Wer hatte die Gesamtleitung der Operation?«

»Der MI6. Er hatte sie ins Leben gerufen und geplant, und wir überließen ihm auch die Durchführung.«

»Wer wußte im Department Bescheid?«

»Ich, der Generaldirektor und Masterman vom Double-Cross-Komitee.«

»Wer war der Führungsoffizier?«

Boothby sah Vicary an. »Broome natürlich.«

»Wer ist Broome?«

»Broome ist *Broome,* Alfred.«

»Da ist nur eine Sache, die ich nicht ganz verstehe. Warum war es notwendig, den mit dem Fall betrauten Offizier zu täuschen?«

Boothby lächelte schwach, als beschäftige ihn eine etwas unangenehme Erinnerung. Zwei Fasane brachen aus der Hecke am Wegrand und schossen über den zinngrauen Himmel. Boothby blieb stehen und sah zu den Wolken empor.

»Sieht nach Regen aus«, sagte er. »Wir sollten uns besser auf den Rückweg machen.«

Sie machten kehrt und setzten sich wieder in Bewegung.

»Wir haben Sie getäuscht, Alfred, weil wir wollten, daß für den Feind alles echt wirkt. Wir wollten, daß Sie genau so vorgehen wie bei einem ganz normalen Auftrag. Sie brauchten auch nicht zu wissen, daß Jordan die ganze Zeit für uns arbeitete. Das war nicht notwendig.«

»Mein Gott«, stieß Vicary hervor. »Dann haben Sie mich geführt und überwacht, wie jeden anderen Agenten. Sie haben mich *überwacht.*«

»Ja, so kann man es nennen.«

»Warum wurde ich ausgewählt? Warum nicht ein anderer?«

»Weil Sie wie Peter Jordan der ideale Mann waren.«

»Würden Sie mir das bitte erklären?«

»Wir wählten Sie aus, weil Sie intelligent und einfallsreich waren und dem Feind unter normalen Umständen ordentlich zugesetzt hätten. Mein Gott, Sie hätten das Täuschungsmanöver im Verlauf der Operation fast durchschaut. Außerdem wählten wir Sie aus, weil die Spannungen zwischen Ihnen und mir im Department bekannt waren.« Boothby machte eine Pause und sah auf Vicary herunter. »Es war nicht gerade diskret, wie Sie mich vor den Kollegen schlechtgemacht haben. Doch der wichtigste Grund war, daß Sie ein Freund des Premierministers waren und die Abwehr davon wußte.«

»Und als Sie mich feuerten, informierten Sie die Deutschen durch Hawke und Pelikan darüber. Sie hofften, daß die Deutschen das *Kesselpauke*-Material noch besser schlucken, wenn ein persönlicher Freund Winston Churchills geopfert wird.«

»Genau. Es stand alles im Drehbuch. Und es hat geklappt.«

»Und Churchill wußte Bescheid?«

»Ja, er wußte Bescheid. Wir hatten seine persönliche Zustimmung. Ihr alter Freund hat Sie verraten. Er liebt die schwarze Kunst, unser Winston. Ich glaube, er hat die Sache ziemlich genossen. Wie ich hörte, war die kleine Aufmunterungsrede, die er Ihnen in seinem Bunker gehalten hat, ein Klassiker.«

»Schweine«, murmelte Vicary. »Intrigante Schweine. Aber eigentlich muß ich mich wohl glücklich schätzen. Ich könnte tot sein, wie die anderen. Mein Gott! Ist Ihnen klar, wie viele Menschen für Ihr kleines Spiel sterben mußten? Pope, seine Freundin, Rose Morely, die beiden Männer von der Special Branch in Earl's Court, die vier Polizeibeamten bei Louth und ein weiterer in Cleethorpes, Sean Dogherty, Martin Colville.«

»Sie vergessen Peter Jordan.«

»Um Gottes willen, Sie haben Ihren eigenen Agenten getötet?«

»Nein Alfred, *Sie* haben ihn getötet. Sie haben ihn mit dem Boot hinausgeschickt. Das hat mir gefallen, wie ich zugeben muß. Der Mann, dessen persönlicher Leichtsinn uns fast den Sieg in diesem Krieg gekostet hätte, rettet ein junges Mädchen und büßt für seine Sünden. Hollywood hätte es nicht besser inszenieren können. Und die Deutschen glauben, so sei es tatsächlich gewesen. Außerdem steht die Zahl der Opfer in keinem Verhältnis zu dem Gemetzel, das Rommel angerichtet hätte, wenn er uns in der Normandie erwartet hätte.«

»Eine simple Gewinn- und Verlustrechnung? Ist das Ihre Sicht der Dinge? Eine schlichte buchhalterische Bilanz? Ich bin froh, daß ich draußen bin! Ich will nichts mehr damit zu tun haben! Nicht, wenn man solche Dinge tun muß. Meine Güte, Leute wie Sie hätten wir schon vor langer Zeit auf dem Scheiterhaufen verbrennen sollen.«

Sie überquerten den letzten Hügel. Vicarys Haus tauchte vor ihnen auf. Tante Matildas blühende Kletterpflanzen rankten sich über die Gartenmauer. Vicary wollte nur noch nach Hause. Er wollte die Tür hinter sich zuschlagen, am offenen Kamin sitzen und nie mehr an die ganze Sache denken. Aber er wußte, daß dies nun nicht mehr möglich war. Er wollte Boothby loswerden. Er beschleunigte seine Schritte und stapfte so schnell den Abhang hinunter, daß er fast das Gleichgewicht verlor. Boothby hatte trotz seiner langen, athletischen Beine Schwierigkeiten, ihm zu folgen.

»Das meinen Sie doch nicht im Ernst, Alfred. Die Arbeit hat Ihnen doch gefallen. Sie hat Sie fasziniert. Die Manipulationen und Täuschungsmanöver haben Ihnen Spaß gemacht. Ihr Kollege in der Universität will Sie sobald wie möglich wiederhaben, und Sie wissen nicht genau, ob Sie wollen, weil Sie gemerkt haben, daß alles, woran Sie je geglaubt haben, eine Lüge ist und daß meine Welt, diese Welt, die reale Welt ist.«

»Ihre Welt ist nicht die reale Welt, Sir Basil. Ich weiß nicht genau, was sie ist, aber real ist sie nicht.«

»Das sagen Sie jetzt, aber ich weiß, daß Sie alles ganz furchtbar vermissen. Mit unserer Arbeit verhält es sich wie mit einer Geliebten. Manchmal mag man sie nicht besonders. Manchmal kann man sich selbst nicht leiden, wenn man mit ihr zusammen ist. Die großen Glücksmomente sind flüchtig. Aber wenn man versucht, sie zu verlassen, gibt es immer etwas, das einen zurückhält.«

»Ich fürchte, mit dem Vergleich kann ich nichts anfangen, Sir Basil.«

»Jetzt tun Sie schon wieder so, als seien Sie besser als wir anderen. Ich dachte eigentlich, Sie hätten Ihre Lektion inzwischen gelernt. Man braucht Menschen wie uns. Das Land braucht uns.«

Sie gingen durch das Tor und betraten die Einfahrt. Der Kies knirschte unter ihren Füßen. Es erinnerte Vicary an jenen Nachmittag, als er nach Chartwell bestellt worden war und den Posten beim MI5 bekommen hatte. Er erinnerte sich an den Morgen in Churchills unterirdischem Hauptquartier und an Churchills Worte. *Sie müssen die moralischen Skrupel, die Sie noch haben, überwinden, Sie müssen Ihr menschliches Mitgefühl beiseite schieben und tun, was getan werden muß…*

Wenigstens einer war ehrlich zu ihm gewesen, auch wenn es damals eine Lüge gewesen war.

Sie blieben vor Boothbys Humber stehen.

»Sie werden verstehen, wenn ich Sie nicht auf einen Drink hereinbitte«, sagte Vicary. »Ich würde mir gern das Blut von den Händen waschen.«

»Das ist das Schöne daran, Alfred«, Boothby hielt Vicary seine Pranken hin. »Das Blut klebt auch an meinen Händen. Aber ich kann es nicht sehen und sonst auch niemand. Es ist ein heimlicher Schandfleck.«

Der Motor des Wagens sprang an, als Boothby die Tür öffnete.

»Wer ist Broome?« fragte Vicary ein letztes Mal.

Boothbys Gesicht verfinsterte sich, als sei eine Wolke darüber hinweggezogen.

»Broome ist Brendan Evans, Ihr alter Freund aus Cambridge. Er erzählte uns, wie Sie es anstellten, im Ersten Weltkrieg zum Nachrichtenkorps zu kommen. Er erzählte uns, was Ihnen in Frankreich passierte. Wir wußten, was Sie antrieb und motivierte. Wir mußten es wissen, denn schließlich haben Sie für uns gearbeitet.«

Vicary spürte, wie es in seinem Kopf zu pochen begann.

»Ich habe noch eine Frage.«

»Sie wollen wissen, ob Helen in die Sache verwickelt war oder ob sie aus eigenem Antrieb zu Ihnen kam.«

Vicary stand reglos da und wartete auf eine Antwort.

»Warum gehen Sie nicht zu ihr und fragen sie selbst?«

Dann stieg Boothby in seinen Wagen und fuhr davon.

64

London: Mai 1945

Um sechs Uhr abends räusperte sich Lillian Walford, klopfte sanft an die Bürotür und trat ein, ohne auf eine Antwort zu warten. Der Professor war da. Er saß an dem Fenster, das auf den Gordon Square hinausging, den schmächtigen Körper über ein altes Manuskript gebeugt.

»Ich gehe jetzt, Herr Professor, wenn Sie mich nicht mehr brauchen«, sagte sie und begann wie an jedem Freitagabend, Bücher zuzuklappen und Papiere aufzuräumen.

»Nein, danke, ich komme schon zurecht.«

Sie sah ihn an. Nein, dachte sie, irgendwie bezweifle ich das, Professor Vicary. Er hatte sich verändert. Oh, sehr gesprächig war er noch nie gewesen. Von sich aus hatte er nie ein Gespräch angefangen, es sei denn, es war unbedingt nötig. Doch er wirkte jetzt noch verschlossener als früher, der arme Kerl. Und es wurde mit der Zeit immer schlimmer, und nicht besser, wie sie gehofft hatte. Es gab viel Gerede unter den Kollegen, müßige Spekulationen. Einige behaupteten, er habe Männer in den Tod geschickt oder die Tötung von Menschen angeordnet. Eigentlich traute sie dem Professor so etwas nicht zu, aber ganz ausgeschlossen war es nicht, das mußte sie zugeben. Aus irgendeinem Grund hatte er Schweigen gelobt.

»Sie sollten auch bald gehen, Herr Professor, wenn Sie Ihren Zug noch erreichen wollen.«

»Ich denke, ich werde das Wochenende in London bleiben«, sagte er, ohne von seiner Arbeit aufzuschauen. »Ich möchte mir die Stadt bei Nacht ansehen, jetzt, wo die Lichter wieder brennen.«

»Die verfluchte Verdunkelung! Hoffentlich werde ich so etwas nie wieder erleben.«

»Mein Gefühl sagt mir, daß Ihnen das erspart bleiben wird.«

Sie nahm seinen Regenmantel vom Haken an der Tür und warf ihn über den Stuhl neben dem Schreibtisch. Er legte seinen

Stift weg und schaute zu ihr auf. Was sie dann tat, überraschte sie beide. Fast von selbst schien ihre Hand über seine Wange zu streichen, wie bei einem kleinen Kind, das sich sehr weh getan hat.

»Geht es Ihnen gut, Herr Professor?«

Er drehte sich abrupt weg und blickte wieder in sein Manuskript. »Ja, es geht mir gut«, antwortete er. In seiner Stimme lag ein gereizter Ton, den sie so nie zuvor gehört hatte. Dann murmelte er etwas, das wie »so gut wie noch nie« klang.

Sie wandte sich um und ging zur Tür. »Machen Sie sich ein schönes Wochenende«, sagte sie.

»Danke, das werde ich.«

»Auf Wiedersehen, Professor Vicary.«

»Auf Wiedersehen, Miss Walford.«

Es war ein warmer Abend, und als er den Leicester Square überquerte, hatte er den Regenmantel ausgezogen und über den Arm gelegt. Die Dunkelheit brach herein, und die ersten Lichter gingen an. Unerhört von Miss Walford. Einfach so sein Gesicht zu streicheln. Er hatte immer angenommen, er könne seine Gefühle gut verbergen. Er fragte sich, ob es tatsächlich so offensichtlich war.

Er ging durch den Hyde Park. Zu seiner Linken spielte eine Gruppe Amerikaner Softball im Dämmerlicht. Zur Rechten lieferten sich Briten und Kanadier ein lautstarkes Rugby-Match. Er gelangte zu der Stelle, wo noch vor wenigen Tagen eine Flakbatterie gestanden hatte. Das Geschütz war fort, nur die Sandsäcke lagen noch da, wie die Steine einer alten Ruine.

Er kam nach Belgravia, und instinktiv lenkte er seine Schritte zu Helens Haus.

Ich hoffe, du änderst deine Meinung, und zwar bald.

Die Verdunkelungsrollos waren hochgezogen, und das Haus war hell erleuchtet. Sie hatten Besuch von zwei anderen Paaren. David trug Uniform. Helen hatte sich bei ihm untergehakt. Vicary fragte sich, wie lange er schon dastand und sie ansah, Helen ansah. Zu seiner großen Überraschung – und vielleicht auch Erleichterung – empfand er nichts für sie. Endlich war er von ihr losgekommen, und diesmal im Guten.

Er ging weiter, von der King's Road zum Sloane Square, und vom Sloane Square in die ruhigen Seitenstraßen von Chelsea. Er sah auf seine Uhr. Er konnte den Zug noch erreichen. Er fand ein Taxi, nannte dem Fahrer den Bahnhof Paddington und stieg ein. Er kurbelte das Fenster herunter und hielt das Gesicht in den warmen Wind. Zum ersten Mal seit vielen Monaten verspürte er so etwas wie Zufriedenheit, eine Art innere Ruhe.

Von einer Telefonzelle im Bahnhof aus rief er Alice Simpson an, und sie freute sich über seine Einladung, am nächsten Morgen aufs Land zu kommen. Er hängte ein und eilte zum Bahnsteig. Der Zug war überfüllt, doch er fand einen Fensterplatz in einem Abteil, in dem zwei alte Frauen und ein Soldat saßen. Der Soldat hatte ein Milchgesicht und umklammerte einen Stock.

Vicary musterte ihn und bemerkte, daß er die Abzeichen des 2. Regiments von East York trug. Er wußte, daß der Junge in der Normandie gekämpft hatte – am Strandabschnitt »Sword«, um genau zu sein – und von Glück sagen konnte, daß er noch am Leben war. Die East Yorker hatten in den ersten Minuten der Invasion schwere Verluste erlitten.

Der Soldat bemerkte, daß Vicary ihn ansah, und rang sich ein schwaches Lächeln ab.

»Ist in der Normandie passiert. Ich hatte kaum das Landungsboot verlassen.« Er hob den Stock in die Höhe. »Die Ärzte sagen, daß ich den für den Rest meines Lebens brauche. Und wo hat es Sie erwischt? Ich habe gesehen, daß Sie humpeln.«

»Im Ersten Weltkrieg. Frankreich«, sagte Vicary reserviert.

»Und Sie waren auch diesmal wieder dabei?«

Vicary nickte. »Ich saß in einer Schreibstube in einer ziemlich langweiligen Abteilung im Kriegsministerium. Nichts Aufregendes.«

Nach einer Weile war der Soldat eingeschlafen. Einmal sah Vicary ihr Gesicht in den vorüberziehenden Feldern, nur für einen Augenblick, und es lächelte ihn an. Dann sah er Boothbys Gesicht. Dann, als es dunkler wurde, sein eigenes Spiegelbild, das im Fenster still neben ihm herfuhr.

SERIE PIPER

Erfolg in Serie

Susanna Kearsley

Mariana

Roman. Aus dem Englischen von Karin Diemerling. 352 Seiten. SP 2972

»Dieser Roman, romantisch und ein bißchen märchenhaft, ist bestens geeignet für verregnete Sonntagnachmittage.«
Brigitte

Lorna Landvik

Patty Jane's Frisörsalon

Roman. Aus dem Amerikanischen von Mechthild Sandberg. 383 Seiten. SP 2873

»Ein spritziger und zugleich nachdenklicher Unterhaltungsroman.«
Brigitte

Ann-Marie MacDonald

Vernimm mein Flehen

Roman. Aus dem Amerikanischen von Astrid Arz. 684 Seiten. SP 2974

Die preisgekrönte kanadische Dramatikerin und Schauspielerin hat mit ihrem ersten Roman ein mitreißendes, opulentes Familienepos geschaffen. Darin spielt die herbschöne mystische Landschaft der Nordostküste Kanadas eine ebenso bestimmende Rolle wie das ungewöhnliche Schicksal von vier Schwestern: der kapriziösen Kathleen mit der schönen Stimme, der wilden Frances, der tief religiösen Mercedes und der behinderten, von allen vergötterten Lily.

Susanne Mischke

Mordskind

Roman. 360 Seiten. SP 2975

Der fünfjährige Max ist ein wahrer Satansbraten, destruktiv und böse. Als Max plötzlich spurlos verschwindet, gerät die spießige Kleinstadt in Aufruhr, weil dies der zweite Fall in kurzer Zeit ist. Allerdings trauert niemand um ihn, nicht einmal seine Mustermutter Doris. Die sucht sich das Prachtkind Simon als Ersatz. Und ihre Freundin Paula, Redakteurin und beruflich ständig im Streß, bemerkt viel zu spät das teuflische Intrigenspiel um sich und ihren Sohn Simon.

»Ein Kriminalroman der Extraklasse, lebensnah und spannungsvoll.«
Der Tagesspiegel

Erfolg in Serie

Karin Fossum

Evas Auge

Roman. Aus dem Norwegischen von Gabriele Haefs. 368 Seiten. SP 3091

Ein ungemein spannendes Drama um eine junge, alleinerziehende Frau.

»Mit ›Evas Auge‹ liegt weit mehr vor als ein ausgezeichneter Kriminalroman.«
Bayerischer Rundfunk

Dean Fuller

Tod in Paris

Roman. Aus dem Amerikanischen von Inge Leipold. 435 Seiten. SP 3092

Alex Grismolet, Chefinspektor der Pariser Sûreté, ist ein Lebenskünstler: Er wohnt auf einem Hausboot und hat eine Schwäche für Jazz. Nach dem Mord an einem Diplomaten führt die exotische Mordwaffe Grismolet und seinen kauzigen Assistenten Varnas auf die Spur des merkwürdigen Freundeskreises …

Gemma O'Connor

Wer aber vergißt, was geschah

Psychothriller. Aus dem Englischen von Inge Leipold. 426 Seiten. SP 3093

Holy Retreat, ein Nonnenkloster hoch über einer Bucht bei Dublin, muß renoviert werden. Die verarmten Schwestern lassen sich deshalb dazu überreden, das Friedhofsgelände zu verkaufen. Die junge Rechtsanwältin Tess Callaway soll die heikle Angelegenheit abwikkeln. Doch bei der Umbettungsaktion taucht plötzlich ein Sarg zuviel auf …

Daniel Silva

Double Cross – Falsches Spiel

Roman. Aus dem Anerikanischen von Reiner Pfleiderer. 568 Seiten. SP 3094

Vor der Invasion der Alliierten in Frankreich 1944 tobt ein gnadenloser Kampf der Geheimdienste. Hauptakteur auf britischer Seite ist Meisterspion Albert Vicary, Geschichtsprofessor und genialer Analytiker. Seine ungewöhnliche Gegenspielerin ist die attraktive und eiskalte Catherine Blake – zwei ebenbürtige Rivalen in einem atemberaubenden Katz-und-Maus-Spiel.

SERIE PIPER

Jan Guillou

Coq Rouge

Ein Coq-Rouge-Thriller. Aus dem Schwedischen von Hans-Joachim Maass. 440 Seiten. SP 5578

»Clever mischt Guillou verbürgtes Insiderwissen und realistische Fiktion, und so ist ›Coq Rouge‹ … zu einer kompakten Agentenreportage geworden, die es mit den Romanen eines John Le Carré aufnehmen kann.«
Stern

Der demokratische Terrorist

Ein Coq-Rouge-Thriller. Aus dem Schwedischen von Hans-Joachim Maass. 418 Seiten. SP 5592

»Die präzise Schilderung vom Hamburger Hafenstraßen- und Geheimdienstmilieu, die politische Auseinandersetzung im fiktiven Dialog mit Terroristen, deren Biographien echt sind, fasziniert. Das Ende schließlich schockiert.«
Neue Presse Hannover

Im Interesse der Nation

Ein Coq-Rouge-Thriller. Aus dem Schwedischen von Hans-Joachim Maass. 482 Seiten. SP 5634

»Was die Action-Romane von Guillou so faszinierend macht, ist die Mischung aus Sciencefiction und Insiderwissen.«
Abendzeitung

Feind des Feindes

Ein Coq-Rouge-Thriller. Aus dem Schwedischen von Hans-Joachim Maass. 436 Seiten. SP 5632

Ein hochbrisanter Thriller voller packender Action und mit überraschenden Wendungen.

Der ehrenwerte Mörder

Ein Coq-Rouge-Thriller. Aus dem Schwedischen von Hans-Joachim Maass. 480 Seiten. SP 5644

Unternehmen Vendetta

Ein Coq-Rouge-Thriller. Aus dem Schwedischen von Hans-Joachim Maass. 560 Seiten. SP 5654

Niemandsland

Ein Coq-Rouge-Thriller. Aus dem Schwedischen von Hans-Joachim Maass. 512 Seiten. SP 5656

Der einzige Sieg

Ein Coq-Rouge-Thriller. Aus dem Schwedischen von Hans-Joachim Maass. 600 Seiten. SP 5682

Im Namen Ihrer Majestät

Ein Coq-Rouge-Thriller. Aus dem Schwedischen von Hans-Joachim Maass. 576 Seiten. SP 2932

SERIE PIPER

Carlo Lucarelli

Freie Hand für De Luca

Kriminalroman. Aus dem Italienischen von Susanne Bergius. Mit einem Nachwort von Katrin Schaffner. 116 Seiten. SP 5693

Eine norditalienische Stadt im April 1945, kurz vor dem Einmarsch der Alliierten. Wenige Stunden vor dem endgültigen Zusammenbruch wird Kommissar De Luca mit der Lösung eines Mordfalls beauftragt. Doch irgend etwas an der Sache ist faul, denn die faschistischen Machthaber lassen ihm bei der Ermittlung erstaunlicherweise freie Hand. Der Ermordete Vittorio Rehinard war ein Lebemann und Frauenheld – und so sind auch alle Verdächtigen weiblich. Vor dem historischen Hintergrund des letzten Aufbäumens des italienischen Faschismus in der Republik von Salò entfaltet Carlo Lucarelli das Szenario eines raffiniert abgestimmten kriminalistischen Ränkespiels.

»Die Geschichte ist mit Tempo und spannungsvoll erzählt, die fiebrige Atmosphäre beim Zusammenbruch des faschistischen Italien wird auf suggestive Weise deutlich.«
Kölner Stadt-Anzeiger

Sebastiano Vassalli

Der Schwan

Roman. Aus dem Italienischen von Ragni Maria Gschwend. 253 Seiten. SP 2509

Sebastiano Vasalli führt den Leser in seinem literarischen Kriminalroman zurück in die Zeiten der Anfänge der Mafia: Am 1. Februar 1893 wird im Zug nach Palermo der hochangesehene Bankdirektor Marchese Notarbartolo erstochen aufgefunden. Diese Bluttat gilt allgemein als der erste politische Mord der sizilianischen Mafia. Notarbartolo war im Begriff gewesen, in Palermo illegale Machenschaften der Bank zu enthüllen, in die der Ministerpräsident Crispi verwickelt war. Erst Jahre später fällt der Verdacht auf Raffaele Palizzolo, genannt »Il Cigno«, »der Schwan«, Parlamentarier und Möchtegern-Poet, dessen schillernde Persönlichkeit tiefe Einblicke in die Psyche eines Mafioso gewährt.

»Ein in all seiner szenischen Geballtheit spannendes, aufklärendes und auch Nichtitaliener aufstörendes Erzählwerk.«
Neue Zürcher Zeitung

Thom Racina

Schnee-Engel

Psychothriller. Aus dem Amerikanischen von Leon Mengden. 335 Seiten. SP 2841

In der Ehe der berühmten Fernsehmoderatorin Julia Larson kriselt es, und so fährt sie mit ihrer kleinen Tochter Molly an Weihnachten zu ihren Eltern. Doch statt der erhofften Ruhe und des ersehnten Friedens erwartet sie ein Alptraum: Kurz vor ihrer Ankunft sind ihre Eltern brutal ermordet worden. Die ganze Stadt Mariposa ist verstört und setzt an zur Jagd auf den »Schneeschuhmörder«. Und der Schock ist groß, als ein enger Freund der Familie, der gutaussehende Matthew Hinson, verhaftet und angeklagt wird. Ein Sensationsprozeß beginnt, und die Stadt steht erneut Kopf, denn Julia kämpft für die Freiheit von Matthew. Welches Geheimnis verbindet sie mit dem Mann, der des brutalen Mordes an ihren Eltern angeklagt ist?

Jean Hanff Korelitz

Die Schattenjury

Thriller. Aus dem Amerikanischen von Michaela Grabinger. 448 Seiten. SP 2442

Eine glanzvolle juristische Karriere ist ihre Sache nicht: Sybylla Muldoon, Ende Zwanzig, engagiert und eigenwillig, attraktiven Männern durchaus zugeneigt, arbeitet als Pflichtverteidigerin für die Rechtsbeihilfe in New York. Sie übernimmt die Verteidigung des Obdachlosen Trent, der auf offener Straße mit dem Messer auf ein kleines Mädchen losgegangen ist. Trent behauptet, er sei entführt worden. Für die Psychiater ein klassischer Fall: Schizophrenie. Sybylla stößt auf eine Reihe von Merkwürdigkeiten, unter anderem entdeckt sie in Trents Arm ein Implantat. Als dann die Gerichtsgutachterin ermordet wird, Trent noch während des Prozesses stirbt und immer mehr Berber von New Yorks Straßen verschwinden, ist höchste Alarmstufe angesagt. Bei ihren Nachforschungen gerät Sybylla Muldoon schon bald in eine Verschwörung von politisch höchst brisanter Tragweite.

SERIE PIPER

Sarah Paretsky

Blood Shot
Ein Vic-Warshawski-Kriminalroman. Aus dem Amerikanischen von Anette Grube. 352 Seiten. SP 5589

Brandstifter
Ein Vic-Warshawski-Kriminalroman. Aus dem Amerikanischen von Dietlind Kaiser. 410 Seiten. SP 5625

Deadlock
Ein Vic-Warshawski-Kriminalroman. Aus dem Amerikanischen von Katja Münch. 246 Seiten. SP 5512

Eine für alle
Ein Vic-Warshawski-Kriminalroman. Aus dem Amerikanischen von Dietlind Kaiser. 438 Seiten. SP 5685

Engel im Schacht
Ein Vic-Warshawski-Kriminalroman. Aus dem Amerikanischen von Sonja Hauser. 476 Seiten. SP 5653

Fromme Wünsche
Ein Vic-Warshawski-Krimalroman. Aus dem Amerikanischen von Katja Münch. 227 Seiten. SP 5517

Geisterland
Roman. Aus dem Amerikanischen von Sonja Hauser. 512 Seiten. SP 2988

Schadenersatz
Ein Vic-Warshawski-Kriminalroman. Aus dem Amerikanischen von Uta Münch. 272 Seiten. SP 5507

Tödliche Therapie
Ein Vic-Warshawski-Kriminalroman. Aus dem Amerikanischen von Annette Grube. 255 Seiten. SP 5535

Windy City Blues
Vic-Warshawski-Kriminalgeschichten. Aus dem Amerikanischen von Sonja Hauser, Renate Kunze und Vera Mansfeldt. 287 Seiten. SP 5650

Hände hoch, Kleiner?
14 exklusive Kriminalgeschichten. Herausgegeben von Sara Paretsky. Übersetzt von Sonja Hauser, Sylvia List und Michael Hofmann. 278 Seiten. SP 5651

Hamlets Dilemma
12 exklusive Kriminalgeschichten. Herausgegeben von Sara Paretsky. Übersetzt von Sonja Hauser und Michael Hofmann. 249 Seiten. SP 5652

Sister in Crime
Kriminalstories. Herausgegeben von Sara Paretsky. 246 Seiten. SP 5602

Vic Warshawskis starke Schwestern
Kriminalstories. Herausgegeben von Sarrah Paretsky. 238 Seiten. SP 5601